〖中华诗词存稿·名家专辑〗

中华诗词学会 编

# 袁第锐诗词曲赋集

袁第锐 著　　张嘉光 主编

## 上册

中国书籍出版社
China Book Press

图书在版编目（CIP）数据

袁第锐诗词曲赋集 / 袁第锐著 . —— 北京 : 中国书
籍出版社 , 2019.12

（中华诗词存稿）

ISBN 978-7-5068-7724-4

Ⅰ . ①袁… Ⅱ . ①袁… Ⅲ . ①中国文学—当代文学—
作品综合集 Ⅳ . ① I217.2

中国版本图书馆 CIP 数据核字 (2020) 第 004674 号

袁第锐诗词曲赋集　上册

袁第锐　著

| | | |
|---|---|---|
| 责任编辑 | 王星舒 | |
| 责任印制 | 孙马飞　马　芝 | |
| 封面设计 | 采薇阁 | |
| 出版发行 | 中国书籍出版社 | |
| 地　　址 | 北京市丰台区三路居路 97 号（邮编：100073） | |
| 电　　话 | （010）52257143（总编室）（010）52257140（发行部） | |
| 电子邮箱 | eo@chinabp.com.cn | |
| 经　　销 | 全国新华书店 | |
| 印　　刷 | 北京虎彩文化传播有限公司 | |
| 开　　本 | 710 毫米 × 1000 毫米 1/16 | |
| 字　　数 | 580 千字 | |
| 印　　张 | 41 | |
| 版　　次 | 2020 年 5 月第 1 版　2020 年 5 月第 1 次印刷 | |
| 书　　号 | ISBN 978-7-5068-7724-4 | |
| 定　　价 | 798.00 元（全 2 册） | |

# 作者简介

　　袁第锐，1923年2月生，重庆永川市人。曾任甘肃省政协委员，专职常委。甘肃省文史研究馆馆员。中华诗词学会副会长，顾问。甘肃省诗词学会会长。

# 总　序

　　我们这个诗歌大国有一个很好的传统,历来注重"采诗"、搜集整理诗歌材料。作为唯一的全国性诗词组织的中华诗词学会,自1987年5月成立以来,就十分重视这项工作。学会每年的学术研讨会和历届"华夏诗词奖",都出版论文集和获奖作品集。纪念学会成立二十年、三十年时,还专门编辑出版了《大事记》《论文选集》《诗词选集》。《中华诗词》创刊以来,每年都制作年度合订本。2007年5月,在北京天识东方文化艺术传播有限公司的资助下,以近代以来诗词创作、诗词理论、诗词运动重要文献汇编,当代名家个人作品专集等为主要内容,出版了《中华诗词文库》。经过十来年的编辑整理,已经出了近百卷。这些诗集、文集的出版,记录了近百年来尤其是改革开放四十多年来,中华诗词从起步、复苏走向复兴的砥砺前行的历程,为近、当代诗歌史的撰写准备了丰富的资料。

　　党的十八大以来,中华民族优秀传统文化重新受到应有的重视。习近平总书记《念奴娇·追思焦裕禄》词和《军民情》七律的相继发表,引领中华大地诗潮滚滚而来。《中共中央关于繁荣发展社会主义文艺的意见》和中办、国办《关于实施中华优秀传统文化传承发展工程的意见》,都明确提出"加强对中华诗词、音乐舞蹈、书法绘画、曲艺杂技和历史文化纪录片、动画片、出版物等的扶持。"国家教育部组织制定由中华诗词学会起草的新中国语言体系中的新韵书《中华通韵》已经通过国家语言文字工作委员会语言文字规范标准审定委员会审定，即将颁布全国试行。这些都使我们真切地感受到，中华诗词的春天真的到来了。诗人们乘着骀荡春风，正以高昂的激情，书写着中华民族伟大复兴的新时代、新史诗，国家富强、民族振兴、人民幸福的中国梦；正以与人民同呼吸、共命运的诗人之心，对人民的欢乐、人民的忧患、人民的情怀给以诗意的表达；正以"美"或"刺"的诗人之笔，对市场经济大潮中人民对幸福生活的期待，对美好未来的希望，对假丑恶的深恶痛绝，或给以方向，或给以赞美，或给以鞭挞。正如习近平总书记所指出的："好的文艺作品就应该像蓝天上的阳光、春季里的清风一样，能够启迪思想、温润心灵、陶冶人生，能够扫除颓废萎靡之风。"

当前，传统诗词创作者和诗词爱好者队伍发展迅速，已超过三百万。每天创作的诗词作品超过唐诗、宋词、元曲的总和。诗词评论研究队伍也成长很快，诗词评论、诗词学、诗词创作理论研究成果丰硕。如何从浩如烟海的诗词作品中"淘"出优秀作品，并使之存下来、传下去，如何使诗词研究理论成果"面世"并发挥应有的指导作用，确实是摆在我们面前的无可回避的一个重要课题。中华诗词学会是一个没有国家编制，没有国家拨款的社会团体，事业的运转主要靠社会赞助和会员费支撑。俊识（北京）文化传媒有限公司总经理吕梁松、北京采薇阁总经理王强，两位一直是对中华传统文化情有独钟的热心人，慷慨解囊，愿意同中华诗词学会一起，搜集整理编辑推出《中华诗词存稿》这套书，共同为中华诗词文化的继承和发展，做成这件十分有意义的事情。

　　《中华诗词存稿》主要搜集整理出版三部分内容的资料：一是当代诗词名家的个人作品集；二是当代诗词评论家、诗词学者的学术著作集；三是当代诗词作品、诗词理论学术成果阶段性、专题性、地域性的集成类作品集。诗词作品强调精品意识，沙里淘金，把"有筋骨、有道德、有温度"的优秀诗词作品搜集起来。诗词评论、研究类资料强调理论性和创新性，应具有鲜明的个性特点，具有创建性的见解。集成类的资料应有一定的史料保存价值。总之，做成一套具有当代价值和历史意义的好书。在此，我们编委会人员，向提供资料、筛选编辑、版面设计、校对勘误，包括所有为这套资料付出辛勤劳动的同志们，表示真诚的谢意！

郑欣淼

二〇一九年七月于北京

# 序

　　近年来，国内诗词创作风气大开，余有幸不时获得各地诗社、诗友惠赠之有关书刊，尝于《中国当代诗词选》《当代诗词点评》《中华诗词》诸籍，拜读袁第锐先生之佳作好词多篇，甚赏之，老眼为之顿青。就中《南浦》咏盆菊云："新妆宜面，悄无言。清露浥鲛纱。金屋匆匆去住，依约似前花。长记东篱岁月，傲风霜、不向鬓边斜。任埋香埋玉，尘缘尽了，无梦到人家。昨夜东皇唤起，抚惺忪泪眼对明霞。待理风鬟雾鬓，何处又鸣笳！把酒难寻旧事，算而今人面隔天涯。怅年年秋色，一腔幽怨饯韶华"。意境幽深，韵致飘逸，洛诵回环，击节相赏，窃慕词人之绮思彩笔，深以无缘识荆为憾。

　　一九九二年秋，余承乏滥竽评委，赴广东清远市预首届中华诗词大赛终评。抵宾馆后，见评委名单中有袁先生大名在，亟倩友人绍介，相见甚欢，恍如旧识。终评为时半月，颇辛劳。衡文中偶有异议，须全组评委讨论，袁先生发言，往往与愚意合拍，不觉相视会心而笑，感知音之难得也。清远气候温暖，时虽深秋而花事仍繁，所寓宾馆在北江旁，江边院内，扶桑、羊蹄、丹桂，以及诸多不知名之南国草木，正花发盈枝，姹紫嫣红，蜂喧蝶舞，风光旖旎，宛如北地三春时节。每日清晨薄暮，诸公多相偕漫步，欢叙友情。袁先生与余，亦爱于是时徜徉乎江畔庭前，载止载行，纵论今古，赏析诗文，相知愈深，感情愈笃；不日事竣分携，临别已不胜依依矣。

　　返京后，余连得袁先生大札，并附诗词大作多篇，虽各见报章，终不如先生情谊之厚，与诗词造诣之精深也。两月前，先生复见告其尊著《恬园诗词曲存稿》即将付梓，同时赐寄书稿，嘱余作序，不才受此重托，感愧兼之，而却之不恭，谨叙读后心得，以示欣佩之意耳。

　　袁先生大作，有写景抒怀者，有反映现实者，有咏史寄慨者，有针砭时弊者，题材丰富，主旨隽永，艺术精湛，令余讽诵赞叹不置。譬如《天池》其二云："八骏西游未肯还，穆王消息滞天山。瑶池自有奇花草，何必春风度玉关。"萧涵按："春风与玉门关一案，可分三个阶段。王之涣"黄河远上白云间，一片孤城万仞山。羌笛何须怨杨柳，春风不度玉门关"，其第一阶段也。清末杨昌浚之"上相筹边未肯还，湖湘子弟满天山。新栽杨柳三千里，引得春风度玉关"，一反王之涣原意，是为第二阶段。先生此诗，先说八骏西游未肯还，暗示天山水草富饶，非无春风，八骏愿意安家落户而"未肯还"。次说穆王不返，正为瑶池值得终老，所以无消息者，只是音书远隔而"滞"，并非其他。末两句点明正题，以"瑶池自有奇花草"力排"春风不度玉门关"与"引得春风度玉关"之论，在此一场公案上可说是另辟蹊径，故为第三阶段。孙艺秋先生评曰："后两句大佳！"信然。笺评俱佳。愚意此诗之绝妙处，不止能力排前人之论，更在于善采撷生活实感，藉助神话传说之浪漫想象，盛赞此间自有奇花异草，风景佳丽，足令穆王乐而忘返也。王诗乃千古绝唱，杨诗因左公柳而翻出新意亦佳。先生之作，则最切实情实景，且饶诗意遐想，足与前二诗鼎足而三。又如《蝶恋花•辛卯春节寄怀去台故旧》云：

又是春光迷碧树，三十三年，忘却盟鸥处。若问乡愁今几许，杏花二月江南雨。　犹记旧时传腊鼓，万点春灯，千里鱼龙舞。愿得商谈倾肺腑，繁华盛事重新睹。

熊东遨评："上片言阔别之愁。'若问'二句化贺方回意另着衣衫，自然贴切，深得拈来之法。下片先忆往事：腊鼓春灯，鱼龙飞舞，情景如在目前；结语表明心愿，正从繁华往事中逼出。词写友情，而意义却超出友情之外。"（《当代诗词点评》）行家精鉴，得词人三昧。谓意义超出友情之外，见兴寄之深，尤为知言。

先生好咏史，有《秦陵二十咏》《屈原二十咏》《历史人物杂咏》等百馀首，数量直逼唐之胡曾，而艺术则远胜之。其《魏徵》云："旷代贤良数魏徵，每于倔强见忠贞。鹞儿莫怨君恩薄，成得皇家纳谏名。"拈出细事，君明臣忠立见。《秋瑾》云："秋风落木楚天高，咏絮清才咏宝刀。墓冷西湖埋侠骨，鉴湖一女是人豪。"悲愤之情，崇敬之意，以冷境常语出之，似更觉震撼人心。诗人爱憎分明，有褒亦有贬。如《秦陵二十咏》其六云："学绾兴亡事本诬，祖龙何事错坑儒？揭竿斩木陈王反，传世文章一帛书。"自注："陈涉起义号陈王，其传世文章仅鱼腹帛书，'陈涉王'三字。"此诗造意之辛辣幽默，堪与唐人章碣《焚书坑》"坑灰未冷山东乱，刘项原来不读书"相媲美。

　　集内散曲存稿少而精。为"绿色希望"所作套数中之《油葫芦》云：

　　　　　一寸相思一寸灰，怎盼得桐花万里凤凰来。
忆当初藏冰植树争豪迈，一心里鞭打龙王上九
阶。沧桑变，人未老，功劳在。喜如今一径葱茏
山似黛，料明朝端的呼得雨云回。


　　豪情壮志，曲家声口，本色当行，令人折服！

　　综观《恬园诗词曲存稿》，觉各体擅场，俱见功力，兴、观、群、怨，内涵深广；沉思翰藻，文质彬彬。不意正始之音，竟重聆于今日矣。想此集一经问世，定为吟坛增色，嘉惠后昆不少，可预卜也。

　　先生一九二三年诞生，四川永川人，现为甘肃省政协常务委员、甘肃省诗词学会会长。余敬其盛德，赏其高唱，谨为之先容。是为序。

陈贻焮

癸酉暮春于北京大学梅棣庵

# 袁第锐简介

　　袁第锐，1923年2月生。四川省永川县（今属重庆市）人，原国立政治大学高等科行政组毕业。四十年代曾任重庆新民报记者、编辑，甘肃省政府秘书、编译室主任、法制室主任，临泽县县长。1949年起，先后任西北人民革命大学兰州分校（今中共甘肃省委党校前身）教员；甘肃省商业厅干部学校（今兰州商学院前身）教员；甘肃省政协文史资料委员会编辑、文史专员；甘肃省政协第五、六、七届委员，第五、七届常委。现任甘肃省文史馆馆员。

　　1981年，在萧华、杨植霖、辛安亭等领导下，组建了全国较早成立的诗词组织——兰州诗词学会，袁第锐任秘书长。1987年3月，兰州诗词学会改建为甘肃省诗词学会，他担任副会长兼秘书长。同年5月，中华诗词学会成立，被选为理事、常务理事。1994年5月，被推选为甘肃省诗词学会会长。1997年，中华诗词学会局部改组，当选为该会副会长，分工主管诗词学术研究和全国性采风活动。现任顾问。

　　袁第锐在诗词创作方面，有独特的成就，诗、词、曲各体皆长。担任过南郑杯、老龙口杯、李杜杯、鹿鸣杯、回归颂等全国性诗词大赛评委，出版了《恬园诗词曲存稿》《诗词创作艺术丛谈》等著作。另有《恬园诗话》，自1992年起在四川《龙门阵》双月刊连载发表，读者遍及海内外。1992年参加"著名诗人访问团"访问广州、深圳、珠海，以口占"泯却零丁千古泪，要从蛇口看中华"的名句，为蛇口、深圳、广州、香港各报竞相刊载，他的《回归颂》七律，被深圳"锦绣中华"回归颂诗碑收入刻石，长期展出。著名诗人、博导、陕西师大霍松林教授评其律诗曰："以律诗写时事，熔典故与时行口语于一炉，章法井然，嬉笑中含悲愤，怒骂中寓惋惜，求诸古人，罕有此作，而今人能造斯境者亦仅见"。①著名学者、博导、北京大学陈贻焮教授评其咏史诗（绝句）曰："数量直逼唐之胡曾，而艺术则远胜之"。②当代诗词评论家、韶关大学王林书教授称其"诗、词、曲、赋各体都表现出内容与形式、格律与情思的高度统一，现实与历史、赞颂与批判的水乳交融。显示出当代诗词界所少有的大家风范"。③

袁第锐对传统诗词有系统的研究，在国家级和省级学术、文艺刊物上发表过有关论文多篇，为《当代学者论文集》（巴蜀书社出版）等多种专集收录。他主张诗歌创新，曾创"当代曲子词"体，引起了诗歌界重视。1982年在西北民族学院汉语系主讲《唐诗讲座》，此后并应邀在西北师大中文系、兰州大学中文系和银川西北第二民族学院中文系讲学。其事迹被《诗学大辞典》（安徽文艺出版社出版）和《中国百科学者传略》（巴蜀书社出版）等辞书所收录。

【注】

① 见《恬园诗词曲存稿》第89页。

② 见《恬园诗词曲存稿》序。

③ 见《湖南诗词》1995年第4期；甘肃《社科纵横》1996年第4期。

（甘肃省诗词学会提供）

# 目　　录

# 律　诗

# 绝句

1127首

## 纷纷

纷纷歌舞已连宵，玉态轻盈细柳腰。
谁念天涯征战客，沙场凄切马萧萧。

（1942）

## 放逐

妻离子散欲何之，肠断巴山夜雨时。
四十六年馀一梦，千寻白发万寻丝。

（1970）

## 乡居

难得人间六月凉，清风明月小池塘。
一川雾满闻天语，独坐亭前桉树香。

（1978）

## 未必

未必碔砆能乱玉，不须弹铗怨无家。
暮春三月兰州好，庭院深深几树花。

（1980）

# 偶成（二首）

## （一）

腐朽神奇一梦殊，十分清醒是糊涂。
韶华逝去丹心在，潦倒平生几卷书。

## （二）

世路茫茫各自殊，由人背后唤糊涂。
忙中得句闲时续，梦里寻诗醒后书。

（1980）

# 得书

风光好处都成梦，人在天涯逼岁除。
老去庾郎情味减，高楼肠断一封书。

# 无题（四首）

## （一）

弹指流光四十年，谢娘消息渺云天。
秋来无限花开落，谁把新词谱旧弦！

## （二）

庄周蝴蝶梦依稀，欲返桃源路已迷。
省识一春花事误，芙蓉出水隔前溪。

## （三）

欲访遗踪迹已陈，少年心事总酸辛。
蓬头幼女蓬头嫁，从此萧郎是路人。

## （四）

但觉新来懒上楼，风尘赢得鬓华秋。
难忘四十年前事，红粉青衫两白头。

（1980）

# 学十四大文件感赋（二首）

## （一）

国是磋商十四回，航程指引见精微。
市场经济安排定，不怕人前说是非。

## （二）

左右思潮两要防，登高落帽送重阳。
者回系得瞳瞳日，照我航程到远方。

# 风霜忆旧（四首）

## （一）

六腊曾闻作战场①。十儒九丐任平章。
浮家泛宅人无奈，儿子啼饥女唤娘。

## （二）

知识由来不值钱，蒋家天下史无前。
纵然六腊关能过，学士文凭十八元②。

## （三）

半年粮足不称王③，末路谁知是课堂。
纵得尊师如孔子，何人却济在陈粮。

## （四）

教书人尽是颜回，巧妇难为无米炊。
不食嗟来宁饿死，两朝朱子义同归④。

【注】

① 旧社会对教师采聘任制，聘期多为一学期。故每当农历六月、十二月之际，教师为谋下一学期的教职，常须进行艰苦紧张的人事角逐，人称"六腊战争"。

② 旧社会小学教师待遇各地不同，作者家乡四川省永川县规定大学毕业任小学教师月薪十八元，高中毕业者十六元，初中毕业者十四元。

③ 旧社会有民谣曰："家有半年粮，不当孩子王。"小学教师之社会地位可想而知。

④ 南宋理学家朱熹主张"饿死事小，失节事大"。一九四八年清华大学教授朱自清一身重病，宁可饿死，不领美蒋之所谓"救济粮"。两朝朱子，指朱熹与朱自清。

# 壬戌春节白塔山灯会彩画杂咏（六首）

## （一）

丹青妙笔信无俦，闺秀名媛笔底收。
怜她切盼元宵节，灯前一舞解千愁。

## （二）

琼楼玉宇失梵王，翠袖明珰满画廊。
君瑞重来惆怅老，更于何处觅西厢。

## （三）

才欲骑牛上碧霄，怀中儿女忽相招。
休惊织女来何速，此地原来有鹊桥。

## （四）

荷得香锄入院来，残花葬罢自徘徊。
潇湘馆内桃千树，争得怡红院里栽。

## （五）

重睹芳华叹绝裾，胡笳十八眇愁予。
最难今日酬文债，夤夜挑灯续汉书。

## （六）

约法三章灭暴秦，大风遗范几沉沦。
满朝无数兜鍪辈，底事和戎遣妇人！

# 长安杂咏（十一首）

## （一）

盛唐气象漫追寻，一想遗风感慨深。
不信名山成绝业，踵贤我亦奋雄心。

## （二）

诗名李杜干云霄，底事唐音久寂寥。
裙屐风流今又是，不愁文苑不波涛。

## （三）

渭水桥边花欲燃，春风十里袅晴烟。
怜他瑰宝蒙尘后，一卧青山不计年。

## （四）

独上骊山望八荒，当年嬴政亦雄王。
销金原自非长策，垅上旌旗蔽日光。

## （五）

约法三章灭祖龙，高皇曾自颂雄风。
江山指点真形胜，两世难忘混一功。

## （六）

寒霜散尽又春阳，一览群峰势莽苍。
天宝开元成隔世，斯人功过怎评量！

## （七）

笑语狰狞不掩哀，元凶霸业已成灰。
游人笑指亭边石，此地曾经捉蒋来。

## （八）

昭昭信誓总徒然，乍听渔阳国便迁。
绝似井阳宫里事，美人社稷一齐捐。

## （九）

数声鼙鼓动渔阳，不见雄师赴战场。
自是风流天子误，杨妃何事与兴亡！

## （十）

雁塔题诗愧未能，当年大雁化飞鹏。
只因欲共神仙语，拾级来登最上层。

## （十一）

长安胜地信无俦，当得从容百日游。
走马看花成憾事，匆匆明日又兰州。

# 观《王昭君》话剧偶成（二首）

## （一）

琵琶胡语最风流，笑语盈盈不解愁。
长得和亲妃子在，将军无处觅封侯。

## （二）

武功文治信难求，计拙和亲未足讴。
杀却画师妃子嫁，汉家皇帝是庸流。

# 得中共甘肃省委统战部五月八日通知，将历次运动中不实之词三十六份予以销毁，同月十九日又奉通知参加座谈会口占二绝志感

## （一）

一笺读罢泪潸然，始信人间别有天。
烧却浮词三十六，顿教衰朽作英年。

## （二）

要看晚节胜黄花，三十三年愿未赊。
省识人言非诞妄，马恩今又到中华。

## 邂逅

邂逅街头一展眉，相惊片语已移时。
觉来身世都如梦，二十年前说马斯。

## 即事戏题

未忍老妻呼腿痛，按摩我亦学巫医。
稚儿最喜妈吞药，故故寻人要腊衣。

## 读张思温诗集十四卷书后

韦编十四尽珠玑，好句吟来不自持。
愧我倥偬凡事扰，囫囵吞下万行诗。

## 瀚海舟

负重谁如瀚海舟，几回瞩目望蜃楼。
莫辞苜蓿天涯远，博望浮槎在上头。

## 送陆为公赴西安疗养

献身那复计艰难，历尽辛酸与苦甜。
四十馀年闲不得，转于病处觉心安。

## 梦中得句

一曲清音响未终，数声魔笛起腥风。
等闲莫谓神仙近，更隔蓬山几万重。

# 湟源道中

湟水奔流西复东，高原六月正春浓。
嫣红姹紫花如锦，几处人家舞蜜蜂。

# 峭壁红花

偏宜幽处托芳踪，划破苍茫几点红。
独立高崖人不识，年年长自舞东风。

# 大楼即景

四月金城花正开，搴帘无语独凭台。
轻车不尽盘旋路，一女红裳款款来。

# 怀冯仲翔教授

江山何处不钟灵，曾见笼鹅写旧经。
未改沧桑人事杳，西窗风雨数峰青。

## 再到兴隆山

避秦无地觅桃源，再到名山见废垣。
解得芳华多少恨，一天明月照无言。

## 赠张宣离休赴西安

欲学西施总不如，几回搔首费踌躇。
清风明月来千里，龙首山头夜读书。

## 自题《历史人物一百咏》

莫讶人间物态殊，且将功罪付虞初。
整冠尚欲资铜鉴，未必清吟是谤书。

## 游兰州白塔山

一塔凌霄万壑低，游人少处景偏奇。
山间诗意多于叶，转入城中浑不知。

## 秋蝉　和孙艺秋原韵

何必蓬门怨绮罗，青衿白发旧南柯。
不如长在秋风里，摇落江湖冷梦多。

## 张掖木塔①

矗立人间几度秋，难从碑碣问来由。
梵王宫殿今何在，一塔凌空说旧愁。

【注】
①　张掖木塔寺，年久湮灭，仅存木塔。1985年予过张掖往访，木塔正付整修。有碑碣，时适覆置于地，为之怅然。

## 武威西夏碑

西夏国亡文字在，人天劫后一碑存。
欲寻九百年前事，石碣无言日又昏。

## 晨到安西

金城朝发日当头，行到姑臧雨未休。
入夜不知车远近，醒来人在古瓜州。

## 题乌鲁木齐镇边楼用杨增新原韵①

西来独吊镇边楼，阅尽沧桑历尽愁。
地下杨公应有语，当年孟浪谴班侯。

【注】

① 杨增新，云南蒙自人，于民国初任新疆督军，每于镇边楼席间诛异己者。杨《题镇边楼》原诗云："居夷已惯不知愁，北准南回一望收。却笑当年班定远，生还只为一身谋。"后为其部樊耀南所杀。

## 天池（二首）

### （一）

天山山下小桥横，激浪湍流冷似冰。
隔水招邀情意好，停车我欲试嘤鸣。

### （二）

八骏西游未肯还，穆王消息滞天山。
瑶池自有奇花草，何必春风度玉关。

# 吐鲁番风情（四首）

## （一）

清清流水绕红墙，夹岸垂杨野草香。
稚子候门招小手："葡萄架下最阴凉"。

## （二）

幽渠扑面百花香①，飞鸽迎风立短墙。
喜得此行酬素愿，坎儿井水试清凉。

## （三）

葡萄美酒溢清香，贤主殷殷劝客尝。
蓦地掌声惊四座，轻车推出烤全羊②。

## （四）

歌舞谁家最擅场，锦衣长辫系红裳。
笑他击节扶桑女，直把吾华认彼乡③。

【注】
① 当时乘汽车经过，因水渠与公路并行，故有幽渠扑面感觉。
② 在吐鲁番宾馆吃烤全羊席，厨师先将烤好全羊用小车推

至餐厅，宾客鼓掌赞好之后，再推回切割上席。

　　③　吐鲁番宾馆入夏每晚均于葡萄架下设跳舞晚会，维族姑娘翩翩起舞，频邀客人入场共乐。时有日本妇女多人，击节而歌，随即入池表演舞技。

# 阳关

遗址阳关聚讼纷，鸟飞不到兽亡群。
黑灰红瓦沉沙碛，至今人说李将军。

# 卓尼禅定寺观喇嘛绘佛像片刻而就

一佛谁云出世难，丹青挥罢奶茶干。
早知顷刻成空相，面壁何须更九年。

# 瞻文成公主入藏时所携佛像

一佛千年历劫灰，巍然尚自坐莲台。
文成往事应犹记，欲共挑灯夜话来。

# 美仁寺

长带袈裟列队迎，围观儿女各虔诚。
莲台踏碎趋金殿，钟磬清于佛号声①。

【注】

①　佛寺迎贵宾时，以石灰篆地作云彩、莲台状，往往长达数百米。

# 贺安庆楹联学会成立

盛事今朝出皖江，闲敲平仄饰雕窗。
清时技痒屠龙手，一副长联美汉唐。

# 莲　塘

水涨陂塘翠盖遮，满船莲子满船霞。
清歌一曲人归去，玉润珠圆逐浪花。

# 感怀二首和马永慎原韵

## （一）

人与青山共白头，金乌不住水东流。
书生爱国空词赋，潦倒兰山夏又秋。

## （二）

暮鼓晨钟响未休，撩人心绪费绸缪。
相攻莫厌他山石，文旆秦州接益州。

# 登嘉峪关城楼远眺（二首）

## （一）

文殊山上阵云飞，萧飒雄关对夕晖。
碧水澄湖凭问取，当年照得几戎衣？

## （二）

再到雄关百感生，南山东望暮云平。
西来正是长征路，何必前途识姓名。

## 玉门见左公柳

功罪由来岂易论，左公杨柳尚盘根。
烽烟不举关山靖，又跨长龙出玉门。

## 乌鲁木齐话香妃事

天山山下话前尘，一代名姝迹尚新。
联姻早见维吾尔，未必和亲尽汉人。

## 交城遗址见无头佛

交城征战几时休，一水清清自在流。
阅尽汉唐多少事，倾情欲诉却无头。

## 明长城遗址

明家天子最无能，入海升天觅建文。
弃置河山千万里，枉抛民力筑长城。

## 访阳关遗址

瓜州西去路途难，颠簸轻车笑语欢。
天马不知何处去，无人解认古阳关。

# 月牙泉（二首）

## （一）

萧疏杨柳渥洼池，果绿瓜黄正入时。
天马亦知人世乐，如今不向碧空嘶。

## （二）

绿洲杨柳碧氄氄，四壁鸣沙接上天。
料得夜深风物静，一池天马饮清泉。

## 嘲莫高窟立身弥勒佛

一佛千年踞石丘，百丈金躯百丈楼。
堪笑有身为世累，篡唐曾助则天谋。

## 博拉寺听嘉木样大师宣讲政策

伞盖重重鼓角雄，法螺声壮彻长空。
礼罢升堂宣政策，强他说法一生公。

# 白崖寺

白绸哈达献袈裟，云起苍崖日欲斜。
黄童野叟齐参佛，共向车头掷野花。

# 夏河途中

冉冉轻车逐下坡，黄云匝地熟田禾。
山低渐觉平呼吸，夹道垂杨入夏河。

# 甘川道中（四首）

## （一）

再跨长龙百感俱，重来今日意何如！
十年往事休回顾，垢面蓬头入槛车。

## （二）

一宿轻车睡梦闲，匆匆已过万重山。
红装不落男儿后，箬笠蓑衣自种田。

## （三）

山村好景最难描，野笛催诗入梦娇。
绿树红墙牛唤犊，跟跄奔过小溪桥。

## （四）

绝巇凭临眼界空，蒙蒙薄雾湿车篷。
山下骄阳山上雨，谁云人世一般同。

# 锦江

锦江十里好风吹，绿女红男打桨归。
莫怨水流浑又浊，引来燕子满城飞。

# 成都昭烈庙

刘家先主最无谋，百里连营说报仇。
留得衣冠归汉冢，霸图空负武乡侯。

# 天回镇

蜀水清清蜀道迂，江油遗恨吊诗仙。
等闲过了天回镇，不见唐家羽葆还。

# 青城山（二首）

## （一）

一路轻车访翠微，青松石径白云飞。
蒙蒙雨锁天师洞，幽谷仙人去不回。

## （二）

岁暮青城一壮游，轻阴翳日鸟啾啾。
诗人老去空题跋，银杏无言对白头。

# 安澜桥

低堰深滩论尚辉，神工鬼斧判离堆。
安澜桥下蛟龙伏，万丈狂涛自此回。

# 乐山大佛（二首）

## （一）

三江灵水汇乌尤，一佛飞来几度秋。
莫惮迂回行栈道，欲瞻庙貌要从头。

## （二）

凌云谁似此山高，不为狂涛一折腰。
四化双翻多少事，如君闲坐应无聊！

# 峨眉山（二首）

## （一）

森森乔木草萋萋，百里花香一径迷。
半日阴晴兼四季，人间秀绝是峨眉。

## （二）

戏石双龙去不归，清音阁迥鸟飞回。
一潭水碧清无极，流向人间灌小畦。

# 成渝道中（五首）

## （一）

昏昏睡思逐杨花，别绪新添老鬓华。
四十年来频作客，生涯碌碌转蓬车。

## （二）

艰难蜀道欲何之，忍把豪情付酒卮。
大好光阴闲里过，一生长惜客中时。

## （三）

竹篁深处听吹箫，更遣馀音过小桥。
怪道山村人似玉，门前都种美人蕉。

## （四）

禹穴藏书想杜公，闲云出塞本无风。
如何茅屋摧残后，不向涂山一驻踪。

## （五）

粉白嫣红夹竹桃，锦城无处不藏娇。
强他北国充盆景，错节盘根意最饶。

# 银川怀古（三首）

## （一）

千秋人事几沧桑，元宋匆匆大夏亡。
莫道威权能永固，是非终要后人量。

## （二）

十日银川绕梦思，百年曾是几多时。
昊王台上生秋草，碎瓦明珰满旧陂。

## （三）

底事名山号滚钟，苍茫石径接鸿蒙。
蹒跚帝子今何在，绝似南柯一梦中。

# 中宁渡口

滔滔黄水向东流，摆渡轻车不自由。
安得一桥平两岸，风波虽大不须愁。

# 吐鲁沟杂咏（四首）

## 幽谷琴音

峡谷幽幽忽听琴，潺潺流水共鸣禽。
清音处处闻雏凤，此地原无恶木阴。

## 三峰竞秀

奇峰耸秀入云间，玉立亭亭不计年。
看罢怒潮三峡里，飞来同听水溅溅。

## 通天门

茫茫云海渺无垠，欲叩青天未有门。
峭壁巉崖开一线，千秋神禹此功存。

## 驼峰岭

茫茫云海几驼峰，同向仙山一驻踪。
底事飞离腾格里，终朝赢得雨蒙蒙。

## 咏百合偶寓老友孙艺秋生平

连阡同系茜罗裙，不慕繁华不占春。
莫惜秋来明似玉，涅槃犹是凤凰身。

## 陇右特产四咏

### 韭黄

寂寞秋容半掩尘，竹篱茅舍自氤氲。
怜他九死终无悔，不为寻春只探春。

### 当归

窈窕姿容自绝尘，篱边垅外记艰辛。
剧怜鼎镬焚身后，犹把芳名唤远人。

### 软儿梨

也向春风吐异香，生涯落莫俭梳妆。
怜他未解趋时俗，雪地冰天始擅场。

## 水萝卜

生小娉婷姓字妍，晚成大器应如椽。
却缘不惯经风雨，早作人家席上鲜。

## 武都街头

清清流水绕阶州，南北风光眼底收。
入夜一街明似昼，罗衫薄薄小城秋。

## 阴平古渡

邓艾遗踪何处寻，阴平古渡接遥岑。
开疆灭国人何在，白水江头夜夜心。

## 天水纪信祠①

纪信当年计事疏，黄车左纛便称孤。
城隍庙冷无香火，空怨刘郎不丈夫。

【注】

① 刘邦被困荥阳，纪信为将，自请伪装汉王。黄车左纛降于项羽，刘邦乘间得脱，纪信为项羽所烹。传纪信后为天水城隍。今天水城隍庙尚有于右任榜书"汉忠烈将军纪信祠"字样。惜香火冷清，纪信得毋怨乎？

# 隗嚣宫①

古城人道隗嚣宫，断垄残烟夕照中。
蹇帝登天终笑柄，择君长忆伏波雄。

**【注】**
① 隗嚣于东汉初踞秦州称帝，今天水城郊有其宫阙遗址。嚣病足而蹇，时童谣云："出秦东门，遇一蹇人，言欲上天。夫天得上，地上安得民？"又陇西马援，先事隗嚣，后降汉，封伏波将军。人有问之者，答曰："当今之世，不特君择臣，臣亦择君"。

# 麦积山观天女散花表演

天女散花信有之，一团乱纸薄于丝。
蓦然洒向晴空去，卷入冥冥浑不知。

# 书麦积山第四十三窟西魏乙弗皇后事①（四首）

## （一）

栈道凭临眼界空，鲜卑遗事已朦胧。
红颜未老恩先断，乙弗杨妃异代同。

## （二）

君王负义结柔然，锦帐魂飞欲问天。
香魄未随归梓去，一龛幽梦伴年年。

## （三）

不羡红尘厌绮罗，生涯落寞一悲歌。
文皇自是无恩泽，莫向柔然叹奈何。

## （四）

婷婷袅袅向天涯，飘泊谁怜未有家。
知是香魂归未得，故教容与作飞花。

【注】

① 天水麦积山第四十三窟原为西魏文皇皇后乙弗氏修剃之所。氏美而贤，宫内外皆敬之。会柔然入侵，示意结亲可归和好，文皇懦怯，纳柔然氏，而令乙弗氏在麦积山为尼，又令自裁。今天女散花现象，一说乙弗氏之魂所为也。

# 感遇一首示友人

花信频传感不胜，心情依旧世情升。
平生已是经风雨，不怕琼楼最上层。

# 文县途中

玉米垂缨柳浪斜，崎岖野径走轻车。
依山傍水人家好，云树苍崖几处花。

# 双玉兰堂<sup>①</sup>

千秋凭吊玉兰堂，水洌泉甘吐异香。
尚说风流成底事，遗篇重读一回肠。

【注】
① 天水甘泉乡有双玉兰树，可数抱。传为杜甫手植，并有
诗咏之。

# 临夏雕砖

花木扶疏曲径幽，葡萄美酒骋骅骝。
忘情欲说前朝事，隐倚雕砖不转头。

# 丁卯秋日书怀，柬孙艺秋

十分心事渺难收，梦里南柯接素秋。
修到菩提终是妄，聊将踪迹寄红楼。

# 陇右张维垣先生遗画展观后

又向遗篇吊辋川，丹青重认每潸然。
怜他一代才人运，去后虚承七品衔[①]。

【注】
① 张维垣先生悼词中有副县级头衔。

# 题临夏红牡丹

造化由来各不同，一枝明艳舞东风。
千红万紫皆春色，岂必姚黄是正宗。

# 和原韵寿马紫翁八旬晋六[①]

莫言昔日议无纲，已见刍荛入上方。
肝胆照人荣辱共，杖朝仍要费周章。

【注】
① 马翁1957年被错划右派，故首句及之。

# 过西安访霍松林教授（二首）

## （一）

辋川居士最情深，艺苑高风说到今。
又向曲江传韵事，唐音阁里听唐音[1]。

【注】
[1] 霍所居名唐音阁，程千帆榜书。

## （二）

任他月旦任他评，怪底年来浪得名。
老去不知言责重，猖狂还是旧书生。

# 题南湖游照

垂杨袅袅系金秋，碧水长天此壮游。
清韵悠扬人语静，还催双桨过瀛洲。

# 中南海

宫墙依旧御庭空，汉武秦皇一梦中。
败寇成王千古恨，人间何处觅真龙。

# 长城

汉月秦宫路几重，不须惆怅忆雄风。
斯民若是长为主，更有人工胜鬼工！

# 颐和园观宫人舞

一例宫装别样裁，舞姿犹似旧时来。
百年未醒颐园梦，重振容华上戏台。

# 圆明园旧址

荒台野径紫萝藤，缥缈情思忆甲兵。
福海迷宫无尽意，总是当年血染成。

# 戒台寺口占

路转峰回笑语偕，虬松古殿费疑猜。
从来选佛皆虚妄，何必崎岖上戒台。

# 赠苏平

辛苦当年暗费声，红波迢递旧知名，
等闲识得春无价，一曲花儿入上清。

# 《聊斋志异》故事杂咏（六首）

## 白秋练

罗衣叶叶柳千条，一听吟诗疾便消。
解道女郎风雅甚，早将湖水护阿娇。

## 巩 仙

幽梦沉沉羡巩仙，天涯咫尺幻人间。
旧袍寸寸皆良药，医得相思十四年。

## 画 壁

妄念频生世路艰，误将兰若作阆寰。
神仙若许垂青睐，一梦何妨到壁间。

## 翩 翩

餐月衣云十五年，佳儿美妇乐翩翩。
怪他浪荡罗公子，只慕温柔不学仙。

## 促 织

斗鸡走马遍长安，虐政由来有万般。
离魂解得爷心苦，强忍悲酸学跳弹。

## 小 谢

啁啾鬼帐伴青灯，小谢秋娘各有情。
载得佳人魂入窍，临邛道士最能仁。

# 读《纸壁斋续集》柬荒芜（四首）

## （一）

妙句新裁纸壁斋，一吟三叹我何来。
口诛笔伐君真健，长吉前身是鬼才。

## （二）

莫怨簪缨戴紫貂，由他诗海卷狂涛。
名山若足藏新集，纸壁终当续大招。

## （三）

乾隆登假仍如在，到处名山有玷污。
岁月倒流三十载，迅翁未必赞於菟。

## （四）

世事纷纭岂易论，何妨晋政出多门。
便诛少正也无益，儒术由来未一尊。

# 读徐传礼《闲话张恨水》书后（二首）

## （一）

稗官写到鬓斑时，灰尽雄心信有之。
一枕难醒才子梦，鸳鸯说部性灵诗。

## （二）

蝴蝶鸳鸯最上游，虎贲一部足千秋。
鼠吞残梦荒唐甚，不是虞初是左丘。

# 马嵬坡吊杨玉环（三首）

## （一）

渔阳鼙鼓入天街，千古由人谑浪谐。
不信汉宫传韵事，将军当得洗儿来。

## （二）

一垒青坟系众心，华清重到费沉吟。
女儿入浴寻常事，艳说风流直到今。

## （三）

玉殒香消不计年，何曾阆苑作大仙！
怜她一袜留尘世，赚得游人泪几千。

# 书梦一首柬甄载明

行行无奈入红尘，廿载论文感夙因。
一室不辞原宪陋，阮郎身世最清贫。

# 传定西城隍为文天祥 戏题一绝

惶恐零丁叹未休，文山事业已千秋。
西来练得兵多少，肯为勤王又出头？

# 挽张亚雄

八十韶华梦里经，风霜不改旧童心。
莫言世上文无价，一束花儿抵万金。

# 哭裴慎之诗翁（二首）

## （一）

才气裴郎意纵横，诗书而外又丹青。
绝怜一语申民瘼，缧绁郎当戴覆盆。

## （二）

十年论政意从容，剩有文心一脉通。
磨蝎撄人劳藉问，论交生死更谁同。

## 挽马永惕

百阕新词想易安，何曾有梦到邯郸！
秦州子弟多豪俊，名在汪冯伯仲间[①]。

【注】
① 汪剑平、冯国瑞，均天水著名诗人。

## 《陇上吟》编后柬孙艺秋

陇上寻诗八百篇，乱投兰芷一嫣然。
龙头应属王摩诘，不遣清词出辋川。

## 中秋口占 1989

秋容奕奕古兰州，九曲黄河最上游。
雨霁天晴风物好，万花如锦月当头。

## 赠薛理平

陇上名花秀几枝，春兰秋菊各当时。
杏林长得东风护，咏絮清才是药师。

## 赠汪鸿谟

朱围钟灵渭水香，鸿谟未展隐歧黄。
杏林有术能医国，一镇磐安说姓汪[①]。

【注】
① 汪鸿谟设诊所于甘谷磐安镇。

## 题朱仙镇岳庙

朱仙战罢亦情伤，十二金牌赋国殇。
莫问圣明天子事，古祠高树正茫茫。

## 哭王干一

噩耗惊传苦忆公，校雠何日更相从！
吟诗喜得沉雄句，欲向泉台拜下风。

# 读报打油（四首）

## （一）

先世英名后世夸，李唐赵宋一齐拉。
东山子弟多豪俊，导演当生太傅家。

## （二）

遗臭遗芳未易分，汪韩一例出名门。
九泉喜煞秦丞相，不道人间有远亲。

## （三）

莫言恋栈是驽骀，曾见双双落泪来。
但得眼前能伴食，何妨冯妇再登台。

## （四）

下台清醒上台昏，纳贿徇私各有门。
笑骂由他谁管得，陶然一醉杏花村。

# 兰州七咏

## 五泉

千秋人说霍家泉，欲溯遗踪杳似烟。
摸子归来还掬月，一堂钟磬寂于禅。

## 金城关

寒锁严关势已非，金城无复旧戎衣。
划高拓狭成通道，峻岭长桥万毂飞。

## 木塔

曾闻木塔十三层，复道凌空大气蒸。
一自祝融吞噬去，人间何处觅奇能。

## 鱼池子

一例沧桑几变迁，楼倾洞杳不知年。
鱼池旧是将军第，翼翼亭台罩晓烟。

## 三台阁

竣阁登临一望赊，东岗西柳竞繁华。
河神解与人间事，故遣长龙护百花。

## 碧血碑

有碑西衬拂云楼，碧血争传几度秋。
世事由来真假半，一方红石认从头。

## 天下第一桥

利济人间第一桥，舸连廿四记前朝。
将军遗爱堪为证，阅尽沧桑铁未销。

# 重游五泉山忆刘尔炘（二首）

## （一）

胜日寻芳到五泉，葱茏山色足留连。
亭台掩映朝霞里，散落群星不夜天。

## （二）

两朝避世旧知名，词赋文章我独倾。
最是妙联三百副，浅斟禅理说人情。

# 答郑俊坤青岛

何日匡庐续旧游，才逢潦暑又中秋。

长街独步知腰健，莫道新来懒上楼。

附郑俊坤原诗：记共匡庐作壮游，玄蝉已过又中秋。凭栏把酒思公处，月上皋兰第几楼。

# 题甘肃省文史馆书画展

龙蛇飞舞绢中藏，四壁琳琅翰墨香，

气度汉家恢廓甚，有人执笔迈吴唐。

# 无题（四首）

## （一）

高山流水一庭居，正是梅花欲绽时。

莫道广陵成绝响，黄钟犹是大音稀。

## （二）

一曲清音上九霄，古琴新韵总多娇。

乐坛此日缘何事，不说钟期只说肖。

## （三）

漫说琵琶出远方，焦桐谁忆蔡中郎。

红颜白发多情甚，三日馀音尚绕梁。

## （四）

老去宁知白首心，茫茫华夏几知音。

问君消得愁多少，一曲清琴抵万金。

# 呈杨玉清老师（二首）

## （一）

盛世相逢岂等闲，参差壮岁仰巴山①。

难忘四十年前事，秃笔黄童斥"圣贤"②。

【注】

①　四十年代初期，玉清先生在重庆主编《三民主义半月刊》宣传三民主义革新理论为时论所宗。

②　陶希圣以理论权威自居、宣扬其唯心论道德观，余为文驳之，发表于先生主办之《三民主义半月刊》，先生并为亲加按语。陶亦为文答辩，同时发表。时余年尚未弱冠也。

（二）

岁月峥嵘忆昔年，经霜松柏志弥坚。
一从风雨钟山后<sup>①</sup>，革新无术托空谈<sup>②</sup>。

【注】
① 国民党首都于1949年二月解放，时方大雨，故有风雨下钟山之说。先生于南京解放前起义。
② 抗日战争胜利后，重庆之国民党人士，群起探讨革新之道，一时以革新命名之座谈会甚夥，而迄无所成，直至民革成立，始有生机。

# 咏兰州（十二首）

（一）

老幼携提共上山，要将旧貌变新颜。
治穷岂必先粮食，今日琵琶贵反弹。

胡耀邦总书记于一九八三年视察甘肃，认为治穷致富应先自植树种草入手，提出反弹琵琶主张。

（二）

湫隘嚣尘数百秋，青宁绾毂古兰州。
卅年变了繁华样，建起街心十四楼。

## （三）

一塔巍峨耸北山，飞龙栩栩隐雕砖。
葱茏不见盘陀路，却忆埋冰五七年。

一九五七年时兰州各单位于北塔山埋冰植树今已一片葱茏不复见旧时踪迹矣。

## （四）

五泉秀色绿于蓝，流水高山几度看。
妙语一联堪记取，下来更比上来难。

五泉山为兰州名胜，上有五泉山人刘尔炘对联：高处何如低处好，下来还比上来难。

## （五）

大哥娶陕二哥川，父是吴侬母是甘。
一室咿呀言语杂，原来同是老阴丹。

解放前市上有阴丹士林蓝布且色经久不褪。

## （六）

下班还比上班忙，柴米油盐失主张。
最是令人方便处，一星牛肉半瓢汤。

兰州多双职工，下班后忙于炊事，所幸清汤牛肉面馆甚多，食量大者两碗可以果腹，汤亦鲜美惜牛肉只一星略嫌少耳。

## （七）

姚黄魏紫满园开，衣样时新带笑来。
侬是七仙郎董永，不愁媒证有唐槐。

工人文化宫多种牡丹，初夏盛开，游人如织，又有唐槐尚存，极为珍贵。

## （八）

冰桥已杳握桥休，南北东西起峻楼。
掩袂成阴人百万，已无几个老兰州。

五十年代兰州冬季黄河封冻可行车马，今已杳然。七里河原有木质握桥为兰州一景，今已拆除另建，以利交通。

## （九）

雁滩苹果马滩桃，往事魂消第几桥。
裙屐翩翩来戏水，羊皮筏子木兰桡。

兰州在解放前仅有铁桥一座，可通南北。若往雁滩等地需乘羊皮筏子，今则各式桥梁凡六七座，交通大为便利，羊皮筏子几濒绝迹。

## （十）

水仙开后腊梅香，羯鼓声声送岁忙。
尽日儿童看不足，高跷长袖舞当行。

兰州习俗新年以太平鼓为乐，其声激昂，殆羯鼓之遗风也。又俗于新年扮梨园戏踩高跷后始罢。

## （十一）

西瓜甜透火炉温，冬夏茫然未易分。
解渴止馋兼入药，软儿一碗冷于冰。

兰州西瓜可藏至严冬食用，所谓围着火炉吃西瓜者也。软儿梨为兰州特产，入冬后薄皮以内尽化蜜汁，以碗盛而食之可疗咳嗽。

## （十二）

稗史古书未足凭，千年人吊女将军。
多因一部杨家将，幻出兰州穆桂英。

兰州黄河北有街名穆柯寨讹传为穆桂英老家，考之殊无根据。

# 编辑马仲英史料专辑蕆事口占二绝句

## （一）

霸业由来起跳梁，定陶破后又咸阳。

斯人功罪难评说，异代重瞳一项王。

马仲英，临夏人，一九二八年时，年十七岁，以七人起事，聚众数万，反抗国民军，转战于甘宁青新四省，颇似项羽故事。

## （二）

休将成败论兴亡，西出阳关作战场。

未整全师东抗日，莫斯科外哭苍茫。

马仲英于一九三四年败退南疆，旋入苏联在莫斯科学习政治军事。曾派葛霁云、马彦良等携回其录音，谆谆以抗日救亡为念，后不知下落。

# 秦陵十九咏

祖龙功过费评量，渭自清清泾自黄。
酷虐贪残垂后鉴，八纮一宇颂雄王。

诸公论史太倾斜，翻案文章作到家。
千古只今尊一帝，却将民命等虫沙。

人间天上两无踪，空向秦陵哭祖龙。
筑得长城千万里，何曾一日御强戎。

蓬山无计泛仙槎，碣石东临望海涯。
药不长生人未返，飘零徐福落谁家。

销金未必能防反，鱼腹何来帛上书？
一自鲍鱼同臭后，辍耕陇上尽扶苏。

学绾兴亡事本诬，祖龙何事错坑儒？
揭竿斩木陈王反，传世文章一帛书①。

自古严冬不远春，千秋一系总成尘。
祖龙威势无人及，难禁桃源有避秦。

霸权难就却轻亡，莫怨儿孙失主张。
地下藏兵空列阵，可曾一矢救咸阳！

征得咸阳十万兵，如何不向阵前行。
祖龙心事无人识，奇迹留夸第几名。

极目凭高一望赊，空馀陶俑证繁华。
早知秦火连三月，觅得泥坑且作家。

横戈荷戟逞奇能，青史如何不记名。
扈得祖龙成底事，争如出世听新声！

一镜能明腹内私，祖龙遗事总堪嗤。
察形若识心头恶，何不当初照李斯②！

底事仙乡扰舜妃，偶成风浪阻銮舆。
赭山伐树徒痴妄，赢得千秋一笑嘘③。

谁云祸福兆星辰，东郡人愁刻字新。
陨石销燔成底事，楚虽三户可亡秦④。

但凭图录逐单于，一代雄王计事疏。
三十万人空略地，亡秦却是自家胡⑤！

蓬莱仙境总迷蒙，未必长鲸阻路通。
兴废不关沧海事，空于梦里斗神龙⑥。

明王到处便封禅，刻石铭勋累万千。
知否铸金人十二，到头化作五铢钱⑦。

阿房宫殿起咸阳，飞阁流丹接上苍。

试问刑徒七十万，及身犹得见兴亡<sup>⑧</sup>。


偃得雄风卧土丘，珍奇机弩伴春秋。

祖龙遗槤秦姬血，一例成肥沃石榴<sup>⑨</sup>。


【注】

①　陈涉起义号称陈王，其传世文章仅鱼腹帛书"陈胜王"三字。

②　汉刘歆《西京杂记》：秦宫有镜，能察人隐私，始皇以照宫人，有心胆动者，辄杀之。

③　始皇至湘山祠，会大风，几不得渡。疑湘君神所为，使刑徒三千人，尽伐湘山树，赭其山。湘君神，舜妃。事见《史记始皇本纪》。

④　始皇三十六年，东郡有人刻陨石曰："始皇死而地分。"始皇怒，拘乡人穷究之，莫服。遂尽诛之，燔其石。见本纪。

⑤　始皇惑图录所言亡秦者胡，遣蒙恬率兵三十万人，北击匈奴，略其地。自家胡，始皇子二世胡亥。见本纪。

⑥　始皇梦与海神战。又因方士奏取仙药路为大鱼所阻，恶之，命设连弩射杀。并自于芝罘射其一，疑即鲸鱼也。见本纪。

⑦　秦所铸金人十二，东汉董卓堕其十以铸小钱，馀二为苻坚所毁。见本纪注。

⑧　始皇作阿房宫，征刑徒七十万，未就而崩。越二载秦亡，时刑徒犹在。见本纪。

⑨　始皇墓中多设机弩，以防盗者。葬时，二世命将工匠及后宫无子者，悉坑墓中，死者甚众。见始皇本纪。今秦陵管理者于其上多种石榴。

# 洛阳杂咏（十二首）

## 洛阳车站吊金谷园故址<sup>①</sup> 二首

### （一）

金谷名园去不还，桂薪饴釜侈千般<sup>②</sup>。
谁怜一滴红颜泪，洒向楼前迹尚斑<sup>③</sup>。

### （二）

欲寻踪迹已迷茫，铁道纵横野草香。
莫道绿珠轻殉主，石郎情胜李三郎。

【注】
① 洛阳车站系晋石崇金谷园故址。
② 石崇曾与王恺斗富，有以桂代薪，以饴沃釜故事。
③ 孙秀以兵围金谷园，索石崇爱妾绿珠，崇不许，绿珠坠楼殉之，石崇亦被收杀。

## 发洛阳途中

杨柳青青芳草齐，渭城东去洛城西。
不知此日缘何事，满地桐花凤不栖。

# 咏洛阳牡丹（四首）

## （一）

不畏金轮不恋乡，不希凤辇不称王。
长安别去休回顾，依旧春来灿洛阳。

## （二）

纷纭世态忒蹊跷，底事名花说姓姚？
姚氏不知何处去，名花开遍洛阳桥。

## （三）

花事名城动古今，几回耐得晓寒侵。
无端风雨还相妒，惆怅人间十日临①。

【注】
① 是年春寒，入夏又为风雨所摧，故花期仅十余日。

## （四）

空见春风入绣闱，人间同艳复同归。
杨妃屈死名花谪，武后明皇一是非。

## 白马寺

身如白马难逃劫，人似繁花易见秋。
天下三分征战苦，二分磨难在中州。

## 少林寺

面壁开宗仗苇舟，少林流誉足千秋。
人生只合嵩山老，莫为唐王更出头。

## 龙　门

龙门伊阙势巍峨，佛自无言水自歌。
解得禅心精义在，青衫空惹泪痕多。

## 白　园

潇潇暮雨洒江天，白傅坟前一惘然。
礼罢梵王归去也，晚风吹彻水云边。

## 王城公园

洛水河图晓梦侵，东都遗事不堪寻。
王城响彻闻锣鼓，伏蟒飞人一动心①。

【注】
①　王城在洛阳城内，为东周故都，现辟为公园。地跨涧
水，风景绝佳，惜多为伏蟒飞人等杂耍所据，古迹杳然无存。

## 崂　山

一上崂山路便通，欲寻道士已无踪。
料应也爱人间乐，转入寻常百姓中。

## 青岛访康有为故居次徐味韵

戊戌当年几是非，大同一论尚光辉。
书生若个真长策，成败何须责有为？

## 前题次宋谋场韵

北往南来访故居，千秋毁誉竟何如！
书生未解百年恨，忍说公车错上书！

# 题黄正梅花图（四首）

## （一）

疏影横斜绿上枝，三生有石寄相思。
残阳一抹红如血，不共桃花艳入时。

## （二）

词笔春风写秀枝，竹外疏花正入时。
黄昏独倚霜华重，为底东皇薄北枝！

## （三）

老干新枝不染尘，朝朝愁送陇头人。
名花喜得开无主，俏倚悬崖只探春。

## （四）

一枝红艳费疑猜，不倚云根不傍崖。
扑面幽香清彻骨，梅边吹笛珮环来。

# 观庐山瀑布

远看瀑布近成潭，难得人间六月寒。
一样征程凉热异，肩舆冉冉上庐山。

# 白鹿洞（二首）

## （一）

一径蝉鸣接九天，绿阴如盖绕寒泉。
枕流漱石人如在①，莫为登临又惘然。

【注】
① 白鹿洞前贯溪中有"枕流""漱石"刻石，系朱熹手笔。

## （二）

鹿洞熹微接大荒，千年丹桂尚飘香。
一堂肃穆传薪学，百代宗师仰紫阳①。

【注】
① 紫阳，朱熹字。

# 读史偶书（二首）

## （一）

一领羊头一个侯，鲁阳难挽汉宫秋。
宦权戚势徒更迭，叵奈河山不姓刘。

## （二）

狗屠何用挂羊头，除却黄花不是秋。
片语阵前惊项羽，赢得河山改姓刘。

# 《陇上吟》编务竣事书怀

华严诵罢读春秋，转觉馀生少自由。
别有闲情言不得，瑶池难遣供泥鳅。

# 答孙艺秋见赠

山自青青水自长，菩提明镜梦生香。
前贤读破三千纸，人与梅花共一乡。

附孙艺秋原诗：门枕碧流幽趣长，清词常带水云香。袁家诗法渊源久，况与三苏共一乡！

# 过九江

周瑜点将杳难稽，白傅青衫泪湿时。
别有闲情言不得，浔阳虽好未题诗。

## 访梁军不遇，见贴门神戏题

避地偏逢贾雨村，临轩一望最销魂。
梁园终日无人到，何必神荼更把门。

## 陇原杂咏（二首）

### （一）

秋容奕奕对南山，岭外斜阳接秀峦。
昔日荒塍成翠黛，何人解道匠心难！

### （二）

百年洋务学腾骧，留得粗疏旧厂房。
今日重轻双艺绝，不须惆怅左文襄。

# 宜山诗社索稿遥寄二绝句

## （一）

一束飞来绪万千，无边往事忆从前。
八年烽火连湘桂，几度轻车出宜山。

## （二）

风雨宜州几度愁，千秋人忆小南楼①。
苏黄一脉传今古，莫道蛮荒少唱酬。

【注】
① 黄山谷曾官宜州，小南楼其遗迹也。

# 《陇上吟》编务葳事书怀

最难编辑杂平章，况作傭书校字郎。
书未杀青人已怨，不知何事白头忙。

# 屈原二十咏

下里犹传白雪音，汨罗江畔想行吟。
自从屈子怀沙后，空累婵媛哭到今①。

悠悠世态转鸿蒙，浩荡灵修百不聪。
一问千年谁解得，但凭谣诼弃人龙。

骎骎萧艾草离离，欲折琼枝上九嶷。
道远多艰谁是伴，翠翎孔盖渺难期。

修远漫漫路几千，驷虬饮马御飞廉。
鸾皇先戒嗟何及，暧暧无言阻帝天。

缥缈空灵世绝踪，万千仪态失芙蓉。
凝眸掩涕虚繁饰，难禁君王入梦中。

驾得飞龙事北征，荪桡桂棹远扬灵。
湘君不见空惆怅，遗佩芳洲一泪零。

魂魄毅兮为鬼雄②，郢都无处不悲风。
九年放逐伤何极，浩荡灵修死尚瞢。

【注】

① 《九歌·湘君》："女婵媛兮，为予太息"。婵媛，原训牵持不舍貌。郭沫若在其所作历史剧《屈原》中将其人格化，作为屈原女弟子出现于舞台，为屈原投江痛哭不已。

② "魂魄毅兮为鬼雄"，屈原《国殇》原句。

层枝剡棘郁纷蕴，深固难移迥不群。
高洁未随寒暑易，千秋谁与媲清芬。

茫茫无处著浮身，沧海曾经几劫尘。
烂额焦头恩泽重，何人解得屈灵均。

锦样年华水样心，白头屈子最情深。
问天不语翻多事，谁信人间又陆沉。

十载连齐说抗秦，张仪一语转沉沦。
楚王未是真谋国，不听忠臣听佞臣。

经纶无复更匡时，一卷离骚百世师。
郑袖不除斳尚在，楚天云雨总堪疑。

武关何故入盟秦，到死熊槐昧夙因。
稚子促行君子谏，忠奸不辨辨疏亲。

云雨巫山梦尚新，郢都春色已成尘。
襄王未解存三楚，一念从无到逐臣。

一篇读罢泪潸然，缥缈情思绝九天。
香草美人何处是，汨罗凄咽莫留连。

沅有芷兮澧有兰，洞庭无处不飞仙。
重华一去无消息，便到苍梧也枉然。

自甘察察敢违时，新沐弹冠欲振衣。
莫怪诗人憔悴甚，扬波不与况醺醨！

千仞长人欲索魂，流金铄石复何论。
归来且趁蛾眉好，竽瑟狂歌到日昏。

纫秋为佩芰荷衣，零落西风叹暮迟。
艺得芝兰香九畹，莫教容与滞归期。

文约词微启后昆，年年此日赋招魂。
诗人自有千秋业，异代同倾酒一尊。

# 历史人物杂咏（六十九首）

## 褒姒

陵夷周室感啁啾，妃子空贻百世羞。
遮莫镐京王气尽，非关一笑戏诸侯。

## 介之推

抵死相随岁月骎，君恩空忆旧时深。
绝怜抱树焚身后，千古高风说到今。

## 信陵君

十年留赵泪沾襦，一将雄师国难纾。
醇酒哪堪长夜饮，信陵去后大梁屠。

## 如姬

玉貌花容世绝伦，窃符救赵抗强秦。
得酬恩义何辞死，千古高风一妇人。

## 平原君

赵家少妇不知愁，一笑蹒跚众士咻。
不道入门皆碌碌，平原空斩美人头。

## 孙武

军令如山未可疏，争教宫女事奔趋？
美人含泪君前死，不怨将军怨阖闾。

## 西施

生小倾城不解愁，屧廊人去几经秋。
怪他词客多偏见，总把兴亡罪女流。

## 伍员

树梓刜睛语最伤，空馀孤愤对钱塘。
夫差若解兴吴国，勾践何由返越疆。

## 乐毅

昭王倚畀惠王疏，亘古游人吊望诸。
漫说有才同管仲，千秋肠断一封书。

## 陈涉

陈王霸业古今雄，斩木为兵灭祖龙。
杀却故人天下叛，一朝鸿鹄不乘风。

## 项羽

垓下愁闻楚国歌，虞姬寒剑舞婆娑。
新安一夜坑降卒，应比君王泪更多。

## 刘邦

灭国开疆四海同，高皇曾自颂雄风。
项王已去齐王死，失鹿安知在后宫！

## 韩信

破赵曾收背水功，汉家恩遇最优隆。
可怜一片淮阴月，夜深还照未央宫。

## 陈平

几回夜半听传呼，盗嫂陈平入汉初。
一计解危存汉室，如何翻作闷葫芦。

## 周勃

一鞠方知狱吏尊，绛侯犹自奉千金。
若非太后曾提絮，千古何人识荩忱！

## 汉武帝

汉武曾夸一世雄，柏梁台上怨秋风。
蓬山自古无人到，饵尽丹砂总是空。

## 魏其侯

霜飞六月寻常事，遗诏何从案尚书？
论死渭城终不悔，笑他首鼠一长孺。

# 冯唐

暮年持节羡冯唐，盛世遗才敢自伤！
片语能教文帝悟，不辞蹭蹬老为郎。

# 李广（二首）

## （一）

射猎南山夜纵骑，将军违令欲何为？
灞陵杀却贤亭尉，合向苍天叹数奇！

## （二）

百战功高意未平，龙城飞将自峥嵘。
王侯一代多于鲫，几个如君享令名。

# 苏武

茂陵苏武不封侯，千古诗人叹未休。
汉节胡沙都不语，飞鸿应悔上林游。

# 李夫人

以色事人语可哀，女儿心事未沉埋。
玉容愿得长相忆，不遣痕颜入帝怀。

# 司马迁

事业名山万古传，遗篇读罢每潸然。
无韵离骚成绝唱，一腔心事报任安。

# 贾谊

贾谊清才世绝伦，合留微命作词臣！
汉文终是明天子，前席犹堪问鬼神。

# 严光

中兴天子起南阳，抵足重温旧梦长。
不是客星侵帝座，子陵那得钓寒江！

# 董宣

执法谁如此令贤，不希帝旨抗强权。
讼庭每见刘公主，盛世何人似董宣！

# 孙权

鏖兵赤壁翻危局，生子当如孙仲谋。
早识吴江沉铁锁，当年应悔袭荆州。

## 曹　操

世事由来似奕棋，尊刘抑魏欲何为？
建安一代兴文采，我道曹瞒是可儿！

## 孙夫人

吴江魂断忆归宁，花木年年枉自春。
纵是周郎韬略好，也应难慰未亡人。

## 司马懿

蜀魏连兵战祸开，深沟高垒是奇才。
荒唐说部葫芦峪，何处宣王拜土台。

## 刘备

织席刘郎出锦城，连营百里事东征。
如何一战猇亭后，赢得衣冠入惠陵。

## 周瑜

巨舰蒙冲列魏旌，周郎妙计胜群英。
破曹建得千秋业，顾曲何因享重名。

## 诸葛亮

鞠躬尽瘁绝寰尘，闻说先生事必亲。
怪道年年夸治蜀，五原一去更无人。

## 刘禅

刘禅未必便瞢瞢，安乐居然得善终。
莫讶出言如郤正，闻雷释箸是家风。

## 邓艾

流水高山去不还，将军遗恨入西川。
传车未到身先死，回首阴平意惘然。

## 谯周

一番呓语悖人情，裂土由人怎抗争？
诓得痴儿降邓艾，谯周新博魏功名。

## 陶潜

何处桃源可避秦，武陵人去剩迷津。
悠然采菊东篱下，不羡桃源洞里春。

## 梁武帝

茹佛长斋国事疏，台城路上月模糊。
钟声不尽南朝寺，飨得君王一饱无？

## 隋炀帝

宫锦裁成五色鲜，璇宫百丈起楼船。
开河为梦江都好，不信征辽是偶然。

## 陈后主

景阳宫井静无哗，辞殿仓皇作帝家。
不省缘何缒又上，关情应是后庭花。

## 唐太宗

休将玄武怨秦王，巢父逃尧事渺茫。
容得建成登帝座，世民何处觅亡羊！

## 魏征

旷代贤良数魏征，每于倔强见忠贞。
鹞儿莫怨君恩薄，成得皇家纳谏名。

# 唐玄宗（二首）

## （一）

御殿归来又蹴毬，唐家天子爱风流。
自从驾幸西川后，惭愧当初笑女牛。

## （二）

不爱江山爱玉环，当年誓愿尚斑斑。
如何一旦经风雨，负却蛾眉匹马还！

# 杨贵妃（二首）

## （一）

数声鼙鼓动渔阳，不见雄师赴战场。
自是风流天子误，妾身何事与兴亡！

## （二）

宛转蛾眉惨淡容，难将一语诉天公。
寿王若是长相聚，锦袜何由落土中！

## 李白

惯看晴月厌轻肥，悔向长安着紫绯。
一曲清平来巨谤，错将飞燕拟杨妃！

## 杜甫

盛世飘零强自持，蜀云秦树漫裁诗。
无端惹得群儿谤：玉臂清辉是艳词。

## 李商隐

少陵应许叩藩篱，漫说才高数更奇。
笔底蕴藏多少恨，新诗写罢却无题。

## 宋太祖

赵家天子富经纶，一着黄袍百虑新。
杯酒释兵犹盛德，不加显戮到功臣。

## 王安石

变法由来不易行，青苗保甲阻横生。
两朝开济贤卿相，空有文章博令名。

## 朱淑贞

幽栖身世太凄凉，何处遗篇觅断肠！
一曲清词归六一，可曾有谤到欧阳<sup>①</sup>？

## 李清照

"南渡君臣少王导，北来消息欠刘琨"。
怜她慷慨悲歌后，风雨黄花又断魂<sup>②</sup>。

## 陆游

风雨骑驴岁月深，剑南塞北总成吟。
不知后世缘何事，艳说钗头直到今！

## 成吉思汗

莫笑弯弓射大雕，征鞭遥指擅天骄。
武功自古输文治，未必新朝胜旧朝。

## 明太祖

剥皮实草戮功臣，罪及妻孥惨绝尘。
横祸岂期来禁苑，彼清君侧又何人。

## 郑和

万顷波涛拍橹樯，楼船百丈下西洋。
建文皇帝知何处，三宝长留姓字香。

## 于谦

艰难国事赖纡筹，猜意鹓雏竟未休。
迎立外藩成罪状，九泉应悔事安刘。

## 史可法

大战玄黄雾未开，南明终负济时才。
春灯燕子成遗恨，千古伤心对岭梅。

## 洪承畴

锁钥雄关赖老成，松山喋血肯鏖兵。
重听御诔应垂泪，莫怪书生哭太平！

## 陈圆圆

谁道倾城不可怜，阿侬身世等秋千。
无端更听圆圆曲，尚说风流四百年。

## 蒲松龄

说鬼何须论有无，聊将心事付虞初。
虫鱼鸟兽饶生命，写尽人情一卷书。

## 曹雪芹

漫把辛酸写石头，何曾纨绔爱风流？
红楼一部明如镜，留得人间作史讴。

## 慈 禧

千骑缟素梓宫归，凤逸龙潜乐懿妃。
四十八年勤听政，国仇民瘼两忘机。

## 林则徐

虎门战罢泪沾衣，爱国焉知伏祸机。
南北天山遗爱在，家家汲得坎儿归。

## 邓世昌

甲午风云海上生，将军挥剑斩长鲸。
回天无力虚衔石，难禁蹒跚李相行。

## 戴恬

轰传敕诏乱纷纷，天子新将百政亲。
一自浏阳成义后，瀛台空忆旧时春。

## 梁启超

维新百日启愚憒，心影欧游感慨增。
一代文章传绝学，迟来褒令冷于冰。

## 秋瑾

秋风落木楚天高，咏絮清才咏宝刀。
墓冷西湖埋侠骨，鉴湖一女是人豪。

【注】
① 朱词《生查子》，有人以为是白圭之玷，今人唐圭璋迳
以此词入欧阳修词集。
② "南渡""北来"二句，用易安原句。

# 《渴望》杂咏（四首）

## （一）

一曲能教渴望生，前尘影事扰心旌。
若凭优孟论高下，我爱情真小市民。

## （二）

淑女刘家姓字香，难凭真爱感王郎。
荧屏几点伤心泪，赢得人人说惠芳。

## （三）

别女如何便舍夫，真情扭曲忆当初。
人间是处多偏见，何必申申詈亚茹。

## （四）

朴讷真诚宋大成，几回欢乐几酸辛。
剧终曲罢人如在，留得遗踪论浊清。

# 一九八六年春节怀台湾李荆荪先生（四首）

## （一）

云天谁寄一封书，四十年来物态殊。
往事如潮情历历，灯红酒绿说陪都。

20世纪四十年代中期，余与荆荪同在重庆，供职于中央宣传部新闻处。过从中，对战时陪都各种灯红酒绿之怪现象，辄相与訾议之。至今思之，如在目前。

## （二）

君返金陵我滞渝，报坛重振更操觚。
缘悭终竟难相见，西北东南隔海隅。

抗战胜利后，荆荪随马星野先生先我飞返南京，接收伪报产业，旋担任南京《中央日报》编辑主任、总编辑。余亦因高考及格，重入政大高等科学习，同在南京，而谋面甚少。荆荪后赴台湾，余则来甘肃工作，自此鱼雁沉沉，不相音问者至四十年。

## （三）

海外孤悬万虑牵，一腔孤愤竟沉渊。

可怜爱国终成罪，锁入囹圄十五年。

　　荆荪去台后，任《大华晚报》董事长，中国广播公司副总经理。常主持笔政，刚直不阿。一九七一年被以所谓"利用报纸为匪宣传，攻击政府"罪名，判处无期徒刑。伤哉，荆荪之忠而被罪也。

## （四）

铁槛开时白发疏，相逢一笑莫欷歔。

何如早日归来好，更把新桃换旧符。

　　一九八五年十一月，台湾当局于监禁十五年之后，悄悄将荆荪释放出狱，然年已六十有九，垂垂老矣；何如扁舟一叶，翩然来归，共勷祖国建设，以安度晚年乎？

# 柬中央美术学院张龙国教授（二首）

## （一）

乍捧瑶章喜欲颠，旋裁蜀锦付青鸾。

不知却被洪乔误，滞得音书又一年。

## （二）

一别巴渝四十秋，漫凭踪迹问来由。
茫茫生死都无据，笑把青山对白头。

# 七一颂（1988 年）（五首）

## （一）

南湖北国忆从前，击楫中流著祖鞭。
马列东来成显学，神州奕奕换新天。

## （二）

风雨苍黄六十秋，南辕北辙忆从头。
神州此日繁华甚，改革同夸第一流。

## （三）

休言世事往如潮，消长盈虚理自昭。
喜得"三中"成转折，利民顺势擅天骄。

## （四）

"八五"强如"七五"雄，二千年日见初功。
小康伫待开新局，世界终期见大同。

## （五）

十年变化共葵倾，东亚雄狮播远声。
改革必成开放好，精神物质两堪惊。

# 南国吟（十七首）

## 蛇口

明珠缀海实堪夸，改革征程未有涯。
泯却零丁千古泪，要从蛇口看中华。

## 虎门

莫向苍波哭逝魂，百年往事不堪论。
销烟池在空凭吊，又向南天叩国门。

## 珠海眺澳门

不见当年日色昏，零丁往事已沉沦。
如今指顾成欢笑，一簇琼楼是澳门。

## 羊城喜雨

连朝溽暑解无由，雨洗羊城景最幽。
晓起花丛听鸟语，恍疑身在古罗浮。

## 深圳"锦绣中华"

缩地何须费长房，中华锦绣一方藏。
京畿百步寒山寺，不是神游入梦乡。

## 桂林吟

山自娇娆水自清，灵渠玉笋接遥岑。
名城若许论高下，秀绝寰中一桂林。

## 答熊鉴见赠（二首）

### （一）

流承百代欲何之，老去为郎意转痴。
偃蹇天涯同一辙，十年风雨半囊诗。

## （二）

风雨梁园病欲狂，云中无计遣冯唐。
不聋不聩偏多憾，总把毛锥错认枪。

### 附熊鉴原作

袁公之笔胜投枪，左刺狐狸右虎狼。
劫火纵然烧又起，老夫拼却一头霜。

### 柬熊鉴诗翁并谢机场相送

茫茫天地欲何之，相送相逢鬓各丝。
太白汪伦非绝唱，机场又见一双痴。

### 咏飞霞山名花"玉堂春"

何必瑶池忆旧家，南来无处不飞霞。
玉堂几见留春色，故向灵山伴野花。

### 桂林榕湖吊黄山谷

夭桃翠竹绕湖堤，山谷遗踪觅更迷。
道是诗人舟系处，古南门外小桥西。

# 龙隐洞

龙隐幽奇接翠微，宋贤遗事总堪疑。
一碑姓字题元祐，九百年来几是非<sup>①</sup>。

【注】
① 桂林龙隐洞有元祐党人碑。

# 漓 江

漓江水色碧于蓝，雾里朦胧好看山。
引出诗情今几许，游人载得一船还。

# 月牙山

奇山秀水欲忘归，缓缓轻车我又回，
辛苦最怜山上月，随人俯仰作盈亏。

# 阳朔城

漓江如带一舟轻，天上螺簪列锦屏。
城郭含山山抱水，千重剑戟绕蓬瀛。

## 桃江宾馆山上见猿群

江号桃花未见桃，夜深还听雨潇潇。
清猿绝壁呼儿女，不向人前一折腰。

## 昆仑关狄青纪功碑和刘逸生

昆仑长忆汉臣豪，一战功成姓字标。
草木亦知人事改，故教长剑隐蓬蒿。

# 赠新加坡吴金惜（四首）

## （一）

玉立婷婷挺秀姿，羊城盛会忆当时。
自从归去无馀暇，平仄闲敲学做诗①。

## （二）

一朵蘑菇系远情，飞霞洞听踏歌声②。
女儿心事清如水，手把银筝拜孝琼③。

## （三）

群芳过后西湖好，三日馀音接太清。
记得瑶池传韵事，夜深还听许飞琼④。

## （四）

老去何曾惜鬓华，北江长记看飞霞。
云笺有讯来天外，一尾鱼狮万里家⑤。

【注】

① 吴金惜，女，新加坡女诗人。

② 余游飞霞山。得大蘑菇一朵，以同行者惟金惜最年轻，遂贻之。

③ 此行有新加坡女伴四人，同习昆曲于侯孝琼教授。

④晚会上孝琼与新加坡女伴以昆曲调唱欧阳修"群芳过后西湖好"词。

⑤1990年秋，吴金惜自新加坡远寄鱼尾笺一枚。

# 咏况钟四绝句

## （一）

旧冢倾颓新冢高，况钟姓字耸云霄。
清风亭树清风节，肯信人间又寂寥①！

【注】
① 1986年，靖安县人民政府于县城东门外之登高山为况钟建新冢，并筑清风亭于墓后，以旌其德。

## （二）

如水襟怀对大江①，不须重与费评量。
银簪以外无长物②，空惹群儿一谤伤。

【注】
① "如水襟怀对大江"与后之"不带江南一寸绵"，均系况钟《饯别诗》原句。
② "文革"中，红卫兵发况钟墓，仅有银质发簪一枚，馀无长物。

## （三）

遗事曾夸六百年，清风明月忆前贤。
万民遮道留循吏，不带江南一寸绵。

## （四）

些须好事即堪讴，莫把清官错认仇。
世上若逢《十五贯》，人间还忆况知州。

## 姨侄女小茹婚后索诗因赋七绝赠之

信是檀郎匹美姝，琼楼六进卜仙居。
长安市上人如织，几个回眸羡小茹。

## 步原韵和张玉如（二首）

### （一）

订交卅载已忘年，共羡乘槎到日边。
笃志瑰行才识隽，洛阳纸贵大河篇。

### （二）

美髯潇洒出童颜，日日街头一往还。
解道少年花事误，春来藜杖强登山。

# 赠白志贤（二首）

## （一）

名贤未必便人贤，一接春风俗虑蠲。
卅载浮沉雷雨静，诗囊检点亦欣然。

## （二）

不慕繁华不戒骄，山城五日寄礼轺。
炎凉世态吾能解，君是人间旧板桥。

# 赠蒋望宸

一士恂恂出武山，清才卓识誉人间。
望宸端为明高洁，莫作鸳鸯碧玉看。

# 参观武山县政协书画展并为剪彩

武山风物最缤纷，浴罢鸳鸯水尚温。
独幸我来千载后，华堂犹得见斯文。

# 答姚少华见寄

莫向人间慕少华，羊城十日驻香车。
文心未许云山隔，一幅鸾笺作锦槎。

# 答叶少玲见寄

袅袅亭亭叶少玲，羊城十日驻女旌。
却裁素锦传新简，惭愧先生说后生。

# 再答吴金惜

吴家有女慕斯文，肯把唐贤仔细论。
料得清才堪咏絮，他年才气动狮城。

# 再答少华（二首）

## （一）

记得羊城揾少华，要人扶上五香车。
鸾笺一幅传真意，惆怅无由泛玉槎。

## （一）

觅句当年换物华，颠狂长欲误随车。
天涯若许存知己，也向狮城一驻槎。

**附姚少华诗**

### 次甘肃袁第锐老师原玉

莅穗诸贤捴藻华，联珠唱玉记同车。
高标独仰文思捷，苏海韩潮泛巨槎。

一支妙笔写中华，可拟陈王富五车。
此日诗鸿传万里，何时访戴仗仙槎。

### 武都万象洞

一洞幽明出武都，白龙江畔乱山隅。
游人不识天垂象，旋起新名旋指呼。

## 酬靖远刘建荣见赠石雕

竖鬃牾逆斗秋风，骈且角兮势压龙。
靖远刘郎清艺绝，一方幽石夺天工。

## 重访陇南春酒厂

轻车冉冉出秦州，一路青山笑点头。
莫道诗人行役苦，重来已是隔春秋。

## 武山水帘洞

暮雨西山水作帘，奇峰绝巘掩重泉。
傍崖古佛无情甚，阅尽沧桑只莞然。

## 赠樊荣华

大地何人破寂寥，忽闻宁远正嚣嚣。
风流我爱樊家子，三绝他年继板桥。

# 题朱仙镇岳庙二十绝句

征歌选舞擅钱塘，赵构无心复旧疆。
二帝不还良将死，好修降表作儿皇。

朱仙歼敌亦情伤，十二金牌赋国殇。
莫问圣明天子事，古祠高树两茫茫。

北宋匆匆南宋亡，文山武穆两情长。
古来多少勤王辈，到底南柯梦一场①。

朱仙镇上气如虹，何必青山觅旧踪。
最是口碑存正义，千秋人唱满江红。

决策由来在庙堂，浪传幽事发东窗。
主和朝士多如鲫，独遣西湖跪岳王②！

板荡中原剧可哀，匡时端赖出群才。
祠盟五岳终何补，一例风波没将台③。

猜忌君臣古到今，一桩异事共谁论。
刘禅鲁胜康王黠，犹把河山付虎贲④。

冤成三字岂无端，风物长宜放眼看。
痛饮黄龙成底事，君王原自乐偏安⑤。

赵佶空吟燕子词，万民遮道已班师。
可怜五国城中泪。不入康王手下棋。

伍相随波事可伤，将星重见陨钱塘。
鄂王封号嗟何益，难拯河山半壁亡⑥。

未必先皇怨后皇，东都毕竟逊钱塘。
康王自爱西湖好，何事津津说汴梁。

痛饮黄龙愿已虚，英雄无命欲何如！
岳云殉父牛张死，不愧精忠刺背书。

凭君休哭燕山亭，机遇飞来血泪腥。
不是金人南牧马，高宗焉得据龙庭。

漏网从来是大鱼，纵翻铁案已成虚。
如何座下唯秦桧，不见高宗下御除。

君臣南渡自忻然，底事征尘又八千。
赵构为君秦桧相，岳飞焉得入凌烟。

家国兴亡一念轻，渡江泥马寂无声。
可怜赵构还祠庙，不念徽宗五国城。

叩马书生语未忘，千秋遗恨在钱塘。
凭君莫把辽金怨，权相元戎自古妨。

莫以愚忠责古人，貔貅百万任沉沦。
回师若把钱塘指，未必西湖铸佞臣。

一从冤狱起风波，六月飞霜鬼唱歌。
莫怪儿孙惭姓氏，官高无奈丑行何！

也向遗踪吊汴梁，赵家功过待评量。
偏安岂自康王始，燕蓟何曾入宋疆！

**【注】**

① 文文山勤王于南宋之末，岳武穆歼敌于南宋之初，文死于敌，而岳死冤狱。死因虽异，其所志不酬则同，谓之"到底南柯梦一场"，伤之极也。

② 传秦桧尝与妻王氏计陷岳飞于东窗，事觉，桧谓王氏："东窗事发，奈何！"实则秦之杀岳，秉赵构旨也。东窗一事，或浪传耳。"独遗"云云，非为桧翻案，伤与其谋者众而未究耳。

③ 岳飞勤王之后，有《五岳祠盟记》一文，自述报国之志。

④ 蜀汉后主刘禅，生性鲁钝，然能专任诸葛亮以北伐，赵构资质过之而屈杀良将，故余以为禅之鲁，犹胜于构之黠也。

⑤ 人谓岳飞之死，一误于"迎二圣，归金阙"之主张，再误于"直捣黄龙，与诸君痛饮耳"之豪语，盖皆不称赵构意也。信然。

⑥ 伍员屈死，沉尸钱塘，已极悲痛；不图千载之后，岳又继之。一区区鄂王封号，抵不得半壁河山，故余以为"嗟何益"也。悲夫！

# 边塞新咏二十首 有序

　　边塞诗声，古尚悲凉，今时移势易，而为之者，率仍不脱古人窠臼，其见于书法者更勿论矣。爰就见闻所及，发为新声，凡二十绝句，以就正于方家，亦聊作抛砖引玉耳。

## （一）

地迥天高大漠横，祁连千里几鏖兵。
莫更凄怆弹旧曲，关山已易昔时情。

## （二）

明时关隘汉时泉[①]，莫怨刘郎拓九边[②]。
一自河西开四郡，飞天栩栩舞千年。

## （三）

平芜千里少人行，砂碛阳关草不生。
丝路繁华今胜昔，驼铃汽笛一齐鸣。

## （四）

玉门西出已无关，何必移封到酒泉！
挝鼓伐金前事杳，不愁烽火扰幽燕[③]。

## （五）

明驼千里试雕鞍，往事低回一笑难。
经略汉唐轻负却，朱明两度锁雄关④。

## （六）

怕上长城第一墩⑤，西来此地最销魂。
汉皇终是明天子⑥，犹遣春风出玉门。

## （七）

汉唐往事已飘萧，莫对遗踪叹寂寥。
清韵悠扬丝路远，夜光杯里醉葡萄⑦。

## （八）

岩画森森一径奇，先民遗事迹空迷。
人文千古同瞻仰，绝胜桃蹊与李蹊⑧。

## （九）

雄关西望路迢迢，南北天山草木娇。
百族骈居风物丽，筹边不用霍嫖姚⑨。

## （十）

秦宫汉月奈何天，汗血长城迹尚鲜。
留得卫星夸迤逦，烽烟空锁两千年。

## （十一）

依然北斗七星高，不见哥舒夜带刀。
汉藏千年同牧马，陇头无复界临洮⑩。

## （十二）

博望随槎未可寻，当年底事误天孙！
瑶池若见周天子，好趁春风入玉门⑪。

## （十三）

众口谁言可铄金，左公杨柳尚成荫。
一从弭却硝烟后，坦荡通途直到今⑫。

## （十四）

萧疏杨柳渥洼池，果绿瓜黄正入时，
天马亦知人世乐，如今不向碧空嘶⑬。

## （十五）

秋风摇落堞城孤，漠漠黄沙宿草枯。
古道凄凉何处是，琼楼簇簇拥钢都。

## （十六）

莫向祁连发浩歌，三千弱水逐流波。
黑灰红瓦沉砂碛，一径长廊绿荫多。

## （十七）

镜铁绵延亘九天，珠岩琼树雪中看。
劈山岂为求顽石，要把洪炉当涅槃。

## （十八）

函关底事跨青牛，遁迹荒峦护石油。
瑰宝沉埋无限恨，孙郎勋业自千秋[14]。

## （十九）

不是蜃楼是镍都，茫茫戈壁嵌明珠。
金川儿女风流甚，汗血凝成锦绣图。

# （二十）

花儿抡摆舞蹁跹，不似当年为戍边[15]。
报道阿依颜色好，焉支山下几经年[16]。

【注】

① 嘉峪关为明长城终点。酒泉，又称霍家泉，传为汉武帝时大将霍去病与士卒共饮汉廷所赐御酒处。

② 刘郎，汉武帝刘彻。唐李贺《金铜仙人辞汉歌》："茂陵刘郎秋风客，夜闻马嘶晓无迹。"

③ 汉班超上武帝书："臣不敢望到酒泉郡，但愿生入玉门关"。又唐杜甫《饮中八仙歌》："恨不移封到酒泉。"

④ 明代以嘉峪关为防守据点，从无向西发展计划。其间并曾两度闭关自守，断绝丝路交通。

⑤ 第一墩在嘉峪关南15公里处，为明长城烽火台西端起点。

⑥ 世以汉唐并称，而汉有张骞、班超之遣，唐视之似犹逊色，无论朱明也。

⑦ 唐王翰《凉州词》："葡萄美酒夜光杯，欲饮琵琶马上催。醉卧沙场君莫笑，古来征战几人回。"

⑧ 黑山岩画，在嘉峪关北，据考证为春秋战国时我国北方游牧民族所作。

⑨ 霍嫖姚，霍去病，汉武帝时曾为嫖姚（一作骠姚）校尉，后为大将军，数率师与匈奴战于河西等地。

⑩ 唐民歌："北斗七星高，哥舒夜带刀。至今窥牧马，不敢过临洮。"哥舒，哥舒翰，唐大将，数率军与吐蕃战，今临洮有哥舒碑。

⑪ 张骞，汉武帝时人，封博望侯。曾出使西域。传在西域时曾浮槎至天上，见织女支机石。周天子，周穆王，传曾西行至瑶池见西王母而不返。瑶池，一说即新疆天池。

⑫ 左公柳，清左宗棠入新时沿途所植，今尚有存者，为国家保护文物。

⑬ 天马，传说中的神马，夜饮于月牙泉，远近闻其嘶鸣，天明不见。

⑭ 玉门老君庙油矿，传即老子骑青牛西出函谷关后隐居所在，今其庙尚存。孙郎，工程师孙建初，老君庙油矿最早的勘探者和建设者，今有石碑纪其事迹，并有塑像高丈余，存玉门市公园。

⑮ 花儿，甘肃青海一带民歌。抡摆，现代舞名。

⑯ 山丹多五十年代上海支边青年，今其第二三代已成长并参加工作，善歌舞，非复如唐李峤《赠苏馆书记》诗中所谓："红粉楼中应计日，焉支山下莫经年"之景象矣。汉匈奴民歌："失我祁连山，使我六畜不繁殖。失我焉支山，使我妇女无颜色。"


# 三出玉门

玉门三出感无端，千里祁连带笑看。
忽忆令人愁绝处，朱皇两度锁雄关。


# 登嘉峪关城楼

明时关隘汉时功，千古悠悠一梦中。
塞上人文今胜昔，不须杨柳度春风。

## 参观晋墓

庭院深深一径斜，秋蓬春草没平沙。
玉堂供奉都如昨，底事先生不忆家！

## 银城二咏　1992 年

金铜硫铝并铅锌，采选加工系列成。
二级厂家三十四①，英雄同赞白银人。

【注】

① 白银公司所属厂矿企业中，获得国家二级企业称号者，凡三十有四。

看似无声实有声，精神端赖铝铜成。
千条万缕通天地，长系人间未了情。

参观长通电缆厂时，书法家何裕教授拟横书三字留念，询于余，余曰："通天地"如何？何喜而书之。诗意本此。

## 题陈从周教授所建昆明楠园（二首）

### （一）

兰亭昨日擅东南，金谷遗踪未忍看。
旷代有园资巧构，樗材不用用梗楠。

### （二）

楠园如画缀春城，秋水一泓竹径深。
独怪吴王归去疾，未曾此地涤胸襟。

## 尘缘未了四首 1992 年

### （一）

未了前缘鬓已衰，禅心底事惹尘埃。
沈园纵不吟新句，难禁萧娘入梦来。

### （二）

过尽残冬未见春，非关病酒已伤神。
可怜一枕游仙梦，辜负苍苔湿舄人。

## （三）

离恨由来未有天，萧娘消息缈云烟。
怪他刘阮无情甚，不效鸳鸯只学仙。

## （四）

一腔心事恁沉吟，魂断蓝桥直到今。
梦里好寻桐后约，白头人是少年心。

# 清远评诗告一段落，泛舟北江，成四绝句

## （一）

悠悠小舸峡中行，猿鹤辽天一梦轻。
记否年时游福地，深情注得北江清。

## （二）

一江澄澈傍山隈，岚影波光入素怀。
疑是去年花未落，清香招我又重来。

## （三）

清清流水接遥岑，一寺飞来阅古今。
莫道浮云能蔽日，此中花木正春深。

## （四）

一朝扃户作文衡，骋目中流看晚晴。
一曲新词摧肺腑，飞来化作碧涛声①。

【注】

① 参赛诗中有《出塞行》叙事长诗一首，记一知识分子遭遇，哀而不怨，极为感人，评委有读而落泪者。

# 登南岳祝融峰逢大雾（二首）

## （一）

莫道人间劫火频，茫茫云海自氤氲。
道君佛祖都无赖，天下名山对半分。

## （二）

声断衡阳望九嶷，南来北雁杳无期。
乘风帝子归何处，雾锁苍茫一径迷。

# 衡阳

潇湘夜雨送微醺，无复当年旧劫尘。
雁阵惊寒何处是，神州南北一般春。

# 衡阳赠王玉祥

洛阳纸贵非关赋，阆苑花开岂是春。
一掷千金争买笑，何曾风雅到诗人！

# 长沙访杨第甫不遇

名城又许走轻车，五十年来愿未赊。
政协尚存杨第甫，行人无复哭长沙。

# 武昌东湖公园（三首）

## （一）

鸟语花香翠盖浮，东湖打桨送中秋。
晚风熏得游人醉，桂子飘香绿上楼。

## （二）

碧水涟涟锦绣铺，东湖我道胜西湖。
亭台疏落秋风里，烟树苍茫入画图。

## （三）

珞珈山下意茫茫，靓女迎人只淡妆。
为爱东湖寻桂子，杜鹃声里送斜阳。

## 曾侯乙墓博物馆

清音重听古编钟，物换星移几度逢。
经传不曾留姓字，动人端在乱坟中。

## 琴台

月牙湖畔景凄迷，独上琴台吊子期。
欲觅知音何处是，高山流水草离离。

# 赠裴行斋主任医师

一病人间万象新，百年心事托红尘。
死生不负侯嬴诺，俊逸裴郎谊最真。

# 癸酉新春杂咏（二首）

北京大学陈贻焮教授于二月十七日惠书有云："昨日元宵，中庭步月，倍觉思念之至"。赋句答之。

## （一）

北江长记旧游踪，邃学清才独忆公。
心事红楼终未了，湖山何处更相从！

## （二）

步月中庭百念新，京华无复旧烟尘。
吟来几许清清句，合写瑶笺付远人。

# 寄怀中国新闻学院教授林岫女士

流水行云淡淡妆，易安才调鉴湖肠。
诗成书罢浑无奈，却把瑶笺赋海棠①。

【注】
① 林有《小重山》词咏成都海棠，传诵一时。

# 偶忆旧事，书以寄怀（二首）

## （一）

少年行事记艰辛，红袖青衫旧劫尘。
草色遥看春梦远，不知仍是等闲身。

## （二）

不须强事索枯肠，强索枯肠亦自伤。
诗话一篇难付梓，还他天地两茫茫。

# 题王巨洲为钟馗造像及"材"（二首）

## （一）

始信人间捉鬼难，怜他泪湿旧袍斑。
若非彩笔图真象，黑脸侏儒一万年。

## （二）

谁向人间弃此材，蘑菇成阵蛀成排。
空馀啄木称知己，犹自声声惜俊才。

# 咏竹

劲节中虚自远尘，千竿万个总成阴。
只缘未肯趋时俗，故把花期惜似金。

# 无题和王文英原韵（十首）

## （一）

秋雨楼头细柳斜，红尘谁与惜残花。
报道子身归去也。可怜人事隔天涯。

## （二）

红袖从今不再招，断肠心事阻蓝桥。
黄莺百啭终何益，唤起离情继八箫。

## （三）

莫忆朝朝暮暮情，茫茫人世几纷更。
香车一去无消息，望断牵牛织女星。

## （四）

莫更临流叹逝波，萧疏华鬓忆东坡。
十年风雨人犹在，耻向人前学茑萝。

## （五）

空忆门前桃李花，十年风雨几偏斜。
可怜一点冬青树，傲尽寒霜不到家。

## （六）

祸福由来未有门，晨曦无奈又黄昏。
临歧未敢寻趋避，双鬓空嗟白似银。

## （七）

鹪鹩来巢只一枝，梅花风雪托情思。
黄粱梦醒休回顾，且向罗浮觅旧知。

## （八）

伤时不觉泪阑干，赤手犹思力挽澜。
拼却满头飘白发，不教春日泛馀寒。

## （九）

中州别后频惊梦，一揖金城更向西。
斫地王郎才正茂，新诗写罢却无题。

## （十）

诗到无题胜有题，莫教镇日锁愁眉。
王郎琢句清于雪，飘满人间未染泥。

# 游刘邦拜将台赋六绝句

## （一）

拜将登坛识俊雄，韩王当日建奇功。
刘邦事事堪评说，独此犹宜百代风。

## （二）

莫信刘邦唱大风，自摧梁栋自为雄。
留侯已去齐王死，空见萧何得善终。

## （三）

兔死狐烹走狗哀，西风残照草侵阶。
早知刘季无情甚，应悔轻趋拜将台。

## （四）

灭赵亡齐震八方，三分鼎足亦何妨。
刘邦未必真龙种，怪底将军乞假王。

## （五）

世事由来半假真，何曾才智主浮沉！
存身无术空嗟怨，自古皇家重妇人。

## （六）

百战兴刘到底空，千秋肠断未央宫。
成名竖子知多少，空自临刑忆蒯通！

# 感遇十首　1993 年冬

## （一）

一秋心事乱如麻，总为匆匆感岁华。
莫道徐娘风韵减，夕阳颜色胜桃花。

## （二）

日破东窗睡起迟，乘除功过寸心知。
莫言光景皆虚度，七十年华强作诗。

## （三）

十年抱瓮学浇园，绝似蚕丛路八千。
护得落花成底事，春泥不值半文钱。

## （四）

世事由来少自由，莫从愁苦度春秋。
纵然一夜风涛起，历史长河不倒流。

## （五）

少年意气斥公侯，踪迹无因得再留。
一梦恬园空自得，晚来情思冷于秋。

## （六）

弊绝风清忆昔年，又看魔鬼舞蹁跹。
溃堤蚁穴知机早，莫把兴亡问上天。

## （七）

一约新成拔汉旌，百年心事总难平。
何期月满金瓯日，却向前仇托死生①。

## （八）

诺诺唯唯好护身，十千沽酒不辞贫②。
夤缘但识苞苴满，一念何曾到众人。

## （九）

茫茫禹甸欲何之，百代洪流汇此时。
料得一天风雨后，冰轮依旧照无私。

## （十）

莫从风雨忆飘萧，自古人间少寂寥。
月到天心光满地，悄无声处听喧嚣。

【注】
① 报载香港有不少人排队申请加入英籍，诗以讽之。
② 十千，万金也。

# 楠园吟 二首 1993 年

## （一）

三上安宁布巧思，昆明重见郑当时。
大观楼下徘徊久，南国风光又一枝。

## （二）

春花秋水恨绵绵，人事沧桑莫问天。
造得新园由憋气，明轩分绿到千年。

## 咏陇南春

徽州城外数峰青，地接长江万里情。
一塔汲泉醅绿蚁，陇南春酒最先声。

## 庐山杂咏（十二首）

　　庚午之秋，余应白鹿洞书院之邀，出席中国古典诗词研讨会，兼作匡庐之游。车行无事，辄事吟哦，得十二绝句。非敢云诗，聊志其行耳。

### 谒朱熹祠

鹿洞熹微接大荒①，千年丹桂尚飘香②。
一堂肃穆传薪学，百代宗师仰紫阳③。

### 天下第六泉④

石拱桥边玉液倾，清泉洌洌煮芳茗。
自从陆羽平章后，长享人间第六名。

### 陶渊明纪念馆

一例人间卧土丘，陶公胜迹此长流。
王侯帝子无人识，五斗微官死未休。

## 登香炉峰⑤

底事名山号秀峰，荒唐人尽说乾隆。
谪仙诗句垂千古，日照香炉在眼中。

## 聪明泉⑥

菡萏香消翠叶残⑦，君王行事不堪看。
早知竟作降皇帝，应悔灵山乞此泉。

### 读书台怀李璟父子

千秋人事几沧桑，金粉南朝说李唐。
一自仓皇辞殿后，乱云高树两茫茫。

## 仙人洞所见

仙人洞畔说纯阳，内外双双两道场⑧。
郎自留真侬算命，各人行事不相妨。

## 东林寺

东林胜迹最无凭，金碧辉煌佛有荣。
当道不知缘底事，未修古塔只装神⑨。

# 天桥⑩

何曾神意纵天骄，才过明王迹便消。
一代元勋皆显戮，独夫未必不残桥。

## 读彭总《万言书》

立马横刀出五关，谁怜百战斩楼兰。
将军遗恨征夫泪，未到衡阳已黯然。

# 下庐山

乱云飞渡数峰青，暮色苍茫野径横。
白鹿有情还唤我，轻车缓缓赋归程。

## 过九江周瑜点将台

周瑜点将杳难稽，白傅青衫泪湿时。
别有闲情言不得，浔阳虽好未题诗。

【注】
①　白鹿洞前有溪水流过，溪石有"枕流""漱石"刻字，云系宋朱熹手迹。
②　朱熹在白鹿洞曾手植丹桂二株，早死，今存者后人所植。
③　朱熹字紫阳。

④ 天下第六泉在观音桥侧，陆羽品定。

⑤ 秀峰原名香炉峰，清乾隆易为今名，惟游人仍以香炉呼之，益证所谓帝王之荒唐可笑。

⑥ 聪明泉在南唐中主李璟读书台侧，传李璟祷于此泉而生李煜，后降于北宋。

⑦ 用李璟《摊破浣溪沙》原句。

⑧ 仙人洞有纯阳真人吕洞宾传说，今建庙其上。洞内洞外各有道士为游客算命。立其处摄影者亦众。

⑨ 东林寺装饰一新，而古迹杳然。寺中诸神皆备，犹塑泥胎不已，而林寺则仅存古塔一座，传有东坡题诗，惜荒芜欲圮矣。

⑩ 庐山悬崖处有巨石耸出近丈，俗称天桥。传朱元璋曾与陈友谅战于此，元璋败，过天桥而遁。友谅追至，桥已为神斩断，不及而止。

# 汉南绝句（三首）

## （一）

濛濛细雨湿方壶，曲径通幽景万殊。
几处亭台迎面起，直将南郑认姑苏。

## （二）

水天一色南湖秀，家国回怀北斗寒。
尘暗貂裘归去也，无边心事落人间。

## （三）

古树新枝又绽花，满堂俱是女妖娃。
蟠龙一曲同欢笑，猛虎为媒第一家。

# 论诗绝句（二首）

## （一）

一从五四倡新诗，八十年来绕梦思。
但得推陈同发展，何妨分道两由之。

## （二）

好坏由来在内容，新诗旧体一般同。
岂从格律分泾渭，意境高明语要通。

# 甲戌除夕，忽忆介之推事，吟一绝句

足下空闻唤友声，绵山一炬太无情。
君王自是工心计，杀却贤臣又钓名。

甲戌春，得张新柳学长函告，客岁诸旧友以余将返永，渴望谋面一叙，而竟杳然，余之过也，书一绝答之

巴山重听潇潇雨，莫向牛棚忆寂寥。
几点萍踪空自许，少年同学作神交。

甲戌春末承邀赴龙虎山诗会，因与他会时间冲突将行而止。谨赋六绝句以呈并乞组委会暨诸翁教正

### （一）

才向崆峒别广成，又来龙虎会先生。
风云此日欣高会，踏向蓬山第几程。

### （二）

幽绪茫茫入远岑，二千年事费沉吟。
等闲识得天师道，五斗长存一片心。

### （三）

路转峰回入贵溪，山从龙虎不须疑。
天师莫道无消息，夜夜祥云拂故居。

### （四）

当年战国几悬棺，千古存疑一揭难。
为爱凌空风物好，往来长住白云端。

### （五）

神州地貌最清嘉，浓似夭桃淡似茶。
十二亿人心里热，都来此地看丹霞。

### （六）

欲向鹰潭市里游，繁花似锦月如钩。
琼楼翼翼冲天立，开发谁家最上头。

# 晋游十咏（甲戌）

## 登天龙山北齐王高欢行宫遗址①

天龙山色郁苍苍，佛窟悠悠一梦长。
最是人间留不得，绝无消息到高王。

## 晋祠怀古

同室桐封未可夸，忽惊三晋又分家。
喜忧莫与前朝事，都付寒林噪暮鸦。

## 晋祠周柏

周柏唐槐事渺茫，南枝挺秀北枝荒。
擎天拔地垂千古，风雨沧桑又断肠。

## 晋祠宋塑周武王后侍女群

翠袖翩翩绝笑瞋，宋家泥塑最传神。
我来亦羡皇权好，四十名姝奉一人。

## 戏赠宋谋玚教授

胜迹斑斑入眼迟，周唐遗事渺难知。
诗人旧是多情种，一缕相思落晋祠②。

## 五台山杂咏（五首）

### （一）

轻车千里入台怀，一朵疑云解不开。
万古名山铜气重，风流裙屐拜如来③。

### （二）

不为寻春到五台，难从佛祖问消灾。
青山隐去空祠庙，一例泥胎入眼来。

### （三）

十幅楹联九幅讹，乱投兰芷奈伊何！
把门小子言无误，如此名流见得多④！

### （四）

西装革履跪团蒲，片片灵签乞丽姝。
锦样前程空自许，未妨清醒是糊涂。

### （五）

圹穴深深古道遐，已无恩怨到人家。
绝怜玉殒千年后，却向名山展靓华⑤。

【注】

① 北齐王高欢有避暑行宫，已茫然无存。

② 同行有宋谋场教授，戏指侍女塑像之一曰："我若选美，定是此人！"

③ 五台山位于山西五台山县之台怀镇，以地处五台之中得名。

④ 导游持介绍信至广宗寺，守门人不许进入。导游以"名家"对。答曰："名家见得多了"。竟不得入。

⑤ 五台山塔院寺陈有裸体古女尸一具，云悉湖南出土，不知何以曳至此间展出，且体态丰满，不类千年古尸，颇疑伪作。


# 鹿城杂咏（十四首）

## 机过杭州忆旧

五十年前此旧游，哪堪一雨忽成秋。
当时只说西湖好，不道西湖水断流。

## 抵温州口占二绝句贺鹿鸣杯诗词大赛

### （一）

金城朝发夕温州，七十年华未肯休。
我爱瓯江风物好，抢才偏向鹿城游。

## （二）

玉尺抡才事足夸，黄童白叟著春花。
温州模式今过昔，重振骚坛第一家。

## 咏温州模式二绝句

### （一）

名城昔见鹿衔花，此日东瓯竞物华。
海上飞来天上落，温州模式最堪夸。

### （二）

百般工艺列前头，巧样时装眼底收。
共道新潮来海上，风流占尽是温州。

## 雁荡山大小龙湫

一潭澄澈听涛声，雪雾蒙蒙峭壁倾。
最是龙湫灵气重，彩虹新趁夕阳明。

## 登观音洞

拾级穿云第几层，悬崖百丈势崚嶒。
难寻一枕游仙梦，心共山泉冷似冰。

## 雁荡山飞人表演

休从壁上看飞天，不是空山泣杜鹃。
一缕钢丝人去疾，犹听爆竹响平川。

## 终评后忽有遗金感触因赋

玉尺抡才愧未能，总为遗金感慨增。
朱衣暗点原虚妄，留取长才搏远征。

## 临别赠大赛主持人张桂生诗兄

桂华流瓦大江平，又向东瓯听鹿鸣。
十万潮头来眼底，一齐汇作碧涛声。

## 赠烈士王楚楚母亲曹淑英并谢赠小剪

清明肠断泪难收，有女人间第一流。
剪却闲愁千万种，自今无复去并州。

## 悼诗人张芸生

崔家岩上忆前游，马列同研共暑秋。
故旧而今零落甚，春来谁省又添愁。

# 鹿城逢台湾汤觉非同年（二首）

## （一）

鹿城一揖庆飞觥，今是昨非各有情。
万里云山前路隔，相逢何处话三生。

## （二）

无端惊喜话同年，海陆相违路几千。
莫遣鱼沉旧雁杳，与君白发各盈颠。

# 读《荒唐居诗词》柬胡遐之

一枕荒唐梦未醒，空从鼓瑟叩湘灵。
斜阳冉冉春无极，总为闲愁又涕零。

# 致黄英

每于说部识多才，展卷如春摩诘来[①]。
最是令人凄绝处，诸般色相一般哀。

【注】
① 黄英兄有《梦醒敦煌》等小说多部出版。

## 答王克锋见赠伊丕聪先生编著
## 《王渔洋诗友录》

两卷新书考证详，伊郎留得好文章。
偶谈池北倡神韵，一代宗师姓字香。

## 乙亥春正慰刘人寿诗翁病中

望断长沙一纸书，共怜风雨病相如。
生涯独羡刘人寿，日夕研砂未染朱。

## 题林曼兰女史《历史人物一百咏》

林家女子忒多情，无限波涛笔底生。
尚论古人资世鉴，不须咏絮识芳名。

## 雁字一首，和王复忱诗丈原韵

书空咄咄不留形，芳庠年年笔未停。
安得倩他千万亿，书成人字一天青。

## 题山东大观园马踏湖

鲁连蹈海气何雄，芳烈遗风万世崇。
不帝嬴秦君子忾，一湖马踏仰长虹。

## 张联芳诗丈以其九秩华诞与家人合影留真见寄，诗以答之

云外飞来一行书，上京仙府近何如。
却凭蝉翼留真意，绘出苍松不老图。

## 题张孟玄先生《梅庵诗草》，书孟翁抗日战中，于福州沦陷后重入险地，携未婚夫人间道走出，同与抗战事（二首）

### （一）

烽烟无复计安危，况得琼枝玉剑随。
犹记木兰闲对镜，蛮靴窄袖促吟诗。

## （二）

细柳当年韵事夸，剑书曾听说方家。
梅庵一卷清如雪，诗史人间誉最嘉。

# 皇台杂咏（二首）

## （一）

王翰清词万古雄，五凉人去剩秋风。
凭君莫问前朝事，却付皇台一醉中。

## （二）

义烈千年尚有台，当时家国迹空埋。
夫人逝去犹南面，酿得河西第一醅。

# 武陵诗社十周年题赠

桩桩往事已无凭，烽火当年记武陵。
料得避秦归去后，飞花片片作诗情。

# 景泰吟（三首）

## （一）

黄水滔滔西复东，长龙吸水向晴空。
良田新灌三千顷，永世人民忆李公[①]。

## （二）

依山三泵户宏开，滚滚黄流入堑来。
越岭穿山临古浪，黎民新自梦中回。

## （三）

盛夏寻芳结伴行，小城风物最关情。
因何驻得春如许，千古人民忆李冰。

【注】
① 李公，李培福，时任甘肃省副省长，曾主持景泰提灌工程。

# 兰山钟院揭幕书四绝句以贺

## （一）

俗虑纷纭扰素怀，兰山清韵费疑猜。
繁华梦醒休回顾，俱是邯郸道上来。

## （二）

风雨兰山听未真，忽闻大吕响洪钧。
华胥梦醒人何在？几个修成百炼身！

## （三）

何处飞来几句钟，欲寻清梦已朦胧。
庄生若是为蝴蝶，也向兰山趁好风。

## （四）

朱郎白发最多情，铸得黄钟格上清。
不是楚音偏绕室，夜深同照许飞琼。

# 武昌起义八十五周年有感（九首）

## （一）

革命追源溯武昌，千秋盛业起华章。

民心向背真关键，莫问谁开第一枪。

## （二）

为建通途起祸端，收回民股逞皇权。

端方一去无消息，空见新军入四川①。

【注】

① 辛亥，清廷将川汉铁路收归国有，四川股民组织保路同志会，包围督署，情势危岌。清廷调鄂军端方部入川，武昌空虚，起义时机提前到来。端方入川被杀。

## （三）

孱军协统号元洪，乍听枪声作狗熊。

床下拉来堂上坐，居然假货扮元戎。

## （四）

一代英雄数克强，英年早逝剧堪伤。

指挥若定三军胜，赢得千秋侠骨香。

## （五）

金陵泣血黄留守，赤县人悲宋教仁。
首义功成轻负却，民权何日得重伸②。

【注】

② 南北和成，袁世凯出任总统，坚持于北京就职，南京仅
设留守处，黄兴主其事，人称黄留守，旋被解散，革命军基础遂
亡。

## （六）

一代枭雄蛰项城，因缘时会入神京。
孤儿寡妇凭欺弄，又向民军耀甲兵③。

【注】

③ 袁世凯自项城起用，逼宣统逊位，一面炮轰汉阳，使用
两面手法，窃据政权。

## （七）

伤心忍见议和成，民国从兹只负名。
八十三天洪宪去，讨袁军事又重兴。

## （八）

猎猎空悬血色旌，已知共建入同盟。
怆怀烈日捐躯后，国计民生又失衡。

## （九）

中山垂范高千古，天下为公字字香。
拯救元元尊国父，民权民本永弘扬④。

【注】
④ 胡锦涛总书记提出"民本"政治主张，与中山民权之说暗合。

# 郭晋稀先生八十华诞谨以拙句二绝以贺并乞正韵

## （一）

天下诗人半是湘，栖梧今见老文郎。
词声析到精微处，几度毛锥吐异香。

## （二）

峻词曾记酹英雄，热泪同挥禹甸中。
世上由来仁者寿，期颐还看笑春风。

# 丙子年秋，广西吴端升诗见询

重来谁省夜凄其，一枕悲凉席地居①。
歧路未完心力竭，名山问尽鬼神虚。

【注】
① 露宿街头，席地而卧也。

## 答马君骅教授

煽风点火一言无，四字冤成罪不辜。
事业名山欣有径，西门何日却焚巫。

## 重到临泽

重来不见旧时衙，户拥琼楼室有花。
猪舍牛栏资巧构，绿荫万顷掩平沙。

## 民乐行

祁连雨雪望霏微，遍地牛羊下夕晖。
锦帐琼楼春意好，秋风萧瑟莫言归。

## 重游虎门　丁丑春日

禹甸蒙尘百五秋，销烟遗事认从头。
吟成十万回归曲，难泯香江一段愁。

## 丁丑夏日题《多景诗词》选集，并贺出版三十五周年（二首）

### （一）

光景悠悠北固楼，当年曾此泛中流。
王侯事业多飘忽，争似江山不解愁。

### （二）

人文荟萃数江城，筹建诗坛夙擅名。
卅五年华非易事，稼轩重到要飞觥。

## 丁丑深秋，题岭南诗人吴钩诗文集

苍茫啸傲想吴钩，忽有吴钩在上头。
梦里石狮云里月，把来却向此中留。

# 答徐传礼教授（二首）

## （一）

一纸飞来倍感伤，相从三日百回肠。
书生无力全饥溺，忍向词坛说擅场。

## （二）

奔驰奥迪走千官，一纸文章付梓难。
稽首慈云参大士，何年可得印书钱。

# 赠段仰福

飘渺情思隔世同，卅年曾记旧游踪。
风尘一袜劳相赠①，尽夜思量在梦中。

【注】
① 仰福同志五十年代与余同在张掖劳动，蒙赠织袜一双，
心甚德之。

# 咏燕子楼①

一事相传燕子楼，骚坛酬和已千秋。
何期更向键为郡，竹马青梅收白头。

【注】
① 广西沙培铮诗兄以键为徐元森君与其女友本事见告，属为燕子楼和诗。

# 戊寅二月柬骆石华翁

最爱金城骆石华，谦谦君子万人夸。
锋刀毛刃称三绝，朴拙留真灿晚霞。

# 陇西行吟（十首）

戊寅秋日，应陇西诗词协会之邀，赴陇西讲学，匆匆吟成数章。

## （一）

长城梁上望长城，不见长城百感生。
千古沧桑原一瞬，王侯蝼蚁尽无名。

## （二）

为慕人文访陇西，峰回路转绿杨齐。
难寻五百年前事，威远楼头听马嘶。

## （三）

明瓦唐砖共宋钟，屹然耸立向苍穹。
巩昌襄武曾威远，莫道繁华类转蓬。

## （四）

绿水青山共碧天，金城已让巩昌先。
安南襄武休提说，生气蓬蓬异昔年。

## （五）

千古人文爱巩昌，风流人爱李家郎。
传书柳毅成佳话，难醒邯郸梦一场。

## （六）

郁郁丛林忆昔年，渭河欲涸稼难全。
长桥不见滔滔水，骚首频频问彼天。

## （七）

老少翻然莅止多，一堂济济事吟哦。
凭君莫厌平平仄，真趣由来在琢磨。

## （八）

梧桐百尺起高楼，襄武王翁据上游。
升斗功名成底事，名山有业胜吴钩。

## （九）

儒商事业古今传，端木陶朱共计然。
一卷兵书勤学习，成功留与后人看。

## （十）

拾级来登威远楼，目穷渭谷气横秋。
怆怀古郡思畴昔，几个英雄姓氏留。

## 怀刘操南

文旌初识忆桃源，渭北空临月满轩。
为底谪仙归去疾，无边心事系恬园。

# 盐锅峡口占（三首）

## （一）

烟水微茫削壁开，平湖高峡出云来。
机声轧轧涛声急，曙色清光满碧隈。

## （二）

海晏河清信不磨，盐锅峡外斩鼍鼋。
飞湍截坝三千尺，无复临流叹逝波。

## （三）

长河滚滚疾如梭，熠熠清光出素波。
不是英雄齐努力，至今犹是煮人锅。

# 迎建国五十周年（二首）

## （一）

兴亡悠忽系微萌，才智庸愚判最明。
逐却独夫天外去，神州方得见升平。

## （二）

五十年来历苦辛，等闲盼得福骈臻。
鸿图四化迎开放，毕竟红旗不误人。

# 迎澳门回归（二首）

## （一）

孱弱天朝丧澳门，国魂终究系民魂。
历年四百方规复，难把欢颜掩泪痕。

## （二）

闻呼妈阁一怆神，蹈海无人肯帝秦。
鼠窃狗偷伤往昔，难忘耻辱与艰辛。

# 三楚行吟绝句十首 有序

　　己卯九月，余与中华诗词第十二次研讨会于武昌。乘兴游赤壁、泛洞庭、登岳阳名楼、吊湘妃芳冢、过长江古郡、步桔子洲头、瞻岳麓书院、访贾傅故居，于焉略窥三楚人文之胜。归途追忆，成律绝各十章。敝帚自珍，谨录以就正于贤者。

## （一）

不信龟蛇锁大江，流横九派正汪洋。
汉皋一会堪名世，汇入千秋桂子香。

## （二）

乔木森森簇奥堂，书香还比桂花香。
为求素质崇诗教，千古人文要发扬。

## （三）

五四狂飚太左偏，隳颓传统五千年。
闻公晚岁多情甚，勒马回缰尚昔贤。

## （四）

不薄新诗爱旧诗①，百花齐放又明时。
复兴文艺同歌颂，先觉何妨让后知。

【注】
① 借臧克家句。

## （五）

乘兴来游意纵横，壁分文武两知名。
周郎才气坡仙赋，化作狂涛伴月明。

## （六）

廿载征程过眼明，洞庭风雨伴书声。
湘君墓上千竿竹，都是秦王去后成。

## （七）

吕仙飞去杳无踪，龙女湘娥怅未逢。
愿得年年人似故，与君同作老来红。

## （八）

六十年来夜梦频，花团锦簇入时新。
沧桑巨变休惆怅，却话张皇纵火人<sup>①</sup>。

【注】
① 一九四〇年冬参军到长沙，曾目击大火后惨象。

## （九）

逝水年华忆苦辛，当时浩动已成尘。
无端坠入狂涛里，难向长沮一问津。

## （十）

血沃征程梦已赊，少年踪迹忆长沙。
徘徊难觅前时路，六十春秋老鬓华。

## 己卯柬黄拔荆林丽珠教授夫妇

伉俪诗人君占先，周熊刘蔡各缠绵。
凭栏一望情何限，心系迢迢八闽天。

## 答青岛郑文光见寄

何曾前路问牺牲，叱吒风云苟苟营。
理得心安凡事了，一星曙色几人行。

## 武威采风（六首）

### 黄羊农场

轻车一径访黄羊，十里葡萄十里香。
产值行看过亿万，莫高未必在敦煌<sup>①</sup>。

### 武威印象

重到凉州百感生，古城新貌最堪惊。
琼楼簇立人潮涌，再造河西第一声。

### 贺西凉啤酒

西凉啤酒郁芬芳，出产流程一线长。
批量年过四万吨，健康长寿此为强。

# 皇娘台

逸兴遄飞落酒杯，重来故地仰皇台。

夫人名节西凉酒，奕世留芳入素怀。

# 赞武酒集团

老窖新醅系列强，雷台波宝最为良。

凉州何事堪吟咏，四十七年武酒香②。

# 题武威金谷园

金谷名园此驻踪，绿珠归去杳难逢。

一杯冷对凉州月，粪土王侯况石崇。

【注】

① 黄羊农场产名酒，名莫高。

② 武酒生产酒历四十七年。

# 银川二十咏

银川三到意何如，建设年年易旧图。
两个城区齐变样，分明塞上一明珠①。

汉回一体几经年，边塞何曾烽火燃。
各族人民趋一的，同奔四化换新天。

萧萧芦荻远连天，秋色无边入画船。
安得有身如此水，沙湖湖上住年年②。

银川风物丽天都，去去来来景物殊。
塞上成诗千百首，吟声一半落沙湖。

落霞孤鹜逐平沙，秋水长天荻影斜。
瀚海行舟饶远趣，贺兰山缺访人家③。

澄湖万顷落平沙，绿女红男此驻车。
戏水狂欢归去晚，却从蒙帐各安家④。

闻说长安不易居，僭来福地觅幽栖⑤。
一湖澄澈明如镜，可似江南照影时！

三北风光此独佳，织将草网固流沙⑥。
坡头日丽花如海，塞上江南不忆家。

北雁南归草木枯，昊王陵墓认模糊⑦。
当年铁马金戈地，绘出人间锦绣图。

弱肉强凌剧可怜，青砖碧瓦认从前。
如何誓死鏖兵后，却树降旗导播迁⑧。

八十三万里平方，十朝霸业历沧桑。
城阙碑亭成底事，武功文治两茫茫⑨。

大夏雄图亦足夸，桩桩文物证繁华。
石雕人像鎏金兽，鸱吻琉璃塔影斜⑩。

齐家而后马家窑，文物千秋灿未凋。
愿得人间今胜昔，工农同步跨前朝⑪。

纳家户内礼清真，八百平方宇殿新。
风雨千年仍肃穆，名扬中外永留春⑫。

贺兰岩画久知名，气势恢宏举世惊。
射猎战争兼舞蹈，一齐都向壁间鸣⑬。

细雨驱车出近郊，闫家有女是人豪。
乳牛二十饶生计，况有红苹映碧萄⑭！

嬴秦空自建长城，版筑何曾固大明。
最是祥和千岁好，莫相猜忌莫鏖兵⑮。

石窟须弥溯北周，释迦遗像耸城楼。
刻题跋识存金宋，艺术长城奕代留⑯。

蓝宝乌金最足珍，镂空成相叹之能。
精神物质扬双翼，飞入冥冥两巨鹰⑰。

大桥迤逦跨黄河，人力回天控碧波。
熠熠生辉传万里，青铜无复啸鼋鼍⑱。

【注】

① 余曾三访银川，觉其新旧城区建设，日新月异。

② 沙湖，银川第一旅游胜地，创建于1989年，距市区56公里。波光万顷，水天一色，备有各种游艇及滑沙等设备。

③ 沙湖岛有骆驼，供游人在沙丘上驰骋。

④ 蒙帐，蒙古包。

⑤ 沙湖建成后，忽来大鲵栖息，主事者建水族馆居之。

⑥ 沙坡头距中卫10公里，结草为网以固流沙，取得显著成效，中外瞩目。

⑦ 西夏李元昊于1038年立国，1227年亡于蒙古，共历十主。元昊陵在银川西郊35公里处。

⑧ 公元1227年，西夏第十世主时，与蒙古大军长期鏖战，不支请降，元军杀其主，毁其陵庙。

⑨ 西夏辖地83万平方公里，迄今地面建筑，仅留遗址，城阙碑亭，俱已荡然。

⑩ 西夏出土文物甚多，鸱吻、石兽，均其著者，现存宁夏博物馆。

⑪ 宁夏南部地区发现的"齐家文化"与"马家窑文化"遗址，证明宁夏地区早在公元前六七千年的新石器时代已有相当发达的文化。

⑫ 纳家户清真寺在永宁县纳家户行政村，为宁夏自治区最古老的清真寺之一，占地800平方米，有460馀年历史，常有外国穆斯林团体和个人来此瞻仰礼拜。

⑬ 贺兰山岩画，举世闻名，为战国时期北方少数民族所作，部分拓片及实物在宁夏博物馆展出。

⑭ 纳家户劳动模范闫翠梅，86年承包荒地36亩以育果园，养乳牛20馀头，年收入8万元。

⑮ 宁夏固原境内有秦长城，灵武境内有明长城。

⑯ 宁夏固原县境内须弥山石窟，有北周塑相及辽宋明金各代题识。

⑰ 蓝宝，即贺兰山石，可作砚及其他雕刻制品，乌金，即煤炭，产于石咀山等地。

⑱ 青铜峡水库，在宁夏青铜峡市，为宁夏水力发电之最。现宁夏人均占有发电量1767千瓦时，居全国第二。

# 江南绝句六十三首 有序

　　庚辰之秋，余应邀经蚌埠转赴安庆出席国际汉诗研讨会。毕，与王运洪、蔡怀柱、白坚诗兄夜泛长江，朝抵金陵。晤青年诗人宗弟裕陵，青年诗人程君运生、舒君贵生、孟君琪、李君行敏，从游白下诸名胜；越三日，抵镇江。偕诗友蒋光年驱车访金山、北固；又三日，抵苏州，稍事休憩，略窥园林幽趣。再三日，抵杭州，与诗友孔汝煌驱车赴绍兴，探吴越古迹。适钱明锵兄由京返杭，遂移住西溪吟苑，更与遍游西湖、灵隐之胜。在杭凡五日，其间曾一度与青年诗友切磋诗艺。因杭州兰州间无直达车，乃转沪乘车返兰，计此行为时恰二十日。沿途口占绝句甚多，归而取舍，得六十三首，录之，以志鸿爪。


　　　　当年灾难成奇迹，此日明珠缀蚌城。
　　　　一水盈盈浮舴艋，满湖晶柱落红英①。


　　　　谢家女史擅声名，舆论曾闻作蠹擎。
　　　　敢把危言箴盛世，江南一曲有馀情②。


　　　　千秋何处觅英王，肠断人间古战场。
　　　　万里长江堪作证，小姑终不嫁彭郎③。


　　　　冢外荒芜冢上豪，不须华饰自高标。
　　　　当年批右人如在，几个平心口舌饶④！


　　　　曾记当年载酒游，荷花深处荡轻舟。
　　　　漫寻五十年前事，重到刘郎已白头⑤。

千秋谁与话沧桑，玄武湖中日月长。
记得少年游画舫，几人远客几人亡⑥。

鲞耄年华续旧游，澄湖碧水映琼楼。
金陵儿女多情甚，故事新编到莫愁⑦。

乐游苑傍九华山，欲觅遗踪事已残。
一塔巍峨藏佛骨，杳无消息看龙蟠⑧。

台城一望眼模糊，饮恨君王作饿夫。
篡业不成萧衍去，可怜侯景未称孤⑨。

秦淮水浊蒋山芜，千古风云变化殊。
十代豪华随逝水，金陵王气本来无⑩。

无能治国却工词，一卷流传百世师。
故国不忘终贾祸，何如阿斗善谀词⑪。

流氓帝子界无涯，败寇成王未足夸。
独幸口碑存正气，凤阳一曲奠群哗⑫。

未曾登极已尊荣，陵筑恢宏续大明。
地下蒙尘真幸事，非然怎得免刀兵⑬。

削藩未就已成灾，一夕兵从蓟北来。
煮豆燃萁干底事，可怜空上断头台⑭。

秦淮夜月马蹄骄，新梦依稀旧梦遥。
柳叶眉尖愁北顾，桃花扇底送南朝⑮。

柳家娘子最情钟，偶向人间一寄踪。
芳节不因名士累，江南新得女儿红⑯。

千秋遗恨叹洪杨，功败垂成事足伤。
宫女三千齐负土，太平湖就太平亡⑰。

金陵一入便偏安，宫殿成时梦已残。
莫怪忠王存《自述》。可怜"十误"此为端⑱。

窃国元凶意自专，南都才定徙幽燕。
祖宗浪托袁崇焕，赢得儿皇八十天⑲。

首义当年忆武昌，翕然相应彩旗扬。
文韬武略空留守，并作黄花侠骨香⑳。

圣哲人雄史绝前，护陵古木尚森然。
自从损却擎天柱，血雨腥风二十年㉑。

一场浩劫古今无，切齿人呼谷寿夫。
三十万人成厉鬼，复仇端赖振宏图㉒。

重到秣陵触目惊，伤心往事忆屠城。
诳言记得唐生智，辜负河山带砺盟㉓。

秦淮水碧向东流，王气金陵一旦休。
纵比洪杨优一着，输他八载在渝州[24]。

取义成仁亦壮哉！游人齐谒雨花台。
新诗漫向刀丛觅，几个英雄欲再来[25]。

风雨钟山几播迁，旧游此日换新天。
亚洲销售登峰极，胜算常操六四年[26]。

长镵短剑未休兵，冷淡生涯百子亭。
芒刺几人还在背，大名不枉唤天明[27]。

桂子飘香拂柳塘，江南晚稻正流黄。
持螯把酒情何限，惆怅明朝客路长[28]。

漫说诗嘉品更佳，殷勤导我访先衙。
江南总督天王府，争及中山奕代夸[29]。

商海浮沉未许闲，多君此日弄潮还。
漫抛心力裁新句，重振诗坛可出山[30]？

诗思清新老少年，金陵何幸识诗仙。
期颐莫道登峰极，花甲重周是必然[31]。

诗句裁成酒尚温，窦公才调最堪尊。
忽然满座闻天语，凝睇犹疑屈子存[32]。

底事音洪运未洪，差堪告慰是诗工。
灾逢无妄君心碎，急煞身旁嗫嚅翁[33]！

水涌金山事有无？素贞娘子女中模。
为郎不惜违天命，许氏如何不丈夫[34]！

西津古渡少人流，一塔巍峨正整修。
玉宇琼楼花似锦，不从星火看瓜州[35]。

文心刘勰事雕龙，一论赢来百世崇。
选学中华推首创，昭明太子是人龙[36]。

往事如烟不可求，南巡北顾事悠悠。
江山指点知形胜，拾级来登第一楼[37]。

闻说周郎巧计谋，当年曾此御曹刘。
如何胜算成输局，空把阿香作码筹[38]。

神游已久此登攀，名寺南朝识胜颜。
好共先生留后约，他年重与看焦山[39]。

天成真趣古园林，曲径寻幽听好音。
转入楼头忽不见，蓦然人在小山岑[40]。

恢宏壮丽敞豪轩，半是当年拙政园。
叛逆公卿同一穴，争如花草沐晴暄[41]！

寒山拾得杳无踪，寂寞枫桥动客容。
此夕情怀同淡月，只闻马达不闻钟[42]。

一塔欹斜望虎丘，阖闾踪迹杳难求。
西施不解回眸顾，乐共陶朱泛小舟[43]。

败越降齐一代雄，长城自毁霸图空。
非关宰嚭逢君恶，决策由来在禁中[44]。

一幸江都百事诬，新开漕运古来无。
隋炀纵有千条恶，独此犹堪史册书[45]。

不辞体惫日黄昏，携友来登旧驿门。
兰亭真迹知何处，矗然徒见御碑尊[46]。

青史重温似弈棋，莫邪干将杳难知。
笑他勾践无才甚，忍把兴亡付一姬[47]。

印山草木簇巍峨，凿石为陵咏伐柯。
见说始封由大禹，爱民应愧祖先多[48]。

一盘蚕豆溢清香，满眼花雕劝客尝。
地下迅翁如有格，何如即席话沧桑[49]。

世事如何少洞明，居功文种入危城。
万般残暴输勾践，诛戮原来不假名[50]。

铁马金戈度一生，更无馀绪到柔情。
沈园重到空凭吊，莫为钗头泪又倾<sup>51</sup>。

万古英豪一健雄，伤心首义恸无功。
从容赴死争民主，巾帼何人继下风<sup>52</sup>？

梅鹤孤山事业空，苏堤遥对白堤虹。
钱王伍相仍如在，肠断平湖一望中<sup>53</sup>。

湖边杨柳绿毿毿。湖外群峰透紫岚。
映月万般皆是好，动人何必在三潭<sup>54</sup>？

清泉莫问何时冷，灵鹫凭谁问自来。
究竟若寻终是累，不如瞑坐待花开<sup>55</sup>！

花港观鱼意自舒，争前啜食浴波初。
等闲识得游龙态，万转千回总不如<sup>56</sup>。

败自身亡胜亦亡，"黄龙痛饮"祸机藏。
君王只爱偏安好，底事征旗指北方<sup>57</sup>！

姓氏何须更避秦，薰莸自古已攸分。
诛除管蔡流言息，在德原来不在亲<sup>58</sup>。

故事年年说断桥，青娘凌厉白娘娇。
许郎若是真情种，塔起雷峰肯便饶<sup>59</sup>！

相逢一笑各怡然，十载神交两地天。
诗艺切磋人羡煞，为陈心得占机先<sup>⑥</sup>。

老向西湖觅旧踪，涵天浴日识元龙。
尚馀桂蕊荷花杳，诗侠情怀慷慨同<sup>⑥</sup>。

西湖无处不青山，春似江涛自往还。
丛述新编君笔健，赧颜吾愧鬓毛斑<sup>⑥</sup>。

分明再晤惊初识，笑煞娉婷女秀才。
记得当时留倩影，如何此日费疑猜<sup>⑥</sup>。

【注】

①　蚌埠明珠湖，原为国民党军于淮海战役所掘土坑，今已辟为公园，号曰明珠，供人游赏。

②　安庆诗词学会会长周文煜女史，曾从事新闻工作，所作《忆江南·当官好》曲。由专家谱曲、专业演员在安庆诗会演唱。极博好评。

③　清军彭玉麟部曾与太平军英王陈玉成部战于长江湖口一带。玉成据小姑山以抗，后兵败身殉。彭有"十万雄师齐奋力。彭郎夺得小姑归"之诗句，传诵一时。按：小姑山与彭郎矶至今峙立如故，余诗特反其意。英王府在安庆。至今人犹念之。

④　陈独秀先生墓在安庆城郊，正修建中。不知左派诸公，毕竟还容得先生安眠否！

⑤　五十四年前，余尝与友人泛舟玄武湖，及今重到，不禁怃然。

⑥　旧日同游，杳不可知，或闻已登鬼域，或云远客他乡，重到遂成凭吊矣！

⑦　解放前之莫愁糊，一死水潭耳，了无景观。今日重到，

面目一新，所传故事，亦与前闻迥异。

⑧　南京九华山有乐游苑，塔中闻藏有唐三藏舍利子。章太炎悼中山先生联云："群盗鼠窃狗偷，死者不瞑目；此地龙蟠虎踞，古人之虚言。"

⑨　台城乃梁武帝萧衍困死之地。侯景叛梁，称帝未成，即已覆灭，可怜亦复可恨。

⑩　昔人以南京为六朝古都，今人复有十代之说。十代者，三国吴、东晋，南北朝之宋、齐、梁、陈与南唐、朱元璋并太平天国与蒋介石王朝也。

⑪　南唐二主均工填词，至今流传不衰。然，后主终以词贾祸，遂蒙牵机之厄，死于非命。不若蜀汉后主刘禅"此间乐，不思蜀也"之语，居然骗过司马昭，得保首领以殁也。

⑫　明太祖朱元璋即位后，人民不得实惠，转为所苦。其历史功过，世论亦不一致。实则其家乡之《凤阳花鼓》有词云："自从出了朱皇帝，十年倒有九年荒"已为定论矣！

⑬　南京明孝陵侧发现明太子朱标定陵，规模宏侈。定陵何以能长埋地下？余以为或系孝文出逃时所为，然亦幸事也，否则靖难之役，乃弟恐终不能轻易放过也。

⑭　明孝文因削藩一事，激怒其叔燕王棣兴兵南下，篡夺皇位，实乃帝室内部之争，方孝孺以一书生，抵死相抗，致诛"十族"，株连甚众，殊不可取，而后世多之，何也？故余以为孝孺之死，乃"空上断头台"耳。

⑮　余读《桃花扇》有句云："桃花扇底送南朝"，觉其意蕴深远，思属对之而未就。忽忆唐徐凝有句云："柳叶眉尖易得愁"，辛稼轩亦有"赢得仓皇北顾"之句，因缀成上句。意者宋明末日，敌人皆自北来，香君又极富爱国思想，殊足当之也。

⑯　柳如是嫁钱谦益，一时传为美谈。后因钱降清，如是以死相谏，人多美之，谓为女儿红。今秦淮河尚有柳之故居，供人凭吊。

⑰ 今南京开放景点"总统府"，原为太平天国时之天王府，其西花园内有太平湖，系洪秀全当日强迫宫女三千人负土所建，湖成而国亡。

⑱ 太平天国忠王李秀成被俘后有《自述》传世，指出太平天国之十大误。未能及时大兵北伐，居其首端。

⑲ 袁世凯于民国定都南京之后，在北京拥兵自重，胁临时大总统中山先生辞职，自任总统，旋即帝制自为，并指使其幕僚为其伪造家谱，谬称乃明末抗清名将袁崇焕之后，改元洪宪，僭位八十三天。

⑳ 袁世凯迁都北京后，谋消灭南方革命武装，未果，因在南京设留守处，以黄兴为司令。旋又明令撤销，编遣革命武装，黄兴自杀未遂，由是爆发讨袁之役。黄兴智勇俱全，又富文采，史家多咏之。

㉑ 中山先生一代人哲，逝世之后，蒋介石遂大兴内战，垂二十年。

㉒ 抗战中，南京于1938年沦陷，日司令官谷寿夫纵兵屠南京城，军民三十余万，死于刀下。战后，谷寿夫被列为战犯绞死。

㉓ 日冠进军南京时，国民党守军司令唐生智曾有"南京河山带砺，决当死守，与城共存亡"之豪语，事实证明乃诳言耳。

㉔ 太平天国入踞南京，约十四年。蒋介石自1927年定都南京，至1949年覆灭共二十二年，似较洪杨为优，然若减去八载迁渝，为数亦略相等耳。

㉕ 南京雨花台为国民党屠杀革命志士刑场。鲁迅悼烈士诗："忍看朋辈成新鬼，怒向刀丛觅小诗"。

㉖ 南京新街口中央商场，五十四年前旧游之地也。今日商场重新，业务鼎盛，闻其销售额跃居亚洲前茅，六十四年商战中常操胜算。

㉗ 赠丁芒诗翁。翁由百子亭已迁新居，笔耕不辍，弥堪最佩。丁芒与古时天明同音，故诗中及之。

㉘ 留别裕陵、运生、贵生诗兄。

㉙ 酬江苏省政协李行敏诗兄，余游总统府皆兄导游也。

㉚ 孟琪诗兄隐于商海，颇有收获，因以重振诗坛勉之。

㉛ 呈九六老人刘工天诗丈。

㉜ 席间，窦天语诗丈口占五律见赠，余虽即席奉和，然终不逮也。

㉝ 安庆会后，运洪诗兄与余赴南京前，在安庆码头下车时，老伴因关车门误伤兄指，无妄之灾也。抵南京后，又蒙多次见访，心甚感之。嗫嚅翁，余自谓也。

㉞ 抵镇江后，蒋光年诗兄同游金山等名胜，因感于《白蛇传》传说，遂作此诗。传说中许仙种种，允宜非议也？

㉟ 余游西津古渡，值整修中，游人甚少。光年云：天晴可以看清瓜州建筑，不须似唐人之从"两三星火看瓜州"矣。

㊱ 梁刘勰所著《文心雕龙》为我国最早的文艺批评专著，梁太子萧统所辑《文选》为我国最早的一部文选，据考二书均成于镇江，天下江山第一楼中有专文记其事。

㊲ 镇江北固山之天下第一楼，今已整修一新，登其上可鸟瞰镇江全貌。

㊳ 登金山甘露寺，不禁对孙权之惑于周瑜，以致"陪了夫人又折兵"一事无限感慨。总计孙夫人与刘备团聚才数年耳。光年兄云：孙夫人望江痛哭刘备之处犹在，不禁令人对所谓政治婚姻之发指也。

㊴ 留别蒋光年诗兄。此行未到焦山，故留后约也。

㊵ 偕老伴游苏州拙政园即景。

㊶ 苏州忠王府与拙政园相连。按：李秀成与拙政园主人虽未同时，却于死后同处一穴。一为叛逆，一为公卿，然俱杳矣！尚不如园中草木，年年自沐晴暄。人事沧桑，可无慨乎！

㊷ 苏州寒山寺，乃以僧名寒山得名，初非有山也。寒山寺日间游人相续，多喜撞钟为乐。入夜游者甚少，江中游船均用马达，其声轰鸣，虽有钟声，已不闻矣。

㊸ 虎丘乃一小山，因形得名。传吴王阖闾墓在其上，但已不知所在。有塔欹斜，耸立山顶，欲寻西施遗迹，杳不可知。闻主事者正谋重建吴王馆娃宫，实则西施当时亦是受人摆布之弱女子。料在吴宫亦尝戚戚，宜乎其在吴亡之后，随陶朱泛舟隐去也。

㊹ 世多以吴之灭亡归罪宰嚭，余则以为一切决策皆在禁中，故宁罪夫差也。

㊺ 杨广开运河，功在万世，然其一幸江都，则天下之恶皆归之。坊间说不，诬之尤甚，岂其然乎！

㊻ 绍兴兰亭，乃旧之驿亭，因其地产兰花特佳，故名兰亭。余访其地，但见康熙、乾隆所书御碑矗立，而羲之真迹，转付缺如。或云真迹已埋昭陵，只可俟诸他日矣。

㊼ 勾践卧薪尝胆，以报吴仇，固宜；然以兴亡付诸越姬，则未必是实。果尔，勾践亦无才之甚者也。

㊽ 绍兴印山新发现越王允常之陵。允常，勾践之父也。墓距今已2500馀年，凿山而建，开石方约在1500立方有馀。以直径一米之圆木镂空为棺，又以大圆木覆其上为椁，其上被以薪炭，俾吸潮湿。沿山凿护城河，极为壮观。考越先祖为大禹之后，而所为奢侈，绝无恤民之心，其有愧乃祖多矣。

㊾ 游印山毕，与汝煌兄就食于绍兴之咸亨老店，品花雕，食茴香豆，即席忆鲁迅先生，因成此诗。

㊿ 历代统治者诛戮功臣，均须加以罪名，即如赵构之于岳飞，犹有"莫须有"三字，而勾践之诛文种，则并此三字而无之，可谓残暴之极！

51 游沈园者莫不凭吊，并同情于放翁。余独以为唐琬之出，放翁与有责焉！果放翁忠于爱情，则唐无弃出之由，其母焉能作梗并出之乎！放翁沈园之作，正以负疚良深，晚年忏悔为其基调也。

(52) 秋瑾千秋人杰，巾帼何人可继下风，当拭目以待。

(53) 畅游西湖，忽然忆及鲁迅“钱王登假仍如在，伍相随波不可寻”之句。为之肠断。

(54) 西湖无处不美，而三潭印月独享盛名，盖皆好事者谓其下深不可测，故为塔以镇之之说使然。今其塔已为金属所代，亦无镇邪之说，而盛名如故，习惯使然也。余游其侧，深觉平淡无奇，故以“万般皆是好”代之也。

(55) 灵隐寺山间有“泉自几时冷起，峰从何处飞来”及“泉自冷时冷起，峰从来处飞来”之联，人以为佳，余意两联作者皆是多事！夫人间天上，事皆无常，固不必问其究竟。若一涉拘泥，则禅机便失也。

(56) 向读曹子健《洛神赋》，对其“翩若惊鸿，宛若游龙”之譬，不甚了了，乃于花港观鱼中得之。子健才高八斗，信然。

(57) 西湖凭吊岳坟，始悟文征明《满江红》揭露赵构居心之深刻。实则岳飞北伐，胜败均必获罪，毕竟赵构容他不得也！

(58) 有人在岳王坟前撰联云：“我到坟前耻姓秦”。余以为此公大可不必！凡事在德不在亲，反动的“血统论”在任何时候均不能听其复活也！

(59) 余观《白蛇传》颇为素贞鸣不平。许仙若有真情，法海之言自不必听，便可省却多少麻烦；其后起雷峰塔时，许仙若能以死抗争，则素贞亦未必便含冤塔底也。

(60) 王斯琴诗翁与余神交已久，鱼雁频通而缘悭把晤，乍相逢。便陈心得，倾谈久之。

(61) 苍南钱明锵诗兄，慷慨士也。右派平反后，连捷商战，置别墅于西子湖畔，并建新时代诗社，以涵天浴日之情怀，结交天下诗人。临别，摘此以赠。

(62) 萧山周明道诗兄特来杭州相晤，蒙以新作《新编清代杭郡近体诗》见赠，并嘱为新作《周明道诗词序跋》题签。

　　㉝ 青年诗人朱利萍女士，1999年同与武汉会议，并合影留念，此次来杭，诧为初识，后经提及往事，始为恍然。不意老眼昏花，一至于此！

# 陇南吟草四十首 有序

　　辛巳暮春，余赴武都，参加陇南地区诗会。毕，与戴树举会长历游文县、武都、西和、成县、宕昌、礼县，徽县诸名胜，成绝句四十首。因录存之，以志鸿爪。

## 陇南（二首）

### （一）

　　陇南山色郁青葱，九县长江水系中。
　　明媚春光人不识，享名端在利交通①。

【注】
　　① 陇南武都、文县、宕昌、成县、康县、西和、礼县、徽县、两当九县，均隶陇南地区，并为长江水系。

### （二）

　　三春细雨润如酥，优势桩桩在武都。
　　伫看他年花似锦，丹青重绘陇南图②。

【注】

② 陇南地委邵明书记谓陇南发展，有资源（矿产）、能源、生态、水利、旅游五大优势。

# 武都（六首）

## （一）

仆仆风尘夙愿酬，轻车送我到阶州。
惊涛拍岸山含翠，一坝凌空锁白虬。

## （二）

胜日寻芳到武都，无边光景在莲湖。
南山峭壁犹飞雪，扑蝶游人入画图。

## （三）

绿树阴浓绕北山，茫茫雾霭锁玄关。
凝红滴翠深如海，惆怅泥泞未许攀。

## （四）

云环白雪拥冰泉，雾绕龙腾势蜿蜒。
最是阶州风物好，艳阳天气百花妍。

## （五）

远涉云山几万重，多情斯土寄芳踪。
银妆淡抹偏宜面，博爱情怀托玉躬③。

【注】
③ 宋平同志自地中海引进的油橄榄树，已在武都落户、推广。其实可资食用，油用，亦可制化妆品。

## （六）

钟乳天成两亿年，几回沧海变桑田。
天垂万象无穷尽，半肖人情半肖仙。

## 文县（二首）

### （一）

白龙江畔一明珠，水秀山奇锦绣图。
刘锐抗金遗迹在，军民血战史曾书。

### （二）

迤逦悠长古道雄，天池如镜入云中。
玉廊晶柱亭亭立，烟雨空濛汇白龙。

# 成县（八首）

## （一）

雾绕神山路几重，巍然相峙两鸡峰。
涛声远引天心近，涤荡尘怀五蕴空。

## （二）

西狭风光世所无，龙潭寂寞鸟声疏。
彩虹弄影摩崖险，百代殊荣五瑞图。

## （三）

浪卷风回气势雄，天将瑰宝惠黄龙。
摩崖文颂传千古，刻绘丹书孰继踪④。

【注】
　④　黄龙潭在西狭，另有青龙潭，并称西狭二潭。前者水深六米，后者达12米，下呈撮口形，坠者多不起。

## （四）

西狭幽幽栈道长，神工鬼斧意迷茫。
危亭峻阁依山立，映月龙潭浪喷香。

## （五）

成州风物似成都，西狭幽奇溯太初。
栈道新成六百米，摩崖天险变通途。

## （六）

凤山不见凤凰游，诗圣遗踪涕未收。
莫怨当年同谷令，几人真谊世间留。

## （七）

勃勃生机尚盎然，五陵松柏越千年。
人人争说黄飞虎，不识何因便得仙⑤。

【注】

⑤　成县泰山千年松柏甚多，其中白皮松尤为珍贵。山上有东岳庙，奉黄飞虎为东岳大帝，香火颇盛。

## （八）

栈道阴平自古雄，悬崖峭壁托行踪。
笑他邓邓空遗恨，未及封侯已命终⑥。

【注】

⑥　自成县到武都中，有桥横跨白衣江，名曰邓邓桥。相传三国邓艾伐蜀时所建。邓艾口吃，故人以此讥之。

# 西和（七首）

## （一）

濛濛细雨入西和，话到仇池感慨多。
五十年华翻旧貌，刑天如在亦欢歌⑦。

【注】

⑦ 《山海经》："刑天与天帝争神，帝断其首，葬常羊山。乃以乳为目，以脐为口，操干戚以舞。"据西北师大赵逵夫教授考证，常羊山即仇池山，邢天乃氏族人民崇拜之先民形象，余以为然。

## （二）

吴玠遗踪已杳然，可怜终未列凌烟。
汉阳古郡今何在？肠断当年旧险关⑧。

【注】

⑧ 汉阳古治为隋时所建，据考其地在今西和境内，具体地址已无可考。

## （三）

横岭斜陈隐巨峰，多姿钟乳郁蟠龙。
泉呈九眼留神话，千佛摩崖对碧空。

## （四）

塞峡悠悠古坦途，单流纳汉石龛孤。

摩崖阅尽沧桑事，笑指人间物态殊。

## （五）

漫漫青史越千年，羌氏遗踪尚俨然。

古堡依稀人事改，连城十二杳如烟⑨。

【注】

⑨ 连城十二，北宋时所筑，今已杳然。

## （六）

艰难立国想仇池，每诵遗诗向往之。

四百年来成一梦，无根水涵杳神鱼⑩。

【注】

⑩ 仇池古国为氐羌民族所立，历358年而亡。仇池山有一长方形巨石，由三块石头支撑，巨石中有一凹，常年蓄水，曰无根水，今无。

## （七）

少陵空忆仇池穴，我欲登临亦枉然。
抵死敢逢天帝怒，何时重与吊刑天<sup>①</sup>。

【注】

①　杜甫《秦州杂诗》之十四："神鱼今不见，福地语真传"。多人疑其曾到仇池，如从"今"与"真"两字探悉，不类未履其地者之用语，然此外则无确证，故曰空忆也。余欲往探杜老遗踪，但据本地人云：道路颇艰，须步行约二十里，遂罢。刑天之事余从赵说。氏族奉先民形象，应有所本，故心向往之，颇以凭吊其遗踪为念。

## 礼县（十首）

### （一）

茫茫林海米仓山，志忐轻车欲上难。
见说吴璘曾拒敌，储粮当日锁雄关。

### （二）

访古难寻旧犬丘，先秦遗迹至今留。
世人且慢夸埃及，文物吾华胜一筹<sup>⑫</sup>。

【注】

⑫　礼县政协李淑芳副主席候于祁山。据云：礼县先秦文物甚丰，不亚埃及，甚或过之。

## （三）

妙算如神颂孔明，祁山六出竟无成。
五原一去无消息，留得精神励后生。

## （四）

悠悠长路拓宽忙，苹果新栽富一乡。
报道秦公遗址在，登高凭望几回肠[13]。

【注】

　⑬ 礼县发展苹果栽培，极富成效。李副主席导余观秦墓旧址，为保护计，其上已种小麦，一无所见。

## （五）

祁山北望气如虹，蜀汉雄师杳旧踪。
勋业未成身便殒，令人肠断忆隆中。

## （六）

得失贤愚一例休，祁山空忆武乡侯。
当时肯出阴平道，未必曹瞒便篡刘。

## （七）

遥峙西山赤土丘，宜人风物小城幽。
临空尚是秦时月，又照人间起峻楼。

## （八）

非子曾传养马功，犬丘遗址尚尘封。
西戎独霸空陈迹，文物流传遍宇中。

## （九）

桩桩文物见青铜，料是秦宫在眼中。
我欲一询西汉水，谜团何日出朦胧？

## （十）

根雕艺术此为良，铁画银钩翰墨香。
一幅书成无纸笔，飞扬神采逼钟王⑭。

【注】
　⑭ 礼县有人以树根为书法，神采飞扬，直逼古人，欲识其人未果，怅然书此。

# 宕昌（二首）

## （一）

羌水东南绕宕昌，两山屏障作金汤。

一方铜镜堪为证，惆怅难寻古战场[15]。

【注】

⑮ 羌水。即今之岷江。宕昌古国为羌民族于公元307年建立之政权，566年为北周所灭。1975年古城出铜镜印文曰："汉率善羌君"。宕昌多征战，今无可考。

## （一）

万里长征此会师，茫茫大地欲何之！

一张报纸翻危局，旋转乾坤正及时[16]。

【注】

⑯ 宕昌哈达铺有长征纪念馆。据介绍：长征会师后，李维汉同志于哈达铺发现当时《大公报》，载有陕北红军消息，于是决定全师入陕，并北上抗日。

# 徽县（三首）

## （一）

吴玠吴璘迹已残，一身留得寸心丹。
河山每为英雄重，矗矗丰碑峙陇南。

## （二）

葱郁禅林一寺奇，红旗山上树红旗。
窦家教子堪垂范，却奉西僧作祖师[17]。

【注】

[17] 北宋时山西窦姓由晋迁陇南，卜居徽县。至窦燕山时因家教有方，五子登科，显于当时。《三字经》所谓"窦燕山，有义方，教五子，名俱扬"是也。相传燕山死后被封为文昌帝君。今北禅寺奉达摩祖师，香火甚盛，而窦氏故事不彰。又红旗山在十年浩劫中，为五七干校所在，甘肃革命干部，多圃于此。红旗山因此得名，此前则皆称曰北禅寺也。

## （三）

吴玠吴璘此抗金，孤臣孽子最情深。
陇南半壁犹存宋，嘉誉流传直到今⑱。

【注】

⑱　宋金之战，吴玠吴璘兄弟据陇南以抗，直至金亡元继，犹保文武成康各地而与元人血战，为我国著名民族英雄。吴山以玠兄弟得名。沿用至今。

# 庐州杂咏（十四首）

辛巳仲夏，庐州诗词学会在合肥市梅山迎宾馆举办中华诗词第十四次研讨会，余应邀出席。盘桓五日，获益良多。率成七绝十四首，志感受也，录之以就教于同好。

## （一）

五日庐州欲忘归，名城千古自崔巍。
人文胜迹今过昔，科技高新入翠微。

## （二）

蜀湖澄澈蜀山高，卖履分香说姓曹。
遗恨吞吴空教弩，可曾褒令到张辽①！

【注】

① 三国初期，曹操据徐淮一带，志吞吴蜀。乃以蜀名合肥之山、湖，迄今犹沿用之。其地已辟为高新科技开发区。合肥市内有教弩台，传为曹操教卒习弩之所。张辽曾于逍遥津大战吴军，而终不能破。当日曹操仓皇败退，不识曾褒扬张辽战绩否？

## （三）

铁面冰心饰太平，刑房寂寞铡无声。
廉泉半涸难为饮，怪道苞苴昼夜行②。

【注】

② 廉泉在包公祠内，今已半涸，无由得饮，此殆所以导致世风之败坏者耶？

## （四）

曹家父子擅声名，勋业文章百代称。
勋业到头终是妄，争如一曲燕歌行③！

【注】

③ 曹操父子皆擅词章。余以为其勋业虽多，而不逮文采，曹丕之《燕歌行》，传颂千古，而其所谓勋业，则千载而后已难追寻矣。曹操三国时谯县（今亳州市）人，名人馆有像。

## （五）

血性男儿忆子房，功成身退迹难详。
五湖欲觅陶朱去，一统河山尽汉疆④！

【注】

④ 张良博浪一击，知系血性男儿。其功成身退，以至刘邦无处寻觅，尤为高明。陶朱公泛迹五湖，盖因当时尚未统一，勾践虽欲迹之而力有不逮。子房之时，海内一统，故不能循范蠡之旧辙也。张良，汉末城父(今亳州市)人，名人馆有像。

## （六）

落魄馀生剧可怜，不循科第不寻仙。
祇今谁秉如椽笔，更写人间外史篇⑤。

【注】

⑤ 吴敬梓，清全椒人，年少无心科第，晚年落魄，所著《儒林外史》，描述封建时代士林败俗，为世推重。安徽名人馆有像。

## （七）

李相蹒跚死未休，难将恩怨记从头。
周旋时势承衰敝，毁誉由人不自由⑥。

【注】

⑥ 李鸿章，合肥人。一生周旋于特定历史环境中，其功过

殊难评量。此前人皆以汉奸、国贼目之，自改革开放以来，对其评价，已有转变。名人馆有像。

## （八）

休惊一府半条街，评量谁将众议排。
洋务当年成运动，论功宁不计涓埃[7]！

【注】

[7]　李鸿章旧居占地甚多，有"一府半条街"之说，今日展出者仅其十二分之一。李鸿章助清剿灭太平天国、甲午海战之败，以及其承办外交事务之种种失误，均有待史家评论。独其开办洋务一事，应予肯定，故余以为"论功宁不计涓埃"也。

## （九）

一代才人出皖江，休从恶谥唤鸳鸯。
山城八载争民主，长记先生笔作枪[8]。

【注】

[8]　张恨水乃一代才人，长期以来文学界将其划入鸳鸯蝴蝶派，实非公允。抗日中，张任重庆新民报主笔，所为杂文、诗词，对于反动派多所挞伐。其《八十一梦》诸作，尤为读者所喜。建议名人馆予以收录。

## （十）

文坛政薮总无缘，铁骨铮铮一世贤。
并世未忘陈独秀，两擎大纛换新天⑨。

【注】

⑨　上世纪初有两大事件，一为五四新文化运动，一为中国共产党的创建。二者均为不世之业。而陈独秀皆为主要领导人。今安徽名人馆无像，恐有疏缺。

## （十一）

绩溪胡氏学堪称，尝试应伤业未成。
改革溯源尊"五四"，新青年派有先生⑩。

【注】

⑩　胡适出于家学渊源之绩溪胡氏，为五四运动杰出领袖之一，尤以与陈独秀、李大钊等创新青年杂志鼓吹新文化，厥功甚伟。胡标榜文学革命。曾出版改良体诗《尝试集》。忆其自题云："尝试成功自古无，放翁此语未必是。我今为下一转语，自古成功在尝试。"然而尝试未成，尽人而知。究竟放翁、胡氏，孰是孰非。尚难断定也。

## （十二）

佗瘵馀生迄未休，美人香草诉从头。
少年罔识辛酸味，浪说先生爱打油[①]。

【注】

①　余提交会议论文为《对聂绀弩旧体诗的重新评价》，以为聂诗温柔敦厚，哀而不伤，实为当代之离骚。李锐、孙轶青诸先生均是余说。会中亦有不同看法：如以聂诗乃打油，不足称；及以为聂诗乃被扭曲的灵魂所作扭曲诗体等，不一而足。

## （十三）

京华盛会识荆先，桃李培成已万千。
三度相逢攀雅谊，减他一纪是同年[⑫]。

【注】

⑫　湘江才女刘庆云教授，与余1987年初识于中华诗词学会成立大会。此次三度相逢，云已退休，询及芳龄，乃小余十有二岁，戏谓之"同年"，然必须将余岁数，减去一纪也。

## （十四）

风物梅山入望迷，小窗时听鹧鸪啼。
恼人春色侵长夏，杨柳条条又向西[13]。

【注】

[13]　会议于梅山迎宾馆召开，其地山环水绕，花木纷繁，适逢小雨，景色特佳，虽当盛夏，仍如春日。谓为："恼人春色侵长夏"，实未为过。会议匆匆，余将西返。眷恋惜别，乃若不胜情矣！

# 永登行吟二十九首　有序

辛巳仲夏，甘肃省诗词学会一行三十一人，应邀前往永登县采风，历时三日。承县委、县政府、县人大、县政协及有关部门盛情接待。归而成绝句二十九首，录之以存鳞爪。

## 永登行

永登三日意如何，佳节欣逢乐事多。
科技人文今胜昔，何妨引吭一高歌。

# 青龙山公园（二首）

## 中华鼓王

长城如带傍山隈，古郡千年起迅雷。
岁熟年丰春永驻，太平鼓响太平来。

## 西部第一钟

开放迎来锦片程，大通河畔彩云生。
青龙跃起光千丈，世纪钟鸣第一声。

# 吐鲁沟（九首）

## 屈子问天

世事难明莫问天，天心自古与民连。
怀王不识人间事，赤胆忠心也枉然。

## 金蟾望月

望月金蟾意自舒，观天坐井忆当初。
蓦然跳出人间世，不必临渊更羡鱼。

## 神笔峰

远看如笔近成峰，入梦生花意态雄。
点染江山成妙景，如今何事却书空。

## 卧佛山

一佛何年此涅槃，由来世事梦中看。
春来春去都无意，任尔狂飚十万抟。

## 天眼

天眼生成不计年，云来雾去此中穿。
凭君莫问人间事，且看螳螂学捕蝉。

## 丹崖叠瀑

天孙晴日浴波初，叠瀑丹崖跳玉珠。
饮绿攀山来漱齿，轻歌一曲动山呼。

## 卧虎峰

凭河过后又凌空，心境朝朝暮暮同。
世上不平难噬尽，故翘雄首唤东风。

# 潜龙

莫问传言事有无，请君夜半听吟呼。
急湍红桦声如沸，料是虬龙戏异珠。

# 幽谷琴音

峡谷幽幽忽听琴，潺潺流水共鸣禽。
清音处处闻雏凤，此地原无恶木阴。

# 妙因寺（三首）

## （一）

妙因寺里悟前因，建筑巍峨脱俗尘。
八百僧人同拜佛，当年盛况不重轮。

## （二）

人间何处觅真神，正道由来在爱民。
壁画斑斑凭记取，本生故事最堪珍。

## （三）

雕砖艺术最为良，图案精华在此方。
榆树居然生佛手，何愁国运不隆昌？

## 报恩寺

大佛朝南享盛名，鲁家三代力修成。
报恩此日终虚话，文物流传岁序更。

## 满　城

闻说当年戍满城，军风颓腐政权倾。
兴亡顷刻成殷鉴，何似今朝子弟兵！

## 硔硚寺

达赖由斯远赴京，八台神院久闻名。
年年正月人如海，心旷神怡拜石屏。

## 猪驮山

名山底事号猪驮，拾级登临感慨多。
萱帽颠僧留胜迹，驮砖一豕启先河。

## 西固热电厂综合开发基地养殖场

热电欣闻带好头，珍奇动物一场收。
休惊此制非公有，富国良方要探求。

## 中川生态林园

不世工程富此川，宗家梁上换新天。
日光温室培新种，绿化江山胜往年。

## 中川林场

人工栽树一千亩，花卉新培百万株。
养鹿养鸡兼艺木，此间终究有良图。

## 京兰经济开发公司

爱乡爱国羡京兰，水地荒坡各有天。
精品菜蔬高档果，节能增效富家园。

## 苦水玫瑰园

莫惊苦水出金花，万亩玫瑰灼灼华。
盛夏芬芳能永驻，精油高产此为佳。

# 碧泊虹鳟鱼养殖场（二首）

## （一）

曾闻水里出人参，碧泊虹鳟冠古今。
刺少肉多高蛋白，若溯根源感姓金①。

【注】
① 虹蹲鱼种为一九五九年金日成访华时所赠。

## （二）

清新水质药王泉，绝无污染味长鲜。
最是恒温能适度，三纹栖息得安然②。

【注】
② 虹鳟鱼又名三纹鱼

# 游连城鲁土司衙门口占（三首）

## （一）

一径森森入旧衙，寒蝉凄切噪昏鸦。
凭君莫问当时事，顶戴花翎第几家。

## （二）

前庭肃穆后庭宽，画栋雕梁护曲栏。
姑信繁华容易尽，空留文物后人看。

## （三）

连城极目宿烟收，一望晴岚泯旧愁。
百战山河频易主，但闻蛙鼓说春秋。

# 咏赤水桫椤树

亚热风光灵秀钟，冰川时节忆相逢。
孑遗尚有桫椤树，欲共挑灯话恐龙。

# 题常德诗墙三绝句

## （一）

漫把吟怀对大江，一时兰芷并芬芳。
当年若有诗墙在，未必灵均作楚狂。

## （二）

短赋长歌入画墙，才闻徵羽又清商。
武陵最是文风盛，天下诗人半在湘。

## （三）

半世年华转眼过，朱颜消尽别愁多。
伤心此日无缘到，空忆儿时学枕戈①。

【注】
① 一九四零年秋，余参加抗日战争，曾到此地，时方
十七八少年也。

## 题卢金洲《故乡吟》

词赋庚郎意最新，半由才调半由情。
绝怜一曲慈亲颂，风木悲兴白发人。

## 题由培杰《诗话陶瓷》（二首）

## （一）

一例清陶入万家，钧瓷无价最堪夸。
洪炉出处呈千彩，紫霞飞虹展异华。

## （二）

亦诗亦话颂清瓷，窈窕芳容绝世姿。
信是由文偏好"色"，钩沉考据有新词。

## 挽紫芝主人

才人已去迹空留，德艺双馨最上游。
一事千秋谁解得，紫芝虽有疾难瘳。

## 题《当代情诗精选》

从来难写是心情，一首新诗一丈旌。
识得人间多少泪，盈盈齐向此中倾。

## 题《当代诗词艺术家传世代表作辞典》

喜人消息休嫌少，传世文章不在多。
鹳鹊登楼唯一曲，汗牛充栋又如何。

## 咏茶

清泉初汲煮新茶，浓淡随心味最佳。
邀得良朋三五辈，清谈娓娓到桑麻。

# 偶书

人间难得是真情，话到真情亦自惊。
鬼唱秋坟人呕血，一沐明月泪纵横。

# 太白泉溯成陵感赋

揽胜重游太白泉，不堪惆怅忆当年。
大王消息知何处，铁马金戈尚俨然。

# 咏民勤

一枕单于梦未休，羊台草长自春秋。
胡天不驻苏卿节，并作祥云万古流。

# 红崖水库

苏山风雨寂无闻，民族融和正乐群。
人定胜天年四十，一湖澄澈惠民勤。

# 桑园采风戏题

结伴桑园共采风，河清海晏会人龙。
扶贫喜见新鲜事，不用金钱用气功。

## 题白廷弼兄《病中杂说》

临洮长忆白家翁，耄耋年华视听聪。
一卷新成夸《杂说》，不因病废是人龙。

## 壬午吟稿五十二首　有序

　　壬午春，余晋八旬，因应各方邀请，勉赴新郑、洛阳、杭州、东阳、海盐、西安、赤壁等处参加诗词活动，历时三十三日，率成绝句五十六首。

### 新郑行（六首）

### 郑庄公梦母处

庄公梦母史曾书，掘地及泉事有无？
倘使此心仍赤子，因何妄誓在当初！

### 郑韩古城

韩郑城余土一围，翩翩遐想对朝晖。
雄图霸业今安在？满目惟看燕子飞。

## 谒始祖山

毓秀钟灵始祖山，轻车曲径事登攀。
输他伛偻徐行辈，无限虔诚在步艰。

## 故里古桑

古桑闻道阅千年，遗爱长留奕世妍。
肃立山头怀始祖，一回俯仰一潸然。

## 千年古枣

千年枣树尚开花，古国文明一异葩。
借得颈瓶来作干①，神山顶上驻芳华。

【注】
① 此枣干部呈瓶颈状，颇光滑，不类树干，亦一奇观也。

## 天下第一无字碑②

膜拜人间第一碑，阴阳开合理能窥。
笑他迂阔程朱子，强自违心说道规。

【注】
② 此碑高丈馀，数年前出土，碑顶呈蘑菇状。中有孔，明征阴阳开合。

# 洛阳绝句（十首）

## 忆洛阳牡丹

非关风雹妒名花，长是沙尘损物华。
幸得今朝光景好，且凭高速骋轻车。

## 今春大暖，牡丹花期提早，感赋

未曾晚到已残花①，寥若晨星灿若霞。
不有护花铃十万，琼踪何处得为家。

【注】
① 余以公历4月16日抵洛阳，时花已残败。

## 见园中悬牌：损花一枝，赔款20元有感

名花身价待如何，走穴名媛鲫样多。
若把名花比名曲，满园难抵一支歌。

## 育种基地，尚有牡丹盛开

幸有凉棚护牡丹，万方多难此方安。
风神雹鬼多情甚，也留些许与人看！

## 园中牡丹虽残，幸而芍药继开

泪眼寻芳剩劫馀，又看红芍曳香裾。
劝君往事休回顾，接力娉婷意自如。

## 再过金谷园遗址（洛阳西火车站）

绿珠归去无金谷，贾傅南迁失翠华。
不道晚来逢盛世，白头看尽洛阳花。

## 再过洛阳有感

鱼跃龙门事有无，朱明花事粲东都。
洛阳才子他乡老，未必新儒逊旧儒。

## 再到龙门，欣清泉再现，伊水浩荡，远非昔比（三首）

### （一）

我到龙门又一回，依然奕奕佛光辉。
清泉一掬心如涤，如此风光未忍归。

## （二）

名显寰球足自豪①，龙门古佛亦高标。
春来伊岸还如阙，况有清流响凤韶。

【注】
① 龙门古佛已列入世界文化遗产。

## （三）

盛唐北魏巧工雕，劫火摧残迹未消。
彼自欢呼迷景色，我欣瑰宝继迢遥。

### 中州怀古

刘项鏖兵阻大河，英雄事业总蹉跎。
如何一唱虞兮曲，便向苍天泣奈何！

### 中州赠东遨、盛元、启宇、为峰、燕婷 五诗人

重开文运九回肠，一曲词成系万方。
莫道鱼龙终寂寂，中州新见五才郎。

## 登郑州禹王台

万紫千红一径开，河山无恙独登台。
凭君莫诉牢愁事，留取诗肠付别裁。

## 登郑州黄河游览区北极阁有句

一阁浮天览大荒，开襟极目溯炎黄。
凤骏莫道无人继，且看梨花伴海棠。

## 六谒黄帝陵（四首）

### （一）

古柏森森护此陵，五千年事杳难凭。
山川形胜参差是，我亦拳拳自服膺。

### （二）

齐心协力战蚩尤，到底同居在九州！
我道祖先三帝共，平心论史要从头。

## （三）

同尊远祖溯炎黄，兄弟何因又阋墙！
阪泉一战休回首，只攘中原不过江。

## （四）

买得黄陵土一包，归来仔细认前朝。
寻宗认祖情无极，好共孙儿话六爻。

### 开封宋城观蜡像

凤艇龙舟绕宋城，潘杨湖上贵沉吟。
君王解得民间苦，一尾鲜鱼吃到今。

### 重到杭州（五首）

### 贺首届诗词之乡和诗教经验交流大会

乡校满诗国满诗，温柔敦厚是吾师。
阳春三月西湖好，况值风流高会时。

### 吊苏小墓①

钱塘苏小是乡亲，千古随园一可人。
不道而今宗谱乱，峨嵋新与结天伦。

【注】

①　苏小小，亦称苏小，南齐时钱塘著名歌伎，死葬西泠桥畔。另有苏小小者，亦为钱塘歌伎，乃南宋人，为太学生赵某所恋，后从良。清人袁枚刻印章曰："钱塘苏小是乡亲"乃用唐人罗隐诗句。冯梦龙《醒世恒言》称苏轼有妹曰苏小妹，嫁词人秦观，乃虚构也。俗人不察。多将三人混为一谈。

## 楼外楼有题

山外青山楼外楼，西湖犹是好春秋。
宋家已去南明杳，歌舞何人最上头。

## 西湖画舫

西湖活水接钱塘，自有名花四季香。
画舫游船知几许，人间已少半闲堂。

## 岳坟前有论

炼狱当年事已详，一桩遗谳待平章。
丞相服刑千载后，赵构何妨跪岳王！

# 东阳行（五首）

## 登鹤落山（三首）

### （一）

瀑布飞流下碧溪，神龟犹在不闻鸡。

濛濛雨湿苍苔路，伛偻同攀最上梯①。

【注】

① 鹤落山海拔668米，古有神龟、天鸡传说。余等攀登之日，适有细雨。挟老妻以行，备极辛苦。然终至山顶也。

### （二）

仙鹤曾闻到此游，千年底事未回头。

辽东虽好休长住，此日东阳景最幽。

### （三）

西蜀闲云转似鸥，东阳风景足勾留。

黄花未放先高会，仙境偕登半白头。

# 游卢宅②

古宅卢家誉不虚，我来深院费踟蹰。
人文木刻名天下，裔胄南韩有泰愚。

【注】

② 东阳卢氏古宅，占地万馀亩。今犹存其半，雍容肃穆，庭院深深，所有雕刻悉存，现为国家级文物。卢氏后代甚繁，韩国前总统卢泰愚乃其后裔，曾来此拜谒。

# 参观横店清明上河图复原古街

汴京重到可如初？风景东阳胜故都。
穿得时空新隧道，清明人在上河图。

# 海盐行（七首）

## 两湖明星亭①

碧湖连海海连天，云影山光到眼前。
老少寻常行处乐，不知胡蝶向谁边！

【注】

① 据介绍，三十年代著名影星胡蝶曾在此居住。

# 怀董小宛② (二首)

## （一）

九年燕昵成空忆，避世逃名不仕清。

一自葬花人去后，满湖烟雨哭卿卿。

【注】

② 董小宛，金陵人，姓董名白，字小宛，一字青莲。秦淮歌伎，能诗，1624年生，1639年虚16岁。嫁名士冒襄（辟疆）为妾。1642年卒，仅27岁。辟疆誓不仕清，曾与小宛避难于盐官（今海盐）。有生前葬花处，旧有碑存，今杳。

## （二）

钱塘俗客讹苏小，江左名公说鄂妃③。

假使青莲真入禁，桃花热血共翻飞。

【注】

③ 据海盐学人吴定中先生考证：清初盛传小宛被掳入宫，后为福临鄂妃。坊间说部，影剧多从其说，并加渲染，皆误。吴有《董小宛汇考》详纪其事。余以为小宛若真被掳，当效李香君血溅桃花，定无为妃之事也。

## 湖州真意亭

芦苇丛中藏白鹭，鲍公亭上有青天。
湖山真意知何在，半是红尘半是仙。

## 过茅以升先生所建钱江大桥

厥功甫就却成空，往事艰难在目中。
自力更生推第一，茅公终古是人雄。

## 访张元济先生纪念馆兼怀当代女词人沈祖棻教授

北浙风光识得无？两湖烟雨似姑苏。
涉江词句方清照，二室涵芬入画图④。

【注】

④沈祖棻词集名《涉江词》。咸以为其功不减清照。涵芬楼，在张元济纪念馆中，为元济藏书之所。

## 绮园

绮园风景媲苏州，雄峻幽奇第一流。
最是紫藤高百尺，凌空欲上九霄游⑤。

【注】

⑤绮园为全国十大名园之一，以雄奇著称，风格与苏州异。中有古藤可合抱，最为有名。

# 赤壁行吟（十首）

## 贺中华诗词学会成立十五周年

莫叹骚坛白发多，斯文事业总蹉跎。
且看十五年来事，到处青春响玉珂。

## 赞文武双赤壁

鏖兵赤壁竟何如，报道河山已胜初。
访古千年存两绝，允文允武景无殊。

## 赤壁怀古（四首）

### （一）

为访周郎忆小乔，江南风物总妖娆。
如何折戟沉沙后，却把河山与晋朝！

### （二）

艳说鏖兵存赤壁，几人有念到苍生！
曹吴定得三分业，荒却人间万里耕。

## （三）

三日蒲圻作壮游，漫从遗迹吊曹刘。
东风着意翻危局，赤壁何因却姓周！

## （四）

毛发森森蜡象多，曹吴霸业竟如何！
东风自与周郎便，蒋干空劳入梦魇。

### 陆湖泛舟远眺

浩淼波光拥翠茏，陆湖风景冠江东。
云生远岫山明灭，千岛虹飞夕照中。

### 游水泊梁山新城（二首）

## （一）

水泊梁山万古讴，如何都向禄中求！
报仇早识成虚幻，悔不当初一扭头[①]。

【注】

① 梁山城之第一门为"扭头门"，传凡入伙梁山者，如有反悔，可在此"扭头而去"，余以为若林冲辈可惜失此机会，终致上当受骗也。

## （二）

江东水浒一新城，映入荧屏百媚生。
北斗如何成"北鬥"，杏黄旗下少文衡②。

【注】

② 水浒城墙上用繁体大书电视剧之主题歌，唯将"北斗"写成"北鬥"，北斗星遂成鬥士矣！可见"杏黄旗下"，尚须有真正之"臭老九"也！

## 在三峡坝（五十年代试建作三峡工程之科研用者）前与程良骏教授留影，程五十年代曾主持此一工程

水向蒲圻坝底流，滔滔银霰接天浮。
多情我爱程良骏，三峡科研在上游。

# 北国吟（十首）

## 燕子窝

化鹤归辽事有无，空余燕子一亭孤。
元戎到此曾观日，我愧无缘望旭初①。

【注】
① 燕子窝又名观日亭。

# 秦皇岛

未逢大雨落幽燕，海镜波平接远天。
帝子缘何归去疾，秦皇岛外问渔船。

# 赠谈立人诗丈

相逢几度挹清芬，倒舄迎宾久未闻。
最是忘年交谊笃，尊前何日更论文！

# 赠汤梓顺诗兄（四首）

## （一）

春风初动玉关情，一样流莺两样听。
忽忆故人关外去，长龙新跨赋征程。

## （二）

一梦依稀入沈阳，名城历史费端详。
江山指点空陈迹，莫为兴亡又断肠。

## （三）

磨蝎星沉且作师，满门桃李焕新姿。
芝兰绕膝真堪慰，入眼河山待好诗。

## （四）

一卷诗文意兴长，回环洛诵费平章。
周详考证流清韵，人品情辞各异香。

### 赠姚莹诗兄

倜傥风流意气宏，谦谦君子想姚莹。
关东自是才人薮，喜听当年正始声。

### 长白山雾凇

树裹银妆锁碧空，九天澄澈舞蟠龙。
早知林海多幽趣，不向匡庐看劲松。

### 长白山瑶池

天山长白两瑶池，一脉沉沉绕梦思。
欲趁神舟游碧落，双成休笑我来迟。

# 哭陈贻焮教授（四首）

## （一）

噩耗传来顿失容，一声肠断哭诗翁。

北江杖履成追忆，午夜魂飞溯旧踪。

## （二）

文学精研识见高，少陵评传论萧骚。

孟家天子王摩诘，思想钩沉第一遭。

## （三）

盛唐文士爱求仙，发隐探微独占先。

遥望天梯君去矣，"恼人满眼尽云烟"①。

【注】

① 末句借翁《华游吟草》句。

## （四）

论诗犹忆性灵言，情性相随朗润园。

并世几人传绝学，一篇惠我武陵源。

# 山丹行（十六首）

## （一）

黄童白发舞蹁跹，不似当年为戍边。
报道阿侬颜色好[①]，焉支山下住年年。

【注】
　① 二十世纪五十年代，有上海支边青年多人落户山丹，今其子孙均已成长，旅游节开幕式上，有三代共舞者，极为感人。

## （二）

焉支山下胡腾舞，一进一退如龙虎。
昂首忽然向太空，八方招手和云翥。

## （三）

顶天立地群山伏，我佛身高三十六[②]。
见说巍峨冠亚洲，恩光万众同薰沐。

【注】
　② 山丹大佛寺有大佛，塑于室内。护以高塔，为亚洲室内第一大佛，据介绍佛身高为三十五米，今改为三十六以符吉祥之数也。

## （四）

国际精神重艾黎，勤工俭学世间稀。
千桩文物留中土，德业应同墨翟齐③。

【注】

③ 墨翟，春秋战国之际思想家。著《墨经》，倡利他、兼爱、尚贤之说。余以为艾黎先生远涉重洋，毫不利己，其兴办培黎学校，倡导中国工合组织，并将历年所收集之文物捐于山丹诸端，实足为当代之墨子也。

## （五）

千军万马入胡笳，歌彻云霄舞艺嘉。
一曲清音人世少，横吹短笛落梅花。

## （六）

巍峨城堡历沧桑，文物犹存说汉唐。
烽燧不知人事改，依然屹立对苍茫。

## （七）

野草茸茸簇簇花，苍松翠柏绿无涯。
焉支山是神仙窟，到此游人不忆家。

## （八）

登临何必忆骠姚，野草闲花景色饶。
日暮意迷松径里，焉支红似女儿娇。

## （九）

焉支山上望朝晖，煦煦融融入细微。
千树流金松子小，万花如锦蝶纷飞。

## （十）

焉支山下焉支阁，一水盈盈风景阔。
况有葱茏万木稠，题诗我愧才情薄。

### 山丹军马场

半日车驰古战场，不须重忆霍家郎。
何如百族骈居好，一片祥和迈汉唐。

## 军马场观马术表演

轻云朗日蔚蓝天，起卧奔腾术不凡。
愿得此身随骏马，祁连山下送流年。

## 窟窿峡将军石④

挝金伐鼓战玄黄，依约当年古战场。
底事将军犹屹立，不知人世已沧桑！

【注】
④ 窟窿峡后山有一石，形如甲胄将军，神态俨然，号将军石。

## 窟窿峡宴中饮"九碗泉"名酒

窟窿千秋峡，同斟九碗泉。
草原风物好，友谊比云天。

## 归途过永昌，县人大祝巍山主任导游北海子公司

清清泉水出西河，跃上浮沙涌碧波。
着意迷人成海子，青葱万顷熟田禾⑤。

【注】
⑤祁连山下之西大河，潜入地下后在永昌县境复出，形成北
海子及诸多泉眼，而汇为金川河，乃永昌县主要水源。

## 咏永昌马踏泉⑥

汩汩清泉润似酥，转入红尘玉不如。
人间艳说杨家将，马踏何须问有无！

【注】

⑥　马踏泉在永昌县城北海子公园内，泉水清澈，流声淙淙
．相传为杨家将行军口渴、策马踏地而成。

# 嘉峪关采风口占（八首）

## 登嘉峪关城楼

金戈铁马共刀环，沙碛无边雪满山。
惆怅嘉峪关上月，当年照得几人还！

## 访黑山岩画见伪刻"北漠尘清"四字，注明永乐年号，感赋

弃置河山嗟永乐，重开盛世忆康乾。
岩书莫道成乌托，北漠尘清五百年。

## 重到长城第一墩，忆十二年前与孙艺秋同游往事

水流无复辨东西，话到沧桑泪眼迷。
胜迹重来人事改，最消魂处立多时。

## 访嘉峪关泥沟农家

一村农户竞豪华，电视冰箱两用车。
怪道秋来春满面，等闲行到小康家。

## 游石峡长城

长城石峡玉门关，一水中流自在闲。
叠嶂嵯峨今又是，却从何处忆张骞①！

【注】
①　石峡长城在嘉煌公路八公里处。距悬壁长城仅一公里。
早圮，现由农民杨永福独资修复。

## 重访酒泉公园

十载三回访酒泉，左公杨柳尚依然。
金光大道留人醉，一水盈盈映碧天。

## 参观夜光杯制造工厂

葡萄美酒夜光杯，工艺流程见细微。
王翰若知今日事，不须惆怅几人回。

## 张掖大佛寺壁画西游记，以沙僧挑行李，因成绝句

从来说部最难凭，壁画悠悠乱假真。
料是此间亲八戒，故将包袱累沙僧。

# 湘西吟草（十一首）

## 怀谭嗣同、胡耀邦先贤（二首）

### （一）

铁骨终无悔，黄花节自香。
三湘存正气，千古两浏阳。

### （二）

生死昆仑语尚鲜，覆盆掀去共朝天。
谭胡德业相辉映，千古浏阳两大贤。

## 文家市访胡耀邦故居

大围山迥敏溪长，权把遗居作享堂。
今古英雄同一慨，苍坊村外识苍黄①。

【注】
①　大围山，在浏阳境内。敏溪，流经胡耀邦故居。苍坊
村，胡耀邦故居所在。

## 贺浏阳获诗词之乡称号

地灵文家市，人杰胡耀邦。
风华欣有继，拭目看浏阳。

## 访常德

轻车冉冉别浏阳，睡思昏昏入梦乡。
忽听人呼常德到，破窗先欲觅诗墙。

## 沅江忆往

独立沅江有所思，怆然却忆少年时。
枕戈记得轻帆过，换了人间老鬓丝②。

【注】
②　1940年余自重庆徒步经川黔路至沅陵，复乘帆船抵长
沙，参加抗日战争，时宜昌已失守。

## 忆抗日常德会战怀余程万将军

沅堤已易旧时妆，六十年前作战场。
伟烈何人书史册，千秋留得口碑香③。

【注】
③　余坐出租车，司机犹说抗日战争往事，乃闻其父辈口传
也。

## 访桃源（三首）

### （一）

避秦往事已成尘，世上而今处处春。
我到桃源无别事，欲寻陶令共论文。

### （二）

谁云往事尽如烟，仙境依稀在眼前，
不怕嬴秦施暴政，桃花园里可耕田。

### （三）

相逢他日记桃源，冉冉肩舆碧浪翻。
休说避秦来洞里，即今陶令亦华轩。

## 贺常德市荣获诗词之市称号口占

华夏开宗第一章，千秋谁与比芬芳。
沅堤十里堪为证，天下诗人半在湘。

## 得厚示庆云《双柳居诗词》却寄

八闽遥觇双柳居，夕阳颜色胜当初。
画眉未必输张敞，漱玉清词总不如。

## 春日偶成

陡壁衔青草，寒林噪暮鸦。
日长人语静，夕照覆春花。

# 西湖品茶（三首）

## （一）

结伴闲行趁好风，雨前春后兴偏浓。
浮泉乳石杯中立，鲜爽甘醇羡锦峰。

## （二）

金奖今闻玉茗茶，杯承陆羽最堪夸。
升降几回仍竖立，恰如龙口喷珠花。

## （三）

何处西厢碧玉簪，芽肥吐壮品长鲜。
桂花馥郁来杯底，疑是嫦娥捧玉泉。

## 陈祖源诗兄古稀索诗，书此以寄

七十犹堪论废兴，身心莫道老当矜。
武夷才子生花笔，诗赋楹联是上乘。

# 得老友余毅恒惠赠照片却寄

乍睹留真一怃然，心中犹是旧时天。
回头也向花间照，鹤发如君也上颠。

# 题裴行斋所画梅花图

青干新枝吐异香，暗香疏影月昏黄。
等闲识得宜人面，探得春来迹又藏。

# 题裴行斋朱鹮图

窈窕难逢绝世姿，难凭一纸感相思。
多情最是裴家子，写得春容好护持。

# 题白承栽所藏黄河石（五首）

## 新生

十丈红尘竟若何，重重暗壁耐摩挼。
一从翘首凭张望，便欲蹒跚向大河。

## 啄木鸟

底事年来啄木多，只缘虫害满林柯。
凝眸却向人间望，山大沟深费琢磨。

## 迎客松

此松迎客不知年，叶茂枝繁接九天。
造化由来多谲异，图文栩栩石中全。

## 达摩面壁

高士东来日正长，如何却向水中藏。
多情未遣填沟壑，青眼瞳瞳感白郎。

## 阿凡提出浴

惯解人间苦与灾，阿凡提是谪仙来。
今番浴罢修灵性，明日衣冠走大街。

## 咏玉兰

姹紫嫣红未足称，清于兰芷洁于冰。
高标不在花开落，大底成时未肯矜。

# 咏喇叭花

秀色出蓬间，盈盈意态闲。
青云难自达，足下路常蹇。

# 答王淑瑾女士①

未涉蕃篱愧说师，东南引领最神驰。
传来佳句堪吟诵，又见人间秀一枝。

**【注】**

①　苏州盘门王淑瑾女士，素未谋面，忽寄诗云："白雪阳春久慕师，杏坛千仞望神驰。程门若许凡庸立，绛帐添培李一枝"

# 题杨宁《半闲斋诗集》

纷纭世态感迷茫，天问无言亦自伤。
一样筑园泾渭见，半闲斋与半闲堂。

# 题和平牡丹园（四首）

## （一）

信是花中独占魁，年年明艳与春归。
凭君且订来时约，莫待无花望翠微。

## （二）

闻道当年谪洛阳，金轮一诏忒荒唐。
如今好向榆中住，百亩园中吐异香。

## （三）

名花簇簇沐春晖，入眼婷婷尽紫绯。
人在花丛人亦艳，蝶从花里带香归。

## （四）

漫夸魏紫与姚黄，花事于今别主张。
品种年年新出世，争奇斗艳感陈郎。

# 再咏白承栽黄河石八题

## 窥

窃窃何所营？贪婪终不足。
没入石头中，何以饱其欲！

## 孕育

浑然一石自天成，偷得羲皇一点精。
未必金猴还出世，天宫行见少安宁！

## 宠　物

似猫似狗两难猜，究是何家宠物来！
食不厌精衣锦绣，可知饿殍困长街！

## 猫头鹰

凝神思远举，展翅舞长风。
岂似蓬间雀，窗前屋后逢。

## 羔羊

蓦然惊涉世，万象入眸妍。
未识刍莞味，思尝乳汁鲜。

## 枯梅逢春

严寒大地寂无哗，空见丛林噪暮鸦。
莫道枯枝生意乏，春来依旧绽新芽。

## 企　鹅

大腹雍容绅士风，如何翻落溷泥中。
自从将去陈清几，无复黄河岸上逢。

## 双　鹊

何处飞来双喜鹊，不从大户人家落。
喳喳巧语两三声，换取干粮浆水喝。

## 咏秦嘉徐淑

贫贱夫妻百事艰，秦嘉徐淑运何悭。
玉台新咏留佳什，千载重吟尚泪潸。

# 题大像山二绝句

## （一）

大像巍巍不计年，人天浩劫也徒然。
强权未可凌三宝，法眼悠悠看大千。

## （二）

一佛临空阅古今，非非是是让前因。
清流朱围仍如故，换得人间盛世音。

# 步韵和台湾汤觉非<sup>①</sup>（二首）

## （一）

未必残棋竟不收，几番风雨卜同舟。
凭他一枕南柯梦，也配凌烟入画图。

## （二）

一着残棋着未休，操戈权且当操舟。
英雄老去还多故，几处斜阳欲上楼。

【注】

① 汤觉非原诗："者局残棋怎样收，两间骨肉逆操舟。窃钩也作封侯梦，分鼎何颜入画楼。"

## 霍松林老《唐音阁诗词集》再版题二绝句

### （一）

渝巴曾见学而优，每向吟坛识唱酬。
驰骋中原探学海，文宗一代仰秦州。

### （二）

神州寂寂莫邪沉，风雨如磐暗士林。
晓起独看华岳秀，唐音阁里听唐音。

## 潘慎教授性情中人，与余知深，顷以七十自寿佳什见寄，书此以报

七十谁言自古稀，彭殇焉可判云泥！
须从情性来臧否，龟寿悠悠未肯为。

# 忆临泽

书来不觉九回肠，梦入平川水泽乡。
依约旧游曾到处，一溪红瘦马蹄香。

# 题临洮黄文中先生集

一抚遗篇一动容，清才狄道忆黄公。
难忘好好奇奇句，肠断西湖六月中。

# 题金定强《糊涂轩集》二题

## （一）

双牌存血泪，万岁满天涯。
莫道焚坑虐，妻孥尚有家。

## （二）

庄骚司马垂千古，一典《双牌》泪万行。
最爱君家真气节，敢撄太岁掷金枪。

# 南游诗草（四十首）

甲申四月，应邀赴兰亭诗会。六月，复应邀赴阳江诗会，便道游海南。得诗40首。

## 自兰州赴兰亭，途经徐州，忆58年前旧事。

无端心事忽如秋，烽火弥天忆旧游。
五十八年成一瞬，惊心怵目过徐州。

## 过南京

一往情深忆昔年，金陵柳老尚吹绵。
输他八代繁华尽，留得馀生作散仙。

余以三国吴，南北朝宋齐梁陈，明太祖，太平天国，蒋氏王朝为八代。

## 兰亭雅集十四咏

往事兰亭迹可寻，千秋一序颂词林。
流觞曲水成今古，并世何人嗣好音。

雅集相逢又甲申，升平世事簇时新。
书成莫更笼鹅去，玉液花雕最味醇。

清流映带惜红英，裙屐风华总未更。
迢递欲寻王逸少，相逢重与话人生。

放浪形骸夙未曾，山阴古道访红鹰。
彭殇自是难齐一，铁画银钩最上乘。

倜傥风流仰右军，当年书迹杳难寻。
世民未是真知己，葬却斯文万古心。

骚客书家会一堂，嵊州无地不流香。
千秋草圣仍如在，俯仰兴怀意绪长。

何必临风想羽旌，流觞曲水最幽情。
越姬歌舞来天上，不羡乘槎到玉京。

乐事如今在水城，旅游无处不关情。
越王若解消兵好，把酒应来此会盟。

亘古人怀大禹陵，万河疏浚迹相承。
奠基守护崇勋业，好与桥山共服膺。

书艺从来少课堂，半由颖悟半传帮。
簧门学府今朝立，翰墨精研仰上庠。

汨罗曾听泛龙舟，底事流风到越瓯。
料是先民怀范蠡，甘棠遗韵至今留。

诗家高会在龙山，古越风情好驻颜。
旧酿新醅拼一醉，长宵流梦到阳关。

会稽山水最钟灵，每见文坛起巨星。
逸少迅翁应有继，他年重与会兰亭。

永和遗事越千年，又向兰亭谱续篇。
愧我虚名空附骥，梅花和雪浸华颠。

## 夜乘乌篷船赴水城旅游节会场

乌篷点点簇东湖，削壁成台锦垫铺。
欲起迅翁相问询，今时胜得旧时无？

## 参加曲水流觞口占

蛮笺翰墨满提篮，相偕兀坐小溪前。
高音曲曲喧人耳，直欲魂飞到九天。

## 访沈园

一世含悲唐婉去，三生无奈陆游来。
钗头凤作稽山土，花木依然取次开。

## 鲁迅百草园有感

携侣来寻百草园，高轩祠第尚依然。
剧怜一语成先兆，不堕囹圄及早眠。

## 再访温州　有序

重访温州，江心岛上新建西园，与江心寺东西峙立，极为壮观。

浪迹无端又远游，重来不是旧温州。
西园东寺冲霄立，潮涨依然在上头。

## 张桂生诗兄招宴，话及温州筹建诗词大厦事

见说诗词起大楼，几番魂梦到温州。
张家君子多才俊，擘划同钦最远谋。

## 杨成广诗弟招饮并同游雁荡山

再到名山鬓已皤，十年两度上嵯峨。
风流喜晤杨成广，无语相看热泪多。

# 梅溪谒王十朋故居（二首）

## （一）

耄耋来从雁荡游，暮春心事忽如秋。
梅溪虽好休长住，忧国何人不白头！

## （二）

钱塘往事去如烟，秦桧岳飞俱杳然。
十六春秋空自省，十朋入相是残年<sup>①</sup>。

【注】
① 南京赵构，于晚年始悟开科取士之重要，钦试温洲王十朋状元及第，时距岳飞屈死已十有六年，而对十朋犹不重用，六十始相，旋即逝世。

# 杭州西溪（二首）

## （一）

游人指点是西溪，梅萼潜踪辗转疑。
曲水湾环将绿绕，兼葭满目子规啼。

# （二）

西湖水活塔重修，两浙如今据上游。
白发游人期再到，梅花飞雪探清幽。

## 广东阳江即景

一径轻车不染尘，远山如黛草如茵。
人间到处皆长夏，此日阳江丽似春。

## 阳江海滨口占

纵目水天阔，云山雾气开。
游人嬉浅水，风送一帆来。

## 观"水下敦煌"明代沉船遗物展览

当年浩劫几沉沦，鬼语啁啾盼好春。
水下敦煌应不愧，好从遗物证前尘。

## 啖阳江荔枝，忆杨妃遗事 有序

传阳江荔枝，曾驿贡杨贵妃享用。数千里何以保鲜，世人多存疑焉！然高力士固阳江人，则其事似亦有因，岂当时已有保鲜之高新科技乎？因赋。

一骑红尘转荔枝，杨妃遗事费疑思。
保鲜当日资何术？遮莫高科已入时！

## 蒙海南诗词学会郑邦利会长见邀，经湛江，人车分乘轮渡之上下层

未跨长龙赴海城，先驱车辆会鳌鲸。
者回打个翻身仗，人在轻车顶上行。

## 过文昌，谒宋氏故居

宋家女子最多能，牵引中华若羽缯。
不待乘除功过晓，庆龄人在最高层。

## 谒海瑞祠，时寂无游客

声声开发响南天，廉吏祠堂一惘然。
底事尚留清静地，何防逐浪一溜烟！

# 琼海口占

五指钟灵秀，椰林送好风。
水从琼海阔，人向博鳌雄。

# 博鳌一瞥

博鳌风物信多娇，谠论年年彻九霄。
玉宇璇宫无尽意，亚洲何日策征轺。

# 南山寺瞻水上观音

不是蜃楼不是仙，晚霞红透海中天。
梵音彻谷山笼翠，隔水遥瞻大士莲。

# 鹿回头

晚来无负好春秋，琼树珠崖眼底收。
安得海天归一统，行人不效鹿回头！

# 海角天涯

海天无际笼朝霞，道是天涯未有涯。
最爱撑天存一柱，凌波我欲泛南沙。

### 咏琼崖不老松

半劈犹堪见翠茏，人间耳顺不称翁。
相期百岁寻前迹，学个琼崖不老松。

## 再过汉阳琴台，赋四绝句

### （一）

月湖风物古如今，流水高山不可寻。
怪底子期归去疾，琴台犹是百年心。

### （二）

何曾友谊贵如金，我到名山感慨深。
莫怪迩来情势异，人间到处起洋琴。

### （三）

乍到琴台百感侵，高官樵子作知音。
可怜人去馀风杳，空对名山发浩吟。

## （四）

千古风流贵似金，子期归去好音沉。
朝三暮四多如鲫，几个人存铁石心！

## 甲申夏，渔洋诗社为纪念王渔洋先生三百七十周岁诞辰征诗，因出绝句

神韵思探意渺茫，难从天上问渔洋。
遗文读罢三千遍，只在寥寥秋柳章。

## 邓小平百年诞辰

一代雄英百世模，乾坤重整巨奸诛。
千秋勋业谁堪埒，鼎足孙毛德不孤。

## 三八节感咏

岁岁年年说女权，神州巾帼最多贤。
木兰征战班姬赋，又看吴仪谱续篇①。

【注】
① 西汉女史学家班昭又名班姬。

## 丁玲百年诞辰感咏

驰骋文心羡绝尘，无端鼓瑟怨湘灵。
桑干人去成空忆，一发难回梦里青。

## 甲申独登白塔山

鬓毫来从塔院游，绿阴浓淡一河秋。
休提六十年前事，裙屐如今尽白头。

## 江南行（二十首）

　　乙酉五月省政协老干部组团作江南游，赴苏州、无锡、扬州、杭州等地，余偕老妻与焉，逐处作诗二十首以纪，录之以存鸿爪。

## 虎丘怀古（三首）

### （一）

异代寻踪事杳茫，虎丘无复旧宫墙。
西施毕竟归何处，艳迹空怀响屧廊。

## （二）

姑苏台上想吴王，磨剑犹闻铁石香。
地下涌泉应有格，可能一语证兴亡！

## （三）

吴王宫殿已成墟，梦里相寻醒后疑。
响屟廊空人迹杳，太湖明早觅西施。

### 登灵岩山，相传为吴王馆娃宫故址

闻说当年贮美人，笙箫无处不留春。
灵山是处都寻遍。不见吴宫片瓦存。

### 灵岩山半腰有观音洞，传为吴王当日囚勾践为吴王牧马处

勾践遗踪何处寻，灵山古洞问观音。
为言我佛来时晚，马勃牛溲不可闻。

### 太湖鼋头渚

太湖烟水两忘机，湖上名山接翠微。
欲起仙鼋相借问，陶朱西子近何之！

## 无锡三国城访吴宫有感

宇宙苍茫夜色空，三分割据已朦胧。
吴王毅魄仍如在，宫殿依然踞上风。

## 三国城观三英战吕布表演

招展旌旗马纵横，温侯重见战三英。
怜他骑术空奇绝，不及沙场搏死生。

## 无锡灵山瞻老子像

西去函关已绝踪，如何偏向此间逢。
无为未必真清净，输却红颜据上风。

## 访叶楚伧故居

南社人崇叶楚伧，相逢不道在周庄。
生花妙笔今何在，一抚遗篇一断肠。

## 过江阴赴扬州

姑苏朝发日当头，行到江阴未合眸。
始信轻车今胜昔，不须骑鹤下扬州。

## 游瘦西湖观芍药忆姜白石《忆扬州》有感

依旧嫣红径外娇，未随明月玉容消。
花团锦簇春无极，踏遍扬州廿四桥。

## 怀史可法欲瞻遗墓未果

龙钟阁部迹空留，占得灵山土一丘。
十日扬州犹泣血，维扬已改旧春秋。

## 千岛湖龙山岛谒海瑞祠

千岛澄湖映碧空，不期重晤海刚锋。
如何撇却民间事，偷向龙山作寓公。

## 千岛湖（二首）

### （一）

千岛千帆日夜浮，环山如黛耸琼楼。
农家女作船家女，洞里蛇成水里虬。

### （二）

世上风云多变幻，山中草木有牢愁。
一条疑问谁能解，生态陆沉俱可忧。

## 西湖谒岳王祠

鄂王坟上草披纷，秦桧王婆几丧魂。
白铁昭邪原是幸，无辜铸佞岂堪瞋<sup>①</sup>。

**【注】**
①　岳祠有联云："青山有幸埋忠骨，白铁无辜铸佞臣。"
兹反其意而用之。

## 梅坞品茗

清晨披雾沐朝霞，风卷残云雨润花。
梅坞停车权小住，美人争献小姑茶。

## 过雷峰塔忆白娘子传奇

塔圮雷峰怨未消，肯将法海便轻饶！
千秋冤狱谁赔偿，夜夜如闻泣断桥。

## 日登、夜瞰东方明珠

懵腾直上几千旋，豁眼人如落九天。
十万彩云飞不去，一江明月照婵娟。

# 乙酉长安行（十三首）

乙酉夏，应约参加"长安雅集"大型文化活动，得诗十三首，录之以存鸿爪。

## 曲水流觞得绝句

雅集长安又一遭，流觞曲水效前朝。
山川风物依稀是，独有人文百代骄。

## 诗魂景观口占

重来无复旧规模，菡萏花开六月初。
欲觅诗魂何处是，芳名勒石貌相如。

## 观"梦回大唐"表演

溽暑长安梦大唐，几回展幕谱华章。
霓裳歌舞欣重睹，劫火馀生作凤凰。

## 延安有感

巍巍宝塔证辉煌，庙算能教大敌亡。
偷得元戎诗一句，人间正道是沧桑。

## 壶口瀑布

雨声滴嗒伴征程，瀑布微微白雾轻。
欲觅苍龙探就里，何年壶口更雷鸣。

## 重到乾陵咏无字碑

重到乾陵抚巨碑，媚娘心事几人知。
为皇为媳名难定，可惜儿曹尽是痴①。

【注】

① 武则天无字碑，余以为并非难解。盖武氏生前已自行取消"周"的国号，故以无尊为皇帝之理。至能否如其所说，仍是李家儿媳，以及功过评说，端在嗣君定谥。可惜其子中宗、睿宗均无胆识作适当之处理，致使一代英后尊号，终成哑谜耳。

## 乙酉七月二日，登华山北峰，遇雨，未敢前行。少顷雨霁云开，有女郎撑红伞随人群攀苍龙岭，羡之，得句

雨洗芙蓉天地清，羊脂白玉照空明。
谁家女子撑红伞，敢向苍龙岭上行。

## 华山忆沉香劈山救母神话得三绝句

### （一）

西湖夺爱为人蛇，圣母多情底事差？
料是天神皆色目，看将人世尽敧斜。

### （二）

不信华山禹斧成，人神相爱惹刀兵。
沉香孺子英雄甚，手劈苍岩见至诚。

### （三）

一见钟情爱岂轻，无端人鬼又相争。
怜她千载埋幽石，雪得沉冤赖后生。

## "华山论剑处"口占

莫道华山论剑奇，一场笑话惹人嗤。
何须有武方为隽，纸上谈兵亦大师。

## 法门寺

雨后驱车访法门，几多文物至今存。
武宗灭佛成痴妄，舍利依然世上尊。

## 游诗魂景观及紫云楼所见错别字戏成绝句

锺灵底事变鐘灵，征讨如何作召徽？
鬆赞几曾名干部，欲从天上问文成。

【注】

大唐芙蓉园诗魂景观石刻将杜甫《望岳》诗中"造化钟灵秀"之"锺"，误为"鐘"；紫云楼《大唐大事记》中，将"征高部"之"征"误为"徵"，文成公主和亲之吐蕃领袖"松赞干布"误为"鬆赞干布"，读之令人如坠五里雾中，不知所云。

# 赠铜城（白银市）创业者

重到铜城百事新。又看冶炼到铅锌。
琼楼更上人争羡，许夺神州第一春。

# 赠长通电缆厂

长于江海细于针，万户千家送好音。
优品百分过四十，高原企业一明星。

# 赞铜城人

荒原建设历艰辛，屹立神州举世钦。
二次又看新企业，铜城赢得万家春。

# 赠铜城大厦

铜城商厦一声雷，西北高原独占魁。
商贸文联涵一体，白云暮矣不须归。

# 四龙山庄

千里黄河涌四龙，楼台亭榭夺天工。
一湖澄碧群芳艳，打桨游人入画中。

# 访石林记趣

携来诗侣访龙湾，绿柳黄河砾作山。
趣事一桩堪艳羡，梁郎沙里拾阳关[①]。

【注】

① 梁郎，甘肃日报高级记者梁军，时于沙砾中拾得异石，酷似阳关。

# 聂帅颂

无边风雨会江津，毓秀钟灵在一人。
百战迎来民作主，又弘科技送阳春。

## 有　赠

不是颠狂不是痴，街头娓娓说新诗。
凭君莫道红颜老，八十如今正少时。

## 咏　龙

布雨行云沛泽丰，难从湖海识真容。
为酬知己由天降，不道人间有叶公。

## 杨生华号半聋，承惠书画皆佳，因赠

几竿修竹对寒梅，图画诗书绝俗埃。
独立苍茫谁得似，半聋人是慨慷怀。

## 题靖远黄河中流砥柱（俗称独石头）

为底当时计事偏，独留斯石在人间。
娲皇去后无消息，日日年年盼补天。

# 登平堡子城，疑为汉祖厉郡遗址

谁将沧海作桑田，故郡荒芜不计年。
如此河山空带砺，巍然城堡尚参天。

# 谒潘将军墓

轻武崇文忆昔年，怜他功大未凌烟。
权衡自是皇家事，到死虚承二品衔！

# 谒范振绪先生墓

一代才人卧土丘，丹青词赋信难求。
虚衔勒石应无憾，强似蒙他四旧羞①。

【注】

① 范振绪，清进士，曾任刑部主事、县令，民国时任参议长，解放后任省政协副主席，以精书画名世，六十年代卒。墓碑仅书政协副主席，而无行状，微有不足。

# 打拉池古城

靖远明时卫，打拉宋有池。
旧新成二堡，神系瓦当狮①。

【注】

① 打拉池在靖远东七十里，宋名怀戎。今有城无池。新城为明时所筑，有瓦当狮、鹤等出土。

# 访寺儿湾石窟，因主事者不在，未得进入

石窟五存一，我来竟莫缘。
从知非释子，凝睇立尊前。

# 听党世财父女奏七弦琴

党家父女信多贤，肯把阳关付七弦。
一曲广陵悲壮甚，几人心醉盛筵前。

# 题钟鼓楼

钟鼓楼高接翠微，飞来燕子欲何归？
可怜时事翻新样，别了晨钟暮鼓催。

# 赠法泉风景区主持人张玉仙女士

不是巫神不是仙，麻姑今日谪人间。
天书满纸无人识，重振名山独让先①。

【注】

① 张玉仙女士，性颖悟，下笔成文。所作书法，非篆非隶，类西夏文，无能识其义者。乐善好施，曾为法泉寺重建募集巨金，以成盛举，邑人重之。

# 平襄杂咏（六首）

## （一）

傍午驱车出定西，华家岭上薯苗齐。
漫寻五十年前事，一夜凄凉听马嘶。

## （二）

兀岭童山列锦屏，一桩盛事颂如今。
平襄莫道无甘汁，滴滴琼浆系众心。

## （三）

毓秀钟灵景最妍，清心疗疾觅神泉。
药王同仰孙思邈，酿得琼浆玉液鲜。

## （四）

碎叶生成育四川，中林山上拜诗仙。
骑鳌一去无消息，几案书陈尚俨然。

## （五）

且宏书画列长席，字字珠玑翰墨香。
信是人文千古秀，家家争做读书郎。

## （六）

清才人仰景家郎，一集新成永世香。
白叟黄童争首发，炎炎夏日乐平襄[①]。

【注】
① 县政协景晖副主席有诗集出版，余为作序。

## 访福建闽西振成楼闻吹叶笛

不看洋楼看土楼，土楼遗范足千秋。
闽西民俗斯为盛，叶笛风鸣五十州。

# 闽西行绝句和李汝伦吟长原韵

## 梅山观虎

十年万里觅幽栖，梦到梅山未觉迟。
一啸临风空自得，由他竟夕起相思。

## 四堡观雕版印刷

峰峦簇簇锦成堆，秦火无端欲语谁。
四堡连城雕版在，春风八闽又新回。

## 参观古田会议旧址

群山无语德为邻，最是长征世绝伦。
一自古田新决策，神州红遍照民人。

# 登会宁会师纪念塔

一塔巍巍入九天，雄师际会想当年。
韶华七十非容易，拾级攀登敢息肩①！

【注】
① 余随同行诗友一口气登至塔之第九层。

# 登会师楼

碧天无际好金秋，乘兴携朋作壮游。
绿瓦红栏堪作证，八方英杰会斯楼。

# 参观将军碑廊

铁划银钩布满廊，凭君切莫浪平章。
文韬武略同千古，不是寻常翰墨香。

# 会宁颂

四塞三边扼要冲，英雄城里会英雄。
引黄入市开新局，教育农经竞上风[①]。

【注】

① 会宁有引黄工程，城市用水及部分农田受益。会宁教育发达，受高等教育者已累巨万，仅在北京中关村工作者即达2700余人。2006年高考入选者，亦在2000人以上。

# 泸州杂咏（十一首）

## （一）

烟霞云锦足勾留，底事飘零八十秋。

邻里不曾相问讯，轻车泯恨上泸州①。

## （二）

百子园前一望赊，沱江东去日西斜。

见说明星曾献艺，掌声催放满城花。

## （三）

沱江千里寂无音，却向龙泉起啸吟。

争得众生明一理，好将环保惜如金②。

## （四）

谁放沱江出锦城，一江污染一江清。

偏教此地来相会，泾渭由来判最明。

## （五）

蜀山奇峻蜀江稠，揽胜难忘往事悠。

三十四年神臂举，抗元英烈自千秋③。

## （六）

三字遗踪血染成，英雄曾此事鏖兵。
当年护国人何在，一念将军涕泗横④。

## （七）

江阳王守一碑存，楷隶相循迹可扪。
年号分明来永寿，黄龙媲美溯文根⑤。

## （八）

乍到泸州百感生，谢公才气动江城。
饶他百丈沱江浊，难掩园中一赋清⑥。

## （九）

江阳千古重斯文，好从词赋认前尘。
最爱元戎诗一句，"老不悲秋是妄人"⑦。

## （十）

长廊曲径护沱江，莫为兴亡又断肠。
铁打泸州成往昔，双龙蓄势待腾骧。

# （十一）

英山曾记旧游踪，倏忽人生若梦中。
六十三年艰一晤，相期百岁更重逢⑧。

【注】

① 余籍毗邻泸州，八十年来未尝一游，此行可泯遗憾。

② 沱江上流污染严重，至泸州呈黑褐色。

③ 泸州有神臂山，南宋将士曾据山抗元兵三十四年。

④ 泸洲纳溪有蔡锷将军亲笔"护国崖"三字。

⑤ 沱江滨有江阳(泸州旧名)太守王尹平墓碑，乃成都市金牛区出土复制品。碑文有东汉和帝永寿年号，与甘肃成县所存黄龙碑石刻字体相近，乃由汉隶向楷书过渡之珍贵文物。

⑥ 百子园有谢守清词长所撰《百子图赋》，文情并茂，世之珍也。

⑦ 朱德元帅早年驻节泸州。曾结社与诗人唱和。余记朱诗中有"老不悲愁是妄人"之句。

⑧ 第德妹小余一岁，1943年曾在永川相晤，自后各在一方，又逢浩劫，遂疏音问，今始再聚于泸州之灏景花园。赋此以志契阔。

# 百花潭偶成 二首 有序

青城会毕，承邀与章润瑞、何郝炬、钟树梁、李维嘉诸老暨刘友竹、杨启宇等诗家欢聚于百花潭。座中或谓近有人以"九八七六部队"名今之诗词界者，相与粲然。盖诸老皆臻大耋，余亦过八十，友竹越古稀，而启宇则近花甲也。因为打油纪之。其一之"启宇"双关，其二之三四句，指李维老所言某诗人兼书法家悼启功先生诗句"日月无私照净身"之令人喷饭也。

## （一）

长记岷峨锦绣篇，百花潭水最澄妍。
风骚莫道无人继，启宇承先有后贤。

## （二）

九八岂堪加七六，更讶诗人出语新。
倘若先生能再起，拍案当呼"未净身"。

# 谢成都乌木艺术博物馆长、台湾致公党副主席卢泓杰先生赠乌木

谦谦君子真弘杰，统一和平望致公。
博物馆藏非是木，几多灵瑞化虬龙。

# 归来柬君默

五日盘桓识隽才，啸吟创业两相谐。
殷勤最感洪君默，期颐不死定重来。

# 谢静松诗兄赠题扇，依韵一首

最爱人间六月寒，悠悠情共水云闲。
仔肩若卸微天幸，十丈红尘一例删①。

【注】
① 余久欲辞去甘肃省诗词学会会长职务。

# 谢彭在村诗兄以新茗见惠

梦醒惊疑月在村，青城三日记温存。
海棠香国前因续，待品新茶到日昏。

# 酬永川诗词学会冯择尧会长

择尧应比吠尧强，诗人心地有平章。
年年吟苑清香溢，共道冯公最擅场。

## 谢余天潢诗兄赠新著

地坑焉可匹天潢，读罢凉山第几章。
鬼唱秋坟存信史，虞初身价待品量。

## 答传熙诗兄

矍然古貌踽行迟，最爱棠香与紫芝。
莫道北山多变化，中庸守一直传熙。

## 承邀任《风华永川》一书名誉主编，致唐柏生先生

海棠香国自芳华，新纪迎来百事嘉。
最是唐公豪气足，一函书就胜琼花。

## 留别黄俊卿诗兄

君子翩翩说姓黄，每于赛事见才长。
桃花潭水今安在，不是青莲也断肠。

# 重庆师大董味甘教授招渝中诗友
# 撑宇、玉良、健夫、端诚、仁德诸兄
# 及余聚于味庐，并承厚宴，席间口占

旧雨新交近若何，八年抗战已消磨。
站名听报沙坪坝，故辙难寻感慨多。

## 重庆晚晴诗社惠宴，席间口占

重履渝州地，艰难访故人。
夕阳无限好，最是晚晴新。

## 归来得绝句，书示侄女发金并永忠侄婿

吾家女子忒多才，常得春风拂面来。
嫁与檀郎情爱笃，科研成果卜双开。

# 陇南吟草（十一首）

## 重游成州杜甫草堂成二绝句

### （一）

木石风华别有天，高祠古树胜当年。
秦州三月连烽火，诗圣堂前一惘然。

### （二）

蜀道蚕丛老鬓丝，艰难岁月入新诗。
孤臣热泪归何处，付与云奇白鹭痴。

## 咏吴挺碑

一碑矗立思吴挺，十丈台高想宋宗。
如何报国千秋后，金石相讹迹转懵。

## 过高楼山

红尘不断接高楼，人在高楼最上头。
底事一山凉热异，相同时序别春秋。

# 文县与刘遇勋诗兄话邓艾故事

怪底人呼邓邓桥，孤虹白水碧云飘。
兴亡何与君家事，赢得期期艾艾嘲①。

【注】
① 邓艾口吃，邓邓桥之名，盖源于此。

# 宕昌官鹅沟口占二绝句

## （一）

人间仙境在官鹅，绿水青山此处多。
喜有民风承古朴，汉羌一体最祥和。

## （二）

幽谷云深起怒涛，悄无声处野花娇。
千寻瀑布从天落，济得人间万顷苗。

# 品宕昌"锦绣中华"佳酿

峰叠重峦大石山，宕昌风景似江南。
涓涓流水滋花木，佳酿新醅沁肺肝。

# 宕昌怀古

亘古河山忆宕昌，当年割据亦称王。
与君同是炎黄胄，崛起中华赖共襄①。

【注】

① 据考证羌族与古三苗同为炎帝之后，此从之。

# 宿宕昌，梦官娥乞为正名，因成绝句

官娥底事作官鹅，空累红颜涕泪沱。
侬与风光成两绝，正名应赖老翁多②。

【注】

② 传说官鹅沟乃官娥沟之误传。官娥，古宕昌羌族美女，被国王掳充后宫后被其恋人达仁救出，逃于山沟，殉情而死。作者夜有是梦，醒而书之。

# 咏岷山种畜场所育红豆草

欣闻草里有人参，卓立高原迥不群。
天马不须凭饲养，得餐仙气便飞升。

# 梅花堂

千古流芳信誉佳，赤心铁面灿于霞？
何防今日临尘世，钢铡包兴斩众邪。

## 题丁林诗集

文苑中原绽异辞，暮云春树托相思。
上林漫道花如锦，盛世南阳有好辞。

## 题韩文公碑廊

文起八代之衰，行为万世之表。
殷勤欲告文公，此日河山春晓。

## 题味根诗集

何曾鲁殿隐灵光，忧患频惊每断肠。
未必高原长寂寂，有人奋起绍三唐。

## 喜读蒲阳将军《戍楼诗草》

风流儒将戎边关，铁马金戈意自闲。
一卷雄词抒壮志，天山头白映心丹。

## 怀双柳居主人兼寿厚示及八旬

中郎才调易安词，每到秋风有所思，
老更吹绵双柳茂，重周花甲复奚疑。

# 律 诗

五 言 80 首
七 言 465 首
古 风 7 首

# 五言律诗

## 清明 一九六二年

北国春来晚，清明怯晓寒。
葡萄犹未架，侧柏已舒颜。
芍药苗初茁，啼鹃血正殷。
乍黄河畔柳，犹带泪痕斑。

## 赠佛子明璧

佛子如明璧，频惊入梦来。
曾闻声朗朗，又见笔崼崼。
一试知才茂，三生合是梅。
何当重把盏，相与醉蓬莱。

## 天水吟 一九六四年

形胜秦州地，登临一惘然。
将军馀故冢，都督剩残篇。
隔水窥南郭，空山访玉泉。
雨淫苗不实，新愁又几千。

# 送甄载明兄遣返天水一九六七年

昔昧人间世，误为天下先。
一言悲失足，十载怨加冠。
莫效穷途哭，当从韦带宽。
临歧莫回首，天地正萧然。

# 银川怀古

山川留胜迹，历史一长河。
旧府开兴庆，新铃认伏波。
千渠连沃野，百窟仰嵯峨。
一片鎏金镜，何人细琢磨。

# 沙坡头治沙研究所

浩瀚腾格里，千里绝人踪。
鸷鸟飞难渡，鸣沙响似钟。
雄心移大漠，绿障锁黄龙。
满目奇花草，不是等闲功。

## 京华闻蝉

京华无客梦，万里止行旌。
暗暗千株寂，悠悠一翼鸣。
不辞宵露重，还惜晓寒侵。
高洁何须怨，新声满上林。


## 兰州听音乐晚会应卜熙文教授约

一朝蠲俗虑，十里觅仙踪。
音聚千重色，身临万壑风。
柔情生翠指，悲愤起黄钟。
三日行云遏，纷纷满太空。


## 赠李汝伦

莫道鱼龙寂，春雷逼九霄。
一车频载鬼，三月不闻韶。
有客夸秦俑，无人续楚骚。
艰难遗孽在，谁惜玉骢骄。

## 次元韵酬何晓峰见赠

紫芝藏陋室，蓬梗欲无家。
老圃秋容淡，寒山石径斜。
艺精图瘦竹，岁熟话桑麻。
翠袖黄冠好，谁怜冷菊花。

## 浴武山温泉

不辞千里雪，来此沐椒汤。
俗虑随流水，闲愁逐逝光。
谁云大地热，逊得三春阳。
却起复行役，茫然恋是乡。

## 赠康务学

神州方有道，一士隐于医。
无妄逢磨蝎，冲冠怨虎貔。
冤沉三字狱，学积五更鸡。
芳草年年绿，大音宁久稀。

# 戊辰迎春（二首）

## （一）

东皇方税驾，大地正迎春。
莫惮霜华重，当从岁月新。
归帆来远客，改革出经纶。
前路风光好，高处绝嚣尘。

## （二）

盛会才开罢，神州已入春。
律回人送旧，运转国维新。
星火饶良策，英雄瞩远津。
初阶同勠力，任重好扬尘。

# 江西诗词创刊十周年志贺

形胜东南地，遥看一帜红。
大音存正始，新韵出由衷。
不堕三秋泪，长怀八一风。
匡庐天下望，引领几人龙。

# 秦州二十咏

　　戊寅暮春，应举鹏、晓峰及蕴珠约，赴秦州小住，传明、雨涵及拙荆偕行。其间偶事吟哦，率成五律二十首，皆依少陵《秦州杂诗》原韵。句虽鄙俚，亦鸿爪也，因录存之，以就正于方家。

未觉春光老，驱车作壮游。
笑谈名士恨，契阔美人愁。
好鸟知迎夏，新蝉不识秋。
浮生原是梦，倏忽此淹留。

秦州犹有寺，骞帝已无宫。
光武仍飘忽，刘玄竟业空。
西城谁护主，南郭咽悲风。
世事如泾渭，千秋各向东。

泾清渭水浊，百里漾晴沙。
往事沉千载，襟怀豁万家。
白题人不见，乳燕舞初斜。
合为诗人报，开元未足夸。

川原风物好，长夜过春时。
杜宇还啼血，蜉蝣不解悲。
丁香经雨秀，蔓草上阶迟。
物我原如此，狂歌任所之。

秦州人物隽，奋发各图强。
一市车流速，千家柳线长。
耤河无滴水，南岭有轻霜。
莫道花期误，园林正莽苍。

仙家留胜迹，兴至已忘归。
当道鸣黄犊，轻车入翠微。
石门人涉险，花径鸟啼稀。
此际襟怀阔，忻忻似解围。

灵秀毓群山，山悬万仞间。
有泉鸣汩汩，无鸟唤关关。
野草因风舞，游人逐艇还。
笑谈惊四座，老幼尽开颜。

缘悭南郭寺，卅载我重来。
老树生机勃，蟠龙利爪开。
流泉仍北去，辽鹤盼西回。
空负东柯谷，洞庭百事哀。

仙人何处去，草木正青青。
腰腿今仍健，鬓毛已早星。
晓岗生远岫，飞絮入新亭。
欲向云间老，结茅在野坰。

朝霞连海岳，地气接昆仑。
山富夷齐食，目穷远近村。
峥岈悬瀑布，幽境胜桃源。
一夜花丛宿，神移月下门。

羲皇存古殿，云压远山低。
神木焉为榻，狂徒合作泥①。
冕旒仍自北，法相不朝西。
情系人间世，千秋厌鼓鼙。

三十年前事，空山访玉泉。
芳华桑海异，景色古今传。
碑碣撑崖谷，浮云蔽日边。
旧游多不见，相忆一潸然。

我爱东柯谷，居民已万家。
草堂兴学校，稚子戏浮沙。
大地弥春色，穿膜育早瓜。
诗魂如有格，相伴赏琼花！

携侣寻芳迹，秦州好洞天。
玉兰长馥郁，清句永流传。
二妙夸双绝②，三贤乐一泉③。
千秋枝叶茂，幽绪落吟边。

北周留胜迹，莽莽万峰间。

艺并莫高窟，名传庾子山④。

风来仙袂举，窀寂鸟飞还。

情系湘妃竹，泪痕化紫斑⑤。

飞将无消息，踪连古墓群。

陇头馀落日，天际抹残云。

功过凭谁说，薰莸自古分。

王侯充史简，几个至今闻。

北道真名埠，山光接水光。

池深人荡橹，树密鸟窥墙。

结社传薪学，清吟续草堂。

何当新琢句，同赋柳丝长。

闻说祁山道，悠悠一梦飞。

汉军严壁垒，魏将慑天威。

太息王师丧，凄凉舆榇归。

千秋同洒泪，无语对斜晖。

三强方力敌，问鼎亦艰难。

马谡才初试，街亭泪未干。

苌弘空化碧，流水不成寒。

非关违节度，贻误失升坛。

积智斯为圣，除仁不是知。

英才难杰嗣，孱主每雄儿。

有幸临仙阙，无缘谒氏池⑥。

常羊千古谜，赵说绽新枝⑦。


【注】

① "文革"中，有人伐伏羲庙中古木为榻，卧其上，未几暴卒。

② 天水近发现清人集王羲之、王献之草书杜甫秦州杂诗刻本，主事者将其勒石存南郭寺，称二妙轩。

③ 甘泉镇有双玉兰堂，存玉兰二株，各大数围，传为杜甫手植。甘泉在玉兰堂中，其水甘冽可口。三贤，指于右任、齐白石、邓宝珊，三人各有手迹，惜皆不存。

④ 于右任手书麦积山石窟联语。庾子山，即庾信，有《麦积铭》传世。

⑤ 麦积山第四十三窟，原为西魏文帝后乙弗氏被斥为尼之所，后又被文帝缢死归葬。今小陇山植物园有紫斑牡丹，相传为乙弗氏泪痕所化。

⑥ 仇池曾为氏族杨氏所据，并建仇池国，史有《仇池国志》。杜甫秦州杂诗多次提及，其地在今西和境内，余拟游未果。

⑦ 《山海经》载："刑天与帝争神，帝断其首，葬之常羊之山。乃以乳为目，以脐为口，操干戚以舞。"西北师大赵逵夫教授曾著文考证，以为常羊山即仇池山，刑天可能为氏族传说中先民形象，其说极有见地。

# 和少林寺诗僧释延王《南湖偈句》原玉（三首）

## 南湖秋晓

莫道秋光老，南湖尚煦阳。
层峦清露湿，翠竹晚风凉。
文物中州盛，梵钟古寺长。
渡江资一苇，偈语自幽香。

## 南湖秋思

入秋偕俊彦，探艺在南湖。
泪热诗魂冷，行高道不孤。
缘悭依佛子，虑远入浮屠。
合向嵩山老，扁舟任所如。

## 南湖新梦

悲事兴南宋，伤怀独放翁。
清吟怆肺腑，正气塞寰中。
当作千秋杰，休言万事空。
临流聊一奠，应慰九州同。

## 谢孔凡章诗兄惠回舟集

有客尊尼父，无由识马融。
奕坛培名手，艺苑育人龙。
避地羞偕俗，摛文不论功。
回舟凭极目，天际看飞鸿。

## 赠李桂

直声闻梓里，才气动三秦。
宁远承恩溥，冀城决策新。
丝绸辉古道，经贸展瀛滨。
不作临流叹，何须问屈伸。

## 谭嗣同颂

风雨如磐夜，峥嵘姓字香。
求仁师孔孟，变法拥康梁。
题狱明慷慨，抒怀伏莽苍。
灵均归去后，清誉重浏阳。

## 赠蔡厚示

蔡侯有佳句，李杜未曾留。
浪涌长沙市，云封橘子洲。
三春长旖旎，一日足风流。
解道闽江好，无由泛旧舟。

## 贺陕西省诗词学会改组，松林老转任名誉会长，树田、炳武各就新职

才过黄花节，长安又寿辰。
文章参六合，诗旆领三秦。
猿鹤松林啸，雷廷天上巡。
骚坛同炳武，遥仰九霄邻。

## 王屋山人八秩致贺

王屋有山人，性情诚与朴。
日从物外游，夜向书城宿。
鬓发恨中星，须眉愁里蹙。
耄年何所欢，杯酒醉丛菊。

## 咏享堂鳄鱼石

西北今多旱，膏腴古绿都。
鳄鱼存化石，海石是前居。
鉴定杨钟健，采探孙健初。
我今思二子，功绩旧时无。

## 访石林

见说龙湾好，驱车访石林。
一村存古朴，百里仰萧森。
砾笋冲天矗，长河接地阴。
水车旋未已，犹作昔时音。

## 雨涵得子，设汤饼会，席间口占

雨涵设汤饼，庆得宁馨儿。
座上无温峤，谁堪试异啼。
丹青师乃祖，词赋绍翁箕。
我云或不是，载酒挟多资。

# 贺洞庭诗社成立二十周年

大地惊雷动，人间敛肃霜。
阳春来八极，吟帜起三湘。
斑竹无清泪，银针吐异香。
沉沉二十载，遥沐曙初光。

# 寿霍松林八秩华诞

我爱霍夫子，蜚声满士林。
南雍承绝学，叔世振唐音。
品共文章显，祸贻形象深。
大年齐耋耄，光耀起千寻。

# 靖远行 五首 二〇〇四

## 靖远印象

长征馀故辙，抗日历多艰。
拜罢将军墓，来寻法力泉。
人文辉祖厉，风景秀乌兰。
万众腾欢处，高科中两千<sup>①</sup>。

【注】
① 2004年高考，靖远考生达到本科录取线者1680余人。

## 法泉寺风景区

靖庑缘何事，徒闻历劫尘。
不因文化革，蔫得法门新？
有佛存唐塑，无由试转轮。
浮图凝望久，天道悟鸿钧。

## 乘快艇游乌金峡

大河澎湃处，狂啸欲飞天。
艇逐乌金峡，人抛险浪尖。
清风穿马甲，溽暑散长阡。
何日成新坝，洪流作玉泉②。

【注】
② 据高财庭县长云：乌金峡大坝在建设计划中。

## 登乌兰山

轻车缘曲径，乘兴访乌兰。
带砺河山壮，登临笑语欢。
波澜随水阔，山势逐云宽。
拾级知腰健，谁云下更难③。

【注】
③ 刘尔忻联："高处何如低处好，下来还比上来难。"此行车上而步行下，故尾联及之。

## 西夏三角城遗址

西夏存砖石，河流护乐君。
城堡留三角，政权竟两分。
战争无旧史，阵殁有孤坟。
白发吟佳句，长歌想范文④。

【注】
　④ 北宋与西夏对峙于靖远三角城一带，范仲淹时为北宋主帅，有"将军白发征夫泪"之句。

# 贺中华诗词学会成立十五周年

讽喻箴时俗，风骚寄昔贤。
人迷槐国梦，情系大同篇。
诗运三千载，蚕丛十五年。
何当共忧乐，前路着先鞭。

# 南京晤窦天语诗丈即席口占以赠

新交人似故，旧雨杳无闻。
一座聆天语，三秋沐桂芬。
百年知劲节，半世仰清筠。
廉毅同为力，齐追北海鲲。

# 游玄素洞

攀缘玄素洞，仿佛雾中游。

拾级承天露，徐行绕地湫。

石奇多接水，路狭每低头。

巨笔存河上，倩君好句留。

# 重返重庆

壮年辞故土，垂老一还乡。

往昔怀千古，殷忆起四方。

出门犹问路，入室每窥窗。

清吟来百感，薄雾失长江。

后两句失粘，因意思尚好，仍之。

渝州形胜地，重到已沧桑。

车驰两路口，人涌七星冈。

永忆周公馆，常怀抗建堂。

踽行人不识，独立感苍茫。

# 碧水虹桥①

深潭临碧水，大士隐虹桥。
且沐杨枝露，休攀野径桃。
霞光生远岫，栈道倚危峤。
欲共蛟龙语：兴亡历几朝！

【注】
① 上有观音大士神像。

# 通天门①

回声弥野谷，一径指天门。
荏苒思朝露，崎岖认旧痕。
听涛知水怒，涉壁困云根。
福地应无份，空怀北斗尊。

【注】
① 溪陡滩多，涛声怒吼。溪壁有石呈猿形，凝视溪中。

# 三箭峰

一径通幽谷，山形溯太初，
九门涵百景，三箭化双姝。
难觅萨王迹，空馀仙子居。
武陵人不再，谁与话唐虞。

【注】

① 三箭峰相传为格萨尔王三箭所化，一面呈三石峰形，一面呈二美人形。

# 大峪沟印象

不畏崎岖路，来寻大峪沟。
俪情钟异树①。深涧引清流。
云起神幡隐，声扬藏乐幽。
草原花似锦，人在画中游。

【注】

① 沟中多连理树，蔚为奇观。

# 会宁吟草

## 红军长征会宁胜利会师70周年感赋

山川形胜地，曾此赋长征。
才历沮洳苦，又闻慷慨声。
抗倭宏盛业，建国促繁荣。
七十韶华逝，艰难赖指旌。

## 登桃花山口占

毓秀钟灵处，桃花自在香。
微观溯往迹①，拾级接苍茫。
教育新基地②，长征旧战场。
登临凭极目，古郡正腾骧。

【注】
① 桃花山有长征微缩景观。
② 桃花山已辟为爱国主义教育基地。

# 青城后山纪行

青城三日住，不虑俗缘生。
白屋遗风在，红尘隔世惊。
迷离高士隐，谈笑辱荣轻。
踽踽闲行处，流莺自在鸣。

# 偶 成

老来难自静，思绪总蹁跹。

风定晴暄少，时清旧雨迁。

巡天雪作御，涉水浪为帆。

何日随鳌去，投诗吊谪仙。

# 重游万象洞

乍入清凉界，还惊万象殊。

石钟垂白乳，峭壁起穹庐。

洞远知何极，形成想太初。

神仙终究杳，百幻总由吾。

# 再游西狭

旧游曾到处，风景尚依然。

李守留遗爱，仇公有巨篇。

摩崖悬石刻，深水探飞涎。

惭愧鲰生赋[①]，无由踵昔贤。

【注】
① 余有《西狭赋》。

# 天池盛宴口占

盛会聚天池，清歌佐酒卮。
玉兰春睡早，野鸭昼眠迟。
云气连山起，丛花带露滋。
合当文县老，人地最相知。

# 平川八咏　二〇〇五

## 平川怀古

远眺平川野，群山势莽苍。
蓬飞疑甲舞，雁起类旌扬。
赵宋边难固，李唐政易荒。
废兴存一理，原不在疆场。

## 平川印象

建区二十载，光景异当年。
史溯丝绸路，心驰日月边。
长征留胜迹，兴电裕平川。
沃野良才茂，纡筹绍昔贤。

# 平川颂

平川平地起，壮志干云霄。
发展遵科学，宏图展略韬。
能源出水火，土石化琼瑶。
工业强区路，风云百丈高。

## 打拉池瞻长征会师遗迹

打拉未有池，伫足引遐思。
高屋依灵鬼，危楼止义师。
笑谈驱虎豹，际会展旌旗。
犹记苍龙句，狂歌问所之。

## 北武当寄意

古渡缠阴口，莎桥不可亲。
空心楼已杳，真武祀犹新。
巡检衙难觅，摩崖字足珍。
龟蛇空对峙，要塞几知津。

## 观陶瓷制作口占

旅足涉平川，风流独占先。
才看泥土合，倏忽已成砖。
自动流程速，天然釉色妍。
高新科技好，应不让神仙。

## 题大水头煤矿

信步平川野，来登大水头。
产煤过亿万，立业足千秋。
管理人为本，营销质最优。
黑金流不尽，前路孰堪俦。

## 题兴电工程

来游兴堡子，放眼自舒徐。
绿荫连阡陌，扬程八级馀。
光明输二省，提灌裕千渠。
荣誉双先进，和谐画不如。

# 丙戌春日偶成

春来意未闲，无那强登山。

昨夜闻微雪，今朝怯嫩寒。

梨花欺白发，桃蕊傲红颜。

草木犹如此，人情何以堪。

## 孙轶青《开创诗词新纪元》读后感 二〇〇六年十二月

蚕丛十八载，头白仰文宗。

依约长征路，低回慷慨风。

正言评五四，谠论呼三雍。

一卷铭心迹，同歌不世功。

# 七 言 律 诗

## 丙午清明

垂老犹闻慷慨歌，新愁垒垒旧愁多。
神州四处飞牛鬼，志士千群触网罗。
首义未必须陈涉，图穷终不怨荆轲。
销金嬴政今何在，一样悲欢逐逝波。

## 迁一只船新居示金声

萍踪初聚小沟头，四十年华难未休。
千里莫逃陈蔡厄，一家都为稻粱谋。
阳关三出空馀辱，蜀道频归不泯愁。
鬓发欲星人渐老，相携同上五层楼。

## 读十四大文件有感

十年重见国中兴，肯为闲愁感慨增。
不向丛林驱虎豹，空从沟渎逐蚊蝇。
整纲喜听雷轰耳，饬纪方平愤满膺。
莫谓天公长愦愦，屠龙终要显奇能。

# 早春述怀

## 步原韵和张思温同志（四首）

### （一）

共惜春前几日阴，峥嵘岁月有遗金。
鱼沉雁去音书杳，虎啸狼嗥夜露深。
呼地抢天应有泪，翻云覆雨岂无心！
苍茫是处嗟零落，怅望东皇感不禁。

### （二）

暮年有发未全苍，水涨河源柳半黄。
乍暖还寒春寂寂，已阑未曙夜凉凉。
鱼龙欲起菰蒲绿，鸿雁将来燕鹊翔。
自是金城风物好，高楼何用感流光。

### （三）

为爱春光独倚楼，繁霜散尽豁双眸。
舒颜侧柏翻新意，孕蕊夭桃异旧秋。
几处秋迁飞绿祛，一双儿女戏红球。
十年人似风前烛，才到清明疾便瘳。

## （四）

桃李开时春意浓，河山景色正雍容。

好分雨露荣秋菊，又见青葱上岭松。

莫怨衰颜逢盛世，于今七十不龙钟。

昨宵喜得甘霖降，布谷无劳更唤农。

# 春日怀台湾友人再步张思温同志原韵（四首）

## （一）

倦鸟犹知择木阴，须知晚节重黄金，

时清不虑冯唐老，乡思谁如王粲深。

岂效新亭名士哭，难忘他日故园心。

鲁连蹈海终非类，怅望台澎感不禁。

## （二）

又见青葱变莽苍，万花如锦簇姚黄。

江东日暮春晖暖，海上云生夜气凉。

为感相思红豆发，难言归去白头忙。

杜鹃声里愁千结，辜负床前明月光。

## （三）

斫地王郎倦倚楼，海天愁思正凝眸。

一衣带水人如醉，五岳朝天气胜秋。

大漠紫云飞绝域，女排豪志压全球。

劝君且作还乡计，"东亚病夫"疾已瘳。

## （四）

血液由来胜水浓，卅年浮海少欢容。

生涯飘泊孤如鹤，国运昌隆健似松。

燕蹴轻寒穿绿野，春回大地响黄钟。

神州何处风光好，责任田中问老农。

# 赴西安参加唐代文学会车中述怀
# 仍用前韵（四首）

## （一）

一生经得几晴阴，道义由来贵似金。

廉颇不须愁容少，范滂终是孝思深。

刘玲生命同萤火①，鲁迅文章写赤心。

祖国文明今胜昔，风行草偃势难禁。

## （二）

对镜休惊鬓发苍，一生长爱菊花黄。

秋来独对霜华冷，劫去从知世态凉。

堂奥更新狐鼠匿，风云欲会燕莺翔。

由来事业争朝夕，我欲焚膏继日光。

## （三）

远眺朝登百尺楼，凭栏极目正凝眸。

一宵春雨来三陇，七曲黄河异九秋。

台岛人心思禹甸，大洋烽火逼全球②。

戡天事业终须建，寰宇苍生疾未瘳。

## （四）

荞麦青青烟雾浓，车行猎猎阅春容。

两三村落开桃李，一派葱茏是岭松。

杨柳晚风人万里，杏花微雨酒千盅。

中华新得齐民术，政策条条是便农。

【注】

① 北京女共青团员刘玲，患不治之症，于十五岁时逝世，生前积极为人民服务，深得社会赞许。有电视剧《萤火虫》传其事迹。

② 大洋烽火，指英阿南大西洋海战

# 赠李汝伦（二首）

## （一）

盛世何人解放翁，大王犹自颂雄风。
乌台一去无诗谳，黄鸟三章识荩忠。
莫道吟坛今寂寂，欣闻岭外正喁喁。
玉箫有集堪名世，十载蚕丛路上逢。

## （二）

心同赤子发冲冠，出洞何如入洞欢。
诗发缘情真了得，材堪别用羡无官。
不因时序悲风木，肯把馀生付涅槃。
莫道庸人空自扰，卢生犹是梦邯郸。

# 祝唐代文学学会成立

春风送暖入长安，往事低回感万千。
两汉文章题日月，三唐胜绩壮山川。
昭陵骏马浮沧海，华岳风云接九天。
再睹中华新气象，一堂盛会萃群贤。

## 壬戌春节观战斗话剧团演出《天山深处》

英雄何处不为家，明月丹心共岁华。
书剑铸成金锁钥，琼山开遍雪莲花。
不随世俗争荣辱，且喜新风胜恶邪。
怪底姑娘惆怅甚，台前幕落惹群哗。

## 丙寅再到临夏仍未睹牡丹之盛

轻车一日下河州，古郡雍容此壮游。
霜过红园馀落木，时来白屋作琼楼。
连云电缆临天上，拔地穹庐接地陬。
笑我匆匆今又去，牡丹时节不曾留。

## 丁卯读报杂咏 十首（选二）

### （一）

陵夷世路感飘萧，强项何人破寂寥。
执法愁开关系网，逋逃难禁上公招。
四知不惧苞苴满，众怒难逃世论嚣。
青史昭昭堪作鉴，利民顺势擅天骄。

## （二）

一从止水起波澜，锁国重开利万千。

寂寞荒园春有脚，萧条廛市日增妍。

岂期改革来奸宄，不信繁华变倒悬。

我愿天公还抖擞，提刑教似卅年前。

1987

# 续读报杂咏（八首）

## （一）

琼阁相逢窈窕娘，好将残梦忆高唐。

新奇服饰羞神女，冶荡风情惑楚王。

室有游仙留艳迹，人无廉耻乱行藏。

迪斯舞罢青楼宿，都作报销纸一张。

## （二）

不知美食在谁家，祖饯迎风靡有涯。

未尽筵前三盏酒，已空席上一盘虾。

程仪几处捎红袱，土产前朝满绿车。

秽迹曝光人共弃，可怜观察革乌纱。

## （三）

几番春雨送春阳，帘内蔷薇杂野香。
浪说潮流崇女性，潜从录相看鸳鸯。
十年旧肆夸桃艳，一派斜风入杏墙。
歧路不分来左右，千夫交口赞除黄。

## （四）

弹指流光四十秋，土阶茅茨易重楼。
百年大计输文采，万里征程溯旧游。
数典何人轻忘祖，安澜有日莫回舟。
尚馀一事堪惆怅，名次文盲列上头。

## （五）

雷霆有令整公司，国运安危系此时。
烈士残碑犹碧血，将军冷梦对红旗。
十年财富移新主，百战河山失旧规。
前事不忘遗训在，亡羊歧路总堪悲。

## （六）

荒凉一去锦成堆，万里淘金人未回。
栉比鳞陈新栋宇，山崩瓦解旧成规。
公然纳贿官声败，暗里分脏猾吏肥。
市长三人齐落马，谁云天网不恢恢。

## （七）

申申曾听詈修资，数语如何便入痴。
岂有铐镣能去厄，由来星卜诳无知。
囹圄欲进先偷米，壮志难酬又攘牺。
任是铁窗风水好，也难熬过二年期。

## （八）

发政施仁说济贫，边穷老少再逢春。
官心岂作沾泥絮，民瘼终当达要津。
空有高楼连翠苑，难凭广厦颂能仁。
怜他十载寒窑住，犹自呷呀教择邻。

# 丁卯早春赋怀去台友人（四首）

## （一）

楼头春雨晓霜寒，白首频惊梦里欢。
别去每挥新涕泪，归来犹是旧雕栏。
分荆已赋金瓯缺，泯怨重看玉镜圞。
记得当年传喜讯，万民同庆复台湾。

## （二）

沉思往事梦犹寒，海外飘零岂是欢。
胜日昔曾同斗草，春游想见独凭栏。
女娲炼石天能补，王粲登楼月未圜。
为底年年归讯杳，无边心事系台湾。

## （三）

繁霜过后怯春寒，梅蕊飘香未尽欢。
南去征鸿依落木，北来归燕语朱栏。
玉塘已见新蒲绿，碧海难寻旧月圜。
一国何妨存两制，舆图终要绣台湾。

## （四）

分襟人去袅馀寒，岁岁春来不自欢。
怀远有情谁弄笛，还乡无计只凭栏。
阆寰事杳天难问，棠棣花开月又圜。
何日三通成现实，扁舟容与访台湾。

# 己巳杂诗（三首）

## （一）

闻说骑鳌返帝阍，昆山玉碎迅雷奔。

黎元极处才初见，岁月骎流迹尚存。

为爱甘棠怜草木，空馀悲切对晨昏。

百年事业艰难甚，一念潇湘一断魂。

## （二）

一团素纸托哀思，万籁无声欲语迟。

为拓新程寻旧辙，敢违时论觅真知。

勋名五岳同千古，才调三湘仰九嶷。

莫道仙乡凡路隔，至今人说岘山碑。

## （三）

烟水茫茫吊岂知，美人香草惹情思。

一春细雨迷山鬼，镇日斜风拂酒旗。

鼓瑟湘灵多积怨，止梧威凤竟离枝。

海天愁思知何似，梅子黄时泪满颐。

# 辛未杂诗（十首）

## （一）

国门当日叹无遮，封豕长蛇叩齿牙。
东望雄关开锁钥，西怜烽燧隐悲笳。
黄沙漠漠连丝路，碧海涟涟泛故槎。
泯却零丁千古泪，要从蛇口看中华。

## （二）

冷战云休愿莫奢，回看国际正如麻。
渐趋平定干戈靖，虚说繁荣雨露加。
情系东欧离乱草，心随北极劫馀花。
漫言世事如棋局，一判输赢老命赊。

## （三）

休临逝水叹繁华，春夏秋冬各见花。
莫向汨罗悲屈子，空从鹏鸟哭长沙。
白头廉颇犹夸饭，跣足刘邦浪斩蛇。
不信御台方报罢，旧衙坐了坐新衙。

## （四）

东君一夜送繁华，艳李夭桃各绽花。
莫怨春阳滋蔓草，当从老圃整权桠。
蒹葭倚玉愁无地，断梗飘蓬岂是家。
寄语神仙诸伴侣，风雷不护五云车。

## （五）

曾傍桑阴学种瓜，八年憔悴立京华。
请缨未是真投笔，开府欣闻别建牙。
贾傅半生逢鬼蜮，明妃终古怨琵琶。
鸿毛一叶权衡定，惭愧馀生对晚霞。

## （六）

记得年年惜岁华，哪堪双鬓倏如花。
蹉跎人世闲中老，诡谲风云雾里遮。
儿戏汉军临灞上，凄凉蜀道转蓬车。
过江名士多如鲫，添足人人学画蛇。

## （七）

总把无涯作有涯，此生长记误随车。
红尘易觉淳于梦，皓发休寻陌上花。
馀日岂堪诗债累，乱云难驻夕阳斜。
十年会得闲滋味，浓似秋霜淡似茶。

## （八）

惯从海市看繁华，两鬓如霜眼半遮。
雨露有情荣草木，风云无地不龙蛇。
吟笺乱拂诗人案，鹊信虚传处士家。
笑向恬园新琢句，晚来光景灿于霞。

## （九）

乍识之无望八叉，金城此日乱涂鸦。
未随绛帐缘才薄，爱读离骚惹客哗。
立命安身惭乏术，寻章摘句不须夸。
老来百事成虚妄，戏墨临池漫品茶。

## （十）

心有恬园即是家，聊寻故纸寄生涯。
玉蹊酌句朦胧甚，太白题诗逸兴奢。
为建吟坛艰结社，应怜石竹晚开花。
凭君莫唱揶揄曲，扬意而今老鬓华。

# 壬申春日抒怀

斗转阳回再庆春，百年心事未沉沦。

龙泉有剑鸣长夜，石室何人对短檠。

伯乐怜才空冀北，张仪无状走西秦。

雄关喜共从头越，斩取鲸鳌海不惊。

# 壬申清远评诗杂咏（四首）

## （一）

清秋驻得晚霞明，起伏心潮总未平。

乍暖还寒花未落，看朱成碧鬼争鸣。

衡文有客疑青眼，作赋何人学楚声。

滥调陈词新意乏，孙山以外记芳名。

## （二）

何须事事溯前尘，徒法由来不自行。

特异功能堪透纸，荒唐神志乱呼名。

因无旧识疑初选，为恐遗金泥复评。

苦煞京门孙祭酒，难招清梦入三更。

## （三）

从来系日乏长绳，心事年年敢自珍。
不画楼船追北极，好摛词赋颂南巡。
百年蛰伏思高举，一日蒸腾望绝尘。
莫道谀词堪颂世，当前国是最维新。

## （四）

秋气西来势绝伦，回天无力迹空陈。
未倾大厦先戕栋，只逼雄才不恤贫。
千古名山笼宿雾，十年真慨出沉沦。
凭君一语惩前辙，赢得人人泪湿巾。

# 癸酉杂诗 十首（选九）

## （一）

行年七十复何求，新句裁成自在讴。
茶淡不曾延俗客，兴浓端为续前游。
白云苍狗垂千象，老骥腾蛇共一丘。
莫道楚声还激越，忘情犹欲跨青牛。

## （二）

春温秋肃感无端，怪底书生百事艰。

有口欲糊惭下海，无心出岫耻还山。

身经百炼移筋骨，肠转千回老鬓颜。

漫说临歧都了了，几人大德不逾闲。

## （三）

艰难世态忆前时，忧患重重入鬓丝。

兴替不随人好恶，贤愚终系国安危。

十年改革争朝夕，两地收回绕梦思。

一事千秋堪告慰，海疆重布汉旌旗。

## （四）

十分拂逆一分乖，行遍山隈与水隈。

篱菊称怀陶令志，天山觅句李郎才。

金微梦断归尘土，铜雀春深没草莱。

见说圣人犹未死，争教大盗不重来。

## （五）

时序纷更夏复秋，休将恩怨记重头。

忠奸莫信当年论，好丑应于隔世求！

经史未随秦火尽，是非端赖董狐留。

由来愚智难分辨，几个英雄不效尤！

## （六）

脱疆野马去如烟，要上葱茏四百旋。
步步设防仍拔地，重重无碍欲飞天。
岂凭书饼疗饥渴，难把空文解倒悬。
三十七条新秕政，万民同庆一朝蠲。

## （七）

莫向人间问凤因，难从青史出沉沦。
汉家天子夸龙种，曹氏文章饰洛神。
刘协辞宫空有泪，许由洗耳本无尘。
马嵬旧事疑今古，替罪红羊一太真。

## （八）

春花秋月两茫茫，一叶荣枯系百方。
王气已看消八代，笙歌重见谱千章。
情移禁苑迷珠玉，人到天台拟凤凰。
十万腰缠仍跨鹤，高唐羡煞楚襄王。

## （九）

佳酿名姝兴正狂，江都曾听幸隋皇。
谢家兄弟为台阁，唐帝夫妻醉羽觞。
欲画楼船追北极，旋铺锦垫款东床。
维扬自古藏娇地，行在新成响屟廊。

# 甲戌杂诗 十首（选七）

## （一）

凌弱恃强亦偶然，一条真理大于天。
殷商北去归夷狄，赵宋南来愧圣贤。
诸葛不曾兴汉室，荆卿无计复幽燕。
满池春水由他皱，亘古何人策万全。

## （二）

青蚨谁道不通神，一曲缠头十万缗。
以蜡代薪人羡富，将虚作实假成真。
何妨狡兔营三窟，空有元戎挽六钧。
釜底鱼游难入梦，天台何处觅刘晨。

## （三）

摇落天心未可知，月圆花好几多时。
输赢欲判如棋局，曙色遥观入远陂。
兴业徒夸三尺剑，守成难遣一戎衣。
阎寰自古无忧患，不道而今乐事稀。

## （四）

莫向穹苍问吉凶，钱权交易古今同。
长城梦断无忧喜，异国神游各远踪。
公库争如私库足，前门难似后门通。
万缘莫道终岑寂，怕听寒山夜半钟。

## （五）

总总林林亦可怜，个中消息倩谁传。
当家未必真为主，立信何须定徙椽。
双轨朝天公子富，长裙曳地后宫贤。
有财莫讶移新主，肥水终非落外田。

## （六）

大地无声怨彼苍，百年心事正微茫。
荧屏夜静看三国，暖阁春回系八方。
奇货可居情有价，善财难舍欲无量。
黔黎未是真愚昧，犹恐夭桃代李僵。

## （七）

邈邈情思向晓风，星河无际入溟濛。
光年作纪亲盘古，冰雪弥天失恐龙。
蝴蝶庄生人是梦，蚍蜉彭祖寿皆空。
茫茫宇宙无终始，十丈红尘一倏中。

# 乙亥秋日漫兴 八首（选七）

## （一）

又是秋风入绣帏，艰难世路减芳菲。
彤云漫卷初长夜，细雨频飘未紫衣。
东去楼船沉蹑蹀，南来归燕浴霏微。
眉间心上愁空结，争似西门解佩韦。

## （二）

阅尽风霜老更疑，抛残心力未抽丝。
至诚木讷饶生意，巧笑玲珑伏祸机。
剩有馀年堪读史，频来清兴促敲诗。
苦茶漫道成滋味，说与旁人浑不知。

## （三）

春去秋来岂异常，荧屏日日扮忠良。
糊涂世事锅中粥，轻薄浮名叶底霜。
斫地狂歌缘有恨，书空作字易成伤。
是非终究难评说，莫问三江与七阳。

## （四）

千百年来物态殊，难凭俗眼识荣枯。
遭迍未必缘歧路，富贵从知有别途。
责实循名成妄意，由奢返俭亦空图。
一车载鬼招摇过，为问钟馗啖得无！

## （五）

一帘风雨映斜晖，野自苍茫草自肥。
不信中原还板荡，难从大漠卜熹微。
朝名市利趋如鹜，国计民生转似棋。
欲卧白云归处杳，街谈人尽说非非。

## （六）

翩翩年少斐然章，句自清新韵自长。
风雅颂骚关世运，兴观群怨系行藏。
人文蔚起成渊薮，诗教传薪失主张。
堆砌陈词无意绪，潘江陆海亦寻常。

## （七）

秋水盈盈一岛悬，披荆斩棘忆前贤。
舰沉黄海沦夷狄，约缔开罗庆凯旋。
恋日情怀人共弃，反华恶浪论多偏。
当时已被中堂误，君去中堂又几千！

# 丙子还乡吟（十首）

## （一）

旧影憧憧忆海棠，故园心事总迷茫。

大王旗帜归沉寂，处士文章又激扬。

为爱巴山临蜀水，岂无鲁殿隐灵光。

重来已易当年事，无复秋风翳夕阳。

## （二）

长天寥阔蜀江秋，又向棠城续旧游。

浪得虚名还故里，空惭薄技有全牛。

席尊只为排行长，齿老徒闻岁月稠。

最爱一村新气象，家家修得小琼楼。

## （三）

此生无愧寸心丹，敢向人前论曲端。

却忆十年牛马走，难寻一夕觥筹欢。

不因狂狷留遗恨，泯去恩仇尚达观。

寄语棠城诸故旧，秋来休惜百花残。

## （四）

别了青羊别武侯，轻车乘雾下渝州。
琼楼缥缈山城隐，字水纡回玉带流。
不为参禅朝宝顶，空闻武斗佩吴钩。
祥和莫遣成乖戾，七十翁存百岁忧。

## （五）

阔别重逢五十年，茫茫生死忆从前。
红岩风月成陈迹，白馆生涯导播迁。
禹穴涂山春杳杳，巴人下里意拳拳。
风吹雨打繁华歇，一曲渝儿几换天。

## （六）

江水东流去不回，杜陵踪迹已成灰。
鲸鲵他日依夔府，清橘当年傍秭归。
两岸无猿空堕泪，三巴有信莫相催。
高唐梦醒知何处，潦倒同倾浊酒杯。

## （七）

空向湘江哭楚些，故园归去已无家。
巫山云雨成追忆，鬼蜮风波掩翠华。
万吨楼船行欲止，千寻江岸水侵沙。
地沉漫说春申浦，功过他年付暮鸦。

## （八）

曾闻高峡出平湖，白帝春深草木枯。
神女巫山寻旧梦，巴陵鬼蜮探丰都。
桃花临水三春好，铁锁横江一柱孤。
马肺牛肝伤往昔，江山胜迹要人扶。

## （九）

南津极目楚天舒，峡尽巴陵入坦途。
明月夕阳还照影，夷陵古洞擂如初。
三游胜迹供凭吊，万里长江展画图。
论定百年犹未晚，书生从古最迂疏。

## （十）

地坼东南浑未休，风波还撼岳阳楼。
岂无国士知忧乐，空怨重华事远游。
张照神来留彩笔，杜陵归去剩孤舟。
小乔不作周郎逝，千古凭轩涕泗流。

# 和赵家怡先生夏日杂兴原韵 十首（选二）

## （一）

当日空传白骨精，马嵬遗事最分明。
燃犀既已夸牛渚，蛊惑如何出上京。
旗手自然堪学习，细民底事恋残生。
不是一人能领导，神州那得见和平。

## （二）

神州又见响春雷，水泻泥流势若推。
平反喜看龙虎榜，匡时应有栋梁材。
青春欲绽花千树，皓首空馀酒一杯。
我向韶山频稽首，但求妖雾莫重回。

# 丙子春日咏怀（十首）

## （一）

庙堂空见聚泥胎，万户千门叩不开。
盛世难能清到竹，浊尘犹自洁如梅。
暗香疏影幽仍远，艳李夭桃去复来。
莫道笔耕无是处，少陵千古富雄才。

## （二）

东风驼荡绿芙蕖，欲向人间颂九如。

上国未闻诛庆父，虬髯还自据扶馀。

枝繁未必堪强本，湍急由来好捕鱼。

露重不须愁夜永，春江水暖入华居。

## （三）

百年家国叹陵夷，不薄先知爱后知。

炮利船坚酬夙志，自由民主爽心期。

春来喜见桃花艳，秋去愁随斗柄移。

饬纪欣闻抓代步，纷将桑塔换奔驰。

## （四）

万方巾帼聚神京，缭乱春花异彩呈。

隔海空闻恣巧谤，论坛无碍促争鸣。

人权岂合分男女，国势行看转晦明。

风气中华开放早，半边天已属流莺。

## （五）

又把新桃换旧符，千家万户饮屠苏。

金樽不厌人头马，锦帐频招九尾狐。

莫怨青蚨能役鬼，应无秦火再烧书。

漫漫长夜终须旦，未必明时混太初。

## （六）

消息沉沉对碧空，御香缥缈路难通。
但闻善饭思廉颇，不为擎天怨共工。
昔日南巡齐仰斗，今朝中土尽呼嵩。
国威盼与春雷振，要似当年殛四凶。

## （七）

江水春来碧似蓝，人间万象更谁谙。
王孙去国多掊克，京兆还衙失左骖。
囹圄有情巢彩凤，缫场无术起僵蚕。
一条消息堪嘉慰，有局新成号反贪。

## （八）

春来百卉竞芳妍，斗室行吟当种田。
报国我惭徒役颖，离魂人道欲飞天。
投机自古能成富，办学如今可敛钱。
一曲缠头过十万，世情未必薄如烟。

## （九）

青史长留警世篇，难从浩劫悯人天。
春华争及秋华重，邪气宁归正气歼。
矫枉侈谈须过正，语真原不赖宣传。
盱衡世事嗟今古，莫为新知弃旧缘。

## （十）

又是春风送暖时，前尘影事寸心知。

玉山颓处非因酒，彩凤离巢未有诗。

浪说文章关世运，尚馀家国惹情思。

稀年却耐吟哦苦，不是神痴即病痴。

# 边塞新咏（十二首）

## （一）

何曾鲁殿隐灵光，话到兴亡每断肠。

奔马雷台辞旧土，飞天石窟舞新章。

云横秦岭春潮急，风卷雄关瑞雪狂。

莫道高原还寂寂，人文蔚起绍三唐。

## （二）

空惭薄技事雕虫，七十年华气自雄。

祁连雪舞边城暗，疏勒桥横夕照红。

大漠盘雕秋纵马，长河筑堰夜屠龙。

不须惆怅前朝事，万里祥和送晚风。

## （三）

未闻边塞阻夷侵，万里长城几废临。
羌笛飞来情脉脉，辽天过尽意愔愔。
班侯不作生还梦，公主应无去国心。
报道频年兴水利，旱魔有日可成擒。

## （四）

千年古道弭兵戈，百族骈居乐事多。
马放临洮无畛域，川流勒勒有新歌。
骄阳日暖三春柳，烽火台青十丈萝。
雪满南山松菊翠，葡萄酒醉玉颜酡。

## （五）

春来不觉九回肠，梦入平川水泽乡。
草长澄湖留雁阵，鱼翔浅底戏鸳行。
浮瓜避暑消长夏，旨酒祛寒酌夜光。
依约旧时曾到处，一溪红瘦马蹄香。

## （六）

嘉峪严关自古雄，三危百战亦朦胧。
黑山奕奕存岩画，白鹭翩翩没远空。
悬壁长城铭旧史，归巢离燕触新墉。
蜿蜒复道通西域，十丈红炉在眼中。

## （七）

大漠平湖野草花，苍茫独立听鸣沙。
夜来天马晓无迹，日未黄昏月有华。
窟列三千存古佛，心潜四壁隐娇娃。
休惊藏卷频遭劫，散入人间作异葩。

## （八）

贺兰山上白云齐，杨柳春风雨雪低。
悲切昊王馀故冢，蹒跚帝子祸黔黎。
不因羌笛思长剑，且喜平湖隐大鲵。
千古兴亡同一辙，是非何用更燃犀。

## （九）

风卷残云日正圆，雪山初霁袅晴烟。
和鸣百鸟依长岛，飘泊杨花逐漠田。
鏖战凤林伤往事，洗兵鱼海惩前愆。
凭君莫怨悲相续，边塞如今不控弦。

## （十）

凉州西去路漫漫，古道难寻七宝鞍。
室有空调消夏暑，野无冻骨怯春寒。
防沙草木成林障，改业明驼事耦杆。
汉月秦关何处是，东风煦煦入长安。

## （十一）

吐鲁葡萄哈密瓜，天山白雪护莲花。
风前且吊香妃冢，梦里难寻博望槎。
地损楼兰存旧帛，车连龙井试新茶。
轮台近日无烽火，几处春风舞袖斜。

## （十二）

头白犹堪历险艰，不辞冰雪老容颜。
绵延瀚海撑琼宇，迤逦长龙出玉关。
八月风连西极动，三春云暗北庭閒。
瑶池岂必参王母，一例天孙赛小蛮。

# 丁丑夏日杂诗 十首（选八）

## （一）

历史长河不废流，悠悠往事溯从头。
兴亡倏忽春常驻，忧患频经乐未休。
北去殷商馀孽宋，南来荆楚欲窥周。
开篇最爱齐桓霸，坦荡胸怀宥射钩。

## （二）

郑侯孙武杳无踪，抵死绵山怨晋公。
叹凤圣人思用世，骑牛老子去犹龙。
居功有道怀唐帝，剖势难明屈蒯通。
最是五湖风物好，陶朱心迹更谁同。

## （三）

薰莸异器有馀馨，功过乘除莫作零。
过每肇于权力欲，功难长作护花铃。
八纮一宇当时见，二拍三言奕代聆。
不信歪风能蔽野，御台行看起雷霆。

# （四）

世事蜩螗欲哭难，莺声燕语不成欢。
元戎铁腕谁能继，上国金瓯未易安。
岛可钓鱼来恶少，人因逐臭远芝兰。
神州自古多英杰，莫作孱朝一例看。

# （五）

岂因祸福避趋之，一语堪为百世师。
漫说销烟成往事，当思为患继来兹。
溃堤蚁穴寻常在，御侮干城信可期。
愿得有才能致用，莫教垂老窜伊犁。

# （六）

青史昭昭岂可欺，古今一辙不须疑。
赵高指鹿难为马，白骨成精欲画皮。
他日由人翻旧案，终须失道有新知。
本来面目嗟难见，掩掩遮遮总未宜。

## （七）

凭灵欲哭最情伤，大地虔虔一道场。
秋月春花方绚丽，南龙北虎莫披猖。
不堪姑息贻痈患，要正刑名饬纪纲。
但使上京除庆父，何愁鸣凤不朝阳。

## （八）

匆匆世事等蜉蝣，老事雕虫忘白头。
愧对藩篱窥学海，难凭意气遏飞舟。
何曾知足人常乐，便是无求未少忧。
去国王孙多惨戚，空从彼崖一回眸。

# 滇游秋兴（十二首）

丁丑之秋，预中华诗词第十次研讨会于春城。名家荟集，胜友如云，颇极一时之盛。诸吟长或赐佳作，或抒高论，受益良多。返陇途中，吟成是篇，聊为砖石之投，以报高谊于万一。

## （一）

嫣红姹紫缀楼台，十月春城花正开。
金马碧鸡王氏赋，倡农定牧孔明才。
悲歌聂耳传心曲，谠论闻公起迅雷<sup>①</sup>。
最是粮仓滇域富，人文南诏独为魁。

【注】
①　闻公，闻一多。

## （二）

百族骈居愿未赊，一村容得几千家。
摩梭歌舞抛红袖，拉祜芦笙起落花。
逸韵悠扬泉喷水，丰姿绰约塔笼霞。
春城风月人如醉，归去难禁梦里夸。

## （三）

人影垂杨菡萏风，橙黄橘绿杜鹃红。
清流绕阁谐幽趣，贯日长虹没远空。
帝子王孙随浪逝，海鸥童叟喜情通。
凭君莫道鱼龙寂，栩栩濠梁乐在衷。

## （四）

金殿巍峨对夕晖，吴王才大意多违。
关东计左输降表，云外徒闻举义旗。
传檄有心窥汉土，鏖兵无术失戎机。
凭君莫唱圆圆曲，四百年来几是非！

## （五）

萧森乔木忆当年，宝马羊车尚俨然。
芳泽名园存古栗，月华焕彩丽中天。
枉修金殿崇真武，忍缢王孙愧昔贤。
一去衡阳归路杳，可曾有路到南滇。

## （六）

国道修平势若飞，石林百里暖风微。
依稀俏女含靥笑，陡削灵崖竞硕颅。
往复伛身穿曲径，摩挲玉手抚神龟。
路南人尽阿诗玛，几个盘桓不欲归。

## （七）

车路崎岖忽到巅，层林蔽日势千旋。
从容索道穿云海，幽隧龙门入洞天，
万顷碧波晴潋滟，一山苍翠水潺湲。
刘询妄欲图金马，遣得王褒也枉然。

## （八）

万籁无声起大音，五华凝望势千寻。
滇王宫殿谁为主，杨氏甘棠古到今，
谲幻风云惊险恶，萧条世事费沉吟。
过桥米线生犹熟，欲话前尘感慨深。

## （九）

乡国先朝梦已休，苍山白雪共悠悠。
杜鹃海市闻歌舞，茶道湖心胜玉馐。
百尺鱼龙潜未见，千秋功罪待从头。
大河流断长江浊，一水清清最上游。

## （十）

花缀长桥蔚大观，屏开孔雀色斑斓。
名联一幅凝光彩，淡月三坛锁碧湍。
楼外楼前荣百卉，苑中苑内耸千竿。
南滇多少王侯梦，争及髯翁翰墨丹。

## （十一）

偕行筇竹共探幽，古刹巍巍孰与俦。
罗汉金身人异面，苍松秀质干成虬。
绿原但觉花如锦，朗日偏逢月似钩。
安得年华能倒转，一生长向此中留。

## （十二）

十日南游绕梦思，依依肠断别离时。
一堂济济论文赋，万里迢迢涉险夷。
老干青枝齐吐秀，创新改革各陈词。
主弦要谱中兴曲，白雪阳春几个知。

# 丁丑秋兴（十首）

## （一）

雨洗河山接八荒，天人消息正微茫。
香江已自还中土，宝岛何年复禹疆。
十五大开研国是，三千士议振朝纲。
龙腾凤翥看今日，亿兆拳拳引领望。

## （二）

良冶何曾习射弓，年年辜负太阳红。
图强自古资民富，草偃仍须仰大风。
股份制谐千众意，和平策协万邦衷。
台澎底事无消息，两制旌旗在眼中。

## （三）

一自清光满太空，人间哪见九州同。
民胞物与犹鱼肉，地覆天翻荫豸虫。
几处豪梁营广宅，八方风雨护迷宫。
铡刀何必分龙狗，愿得除奸似刘葱。

## （四）

惭愧人前说近朱，惟堪曳尾入泥涂。
贪残莫道过畴昔，除恶应无避上都。
一路哭兴村吏猾，万方行庆大奸诛。
钟馗此日多闲暇，啖鬼犹思握锦符。

## （五）

一案经年判决难，蛛丝闻说系千官。
长鲸未必还掀浪，暴虎凭河欲搏抟。
天怒自缘黎庶怒，忠言忍作罪言看。
为山九仞非容易，风雪前头莫驻鞍。

## （六）

烽火芦沟迹未陈，又听恶语出东邻。
讳承侵略狂无极，意在欺凌语转亲。
诩诩梶山窥宝岛，匆匆桥本掠辽滨。
玄黄血战犹思痛，忘却前仇是妄人。

## （七）

犹记当初说共荣，短檠长梦夜难明。
八年抗战忘新鬼，一笑蠲愁弃旧盟。
劫赔侈说行仁政，贷款如今仰赤城。
太息桥山归去杳，片言谁省误苍生。

## （八）

南辕北辙竞何之，又是金风送爽时。
浊水黄河流自断，苍山翠柏欲成痴。
昏昏谁复驱南郭，靡靡人皆逐酒旗。
再造一翻新气象，兰台走马静中窥。

## （九）

不道风流逐浪花，凭君莫忆旧时车。

王孙生计归囹圄，令尹牟门作署衙。

鼠窃狗偷犹自幸，龙蟠虎踞愿终赊。

老夫亦有凌云志，一瓣心香荐岁华。

## （十）

河山奕奕沐朝晖，迢递神京寄远思。

权力接交明似水，鬼人分际判如葵。

锄奸岂厌施罗密，补漏何愁结篆迟。

莫道彤云终不雨，甘霖行看满春迟。

# 七旬晋六抒怀（十首）

## （一）

草绿嘉陵听子规，翩翩长忆少年时。

黄山揽胜偕芳侣，禹穴寻踪唤酒旗。

缧绁百朝幽梦断，秋闱三日落花迟。

鸣琴古道难为治，望里家山滞抚彝①。

【注】

① 甘肃临泽县旧名。

## （二）

倏忽人间七五年，几番风雨几熬煎。
衣冠济楚传新学，破帽遮颜效昔贤。
曾母逾垣轻信谗，周兴决狱仗挥鞭。
身非弥勒堪容物，一例恩仇已自蠲。

## （三）

行装收拾又西迁，别室抛雏望眼穿。
流放纵无三万里，伤怀恰似一千年。
得亲稼穑犹堪幸，愁听申呵欲放颠。
瘦损腰围非是病，却如陈蔡困前贤。

## （四）

一枕凄凉席地居，重来谁省意何如。
阳关三出无佳讯，蜀道重回有槛车。
歧路未完心力竭，名山问尽鬼神虚。
人间天上难评说，万里阴霾似太初。

## （五）

三纸无驴愧未能，远游碌碌若闲僧。
少年心事轻于叶，老去情怀冷似冰。
浊酒不曾消块垒，文章焉可搏鲲鹏。
前尘为底多乖戾，伫立中庭一拊膺。

## （六）

万里家山入望迷，心如蛛网命如荑。
青松百尺无消息，白塔千寻未可稽。
漠漠水田春讯少，阴阴夏木远山低。
儿时故旧凋零甚，空忆长桥竹马嬉。

## （七）

莫道黄粱梦醒迟，老来还似少时痴。
十年参政惭无术，百日维新亦爽期。
商妇琵琶闻冷语，长卿词赋惹相思。
破形端为传神韵，偃蹇平生只剩诗。

## （八）

世事无如见好收，月圆月缺几春秋。
楼台昨夜新延客，鬓发明朝白上头。
侘傺牢愁生是累，飞黄腾达学而优。
难寻一枕糊涂梦，泣破幽兰水断流。

## （九）

大地阳回绿未齐，老来欣有一枝栖。
丑牛已去承寅虎，金凤谁教化碧鸡。
桃李不言蹊径在，芳华难渡水天迷。
琼楼玉宇无冬夏，何处空梁落燕泥。

## （十）

春光欲上小桃枝，又值鱼龙变化时，
七十五年非至寿，一千九百是陈词。
神迷新纪师前纪，莫为先期误后期。
忧乐不曾遗野叟，几回梦里奋毛锥。

# 贺广东中华诗词学会成立十周年（四首）

## （一）

岭南十载唱雄鸡，群怨兴观帜不迷。

每向鼋鼍投匕首，因传诗教作人梯。

芝兰香草徒招谤，蜀犬吴牛亦鼓鼙。

大地苍茫何所有，是非终究判云泥。

## （二）

十载吟旌建岭南，几番风雨未停骖。

似曾相识来新诼，于意云何是旧谙。

敦厚温柔承正始，乱离人树感桓谭。

鱼龙变化难评说，浩荡灵修梦欲酣。

## （三）

羊城三下感居停，初向罗浮识性情。

中宿评诗同掬泪，温泉赏俊怨羁程。

乌台谤起思兴左，白骨精成祸欲萌。

几个蚍蜉撼大树，依然月朗惠风清①。

【注】
① 中宿清远旧名。

## （四）

文胆雷霆志气豪，神州端赖领风骚。
三刊一会都名世，百代千秋绩岂销。
沐雨经霜情缱绻，清吟论学总娇娆。
美华北路旌旗树，南社遥承接九霄。


# 西安怀古

徐福成仙事本虚，金人泣泪亦堪疑。
千秋盛业馀陶俑，一代雄王累鲍鱼。
约法每思刘季子，无能谁似李隆基。
转移国运夸兵谏，一日功成半世羁。


# 游仙

## 和张思温（二首）

## （一）

地裂天崩不计年，茫茫何处觅神仙。
入棚见逼充牛鬼，喷气难禁况倒悬！
一帛连襟题姓字，三餐请罪怯金鞭。
谁知遣送成优遇，日日牛棚午梦闲。

## （二）

不是萑苻不是官，飞来红卫没遮栏。

才听浪指千条恶，便尔高簪百尺冠。

拥彗街头来客侮，更衣陋室怯人看。

何期九畹成萧艾，芜秽群芳忆芷兰。

## 席间口占赠马紫石

论交廿载已忘年，斗室同窥一线天。

七十飞车曾挽缶，三冬折柳独归田。

名山再到无遗恨，旧友重逢有盛筵。

万里鱼龙春意足，尊前不用感华颠。

## 挽张大千

三千恨海几时填，又见才人历劫天。

精舍魂飞难入定，莫高窟暖待参禅。

辽东旧梦输丁鹤，蜀道乡心托杜鹃。

遗卷宛然归讯杳，锦江何日泊君船？

# 峨嵋山遇雨宿万年寺而返

未必蓬莱路不通，纡萦石径转迷濛。
一番雨洗苍苔滑，几处云腾眼界空。
山寺盘餐供夜话，杖藜野老说仙踪。
佛光金顶无由见，三尺泥封锁白龙。

# 题成都杜甫草堂

香樟古木自参天，杜甫祠堂一惘然。
岂必拾遗匡至德，难凭抗疏救前贤。
西来心折秦州道，东去空传蓟北篇。
荣显总成身后事，怜他严武意空虔。

# 题成都武侯祠

白帝衣冠成古丘，千秋人说武乡侯。
英雄有志吞曹魏，稚子无心出益州。
遗表进贤存蒋琬，知天识命倚谯周。
刘家事事堪惆怅，锦水无言空自流。

# 秋游白塔山

又是金风送爽时，巍巍白塔惹情思。
穹庐缥缈连飞阁，栈道纡回接绣旗。
鸟雀迎呼人入画，鱼龙潜跃水成漪。
后山不尽迷离处，万木森森一径奇。

# 题与金声留影

一梦南柯百事非，红颜白发两心违。
亡羊未必皆歧路，伏莽何曾怨紫绯。
旧辙已陈休怅惘，新醒待解莫欷歔。
放翁报国空吟咏，我亦蹉跎对夕晖。

# 甘南行

半日轻车百里行，草原风物最关情。
红裳没处疑无路，翠羽来时水有声。
蝶舞花间留暖日，云飞远岫听寒笙。
危桥白帐人归早，入槛牛羊惜晚晴。

# 蓼 泉

塞外秋来百感生，祁连山下暮云平。
惊心乡梦来荒外，聒耳昏鸦噪晚晴。
弱水横舟人不渡，羊台草长雁初鸣。
艰难往事休回顾，古道清衙冷似冰。

# 九寨沟

一水清清绕万山，澄湖绿树碧波闲。
彩虹映日沉潭底，飞瀑流珠接上天。
宝镜开时云鬓湿，犀牛卧处月光寒。
熊猫已去空惆怅，憨态何因得再看。

# 感事（四首）

## （一）

到老颠狂不自支，每从无字觅新诗。
人因伴食趋堂奥，我愧弹冠入溷泥。
季子多金年正少，将军失道数偏奇。
读书识字当为丐，却忆查璜雪邁时。

## （二）

腐朽神奇一梦中，不须惆怅忆前踪。
曾经死地难言失，开到琼花已近冬。
剩有童心迷故土，更无魂魄入帘栊。
平生早被疏狂误，肯为疏狂又动容。

## （三）

如此人生亦可疑，休惊腐朽怨神奇。
白蛇赤帝聊观化，苍狗浮云任转移。
贤圣格言多是妄，英雄事业半成虚。
瑶台便到无青眼，莫为伤春又绉眉。

## （四）

独爱归田白发翁，眼明初不羡重瞳。
黄河九曲嘲奔马，白塔千寻饱蛀虫。
强事出头非善计，清流濯足最从容。
凭他腐鼠成滋味，我自长天啸大风。

## 叶圣陶先生因忧不正之风泛滥逝世感赋

一曲清音遍九霄，偏逢麻雀乱嘈嘈。
风来不正纠仍炽，虎为通灵捉又逃。
外汇买回原国产，倒爷查去有官僚。
怆然我亦难成寐，更惜伤时叶圣陶。

## 重游邓园怀邓宝珊将军

茂龄投笔向伊犁，辛亥曾提一旅师。
亡命入关思靖国，求贤削障共探骊。
榆延岁月分泾渭，燕赵风云息鼓鼙。
历劫红羊人去后，邓园花木惹情思。

## 故宫怀古

虎踞龙蟠总未休，长天寥廓感高秋。
西山处处埋红叶，北海年年荡彩舟。
花草有情迷故土，关河无恙泯新愁。
凭君莫问前朝事，一样悲欢落御沟。

# 天水返兰过碧玉山

平明携梦出秦州，三日留连意未休。
长岭寒云迷野径，小城鸡犬乱荒丘。
梯田似锦禾初熟，洼地腾烟户已稠。
怪道有乡名碧玉，红裳耕楼满塍头。

# 青岛海滨日落

落日摇金望海涯，长天寥阔水成霞，
龙潭瀑布三千尺，鱼渚生机十万家。
红瓦覆墙多异趣，绿阴缠牖各栽花。
回澜飞阁人归去，坐待潮生拾贝虾。

# 宿清远飞霞洞

古柏虬松一径奇，飞霞洞外草萋迷。
坡仙老去留芳泽，李使南来认旧题。
晓起穿云攀绝巘，夜间清啸悚荒鸡。
怪他一枕王侯梦，塑向灵山伴女尼。

# 朝云墓怀苏轼

风雪弥天叶正黄，桃源鬼蜮漫平章。
乌台谳定哀苏子，荆棘悲兴怪索郎。
祸起萧墙恩作怨，患生左柳福成殃。
忠言但使能充耳，一窜何妨到远方。

# 在南岳听刘人寿谈南岳往事

虎斗龙争总未休，黄旗猎猎满山陬。
腾腾杀气梵王殿，滚滚乌云玉板湫。
十万藏经供一炬，三千古佛恸无头。
轰雷劈顶伤银杏，咫尺谁怜泣蔡侯。

# 崆峒山

轻车辘辘上崆峒，细雨无尘眼界空。
问道广成犹有处，归来玄鹤已无踪。
一径虬龙迎远客，千层石级响天风。
重来铁杵磨针地，白发惭听未老翁。

# 赠牙医赵扶正大夫

茹苦含辛七十年，每从磨砺得甘甜。
也曾玉质同编贝，空想银环似镞尖。
欲壑未填身已殒，风尘不老位多偏。
匡扶正气凭高技，医术同钦绝市廛。

# 赞中国北极考察队

谁道冰崖不可攀，中华志士气如山。
万年积雪人初至，百卉潜踪鸟度难。
赖有猲儿能挽毂，不愁瘴厉却成岚。
地逢剪接原无损，终见红旗耀两间。

# 王笃业老人九秩华诞此前曾函欲师事余，却其请，并以为寿

笃业何人却似君，杖朝犹自苦行吟。
悬壶市井尊华扁，督课芸窗重李岑。
翰墨情深浓胜酒，幽篁韵远浅成林。
云笺枉自磋诗艺，谬托程门一疚心。

# 四十六年后重登武威皇台

莫辞老病且凭台，扫净阴霾眼界开。
公主飘零唐帝误，窦融归去尹姑来。
曾惊裂土培罂粟，喜见分香酿绿醅。
四十六年成一梦，城头无复角声哀。


# 甲戌秋日广东清远古为今先生以其诗集见寄，读而好之，空谷足音也。时值重阳菊花盛开，因题一律咏菊，兼喻为今先生为人，及其成就

莫问花开为底迟，东篱心事几人知。
一春雨润羞偕俗，三径云封不慕时。
剑气欲凝催北斗，倩魂消尽入新诗。
艰难把晤宜珍重，犹恐相逢爽后期。


# 丁丑春得王子羲诗兄书，并示八秩自慰一律，书此寿之

壮岁罹忧一感伤，吟成新句九回肠。
元龙豪气惊初识，屈子文章颂激扬。
敢为骚坛存正矩，不从三径掩行藏。
耄年肯废艰难步，对镜欣看两鬓霜。

# 丁丑春日简西安吴尊文教授，兼贺八旬上寿

春风和梦饯韶华，生命如斯枉自嗟。
学海浮沉难睹岸，劫尘明灭总无遮。
遗子几回登衽席，傲骨终当远豕蛇。
信是桑榆堪自惜，莫教辜负夕阳斜。

# 石佛沟

莽莽群峰伺一沟，沧桑人事几千秋。
冰期世界存盘石，晓日光华接佛头。
秋至丹枫红似火，春来芳草碧如油。
观涛饮绿灵岩下，溽暑嚣烦一例休。

# 咏兰州紫斑牡丹

春寒恻恻犯群芳，总为闲愁又断肠。
晨流清露云鬟湿，夜毓浓香玉枕凉。
生爱高原长托迹，耻言富贵不称王。
报与洛阳诸姊妹，紫斑今日胜姚黄。

## 鹏飞幽石诗棣去秋以诗见贻，羁复之日，已届初春，录博一粲

诗来应念感情真，幽石鹏飞两绝尘。
信有清才同李贺，岂无消息到灵均。
秋风已自摧寒叶，煦日何年护紫巾。
却向南天翘首望，珠还合浦一眉伸。

## 悼小平

日月无光暗九天，黎元谁拯出深渊。
是求实事寻真理，耻雪香江复主权。
改革廿年兴百利，沉浮三度挺双肩。
推翻帝制崇开放，并世神州两巨贤。

## 庚韵奉和刘季子女史七十抒怀

人生至境是忘年，隐世糊涂欲胜仙。
冷眼热肠俱是妄，睥睨垂拱总堪怜。
何妨傲骨遭时忌，且把童心抱月眠。
莫道古稀身便老，相逢甲子再周天。

# 题江心屿

东瓯一屿劫千般，青史悠悠转瞬间。
壁上残碑存赵构，胸中正气想文山。
木鱼清磬南房静，碧水澄波北斗寒。
又是池塘春草绿，不知雁荡几时还。

# 天山吟草（十首）

## （一）

十八年前此壮游，明珠戈壁动吟讴①。
艰难事业兼今昔，诡谲风云任去留。
玛纳桥横高速路，瑶池人荡彩旗舟。
秦音蜀语增情趣，万顷清波得自由。

【注】
① 石河子有戈壁明珠之誉。

## （二）

茫茫阔野呼图壁，南国风光我独知。
大地有葵皆向日，高原无处不成陂。
征轮岂为浮沙阻，丹悃何妨玉母仪。
白雪皑皑灵岫近，祥云是处簇晨曦。

## （三）

周帝遗踪不可寻，天山遥望一沉吟。

玄黄百战修畴昔，勋业千秋想旧襟。

偃武修文仁者健，屯田垦地哲人心。

繁华市貌堪为证，消尽干戈瑞霭临。

## （四）

云杉郁郁耸群峰，百里瑶池在眼中。

漾漾碧波沉雾霭，昏昏物候转溟濛。

人行蹇步迷前路，电曳流金没远空。

仙境如今谐世俗，温寒晴雨一般同。

## （五）

参旗猎猎响天风，绿野连连过眼匆。

倏忽飞车超达坂，虔诚心事越灵峰①。

盐湖人去情犹淡，雪岭寒侵日不红。

孰惹盈盈秋水怒，白杨河水不朝东。

【注】

① 博格达峰又名灵峰

## （六）

英明决策息征鼙，军垦人夸第一犁。
四十九年情未减，万八千日志常齐。
儿孙继志无穷尽，烽火消残有孑遗。
人与天山头共白，生涯莫道似醯鸡。

## （七）

一望无涯尽是棉，葳蕤万顷裹晴烟。
蟠桃已近神仙窟，丝路今多柳树泉。
绿苑敢教戈壁退，红云都倩汽车传①。
石河人是英雄种，五十年来几换天。

【注】

① 石河子盛产番茄，堆集成山其色鲜红，装运汽车，络绎
不绝。

## （八）

水阻征途望八荒，穹庐戈壁两茫茫。
山因火焰闻遐迩，户艺葡萄入小康。
俏舞迎人维族女，高歌斫地汉家郎。
此情欲诉灵岩雪，永世无争被四方。

## （九）

曾记红山作战场，几人啸聚欲称王。
亲英未是亲俄误，利己难成利国昌。
拨地琼楼欣栉比，穿城河水敛行藏。
阋墙往事空陈迹，莫任萑苻踞庙堂。

乌鲁木齐河水穿城而过，今终治理，已转入地下。

## （十）

遗址高昌一望收，汉唐气象至今留。
无头古佛身俱杳[①]，干涸河床水再流。
宫阙俨然人事改，情怀肃穆雨初稠[②]。
辩经论道思玄奘，总把新愁换旧愁。

【注】
① 前访高昌遗址，尚有无头古佛多尊，今已杳然。
② 高昌遗址常年旱，今夏雨水较多，但温度仍在摄氏四十
度以上。

# 谭嗣同殉难一百周年祭（二首）

## （一）

未必人生尽渺茫，何堪今又哭浏阳。

钱王登假仍如在[①]，张俭飘零事可伤。

狱壁题诗难振聩，昆仑作譬亦殊方。

怜他慷慨谭公子，留得千秋姓字香。

## （二）

百年心事未朦胧，变法偏收异代功。

后羿操弓空射日，刑天出语最由衷。

豪情谁复亲仁学，叔世空闻说大同。

风流我爱谭公子，俊逸高标入九重。

【注】

① 借鲁迅句。

# 悼廖承志

讣书昨夜堕荧屏，天外纷传殒巨星。

大地劫馀传火种，神州忧患走雷霆。

卅年陆海伤离合，一檄台澎吊影形。

遗愿未终归棹晚，南天遥望数峰青。

# 春日游兰州西固区

万里黄河浊复清，红墙绿树听鸣莺。
凌云志壮千囱直，匝地车轻一径平。
莫为韶华添怅惘，频传消息感峥嵘。
年年岁岁翻新貌，难认依稀旧土城。

# 春游临夏

百里轻车瞥眼过，榆杨新绿舞婆娑。
穹庐玉宇清真寺，激浪清流大夏河。
红杏剧怜春睡足，碧桃空对鬓华皤。
王侯事业成飘忽，蝴蝶楼中绮梦多。

# 赞元代农学家鲁明善

家学渊源汉学长，尚留巨著说农桑。
条分月令开先例，法骗枯根活旧樟。
四库曾收期补阙，千秋遗愿不亡羊。
齐民有术夸明善，旷代才名万古芳。

## 赞清代突厥语大词典作者回鹘人马赫木德

遗著何因出坦丁，名山事业叹沉沦。

百科知识传中外，一幅舆图见古今。

突厥有文传绝学，喀城无地吊前民。

新书三卷通词翰，八百年来仰哲人。

## 鸦片战争一百五十周年祭（二首）

### （一）

一念林公一泪垂，虎门旧迹尚依稀。

帘中老妪操时局，海上旌旗欲树威。

痛失良机和战误，难明枉直众心违。

百年世事如棋局，运转神州醒睡狮。

### （二）

剧怜甲午起风云，颠倒旌旗忆旧军。

黄海无心翻巨浪，忠臣有节报人民。

销烟救国林公志，割地求和李相恩。

青史千秋堪作鉴，莫教豕突更狼奔。

# 三楚行吟（十首）

己卯九月，余与中华诗词第十二次讨论会于武昌。乘兴游赤壁泛洞庭，登岳阳楼，吊湘妃芳塚，过长沙古郡步橘子洲头，瞻岳麓书院，访贾傅故居，于焉略窥三楚人文之胜。归途追忆成律绝各十章。

## （一）

抡才兴学最为难，过眼匆匆迹未残。
淑世漫言增素质，簧门终要挽狂澜。
人文六艺崇诗教，峭壁千寻贵发端。
国士喜逢杨叔子，登高能搏九霄抟。

## （二）

欲寻黄鹤杳难期，空对高楼忆昔时。
一抹虹桥连水陆，两江艨舰汇珍奇。
三城易觉龟蛇梦，十月空临五色旗。
我亦心情同李白，眼前好景不题诗。

## （三）

胜地来游感慨生，曹吴曾此共鏖兵。
周郎计略安天下，苏子文章擅世名。
乱石崩云嗟未见，惊涛拍岸不闻声。
凭谁却问当时事，江水无言月自明。

## （四）

溽暑难消忽报秋，与君同上岳阳楼。

登临谁复知忧乐，浮泛人争事沐休。

婿是金龟仍饮恨，台非铜雀不须愁①。

水天一色无穷尽，何处风云接地陬。

【注】

① 周瑜妻小乔墓在岳阳楼侧。

## （五）

木落君山又早秋，南来乘兴一悠游。

欲寻龙女嗟无处，为报灵均只剩愁。

地赭石燔人已杳，斑成竹茂意方遒。

须知世事原如此，北去湘江不断流。

## （六）

一径红旗蔽日光，欲寻往事已迷茫。

何曾太傅伤卑湿，总为长安喜亢阳。

吊屈文成关世运，过秦论不格君王。

遥看古井增惆怅，庭院深深隔素墙。

## （七）

辽鹤归来意欲狂，清流浊水绕三湘。

长城不恤摧梁栋，知识无亲爱孔方。

奕世人文崇岳麓，千秋风雨笑浏阳。

休言材大难为用，留得千秋姓字香。

## （八）

钤记昭昭识利苍①，两千年事漫平章。

衣如蝉翼曾温体，粒似葵花可向阳。

棺椁四重仍面世。绮罗百袭枉成箱。

怜他几许人王辈，犹把晶宫作善藏。

【注】
① 马王堆墓主长沙王宰相利苍。

## （九）

当年名阁忆天心，敌未来时马已瘖。

焦土自焚焉抗战？孱军宵遁恐成擒。

求生乏术哀黔首，哭诉无门湿枕衾。

周甲而今铺锦绣，此日登临感慨深。

## （十）

我来胜地访仙岑，书院蜚声重士林。
道是晦庵曾避席，空怜屈子独操琴。
季高已去凭藏否①，蔡锷如生振异音。
唯楚有材斯更盛，黄门休任俗尘侵。

**【注】**

① 左宗棠名季高曾在岳麓书院肄业。

## 海棠四咏　试用今声今韵

### （一）

银杏金钟品亦繁，曾将丽质点秋山。
难从富贵存金室，也爱芳华待晓天。
不效藤萝趋玉阙，甘同藜藿老蓬间。
蜂须蝶翅飞休近，绝少流香似芷兰。

### （二）

风露清愁剧可怜，不将明艳占春先。
嫩绿新成娇欲堕，啼妆初就梦常牵。
红颜易老恩难驻，碧叶将残志未甘。
空爱风流格调好，夜凉深院泣寒蝉。

## （三）

云绮黄昏意正痴，未成曲调已相思。
难凭芳谱传身世，肯把清香赋远枝。
苏轼寒檠催晓梦，放翁惜绿费清词。
风幡不护枝头叶，谁念斑驳倩影稀。

## （四）

雨细风和忆旧时，偶从垂柳效抽丝。
南华秋水梨云俏，北国燕支锦缦迷。
卷帘心事尤红瘦，啖果情怀想绿帔。
莫忘同伤秋叶损，春容有日报君知。

## 和田家谷七十抒怀原韵

休临逝水咒流川，断梗飘蓬七十年。
为惜头皮憎酷暑，因怜玉趾爱晴乾。
不求富贵攀朝市，且乐清闲近自然。
躲进恬园成一统，何须更觅子陵滩。

# 依原韵酬唐龙先生题照并拜赐大作

镜里相惊鬓发斑，休寻往事泪阑干。
但存一息休嗟老，莫为三餐笑懒残。
彩笔有心倾积愫，牛衣未必不防寒。
国魂好借诗魂振，肯把心情付等闲。

# 再和刘季子

自古诗人尽大年，不登阆苑不希仙。
笔能抒意斯为上，钱可通神未涉边。
傲骨自然堪寿世，生涯落莫肯求怜。
湘江塞北同心曲，一样情怀托素笺。

# 酬徐治依原韵

少年同忆怯衣单，老去犹欣鬓未残。
莫为耕耘权得失，难从稼穑识炎寒。
一生骨鲠终无憾，半世清吟喜有坛。
笑向瓢城酬故好，经霜不改旧心肝。

## 酬陈鸿源依原韵

为底心怀似火红，风霜还忆旧时浓。
一生得失悲欢里，半世生涯苦涩中。
耄耋年华难自已，萧条岁月岂成空。
未完诗债终须了，夜夜沉思对月东。

## 访首阳山

日暮轻车访首阳，荒坟野径两徬徨。
难凭血泪存孤竹，空把严词说武王。
周粟何如薇蕨好，王孙名借庶人香。
芒鞋踏破无寻处，三十年来一梦长。

## 怀裴孟威先生

儒雅风流迹尚存，不堪惆怅忆将军。
林泉息影身犹健，馨欬思亲已乏门。
力挽千钧徒画马，冤成三字孰招魂。
百年世事真何似，一局残棋付子孙。

# 北国行吟（十首）

　　庚辰五月，因赴京开会之便，应友人约，远游关外。其间，攀长白山、登天池险、探峡谷幽，相与乐甚。月底，返北戴河，又复临沧海，履雄关、探往迹。思绪悠悠，吟成七言律、绝各十首，以纪斯游。

## 沈阳故宫

　　一自辽东起甲兵，举棋难定惜朱明。
　　信谗枉杀袁崇焕，首义人夸李自成。
　　太极无灵眠后土，福临有幸嗣宁馨。
　　祚延十二嗟零落，帝制芟除草木亨。

## 长春伪满皇宫

　　威仪犹自绍前清，为鬼为人各半生。
　　敕诏颁时凭"御挂"①，"狩巡"无状失龙旌。
　　儿皇毕竟同儿戏，笑语多随哭泪倾。
　　终比南唐优一着，苍头皓首入新程。

【注】
　　①　溥仪为伪满皇帝时，政事决于日本侵略军所派"御用挂"。

## 张学良故居

幕府当年胜庙堂，是非终要后人量。
音容栩栩夫人靓①，风度翩翩少帅狂。
易帜昔成千古业，戍兵宵遁万人伤。
名姝一代堪凭吊，域外难逢选佛场②。

【注】
① 室有张作霖及六夫人蜡塑。
② 张学良夫人赵媜新逝。

## 天下第一关

天下严关自古雄，海山无际两溟濛。
黄金有岸新成趣，碧水难填夙愿空。
船似沙鸥浮点点，日缠阴翳失瞳瞳。
当年鏖战人如在，没入苍茫夕照中。

## 老龙头远眺

靖卤台前一望悠，雄襟万里老龙头。
灰浆糯汁成前垒，击石飞波倚旧楼。
春入汉关来化雨，日浮东海赏金瓯。
前朝伐鼓挝金地，物我相忘此胜游。

# 长白山天池

冰封雾锁杳难期，银汉潢潢泻玉池①。

大气稀微飞鸟绝，名花无主豸虫欺②。

迎春不至秋来早，临界攸分草自知。

遥想天孙归去疾，空留脂粉慰相思③。

## 【注】

① 天池南北约4.85公里，东西约3.35公里，周长13.1公里，拔海2195米，积水面积21.4平方公里，平均水深204米，最深处375米。年平均水温摄氏零下7.3度，蓄水量20.4亿立方米。一般气候每年11月至次年6月为冰封期，冰层厚达1.2米。今年气温偏高，解冻期提前近1个月。

② 天池因海拔高，冰冻期长、绝少植被，飞鸟绝迹，唯有豸虫活动而已。

③ 天池下溯至海拔二〇〇〇米以下，始有高山杜鹃，色多尚白，红者甚少。余戏以为红者乃天孙所遗胭脂，白者其傅粉也。

# 锦江大峡谷

峡谷悠悠出锦江，万年谲幻此中藏。

千寻木圮虬龙舞，百尺苔生鸟兽亡。

貌耸丹霞迎旭日，花开碧野缀洪荒。

镜头摄入饶佳趣，便欲乘风涉险场。

## 天池瀑布

莫道无源水满渊，一池澄澈碧空悬。

山如卧虎吞残雪，瀑似飞龙下夕烟。

入地琼流滋异草，喷泉汤沸逼蓝天。

欲留倩影频惊雨，鋻毳扶将涉小川。

## 赠张福有诗兄

元龙豪气至今存，二百征程欲断魂。

杜卉高山多尚白，向阳村舍酒盈樽。

人民有福君方福，世事无根子养根①。

长记旧游携手处，驱车直欲破天门。

【注】

① 张福有同志关外著名诗人，有著作多种行世，所居名养根斋。

## 北戴河小住

一代风流北戴河，溶金落日耀晴波，

秦皇浪说天将尽，澄海当年未止戈①。

胜地信能消溽暑，休闲频见走千轲。

商量国是今承昔，万象悠悠仰太和。

【注】

① 澄海楼为老龙头建筑之最，明末孙承宗首建。孙于一六二九年与清兵大战于此，以身殉。

## 董源远诗兄金婚索句

双庆来时白上颠，金婚况值古稀年，
不曾曳辫称遗老，也爱吟哦踵昔贤。
利义分明空涉世，是非欲判不求全。
董郎有句高难和，一纸遥申祝嘏篇。

## 咏西气东输

户户家家盛事逢，天然宝气出泥封。
亿年地下无人识，万里神州有管通。
西北东南情脉脉，春秋冬夏乐融融。
自从建国多欢庆，开发同夸不世功。

## 咏兰州东方红广场

广场如甸草如茵，旖旎风光不染尘。
素羽扑腾高士乐，彩球远引稚儿嗔。
流光溢彩怡晨练，姹紫嫣红导夜巡。
晶柱银帘方骋目，霓灯已送万家春。

# 题朱冰、志印、吉泉，合作《祁连风韵》长卷

清韵天然景自娇，祁连积雪拥春潮。
潺潺流水滋兰芷，莽莽川原走骏牦。
匝地羊群依白帐，飞声梵磬绕黄绦。
迢迢万里丝绸路，写尽风情百尺绡。

# 皋兰四咏

## 石洞寺

春去寻春一洞幽，清凉溽暑判鸿沟。
难从色相逃三界，且把浮名付九秋。
绰约丽人知礼佛，颠狂老叟欲忘忧。
滩前湿地宜开发，他日当浮菡萏舟。

## 太平鼓

战鼓逢逢忆昔年，腾挪翻跃着机先。
出奇制胜犹兵刃，掣胆摧肝过锦鞯。
千载雄风还奕奕，一槌健击几旋旋。
龙潭大奖夸优秀，激浪湍流手自搴。

## 什川梨海

一树梨花一首诗，风光细腻几人知。
百年老圃繁新干，九曲长河焕旧姿。
创业昔贤宏有志，登临我辈愧无词。
欣闻计议崇开发，要上规模制地宜。

## 古城怀古

不见当年铁古城，风流千古仰人文。
锄奸敢劾严工部，济世同夸引大秦。
书法伊谁堪继祖①，岐黄有哲夙知名。
皋兰自古多豪俊，且看前贤畏后生。

【注】
① 皋兰书法家魏振。

# 八旬初度抒怀（十首）

## （一）

浮生无那太匆匆，八十年华一梦中。
竹马倦归催饭熟，秧行不整曳泥空。
每挑蚁战消长夏，旋织荆冠斗热风。
才听亲朋呼小小，筵前人已唤翁翁。

## （二）

破碎河山感慨深，艰难出处费沉吟。
抗倭徒涉三千里①，报国空输一片忱②。
试捷金陵沉晓梦③，法行临泽刈贪淫④。
终惭腐草为萤火，方志犹书点滴心⑤。

【注】

① 一九四〇年秋余自綦江徒步至长沙抗日前线。

② 次年春，余奉命调回重庆深造，自此再未身赴前线。

③ 一九四五年抗战胜利，余在渝报考高等文官考试初试及格，明年再试于南京，又捷，分配至甘肃工作。

④ 一九四八年余在甘肃临泽县长任内，查出国民党县党部、三青团分团部、县参议会头头及前任县长集体贪污公粮十六万斤巨案，将原田粮处长及仓库主任逮捕法办，追回公粮，邑人快之。

⑤ 九十年代重修临泽县志，惩贪一案收入志中。

## （三）

八载陪都雀战忙，温柔乡里作沙场①。
楼台歌舞新成趣，隧道呻吟死未僵②。
含石精禽偏媚敌③，脱缰驽马可侪蝗④。
江南一恨惩千古，碧血苌弘姓字香⑤。

【注】

① 抗战中，陪都重庆腐化特甚，余有绝句发表于《中央日报》副刊云："纷纷歌舞已连宵，玉态轻盈细柳腰。谁念天涯征战客，沙场凄切马萧萧。"颇有忌之者。

② 一九四〇年重庆大隧道窒息惨案，死者数万人，悉数拖出掩埋。间有尚呻吟者，亦不免。

③ 汪精卫徒负佳名，投敌叛国。

④ 汤恩伯率大军驻河南，专事扰民，故人以河南四殃，水旱蝗汤讥之。汤指汤恩伯。

⑤ 周恩来于皖南事变后，题词曰："千古奇冤，江南一叶"。

## （四）

蒸蒸国运转无凭，举世懵腾感不胜。
"跃进"桩桩唯数字①，饥寒累累说丰登。
高炉烟袅馀烧结②，野草芃生笼断塍③。
百日祁连山上住，爬行伛偻负筐藤④。

【注】

① 一九五八年"大跃进"中，以浮夸取胜。

② 所炼皆烧结铁，难以利用。

③ 时青壮年皆被征炼铁，田地荒芜弃置。

④ 余时在张掖农场接受改造，曾在祁连山炼铁三阅月，亲赴小煤窑巷道中匍伏背负藤筐运煤。

# （五）

迢递云乡路几千，携儿将妇返东川①。

行踪处处劳呵护②。罪恶条条是浪传。

欲斗无由空发动③，忍饥难耐学参禅④。

运逢磨蝎愁无极，搔首凭谁却问天。

【注】

① 一九六七年造反派砸毁省政协，勒令遣送四川原籍，停发工资。

② 造反派遣无知恶少二人押送，沿途不胜呵斥。

③ 余幼小离乡，人多不识，造反派多次发动斗争，均以无人发言而罢。

④ 余全家无壮劳力，又兼天旱，故年终决算仅分得稻谷百五十斤。

# （六）

就食何期事大难，中州儿女正桓桓①。

三餐甫解千肠结，一夕愁兴百尺澜②。

缧绁廿朝辞旧岁③，流离五口踒归鞍。

名山问尽神仙杳，世象都从揾泪看。

**【注】**

①　一九七一年大饥，余率妻女赴河南妹家就食。时中州武斗方殷，农村仅得以红薯果腹。

②　余在叶县七妹第钏家，幸得以红薯干充饥。不料一夕忽被当地造反派捉将官里，以为钓得大鱼，可以邀功也。

③　余羁叶县二十日夜，造反派与我原籍联系，得复：此人无甚问题，可令其自行回川，时已冬腊。

## （七）

一袭青衫罩旧颜，卅年无妄怨加冠。

乐羊誉满仍招谤，阮籍途穷转是安①。

青眼不来休着意，白头犹健喜承欢。

也凭三七论功过，莫把糊涂认达观。

**【注】**

①　余家徒四壁，仍数度被抄，因无财物，仅携照片数张以去。

## （八）

赤手元戎解倒悬，蜩螗国事识机先。

亢龙去后应无悔，威凤来仪喜有贤。

十五春秋惭论政①，八千日夜庆回天②。

重登衽席开新纪，莫为华颠更问年③。

**【注】**

①　落实政策后，余任甘肃省政协委员十有五年，其间十年

任常委。

② 改革开放，大地回春，已二十年，约计得八千日有奇。

③ 不知老之将至矣。

# （九）

惨淡经营二十年，黄童白叟共吟鞭①。

鬼神夜泣成虚话，篝火狐鸣是妄传②。

诡谲风云连世纪，艰难事业剩华颠。

哲人逝去词章在，漫道人争咏雪篇③。

【注】

① 一九八一年九月，余奉肖华、杨植霖二老之命，筹建兰州诗词学会。一九八七年又奉命改组为甘肃省诗词学会，迄今已二十年矣。葛士英同志称：诗词学会，实际为知识分子统战组织，信然。

② 二十年中诋毁学会者大有人在，所幸领导英明，皆能正确处理。

③ 年来传统诗词创作颇盛，实为可喜现象。

# （十）

少时戚戚老来宽①，投笔投壶梦已残。

身后乘除功过易，人前评说是非难。

不肩重任心多旷，爱琢新词寝未安。

寿数果能登百六，八旬应作半程看②。

【注】

① 余少时常戚戚，当时社会环境使然也。

② 甘肃工大魏庆同教授语余曰：人寿如无非常事故，可达百六十岁。若然，则余虽八十，仅及其半耳！一笑。

## 夜游嘉峪关市广场

钢城屹立史无前，奕奕雄关别旧年。

水柱斑斓随乐舞，晶球剔透逐波旋。

浮雕有客疑罗马，市帜新潮矗市廛。

入夜游人多似鲫，华灯碍目欲飞天。

## 甲申白露后五日，与学会诗人欢聚于宁卧庄之兰亭，戏为曲水流觞，以寄情怀。非敢踵前贤也，作七律一章

萧飒犹闻慷慨歌，不须惆怅鬓毛皤。

岂无净土堪宁卧，为有精诚感逝波。

一塔凌空迎旭日，两山分绿到黄河。

邓林化去成追忆，藜藿同沾雨露多。

# 谒王权墓

训诂文章两占先，伏羌学术溯王权。
追锋飞鸟酣佳句，染紫凝寒仰巨篇。
曾述帝王存小纪，为安黎庶累三迁。
我来仰止空遗恨，怪底迟生一百年。

# 游盐锅峡口占

轻车百里访桃源，水自清清鸟自喧。
九转机轮涛送电，卅年风雨石成璠。
难寻往事盐锅里①，共爱明珠永靖塬。
企业喜看名一级，层楼更与树新幡。

【注】

① 盐锅里，地名，旧日出卤水，可煮盐，故名。即今盐锅峡水库所在地。

# 刘征诗兄寿登八旬，诗以贺之

鲞耄韶华眨眼过，天高地迥怅如何。
临池我羡三都赋，垂老人吟七子歌。
磨剑十年空斫地，搴旗百世欲掀河。
新诗浑似王摩诘，一曲裁成饮誉多。

# 午夜吟·抗洪

地陷东南起大波，神州血泪欲成河。
五湖水涨人为鳖，九派横流鬼唱歌。
堤坝险来身堵漏，汪洋势阻孺依柯。
抗洪有曲皆悲壮，不惧天公更鼓鼍。

# 乙酉五月西湖即景

孔雀屏开感燕居，重来花港试观鱼。
三潭月色连天地，十里和风醉柳渠。
几簇睡莲争日暖，一泓碧水拂波徐。
难寻六十年前事，裙屐风流总不如。

# 乙酉长安雅集杏园分韵，拈得一先，率成

长安遍地袅晴烟，溽暑生成满大千。
两汉词章悬日月，三唐文物重山川。
浮云未必能遮日，光景休愁逼逝年。
最是风来闲绪起，一池碧水尽漪涟。

## 韶关梁常诗兄远道以诗并墨宝见赐，作此答之，于其溢美之词弗敢承也

荒唐旧梦记虞初，茂陵无复病相如。
拊鳞端为求更始，铩羽何妨逼岁除。
诗酒牵愁临塞外，鱼龙遗恨说匡庐。
新来底事添惆怅，岭表飞传一纸书。

## 云南大学张文勋教授主持云南诗词学会函邀年底作昆明之游心向往之久矣庚韵和其青岛原作以答

云外秋鸿万里飘，感君情谊寄迢遥。
一堂有幸师风雅，千古何人绕楚骚。
新韵待歌今事业，回肠休断旧王朝。
滇池日夕浮金殿，一瓣心香五内烧。

## 天水怀古

陇坂山高陇水长，春花秋月两茫茫。
将军飞去坟犹在，蹇帝宫成国便亡。
都督抗旌襄盛业，诗人分韵斗新章，
即今不是乾元世。我欲秦州结草堂。

# 南京怀古

枫叶江南几度霜，六朝旧事总迷茫。
江心铁锁愁王睿，扇底桃花怨李香。
正气千秋能信国，霸图一去竟亡乡。
今逢四海澄清日，付与诗人细品量。

# 览重庆市容

攻心未必真长策，建筑高张致富饶。
入眼琼楼惊拔地，冲天玉焰欲凌霄。
车驰马骤长桥壮，霞蔚云蒸电缆高。
往者不兴来日永，艰难事业仗贤劳。

# 感遇

纷纷谣诼自东来，一朵疑云解未开。
松柏未凋苍翠减，雪霜过后竹梅猜。
封桐旧事伤重见，裂土酸风去又回。
海角天涯何处是，延平当日有馀哀。

## 龙岩市首届海峡诗词笔会感赋

盛会龙岩首度开，遄飞逸兴锦笺裁。
万山不隔神州月，一水生成滟滪堆。
谲幻风云追往昔，峥嵘事业待将来。
长天碧海情何限，契阔同倾浊酒杯。

## 怀台湾学长兼吟长马鹤龄兄并致马英九主席

黯黯愁云匝地陬，人天谁复计吟筹。
鹤凌霄汉难同翥，雪立程门忆旧游。
信有宁馨能嗣响，岂无幽绪遣归舟。
玉龙战罢尘埃定，陆海人夸第一流。

## 返途与林丽珠教授并内子游鼓浪屿

秋来乘兴强登山，鼓浪无声意自闲。
遗迹潜踪沉国耻，清琴新韵育芝兰。
长桥连海三千丈，明月浮空四十栏①。
识得延平风范在，遥觇春讯起台湾。

【注】
① 借当地尔嘉老人原有联句。

# 三星堆怀古四首 有序

丙戌五月，偕室访晋江诗人洪君默于蓉城，便与同游三星堆，抚今追昔，感慨良多，爰成四章，相与切磋焉。

## （一）

轻车倏忽越千龄，志忐情怀夙未经。
杜宇离魂来万里，蚕丛遗迹遍三星。
牙璋碧玉连诸夏，陶盏青铜异旧形。
岂独殷商持正朔，西南终古有龙庭。

## （二）

一念先民意气豪，三星文物最丰饶。
每于纵目窥奇怒，欲把长戈试勇骁。
飞剑乘风能夺魄，索冠左衽利操刀。
鱼凫柏灌无消息，石斧青铜继远桃。

## （三）

空道蚕丛不见丝，至今惟有石机支。
一根金杖神权重，百样傩盉鬼见疑。
耸地铜人空作势，挺天钱树愿终欺。
山精死去归何处，石镜磨成杳玉姬。

## （四）

见说当年助武王，挥戈曾共伐殷商。

西还道阻逢奇袭，左柳灾成作国殇。

不尽烽烟连北地，萧条边事锁南疆。

金牛往事休提说，一统终教国运长。

## 游重庆市野生动物园

轻车曲径访名园，无碍形身一往还。

猿鹤安详皆自得，熊罴鹄立乞加餐①。

虎男携幼来俔伺，狮妇偕夫卧远礄。

最是令人迷恋处，万山红透夕阳殷。

【注】

① 车过熊山，有熊数度人立攀车，投以苹果。则去。

## 游茶山竹海

路转峰回几万重，车行无复辨西东。

乍闻淅沥疑虬隐，旋眈昏眸失鸟踪。

雾起茶山千嶂合，涛兴竹海一天从。

前行要识多埋伏。项羽曾经此处逢①。

【注】

① 偕行之永川市新闻局李庚局长云：张艺谋拍《十面埋伏》影片，外景多在此处，因下车留影纪念。

# 咏永川市人民广场

十万财星聚广场，东南西北视茫茫。
迷离扑朔园中路，依约熹微水上光。
百丈楼台腾紫气，八方风雨育棠香。
渝西重镇应无愧，古郡新都永世昌①。

【注】
① 永川古为昌州。

# 闲行到母校永川中学，邂逅李天鹏校长，承殷勤接待，率成一律。

六十年来愿未违，白头今日赋重归。
琼楼簇簇宏新址，学子莘莘迈旧规。
负笈闻来韩国少，立门多见玉山圭。
凭君莫问中河坝，一例青葱耸翠微。

# 重庆师大董味甘教授招饮，即席赋呈

六十年来问所之，韶华虚度不须疑。
人经离乱偏多寿，事若浮云只剩诗。
羸体几曾辞负重，痴心何幸有新知。
味庐一集钟云舫，巴国人文许管窥。

# 与金玉良、梁敦睦、严子昭、刘存权、彭自立、李春华诸诗兄游湖广会馆

依山建馆势巍峨，民俗民情自足多。
湖广麻城难疏证①，填川插占事非讹②。
乡音十世凭谁问③，故土千秋总未磨。
刘郎信是真才俊，处处文章振玉珂④。

【注】

① 湖广填四川究在何时何地，迄无确证。余家族谱亦言来自麻城县孝感乡，而语焉不详。考今麻城、孝感非一地，更无隶属关系，故亦存疑。疏、音树、考证也。

② 湖广填四川之说，馆藏文物言之凿凿。插占之说，亦见之家谱，今人或难置信。

③ 自余先祖至余为第九代。祖母辈尚能为湖广语，父辈能而不纯，余则略知一二，但识近鄂语耳。

④湖广会馆有刘友竹诗兄所撰楹联，气魄宏伟，词章瑰丽，佳作也。

# 登重庆三峡博物馆

为逃溽暑强登楼，三峡风光眼底收。
地质亿年承混沌，民情千古仰风流。
张飞祠庙沉江底，白帝孤城落石头。
买舟东下成虚话，且向厅前豁远眸。

# 与重庆文史馆同仁话文字改革　有序

　　丙戌六月，访重庆市文史馆，欣晤林达开副馆长、彭伯通老馆长，并明伦、味甘、何山青诸诗兄。席间余提议对于当前文字语言中诸弊端，为之呼吁改进，众皆是之。重庆馆同仁允为起草书面提案，于征询各兄弟馆补充、同意后上达，因赋。

　　文字传承百代功，如何消息转朦胧。
　　南宫适（括）作南宫适①，孔子云（非雲）生孔子风②。
　　浪说书橱无《后汉》③，焉知岱岳不"灵鐘"④。
　　作书最恶无章法，竖写开篇左右逢⑤。

【注】
　　① 南宫适（音括）春秋时人。适与适原为两字，简化时合二为一。
　　② 云乃动词，如子曰、诗云。简化字将云与雲字合并，每滋笑话。兰州有名家书《陋室铭》，末句写作"孔子雲何陋之有"，有好事者在电话中谑曰："孔子有雲，不知还有风否？"
　　③ 闻四川大学著名教授王利器先生命研究生去书橱取《后汉书》，研究生报以无之，空手而返。先生大惊，往指曰："这不是么？"盖繁体《後漢書》与简化字全异耳。
　　④锺，多作动词，如锺灵毓秀。鐘，多作名词，如茶鐘，鐘鼓，简化时二字合一，改为"钟"字。今人在由简还繁时，往往误用。尝见西安某景点书杜甫《望岳》诗时，将原句"造化锺灵秀"，写成"造化鐘灵秀"。
　　⑤上世纪五十年代初，政务院曾明文规定，汉字横写由左至右，竖写由右至左，此一规定今已荡然，尝见报纸标题在同一版中左右逢源，令人不知所从。

〖中华诗词存稿·名家专辑〗

中华诗词学会 编

# 袁第锐诗词曲赋集

袁第锐 著　　张嘉光 主编

## 下册

中国书籍出版社
China Book Press

图书在版编目（CIP）数据

袁第锐诗词曲赋集 / 袁第锐著 . –– 北京 : 中国书籍出版社 , 2019.12

（中华诗词存稿）

ISBN 978-7-5068-7724-4

Ⅰ . ①袁… Ⅱ . ①袁… Ⅲ . ①中国文学—当代文学—作品综合集 Ⅳ . ① I217.2

中国版本图书馆 CIP 数据核字 (2020) 第 004674 号

**袁第锐诗词曲赋集 下册**

袁第锐 著

| | | |
|---|---|---|
| 责任编辑 | 王星舒 | |
| 责任印制 | 孙马飞 马 芝 | |
| 封面设计 | 采薇阁 | |
| 出版发行 | 中国书籍出版社 | |
| 地 址 | 北京市丰台区三路居路 97 号（邮编：100073） | |
| 电 话 | （010）52257143（总编室） （010）52257140（发行部） | |
| 电子邮箱 | eo@chinabp.com.cn | |
| 经 销 | 全国新华书店 | |
| 印 刷 | 北京虎彩文化传播有限公司 | |
| 开 本 | 710 毫米 × 1000 毫米 1/16 | |
| 字 数 | 580 千字 | |
| 印 张 | 41 | |
| 版 次 | 2020 年 5 月第 1 版 2020 年 5 月第 1 次印刷 | |
| 书 号 | ISBN 978-7-5068-7724-4 | |
| 定 价 | 798.00 元（全 2 册） | |

# 目　　录

## 词曲赋

## 诗论诗话（一）

## 诗论诗话（二）

# 序言汇集

# 七月下旬访重庆，寓陈家坪市委党
# 校侄女婿秦永忠家，夜闻大雨，有作

巴山夜雨涨灵湫，心影憧憧到枕头。
济济有人皆后俊，茫茫无地识前游。
重寻故宅非丁鹤，再展新程失杞忧。
前尘毕竟归何处，独向遗篇忆唱酬。

# 丁亥春日赴薇乐花园盛会口占

春来何处寄游踪，一東飞来几动容。
猎猎轻车迎淑女，融融煦日唤顽童。
城乡同体临薇乐，仙佛联蹁莅蕊宫。
境颂天人寻旧赋，有亭胜过碧纱笼①。

【注】
　　① 丁亥春日应长安置业公司常贵邀宴，如薇乐花园，重寻旧辙赋亭翼然，感而赋此。

# 贺厦门诗词学会成立十五周年

郑公台上赋招魂，潮去犹堪认水痕。
为有吟旌惊海内，岂无消息动天阍。
八闽志士辉青史，四海风云向厦门。
十五年间身力瘁，拳拳心事百年根。

# 什川梨花

乘兴驱车向什川，青风驶荡陌阡连。

不随桃艳怜高洁，且共棠香远俗缘。

为惜落英频踯地，因逃攀摘竟参天。

琼瑶不乐东瀛土，留得清芬满大千①。

【注】

① 传上世纪有日人拟购什川梨树，未与故末句及之。

# 丁亥书徐继畬事①

一缕星光没远空，百年前事出尘封。

《瀛环》灼见歌民主，清室颟顸黜逝翁。

史册无凭资报说②，他山有石响簧宫③。

才人自古多遗恨，贾傅南迁怨道穷。

【注】

① 徐继畬，山西五台人，清道光六年(公元1826)进士，历任福建布政使兼厦门通商督办、福建巡抚、闽浙总督等职。1846年曾刊印所著《瀛环志略》一书，介绍西方政治，推崇议会制度，对华盛顿功成而不恋权位，备加赞扬。

② 1853年宁波耶稣教徒石刻其词以赠美国。

③ 1868年3月，美驻华公使蒲安石代表总统约翰逊向徐致送华盛顿画像，事见同年3月29日《纽约时报》第4版和第10版，此后遂为时忌，数被贬黜。1996年6月，美国克林顿总统访华时，曾在北京大学发表讲演中提及徐继畬事，国人方得重新认识此一历史人物。

# 贺中华诗词学会成立二十周年

亘古神州几换天，当时应悔薄先贤。

文章浪说桐城谬，词赋争言选学偏。

数典曾闻轻忘祖，革新喜见急调弦。

升腾国运宏诗运，吟帜高擎二十年。

# 陇上怀古

由来三陇富人文，大地遗踪最足珍。

土内埋藏多汉晋，史中奇迹溯周秦。

伏波飞将曾经武，龙井泾河系异闻。

圣女仙祠难再到，玉溪何处挹灵芬①。

【注】

①　武都有圣女祠，唐大中10年(856)，李商隐过此作《重过圣女祠》七律，有"一春梦雨常飘瓦，尽日灵风不满旗"名句。

# 八旬晋五口占

浮沉坎坷两由之，八五年华好自持。

忧患去时知不足，晏安来日要深思。

浮名浪得身成累，避地无方鬼见欺。

理得心安行事稳，重周花甲复奚疑。

# 长安八咏 丁亥六月

## （一）

千古刘郎有好辞，秋风兰菊寄相思。
柏梁枉自承甘露，海外何能觅紫芝。
先世已烹秦室鹿，伊谁却护汉家基。
丹砂铒罢终归去，大略雄才预后迟。

## （二）

再到长安忘所之，灞陵桥下立多时。
等闲不谒杨妃墓，着意难寻太液池。
八水绕城成往昔，三唐盛业有新知。
当年骏马今何在，我欲乘之上九嶷。

## （三）

气度雍容想大唐，西京城郭又辉煌。
五陵年少轻裘马，百万人流簇杏墙。
宫号大明新破土，钟鸣长乐好飞觞。
更新万象繁如锦，浴火馀生作凤凰。

## （四）

鸟雀迎呼野草芳，华清重忆李三郎。

寿王梦醒才安席，蜀道踉跄已断肠。

锦袜尚存归路杳，温汤难袭玉肤香。

人人竞说长生殿，谁念梅妃哭上阳。

## （五）

欲托新词亦感伤，一番相忆一回肠。

遗砖败瓦还宫阙，坠彩残红入粉墙。

风雨骊山惊绮梦，夕阳箫鼓按清商。

临潼遥想哥舒翰，力战难能挽盛唐。

## （六）

函谷青牛简侍从，难凭绿野识前踪。

若非令尹泥行止，焉得天师立道宗。

哲论恢宏垂后世，红旗缥缈矗遥峰。

唐王倘是神仙胄，国教崇尊几认同①。

**【注】**

① 终南山主峰传为老子著《道德经》处，峰上今建红旗，以供识别。于楼观台望之，隐约可见。

# （七）

彩虹如柱起箫笙，旋止音符旋有声。
仕女竞从高处立，顽童偏向水中行。
莲房坠粉由天落，紫气祥云匝地生。
再到刘郎应自得，休从雁塔忆题名。

# （八）

乘兴长安一壮游，连朝溽暑作清秋。
重来恍似沧桑易，垂老方知岁月稠。
气象盛唐看未足，神山太乙去难留。
曲江归后休惆怅，龙马腾飞势正遒。

# 九寨沟口占

又向南屏续旧游，远山重叠绿盈眸。
隧凿岭岗连九寨，经翻野径沐千麻。
仙乡未觉犀牛梦，镜海长披孔雀绸。
归去自今休看水，为防俗浊混清流。

# 咏来苏梳妆台塔院寺（二首）

丁亥新秋，来苏镇志办张德中先生飞函嘱为梳妆台塔院寺景点题诗。因忆旧游，怅然有作。梳妆台下之香山寺毁于"文革"，今复旧观，故诗中及之。

## 咏梳妆台

盘陀风动巧梳妆，一石飞来碧玉坊。
劫历红羊香径杳，春回大地燕莺忙。
湖光潋滟翔鸥鹭，山色空濛隐凤凰。
见说人间新寺立，祝他仙子早归航。

## 咏塔院寺

一塔凌空不计年，沧桑阅尽尚依然。
枫桥已杳无云鹤，鱼獭潜踪有俊贤。
新土初培深院静，侧躬长对野花妍。
凭君且诉来苏乐，大道通衢又几千。

# 迎春曲 乙亥迎春曲（十首）

——和孔凡章先生原韵

## （一）

莫言一木厦难支，又诵文翁绝妙辞。
忧患渐亡将进酒，清谈乏味且吟诗。
撑天有志怜松柏，斫地无声感岁时。
别有情怀伤子夜，锦江春色武侯祠。

## （二）

疏懒频年少唱酬，潘江陆海遍神州。
且看后浪催前浪，莫遣今讴似旧讴。
才困江郎离别赋，狂如阮籍怯诗邮。
兴观群怨遗风在，漫把毛锥搏逆流。

## （三）

莫讶寒林噪暮鸦，桑榆犹得见明霞。
前尘休叹驹过隙，世事恍同陌上花。
少日未曾探禹穴，老来依旧窜荒遐。
夜阑独自思功过，惭愧平生负有涯。

## （四）

月落星沉晓雾深，镜中华发已千寻。

清时欲济惭无术，长夜难明感不禁。

多事每为黄鸟赋，衡文莫弃白头吟。

一桩异事堪评说，竟把青蚨换赤心。

## （五）

莫道儒为席上珍，而今不是旧时辰。

藏书每为夸豪富，解句谁明立意新。

老去未能忘坎坷，少年曾不计艰辛。

何时更续江南约，也共梅花探早春。

## （六）

惯看浮云自卷舒，河山无恙老樵渔。

天心欲定龙潜后，花信虚传雪霁初。

世变不曾更岁序，春风依旧绿庭除。

千钱斗米人如梦，怕说长安未易居。

## （七）

戾气消除世已清，回看瑞霭笼乡城。

藏弓入库同休沐，立马横刀失姓名。

天下一匡空有责，草深三宿岂无情。

王侯事业皆尘土，话到兴亡百感生。

## （八）

岁月驰如万马奔，个中消息共谁论！
枯荣已换风前树，涨落难留水上痕。
浊酒独倾延冷月，春华同沐醉诗魂。
玄玄一理谁参得，犹恐精明是钝根。

## （九）

往事难温托锦笺，懒添金兽爇龙涎。
已无一枕黄粱梦，空忆三闾白雪篇。
少日文章多意气，老来花事异先年。
教坊处处翻新曲，误拂周郎第几弦！

## （十）

新装暖气不须煤，长夜论文酒一杯。
才向东篱伤菊殒，又看西蜀已阳回。
寒凝大地彤云合，春上梅梢蕊正催。
未必天心摇落甚，穷神莫遣赋归来。

# 丙子迎春曲（十首）

——和孔凡章原韵

## （一）

严冬已过又春时，忧患撄人入鬓丝。
心力抛残馀秃笔，枯肠搜尽觅新诗。
殷雷不碍芝兰茂，宝剑难芟蔓草滋。
欲借梅花觇世运，小桃无那乱胭脂。

## （二）

腾腾雾霭乱郊坰，骀荡东风几滞停。
漫说近朱成赤紫，须从调护出蓝青。
春寒欲犯人犹悸，煦日初回户未扃。
叵耐钟馗还怕鬼，争教魍魉不逃形。

## （三）

夸父当年去未回，陇头依旧绽春梅。
寂寥难愁珠千斛，胜负终分履一枚。
浮想几番成妄臆，心期忍见付寒灰。
阳关昨夜翻新曲，莫待琵琶马上催。

## （四）

日日东风叩玉关，湖沙流水两情闲。
贾生郁郁成新赋，绛灌依依列旧班。
永夜歌声低亢里，天街春色有无间，
欲寻三径终虚话，皓首年年望蜀山。

## （五）

蝶梦依稀夜正阑，明朝何处更投竿。
辱荣泯灭求生易，功过权衡论定难。
跨海有人逃汉籍，连山无地蓄芝兰。
只因爱看芦沟月，不惧萧萧荻港寒。

## （六）

往事寻思亦可伤，补牢何处觅亡羊。
安邦岂必师黄石，树脊还须效白杨。
为有循私干法纪，当从廉政振纲常。
春潮已共人心震，伫看阳回遍八方。

## （七）

休言世态异荪薰，交响成音亦可闻。
浊酒不曾消块垒，新诗无意写烟云。
千家箫管催红芍，一曲霓裳绕碧裙。
报道繁华浑未歇，欢场乐事正纷纭。

## （八）

红灯绿径许穿行，过尽三更又五更。
纸醉金迷原是梦，盘根错节岂无情。
重来不改前棋失，善后勿忘劫外争，
见说殷忧能启圣，要留醒眼看芜城。

## （九）

难凭花草助吟讴，小苑空庭夜色稠，
西蜀文翁辞正厉，东邻恶少语如秋。
买来长剑迎春旭，重整雕鞍补旧裘。
鸩毒宴安当记取，横眉冷对亦风流。

## （十）

碌碌生涯未足称，事业幽梦总无凭。
风云变幻成今古，世路崎驱感废兴。
几见王孙辞汉阙，岂无燕子舞春灯。
河图又报呈新瑞，岁月峥嵘信可征。

# 丁丑迎春曲（十首）

## （一）

年年岁岁说迎春，又见春光醉煞人。

为有香江还故国，岂无清泪哭前尘。

抗英每忆三元里，屈谪谁怜一介臣。

莫恋繁华消志气，图强心事转沉沦。

## （二）

百年汗血满香江，往事沉思又断肠。

里弄街名曾烙耻，荒塍野径可寻殇。

万千蚁命供刀俎，十丈旌旗没海洋。

未省几时方痛定，两朝政府失纲常①。

【注】

① 两朝指清朝与民国。

## （三）

罂粟东来祸万千，虎门池畔怒销烟。

兵连沿海凌中国，约缔南京暗九天。

媚敌谪贤同饮恨，残民割地倒行权。

元戎片语开新纪，不假干戈庆凯旋①。

【注】

① 小平与撒切尔会面，提出坚决收回主权。

## （四）

省港当时忆罢工，中原裔胄两心同。
由来血液浓于水，未必心期淡似风。
大难几回相引度，繁华此日庆交融。
百年隔海同休戚，雨后空垂两地虹。

## （五）

女皇冠上嵌明珠，事实昭昭信不诬。
赋税官输过亿万，繁荣民奉到锱铢。
慵工不异酬偏异，编户无殊遇各殊。
最是妄人常有理①，秋波转处昔时无②。

【注】
① 彭定康。
② 所谓民主改革。

## （六）

云崖海域望晨昏，行到罗湖一断魂。
总为风波同系念，每因时序欲寻根。
富强国运关心曲，坦荡襟怀对子孙。
十二亿人奔四化，不堪重省旧啼痕。

## （七）

计时倒数近回归，望断朝晖与夕晖。
自古强权无永驻，须知公理最难违。
豪梁着意诣新史，上国终当复旧畿。
蚕食鲸吞皆妄臆，海疆重布汉旌旗。

## （八）

悠悠青史溯龙乡，肠断当初割旧疆。
习俗黎元遵汉制，文书官府重西洋。
百年未见行民主，一票今看入选箱。
经济腾飞崇改革，殖民主义敛行藏。

## （九）

语出如金不假宽，主权神圣岂容残。
侈谈勋业嗤王猛，为靖胡尘想谢安。
合浦珠还同掬泪，离情重诉各成欢。
百年一觉黄粱梦，毕竟青山不挽澜①。

【注】
① 辛弃疾词："青山遮不住。毕竟东流去。"

## （十）

金融世界树中心，隔海相扶岁月骎。

东亚小龙萦梦寐，人间奇迹豁胸襟。

何妨一国存双制，且喜鸿沟泯万寻。

风雨如磐同苤止，西山寇盗莫相侵①。

【注】

① 借少陵句。

# 戊寅迎春曲（十首）

丁丑岁暮，屡承安顺黄果树大瀑布景区函征诗作，因为一律以应。诗成，更因"淑气"之催，续成九章，聊当虎年迎春之作，答诸友好，并乞斧正。

## （一）

黔腹滇喉壮九垓，天书百尺费疑猜。

洞开六出窥银瀑，练舞千寻喷雪雷。

隧引龙门倾玉液，山罗盆景拂云堆。

平湖高峡明如镜，十丈吟怀淑气催。

## （二）

四百年来绕梦思，欣闻九九是佳期。
台澎底事犹观望，华夏欣闻倒计时。
艳艳春阳宁有极，蒸蒸国运不须疑。
红旗伫看扬濠澳，指日回归大道夷。

## （三）

浩劫金陵梦未终，当年谁挽六钧弓。
空言抵抗军先溃，悚听屠城血尚红。
南国孑遗堪作证，东邻恶语响如蚤。
斑斑罪孽昭然在，付与儿孙振聩聋。

## （四）

白发雕虫兴转酣，一生长为素餐惭。
空将民瘼资谈助，谁把歪风作贼戡。
信有卞庄能刺虎，谁怜屈子欲沉潭。
刘伶不买中山醉，我亦无为学老聃。

## （五）

开放维艰改革难，曾无一日驻征鞍。

慎行悖逆休迁左，要逐新潮更挽澜。

不信青蚨能买爵，何当皓首独凭栏。

天心愿得如人意，莫待琵琶马上弹。

## （六）

丰年不易歉年难，一纸中枢迹尚丹。

店号国营门寂寂，商云私记面团团。

收粮保护宁虚话？政令推行有"反弹"。

盼得传媒申屈直，电台无奈小乡官。

## （七）

几处琼楼造价高，居然审计爱红包。

双方费用全无拒，半点良心悉数抛。

签字于今多马虎，外行从古领风骚①。

堂前一问空瞠目，犹逞猖狂罪责逃。

【注】

① 某审计所长云：我虽签了字，但没看懂。

## （八）

传来消息重文凭，市井何人捷足登。
北大南开存腕底，东洋西国入金缯<sup>①</sup>。
且看硕士由心造，几个圆章未显能。
堪笑达摩空面壁，九天原有假尊称。

【注】
① 金字精质毕业证书也。

## （九）

昏昏一醉到终朝，呓呓犹夸酒兴豪。
不近报刊迷往事，厌谈学习昧新潮。
群居莫讶言非义，开会依然语有条。
谁省庙空方丈富，且移枝息别营巢。

## （十）

污水年年入太湖，波澄浪阔忆当初。
须惭乃祖移生态，因乏鱼虾绝野凫。
不见清流人掘井，几曾浊溷蚌含珠。
中枢再四申严令，为问春来治得无？

# 己卯迎春曲（十首）

## （一）

黄钟大吕出京华，一夕荧屏入万家。
化雨春风歌击壤，惊雷倏电斩长蛇。
心存恺悌能为厉，身是菩提可辟邪。
患弭江湖驱撒旦，神州他日灿于霞。

## （二）

清韵天然景自娇，祁连积雪拥春潮。
潺潺流水滋兰蕙，莽莽川原走骏牦。
匝地羊群依白帐，飞声梵磬绕黄绦。
迢迢不尽丝绸路，百样风情织素绡。

## （三）

咿呀嘈杂一时听，错把春山作锦屏。
仙乐未来闻土狗，闲情难奈惜湘灵。
疮痍不掩尧天颂，哭笑无端腐草萤。
莫道骚坛今寂寂，风流继起有中青。

## （四）

长街惯看弈棋忙，日月居诸易感伤。
北极疲熊难斗虎，南盟热土又亡羊。
弹抛集束人权杳，谎托舆图使馆殃。
上国衣冠休自诩，要凭发奋致康强。

## （五）

独木谁将大厦支，醒时相忆醉时思。
希魔墨相馀遗孽，近卫东条有祀祠。
漫说人权超国界，愁听导弹犯星旗。
老来一掬伤心泪，洒向青山付子规！

## （六）

谬说人权胜主权，恃强凌弱各争先。
野蛮轰炸夸豪杰，潦草收场庆凯旋。
决议孰尊联合国，调停难遏指挥鞭。
华堂妙算多山姆，北约南盟一箭穿。

## （七）

出世横空巧弄娇，红男绿女竞丰标。
陈仓暗度非无术，栈道明修别有招。
孰料工程成豆滓，难凭续命问虹桥。
荧屏且喜看三审，一判清除大蠹枭。

## （八）

盛世幽明曲径通，廿年艰苦越蚕丛。
须凭科技驱愚昧，要引襟怀上碧空。
几处飞虹迎旭日，千寻淑气导溟濛。
闭关终究非长策，国运兴亡一念中。

## （九）

我亦婆娑学养龄，萧萧白发望中星。
诗成窃喜情如昨，健忘从知脑失灵。
路见豪梁空作色，室无花草少留馨。
却寻一枕华胥梦，怕听他年犬吠形。

## （十）

劫后空馀百炼身，又看魍魉出凡尘。
每尝麴蘖愁逢假，厌听传闻怕失真。
哀莫大于心未死，生如欲厚志常新。
殷勤寄语邯郸道，仙枕如今慎与人。

# 庚辰迎春曲（十首）

## （一）

弹指人间七八秋，良辰喜见复金瓯。

紫荆香远风华茂，菡萏花荣岁月稠。

盛世移情歌七子，豪情动地泯千愁。

兴来哪管黄昏近，直播荧屏看到头。

## （二）

历年四百望王师，威武文明信有之。

鼠窃狗偷伤往昔，龙腾虎跃卜来兹。

愁听屈辱呼妈阁，喜见繁荣树特区。

我比放翁多慰藉，未烦家祭已先知。

## （三）

兵荒马乱坠凡尘①，莫向灵山问夙因。

已任飘萧随往哲，难凭清白作仁人。

少时行迹多无谓，老去情怀半失真。

磨蝎每逢休作怨，由来跖犬不相亲。

【注】

① 余生之日蜀中内战甚急，家乡沦为战场。

## （四）

严霜无那湿参旗，草寇明王事已稀。
百转金睛仍懵懵，千寻玉乳怅迟迟。
馀年枉笑风前烛，盛世同觇瓦上曦。
偃蹇平生谁得似：乐天怀抱杜陵诗。

## （五）

十年放逐忆前朝，别过黄河第几桥。
蜀道旌旗闻叱咤①，牛棚筐担远喧嚣②。
抓纲旧辙依然左，改革嘉谟喜弄潮。
记得东山明月夜，纸船明烛照天烧③。

【注】
① 余于“文革”中被遣送回川，时武斗甚急。
② 回乡被分配挑牛粪凡十年。
③ 借毛泽东句。

## （六）

骨鲠襟怀未肯休，难从故纸觅春秋。
老随意气扬清浊，少负青春作马牛。
结社廿年凭毁誉，清吟半世失薰莸。
书山坐拥成痴妄，一卷诗轻万户侯。

## （七）

锦瑟难凭续旧弦，无多憧憬老来颠。
春华争及秋华重，南亩何如北亩先。
淡泊情怀仍漠漠，牢愁烽火记绵绵。
撄人忧患催残梦，浪得工龄五十年。

## （八）

鳞爪纷飞夜未明，梦回龙战已三更。
兰台走马同优孟，石室挑灯有甲兵。
功过乘除期隔世，枯荣消长系前生。
东隅已失休回顾，且向桑榆结伴行。

## （九）

拭目相看海变桑，昔时行迹漫思量。
七成岁月闲中了，一半须眉梦里霜。
永忆春心随蜀帝，难忘秋肃凛胡杨。
遥承前纪开新纪，劫火馀生作凤凰。

## （十）

祸福由来未有门，何妨耄耋近黄昏。
当从拓展瞻前路，不为寻春溯旧村。
花谢花开宁似故，潮生潮落岂无痕。
但存一息休言老，欲倩诗魂振国魂。

# 辛巳迎春曲 十首（选八）

## （一）

华夏文明信可求，炎黄二帝并蚩尤。
阪泉恶战成陈迹，涿鹿争雄树远猷。
漫说蛮荒皆绝域，须知海陆亦同侪。
骈居百族应无问，本是神州一脉攸。

## （二）

温室于今效应偏，沧桑潜易识机先。
但排废气虚言治，惯恃强权诺又迁。
臭氧洞开光灼灼，积冰溶释雨涟涟。
女娲纵有难施技，炼石何人更补天。

## （三）

经济全球网络通，要从吴下识阿蒙。
难凭锁国存封建，伫看神州起蛰龙。
科技高新追北极，聪明颖慧蹑西踪。
秦王逐客成前鉴，硅谷人才半自东。

## （四）

透明政治事新鲜，民主由来不浪传。
受审争看前总统，绯闻人慕小婵娟。
贪金困扰苏哈托，选举纠缠美利坚。
罢免请辞同一义，藤森无奈要交权。

## （五）

纷纷台独又喧嚣，阿扁阿莲口舌饶。
数典籍能轻忘祖？捉刀人尚暗当朝。
难言罢免思连宋，莫为沽名学舜尧。
分裂若还成上策，当初何事逐红毛。

## （六）

森喜狂郎共石原，恃强怙恶案同翻。
招魂军国多文过，神化皇权罔恤冤。
屠杀暴行无反省，慰安赔偿只空言。
教科书上瞒侵略，好育新人继板垣。

## （七）

送旧迎新感不胜，当年义奋枉填膺。

索赔讵意成施舍，认罪终难出隼鹰。

忍忆屠城挥利剑，哪堪系日乏长绳。

渐多心事趋平淡，八十无劳论废兴①。

【注】

① 借叶剑英句。

## （八）

放眼人间万事空，年华七九也朦胧。

心如明镜还留影，身似菩提不御风。

事过境迁休着意，寒来暑往莫存胸。

下愚上智嗟难及，一世情怀坦荡中。

# 壬午迎春曲（十首）

## （一）

如闻仙乐响钧天，谠论辉煌迈昔贤。
志在超前生产力，爱无差等大同篇。
高新科技攀云路，璀灿文明别旧年。
国运蒸腾歌代祝，申江一会占春先。

## （二）

蝥耄迎春感慨多，也随喜怒舞婆娑。
同忻人世雄狮醒。总为巡天玉杵磨。
濠镜已看荣菡萏，台澎犹自阻蛟鼍。
阿莲阿扁都无赖，数典忘宗欲姓倭。

## （三）

东邻恶少欲无遮，山姆遥闻作殿车。
浪说竞争为对手，可怜折翼落平沙。
几回梦呓思围堵，一夕魔踪引众哗。
黩武穷兵难及义，请君入瓮漫咨嗟。

## （四）

隐约荧屏听惨呼，摩天楼圮血模糊。

霸权漫道当冲击，恐怖终须事剪除。

主义"单边"非上策，外交"多极"是良图。

愿他痛定还思痛，标准双重理上无！

## （五）

怜他瞎马又临渊，前事后师只妄传。

神社几曾能靖国，和平终要远腥膻。

悖行莫道唯森喜，参拜今番又小泉。

一讯神京堪猛省，浪人踪迹似当年！

## （六）

科技穷研当枕戈，一茎九穗育嘉禾。

洞庭湖畔渔家好，长白山头大气和。

河岳登临腰脚健，韶华易逝鬓毛皤。

心期欲掩还惆怅，天下名山商占多！

## （七）

入耳如闻击壤歌，逆潮频见起微波。

便无才德能尸位，但有金钱不触罗。

浇薄世风人丧义，懵腾野老涕如沱。

焚琴煮鹤寻常事，一曲清歌十万多。

## （八）

见说南丹事惨然，无端浩劫梦魂牵。

非关蚁命供刀俎，悔把身家换孽钱。

自掘穹庐空抢地，难收覆水枉呼天。

雷霆一怒人心振，激浊扬清德未愆。

## （九）

蟊贼成群罔耻羞，居然魔窟唤红楼。

紫绯朝笏供驰策，粉面青蚨作钓钩。

逃税走私过百亿，蠹民祸国惹千愁。

重拳击处猢狲缚，底事元奸尚远游！

## （十）

老去情思一惘然，恐留遗恨对山川。

庄生有论难齐物，屈子罹忧枉问天。

迂阔侈谈言必信，疏狂终悔志多迁。

青衫湿处原无谓，且喜花开似往年。

# 癸未迎春曲（十首）

## （一）

盛会宏开十六回，神州今又绽红梅。

双翻已促人民富，四化还期腊鼓催。

奋斗心存三代表，图强耳震一声雷。

小康毕竟非终极，要向重霄捧日归。

## （二）

禅让尧皇只妄传，共和空说几千年。

英伦有帝夸民主，华夏无君怨制专。

改革已看经济足，兴邦端在政权先。

欣闻代表崇三个，万众欢呼国有贤。

## （三）

传来消息破天荒，歌舞喧腾夜未央。

才听神州承奥运，又欣盛会属申江。

外交正展全方位，国势终当一径扬。

十二亿人齐勠力，八年高会共称觞。

## （四）

复始还须易旧元，神州处处起春幡。
贤愚霄壤由人判，老新更替洽群言。
自古未闻官有假，他年应见吏无贪。
发扬民主崇根本，廉政方期固国藩。

## （五）

正义微茫耐索探，纷纭世象几曾谙。
哪堪集体瞒人命，直把安全等戏谈。
违纪乡官倾国柄，正言朝士怯山岚。
人民御史符清誉，焦点荧屏看再三。

## （六）

病不求医是妄谈，盗名欺世竟无惭。
广场自煅怜愚昧，寰宇将倾只呓喃。
岂有法轮堪置腹，断无意念可生昙。
反华阵里充前卒，活脱忘形一巨贪。

## （七）

连年烽火起中东，父子相承霸业空。
力竭声嘶嗟布什，言狂行悖斥沙龙。
身羁异域怜元首，泪滴残墟悯稚童。
漫说春秋无义战，二毛不戮忆襄公。

## （八）

天问何年可少休，当今义战亦难求。
恃强凌弱夸英杰，御敌惩凶作楚囚。
巨懑逍遥成主宰，细民无奈对牢愁。
莫因时事兴嗟叹，自古自尊窃国侯。

## （九）

底事先生厄运交，期年魂断九幺幺。
拉丹已去重寻敌，萨达犹存可代桃。
军售且勾陈水扁，反华空祭法轮高。
指挥棒舞难为力，盟友纷纷欲放刁。

## （十）

冷眼由人看核查，虎狼鹰犬各磨牙。
战争已是临眉睫，生命行看化劫花。
我有焉能容你有，富家谁肯念贫家。
忽然后院传消息，有客居然不信邪。

# 甲申迎春曲（十首）

## （一）

岁序推移又甲申，煤山往事已成尘。

抗倭兵胜终存楚<sup>①</sup>，联合国兴不避秦<sup>②</sup>。

山姆骄横恣暴虐，神龙飞舞出沉沦。

太空又辟长征路，登月何尝计苦辛。

【注】

①　一九四四年为甲申，二战形势急转，一九四五年八月日寇无条件投降。

②　二战胜利后，联合国建立，美国以霸主自居。

## （二）

疫疠芟除一笑逢，依然大地浴春风。

神舟浩荡惊寰宇，壮志澄清入太空。

游刃南疆消恐怖，浮家北极探鸿蒙。

挥鞭魏武知何处，疑在残阳夕照中。

## （三）

三户亡秦史有书，哀兵必胜竟何如。

悲兴同悯伊拉克，势去须防滑铁卢。

师出无名能灭国，人逢浩劫为怀瑜。

怜他蚁命悬荒外，留与人家取次屠。

## （四）

六十年来恨未休，斯民苦难记从头。
沉冤枯骨寻常见，毒弹埋缸祸暗投。
豺蝎心肠犹拜鬼，炎黄裔胄要明眸。
桥山有语成遗憾，赢得懵腾百姓愁。

## （五）

价值人生孰重轻，乌纱民命要平衡。
曾听猾吏瞒非典，喜有雷霆出上京。
领袖阁揆行汲汲，白衣黔首志铮铮。
锄奸防疫齐心力，多难兴邦又一程。

## （六）

民主由来不易行，涅槃威凤要新生。
难从喝道分今昔，空有浮词说弟兄。
一例寒暄多套语，七成荒误采虚声。
喜看垂范移风俗，从此官场少送迎。

## （七）

宇宙文心未易求，吟坛孰与论春秋。
迅翁有作开前路，郭氏无行匹末流。
云雨不期迷楚国，牢愁终究困黔娄。
百年又掬伤心泪③，汨水何人更泛舟。

【注】

③ 癸未为爱国诗人聂绀弩先生百岁诞辰。

## （八）

春花秋月去如烟，八十韶华只惘然。
百事未成空斫地，三生无据莫呼天。
鞠躬尽瘁惭诸葛，泛宅浮家愧谪仙。
结社廿年情正好，雏鸾新凤共吟鞭。

## （九）

世事无如见好收，当时信念尚能求，
十方有讯传诗艺，八秩无劳说怨尤。
淡泊自甘双七品，啸吟空负念三秋，
仔肩卸得忘忧乐，一径梅花伴白头④。

【注】
④ 余与兰州诗词学会、甘肃诗词学会工作，至今恰为二十三年。

## （十）

何必寻根问太初，天涯芳草又如铺。
为能心正身方健，且喜人穷志不输。
失道将军羞对簿，亲民太守愧悬鱼。
葫芦依样吾能画，老去由人说毁誉。

# 乙酉迎春曲（十首）

## （一）

日月居诸又一年，红尘扰攘遍烽烟。
生灵涂炭伊拉克，民主欺人美利坚。
二布兴戎徒逞霸，多边立极欲回天。
和平崛起齐心力，要使人间福泽绵。

## （二）

无端战火起中东，先发制人理未通。
宝座难安嗟布什，强权不就恼沙龙。
虐囚事泄人权杳，反霸声高正气隆。
司马昭心成共识，一场惨祸越时空。

## （三）

耶路于今还撒冷，东征十字已无踪。

鞠躬尽瘁犹遗憾，宵旰辛劳有德风。

一域难能容二国，百年曾见逝多雄。

阿拉法特殉真主，遗业何人继此翁！

## （四）

几回浴血抗狼兵，护得明珠入锦程。

叛国人憎陈水扁，筹边我忆郑延平。

自戕一弹同儿戏，攫票多方赌死生。

安得入怀山姆叔，肌肤白了又蓝睛。

## （五）

西南西北起狂飚，万马奔腾草木骄。

对口支援兴两利，八方驰骤走千轺。

须防富裕滋蟊贼，为护繁华祭宝刀。

五十五年勤执政，德行重审见高标。

## （六）

休惊审计起风波，逆水行舟费琢磨。

正气迎来春馥郁，贪官扫去世欢歌。

逋逃引渡穷荒域，执法循私损太和。

争得克隆包孝肃，一方一个不为多。

## (七)

大夫未必可逃刑，青史昭昭别渭泾。
莫讶高官今落马，须知总统也流腥。
惩贪毕竟关时运，淑世方能播远馨。
法治推行严审计，行看大地走雷霆。

## (八)

跳栏百米羡刘翔，网上婷婷胜女双。
出水芙蓉琼液浅，飞歌雅典国旗扬。
女排重见攀丹桂，田径惊看破大荒。
圣火上京重爇日，健儿取次谱华章。

## (九)

少言是是况非非，强项依人愿两违。
善不随心行未悔，祸从口出老方稀。
慈航有渡嗟难及，骏马由缰惹谤讥。
出岫闲云情缓缓，苍头皓首得全归。

## （十）

平生狂语不知删，旧雨新交每犯颜。
且喜女儿称教授①，不愁羸体薄西山。
难从闲事明心曲，空为牢愁晓世艰。
鋈耄年华缘底事，亡羊歧路又登攀。

【注】
① 女儿新得副教授职称。

## 丙戌迎春曲 十首（选八）

### （一）

拿翁希莫众相违，山姆重将大棒挥，
枪炮喧时民主少，霸权炽处自由稀。
思维冷战终难是，黩武穷兵总是非。
堵截围追输一着，神舟六号已腾飞。

### （二）

败寇成王理最彰，古今中外事堪详。
泥牛入海伊拉克，饿殍呼援奥尔良。
与国渐离离渐远，霸权欲替替还狂。
笑他假戏难真做，庭审匆匆便散场。

## （三）

从来为政贵祥和，衽席同登要止戈。
岂有仁人甘嗜血，莫恃霸道又兴波。
富强浪说成威胁，贫弱方堪任折磨。
不义多行将自毙，于无声处听悲歌。

## （四）

夜色苍茫欲曙前，荧屏相对看飞船。
曾崇中学轻西学，为固皇权损主权。
屈辱年华空斫地，峥嵘岁月好更弦。
暗香迢递春无极，碧海长空同梦圆。

## （五）

看山我亦泪如麻，二百年间愿每赊。
缔约丧权伤割地，覆盆蒙辱恸离家。
如何光复成终战，为有心肠似毒蛇。
甘作胡儿陈水扁，城头学舌诋中华。

# （六）

诡谲风云六十年，征鸿昔日杳如烟。
一衣带水成天堑，两地情亲昧夙缘。
去国襟怀常漠漠，归来意绪各翩翩。
复兴华夏同心力，青史重开锦绣篇。

# （七）

荧屏相对泪常涟，未死先埋一命悬。
整顿几回成效少，设施多窳利为先。
瓦斯爆处空斫地，透水深时枉问船。
科学须遵人是本，莫图些利蹈危巅。

# （八）

不惮辛劳不惜躯，修成大道向天衢。
千秋和好思松赞，奕世文明感汉姝。
冻土作基无壑险，高原穿隧有通途。
平衡生态堪嘉慰，往复羚羊自在趋。

# 丁亥迎春曲 十首（选六）

## （一）

元戎决策阁搜才，百载阴霾取次开。
经济已看夸大国，外交频见豁襟怀。
盱衡时势尊原则，辑睦邦邻拒虎豺。
一语殷殷行上下，复兴民族要和谐。

## （二）

雷霆风雨正交加，又借东皇换物华。
要使巨贪都束手，莫教硕鼠更磨牙。
逋逃见说过千亿，肃政方能福万家。
我愿天公重抖擞，神龙托起五云车。

## （三）

昭昭青史记前尘，恶少东邻呓语频。
卅万国殇真有据，八年抗战岂无凭。
小泉明目参神社，安倍模糊对国人。
容得长崎翻旧案，饶他山姆也难驯。

## （四）

总统先生有恙无？缘何音貌异当初！
增兵不补前棋失，巧饰难弥决策疏。
牛仔生涯华府梦，石油利益霸权图。
三千子弟成冤鬼，硬着头皮不认输。

## （五）

阿拉法特朦胧死，榻上沙龙又正懵。
难使会谈安北亚，忍教烽火困中东。
政争比比谁同乐，核试纷纷欲竞雄。
莫向人间惊万象，几天零雨化飞虹！

## （六）

乘除功过枉搔头，一例韶华付水流。
二十七年艰结社，三千五百勉成讴。
温柔敦厚崇诗教，避地存仁远怨尤。
且喜此身无宿疾，卜他花甲又重周。

2013

# 古　风

## 侧柏行

壬戌上元，兰州诗词学会举办怀念台湾同胞诗词创作欣赏会于统办大楼，赋得树高千丈叶落归根二十四韵

中山陵前侧柏树，郁郁葱葱护陵墓。
历尽沧桑五十春，当时种树人何处！
春明夏盛复秋高，连年同室自操刀。
沉沙折戟浮槎去，暮暮朝朝听海涛。
一别神州路几千，朱颜冉冉变华颠。
中宵梦断江南路，岁月催人五内煎。
休言白发三千丈，此际乡愁难度量。
儿孙日夕盼爷归，老去牛郎空想望。
忽然佳讯从天落，九条方针最明确。
何妨今日且"三通"，国事徐商明后约。
炎黄裔胄共枝叶，两地同心情义协。
无端执意又参商，谈判难开拒舟楫。
扁舟应共彩云归，故国河山忍便违！
此日都门风景好，应教寸草报春晖。
落叶终当复故根，盼得朝曦又夕曛。
茫茫大地情何限，不见人归见暮云。

# 《三换新郎》行①

巧艺何人扮白母，老态龙钟思想腐。

女儿婚嫁只为钱，心头惟有金钞舞。

家具动言腿几条，三转一响佩琼瑶。

可怜积蓄都抛尽，金屋何曾得贮娇。

闻说高家子不痴，阿翁平反补工资。

且弹一曲凰求凤，哪管旁人笑与嗤。

高家儿郎年正少，肯把千金买一笑。

忽然转出走私商，鼓鼓钱囊言语俏。

爱仙是假爱钱真②，半推半就说婚姻。

阿女阿娘同春梦："生涯从此胜黄金"。

惊人消息又传开，华侨子弟探亲回。

白家母女心头乐，好生巴结到蓬莱。

婚约不成来索妆，失意相逢自怏怏。

仓皇各入衣橱里，装猫装鼠掩行藏。

假扮华侨亦巧谋，白家母女两情羞。

一响不闻三转去，跌坐踉跄似楚囚。

一曲歌残戏已终，羡他编导奇天工。

绕梁馀韵当三日，勿作秋来耳畔风。

【注】

① 甘肃话剧团自编《三换新郎》话剧，讽刺婚嫁索要财物的不良风气，颇受社会好评，上演多日，观众不衰。

② 剧中人白女名爱仙。

# 藏家女儿行 有序

一九八三年秋，余随嘉木样大师赴甘南藏区视察，在黄教圣地之拉卜楞寺，因所见作《藏区女儿行》以纪其事，亦雪泥鸿爪之一也。

藏家女儿多秀色，明艳照人流光泽。
耳缀银铛佩玉环，长袖红裳肌似雪。
玛瑙胸前值万钱，乌云脑后垂千结。
朱唇启处听难真，明眸转处众目侧。
蝶帽翩翩好上头，锦鞍将去玉骢留。
步向台前看藏戏，藏戏欲停鼓角休。
台上仙人惭形秽，台下诗人会莫愁。
记者持机将对镜，蓦然回首自娇羞。
没入群中浑不见，仙容不得世间留。
记者茫然对我语，明朝更向草原求。

# 中华放歌为建国三十五周年作

天祚中华振敝衰，排山绝纪起雄才。
一自南湖张赤帜，划破苍茫曙色开。
井岗杜鹃红簇簇，伏虎藏龙山水复。
大战玄黄敌胆惊，含辛茹苦豪情足。
封豕长蛇叩北关，民族危机国步艰。
强捺心头阶级恨，抗日长征走雪山。
沮如难度雪山高，坚毅终将胜算操。
延京决策垂千古，黄河飞渡水滔滔。
八路健儿好身手，彪炳功勋成不朽。
拼将百战靖妖氛，欲化干戈归畎亩。
萧墙祸起豆萁焚，又见长空列阵云。
淮海平津鏖战急，迎来赤县万家欣。
天安门上红旗起，歌韵悠扬腾万里。
沉沉梦觉庆中兴，四海升平春旖旎。
齐民有术富农工，处处琼楼接太空。
水碧黄河涛送电，星巡天外导鸿濛。
三中决策史无俦，阔步长征仗至谋。
六五功成新起步，双翻都作小康讴。
古国文明今胜昔，万代峥嵘岁月稠。

## 军人书法家毛选选以颜体书拙诗甚佳，诗以答之

学颜多似鲫，翘楚几如君。

堪笑群儿愚，频年事创新。

不知结构美，三停作两停。

或积墨如猪，鼠尾若乾薪。

或结篆如蚕，茫然失字形。

左右易其序，谬托板桥亲。

或未叩藩篱，草圣自为名。

离奇兼失谱，无那叹昏昏。

勉哉毛氏子，楮墨展鸿程。

# 老龙吟

二十世纪九十年代中余游陇西，在武装部某同志家得睹所藏根雕，长近二丈酷似飞龙。云：系以高价自老农处购得。时我国南方正发大水，感而作此。

尘埋大野老蛟龙，为厌平居辞碧空。
寒彻周天天帝怒，滔滔谁遏洪流住。
老龙奉命疏百川，功成依旧深山伏。
沧桑潜易几千年，又闻大地陷东南。
生民巨万为鱼鳖，蛰伏难禁心里热。
一朝飞去展身手，泄洪排涝功奇绝。
纵是功成身不居，韬光养晦志难移。
还山化作千年树，谁知却被老农缚。
身是当年百战身，醒来合住武装部。
耿耿银河欲曙天，心光灯影照无眠。
如云壮志终难锁，心系神州十万潭。

# 凤凰涅槃曲

旧事重温一慨慷，六十年华未敢忘。

白山黑水埋幽恨，塞北江南遍豺狼。

台儿庄外鏖兵急，平顶山前杀戮狂。

卅万国殇沉白下，太行抗敌留佳话。

平型关外惩倭氛，浩劫长沙馀砾瓦。

战术精奇战略高，游击迂回运动劳。

捷报昆仑寒敌胆，狼牙壮举树丰标。

同仇敌忾人心振，蛇蝎心肠播细菌。

河山半壁叹沉沦，巨万同胞藏壑溷。

得道哀兵与国多，振翼援华"飞虎"奋。

北极雄鹰跨国来，敌机频坠作残骸。

中华健儿拼一搏，"出云"敌舰海中埋。

玄黄大战成持久，"武运悠长"何所有？

难凭速战屈华人，居然困兽犹思斗。

极恶穷凶犯独山，中兴事业倚西南。

制空权失难为厉，海运维艰阻外援。

世界风云谲幻生，珍珠港失中途陷。

为反侵略结同盟，中美英苏比肩战。

烽火弥天战线长，远征荆棘趋滇缅。

含辛茹苦几捐躯，浩然气欲凌霄汉。

北极雄师出满州，阴霾毒瘴一时休。

军国魂消双饮弹，长崎广岛亦啁啾。

普天电讯传降诏，万户千家走相告。

华国顿成不夜城，欢声如沸人遮道。

阋墙讵料起干戈，春梦金陵眨眼过。
折戟沉沙蛰台海，神京开府动欢歌。
元戎一语空扼腕，怜他战败民生贱。
轻将赔偿付烟云，示我泱泱大国范。
东邻恶少罔知恩，神社依然战犯存。
覆车不鉴频参拜，何曾一念忏前行。
军国阴魂呼欲出，野心潜向沙场逐。
恃强怙恶不知悛，妄臆缴弓殪鸿鹄。
喧嚣修宪拒和平，山姆尊前效犬鹰。
欲托联防称"有事"，前踪继踵酿腥云。
更复猖狂窥钓岛，呓语妄称主权早。
公然挑衅觊能源，欲攘骊珠分海燨。
东邻东邻听我语：惩前方能将后毖。
百年人事几沧桑，中华巨龙新崛起。
神舟飞艇指天河，经济腾飞绝世纪。
雪耻图强国运昌，科技振兴繁百艺。
忍见分荆六十年，相思想望难相聚。
等闲盼得彩云归，恩仇笑泯同飚举。
涅槃威凤庆新生，霸权不尚尚和平。
十三亿众齐心志，止戈为武有权衡。
好将后事师前事，玩火由来必自焚。

# 词曲赋

词 156 阕
曲 8 套
赋 16 篇

# 蝶恋花·辛酉春节怀去台故旧 五阕

又是春光迷碧树。三十三年，忘却盟鸥处。若问乡愁今几许，杏花二月江南雨。　　曾记旧时传腊鼓，万点春灯，千里鱼龙舞。愿得商谈倾肺腑，繁华盛事重新睹。　　记得当时轻别去，三十三年，梦里难相聚。醒后思量频独语，几回望断风鹏举。　　最是乡愁难释处，佳讯九条，忽地从天布。好倩青鸾传尺素，无边离怨从头诉。　　一去水云千里路，三十三年，怕读登楼赋。客里光阴徒负负，惊回好梦无寻处。　　道远不须愁日暮，才说归航，却又无寻处。底事年年封故步，等闲又把商谈误。　　西子湖边垂柳树，三十三年，袅娜风前舞。昔日游人何处去，依稀记得当时路。　　和谈大计从头虑，怕说当归，却恋当归处。千万莫教新错铸，同心协力驱迷雾。　　记得当年同把弩，血战玄黄，协力驱豺虎。团结工农齐御侮，几番禁得群魔舞。　　不道仓皇辞故土，三十三年，忧患无重数。恩怨千条都不诉，相逢又是长征路。

## 念奴娇·前题分得丈字

　　梅花才了，又柳芽初绽，河源新涨。鸿雁不来青鸟绝，往事那堪重想！昔日扁舟，仓皇别去，曾几回头望。客愁多少，任倾东海难量。　　天语今布长空，殷勤唤起，游子心头浪。日暮乡关何处是？对此漫添惆怅。盼得归来，年华纵逝，犹有豪情壮。强如蓬梗，零落天涯谁傍。

## 浣溪沙·始皇陵 1982

极目江山一望赊，年年芳草碧天涯，始皇陵外夕阳斜。陶俑八千夸盛业，精兵一室证繁华，又看文物出铜车。

## 黄莺儿·壬戌春登西安大雁塔

　　春回大地谁为主？塔影雍容，花舞缤纷，娇啭莺声，乍喧人语。看博带拥峨冠、翠袖移金步。难忘昔日风流，把霓裳羽衣曲重谱。　　何处！吊荆棘铜驼，怅灞桥烟雨。颠狂柳絮，富贵侯王，都梦入丝绸路。欣玉宇耸琼楼，紫雾笼津渡。念往事总悠悠，光景愁轻负！

# 清平乐·祝唐代文学学会成立

春回霜散，又是乡云灿。自此人间多缱绻，断却前番恩怨。　莫教辜负春暄，寻芳共到名园①；不须商量晴雨，殷勤更拂吟笺。

【注】
① 中国唐代文学会开会地址为西安正园招待所。

# 蝶恋花·昭陵

客里光阴应不负，且趁春光，共向昭陵去。转念我今思小杜，乐游原在今何处！　贞观功臣皆裂土，荏苒千年，人去存碑墓。历史长河谁得渡，春晖正照长征路。

# 八六子

　　壬戌七月，余游鸟岛，时鸟群大半育雏飞去；海天寥廓，思绪怅然，感而作此。

　　　　念生平、浮家泛宅，归来小住蓬瀛。正天际青波共浴，夜来石室相依，无限温馨。　　何因瘦损娉婷？百日教成儿女，几翻偕试征程，怎禁得，时序偏如流水，春阳初短，琼山乍冷；从今天外再寻芳草，江湖更托馀生。甚叮咛？临行又啼数声！

## 凤凰台上忆吹箫·咏蝴蝶楼　有序

　　一九八三年春，余因公赴临夏，得游军阀马步青四十年前所建蝴蝶楼，占地共五百馀亩，形似蝴蝶展翅，回廊曲护，穷极奢侈。闻当日多掠良家女子，禁锢于此，今驻某勘测队。

　　　　甚日凌空？何年堕地？谁教幻作楼台？想庄周梦醒，定费疑猜！不尽回廊曲院，人道是曾锢金钗。无涯恨，莺俦燕侣，都付狼豺。　　徘徊。沧桑变了，吊燕子楼空，何处蓬莱？料山花插鬓，杏倚云栽。一代风流重见，勘冰雪，踏月归来。灯红处，濡将彩笔，点染川崖。

## 玉楼春·癸亥中秋怀台胞

卅年容易头飞雪，底事恩仇难泯灭。年年岁岁月华圆，岁岁年年人影缺。　　天涯人共清秋节，古道音尘应未绝。艰难是处说当归，海峡两边情正切。

## 南 浦·咏盆菊

新妆宜面，悄无言、清露浥鲛纱。金屋匆匆去住。依约似前花。长记东篱岁月，傲风霜，不向鬓边斜。任埋香埋玉，尘缘尽了，无梦到人家。　　昨夜东皇唤起，抚惺忪泪眼对明霞。待理风鬟雾鬓，何处又鸣笳！把酒难寻旧事，算如今、人面隔天涯。怅年年秋色，一腔幽怨饯韶华。

## 天净沙·依于右任原韵

玉楼天半笙歌，消残铁马金戈。世纪风云突过，卿卿我我，无忘重振山河。

## 浣溪沙·兰山双寿星

　　谁道凡民不可风，兰山一姬是人龙，相夫教子岂平庸？　　喜向夹边全性命，终教磨蝎转星宫，夕阳又似寿颜红！

## 祝英台近·听台湾音乐欣赏会

　　万重山，千叠水，阻幽情无限。遥想当年，风云争谲幻。河梁一唱阳关，千帆去矣，竟化作伯劳飞燕。　　人不见，只恐荏苒秋风，流年暗中换。仙乐凝空，对月华如练。欲待吩咐飞鸿，寄将尺素，浑不识、海潮深浅！

## 行香子·早春寄远

　　好景凭遮，幽梦犹赊，恁匆匆负却韶华。多情塞雁，难倚蒹葭。正一天风，满园雾，半城沙。　　莫负些些，更护芽芽，到来朝都化彩霞。年时燕子，飞向谁家？待砌香泥，掠春水，舞梨花。

# 鹧鸪天·有序

友人得李清照画像，将以贻日本友人，嘱为题咏，走笔书此。

婉约清词丽九州，黄花人面不胜愁。艰难金石千秋序，南渡裙钗第一流。　怀旧绪，漫凝眸。国仇家恨两情幽。东游且趁樱花好，不是双溪舴艋舟。

# 菩萨蛮·春

百花园内传春讯，千红万紫芳菲竞。雷阵绕层峦，一宵梦里寒。　风狂雨未住，空有青幡护。陌上柳绵飞，搔头白发稀。

# 临江仙

飘泊生涯人易老，卅年尘梦依稀。青云白发总成虚。桃花依旧在，人面几时归？　尽日相思缘底事，无边心事都非。月斜楼上五更鸡，明朝春日好，情怯雁来时！

## 金人捧露盘·女排赴日

乘长风，排巨浪，涉重洋。罢彩练，不舞霓裳。英娥十二，算今朝，斗志最昂扬。艺精人奋，振中华，小试锋芒。　　惊绝技，双拦网；疑失误，忽腾骧。银臂举，勇毅无双。翻江倒海，有拼搏精神迈汉唐。载将美誉，待归来，更理红妆。

## 鹧鸪天

心影憧憧到枕边，一回相忆一潸然。人因老去常思昔，花不重开枉着先。　　愁夜永，费吟笺。难凭鸿宝驻朱颜。十年重听巴山雨，心系黄河浅水边。

## 满江红·秋游炳灵寺

一径轻车，阅尽了层峦秋色。蓦地里，琼楼高耸，垂杨残碧。巨堰排空八百米，飞流卷浪三千尺。夺天工、万里送清辉，光熠熠。　　波如染，山似笔。蛟龙伏，雄鹰击。喜平湖坦荡，彩舟无楫。艺术浮雕存北魏，丝绸古道通西域。问金刚：天堑化通途，几曾历？

## 鹧鸪天·女排四连冠

丹桂飘香绿蟹肥，红波迢递送清辉。才看奥运魁天下，又胜三强夺锦归。　　闻笑语，抚金杯。一年海外几扬威。漫将雏凤夸新秀，喜见凌云比翼飞。

## 瑞鹤仙·九寨沟

翠袖罗衫薄。正宝镜新揩，鬓云初掠。有双龙戏水，花香鱼跃。珠帘不卷，更何人窥临幽阁？掩映朝阳，千万彩虹飞落。　　依约。烟凝紫雾，露浥苍苔，犀牛梦觉。碧波无际，兰舟泛仙乐。问东君、几日欢欢归去[①]，料应芳踪难托。倩谁惜，清清流水，出山成浊。

【注】
① 欢欢，本我国赠日本熊猫名，此处借以泛指其类。

## 临江仙·咏安宁堡桃花会和彭铎原韵

绯树琼楼相映好，招邀十万农工。轻歌曼舞蹴红茸。年年逢此日，沉醉浴东风。　　蝶乱芳丛人语静，谁家车队玲珑。桃花人面共从容，祝他春日永，忙煞采花蜂。

## 云仙引·登玉门古垒·和孙艺秋原韵

瀚海云飘，祁连雪舞，无边朔漠长风。摧宿梗，卷飞蓬。洗却尘昏万里，古道苍茫夕照红。远山成碧，低塘胜紫，鹤翅春融。　　依稀当年旧事，有雄师百万列遥空。骄蹄踏燕，奋戈指日，一战成功。玉关雄峙，长城迤逦，千年烽息弭兵戎。方承平日，登临吊古，思绪无穷。

## 临江仙·踏雪

天外彤云深锁，人间珠箔轻飘，漫将心事付琼瑶。朔风归雁远，江上酒帘招。　　记得垂髫人去，严霜忽上双髦。相逢不尽语唠唠。何当重踏雪，岁岁驻兰桡。

## 黄河清·自度曲·咏陇上风光

陇坂山高，陇水长流，千秋古国神州。自登临纵目，太息沉浮。悠悠！莫高窟里，炳灵寺外，积石山头。　　要嘉谟共展，壮志同酬。看山嵌明珠，河腾赤鲤，荒漠作良畴。待澄江似练，重与盟鸥。

## 减字木兰花·八四年春节抒怀并怀台胞

又传春讯，卅年人远天涯近。抛却闲愁，一派乡思总未休。　　江南塞北，唤起离人心里热。早计归航，莫任蹉跎两鬓霜。

## 菩萨蛮·乙丑早春二阕

阳回律转春风起，残冰剩雪随流水。细雨润如酥，青松入画图。　东皇税驾早，莫怨梅花了。红豆发天涯，音书未到家。　　风和日丽尘初净，金城人道花期近。翠色上山岗，河源柳正黄。碧桃红欲绽，华屋巢新燕。待到牡丹时，归来共玉卮。

## 相见欢·端阳 1985 二阕

卅年陆海茫茫，费思量！刚把离愁遣去又端阳。　　留不住，当时误！欲还乡，无奈龙舟难载九回肠。　　国威新振无伦，好音频：才报收回香港又澳门。　　红旗奋，龙舟竞。倒芳樽！愿得年年佳讯酹灵均。

## 临江仙·一九八六年迎春

一自乾坤变了，丝桐都换新声。神州万里听鸣莺。年年春色好，国运庆升腾。　　且喜如酥细雨，莫愁几个苍蝇。东风昨夜到长城。伫看澄玉宇，霹雳净征程。

## 满庭芳·丙寅秋日登三台阁

七彩云飞，三台阁迥，登临又是朝阳。骋怀极目，谁与话沧桑。浩莽黄河似带，空阅尽、千古兴亡。可曾记，挥鞭泉涌，汉将武维扬！　　难忘。八二六，雄鹰搏击，胡马仓皇。一战定名城，散了冰霜。是处琼楼栉比，浑难认，西柳东岗。蓦回首，轻车不断，迤逦似龙骧。

# 青玉案

登高望断天涯路。人不至，春将暮。未必前番青鸟误！锦书重认，计程应是，今日来侬处！　　此情脉脉凭谁诉，羡煞呢喃双燕语。争识归期成早露！不如休盼，盼时滋味，更比离时苦！

# 忆江南十阕

兰州好，最好五泉山。嘛呢寺里依依径，企水桥边曲曲栏。听雨小亭前。

兰州好，最好五泉游。红芍满园千树绿，清泉漱石一山幽。烟雨失琼楼。

兰州好，白塔入云端。远近亭台迷碧瓦，参差杨柳拂蓝天。人在画图间。

兰州好，一塔带河湟。玉叶金藤瓜酿蜜，冰天雪地软儿香。含笑过唐汪。

兰州好，长桥一望赊，絮语隔河风送暖，轻舷拨水雨催花。烟柳夕阳斜。

兰州好，最好菊花天。绰约王妃新醉酒，轻

盈幼女正垂鬟。丽质傲霜寒。

兰州好，最好雁滩行。曲岸回风千树舞，中流击水一舟横。万户足鸡豚。

兰州好，结伴上兴隆。三户灵泉滋蕙草，千年松桧化虬龙。零雨看飞虹。

兰州好，万壑入河清。天堑平湖千顷碧，流珠泻玉一舟轻。堤暗晚霞明。

兰州好，轻棹上河源。叠嶂奇峦看拜佛，琼楼栈道漫寻仙。丝路话当年。

## 蝶恋花·兰州安宁桃花园 二阕

锦幔轻车闻絮语，一径欢娱乐，一径饶嘉趣。入眼风光皆妩媚，千株万树红如许。　九曲黄河何处注？欲倩飞花，载得乡情去。报道金城春胜故，归来共话长征路。

紫陌红尘香满路，十里轻车，十里闻歌舞。欲识欢情今几许？请君听取流莺语。　一片飞云牵别绪。为问天涯，花好人如故？遮莫乡心萦别浦，当归不管风和雨！

## 浣溪沙·咏麻雀和施议对原韵

误入蓬莱十二峰，霓裳舞罢落花红。行云流水太匆匆。　烟火不兴凡路隔，琼瑶难止辘肠空，垅头篱角忆相逢。

## 扬州慢·有序 1986

友人自湘水之滨贻兰花一本，艺之十年，今春为之易士，不期萎去，惆怅竟夕，书以寄情。

绰约疑仙，冰清似玉，一春不耐宵寒。迎风流淡韵，和雪沐晴暄。自萧艾浸侵过后，众芳芜秽，九畹情牵。算而今，梦远潇湘，人老祁连。　翠华渐小，怨当初故土轻蠲。任暖阁琼楼，锦衣玉食，难护娟娟。环佩一朝归去，空惆怅、冷月重关。料年年夕夕，诗魂独对啼鹃。

# 惜红衣·颐和园

　　碧满昆池，香笼佛阁，幽园谐趣。秋水清遥，山色湖光聚。玉澜堂奥，难泯却、当年愁绪。谁诉！荏苒西风，入东陵不顾。　　听鹂撷秀，饮绿留佳，排云无尽意。何人轻摇桨橹，涵虚去？越过藕香鱼藻，石舫前头小住。临月波鉴远，十七孔桥烟雨。

**【注】**

　　词中昆明池、佛香阁、谐趣园、秋水轩、清遥轩、山色湖光聚一楼，玉澜堂、听鹂馆、饮绿亭、留佳亭、排云殿、无尽意轩、涵虚堂、藕香榭、鱼藻轩、石舫、月波亭、鉴远亭、十七孔桥，均颐和园中景名。其中，玉澜堂为戊戌变法后一度囚禁光绪之所。东陵，慈禧葬地。

# 拜星月慢·西山红叶

　　泊泊入怀，萧萧满径，尽是惺忪泪眼。点碎苍苔，怅深秋庭院。西风紧，莫道琼枝碧树无情，纵有明霞难见。迢递关山，甚离愁不断！　　愿归来，重省宜人面。舞春阴，共莺簧低啭。珍重雨润云苏，莫等闲吹散。正花朝月下无人管，休负得，壮志凌霄汉。待将那、缕缕情思，把万山红遍。

# 卜算子慢·游北京檀柘寺

虬松抱塔，银杏凌空，满目红衰翠减。莫惮登临，犹自秋来无霰。正萧疏、金玉镶璀灿①。　　问曲水②，南龙北虎，亘古几人传盏！甚御笔题遍③？总岁月悠悠，风流云尽，入一弦幽怨。

【注】

① 金镶玉，为檀柘寺中竹名。

② 寺中有流觞曲水石盘，流水沟纹自南视之如龙，自北视之如虎。

③ 寺中多乾隆御笔。

# 菩萨蛮·忆南宁　二阕

韶华似水东流去，当年旧事成追忆。一召赴陪都、风尘十日馀①。　　烽烟迷四野，路阻篷难举。间道出南宁，遥怜一瞥轻。

南疆重镇名都府，晋唐遗迹知何处？兵燹旧曾谙，可怜青秀山。　　二桥通大道，拔地琼楼峭。水满大王滩，昆仑关外关。

【注】

① 一九四一年三月，余供职第九战区，驻长沙，奉张治中将军电召赴渝。

# 惜红衣·滕王阁

暖阁春归，花间蝶乱，彩舟谁渡？遥想当年，风流事曾睹。王郎才气，算只剩、落霞孤鹜。何处？秋水长天，问洲头鸥鹭。　　斜阳草树，千古沧桑，珠帘卷新雨。雕甍绣闼似故，更寰宇。漫说地灵人杰，况又民殷物阜。料一时裙屐，把酒共临江渚。

# 菩萨蛮·青岛　二阕

风尘仆仆临青岛，入眼葱茏波浩淼。夜夜听涛声，悠悠枕上情。　　浪漫翻风正急，人在波中立。伞盖一时张，哝哝絮语忙。

百年世事难如意，光景抛人容易去。羽角换宫商，南航又北航。　　小鱼山上立，浪卷长桥急。红瓦出葱茏，河山锦绣中。

# 贺新郎·和施议对原韵

春至还如来。算今朝、文章鸡肋，萧然情味。一曲吟成乌发少，赢得坊间冷齿。书生遇，由来如此。荣辱随人身外事，笑吾侪枉把青春毁。寻好句，续貂尾。 千载风云曾际会。问京华、几回花发，几番流水？为报清才施博士，休管潮升潮退。莫负却，名山至计。霜鬓争如青鬓翠，要茂龄知命参天地。尤寡欲，行无悔。

# 满庭芳·兰州中心广场花展夜景色 1988

八月金城，残阳一抹，万花来簇秋容。嫣红姹紫，旖旎似迷宫。多少蓬莱旧侣，频偎傍、絮语哝哝。霓灯外，屏开孔雀，翠羽簇黄绒。 奇踪！蓦地里，京华胜地，万里相逢。有观礼楼台，挺峻青松。动乱之年去也，人间事、变革匆匆。凝眸望，锦程应似、电掣玉花骢①。

【注】
① 玉花骢，电马。

## 西江月·兰州二阕

过了几番风雨，迎来锦绣山河。黄童白叟意如何，都道今时不错。 发电刘家峡早，穿云七道功多，玉楼天半起笙歌，四十年前没过。

清景兰山白塔，繁华西柳东岗。长河似练界中央，百二雄关不让。 雾重楼台依约，风微蛱蝶清狂。绿荫如海带斜阳，万户霓灯初上。

## 兰陵王·建国四十周年

雁声戚，阅尽春华秋碧。三千载、变幻风云，成败兴亡迹相续。神州正寂寂。谁惜！天涯路失，浓云布、暗去明来，悲恨年年泪空浥。 乾坤惊霹雳。又急管繁弦，烽火如织。东风吹得梨花白。催一浆波暖，满山红遍，迢迢难计风浪急。红旗矗千尺。 改革，争朝夕。把四十年来，是非重析。双翻四化开云翼，愿蒸腾国运，九霄重入。前程似锦，竞笑语，人十亿。

# 沁园春·庚午暮春再应卜熙文教授邀听音乐演奏会

仙乐凝空，流水行云，花月春江。似悠悠千载，迎来师旷；迢迢万里，重到萧邦。才听嚣嚣，忽闻寂寂，高峡平湖十指藏。算今日，把尘埃涤尽，俗虑都忘。　　叹人生世事无常，怨南北东西自主张。笑金陵初试，微官升斗；书生意气，歧路亡羊。碌碌年华，庸庸岁月，一念何曾到羽商。休惆怅，喜风流才子，惠我笙簧。

## 鹧鸪天·题危常欣同志天足女献寿图

带叶仙桃杂野花，一肩牵动万人家。山姑健足如飞鸟，不管盈盈翠带斜。　　遗爱在，不回车，缅怀百二好年华。擎天事业谁能继，招展红旗兴正奢。

## 菩萨蛮·贵清山

虬枝古木参天立，悬崖百丈风涛急。仙路隔红尘，危桥独木撑。　　二树当空植，有根皆贯石。前路莫辞艰，回眸一望难！

# 沁园春·春雪

天酿严寒，未解冰封，又见雪飘。望神州一片，鱼龙寂寂；关河万里，狐鼠滔滔。晶柱垂峦，银河泻地，无复春潮逐浪高。花期阻，怨封姨十八，更逞妖娆。　　倩谁却护阿娇！算历尽煎熬未折腰。有红梅翠竹，同怀逸韵；秾桃艳李，各领风骚。日丽中天，户延朗月，个个英雄欲射雕。中兴事，料前程似锦，珍重来朝！

# 沁园春·春潮

解了冰封，绿了群峦，换了春光。看长空大泽、鸳飞鱼跃；平林沃野，鸟语花香。野播东风，户迎淑雨，喜气盈盈满大荒。应记取，算洪波奔涌，不是钱塘。　　甘霖莫讶如滂。禁十丈红尘不扈扬。纵焚身碎骨，去潮俱渺；丹心浩魄，回汐犹狂。倒海翻江，排山削嶂，千古英雄半国殇。明朝事，要乘风破浪，直下汪洋。

## 齐天乐·和黄席群教授

劫馀心事终难了，潘鬓庾怀并早。天锁彤云，山笼翠盖，正气独留江表。风流竟杳，剩劲节苍松，擎天五老。一叶扁舟，巴渝归去撷文藻。　　世路还如蜀道，问过江而后，清芬谁葆！政客无良，元戎怙恶，若个真怀抱！霜天欲晓，有清角严军，政通人好。绛帐华灯，胜渔樵寿考。

## 鹧鸪天·访徽县陇南春酒厂

绿树红尘趁早行，陇南无处不销魂。仙关抗敌思吴玠，同谷遗踪访杜陵。　　人已杳，迹空存。眼前风物最关情。凭君莫负春光好，李杜文章半酒成。

## 浣溪沙·青岛行二阕 1990 年 5 月

又跨长龙到海滨，仙山琼阁出红尘，前生合是弄潮人。　　极目海天无限好，难为半世有闲身，崂山凝望一销魂。

不管风吹雨正狂，渔船依旧出汪洋。滩头浪打最清凉。　　剩有豪情怀鲁仲[①]，难凭碣石忆秦皇[②]。钓鳌何处觅诗狂[③]。

【注】

① 鲁仲、鲁仲连，战国时齐人。游于赵。会秦围赵急、魏使请其帝事于秦、不许，曰："彼即肆然称帝，连有蹈东海而死耳。"

② 秦始皇所刻碣石，孔安国书传但云在海畔山，而不详所在。

③ 李白于开元中谒宰相，其名刺曰："海上钓鳌客"。见《侯鲭录》。

## 三犯渡江云·武昌起义八十周年

自甲午风云，丧权辱国，华夏几沦胥。叹浏阳就义，窜却康梁。中山继起，倡革命，废了鸾舆。怨无端，枭雄窃国，扰攘又民吁！　洪宪昙花一瞬，竟纷纭，烽火乱神畿。金陵事，六朝重现，春梦依稀。南湖爝显星旗矗，七十年，重振纲维。崇政矗，康强更树新基。

## 石佛秋韵（创调）

了却春明夏盛，又层林尽染，风景清嘉。有星沉井底，佛落峰巅，山抹红霞。一声长啸临磐石，十万幽香出野花，长天雁阵斜。　同醉绿，摘芳华。马衔山下探龙蛇。清泉吟涧底，明月淡云遮。

## 浣溪沙·秋游兴隆山

一片苍茫一径香，潺潺流水对斜阳。琼楼天半乐悠扬。　　三夜清凉仙佛梦，两山浓郁鹿麛藏。大王消息杳难详。

## 浣溪沙·咏金徽酒

草绿嘉陵唤子规，陇南春晓梦初回。眼前无处不芳菲。　　几许清香穿绮户，一双粉蝶过蔷薇，隔篱翁媪捧金徽。

## 减字木兰花·甲戌迎春

一九九四，宏观调控微观治。共度春光，缓步徐徐入小康。　　匡扶正气，腐败清除邪辟易。古树新枒，喜见寒梅又绽花。

## 鹧鸪天·赓韵酬方靖四年长

似水年华去不回，小园重见绽新梅。盛世何人醅绿蚁，燕归依旧认春苔。　　愁永夜，怯金杯。馆娃空恋越王台。陶朱未必输文种，留取鸱夷海上来。

## 鹧鸪天·答中州女词人孙洁

中州词人孙洁女士屡函切磋词艺，并承以鹧鸪天一首见赠。书此答之兼致燕婷词史。

一束瑶笺往复看，东行长忆挹芝兰。才听粤海鸣雏凤，又见中州舞彩鸾。　情切切，意拳拳。难凭白首慰朱颜。　殷勤好订他年约，更谱新词细细研。

## 临江仙·书梦

记得那年春日里，兰山乍睹惊鸿。更喜清歌彻九重，馀音三日袅，盛会几时逢。　絮语殷勤申后约，灵犀一点相通。十里新成缩地功。琼楼留倩影，绯树倚青松。

## 浣溪沙·读《西园吟稿》柬作者裴中心词家　1994

乍读吟笺百感新，廿年幽绪出沉沦。莫凭歌舞饰升平。　批斗生涯人是草，炎凉世态古犹今。多君妙笔篆前尘。

# 燕婷女史以近作并后浪诗社社刊
# 见寄作此答之

岭外飞传一纸书，玉京仙子近何如！清词丽句胜当初。　　莫道逢人夸颖悟，也知握管费踟蹰。年年后浪逐前趋。

# 沁园春·徐州

雁叫长空，掠过唐虞，阅尽周秦。念分羹刘季，江山竟杳；重瞳项羽，霸业成尘。燕子楼空，东坡赋隽，一样韶华几样春。风流事，数迢迢亘古，何处招魂？　　卅年幽梦无凭，忆跃马、匆匆对夕曛。笑桓魋负椁，终成痴妄；英雄由义，赢得名存。九字鎏金①，千酋授首，一战功成狐豕奔。算今日，有明珠璀灿，盛业如云。

【注】
①　徐州有纪念塔，上刻毛泽东手书"淮海战役烈士纪念塔"鎏金九字。

# 沁园春·赏杨园牡丹

　　胜日寻芳，俊赏金城，再到杨园。叹辽天换尽，故人已杳；归来丁鹤，风物依然。玉砌雕栏，朱颜粉面，万种风流一样妍。伤流景，怨鳅生命薄，几度缘悭。　　春归更怯馀寒。怎不共梨花沐早暄！正骄阳肆虐，凭陵稚蕊；护花幡已，莫禁狂颠。泯却芬芳，抛残心力，忍把浮生付涅槃①。君记取，约嫣红姹紫，相会来年。

【注】
① 主人于席间进"油炸牡丹"新馈一具。

# 浣溪沙·沙生植物园怀郭普

　　漠漠黄沙吐异芬，南华北秀绿如茵，科研成就可回春。　　睹物怀人思郭普，拦沙治土泽民勤，烽台凝望赋招魂。

# 鹧鸪天·游西山忆陈毅元帅

　　霜重方知色愈浓，满山红叶忆元戎。胸怀豁达临秋水，心地光明啸晚风。　　思文采，念丰功。英雄灵气毓群峰。十年一觉神州梦，依旧旌旗映碧空。

# 沁园春

辽鹤归来，玉殒香消，憔悴沈郎。怅花雨一帘，沾衣犹乱；松风万壑，入梦偏凉。白发摛文，青衫学织，愁对郦州冷月光。情难禁，纵常开鳏眼，已杳霓裳。　　当年浪迹潇湘，正戎马书生意气昂，记堑壕握管，曾传令誉；中肠慎独，旧雨参商。不党渝城，美新汉上，一诀争知蝶梦长。凄楚甚，恸金环卸了，又诣娥皇！

附记：武汉谭海容先生，抗日时期历任湖南、武汉各大报主笔。尝于战壕握管为文以张挞伐，大公报有社论旌表之。其后迭历坎坷，以迄解放。为谋自食其力，居乃置机学织，未成。参加工作后被以莫须有罪罗织入狱。行前与夫人郑昌琼女士诀别，约勿探视、送饭。平返后，任湖北省参事室参事，方悉昌琼女士于戴帽后以堕水卒，恸绝伤哉：拙词多用昌琼女士原诗，如"一帘花雨沾衣湿，万壑松风入梦凉"是也。

# 凤凰台上忆吹箫·游刘家峡

水碧黄河，山明幽谷，迎来几度春秋。把蛟龙锁住，方见清流。极目平湖万顷，何处是、天堑鸿沟！当年事，龙蟠虎踞，着甚来由！　　更攀炳灵石壁，有奇峦迭巘，栈道琼楼。甚金刚十丈，乞得天麻？料是汉唐盛日，丝绸路，西去瓜州。尚留得、浮雕艺术，藻井风流。

## 浣溪沙·登振成楼和蔡厚示吟长原玉

心路闽西境最幽，不须邛杖强登楼，红颜白发竞风流。　　几个行人无俗虑，分明冬至又金秋，耄年还盼得重游。

## 临江仙六阕

### 有序

庚辰春日，沙尘侵袭，久旱不雨。余所居小苑，因得自来水浇灌，花木仍茂，境外则旱象如故也。五一，随省文史馆同仁游刘家峡归，重有感焉，因赋小词六阕。多年无倚声之作，此艺荒矣。

乍暖还寒人未适，匆匆过了清明。榆杨新绿草如茵。丁香魂欲断，芍药叶初萌。　　伫立楼头无意绪，输他几个流莺。闲愁拂去却还生。前尘浑似梦，白发已成星。

春雨如酥难睹面，风雷陌上狂嘶。含情凝睇下阶迟。莺飞频折翼，燕语总违时。　　不为疏狂常病酒，杞忧欲释无期。鱼龙变化最难稽。一天迷黑雾，何日得舒眉。

节日消闲何处去，刘家峡里风光。一车童叟共扶将。路长人语静，风送鸟啼香。　　高峡平湖今又是，明珠缀满河床。彩舟银浪逐鸥翔。艰难攀栈道，石窟探辉煌。

不向人前夸富贵，何曾自诩花王！高山丽质忆深藏。一从离故土，千载任平章。　　清露晨流娇欲滴，等闲莫负春光。沉香亭北舞霓裳。杨妃魂入梦，曷胜远椒房！

藤蔓悠悠天地迥，东风绽了蔷薇。红颜绿叶两相辉。丁香新结子，月季已成绯。　　年去年来花似故，人生去日无回。不辞镜里玉容颓。邻儿堪逗乐，相与共忘归。

开到黄玫春正好，小园花事萦怀。漫天飞絮趁红槐。呢喃消息杳，琼宇雾中埋。　　霖雨不来长夏至，轻风掀起莓苔。百年大计早安排。退耕还草树，生态得和谐。

# 浣溪沙·小园花事十咏

## 金银花

一蔓休惊绽两花，洁于冰雪灿于霞，旋开旋谢旋抽芽。
莫道浮生成晓梦，曾传芳讯到天涯，不随风雨转蓬车。

## 月季

皎若秋霜灿若朱，日中挺立雨中舒，亭亭绿叶自扶疏。
莫怨生来茎有刺，何妨归去月同孤，一畦红艳似琼酥。

## 芍药

出土些微见紫茎，红花绿叶灿朱明，不堪琼步试轻盈。
荣辱渐成身外事，兴亡终系小桥滨，姜郎休问为谁生①。

【注】
① 姜夔《扬州慢》："念桥边红芍年年，知为谁生"。

## 玫瑰

簇簇浓馨耸翠微，密如星点艳如梅，风摇金粉蝶翻飞。
为有嫣红能入口，可怜香露竟沾衣，黄金难共比高低①。

【注】
① 红玫瑰可炼为油，以作香料，其价高于黄金。

# 丁香

谁道丁香只结愁[①]，龙涎鸡舌并忘忧[②]，一春清景在前头。
无意巧偷三字顶[③]，有情羞入百官喉[④]，小园独立自清幽。

【注】
　　① 李璟《浣溪沙》："青鸟不传云外信，丁香空结雨中愁"。
　　② 丁香实如鸡舌，有异香，俗名鸡舌香，与龙涎并为珍贵香料。
　　③ 丁香花三字恰与百、千、万（萬）同头。
　　④ 沈括《梦溪笔谈》："郎官多含鸡舌香，欲其奏事对答，其气芬芳"。

# 夹竹桃

眉叶青青蕊似桃，朝霞艳艳夕阳娇，红梅白雪拟丰标。
俏不争春荣盛夏，品因师竹见清操，不邀蛱蝶自风骚。

# 红梅

共说梅花解报春，桥边驿外起红云，况随雨雪送清芬！
庾岭寒风吹月白，南枝煦日簇容新，不堪玉笛又销魂。

## 沙枣

银叶黄花出短墙，高标难禁蝶蜂狂，也随蒲剑舞端阳①。
别去安期消息杳②，重来青鸟翠华张，天孙初识枣泥香。

【注】
①　甘肃盛产沙枣，实小如梅子。夏日，叶有白霜如银，开
黄花，清香扑鼻，甘人多于端午节日悬之门前，如南方之蒲剑
然。②　仙人安期生食巨枣，大如瓜。见《史记·封禅书》。

## 海棠

清露新愁剧可怜，不将明艳占春先，啼妆初就梦魂牵。
岂效藤萝攀帝阙，甘随藜藿老蓬间，天凉夜永两怡然。

## 莲花

欲拔淤泥上碧霄，惊鸿照影混鲛绡，岚烟紫气护琼瑶①。
鱼戏田田天接水，蓬生垒垒藕撑篙，不求人誉自清高。

【注】
①　岚烟，一释为雾气。谢灵运《临楚江赋》："滔滔江
水，裹裹霜岚。"

# 浣溪沙·续小园花事十咏

## 迎春花

恻恻馀寒犯晓辰，东风过处翠眉颦，枝头簇簇又迎春。
侧柏舒颜犹未绿，牡丹绽蕾欲流芬，隔篱桃杏是芳邻。

## 碧桃花

二月金城未见花，河源新涨柳新芽，碧桃初绽绚于霞。
见说春来潮有信，却愁冰释泛无槎，子规啼处是天涯。

## 杏花

骀荡东风似往年，白头人醉杏花天，一枝红透小楼前。
赵估燕山萦梦寐，放翁深巷惜婵娟，沉思往事总情牵。

## 梨花

无奈沙尘到晓侵，春分难自识晴阴，乍看园柳变鸣禽。
几树梨花欺白发，十分春色困青襟，由来难晓是天心。

## 喇叭花

岂向朱门托此身，蓬间墟里寂无闻，重来还自吐清芬。
喇叭俨然消息杳，红颜老去不争春，甘随藜藿度黄昏。

## 凤仙花

生小玲珑播远馨，不随草色入帘青，篱边圃外自娉婷。
碎瓣有痕留玉指，芳魂无意傍朱缨，西风摇落独支撑。

## 兰花

一缕柔情万缕香，漫将陋室拟椒房，阴晴寒热费商量。
弱质几曾离故土，素心长自托幽乡，由来萧艾不同堂。

## 鸡冠花

寂寞空庭对月明，中宵起舞盼刘琨，五更啼彻转无声。
一世昂头空有志，多枝并跱总难凭，千红万紫托来生。

## 美人蕉

一叶迎风似展篷，才看蜷伏忽如弓，扶摇欲上九霄重。
陌上庭前频睹面，瑶台桂圃杳难逢，动人端在不言中。

## 山楂花

一片葱茏覆白花，恍疑风雪在天涯，邻儿解道是山楂。
为有赤心常赭面，因防饕餮每欺牙，红于玛瑙灿于霞。

## 减字木兰花·壬午春柬答阚家冀大姊

梅山春尽，劳燕分飞何处问。万里书来，拂去闲愁笑靥开。　　不辞改鬓，嫁得檀郎侪道韫。待到春朝，一舸蒲圻吊小乔。

## 沁园春·壬午秋日

不畏严寒，不羡春阳，何事悲秋！任熙来攘往，身荣身辱；月圆人缺，云住云流。一往情深，千回肠断，阅尽沧桑历尽愁。红尘路，似巢中蝼蚁，井底蜉蝣。　　从来覆水难收。叹似水年华不我留。笑娲皇多事，补他天缺；共工无赖，头触不周。恁地何如，都成混沌，长夜漫漫暗五洲。人间世，待濡将彩笔，重与图勾。

# 一剪梅·和俞曲园原韵 四阕

谁把新词谱旧弦。朱雀桥边，戏马台前。沉沉梦觉百花妍。蜂蝶争喧，人舞翩跹。　　光景于今胜昔年。才罢歌筵，又指吟鞭。归来燕子也茫然。不见炊烟，疑是神仙。

四季如春灿夕阳。才别东窗，忽上西墙。少时风物尚能详。为爱花香，误却流光。　　喜乐忧愁共一觞。没个商量，谁与平章。公子归来燕燕忙。老了秋娘，瘦损庾郎。

万里河山照眼明。响彻龙笙，移柱调筝。玉珂空自唤玲玲。慵倚银屏，独对雕棂。　　一枕游仙梦易醒。心系瑶京，魂断云軿。寻思往事总愁生。泪也盈盈，鬓也星星。

行到桃源且慢夸。误了桑麻，空慕琪花。谁言金口计无差。寒食千家，怨逐流霞。　　欲梦华胥愿已赊。未拜皇娲，忽泛仙槎。休将来世卜琵琶。重振中华，不倚楞伽。

# 鹧鸪天·嘉峪关采风十咏

老向雄关作壮游，相逢不是旧春秋。荒原戈壁多奇迹，绿野平畴豁远眸。　开镜铁，放歌喉。高新科技上层楼。冲天一搏惊寰宇，百炼钢成绕指柔。

又上长城第一墩，西来此处最销魂。几多悲切埋沙碛，千古河山带泪痕。　才越夏，又经春。沧桑巨变到如今。长桥迤逦连欧陆，无复班侯羡玉门。

嘉峪严关自古雄，重来难觅旧时踪。非缘烽火迷人眼，但见穹炉接太空。　祁岭白，酒钢红。千秋人在梦游中，阅墙往事休回顾，一例祥和处处同。

万里长城万里长，千秋谁与话沧桑。烽烟自古难防敌，胜迹于今是国光。　新岁月，旧边墙。人文历史岂能忘。卫星天上夸奇丽，名共秦皇汉武香。

大业隋炀一世雄，当年曾此驻行踪。峥嵘岁月巡关外，锦绣河山入版中。　秋月白，蓼花红。凭谁与话旧时空。繁华气象今过昔，万里同乘破浪风。

杨柳条条尽向西，祁连千里自逶迤。辉煌事业资长策，淡泊生涯易起居。　人似故，换须眉。识途老马恋驱驰。等闲又赴长征路，岂必扬鞭始奋蹄。


七一长怀冰上川，玲珑剔透屹西南。五千海拔称奇峻，四十年华最壮观。　　飞瀑舞，雪潺湲。银河奕奕落人寰。莫愁世上无知己，自有游人仰素颜。

【注】

七一冰川在嘉峪关市西南116公里之祁连山中，海拔5150米，面积4平方公里，最厚处120米，坡度45°，较易攀登。因发现于1958年7月1日而得名。自发现迄今，仅44年。句中"四十年华"，本此。现为开放景点。


红柳长留简上书，元平年号忆当初。人情隐约存花海，物价分明识五铢。　　真汉隶，旧规模。史官而外拾遗珠。流沙不坠成珍宝，岂独师承翰墨濡。


【注】

嘉峪关花海农场烽燧遗址，于1977年7月出土红柳木制简觚，上记西汉元平元年（昭帝元年，公元前74年）制作。记风俗、物价、诏书等，极为珍贵。五铢，即五铢钱，汉币名。

嘉峪西行十里程，黑山岩画夙知名。逃生有象牛翘尾，操矢循踪马绝尘。　　寻旧史，慕先民。四千年事出沉沦。茫茫太古人何在？日对朝晖夕对曛。

【注】

嘉峪关西北有黑山岩画，据考为3500-4000年前羌族先民所作。画中人物、牛群及争斗、逃窜等形象，栩栩如生，极具史料价值。

魏晋佳城彩绘砖，林园亭舍色斑斓。主人行乐庖厨侍，耕畜耘田汗血殷。　　文外史，绝尘寰。酒泉太守姓名传。农桑共道"齐民"早，更比"齐民"早百年。

【注】

嘉峪关新城魏1号墓出土画砖，有酒泉太守段清画象。北魏贾勰撰《齐民要术》，为我国记载农桑事业之最早书籍。嘉峪关8号晋墓壁画有农桑耕作形象，较贾著尚早百年。

# 浣溪沙·榆中采风十咏

官磨滩前夜宿迟，涛声依约似当时，梦魂飞上最高枝。　一代天骄留胜迹，千年古郡焕新姿，殷勤说与世人知。

万木葱笼簇两山，秦时古郡汉时关，大王消息杳人间。　仙气争如人气盛，新程终比旧程宽，腾飞经济几千旋。

【注】
成吉思汗陵于抗日中一度迁此。于右任《天净沙》有"大王问我，几时收复山河"之句。

日暖风和律吕调，云龙桥畔马蹄骄，满山松桧欲凌霄。　流水潺湲沉暮霭，仙人缥缈隐箫韶，一川明月照迢遥。

银海波澜隔雾看，冰川远隐欲流寒，玉龙鳞甲走泥丸。　知有桦林明处处，岂无枫叶转丹丹，一泓清水照吟鞍。

习习凉风笑语和，残存暑气已无多，玉楼天半起笙歌。　且荡秋千云外去，漫撑阳伞雨中过，兴隆山上会姮娥。

空向名山树纛旗，枯荣世事若涟漪，人王帝子剩丘墟。　　一宿仓皇无再到，三年扰攘爽心期，白头输却满盘棋。

【注】

兴隆山有蒋介石行馆仅留宿一夜而已。

平顶峰前吊肃王，一桩疑案费端详，颜妃碧血石生香。　　拉朽摧枯民变急，逃生夺路帝裔狂，凤阳无地隐朱郎。

【注】

明肃王为朱元璋幼子所封，有十陵在榆中，相传李自成军陷兰州，末代王妃颜氏触碑而亡。其碑现存兰州文化宫。

斗拱飞檐太白楼，清泉水质世间优，四时风景逗人留。　　永忆当年传盛事，可堪他日记芳猷，将军何日续前游。

【注】

1947年8月，张治中将军约集兰州文化界300馀人于太白楼，即席发表和平主张，余忝与其盛。

再到名山百感生，两峰如黛暮云平，几多惆怅对轩楹。　　裙屐无踪三径杳，雁行空听一声轻，萧疏白发梦长庚。

八十韶华一瞬中，喜松亭畔忆相逢，重来不
是旧时容。　　涧户分泉灵液出，高崖滴泪玉人
空，满山云雨杳仙踪。

## 浣溪沙·读秦州女诗人《四清集》

雨过依然放好晴，天涯何处不芳邻，梅兰竹
菊共时清。　　廿载觉来同梦寐，三生难觅旧精
魂，忍操双箅逐毛神。

## 浣溪沙·伊岭仙山院吊古

阅尽沧桑是木棉，花开犹是旧时妍，翼王归
去几经年。　　伊岭游人寻胜迹，乌江遗老诵遗
篇，难凭赤子拯元元。

## 踏莎行

衫托相思，泪抛红豆，等闲又是年时候，深
宵絮语未曾停，晓来折遍长堤柳。　　人在天涯，
神迷远岫，绮窗慵倚寒初透。难忘一笑说环肥，
而今勿药成清瘦。

## 鹧鸪天·夜游黄浦江

激滟波随水上宫，群星灿烂彻遥空。琼楼几许存前史，光景无边喜乍逢。　　星逐月，月如虹。艨艟焕彩一天红。洋场十里归何处，只在迷蒙记忆中。

## 西江月·读报六阕

大炮捎来"民主"，难禁血肉横飞。拿翁希墨久相违，衣钵新承老美。　　莫道虐俘事丑，已然干了多回。人权大棒我能挥。放火州官无罪。

山姆从来至上，驻军早遍全球。何须开战问缘由，"先发制人"理有。　　已把中东搞滥，目标移向亚洲。岂容华夏起歌讴，堵截围追口咒。

犹忆七年前事，同钦斗志昂扬。指挥若定抗西洋，记取桥头坝上。　　可叹尊为总统，长年待罪他乡。死因终究莫能详，扑朔迷离怅惘。

几度硝烟过后，空馀一片芜城。阋墙兄弟又鏖兵，国土由他占领。　　演了多番闹剧，迎来抗议声声。庭前有语忒惊人："布什该来受审"！

事发仓皇出走，难忘总统尊荣。为图复辟又登程，智利悄然过境。　　偷得双重国籍，周旋秘鲁东瀛。一朝运去忽成擒，枉把机关算尽。

生死冤家一对，阿拉法特沙龙。年年岁岁斗无功，往事寻思若梦。　　你也朦胧睡去，我方睡去朦胧。倘然泉路又相逢，莫更刀横箭控！

## 踏莎行·咏蚁

与日俱生，和天共健，堂前陌上寻常见。红尘孰与鉴兴亡，槐安一梦成幽幻。　　土筑楼台，穴藏禁苑，八纮都入娥皇甸。溃堤愿得雪沉冤，和谐世路齐声唤。

## 满庭芳·温岭之春

一缕阳光，千重激浪，洞天长屿留春。太初曾记，清浊竞扬掀。不尽宏廊石壁，蓦回首，峰立夫人。凝望久，斗门大捷、忠义戚家军。　　惊魂！空会得，太平秀色、峭石崩云。吊温峤楼旗，徐偃王阍。古道新声又是，凭记取、乐响莱茵①。遥瞻处，风光无际、岭海遍朝暾。

【注】

① 莱茵，指2003年长屿硐天音乐会之德国交响乐专场。

# 曲

## 驻马听·为兰州解放四十周年作

【驻马听】往事魂销，一枕黄粱入梦遥。灯红岁杪，坎坷人羡马蹄骄。三春细雨水成醪，千家土筑皆泥淖。休行早，分明昨夜闻狼叫。

【北新水令】金乌玉兔竞翱邀，四十年沧桑变了。千卤连玉宇，一水几虹桥。恁地蹊跷，旧城墙都幻作林荫道。

【沉醉东风】散群星人家朗照，蓁长龙柳宠花娇。峻琼楼入眼多，油壁车遗踪杳。哪管他夏盛秋高，一径修平利万辂。亘街心花明柳俏。

【沽美酒】驾轻车我西出凤林道，大河阻，雪浪高。八百米巨堰排空造，清辉神力出波涛。恁般的奇和巧！

【太平令】记得那西固城一路蓬蒿，土墙儿东颓西倒。曾几时把旧境抛，换来了簇新容貌。你看那厂房儿忒高，机声儿忒嚣。产品儿蜚声腾港澳。

【破齐阵】道是青宁绾毂，山连秦蜀崔嶤。云海飞车，巉岩凿隧，荟得神州瑰宝。汽笛一声春梦觉，空明几处冶炉高，人定擅天骄。

【折桂令】算而今新旧判泥霄。离恨重重，逝者滔滔，来者昭昭。行迈奕奕，前路迢迢。逛兴隆双峰竞峭，游安宁春闹桃梢。乔木萧萧，鸟雀嘈嘈，忆昔年荒塍兀岭，喜今日绿嫩红娇。

【尾声】这光阴也须惜，那好景忒难描。古今事，知多少，记丰功，存旧貌，且看那一卷卷志书新换稿。挈要钩玄上笔梢。待付与后人瞧。

## 点绛唇·为"绿色希望"作

【仙吕】【点绛唇】人怨时乖，年荒世败，黄土层儿翻转来。绿荫何在？山如瘦马一排排。

【混江龙】问天无奈，千年风雨圮楼台。春明夏盛，秋去冬来。一霎时风，但见黄沙舞；一霎时雨，蓦地壑沟开。草离离奔野兔，夜昏昏哭狼豺。阳春有脚，露湿无苔。多少年，那孤另另凌霄白塔空期待，望不尽荒原寂寂杳桑槐。

【油葫芦】一寸相思一寸灰，怎盼得桐花万里凤凰来。忆当初藏冰植树争豪迈，一心里鞭打龙王上九阶。沧桑变，人未老，功劳在。喜如今一径葱茏山似黛，料明朝端的呼得雨云回。

【天下乐】你看那黄河如带界长街。两山争耸翠，白塔峙三台，参天杨柳把行人盖。谈情的幽径穿，舞剑的朝霞戴，这光景当年怎见来！

【鹊踏枝】那桃花儿绯红，这梨花儿雪白，直引得斜阳去又回，看不尽烟雨兰山沉暮霭。

【煞尾】白日里，两山排闼送青来，夜来时，万户千家灯焕彩。恍如那龙首儿翘，龙尾儿摆。歌一曲黄河之水天上来，唤醒人无荒无怠。

# 开会谣

昨来个通知言有据，这会议便开到月底。大宾馆，蛮高级。论伙食，几元几！我权作休息。把紧急事儿权搁起。打心眼里喜！喜！喜。

会议厅堂皇富丽，横幅儿高高挂起，论长度两丈有馀。眼看他，首长宾客都来矣！开场白，全一律：那法定人数啊，已相差无几！

逢大会，我早溜之矣！开小会，我总把嘴儿闭。不发言，犯的是哪一条法律？

选票儿，真有趣。一张带红，一张带绿。名姓儿甚生疏，全不记。这无关大体，又何须顾虑！且把它，一个圈儿圈到底。

# 端正好 1985 年元旦

《端正好》沸腾腾人影乱，乐孜孜眉稍展，欢笑迎来这八五年。眼前的神州大地春无限，猛教人想起了台湾远。

《叨叨令》从别后，玉兔西沉金乌转。越越的三十五年劳注念。我这里，盼三通早些传鱼雁，我这里，逢佳节总把亲人念，总禁他执意拒和谈。便不思量，也难省愁肠断。

《耍孩儿》自昔日清王朝败却虎门战，百年来忧患难排遣。端仗那前赴后继有先贤，方赢得虎伏苍龙偃。似这般民殷物阜宏图展，亘古也何曾见！喜今朝中英声明字已签，眼见这舆图新稿换。那旧调儿莫再弹，这新样儿须拣！休教人望穿秋水，不见归帆。

# 春光好·自度曲为五届人大四次会议作

《春光好》春光好，欢处处。草青青，田漠漠。喜不尽花团锦簇。那佳讯又传京华路。新通过了"七五"，虎年头迈出英雄步。

《喜扬眉》将"六五"重回顾；产值增，民生足。改革放奇葩，国运升腾速。莽神州尽眉扬气吐。

《听春潮》党风正，民俗淳，邦本固。盼天街小雨润如酥。把歪风煞住，喜中枢做主。休道是草色遥看近却无！听春潮一声声似虎！

# 齐天乐·自度曲为景泰提灌工程作

《哭皇天》景泰，景泰，千百年来无奈！天空鸟不飞，地头风作怪。拉羊皮不沾草，日炎炎无内外。一忽儿石燕飞，一忽儿青磷走，一忽儿哭狼豺。眼巴巴、黄河东去无牵碍，争盼得、频沾雨露绿桑槐。哀！哀！这光景怎生儿得改？

《忆李冰》哗喇喇天地崩，晴朗朗人间换。来了个活李冰，发下了愚公愿。要把这荒凉景泰川，建设成富饶的都江堰。眼见他排土方，眼见他修泵站，眼见他埋虹管。闹烘烘折腾了几年，那水龙王便乖乖地由人唤。三千顷荒地变良田，安排了移民过七万。到如今，草木芊芊，麦苗鲜鲜，人畜同欢。这光景，当日何曾见！

《齐天乐》景泰工程好，康庄道一条。且看那，二期蓝图新换稿。六百米扬程技术高，赢得了"中华之最"在荧屏表。八千顷良田凭空造，筑就了绿色长城气候调。风沙不到头，花明兼柳俏。壮志儿几腾升，四荒滩将绿绕。更一般事儿堪庆笑，那腾格里沙漠也气焰消。真个是千百载贫穷脑后抛，大伙儿奔小康，臻温饱！

## 骂玉郎带过感皇恩·登兴隆山远眺

纷纷红叶秋将尽，春归夏日无痕。西风凄紧何人问！携好侣，漫登临，休言困。大气氤氲，雁阵飘零。怅无门；攀天阙，对黄昏。重阳过了，菊尚流芬。甚叮咛！鹦鹉杳，麝香沦。念芳辰，望青君：要退耕还草树成林。好共先生留后约，他年重与话前尘。

## 两地锦·为抗日战争胜利六十周年纪念作

《两地锦》正值夜深人悄，甚情绪，把人撩？六十年的往事萦怀抱。抚今日，忆前朝。

《啄木儿》神州地，战云高。多少繁华成一燺！多少男儿为国殇！多少妇孺成饿殍。几番捺却心头恼，睦邻永世修和好，将友谊长系这隔海遥。

《前腔》冰山倒，恶焰消。武运久长成笑料①。呓语喃喃说"共荣"②，迎来一纸投降诏③。惩前毖后全抛了，军国幽灵频唤召：无端地，又参神社，拜东条④。

《前腔·煞尾》蛰龙起，警钟敲。国势蒸腾春梦觉。稳定和谐百事兴，廿年脱却了贫穷貌⑤。叵奈东邻多恶少，觊觎油田窥钓岛。凭记好：玩火者，必自燎！

【注】

① 日本侵略军，经常宣传其"武运长久"。

② 日军以所谓建设"大东亚共荣圈"欺骗亚洲人民。

③ 指日本天皇的《投降诏书》。

④东条英机，二战中任日本首相，甲级战犯，现被祀于靖国神社。

⑤改革开放以来，约二十餘年。廿年，大约数也。

# 赋悬壁长城铭

大河之西，冰川之阳，有长城焉，名曰悬壁。削壁巉崖，备极险要，明嘉靖十八年肃州兵备道李涵之所筑也。城以年久失修，仅留残迹。公元一九八七年中共嘉峪关市委、市政府于其颓圮之际，引而长之，版筑六百二十米，建烽台三座。既竣，市长孙一峰嘱为之铭。曰：

祁连苍苍，弱水泱泱。

长城迤逦，瀚海汪洋。

冰川远引，石窟辉煌。

烽烟既戢，关塞迷茫。

是用修葺，雉堞橹墙。

登高临远，极目禹疆。


著文明兮迢递，揽胜迹兮徜徉。

访黑山之石刻，沐雄关于朝阳。

想瑶池兮西极，来天马兮远方。

展澄湖之明滟，集鸥鹭而飞翔。

啖浮瓜兮夏日，醉葡萄兮夜光。

融春煦于鹤翅，凛秋肃于苇塘。

啜南山之白雪，挹东篱之幽芳。

谛驼铃之悠悠，谐汽笛之昂昂。

鞭虬龙于疏勒，夺天工于酒钢。

出能源于砂碛，媲美玉于昆冈。

遨九天兮射天狼，荫千里兮遍绿杨。

扼丝路之要冲，当欧亚之津梁。

夸鱼米之饶庶，作天下之廒仓。

喜人文而蔚起，绍勋业于汉唐。

既远来而近悦，卜古道以遐昌。

# 刘家峡赋

大河迤逦。导乎昆仑。朝发积石，夕奔龙门。长啸兮入海，浩淼兮无垠。虽行经乎万里，终难济于苍生。痛巨能之潜失，每嗟叹而徒兴。斯当峡谷，密迩凤林。张骞游仙之窟，鱼龙潜跃之津。岁逢戊戌，厥建殊勋。施工设计，自力更生。筑大坝以拦河兮，临深潭而斩鲸。矗铁塔其高耸兮，连电网之如银。溉两山而绿化兮，树乔梓以成阴。建厂房于地下兮，共日夕而轰鸣。变波涛为动力兮，输四省之光明。促工业其发展兮，供亿兆之高能。出平湖于高峡兮，鉴碧波之粼粼。齐水天于一色兮，揽浮光而跃金。

或逢汛期，波谲涛惊。启闸排洪，势若千钧。喷百米之落差，驱万马而狂奔。彩虹蔽天，峡谷雷鸣。雾团团以凌霄，潷蒸蒸而凝金。飞瀑流霞，奇绝古今。

或逢休沐，仕女如林。鸡鸢飞跃，送暖摇旌。悚峰峦之奇峭兮，望姊妹之插云。登石窟而访古兮，情或系乎西秦。或值隆冬，不见冰凌。红装素裹，水碧波澄。猗欤休哉！昔人有云：圣人出则黄河清。慨我中华，累世邅迍。奋发图强，代有雄英。远离华盖，国运遂蒸。秕政既除，日月其新。往哲之言，奕代而徵。

# 白鹿洞书院诗词研讨会碑记

维公元一九九零年之八月，序属初秋，时犹溽暑。匡庐白鹿，紫阳洞府。学林硕彦，来会斯土。研讨诗词，旁勘韵数。猗欤中华，泱泱诗国。风雅肇端，代流芳烈。唐宋以降，词曲继起。艺苑增辉，诸体乃备，延及逊清，诗风罔替。流派纷纭，门户竟立。洎于五四，爰有新诗。言情言志，风靡其时，艺相得而不彰，道并行而不悖。或诗或词，因题而异。"朦胧"、"意识"，各殊其趣。"四五"罹忧，群情愤激。锋镝指"四人之邦"，战斗擅诗词之锐。方是时也，兴观群怨，四体毕具。宁复有新旧流派之争哉？溯自拨乱返正，蟊贼尽去。改革开放，百废并举。国运既日臻乎隆昌，文艺亦浸假而扬炬。老幼每酣乎诗词，报刊亦开放其版幅，使非势之必至，理所固然，奚能有此之比者，"双百"之方针重申，"二为"之宗旨匪易，高瞻远瞩，建盛世之良规；骚客诗人，期共兴乎百卉。方继承创新之不遑，何新旧畛域之是忌！至于格律之兴，是犹工匠之矩。千百年来，每经去取。若遽废除，传统遂弃！良以吾华，历史悠久。幅员广大，语言之别，并地而存。韵押方言，难申雅意。故而新韵之产生，必赖语音之统一。急于近利，未必克奏上功；求索多方，何妨假以时日！抑有进者，大抵创新继承，各抒所志。譬若珍馐，食之不厌；侈陈糟粕，必为世弃。斯会也，集四海之精英，究五音之不备。吟啸充乎匡庐，兴致弥乎天际。慨指陈之多方，实难为乎决议。爰述颠末，勒石为记。

# 豕德颂

天生万物，唯人最灵。何以为家，有豕乃成。居无求安，土石其邻。食兼生熟，何计粗精。可委身而饲虎，每屈己以循人。资万众之一利，虽九死而如生。薄杨朱之为我，类孔孟之成仁。既悟乎彭殇之一体，复何羡龟鹤之遐龄！芸芸万类，其鉴斯心。悠悠万古，此义长存。

1995 年

# 汉唐诗书画研究院缘启

羲皇故里，地接昆仑。唐帝之乡，泽绵华夏。驾六龙而会王母，汉武称雄；开四郡以扬国威，边庭永固。布衣草圣，舞龙蛇于敦煌；伉俪寒门，传佳句于《新咏》。翰林学士，永留俊逸之词，倚马清才，共仰传奇之笔。唯是治乱相循。边塞多悲壮之诗，少陵有黍离之叹。降及后世，历有废兴。陇上人文，瞠乎莫及。洎夫改革开放以来，大地既复苏于春风；国运遂蒸腾乎赤县。控黄河而资水利，人定胜天；变荒原而作三都①，才堪塑地。周秦故土，蔚起人文；艺苑诗坛，并兴陇上。宜诗书画而并举，显学弘扬；期绍勋业于汉唐，风流继起。既临风而奋志，当集腋以成裘。此斯院之所由兴也。特布腹心，用昭海内。所望神州贤达，三陇才人，实鉴此心，同襄盛举是幸。

【注】
① 三都：铜都白银市，镍都金昌市，钢都嘉峪关市。

# 引大入秦赋

祁连之东，大河之北，厥有平川，方圆百里。雨旸不时，弋翔寂寂。禾稼鲜收，衣食难继。望大河之汤汤，阻群山之岌岌。呜呼！安得如秦王当年，遣五丁力士，凿穿乎祁连天险，引河水以苏今日之困哉！

所幸自党的十一届三中全会以来，高瞻远瞩，仰决策之英明；协力齐心，为中华而尽智。多方论证，采及刍荛；固本兴农，当推水利。爰有引大通河水以入秦王川之议。

于是鸠中外之能工，资劈山之利器。藐祁连之巍巍，震冰川其溃溃。越绝壁之山含嵯岈，凿连山之长隧。构百丈之明渠，导泱泱于既济，纳滔滔于长虹，激飞流乎千尺。浩浩汤汤，地建郡邑。旱漠荒原，顿生霖雨。沟渠纵横，青葱蔚起。既物阜而民殷，乃工农而并举。更筑新城，琼楼玉宇。马骤车驰，商贾云集。九天仰银翼之翱翔，大地瞰长龙之逶迤。变气候之氤氲，沐春风之和煦。猗欤休哉！事虽成于今朝，功当垂乎后世。

吁嗟乎！挟泰山以超北海，古人犹叹其不能，而引大通河水以入秦川，今兹竟能克竣其事者，何哉？岂不以势之所趋，诚之所至，导之者明、为之者力、谋之者周、计之者遽，与夫技之所精，器之所利者乎？谚有云：二人同心，其利断金。有志者，事竟成。吾观乎今日之事，益明其信而有征。

# 创建中华文明园缘启

巍巍华夏，朗朗神州。奕代文明，远端肇乎大地；千秋盛业，实绪承于羲皇。大河育灿烂之奇葩，长城壮森严之拱卫。人怀不窋，悯后稷之遗风；墓发张川，明非子之牧圉。六龙回驭，谒王母兮瑶池；四郡新开，睦邦邻于西域。五凉继出，恣割据以称雄；两魏攸分，缘窟雕而显世。人文蔚起，慕学士之遗踪；治绩辉煌，隆陇西之族望。迨乎宋明浸替，穴有奇于鸟鼠之乡；清室陵夷，山或穷乎夷齐之食。货弃于野，民不聊生；战祸绵延，喁喁望治。所幸仁师遥指，红旗漫卷西风；煦日重临，郅治臻于北国。拦河筑堰，壮志可缚苍龙；冶铁为钢，光焰腾乎漠野。三都斯建，喜民困之既苏；复道新开，睹宏图之再展。念吾辈之所居，固羌戎之旧域。夏属雍州，秦建陇西之郡；

汉设金城，隋立兰州之治。其为地也，势跨黄河，当青宁之缩毂；毗连西域，扼丝路之要冲。长桥卧波，揽两山之吐秀；群峰积雪，望七道以增寒。屹立六百馀载，一塔凌空；俯瞰百里长街，三台拔地。聚名城以品秋色，秾艳乃在兰州；苏大地而发春华，温煦何殊伊洛。洎乎今日：战略转移，策既早制定于中枢；重任在肩，责焉可旁贷乎三陇。同仁等或育于是乡，或长期寄籍。其况虽殊，其情则一。际兹时会，咸思奋举，爰有筹建中华文明园于兰州之议。

所冀斯园之建，浸为跨纪新猷。规模浩荡，亩达三千；草木葱茏，林逾二百。借景观之微缩，鸟瞰中华；溯远古之文明，情周禹甸。融商贸民俗于一体，重振丝路新风；展文化科技于多方，庶几辉延他日。相期炎黄裔胄，莅止翩然；四海游人，畅怀休沐。唯念斯项工程：耗资钜万，当集腋以成裘；用掬微忱，以嘤鸣而求友。所望志士仁人，专家学者，或斥资以玉其成，或擘画而襄其业。或致志于工程之一期，或勠力乎斯园之续继。务期既造福于今朝，亦当永垂芳乎后世。是启。

1998 年 7 月

# 西狭赋

辛巳之夏，五一休闲。揽胜寻幽，道出陇南。探西狭之幽奇，驾轻车而跬步；溯东汉之绵邈，舍碑颂其奚顾！摩崖峭壁，披荆棘以前行；涉水攀巉，企趾足尚骋目。遥想伯雄莅政，省赋惩贪。发政施仁，广证正曲。斗米五钱，民康物阜。日履夷途，夜涉无悚。于是白鹿兴于原野，黄龙现于潭渚。茁九穗之嘉禾，承玉茎之甘露。当此之时，虽异象之纷陈，奈科学其未昌。人民思戴硕德，道理莫之能详。爰于鱼窍幽深，响水奔流之处；龙潜潭湛，灵于断壑之乡。绘瑞形以象天心，凿铭文而申孺慕。额、图、题、跋，迹肇桓灵；刻书画雕，珍逾璧璐。矧夫逸士留丹，劲遒古朴。隶楷相循，文根可溯。由是黄龙碑颂，奕代相承；胜迹流行，中外景慕。并德业以流馨，历兵燹而隆誉。唯是石刻之成，年逾二千。置诸岭崖，一隅促屈。上覆于伏草莽荆榛，下临乎深潭蛟窟。游人虽仰止于深心，未尝不悚悚于攀慕。际兹盛世清明，允宜拯修是务。诞敷神虑，感当道之纡筹；擘画精心，资万家之挹注。飞虹蟠石，栈道萦回。亭阁翼然，长廊曲护。水木清华，淰寒泱忽。国之瑰宝，当之无怍。睥睨世界，遗产应录。因念胜地重游，遂百感而齐兴；更欣坠绪新张，契天人之佳趣。低回凝望，浮想联翩。感慨沉吟，遽忘趋步。闲云弄影，缅往哲而神飞；落日摇金，恐归途之迟暮。既言旋于成州，乃援笔而为斯赋。

# 飞天酒赋　壬午秋

隋大业中，天下升平。四海宾服，炀帝西巡，锦幄百里，妃嫔如云。当此之时，冠盖而来朝者，二十七国。于是，造行宫于焉支山上，张盛筵于张掖丹阙。水陆并呈，珍馐悉备。唯是独少琼浆，难资众悦。时有近臣启奏："祁连山下，黑水之畔，厥有寺庙，历年无算，酿就老窖，名曰飞天，醇香馥郁，冲霄不散，陛下飨乎嘉宾，曷取之而佐宴！"炀帝大喜，尽欢尽愿。酒酣耳热，宾主放歌。遏断行云，直逼天河。歌曰：

> 享嘉肴兮敦煌，陈乐舞兮蹁跹。
>
> 饮佳酿兮飞天，庆升平兮万年。

# 梅花赋　壬年秋

夫梅之为物，其清似竹。松拟高标，兰与同馥。庾岭先开，江南继苗，邓尉为家，汤湖小住。追江宁之龙蟠，比西汉之缟素。不慕乎三春之艳阳，独钟情九秋之寒露。任疏影之横斜，恶藏身于金屋。浮暗香于黄昏，迷雪花之六出。野外小桥，可托芳踪；月明林下，和云止宿。虽粉白而黛绿，无惧于数九之严寒；每耀紫以摇红，不竞乎三夏之热燠。纵零落以成尘，犹色香而不没。

且也报花信于东风，显丰神于北牖。慕短笛之横吹，殊隋堤之弱柳。严助寿阳之妆，喜侑林逋之酒。远离供养，独持高洁。岂攀荣利，惟求自得。岁寒三友，与同芳烈。侪于君子，名堪首列。无怪其自远古迄今而益珍，膺国花之选而众悦。

# 阳关赋

　　癸未之秋，时清气爽。翘首阳关，心怀怅惘。一帖见招，欣然遂往。嘉宾贤主，尽五日之盘桓；胜迹名山，引千秋之情愫。渥洼澄澈，魂断天马之乡；戈壁连绵，情系丝绸之路。玉龙鳞甲，犹翔阿尔金山；铜镞铢钱，曾贮阳关都府。残垣颓壁，吊古邑于寿昌；栈道悬崖，访梵王于石窟。昆仑遥峙，想博望之仙槎；烽燧连绵，怀汉军之整肃。鸣沙山迴，奥蕴无穷；月牙泉清，鱼龙潜伏。览仙阙于雅丹，惊神工之巧塑。瞰蜃楼于海市，悟时空之倏忽。乃有敦煌纪氏，情结阳关。悠悠思绪，景慕前贤。既酿集乎资金，遂肇建乎博馆。于是鸠工督造，历时五年。殚精竭力，擘划周全。美轮美奂，矗立人间。既便旅游，更促科研。方其开馆之日也，晨见朝霞，遽兴微雨。马达争鸣，嘉宾云集。彩旗蔽天，欢声震地。轻歌曼舞，遥承丝路之风；急管繁弦，半是汉唐遗韵。欢乐移时，西风忽兢。凤舞鸾翔，遂传归讯。

予观乎博物馆之为地也，北望玉门，东迎嘉峪。南控昆仑，西通西域。实马可波罗东游之故道，亦玄奘取经归来之旧址，邻乎绿洲，园畴栉比。斗拱飞檐，戍楼新起。汇文物于多方，聚汉唐于一室。赏大漠之孤烟，亲锋镝之戎事。严守备之军威，恍战争之曩昔。持一牒以通关，虽万夫而莫入。遥想灞桥折柳，不赠行人；喜见西出阳关，多逢故雨。感古今之变迁，识乱离之远去。

嗟乎！敦煌显学，奕代沉沦；往事千年，尘封未启。叹史迹之渺茫，实难明其究里。痛伯希和之盗发，疾斯坦因之窃取。因念吾华学子，责任靡穷；踵先哲之遗踪，齐思奋起。务临流而益进，勿丝毫之是弃，是则斯馆之建，可为契机；所望显学敦煌，诸端并举。庶几阳关旧梦，不再难寻；必也丝路重兴，雄风有继。

## 薇乐花园赋 癸未暮春

夫处闹市而思静谧，居仙境而慕红尘者，古今固不乏人。安得如陶令所谓结庐在人境，而无车马喧，山气日夕佳，飞鸟相与还。萃仙境与红尘于其地，融自然与现代文明为一体者乎？诚如是，则居室之能事尽矣。然而遍观海内，类者渺然。若必求之，其兰州之薇乐花园耶！予观乎薇乐之为地也，东接兴隆，南崎宝顶，北带黄河，西控西坪。生成于水火既济之乡，坐落乎日月和明之域。惊奇石之遄临，迓娲皇而驻足。坦荡修平，琼楼矗簇。参差有序，超凡脱俗。万象宏开，神清气淑。纡回曲径，树嘉木以成荫；动合天心，依爻象而布局。潺潺流水，喻百载之人生；奕奕灵龟，涵千秋之易数。南湖北泊，缘一脉以相通；紫陌红尘，共涟漪而竞馥。有亭翼然，秉乎天赋。掬马衔灵秀之精英，挹大河奔腾之豪情。

若夫大地阳回，人天情洽。园柳初黄，雷惊雨霎。王右军临池书罢，不必笼鹅；苏学士浅水探春，无烦鸭试。听半夜之蛙鸣，莫问公私；诧一茎之叶绽，悠分红绿。莲开子午，乍引鱼鹰。月隐东南，遽藏修竹。艺梧桐而引凤，岂惧秋来；资菊蕊以流金，何惭傲物。既而朔风凛冽，万里冰封，独喜电暖生春，百家和燠。望连山之蜡象，纵归藏而勿屈。听腊鼓之频催，悟造化之鸿律。

## 龙源赋 甲申立冬之日

猗欤吾华，史泽悠长。追怀太古，祖述难详。远妣华胥，履圣迹而有娠于雷泽；先王太昊，秉至德而遄降乎成纪。蕃衍进化，肇起文明。人神之际，厥有图腾。神龙一脉，递嬗于今。洎乎盛世，民康物阜。百业振兴，河山锦绣。爰有人焉，操笔参造化之功，一字毓形神之茂。慈母怀婴，劬劬为善。宓羲神鼍，目炬似电。太古人文，于斯重现。会有识者多人，明契机之可辨。拟建筑乎龙源，滨黄河以为伴。远挹乎大地湾之灵气，近接乎白马浪之流昕。九州奕奕，神游意遭。白塔巍巍，意舒云卷。念逝水之滔滔，瞻前路之灿灿。用激励乎情怀，庶远离乎忧患。共醵集乎资金，乃龙源之是建。耗时三年，规模遂见。于是，树神书以为标，引万众之目注。象卦形以为台，明古今之易数。循阶北下，行乎所止。乃瞻墙垣，十德以系。衍人类兮流传，永不替乎神话。选网罟而养牺性，济民生于冬夏。观爻象以通神明，体物情于八卦。造书契以代结绳，肇文明而无价。以龙纪官，数兴九九。始别四时，渐兴农耦。举趾而南，遽生九子。秉性殊方，各擅其事。金猊好险，蒲牢习听。睚眦嗜杀，蚣蝮善泳。狴犴好讼于公门，螭吻欲吞乎远近。椒图严闭其关，赑屃好负其重。惟饕餮之无行，独贪婪而放纵。各肖其形，存于石雕。观者识之，或效或抛。已而向西，胜景迷人。庆龙凤之呈祥，抵图腾之舍馆。形象栩栩，或潜或现。或应方位，或泽农田。或游于水，或翔于天。或无甲而屈曲，或被鳞而盛冠。或共灵蛇一体，或与骏马同源。恣想象以为形，遂洋洋乎大观。千字龙碑，眼前突起。计其为数，千四七一，上溯乎甲骨金文，下及乎真草隶篆。四海斯周，古今悉备。至于龙文，琳琅满壁。三坟九典，资其所集。或被文采，或藏意趣。浮想联翩，皆存佳句。呜呼！伟哉吾华，史远年赊。五千载文化增辉，亿万代薪传靡涯。承太古之灵气，育万世之奇葩，乘风云而直上，历日月而有加。观龙源而励志，卜前路之清嘉。

# 九州台赋

世纪之交，岁逢乙酉。陟彼南山，攀乎龙首。隐杰阁于飞烟，布彩虹于绿柳。品清茗兮小憩，乘骏马兮疾走。竞百舸兮望长河，驾轻车兮追北斗。于是关叩金城，翠茏绿匝。俯瞰龙源，仰朝白塔。始谒城隍，继趋圣榻。揽西林之翰墨，搜穷古今；披东壁之图书，遽窥锦绣。盘桓曲径，羡绿海之无涯；引吭高歌，欣蓝天之拥有。既而林荫掩映，蜿蜒前行。抚岣嵝之残碑，缅先贤之坠绪。遥想当年，洪灾泛起。四野为荒，八纮以蔽。当此之时，唯我神禹，受命于危难之中，懔悚于胼胝之际。遑遑九载，罔顾其室。疏河决江，劈山分注。导洪流于海洋，登黎民于衽席。厥功既就，未敢忘忧。溯河西巡，止于是丘。环视茫茫，乃画九州。以故诗云："信彼南山，维禹甸之"。传曰：茫茫禹甸，画为九州。载诸史册，永著芳猷。华夏九州疆域由是而建，九州台之名亦由是而显。万千百年，如日之灿。不图运转鸿钧，天候浸换。兵燹濒仍，陵谷迁变。葱茏渐失，童山兀现。神禹戚戚于九霄，斯民惴惴于忧患。所幸洎乎当代，尧天重见。神州既已庆乎新苏，人文遂复归于大雅。始鞠躬以负冰。期艺苗而绿化。继敷管而引河，勤灌溉于春夏。历年六十，遂成伟绩。南北两山，重覆植被。生态改观，森林簇起。百鸟和鸣，云蒸霞蔚。蓄势方道，期荫百里。漪欤休哉！人天共慰。因为歌曰：

> 溯历史之长河，当击节以高歌。
> 喜邅迍其已逝，迎乐事之方多。
> 怀禹迹兮戴德，贻百世兮绿莎。
> 莫九州之安堵，祝万吉之祥和。

## 青龙山赋 丙戌孟夏

永登之东，厥有名山。类青龙之偃卧，毗凤凰之婆娑。溯乎人文，肇自远古；以言地势，汇接三原①。漪欤彩陶之祖，聆太平之鼓喧。休哉巨龙之世，眺海石之灵湾。霍去病西逐诸羌，令居始筑；汉长城依山傍岭，削石为藩。由是丝绸互市，驿路蜿蜒。烽烟渐戢，信使交欢。承西晋之枝阳，递北朝之广武。息唐宋之纷争，历明清而宁处。

洎乎当代，人民安堵。凿连山而作道，地走长龙；引大通以入秦，广开畎亩。百业齐兴，祥臻瑞普，岁熟永登，名实乃副。于是胜景重修，环山植树。斗拱飞檐，回廊曲护。长桥凌空，幽亭笼雾。海拔双千，阶悬百级。俯瞰群峦，红流翠滴。钟鼓腾云，青松挺碧。望仁寿之仙山，缅猪驮之圣迹。抚上相之甘棠，怀诤臣之往绩！嗟乎！登高作赋，幽绪无穷；先哲难留，贤踪孰继。念来者之可追，当翻然而奋起。悯岁月之匆匆，宜百工之汲汲。望凤凰之翱翔，感六龙之会际。凭壮丽之河山，思悠悠之畴昔。卜古郡之辉煌，隆千秋之流誉。

【注】

① 三原，指青龙山当青藏高原、黄土高原与蒙古高原交汇处。

## 敦煌美食赋

猗欤敦煌，塞外江南。东迎泰岳，西接天山。北通大漠，南望祁连。扼青海以为池，系党河而作带。倚三危以为城，峙雄关而设塞。追怀往昔，古道遐昌；百族骈居，物阜民康。来万国而互市，萃文化之多方。然而缅自开辟，莫穷奇妙：蜃楼忽现，风鸣五色之沙；海市将临，日丽七星之草。起天马兮渥洼；迎王母之青鸟。邀穆王之八骏，恣神龙之夭矫。青牛是跨，道君迹化浮图；一苇渡江，达摩面壁中土。五凉相续，马骤车驰；信仰各殊，文明并著。

泊乎隋炀之世，恢宏大业，张盛宴于瓜州；

展露瑰奇，传绮丽于西贾。冠盖骖帷，纫兰佩玉；锦饰严妆，鸾鸣凤翥。食习殊方，各茹荤素。水陆交陈，载歌载舞。甜瓜胜蜜，琼浆如乳。酌葡萄之夜光，歇蟾宫之玉杵。熊掌驼峰，龙涎鹿脯。仙境蟠桃，秦楼箫鼓。既而宴罢，帘卷珠飞；美食嘉筵，寂无寻处。

追夫律转阳回，华夏中兴。复设津梁，更连欧陆。重兴显学，帜大张于敦煌；坠绪新承，迹合寻于丝路。乃有长安赵氏，颖悟非常；稽古倡新，艰难独步。夙兴夜寐，凭故纸以钩沉；断简残篇，期阐明乎饪术。嗟古方之不见，画壁尘封；纵雕塑之尚存，难期把晤。于是十年辛苦，撷觅多方；体系斯成，声名遂著。其为食也，掇古今之精华，合中西而并跨；味浓郁以留香，复健康而典雅，重理念之革新，寓营养于潇洒。集疗补于一餐，会张弛于豫暇。宴四季而咸宜，食有别乎冬夏。立诚信以待人，礼并施于上下。由是奖牌遂获乎多金，名并列于八大①，因为赞曰：

> 敦煌美食，名传迩遐。
> 其绩可征，其业堪夸。
> 日新又新，艺海靡涯。
> 爰成斯赋，勖彼芳华。

【注】

① 八大：2001年，敦煌菜系被杭州美食节评为中国新八大菜系之一。

# 诗论诗话（一）

唐诗赏析

# 唐诗赏析 山鬼迷春竹 湘娥倚暮花　杜甫《祠南夕望》浅析

> 百丈牵江色，孤舟泛日斜。
> 兴来犹杖屦，目断更云沙。
> 山鬼迷春竹，湘娥倚暮花。
> 湖南清丽地，万古一长嗟。

七六九年（大历四年）春，杜甫从岳州往潭州，道经湘阴，谒湘夫人祠而作此诗。湘夫人，即舜的夫人娥皇女英，传说随舜出征，死于湘江，后为湘水之神。全诗字斟句酌，凝炼之中，藏着浑厚。清人王渔洋说："学诗应学子美此种（诗）"，确是笃论。

首联"百丈牵江色，孤舟泛日斜"，沉炼凝重，出手不凡。"百丈"指什么？今人《唐诗选》（人民文学出版社出版）注云："指竹篾编成的纤缆。"又说："竹缆的翠色好象和翠悠悠的江水接连着"。按：竹色是青翠的，但编成竹缆后却不可能呈青翠，所以此说不能成立。仇兆鳌注云："舟行上水，故用百丈"，近似而未能确切。其实，要解释"百丈"，须先从"牵"字说起。牵，即是连。和作者《秋兴》中"江间波浪兼天涌"的"兼"字同一用法。诗人在江船极目，视野何止百丈？但因是"夕望"，所以看到的江色就只能及于百丈了。"孤舟泛日斜"，是说孤舟泛于日斜之时，"日斜"是动词，"泛"的时间状语，如果当宾语讲就不通了。

颔联"兴来犹杖屦，目断更云沙"。前句说诗人搭舟登岸，杖屦一游，下句转入写景，且是写得十分深刻。"目断"言其极目而视，但因已是日斜时候，所以既看不到岸上远处，也看不到更远的江水，而只能看到天上的云彩，以及和云彩连成一起的沙洲。

腹联最饶趣味。由于"山鬼迷春竹"，所以可能从《楚词·山鬼》的"馀处幽篁兮，终不见天"引申而来。关于山鬼，曾有过不少的解说，有人认为即指山中的鬼魅或山魈。郭沫若以为山鬼即是山神，而且是女神，她和宋玉《高唐赋》中的巫山神女出自同一传说，很有道理。所以，这里说的山鬼迷春竹，实际是指诗人在黄昏时候，一眼望不到竹篁深处而引起的遐想。意思是："神女"处在竹篁深处，不见天日，故说是"迷"。湘娥，即前面提到的娥皇女英。这两个富有浪漫色彩的传说都与湘水有关，自会把诗人引入迷离幻觉中去。诗人对于山鬼和湘娥的同情是有区别的：山鬼迷于春竹，而不见天日；湘娥却有庙祀，能在日暮之时，倚赏暮花，对于前者，给予了更多的同情。

尾联说："湘南清丽地，万古一长嗟"。既然湘南是这样一个"清丽地"，为何又会使人"长嗟"（长长的叹息）？而且是"万古"（不是千古）？《杜诗镜铨》引张 注说："如此清丽之地。徒为迁客羁人之所有，此万古之所以长嗟也。"说出了一些道理。杜甫在这里只提到山鬼，湘娥，但屈原之沉江，贾谊之迁谪等等历史往事，在在俱足以引起诗人更多的吊古伤时之情，所以用一个"万古"，既加重了对于往古的悲怆气氛，又隐喻了个人对其身世的感喟。

# 吴楚东南坼 乾坤日夜浮

——杜甫《登岳阳楼》浅析

昔闻洞庭水，今上岳阳楼。
吴楚东南坼，乾坤日夜浮。
亲朋无一字，老病有孤舟。
戎马关山北，凭轩涕泗流。

杜甫于公元七六八年（唐代宗大历三年）春，自夔州（今四川奉节县）出三峡，冬日才抵达岳州（今湖南岳阳县），在登岳阳西城门楼（即岳阳楼）而作此诗。岳阳城在洞庭湖滨，登楼可以望见洞庭风景。杜老自七六五年从成都东下，既困于贫病，又遭逢战乱，迄今已历三年，仍是浮家泛宅，居无定所，自然感慨甚多。此诗与前《旅夜书怀》基本上同一格调，第一二联写风景，第三四联写感慨。

首联"昔闻洞庭水，今上岳阳楼"，直接入题，但不落俗套。犹如与人对话，脱口而出，而无雕琢之痕。上句"昔闻洞庭水"，不只是说"昔闻"，暗中含有无限景慕，渴望登临之意。下句亦不直说多年愿望得以实现，而只说"今上岳阳楼"，则洞庭既在目前，亦在诗中。两句均是话到口边，欲言又止，给读者留下思考馀地。

颔联"吴楚东南坼，乾坤日夜浮"，寥寥数字，概括了洞庭湖的全貌，不愧千古名句。按地理位置，洞庭湖沿岸的湖南湖北均系战国时楚地，距吴较远，但吴曾并于楚，且紧密相邻，故自古吴楚并称。又据太思《吴都赋》：“指包山而为期，集洞庭而淹流。”则是太湖亦曾名洞庭，诗言洞庭跨吴楚，也可能本此。诗意是说：洞庭浩淼无际，好象吴楚的东南已被洞庭湖从中裂开（坼）一样。“乾坤日夜浮”，据《水经注》：“洞庭湖水广圆五百里，日月若出没其中”故这里的乾坤实是指日月，诗句乃用夸大手法。意思说，洞庭之大，连乾坤（天地）也似乎浮在其中。这两句诗虽系艺术夸大，但却合乎人们的实际感受。王嗣奭公《杜臆》中说：“只吴楚二句，已尽大观，后来诗人，何处措手！”并不过分。

腹联转入抒怀。杜甫自三年前离蜀东下，迄今仍在途中，亲朋当然无从知其近况。所以“亲朋无一字”，当是实情。是年杜甫年已五十有六，又兼风尘潦倒，“老病”一词，亦非夸大。临老病而困守孤舟，无怪乎他要触景生情，感慨系之了。

“戎马关山北”，可能指同年八月，吐蕃十万人入侵灵武，威逼京师一事，亦可能指北方其他战事。总之，这时唐军虽已打败了安史叛军，但政权未固，烽火频传，与人们渴望安定的初衷仍相距甚远，诗人此时既伤旧事，又愁自身，虽然面对洞庭佳景，却不禁悲从中来，故其凭轩（门窗）流涕，自在情理之中的。

# 星垂平野阔　月涌大江流

——杜甫《旅夜书怀》浅析

细雨微风岸，危樯独夜舟。
星垂平野阔，月涌大江流。
名岂文章著，官应老病休。
飘飘何所似，天地一沙鸥。

此诗作于公元七六五年（唐代宗永泰元年）。这时严武已死，杜甫在成都失去依靠，不得已离蜀东下。大约在由渝州（今重庆市）到忠州（今忠县）途中吟成此诗。首联和颔联写夜泊舟中所见长江夜景，腹联和尾联抒发自己的感慨。

"细雨微风岸，危樯独夜舟"，构思绝妙。诗人在夜泊之后，首先是纵目遥望，这时天空上布满细雨。因细雨微见倾斜，故知尚有微风。当然，细雨和微风也同样布满江上，但因作者是在江船遥望，所以只说"岸"上。下句说明作者因感到自己尚在舟中，高悬的风帆（樯）正因风摇曳，故曰"危樯"。危樯迎风作响，又系白色，故诗人尚能确切感其存在。但危樯之外却是一片黑暗，连自己所在的"舟"也沉浸在此黑暗之中了。这里，一个"危樯"，一个"夜舟"，便充分说明近处的一切。故而倍感凄凉。

"星垂平野阔，月涌大江流"，更是千古佳句。其所以佳，是因为他如实地以诗的语言再现了当日江上的风光：由于天空旷阔无限，所以看来好象星星悬于天上，故曰"星垂";又因为星星发着微光,远近皆能看见,故能感到平野辽阔。月亮映在水里,本该十分平静,但月影随着江水移动,去而复返,失而复得,而这个一去一返,一失一得,只是瞬间之事,故人不能感觉,反而留下了一个"月涌"的印象。正因为"月涌",所以人们才能觉察出江水在"流"。这两句诗真是匠心独运,观察入微。

在欣赏过一番江上夜泊的风光之后,饱经忧患的诗人不免从江景想到夜泊,又从夜泊想到流徙,由流徙而感到了身世之悲。于是有了腹联的感慨和尾联的叹息。

"名岂文章著",表面看是普通疑问句,实质上是抒发作者怀才不遇,没能施展出"致君尧舜上,再使风俗淳"的抱负,应该说是一个惊叹句。意思是:本该以经邦济世之才去为民造福,但却仕途蹭蹬,穷愁潦倒。所以,这句诗实际是说,自己虽因文章成名,但却是于心不甘!下一句"官应老病休",与前句大体相同,杜甫生于公元七一二年,此时仅五十三岁,并不算老,也无大病,但"官""休"却是事实。明明是不得于志,但因无可如何,只好以"老病"为自己解嘲,其中心之悲怆可想而知。

"飘飘何所似,天地一沙鸥",说明诗人此番离蜀,正和当年由华州弃官西行一样,没有明确去处,把上一联所表现的悲怆情怀更加深化。事实上杜甫离蜀之后,先是滞留夔州(今四川奉节县),继而漂泊湘鄂,仅过五年(七七〇年)便客死在郴州途中了。

# 随风潜入夜　润物细无声

——杜甫《春夜喜雨》浅析

> 好雨知时节，当春乃发生。
> 随风潜入夜，润物细无声。
> 野径云俱黑，江船火独明。
> 晓看红湿处，花重锦官城。

这是杜甫寓居成都时的一首名作。全诗结构紧凑，层次井然，立意奇特，遣词瑰丽，很有独到之处。

从布局上看，起联点题，是对春雨的赞美。第二联描写夜听春雨时的感受，更确切地说，是写听雨。第三联写听雨而不闻其声，在细雨中开门出望。尾联则是描写诗人在喜雨之后的一些联想。

"好雨知时节，当春乃发生"，过去的注家总爱引出《尔雅·释天》的"春为发生"一语，以为这里的"发生"不是指雨，而是指春天的"万物发生"。其实，这纯属多馀。因为上句既已提到"好雨知时节"，此诗又明明是咏春雨，故《尔雅》所说"春为发生"当然也必然包括春雨，隔一层去了解并无必要。对于这一诗句，我们不妨理解为：好雨（春雨）知道应该及时，以润万物，所以春天一到，它便沛然而至了。

诗的妙处还在于以后三联。第二联是诗人已感到春雨到来，且又天色已晚，匆忙进入屋内。但他虽进入屋内，仍关心着春雨，侧耳细听，不闻其声，只有春风微拂。由于风惹衣襟，始知春风带着细雨。因是细雨，故说是"潜入",又因夜幕降临,而微雨不止,故又曰"潜入夜"。这句诗,主语是雨,但省去了。"潜入"是动词,即谓语。"随风"和"夜",一说明雨潜入的状态,一说明潜入的时间,却是谓语的状语。诗人明知雨在微微地下着,但既听而不闻,所以仍不放心,又向院中花木抚触,及至感到花木湿润,才确信春雨降临。虽"细"而"无声",他确能"润物",形容春雨,十分恰当。

至此,诗人仍不放心,因为他不知道这次"微雨"能下多久,又是否可能再下得大些?于是他再次出门而望。只见门外的景象是:"野径云俱黑,江船火独明。"诗人更放心了。

野径,指离杜甫所居较远之处,这时,野径之上正笼罩着一层层的黑云;向江边望去,但见江船之上渔火通明,反衬出江天一片漆黑。凡此景象,俱足说明春雨将由细变大,万物将苏,诗人满意地回到屋内。

诗人回屋之后,果然春雨如潮。诗人随着雨声,进入遐想。首先他想到:雨,将会滋润着花蕊,(即所谓"红湿处")。使它们开得更加明艳。又想:待到明日清晨,一阵"晓看"之后,花农们便会把它们带到锦官城(成都的旧称)去叫卖。诗人还想:由于"红湿",花的价值会比平时更为贵重,花农的所得定会增加。所以,这里的"花重",不能望文生义地说,是雨增加了花的重量,而是指雨后花的更加鲜艳和价值的增高,暗喻花农的喜悦心情。

# 烽火连三月 家书抵万金

——杜甫《春望》浅析

国破山河在，城春草木深。
感时花溅泪，恨别鸟惊心。
烽火连三月，家书抵万金。
白头搔更短，浑欲不胜簪。

此诗是作者被安史叛军掳至长安以后，继《夜月》之后的感时之作，手法凝炼而明快，词句清丽而工整，句句蕴藏着深厚的感情，是作者最脍炙人口的诗篇之一。

起联"国破山河在，城春草木深"，直从国破家亡说起，犹如千寻瀑布，咆哮奔腾，扣人心弦。这里的"国破"，不只是指唐王朝中央政权的崩溃，更重要的对于千百万人民惨遭杀戮和流离失所的控诉。所以接着以"山河在"三字为其衬托。试想：国破之后，只有山河依旧，则其他一切，必是荡然无存，故其处灾难之中，不言而喻。"城春"，说明春日已经来临，本应万民同乐，然而眼下的长安却已面目全非，以前的亭台楼阁大都化为灰烬，草木已经长满废墟，正是一片荒凉寂寞的悲凉景象。作者抚今追昔，当然要发出"感时花溅泪，恨别鸟惊心"的感慨了。

感时，是有感于兵燹离乱的"时"；恨别，是含恨于亲人的诀别。由于感时之深，所以不禁流泪，流泪而不能自己，故其泪溅于花上；由于别恨之哀，所以往往凝思而出神，既是出神，则对于身旁事物，便无暇顾及，故遇鸟飞其侧，便会受其惊扰。所以"鸟惊心"三字，实是从深刻体会中得来，决非随便下笔。

第三联照应第二联。"烽火连三月"，是"感时花溅泪"的进一步说明："感"的是什么"时"，是"烽火连三月"的"时"；"家书抵万金"是"恨别鸟惊心"的进一步说明：为何要如此"恨别"，因为是一旦分别之后，不仅难以再聚，就连家书也比万金还难于获得。历代注者有人以安史叛乱始于前一年的十一月，推断这里的三月是"三阅月"，即经过了三个月；又有人以为既是"城春草木深"，则"连三月"应指暮春。其实，诗人之所谓"烽火连三月"，只是用以形容战乱之长，而所谓"草木深"者，也不过是借废墟草木之盛以反衬长安的荒废，不一定非是"暮春三月，江南草长"的三月不可。我们读诗只可领略其诗情诗意，若是一涉执着，反而没意思了。

尾联"白头搔更短，浑欲不胜簪"，不仅是诗的总结，同时也是感情的强抑。白头，即是白发，是因为格律关系而用成白头的，何以要搔白发？因为自称"乾坤一腐儒"和"少陵野老"的作者，对于时局的纷乱，虽然愁深感重，却是无可奈何，只有搔首问天而已。由于频搔，才觉白发已是越来越是稀疏，简直快到连发簪都经不住了。这里，作者以事作诗，戛然而止，虽不直说伤心，而伤心自见。故全诗虽定，而所给予读者的艺术感染，却是馀音绕梁，无究无尽。

# 香雾云鬟湿　清辉玉臂寒

## ——杜甫《月夜》诗赏析

> 今夜鄜州月，闺中只独看。
> 遥怜小儿女，未解忆长安。
> 香雾云鬟湿，清辉玉臂寒。
> 何时倚虚幌，双照泪痕干。

此诗为公元七五六年七月，杜甫只身从鄜州（今陕西省富县）出发，前往灵武（今宁夏自治区灵武县）投奔刚刚即位的唐肃宗李亨，途中为安（禄山）史（思明）叛军掳回长安羁系，月夜怀念还滞留在鄜州的妻儿时所作。感情真挚，哀惋动人，而并不失之纤丽。过去有人因为诗中有香雾、云鬟一联，讥为是杜甫的"白圭之玷"，实是误解。

杜甫身在长安，月夜怀念在鄜州的妻儿，却先不直说本意，反从想象中妻子在鄜州忆己写起，立意已见高人一筹。既然是小儿女，则月夜自必与其母一道赏月，但母亲另有心事，而小儿女则并不知晓，所以对其母亲来说，仍是"独看"。只此两句，便是暗暗摧人肺腑。第二联"遥怜小儿女，未解忆长安"，才点出小儿女们也许并不知道自己的父亲已经被掳至长安，也许虽然知道父亲正在长安受难，却不理解今晚的月亮与父亲有什么联系，仍是浑浑噩噩，茫然不理会他们的母亲为何对今夜的月亮如此关注，如此深情，如此久久不能离去，以致到了"香雾云鬟湿，清辉玉臂寒"的程度。

　　夜间散发的香雾已经浸湿云鬟，月亮的清辉正在寒侵玉臂，说明已至夜深。何以夜深仍在赏月？此情此景，远非小儿女们所能理解。小儿女越是不理解，事情就越是显得可叹。故"遥怜""未解"一联虽未说透，但其艺术感染力却是无穷。"香雾""云鬟"一联虽然直说妻子忆己，但笔力却仍着重在小儿女上，可谓缠绵悱恻之至。

　　尾联"何时倚虚幌，双照泪痕干"，倚是靠近。虚幌，即挂起的帷幔、帘幕。双照，月光照着两人。杜甫在这里从遐想回到现实，猛省过来，才知仍是独自一人。于是又沉浸在另一美好的向往之中。他设想有一天能够和妻儿团聚，双双照在月光之下，痛诉离衷。但忽又转念聚会时虽有别后重逢之乐，但因感情触动很大，可能泪眼惺忪，不能自己，直至衷肠诉罢，两人的泪水在月光中慢慢干去为止。杜老作诗，善于以虚结实，以情结景，表现出馀音绕梁，三日不绝的特有工力。

# 会当凌绝顶　一览众山小

## 杜甫《望岳》诗赏析

岱宗夫如何，齐鲁青未了。
造化钟神秀，阴阳割昏晓。
荡胸生曾云，决眦入归鸟。
会当凌绝顶，一览众山小。

　　这一首望岳诗，是杜甫早期诗作，大约成于公元七三七至七四〇年。其气魄之大，遣词之工，极为后人乐道。

　　岱宗，是对五岳之首的东岳泰山的尊称。夫，是语助词。第一句的"岱宗夫如何"，意思说"泰山的形象怎么样"？乃作为全诗的领句，故意从平淡说起。紧接着诗人便以千军万马之势，对泰山来一个总的描述："齐鲁青未了"。从地理上看，泰山之阳（南），春秋时属鲁国，泰山之阴（北），春秋时属齐国。这里特别提出齐鲁的国名，想借人们的历史概念，来说明泰山之大，横跨三国。其次又说，泰山之大，并不止此，因为它虽横跨齐鲁，而其"青"（泰山山色）却还未了！这样，形容泰山，何等概括？何等形象？古人以为此句"雄盖一世"，是很有道理的。

　　"造化钟神秀，阴阳割昏晓"，钟是聚集，割是判割。前句说，造化（大自然）的力量如此伟大，它把一切神奇秀丽都聚集到了泰山；后句说，由于泰山形象的高大，能把日光隔住，以致于山的南面（阳）虽已日出，而山的北面（阴）却还一片昏暗，好像齐鲁两地的昏晓，全由泰山判割一般。虽系夸大，但并非全然违背实际。其造意遣词之奇，令人叹服。

　　"荡胸生曾云，决眦入归鸟"，较为费解，历代注者也多纷歧。曾，即层；决，原义为破裂，眦，即眼眶。这两句是指在登上泰山之后，由于眼前只见茫茫一片白云，所谓大千世界，均已从眼界中消失。此时，原来胸中的一切杂念，顿然为之荡涤一空。故上句为倒装句，实是因见

"曾云"而"荡胸"。"决眦入归鸟",意思是鸟从山上飞回自己栖息之所时,因为山大、归程很远,人们虽然纵目遥望,还是看不到尽头,所以必须睁大眼睛,直至"决眦",才能看到鸟的归处。"入",是指把眼光凝聚到鸟之归处。这句诗也是倒装,实际是因"入归鸟"而决眦,非如此便无从索解。

尾联"会当凌绝顶,一览众山小",会当,即应当;凌,是逼近,这里作登临解。诗中表明作者并未登上山顶,由于前面已提到"归鸟",我们可以设想时已近暮。但作者确信登东山而小鲁,登泰山而小天下(孟子)的说法,所以仍有"一览众山小"的强烈愿望。正因如此一结,便使整个诗句,更有生气,馀味无穷。

此诗除第一句为颂句外,全系白描。作者先以"青未了"总括泰山之大,再以"钟神秀""割昏晓"状泰山之奇,继又以"荡胸""决眦"形容泰山之高和广,最后以登临绝顶,而览众山之小的奇特想像,从而点明"望岳"题旨,全诗由望而登,由登而望,逐步深入,笔法井然。

# 文章憎命达 魑魅喜人过

—— 杜甫《天末怀李白》诗赏析

> 凉风起天末，君子意如何。
> 鸿雁几时到，江湖秋水多。
> 文章憎命达，魑魅喜人过。
> 应共冤魂语，投诗赠汨罗。

杜甫与同代诗人李白友谊至深，集中怀李之诗多至十多首，其中光在秦州所作即有三首。杜甫写此诗时，李白正由于牵涉到永王璘（唐玄宗第十六子）在至德二年（七五七年）违令西巡被肃宗击败一案，自浔阳（今江西九江市）监中流放夜郎（今贵州桐梓县）。实际李白此时已于中途遇赦。诗中感情缠绵悱恻，感人至深。

首联"凉风起天末"，径自时令说起。凉风，即秋风。天末，指边地，这里既指李白流放所经之地，也指诗人所在的秦州。"君子意如何"，君子指李白，"意如何"犹如今日我们常说的有什么感受，是对李白流放生涯的极度关切，含有无限深情。第二联中的鸿雁，来源于古人所谓鸿雁传书，这里借指信使，但并非如有些注家所谓"望其音信"。实际上李白此时既在流放中，杜甫也还没有定所，音讯互通已不可能，所以，这里的"鸿雁几时到"，只是表明这一对好友之间急切盼望得到联系的心情，并无真正"望其音信"之意。另外，作者还以此句为下联"江湖秋水多"张本。

江湖，既指真正的江湖，也借喻人生处境的险恶。江湖水阔，故鸿雁难于飞越，虽无其理，却合乎情。另外，作者还担心李白流放之行道远而又险阻，能否得以安全到达，心上疑影憧憧。"江湖秋水多"正表达了作者这种不安的心情。为何象李白这样的才隽之士，却会落到如此境地？诗人于是乎发出了"文章憎命达，魑魅喜人过"的感慨！

"文章憎命达"，从字面上讲，是没道理的。但另一角度来看，却似乎确是这样。永王璘不正是因为李的才华，才延之入幕？唐肃宗不也正是由于李白是永王璘幕中的才隽之士，才要追究其罪而流放到夜郎么？所以"文章憎命达"这一诗句，能唤起许多人心灵上的共鸣，而成为千古名句。

如果说，"文章憎命达"只是一句隐喻和牢骚，则"魑魅喜人过"则是作者进一步对于当时社会所加于知识分子命运的控诉！所谓"魑魅喜人过"，绝非如明代王嗣奭公其《杜臆》中所说，"四裔魑魅之乡，名人斥谪至此，则千载借光"，而是说魑魅（山怪）见有人过，便可择肥而噬。故其所"喜"者，实是才人遭厄，奸邪得逞，与鲁迅在《狂人日记》所斥正复相同。

尾联"应共冤魂语，投诗赠汨罗"，不仅同情李白，兼是作者自况。这点很少为人论及。李白当玄宗西奔，肃宗未立，唐室无主之际，投入永王璘幕中，一心只想辅佐得人，恢复版土，不料却无端卷入了肃宗与永王璘的政权之争而获罪；杜甫表面系因疏救房琯获谴，说穿了还是由于他系玄宗旧臣而遭忌被谪。因为不敢直说，所以借汨罗

屈子之事以抒发其愤懑之情。诗中说："应共冤魂语"，
这里要"语"的正是同病相怜的不平之鸣；"投诗赠汨
罗"，何以不说吊而说"赠"，这是因为"吊"则只能是
为古人鸣不平，而"赠"则多少含有彼此命运相同而惺惺
相惜之意。杜老用字精当，于此可见。

# 露从今夜白 月是故乡明

——杜甫《月夜忆舍弟》浅析

戍鼓断人行，秋边雁一声。
露从今夜白，月是故乡明。
有弟皆分散，无家问死生。
寄书长不达，况乃未休兵。

这是杜甫月下怀念诸弟的诗。成诗时间，应在初到
秦州，漫步驿亭道边之时。既是抒情，又慨时事，其中名
句，至今为人传诵。

戍鼓，即戍守边防部队所发出的鼓声。"戍鼓断人
行"，有两种解释，一是以为戍鼓定时而击，击鼓后即断
绝交通，如今日之宵禁。一是以为戍鼓只供戍卒计时之
用，并非宵禁信号。如照前种解释，此句应指戍鼓发出号
令，行人为之断绝；而照后一解释，则是作者听到戍鼓声
声之后，感到已是夜深，行人逐渐稀少起来。按照当时边
塞实情，我是赞成后一种解释的。"秋边雁一声"，其中
秋边，有的版本作边秋。按照诗的语法，秋乃边的时间状

语，边乃全诗所着重描写的景色，故秋边是对的。诗人此时正在驿亭漫步赏月，不觉一阵戍鼓之后，已至夜深，行人渐少。这时，忽听雁鸣天际，沉重的心情为之一惊，继而觉出雁鸣只有一声，知为孤雁哀鸣。由于古人每以雁行比拟弟兄，故而诗人于此不觉动了思想诸弟的感情，发出了"露从今夜白，月是故乡明"的感叹！

"露从今夜白"，历代注家多以为乃此诗作于白露之夜的证明；有人则以为从下句"月是故乡明"并非即写中秋来看，上句不一定成于白露之夜。其实，解诗应从诗的意境出发，不能这样执着地看待诗中词句。既然时已秋深，则天气自会一天天寒冷下来。所以露从今夜白，应看作是露从今夜以后，更加浓厚，更加显得寒冷，这是一方面；其次，诗人在长期离乱之后，在此暂时定居，今夜忽然思念亲人，特别是思念起远在河南、山东的三个弟弟，此种感情一旦触发，将是与日俱增，所以"露从今夜白"，也可看作是诗人用以寄托思亲之情的比拟。至于"月是故乡明"，虽明白揭出故乡，但实是回忆当年弟兄聚首的日子。而今月色依旧如故乡之明，但弟兄睽隔一方，聚首无由，自然要增加一番感慨。应该特别提到的是，此时诗人的故乡（今河南巩县）也正苦于战火，三个弟弟均不在身边，所以诗人接着又明白点出："有弟皆分散，无家问死生"。

尾联"寄书长不达，况乃未休兵"，是全诗之总结，又是第二联所抒发的感情的进一步发挥。全诗从戍鼓、行人、雁声起兴，以露白、月明隐喻题旨，再从弟兄分散，死生莫卜以加重感叹，使人读后受其感染，环环相扣，一发而不能止。尾联总结各句，在激越的感情上再作沉重的一击。想寄信，但既因路远而"长不达"，又因"未休兵"而阻碍重重。此情此景，岂能使人心情平静？故全诗虽然至此结束，但作者在诗中所表达的感情却正在奔放。千载之后，我们读此诗时，还不能不为诗人当时的处境所困扰，不能不为诗中的感情所激动。结而不结，诗结而意不结，意结而情不结，其乃诗之上乘！

# 关云常带雨　塞水不成河

## ——杜甫《寓目》诗浅析

一县葡萄熟，秋山苜蓿多。
关云常带雨，塞水不成河。
羌女轻烽燧，胡儿掣骆驼。
自伤迟暮眼，丧乱饱经过！

诗题为《寓目》，实乃即景吟成，不一定每句均有寄托，历来注者虽多臆测而议论纷纭，其实，我们还是应该就诗论诗，无须附会。

首联说："一县葡萄熟，秋山苜蓿多"，是即景起兴，我们从中可以想见当日农事之盛。杜甫于公元七五九年九月自华州弃官西行，辗转到秦州（今天水市）已是深秋。此时麦场已罢，葡萄成熟，苜蓿也正长的旺盛。两句诗恰好描绘出一片深秋景色。这种景色我们至今在甘肃各地却还可以看见，秦州当日更应如此。如果一定以为葡萄苜蓿原产西域，就断定杜甫是在发思古之幽情，似乎有些多馀。

颔联"关云常带雨，塞水不成河"，是对多旱少雨地区天象和景物的高度概括和细腻的描绘，是千古佳句。这种景象的构成，是由于西北地区年平均雨量很少，虽然常有微雨，但多是转瞬即过，正象李商隐诗句所描述的"三春细雨常飘瓦"一样。"常飘瓦"是连行人的衣服也湿不了的，所以只能是浮云所带来的雨丝，实际还没有成其为"雨"。这种"雨"是常常发生，却对人们和庄稼起不了任何作用。我国南方也有谚语说："天干常见雨"，正是指此种景象而言。

塞水，应是指秋来地下水位增高以后，低洼之处凝成了大大小小的池塘沼泽而言。它们是水，但却不流，所以便不能成其为河。关云塞水一联，仍是写实。明王嗣奭在《杜臆》中说："带雨之云，愁云也。水不成河，羌夷杂揉，水不成灌溉之利也。"可说是捕风捉影，任意胡云。

"羌女轻烽燧，胡儿掣骆驼"，轻，别本作摇；掣，别本作制，当系古人传抄之误。烽与燧有别，烽是白天报警之用，多举烟；燧为夜间报警之用，多点火。但这里却系指燃放烽燧的台墩，而非真正的烽燧。应该说，诗人在这里仍是写实。羌女天真粗犷，并不以为烽燧不可亲近，而从容自若地由烽燧边走过，甚至也可能还到烽燧墩上去玩耍，故诗人谓之为"轻"；胡儿也牵着骆驼，悠然无事地过着放牧生活。这里，诗人仅只把自己"寓目"的边塞地区民族杂居和睦相处的景象真实地描绘入诗而已，怎能像一些注家那样，从中得出什么"羌胡杂居，乃世变之深可虑者，公故感而叹之"（《杜诗镜铨》引朱鹤龄语）的臆测呢？

末联"自伤迟暮眼，丧乱饱经过"，我以为与其说是杜甫对未来时局的耽心，还不如理解为诗人在满眼葡萄苜蓿、秋色宜人的情景中，又看到羌女经过烽燧而悠闲自得，胡儿放牧骆驼而安堵如常，回顾自己丧乱之馀，却得不到一定安宁，转而触发了伤时厌乱的心情，较为符合原意。


# 牛女年年渡　何时风浪生

——杜甫《天河》浅析

常时任显晦，秋至转分明。
纵被微云掩，终能永夜清。
含星动双阙，伴月落边城。
牛女年年渡，何时风浪生。


杜甫此诗系咏天河（银河），虽如一些注家所说，可能有所寄托，但绝非像《杜臆》中说的，是专为郭子仪而写。至于每句每事，均以郭氏事迹强为附会，尤其不足听信。

首联"常时任显晦，秋至转分明"，径直从天河在其他时期都或明（显）或暗（晦），及至秋高气爽以后，乃复转为永夜分明写起，描绘天河随气象而变化，十分恰切。第二句的"转"字，其他版本还有作"最"、"辄"

的，按词义看，"转"字较为合适。

颔联"纵被浮云掩，终能永夜清"，"终"字别本作"犹"，但以"终"字为妥。此联承接前句，说明入秋以后，虽然天河朗朗现于天空，但也时因天气变化，而被浮云所掩。不过，这也只能是暂时现象，它终久还是要显露出来，再现清明之象的。腹联"含星动双阙，伴月落边城"，有双关之意。从实景上看，由无数星星组成的天河。横亘天际，其一端可能直达京都（双阙），正如《杜诗镜铨》所注："心之所在，有依斗望京之意"，表达了诗人急切盼望唐王朝能够有所作为，奋起底定纷乱的时局之意。其中"动"字很值得玩味。动，有打动、感动的意思，也有通达、叩请的意思，作者意图通过天河含星（这里含星可能有含泪的比拟）到达京都，可能会感动唐王朝奋发图强这一遐想，来表达自己的忧国忧民之情。"伴月落边城"，是说，夜深之后，随着天色转明，天河渐渐隐去，而已所在的"边城"依旧如故。这里，伴月，是说天河伴随着月亮一同沉落。古人对于星河，常以"沉""落"来形容它们隐去，李商隐诗："长河半落晓星沉"，用法与此相同。

天河夜月沉落之后，诗人猛然从遐想回到现实，想起自己依旧栖身边城，离帝京是那么的遥远，不能如天河尚能"含星动双阙"，因而又引起了另一遐想和疑问："牛女年年渡，何时风浪生"！

结联不言感慨，而感慨自深，是杜老工力过人之处。牛郎织女一年一度渡过天河相会的传说，通常是用来比拟男女恋人隔离之苦的，但诗人在这里却特具慧眼，大作翻案文章。诗句的意思说，牛郎织女年年都能渡过迢迢天河相会，千万年来从不曾听人传说有过风浪阻止了他们的佳期，那么我们今天却为什么还受到烽火的阻隔，而不能在通达长安的道路上自由驰骋，安居乐业呢！

# 麝香眠石竹　鹦鹉啄金桃

## 杜甫咏麦积山诗赏析

野寺残僧少，山圆细路高。

麝香眠石竹，鹦鹉啄金桃。

乱水通人过，悬崖置屋牢。

上方重阁晚，百里见秋毫。

公元七五九年（唐肃宗乾元二年）立秋日后，诗人杜甫在华州司功参军任内，弃官西行，约在九月光景，抵达秦州（今天水市），在东柯（今天水麦积区街子乡柳家河村，今其地有子美村）。暂住下来。随后，又应同谷（今甘肃成县）县令之约，到那里筑草堂而居。同年十二月初，他又首途赴蜀，结束了在陇右的流徙生涯。

杜甫在陇右期间，共写了一百一十七首诗，正是创作鼎盛时期。朱东润先生说得好："乾元二年是一座大关，在这以前，杜甫的诗还没有超过唐代的其他诗人，在这以后，唐代的诗人便很少有超过杜甫的了"（朱东润：《杜甫叙论》）。

《山寺》是杜甫咏麦积山的五言律诗。山寺，指麦积山寺，（按：姚秦时曾建瑞应寺，杜甫所游或即此寺），当年此寺应在山下。由于栈道残破，杜甫并未登上绝顶，而止于在寺外仰看。所以诗中仅及外景，而于石窟、藏经，均未涉及。因山寺残破，故诗中又称为野寺。野寺只馀残僧，可见兵燹之后，僧多逃亡。残僧而更曰"少"，想见其荒废之甚。圜，通圆，故亦作山圆。《杜诗镜铨》作"山園"，是错的，因山顶甚小，不可能有園。山圜，乃言山之形状。麦积山形如积麦的圆垛，至今犹然。由山寺至山顶，只有细路可通，但却逐级而高，攀登不易。故杜甫在颔联中接着描写山下景物："麝香眠石竹，鹦鹉啄金桃"。

麝香，即今日药用的麝香，这里实指产麝香的小兽，即麝，俗名獐子。杜甫游麦积山时，可能此种动物甚多。石竹，多年生小竹，花色鲜丽，可供观赏。金桃，即当地之马樱桃，实大，色黄，鹦鹉喜食，今犹有之。这两句诗说明杜甫当日在山寺见到的动人景象；麝香眠石竹而不惊，鹦鹉啄金桃而不去，足见山寺之残破与游人之稀少，正好作为野寺残僧的陪衬。

"乱水通人过，悬崖置屋牢"，仍是在山寺所得的印象。乱水，当系指纵横交错的水渠，故人得而"过"之。从山寺看麦积山上的栈道和建筑，怎样会产生"悬崖置屋牢"的感觉呢？这是因为它既是悬崖，而又能筑屋其上，且是历久不堕不毁，所以才给人以"牢"的印象。这里用"置"而不用其他动词，更予人以崖上之屋，恍若天外飞来，"置"于其上，妙处在于不说建筑之难，而其难自见。

末联"上方重阁晚，百里见秋毫（一作纤毫）"中的"上方"二字，解者颇持歧义。《杜诗镜铨》引邵宝注："上方，谓方丈在山顶也"。《辞源》上方条之二认为"上方乃地势最高之处"，并引杜甫此诗为证。都有一定道理，但不必解之过死。因为这里的上方，固然不一定就是方丈所居之处，但确系指麦积山山顶上的建筑。《杜甫陇右诗析注》的作者，在解此诗时，以为山的最上端只有几丈见方的平顶，隋代又建有一座砖塔，因而便断定"在山顶修方丈不大可能。"但如此说成立，则诗中"悬崖置屋牢"又将如何解释呢？可见当年山顶之有"屋"应是不成问题的事，阁即栈道，《战国策·齐策》六："栈道木阁而延王与后于城阳山中"，嗣后栈道栈阁并用。重阁应指麦积山重叠的栈道。因而这两句诗可以作这样解释：诗人本欲攀缘重复的栈阁而到山顶（上方），惟天色将晚，逐作罢论。但诗人意有未足，于是眺远凝望，但见远山耸翠，历历可见，胸襟为之一畅，诗人随之搁笔，结束了这一首有名的诗章。

# 河汉不改色　关山空自寒

——杜甫《初月》诗浅析

> 光细弦欲上，影斜轮未安。
> 微升古塞外，已隐暮云端。
> 河汉不改色，关山空自寒。
> 庭前有白露，暗满菊花团。

　　此为杜老咏初月之作，通篇俱是写景。故我以为读此诗时不能像明人胡震亨在《杜诗通》中所说，是"为肃宗而发"，尤其不能同意他的"河汉不改色，是犹夫旧也；关山空自寒，是失其望也；露满菊团，阴邪胜而压君子。"之类的臆测。

　　诗是咏上弦月色。光细，即微光，形容月之初出。欲上，乃将上未上之状，说明初月形细光弱，旋被云遮，和它虽被云遮，但却又冉冉欲上，描写十分细腻。初月，即俗所谓月牙。月牙横挂天边，多呈斜状；又初月虽只如弦，但满月之轮，仍然隐约可见，只是不能发光，略有轮状的黑影而已。诗中"轮未安"即是指此。

　　颔联"微升古塞外，已隐暮云端"，绝妙。月自天边升起，从古塞之外微微显露，人们方庆得睹清辉，不料却被一阵暮云遮去。至此，赏月之人，莫不为之失望！

　　"河汉不改色，关山空自寒"，仍是接着写景。河汉，指银河。因为这时正是秋夜，银河已皎洁地临于天际，不断发着闪闪的光辉。如果是满月当空，银河更会显得分外明亮，但今是初月，其光既微，且很快就被暮云所遮，故而河汉之明暗如故，并未受到初月的影响。"关山空自寒"，意在说明，诗人原以为可借月亮之光，给人间增添一分温暖（这自然只是诗人们特有的感觉），不料初月微升即逝，而关山内外依然是一片清冷，所以说"空自寒"。这里，诗人有无以初月比拟时事，是很难臆测的，但就诗论诗，情景逼真，确属上乘。

末联说，月光既被云遮，诗人自然也就无心赏月，于是把目光转向庭前。由于上弦月升起较晚，所以这时已经夜深，白露在不觉间洒满在菊花瓣上。这里的"暗满菊花团"如何解释，按照《杜诗镜铨》注：团与溥通，并引《毛诗》"零露溥兮"为证。今人的《杜甫陇右诗注析》同意其说。但我以为溥字只能作普遍，众多讲，与本句文义不合。谢灵运有诗句说："团团满叶露"，则团团应为"露"的形容词；又谢朓诗："犹沾馀露团"，其中团是作为形容词与"馀露"结合而另成"馀露团"一词。凡此都与溥义不相涉。所以我以为团即指露珠。此句应为倒装句，意即团团的露珠，已在不知不觉间满布在菊花上了。

# 水静楼阴直 山昏塞日斜

——杜甫《遣怀》诗浅析

愁眼看霜露，寒城菊自花。
天风随折柳，客泪堕清笳。
水静楼阴直，山昏塞日斜。
夜来归鸟尽，啼杀后栖鸦。

从时令上看，这一首诗写成时应在作者到秦州后不久，或者竟是在卜居东柯时所作。

全诗写景，而景中带情，系杜老精心之作。

首联的"愁眼看霜露"，表明作者困于秦州，心情十分愁苦，尤其时届深秋，霜露降临，故而更觉入眼皆愁。不过，诗人的愁怀并非没有排遣之处，这就是下一句的"寒城菊自花。"

菊花一般在九月开放，但由于天气关系，这里的菊花虽届深秋，犹自盛开。所以作者特别点出"寒城"，以矜其傲霜之情。从诗句的涵义和作者当时的处境来看，是可能有以傲霜寒菊自许、自勉的意思的。

颔联的"天风随折柳，客泪堕清笳"，均是倒装句。意思是天风（意即秋末的西北风）把柳枝摧折了，柳枝被大风带走；游客闻奏胡笳（笳为西北少数民族地区乐器，不一定是军乐）而触发离愁，不觉为之堕泪。故两句均是写的实景。明王嗣奭在《杜臆》中说："柳枝既断，天风随之而不摇。"并以此断定杜老是"以比身已去职，时官之罪不相及也"，可谓全不沾连。

腹联"水静楼阴直，山昏塞日斜"，前句说，因为水上无风，故水静而无波。水面无波，则城楼的影子（楼阴）映入水中，仍然挺直而不偏倚。后句说，由于塞上的太阳即将落下去，故山色呈现出一片昏暗。这两句诗对仗工稳，遣词恰切，写景逼真，正是诗中精华所在，值得后人学习之处甚多。但应指出：有人硬将水静山昏，乱作比拟，纯属多馀。

结联"夜来归鸟尽，啼杀后栖鸦"，不管是否写实，却应该承认，是有寄托的。杀即煞，啼杀就是啼煞。傍晚之时，百鸟投林，鸦独后至，"绕树三匝，无枝可依"的情况确是有之。杜甫触景生情，想起了自己挈家远游，至今仍然定居不得的艰难处境，故而借景抒情。感慨系之。今人解古诗时，喜用"情景交融"有时却很勉强，但若用来评价杜诗，特别是这一首《遣怀》，我看倒是当之无愧的。

# 江流天地外　山色有无中

——王维《汉江临泛》浅析

楚塞三湘接，荆门九派通。

江流天地外，山色有无中。

郡邑浮前浦，波澜动远空。

襄阳好风日，留醉与山翁。

　　这是王维泛舟汉水，并打算由汉水转入长江时，将自己一些浮想联缀而成的诗句。

　　读时除应领略其中的情趣外，还要注意此时虽似写实，而又非写实，故不能将诗中地名解得太死。

　　首先，让我们看一看题义。汉江，即汉水，发源于陕西省宁强县，初名漾水，经褒域与褒水相会，才称汉水，直至湖北汉阳才与长江相会。而诗中提到的许多地名，则均在长江沿岸，所以只是浮想。"楚塞"，据《水经注》卷十四："江水又东，历荆门虎牙之间……此二山者，楚之西塞也"，故应认为即指虎牙荆门二山，而不能认为"楚塞，指楚国的地界（《唐诗选》卷上本诗注（二））。三湘，指在湖南境内先后注入长江的湘、漓、潇三水，因与荆门虎牙较近，故曰"三湘接"。荆门，山名，在今湖北宜都县西北，位于长江南岸，与北岸的虎牙山隔江相对。长江过荆门后流至江西浔阳，与九条支流会合，晋郭璞《江赋》说："流九派乎浔阳"，即是指此，所以九派，即是九江。由此可见诗中楚塞、荆门、三湘、九派，都是写长江景色。作者何以如此？乃因汉水与长江相连，作者其时虽正泛舟汉水，但却志在长江不免浮想联翩，遂将此联想写入诗中。总结为下面的名句："江流天地外，山色有无中。"

江水流泛，虽源出天上，而流经地表，故觉其若流在天地之外，舟行江上，但见崇山峻岭，或隐或现，故觉其似在有无之中。上句遥遥照应起联：不管三湘九派，江水皆通；下句隐约指出，无论荆门楚塞，若从江中看去，均是时有时无，具有高度艺术概括。

腹联"郡邑浮前浦，波澜动远空"，所指的郡邑，是泛指汉水所经郡邑，因其人在舟中，随波荡漾，故产生郡邑也在浮泛中的错觉；汉水下流，江南宽阔，舟中远望，波澜时起，十分壮观。这两句全是写实。

尾联"襄阳好风日，留醉与山翁"，说明作者此行将至襄阳，打算在此停留访友。襄阳，在今湖北境内，汉水流经这里，曾一度名为襄水。山翁，有人以为指山涛之子山简，因其曾镇守襄阳。但二人不同代，不能认为即是指的山简，所以，解作一般的隐士较妥。

# 草枯鹰眼疾 雪尽马蹄轻

—— 王维《观猎》诗赏析

风劲角弓鸣，将军猎渭城。

草枯鹰眼疾，雪尽马蹄轻。

忽过新丰市，还归细柳营。

回看射雕处，千里暮云平。

唐人写射猎的诗很多，也有写得很生动的，如张祜的"万人齐指处，一雁落长空"即是。但就其工整、隽永而言，却还不如王维此诗。

首句"风劲角弓鸣"，径直从状物入手，侧写行猎。因为风劲，而又行速，所以猎者所佩之弓，不假人力而自鸣。这里，虽不直说射猎，而射猎之势已见。

颔联"草枯鹰眼疾，雪尽马蹄轻"，上句写猎物之突然出现，下句写猎者之纵横追逐，但仍非直说，予人以迂回驰想的馀地。"鹰眼疾（迅速）"是与"草枯"互为发明的，因为草枯，狐兔之类，无处躲藏，所以易被发现；"马蹄轻"与"雪尽"同样互为发明，由于雪尽，则地面干燥，马蹄少遇阻滞，所以显得轻快。诗句含蕴、迂回，给读者留有思考馀地。

腹联"忽过新丰市，还归细柳营"，借用新丰与细柳两个地名，轻轻将笔锋转到射猎已罢，正在返回营地。但因用了"忽过""还归"两个动词，又把境界引向开阔、生动，明白如画。新丰市，故址在今陕西省临潼县东北，古代盛产美酒。细柳营，是汉代名将周亚夫屯军之处，遗址在今陕西省长安县。这里，细柳营不一定是实指，但无疑是这位猎者（将军）的驻地，我们姑且把它的位置仍定在长安附近。由于诗句早已说是"将军猎渭城"，而且又经过新丰，细柳则行程当在百里上下，其行军之速可见以想见。

尾联补叙归程，也同时补叙行猎，使人读后不觉累赘，反而觉得无此一笔，便非完璧。"回看射雕处，千里暮云平"，上句说明猎者曾经射雕，以明其箭法之高超，下句又借将军射雕来衬托归途之速。意思是，正因为归途迅速，所以猛一回头，已经不见原来射雕之处，而只见一片暮云。暮云本在高处，何以反觉其平？这是因为射雕之处虽高，但此时已为暮云笼罩，猎者既在归途，当然渐趋平坦，所以回头望去，而只见暮云。其次，归途渐行渐远，远处回望，山与云平，所以不论高处低处，也只茫茫一片而已，全诗妙，结句尤妙。

# 竹喧归浣女 莲动下渔舟

——王维《山居秋暝》赏析

空山新雨后，天气晚来秋。
明月松间照，清泉石上流。
竹喧归浣女，莲动下渔舟。
随意春芳歇，王孙自可留。

这是一首描述秋景的诗。山居，指作者的辋川别墅，其地在终南山麓，王维在这里度过了三十多年，他的田园生活的诗篇，大都是以别墅的景色为题材的。

"空山新雨后，天气晚来秋"，首先点明时令。秋深叶落，故曰空山。空山新雨，自必带来凉爽宜人的天气。所以，晚来秋实即晚来凉。古人常常以"秋"代表颜色，如"两鬓秋"之类，随处可见。这里，王维以秋代凉，别有新意。

颔联"明月松间照，清泉石上流"，本是普通野景，经作者一旦点破，便为千古名句。不仅明月、清泉，石上、松间，对得工整，而"照"与"流"两个动词，尤其用得十分活泼。试想：仅是松间明月和石上清泉，其景色虽是令人留连，但终是一幅图画，必须再有一个"照"字和"流"字，方能显得连绵不断的活泼生机。作者遣词之工，于此可见。

腹联"竹喧归浣女，莲动下渔舟"，上下两句各用了两个动词，一幅傍晚喧闹的景象便已如在眼前。竹喧，是说竹林里在喧闹。竹林里何以喧闹，因为浣衣的女郎们已经事毕，正在结伴穿过竹林归去。莲动，是说河边的莲叶正被掀动，莲叶因何而被掀动，表明渔舟已经下水。上句着重写人，所以先用"竹喧"，继而才说明是浣女"归"去，意在侧写浣衣女郎们的欢笑，写的是人；下句虽说"莲动"，但却点明是渔舟正在下水，是略过人而写事，显得错落有致，并不呆滞。

　　尾联"随意春芳歇，王孙自可留"，比较费解。随意，这里当如意、可意讲。春芳，原义应指春天的花草，但这里因系对秋而言，所以实际包含着盛夏。作者在此反用了《楚辞·招隐士》中"王孙兮归来，山中不可以久留"的意思。诗句的大意是迷人的春天的芳华虽然已经衰歇，但这里的秋景仍是十分美丽，十分和谐自然，并不像《楚辞》中所说那样"不可久留"，而实在是"自可留"。王孙，原义为贵族子弟，这里，作者用以泛指士人，也含有暗喻自己将要在此终老之意。

# 渡头馀落日 墟里上孤烟

### ——王维《辋川闲居赠裴秀才迪》赏析

寒山转苍翠，秋水日潺湲。
倚杖柴门外，临风听暮蝉。
渡头馀落日，墟里上孤烟。
复值接舆醉，狂歌五柳前。

王维（七〇一——七六二），字摩诘，蒲州（今山西省永济县）人。唐玄宗开元九年（七二一）进士，一度奉使出塞，官至尚书右丞，有《王右丞集》。他的诗取材面广，自边塞风情以至田园风光，写来无不绝妙，是盛唐时期影响较大的诗人之一。

辋川，水名，在今陕西省蓝田县终南山下，辋川别墅即在山麓，王维在此居住时间较长。裴迪，亦当时诗人，常与王维相唱和，这首诗是王维写来赠给裴迪的。

首联"寒山转苍翠，秋水日潺湲。"点明秋景。寒山，指终南山，此时山色已由青葱转为苍翠。因秋来水源渐少，原来辋川中的滔滔洪流，已经变为潺湲流水。寥寥数笔，已将山水的秋景勾画出来。

既是辋川闲居，自有许多野趣。诗人于黄昏之际，策杖出游，刚跨出柴门，阵阵蝉声，已自悠然入耳。而且因是"暮"而"临风"，由于环境转入幽静，故蝉声特别明畅喜人，诗人用词精炼，读时不可轻易略过。

腹联"渡头馀落日，墟里上孤烟"，是诗中名句。渡头本是熙来攘往之地，但时已薄暮，行人稀少，故除落日之外，十分寂寥。墟里，有人释为村落，因而孤烟也释为炊烟，并不确切。墟，应是丘墟，这里指秋日农家烧草皮为肥料的"墟"。（人民文学出版社《唐诗选》本诗注）这种墟，在引燃之后，不见明火，由里及外，慢慢燃烧，数日不绝。在此期间，往往孤烟一缕，自墟中悠然上升，为旷阔之秋野，平添几分景色。若将墟里释为村落，那末，这个"孤"字就很难说通了。

诗的尾联说："复值接舆醉，狂歌五柳前"，是借接舆和陶潜的故事来表明自己的襟怀和赞许友人。接舆，春秋时楚国隐士，名陆通，字接舆，佯狂遁世，曾作《凤兮》歌以讥孔子。这里借喻作者的朋友。五柳，指晋时自号五柳先生的陶渊明，大约作者在薄暮出游，遇见（值）朋友（可能即是裴迪）招饮，醉而放歌。尾联是王维隐居生活的自述。

# 海日生残夜 江春入旧年

——王湾《次北固山下》赏析

客路青山外，行舟绿水前。
潮平两岸阔，风正一帆悬。
海日生残夜，江春入旧年。
乡书何处达，归雁洛阳边。

王湾，唐玄宗时人，曾为荥阳主簿，卒于洛阳县尉，一生止于小官。《全唐诗》录其十首。此诗曾为当时名相张说所激赏。张说还将其题悬于政事堂上，供朝士作楷模。诗中潮平、风正，海日、江春两联，被誉为千古名句。

北固山在今日江苏省镇江市，北临大江，与金、焦二山并称京口三山。次，停泊，大约是王湾路过北固山时所作。

首联直破题意。客路青山外，是陆行，行舟绿水前，已弃陆就水。两句虽很平淡，却从平淡中引出下面的警句。

颔联"潮平两岸阔，风正一帆悬"，写行舟在江中所见，十分生动、形象。人在舟中，若遇潮来，波浪纵横，水光接天，恍如舟行天上，水高于陆；一旦风浪已平，江面如镜，虽见一片汪洋，仍觉是舟行江中，这里，应该注意的是，有潮时，浪高水急，两岸景物时隐时现，看不清楚，故有模糊之感；潮平时，两岸的田野庐舍，明白如画，于是顿觉视野为之开朗。这个"阔"，是由风浪中的模糊感觉反衬得来。所以，"潮平两岸阔"一句，不仅要从字面理解，还必须借助于形象思维，追溯它的反面，才能曲尽其妙。风生江面，则舟上所悬之帆，必至随风摇曳，飘倏不定。大约要到正午之时，风乃平息，于是一帆悬直，不偏不倚。故此联所叙，全是实景。凡是有过舟行经验的人，大抵都曾目睹这番景象，而能以简炼、生动的句子写成诗句的，却莫过于王湾。（按：唐殷璠所辑《河岳英灵集》收此诗时作"潮平两岸失"，意为在潮平之时，眼界开阔，看不清两岸与水的分际点，与"阔"字之义基本相同。人民文学出版社出版的《唐诗选》收本诗时，"阔"字作"失"。注曰："江岸失，言江水高涨，原来很高的两岸变成和水面相平，以至于消失不见。"实是误解。因为诗中明说"潮平"，而非潮生，则"江水高涨"从何而来？读者不可不察。）

腹联"海日生残夜，江春入旧年"，即张说激赏之句。海日，是说海上日出，即曙色乍临之时。残夜，即夜阑。上句说，人在江中，天将曙时虽乍见日出。但大地仍是黑夜。又虽是黑夜，但天曙却在眼前，故下句说江上的时刻虽已立春，但论起历法，却仍是旧年，故曰"入旧年"，前句中的黑夜中涌出是看得见的，所以说是"生"，后句的"春"是无形到来，凭历法和体察的，所以，说"入"。妙在作动词的"生"字和"入"字上，必须细细领略。

尾联"乡书何处达，归雁洛阳边"，紧承上联。大约诗人此刻正离南京北返，思乡心切。海日生残夜，感到时光流逝，江春入旧年，忽忆已虽届旧年，而身仍飘泊，故思乡之念，油然而生，对于归雁之能先于自己先到洛阳，寄与无限的羡慕和向往。

# 绿树村边合　青山郭外斜

### ——孟浩然《过故人庄》赏析

故人具鸡黍，邀我至田家。

绿树村边合，青山郭外斜。

开轩面场圃，把酒话桑麻。

待到重阳日，还来就菊花。

　　孟浩然号称田园诗人，这一首诗的田园色彩更是十分浓郁。他的诗喜用平叙手法，清淡、明快，读后如饮醇醪，使人陶醉。

　　首联径直从故人邀请说起，切应题中一个"过"字。而句中的"鸡黍""田家"，则又明白揭出了这次邀请的性质和规模；大约正是秋场忙罢，故人相聚而庆祝丰收的一次"胜会"。

　　颔联乃诗中之警句。"绿树村边合，青山郭外斜"，只轻轻一笔，勾画出了"故人庄"的外貌。故人庄正如一般的乡村，庄外绿树环绕，有野径与外界相连，在野径进入村庄之处，绿树留有小小间隔，远处望去，间隔消失，令人有"合"的感觉，只是走到近处，这个绿树的间隔才显示出来。所有这些，都切应一个"故"字。既是故人，所以必然常常来往，因而能体察到这些细微之处。

　　客人虽进入村庄，但因为村外风光所吸引，因而又不免回头四顾：郭外青山耸立，野趣横生。寥寥数字，令人平添了无数留连之感。客人升堂入室了。但既是故人，又蒙相邀，所以省却了许多客套寒喧。主人一面因客来，立刻想到"开轩"纳爽，轩是门窗，开轩面对场圃，点出了农庄的特色。（轩字有的版本作筵，并不确当）。开轩并非只为纳爽，而是为了陈设鸡黍；是"把酒话桑麻"的伏笔。主客既是故人，又俱在农庄，而且正是秋收季节，所以一面把酒，一面畅叙家常，桑麻之类的事情便会成为话题了。这里值得注意的是：孟浩然在这里丝毫没有抑郁不平之气，与"欲渡无舟楫，端居耻圣明"（《过洞庭湖赠张承相》）之类的格调迥然不同，称之为田园诗人应是当之无愧。

尾联"待到重阳日，还来就菊花"，说明已是罢宴，主人正与客人作别。因为此时正是金秋，重阳已近。主客在互道珍重之后，又明白地订了重阳赏菊之约，既体现了朴实自然的环境，又体现了主客之间真诚纯洁的友谊。这里的还来就菊花，可以解释为相约重阳再来赏菊，又可以解释为相约重阳之日再来品尝用菊花酿成的菊花酒，但作为诗句，我以为宁从前者，更加富有诗意。

# 水落鱼梁浅　天寒梦泽深

## ——孟浩然《与诸子登岘山》浅析

人事有代谢，往来成古今。
江山留胜迹，我辈复登临。
水落鱼梁浅，天寒梦泽深。
羊公碑尚在，读罢泪沾襟。

这是孟浩然在秋冬之际，登临岘山有感而发的一首好诗。岘山，又称岘首山，在湖北襄阳县南。晋时名将羊舌祜镇守襄阳时，曾与土人登临其上，饮酒赋诗，羊舌祜死后，人民怀念其治绩，便在山上刻碑树庙以为纪念，此碑后号为羊公碑，因为"望其碑者，莫不流泪"，故又称堕泪碑。

诗的首联，直书胸臆，以感慨始，着笔奇峻。代谢，即更迭，变迁。这里说人事有代谢，显然是专指与岘山有关的人事代谢，特别是指羊舌祜，也兼及继羊舌祜镇守襄阳的杜预。因为杜预是第一个把羊公碑叫成堕泪碑的人，故代谢两字的含义，还隐隐包含着今日登临而贤者已逝的感慨，这个感慨又恰是从一次不平凡的"代谢"而来。接着，作者又用"往来成古今"以加重感慨气氛。往来，可以理解为古人之"往"与作者今日之"来"，又由于作者是襄阳人，故其登临岘山，或有多次，于是也可以理解为作者视自己昔日之游为往，此日之游为来；昔日之游为古，此日之游为今，将作者化入诗中，使感慨更加深入一层。

颔联"江山留胜迹，我辈复登临"，语虽平淡，而含蕴颇深。我们知道，孟浩然是一个穷愁潦倒，急欲用世而终于沦落终生的诗人，故关键的一笔在于这里的"胜迹"并非如一般的名胜，而是歌颂羊公丰功伟绩的堕泪碑之所在；并且，登临的"我辈"恰是孟浩然这个沦落士人及其相随好友，所以"登临"之后，感慨多于雅兴，悲怆多于喜悦。这样，这两句平淡的句子，便带给读者以不平淡的感情。

腹联"水落鱼梁浅，天寒梦泽深"，是此诗的名句。鱼梁，释者多据《水经注·沔水》条所说："沔水中有鱼梁洲，庞德公所居"，这样把鱼梁当作地名，以便和后面的梦泽相对，固然说得过去，但我想，还应该根据《辞源》鱼梁条所引《诗·邶风·谷风》中"毋逝我梁，毋发我笱"的解释更富诗意。因为鱼梁是一种古代捕鱼的设置。即"用土石横截水流，以笱承之，鱼随水流入笱中，不得复出"的捕鱼沟道。这种鱼梁，原来只平于水面，或略高于水面，秋日水枯，则鱼梁大露，故谓之为"浅"。人民文学出版社《唐诗选》本诗注径释为沔水中的鱼梁洲，值得商榷。因鱼梁洲原已大大高于水面，水枯之时，只有更加耸矗，是不能用"浅"字来形容的。梦泽，即与云泽并称的湖沼，梦泽的水何以在天寒之后反显其"深"，此乃作者破形传神之笔，读时不可轻轻放过。大抵湖泽之水，春夏泛滥而浑浊，秋冬雨少而清澈。清澈之时，恰是天寒。按照实际，湘水秋冬应比春夏为浅，但因其清澈，反而予人以"深"的感觉。所以"鱼梁浅"与"梦泽深"虽是同时，却并无矛盾，而其破形传神，值得玩味。

尾联"羊公碑尚在，读罢泪沾襟"才正式点题。读羊公碑而堕泪，有三分是怀念古人，有七分都是作者自哭。因为孟浩然此时壮怀虽在，却是施展无由，所以面对羊公丰碑，不免潸然泪下。

## 气蒸云梦泽　波撼岳阳城

### ——孟浩然《望洞庭湖赠张丞相》赏析

八月湖水平，涵虚混太清。

气蒸云梦泽，波撼岳阳城。

欲济无舟楫，端居耻圣明。

坐观垂钓者，徒有羡鱼情。

孟浩然（六八九—七四〇），湖北襄阳人，是一位不甘沦落，而又以沦落终其生的诗人。他的诗风清新，富田园气息。李白曾有"高山安可仰，徒此揖清芬"的诗句相赠。是唐代影响较大的诗人之一。

这首诗作于七三三年，即唐玄宗李隆基开元二十一年。原题为《临洞庭湖》，后因寄给当时的宰相张九龄（六七八—七四〇）而改今题，据说是为了希望得到张的引荐。是否如此，且不管他，我们就诗论诗，这首五律，特别是其中某些名句，是不应埋没的。

首联直写洞庭八月，湖水上涨，几欲与湖岸相平；又因水天一色，以致在人们的视野中，"太清（天）"与水相混而无从识别。这里的"虚"，有人以为和"太清"同义，"均指天空"（《唐诗选》本题注二），其实，虚字只是本义，即虚空，指水与天之间的空旷距离；而"太清"则确是指天色而言。八月湖里水位上涨，把水与天之间的距离缩得短短的，以致于人们感觉不到它的存在，才导致了水天相接的错觉。这里的涵，原义是包含、涵蕴，但我们不妨引申为连接，混同。

云梦，系今湖北省境内位于长江南北的云梦二泽的合称，其地与洞庭相连，唐时已渐淤积而成陆地，但仍多沼泽。秋雨之际，浓郁的水蒸气自云梦一带上蒸而为云雾。远处望之，云霞飞舞，与洞庭相连而一。此句名写云梦，实写洞庭。波撼岳阳城，乃写洞庭湖水的声势。这里"撼"是虚写，因为千古以来，并无波撼岳阳城的事实；但又是实写，因为"波"虽然并未"撼"城，但由于"城据湖东北，湖面百里，常多西南风，夏秋水涨，涛声喧如万鼓，通夜不息（宋范致明《岳阳风土记》）。如就涛声水势而论，则"撼"字确又落在实处。故后世读者，总以为此字用得活，用得恰当。

"欲济无舟楫，端居耻圣明"，上句说自己想渡洞庭而无舟楫，寓意是自己无缘跻登朝堂；下句说自己在圣明之世，无所作为，深以为耻，用意仍在歌颂朝庭。尾联说："坐观垂钓者，空有羡鱼情"，一种羡慕他人显得而自怨自艾的心情表露无遗。所以诗的后半，就诗意来说，无多可取之处。但"坐观""徒有"二句，因道着了古今与孟浩然命运相同知识分子的心情，颇能引起一些读者共鸣。至今还为人所传诵；至"欲济""端居"二句，则与全诗气势不侔，且章法也显杂乱，就不必去效法他了。

# 海上生明月　天涯共此时

——张九龄《望月怀远》赏析

> 海上生明月，天涯共此时。
> 情人怨遥夜，竟夕起相思。
> 灭烛怜光满，披衣觉露滋。
> 不堪盈手赠，还寝梦佳期。

张九龄（六七八—七四〇），字子寿，唐玄宗时韶州曲江（今广东省韶关市）人。曾官左右拾遗，中书侍郎同平章事等职，后贬荆州刺史，有《曲江集》。

这是一首月夜怀人的抒情诗。感情真挚，词意隽永，结构平谨。尤其"灭烛怜光满，披衣觉露滋"一联，描写真实而富于美感，值得后人学习。

首联从明月入题，但非一般地描写。一句"海上生明月"，只用了五个字，便觉境界无限开廓。下句说"天涯共此时"，表明所思之人，非在近处而远适天涯。诗句以"明月"和"此时"作为怀人与被怀者之间的纽带，虽没直说怀人，而怀人之情，尽在诗中。

情人，乃指所思之人，并非如现代语言中的特定含义。推而至于"相思""佳期"，均是如此。这里，情人一词，可以理解为女人，也可以理解为好友，不必解死。"情人怨遥夜"，是说：当明月自海上升起之时，作者忽然想起远在天涯的亲人；又因明月撩人，感触良多，以至彻夜不眠。故虽爱海上之明月，却因被感情所染，转而又抱怨起月夜之漫长（遥夜）。因何而为感情所染，下句才说出是由于起了"相思"之故。相思而至于"竟夕（整夜）"，则"遥夜"之可怨，便很清楚了。这两句诗写情而不露痕迹，写情之缠绵而不落俗套，手法之高明可见。

腹联虽着笔于明月，却是以月托情，更为深入。既然因明月而起相思，又因相思而怨遥夜，可见为时已晚。至此，作者乃有不得不眠之苦，于是灭烛就寝。但可恼的是灭烛之后，明月照人，一室皆满，依旧不能入睡。一番辗转反侧之后，作者于是决心放弃入寝念头，披衣而起。但更为难受的是，披衣之后，才知衣服已被露湿，确知入夜已深，便在无可奈何的情况下，再次颓然就寝。

结联仍然回到月上。"不堪盈手赠"，意思是月光虽好，却不能掬满一把，以赠"情人"。这里，"盈手赠"虽指月光，实是借以述说相思。佳期，指相会之期。既然相思不见，赠月不能，只好再度"还寝"。当然，还寝之后，很希望在梦中能与所思之人相见。故"梦佳期"者，可以是写实，也可以是虚写。总观全诗，我们不妨看作虚写，更富情趣。

# 暮雨相呼失　寒塘独下迟

### ——崔涂《孤雁》诗赏析

几行归塞尽，念尔独何之。

暮雨相呼失，寒塘独下迟。

渚云低暗渡，关月冷相随。

未必逢矰缴，孤飞自可疑。

崔涂，字礼山，唐僖宗光启四年（八八八）进士。籍贯无可考，后人曾根据其诗中所述，推断为方干（今浙江省淳安县西南）人。曾在巴、蜀、湘、鄂等地作客，事迹不详。诗多牢愁伤感，这首《孤雁》堪称其代表之作。

此诗解者多以为是以雁拟人，寄托作者自己的遭遇，这当然也言之成理。但我们在此，只应首先分析欣赏其对于主题孤雁的描述，不必对于寄托多事猜测。从描写孤雁这个主题来看，此诗细腻真切，十分感人。据鸟类学家研究，雁从一而终，丧侣之后，不再寻偶。孤雁在雁群飞行时，多半断后。停宿中，有配偶者双栖双宿，孤雁尤多担任警戒任务，往往彻夜不眠。崔涂诗中描写，大体与此相合。

首联"几行归塞尽，念尔独何之。"几行，即雁行。归塞尽，是说在北去的雁行已经飞尽时，才见孤雁跚跚迟来。故作者不禁发出了"念尔独何之"的感叹，对孤雁的行踪和处境寄以同情。

雁行暮而遇雨，前后呼鸣，这种情况极为常见。但应注意的是，即使在此情况，孤雁仍是凄惨独进，并不因而掺入行中，故曰"相呼失"。既然天色已暮，且又遇雨，雁阵不便前进，遂露宿于寒塘。作者在此独具双眼，摄下了"寒塘独下迟"的特殊镜头。

既是独下，说明几行雁阵均已落入寒塘。独下之后，再加一个"迟"字，则是孤雁之"孤"更是凄然若见。足知诗人用心之深与用词之切。

腹联"渚云低暗渡，关月冷相随"，表面似写雁群夜栖，实际仍写孤雁伶仃之状。渚云，即浦云。夜暮降临之时，浦上生云，笼罩渡口。因渡口乃人、兽之径，故雁群必须警戒，方得安全。此种警戒任务，往往非孤雁莫属。上句写孤雁以自己的辛劳，换取雁群的安息，只有渡口低处之云与之相伴；下句写夜来之后，关塞之冷月照临渚上，也似乎有意与孤雁相随。这里，浦云关月，俱是作者用以衬托孤雁之"孤"，令人读后平添几分孤寂清冷之感。

结联写诗人的感想，以总结全诗。意思是，可怜的孤雁在再度北去时，虽然未必便会遭到矰缴的危害，但如永远这样孤独下去，前途终会令人疑虑不安。诗人对于孤雁如此同情，无怪人们要以为是在借题发挥，抒发其伤时感遇的感情了。

# 天意怜幽草　人间重晚晴

## ——李商隐《晚晴》浅析

> 深居俯夹城，春去夏犹清。
> 天意怜幽草，人间重晚晴。
> 并添高阁迥，微注小窗明。
> 越鸟巢干后，归飞体更轻。

　　此为李商隐描写初夏晚晴的诗，颔联除写景之外，兼有寄托，为千古传诵的名句。

　　首联上句虽从作者所居之地写起，但仍与晚晴有关。因为它既是"深居"，而且可以俯看"夹城"，故得日照较晚，相应地失去日照也必较他处为晚。其所以要从这里写起，意在引出以后对于晚晴的各种描述。由此，我们可以得出一个印象，即李商隐的这首诗，句句不离晚晴，大大不同于有些诗人的侧写、虚写手法。春天已去，夏日来临，但这里因是深居，所以虽是夏天，而尚不觉"夏"之来临，一切照旧是春天的清和景象，所以说"夏犹清"。

　　颔联最富诗意。幽草，幽僻处的草。作者所居之屋既是深居，则这里的草自然少人践踏，且因日照来得较晚，水分也比较充足，故而长得十分茂盛。所有这些条件，本系人为，但作者却故意说成"天意"，除了用以和下句的"人间"相对之外，实是有意将意境深化，予人以朦胧之美，让读者自行悟去，手法十分高明。"晚晴"之美，本是大自然的产物，但作者却只写人间对于它的重视。人间为什么要重视晚晴，各人的理解是不同的。有人用以比拟人生的晚年，有人用以比较人生不同时期的遭遇，千差万别，作者且不直说，而将更多的领悟留给读者。比起作者另一首诗的"夕阳无限好，只是近黄昏"来，不仅意境、寄托不同，表现手法也另是一番蹊径，似乎更高更美了。

腹联仍是写景。迥，原义是远，这里含视界开阔之意。由于此时他处已是黄昏，惟独此处却因晚晴的阳光斜射关系，却是视界反而开阔，所以说"高阁迥"；又由于夕阳光从阁上小窗斜射入内，室内的光线也更加明朗起来。这里，并添，是说夕照；微注，也是说夕照。高阁之所以迥，是由于夕照；小窗之所以"明"，也仍是由于夕照。两句描写晚晴何等真切、生动。

结联上句的越鸟巢干，是暗示一个"晴"字，下句的越鸟归飞，又突出一个"晚"字，再加越鸟归飞时的"体更轻"，可以说把一个雨后晚晴的景象写得淋漓尽致了。

# 鸡声茅店月　人迹板桥霜

——温庭筠《商山早行》赏析

晨起动征铎，客行悲故乡。
鸡声茅店月，人迹板桥霜。
槲叶落山路，枳花明驿墙。
因思杜陵梦，凫雁满回塘。

温庭筠（八一二—？），本名歧，字飞卿，太原祁（今山西省祁县）人，应进士不第，只做过随县和方城县尉等小官，终于国子助教。他的诗曾与李商隐齐名，世称温李。受梁陈宫体影响，好以浓丽之词入诗，内容显得贫乏，比李商隐略逊。有《温飞卿集》行世。

商山，又名楚山，相传为西汉时商山四皓隐居之处，地址在今陕西省商县东南。此诗为其离开长安路过商山时所作。起联从平淡入手直写早行。铎，车上的铜铃。车行铃响，故曰"动征铎"。动征铎而"悲故乡"，说明自己因要远离故乡，心中悲楚。温庭筠原籍山西，但因其先辈在长安做官落籍，故诗中称长安为故乡。诗的警句在于颔联："鸡声茅店月，人迹板桥霜"。

因是晨起而行，征铎虽动，天实未明。而且茅店的鸡声尚啼，天空的残月犹在。所以与其说清晨，勿宁说是夜半。这一句虽写早行，但只是形象地写，不着痕迹。望见霜犹未消，原以为自己已经很早，不料仔细察看，霜上却已留有人迹，方知还有比自己更早的人已经走过去了。

腹联写天色大明，已能望见远处。槲，乔木的一种。其叶冬留枝上，次春始落。槲叶落于山径，表明作者此行正是春天；槲叶落而能见，可知天色已明。枳，树名，春季开白花，其实入药，即枳实。枳花色白，但隔着驿墙已能望见，说明不仅天明，而且已经来到了一个驿店。

尾联"因思杜陵梦，凫雁满回塘"，是以作者在车中的梦境来总结全诗，含乡情脉脉不尽之意。杜陵，汉宣帝陵墓，在长安东南。这里非定指杜陵，而是用以代表长安。这里的梦，应是作者在车上所作的梦，是实写，并非如有的人所想像，是作者回忆过去在杜陵时的梦。这是因为作者早行困顿，一阵车行颠簸之后，睡意昏昏，翻然入梦。梦中仍在长安玩耍，看见一群凫雁飞入池塘……。这样，便以结联中的"杜陵梦"，和首联中的"客行悲故乡"遥遥呼应。是写情，又是写实；是写实，却又是写梦。如此一结，十分别致，表现了作者非凡的才华和笔力。

# 借牛耕地晚 卖树纳钱迟

——姚合《原上新居》赏析

秋来梨果熟，行哭小儿饥。
邻富鸡长往，庄贫客渐稀。
借牛耕地晚，卖树纳钱迟。
墙下当官道，依前夹竹篱。

姚合，陕州（今河南省陕县）人，名相姚崇之后，唐宪宗元和十一年进士，官至荆州、杭州刺史、秘书少监。有《姚少监集》。他的诗和贾岛齐名，而较平易，于直朴中寓工巧。胡震亨《唐音癸签》以为姚诗"体似尖小，味亦微醨"而将其"列于中驷"，实在并非公允之论。

此诗题为《原上新居》，可能系他在未官时写自己生活，也可能是拟托贫士生活之作。总之，不论其为写己或是写人，却不失为一首写实的好诗。

诗写贫士生活，句句贴切，句句朴实，既无雕琢痕迹，更无无病呻吟之嫌，实是不可多得的佳作。首联"秋来梨果熟，行哭小儿饥"，是说秋后梨果虽已成熟，但主人却已早早派了用场，所以尽管小儿嚷着要吃，只是不能答应。于是小儿只好望着树上梨果，且行且哭。这种情景，读来令人非常感动。而对于诗中主人，寄以无限同情。颔联"邻富鸡长往，庄贫客渐稀"，上句说邻家因为富足，粮食每多抛撒，贫士家养的鸡，因在主人家食而不饱，故而常往邻家就食。下句说，自己因为家贫，亲朋多不往还，客人已由密转稀。此联上句借物状贫，下句径写人情冷暖，比孟先生"多病故人疏"更深一层。

腹联"借牛耕地晚，卖树纳钱迟。"仍是突出一个贫字。主人因自己没有耕牛，地不能及时而耕，待借得牛来耕地，已经误了农时；官家催逼钱粮，但因手头拮据，无可如何，等到将树（或是树果）卖出，完纳钱粮，也终于免不了要因迟受罚。此景此境，读之令人怃然。

结联总结全诗，仍从贫字着笔。既是"墙下当官道"，则熙来攘往，必多富贵之徒，这对道旁贫士来说，难免引起些不平之愤。于是，主人只好于墙外再夹竹篱，以求遮断视线，免受无谓的刺激。"依前"云云，可能竹篱原已有之，主人新迁至此，原以为无此必要，现在经此一番实践，乃觉墙下竹篱，并非多事，所以才"依前"而行，真是酸楚之至。

总观全诗，小儿行哭为贫，鸡往邻家为贫，庄客渐稀为贫，耕地失时为贫，卖树纳官钱为贫，墙下夹竹篱为贫，可说字字句句，俱是说贫，形象之至，深刻之至，读之如一幅贫家图，在在催人泪下。

# 万人齐指处　一雁落长空

## ——张祜《观徐州李司空猎》赏析

晓出郡城东，分围浅草中。
红旗开向日，白马骤迎风。
背手抽金镞，翻身控角弓。
万人齐指处，一雁落长空。

　　张祜，字承吉，唐宪宗时人，《全唐诗》存其诗一卷。据韦庄《又玄集》，此诗题作《观魏博相公猎》。但我们着重赏析其诗，题目似乎不必在此加以考证。

　　这是一首描写古代达官贵人出猎时的场面，可谓面面俱到，生动之至。

　　首联写出猎时的情景。猎者在"晓出郡城东"之后，随即到达了猎地。于是命令从者在浅草地上"分围"，并逐步缩小猎围，暗示一场猎战即将开始。颔联"红旗开向日，白马骤迎风"，是描写追逐走兽。红旗，乃猎队指挥的旗帜，表明这是一支不小的猎队。红旗开而向日，说明指挥者已发布了向目标进攻的命令。因为早上野外比较寒冷，走兽多数趋向暖处，所以猎队面向太阳袭击野兽，故云"红旗开向日"。一场猎取走兽的战斗开始了。诗人虽然没有写出猎队的收获，但收获之丰，自在言外。

　　接着，诗人在腹联中又描述了一个猎取飞禽的生动场面。

　　古人征战狩猎，系用刀箭。镞，即箭头，金镞是金质的箭头，表明猎者之富贵。由于箭囊负于背后，故须反过手去抽取。猎人在"背手抽金镞"之后，便须"翻身控角弓"。翻身，实即用劲之后，侧身或仰面。杜甫《哀江头》诗："翻身向天仰射云，一箭正中双飞翼"，用法与此相同。古人多以兽角装饰硬弓，故曰角弓。控，扣紧翻身而控，是描写猎人因要瞄准飞雁，均须转动身子，扣紧弓弦，准备射击。

结联"万人齐指处，一雁落长空"，十分形象、真切、生动地描述了一场围猎取得胜利时的欢跃情景。一箭而中，表现猎者技艺之精；飞雁坠落，表现观者的喜；万人齐指，表现场面之盛，飞雁而落长空，增加了美的气氛。尤其一个"指"字，一个"落"字，用的极为贴切，使人读过之后，如临其境，如见其事。

# 野火烧不尽　春风吹又生

*——白居易《赋得古草原送别》赏析*

离离原上草，一岁一枯荣。
野火烧不尽，春风吹又生。
远芳侵古道，晴翠接荒城。
又送王孙去，萋萋满别情。

白居易（七七二—八四六），字乐天，号香山居士，下邽（邽，音规。地址在今陕西省渭南县境）人，贞元（唐德宗年号）十六年进士。德宗时官左拾遗，贬江州司马，移忠州、杭州刺史，以刑部尚书致仕，有《白氏长庆集》，存诗近三千首，为唐代著名诗人。

白居易诗重写实，艺术境界高而谐俗，时称其诗为"老妪能解"。元稹《长庆集序》中说：白居易诗"禁省、观寺、邮候、墙壁之上无不书；王公、妾妇、牛童、马走之口无不道"，大部应是事实。

此为白氏以古草原送别为题的诗，妙处在于大部词句，看来只是描写景物，并未提到送别，只在最后一联轻轻点出主题，便如画龙点睛，腾空飞去，使人回头再读，才觉前面六句，句句皆是送别，真是大匠手笔，令人叹为观止。

首联"离离原上草，一岁一枯荣"，当然是在写草，而且是古原上的草，故而写其自生自灭，岁岁枯荣。但值得注意的是，何以人要到古原，又何以要提到古原草的"一岁一枯荣"，势必令人回想到前时已经在此送别，而且如非前时草荣，此时草枯；定是前时草枯，此时草荣，故而才能在人们思想中触景生情，回旋激荡。颔联"野火烧不尽，春风吹又生"，因为反映了事物发展的真实，又兼显示了一定的哲理，是诗中警句，极为后人乐道。古原之草虽无人过问，但却往往为野火所烧，又因烧而不尽（因为根在），故一遇春来，便又重生。这里虽是描述草和野火，却可暗喻人事。事情的本身可以比拟为人们遭受了挫折就象被野火烧过的草一样，在春风吹拂之后，还会重生的。这两句诗可以看作诗人在借题发挥，勖勉行人。

　　腹联上句"远芳侵古道"，是说作者纵目遥望行人离去，久久之后，已经不见人影，只有远处的芳草，和古道连在一起。因草与古道愈远愈合，用一"侵"字，极为传神。下句"晴翠接荒城"，是作者在行人远离之后，回顾自己将返之处，但见晴岚凝翠，与荒城相连而已。至此，作者才点明了主题："又送王孙去，萋萋满别情"。

　　结联是从《楚辞·招隐》的"王孙游兮不归，春草生兮萋萋"转化而来。王孙，旧时多指贵族。这里说"又送王孙去"，说明前番已曾送别，用以照应起联的"一岁一枯荣"。萋萋，草盛之貌，"萋萋满别情"既写离别情景，又含别后不尽之思。其中一个"满"字，足以使人受其感染，无限低回。

# 鸟宿池边树　僧敲月下门

## ——贾岛《题李凝幽居》浅析

闲居少邻并，草径入荒园。

鸟宿池边树，僧敲月下门。

过桥分野色，移石动云根。

暂去还来此，幽期不负言。

贾岛（七七九—八四三），字阆仙，范阳（今北京附近）人，早年出家为僧，法名无本，后还俗应试不第。德宗时曾任长江（今四川蓬溪县）主簿，普州（今四川安岳县）司仓参军，有《贾长江集》。

贾岛诗用典少，造句朴实无华，古人将其与同代诗人孟郊相提并论，称为"郊寒岛瘦"，对后世诗风很有影响。

据《苕溪渔隐丛话》前集卷下之九引《刘公嘉话》：贾岛在京应试时，因于驴上得句："鸟宿池边树，僧敲月下门"，继而想将敲易为推，而沉吟未决，并以手作推敲状。不觉犯了权（代理）京兆尹韩愈之驾。左右将其拥至愈前，岛以实告。韩愈在马上考虑良久，对贾岛说："作敲字佳矣！"自后世人遂以反复斟酌字句为推敲。平心而论，这首诗中，也确以这两句为最好。

诗为访李凝幽居不遇而作。起联"闲居少邻并，草径入荒园"，突出一个幽字。邻并，即邻比，邻居。闲居而少邻比，荒园只通草径，自然要算是幽居了。从诗意看，贾岛拜访主人当在夜间，此时百鸟虽已投宿，但主人是否归来，却还不能肯定，于是决定叩门。诗中先用敲字，后改推字，可能贾岛当时是既敲又推，故而踌躇难决。韩愈因无实际感受，但凭诗意判断，当然认为敲字较妥。但何以敲比推好，自古尚无明白界说。其实，敲比推好，其理有三。因系好友，如确知在家，自可推门径入；但既是访而不应约，故不能确知，所以敲门。乃为事理之常，此其一。夜中访人于幽居，既是地近池塘，更兼月照柴门，景色之幽静可知。此时欲唤主人，只须轻轻敲门即可，若是不问有人无人地推门而进必定打破一片宁静气氛，而致诗意全无，此其二。敲与推虽然都是人的动作，但敲更能给人以声音的感觉，愈加衬托出环境的幽静，增加了意境之美，此其三。

腹联"过桥分野色，移石动云根"，应是贾岛写其访李凝不遇，在归途中见到的景色。农村之中，一桥之隔而景色各异的情景极为普遍，不必多加解释，倒是"移石动云根"有些费解。历来注者多引用《诗经》毛注："山出云雨，以润天下"和孔颖达疏《公羊传》所引云乃"触石而出"之语，以为石为云之根。这样一来，诗句便成了"移步而动石（云根）"而毫无诗意。其实，诗句原意只是说，作者过桥之后，在石上移步前进，其时正值白云出于石间，当人移步时，其低处之云便被搅动，故曰"动云根"。诗句全是写实，并无他义。

尾联"暂去还来此，幽期不负言"，点出访李凝不遇，作者题诗于其幽居，表明下次定然再来的题意。

# 问姓惊初见 称名忆旧容

## ——李益《喜见外弟又言别》浅析

十年离乱后，长大一相逢。
问姓惊初见，称名忆旧容。
别来沧海事，语罢暮天钟。
明日巴陵道，秋山又几重。

李益（七四八——约八二七）字君虞，姑臧（今甘肃武威市）人。唐代宗大历四年进士，官至秘书监，礼部尚书。他长于作边塞诗，与司空曙等人并称大历十才子。有《李君虞诗集》。

此诗为作者与其表弟（外弟）意外相逢，又随即分别时的抒情之作。全诗各句均用白描，所写感情真挚自然，无雕琢痕迹。第五句虽然用了沧海一典，但并不生涩。颔联、腹联描写久别相逢情景十分逼真，为后世所称道。

起联"十年离乱后，长大一相逢"，概括全诗。大约作者与其表弟幼年相聚，经过十年离乱之后，于一个偶然的机会相逢。这时二人均已长大成人，所以虽然相逢，却不相识，因而互问姓名，才各自引起了幼年回忆，写出此一感人诗篇。

精辟之处在于颔联和腹联。颔联描述十分真切："问姓惊初见，称名忆旧容。"是说两人见面，因互不相识，故而请问对方尊姓。及至彼此说出自己姓氏，仍只感到泛泛，以为不过"初见"；待到进而请教对方名字时，方才恍然大悟：原来是久别了的表兄弟。诗句的妙处还不止此，更在它以一个"忆"字，轻轻地点出了二人在幼年之时，曾经相聚，对于彼此的"旧容"，印象非常深刻。可以想见：当二人因相互"称名"而忆及"旧容"时，是何等惊异！何等喜悦！何等地充满着离乱重逢的感情！

腹联紧接着对于这一意外相逢作了生动的描述："别来沧海事，语罢暮山钟。"

沧海，是引用葛洪《神仙传》中，麻姑说她曾经见到东海三度变为桑田的传说，这里用以遥应"十年离乱"，说明这一对久别重逢的表兄弟，在惊喜之后，娓娓不绝地各自叙说着十年来的遭遇。诗句没说明系何时相遇，但因其"语罢"已是"暮天钟"了，可见为时不短。

久别而偶然相晤，偶然相晤而又匆匆握别，这一切及于二人感情上的冲击非比寻常，尾联"明日巴陵道，秋山又几重"，又重复道出了这一心情。巴陵，唐时郡名，即今湖南省岳阳县，可能是李益表弟此行的目的地。秋山又几重，是作者想象别后对方独自上路时的情景。结句简洁有力，含而不露，十分感人。

# 可怜闺里月　长在汉家营

## ——沈佺期《杂诗》之三浅析

闻道黄龙戍，频年不解兵。

可怜闺里月，长在汉家营。

少妇今春意，良人昨夜情。

谁能将旗鼓，一为取龙城。

　　沈佺期（？一七一三年），字云卿，相州内黄（今河南内黄县）人，唐高宗上元二年（六七五）进士，武后时任考功郎，给事中，后贬流驩州。中宗时起用为修文馆直学士、中书舍人。他与宋之问齐名，号为沈宋。诗有齐梁体艳丽馀习，为律诗奠基人之一。清钱良择《唐音审体》中说："律诗始于初唐，至沈宋而其格始备"，是符合事实的。这首《杂诗》，虽仍不脱宫廷诗习气，但以闺中少妇与戍守边塞的丈夫互相思念为题材，有浓郁的艺术感染力，所以一直为后人传诵。

　　起联写少妇思念其远戍的丈夫，但不直写，而是从少妇听说黄龙（唐时中国东北要塞）连年战乱，兵不解围，因而想到自己丈夫远戍说起，便觉思绪萦回，愁肠百结。颔联和腹联写少妇的情怀最为精辟。"可怜闺里月，长在汉家营"，看来好象不近情理，既是"闺里月"，何以又"长在汉家营"？实际诗人听说的"闺里月"和"汉家营"，是透过闺中人本在赏月，又因思念远人而无心赏月，一颗赤热的少妇之心，一直飞到了无边的"汉家营"（借指唐代的军营），这一形象思维来表达爱情，所以真挚动人。句中用了一个"可怜"，一个"长在"，使情景更加凄楚动人。

腹联比较费解，历来也有争议。人民文学出版社出版的《唐诗选》中，就以为"所谓今春意，其实是年年的意，所谓昨夜情，其实是夜夜的情。"就有商榷馀地。其实，颔联的"可怜闺里月，长在汉家营"，是写这一对夫妇在月下互相思念；腹联的"少妇今春意，良人昨夜情。"则是在写梦境。也即是说，今春意和昨夜情是写的同一境界——将实际情景（今春意）和梦中的情景（昨夜情）糅合在一起的境界。这就是少妇春来思念丈夫，在月下遥遥相忆之后，忽然入梦，梦中和丈夫相聚。在一阵缱绻情深之后醒来，则仍是孤孤单单，形影相吊。所以，把"昨夜情"理解为"夜夜情"，是不符合诗意的。

结联总结全诗：谁人能够指挥军队，一举而攻破敌军，占领龙城（古代匈奴民族所占领的城市，一说是陇城），结束这场无休止的战争。言外之意是，战争结束之后，征戌之役停止，从军的人便可回家和亲人相聚，诗中的情景也无从发生了。

# 露重飞难进　风多响易沉

### ——骆宾王《在狱咏蝉》浅析

西陆蝉声唱，南冠客思深。

那堪玄鬓影，来对白头吟。

露重飞难进，风多响易沉。

无人信高洁，谁为表予心。

　　骆宾王（约六四〇—六八四）婺州（今浙江省义乌县）人，唐初四杰之一，高宗时任侍御史，后贬为临海县丞。武后改制后，替徐敬业起草《讨武曌檄文》，为后世传诵。敬业失败后，骆宾王下落不明。《在狱咏蝉》是他在高宗仪凤三年（六七八年）因上书议政忤旨，被诬以赃罪下狱后，在狱中所作。

　　全诗虽系咏蝉，但实际是写自己。因其颇具艺术感染力，所以长期为人传诵。"西陆蝉声唱，南冠客思深"，上句直接点题，用了《隋书天文志》中曰"行西陆谓之秋"的说法，意思是蝉在秋天歌唱。后句用《左传·成公九年》："晋侯观于军府，见钟仪，向之曰：'南冠而系者谁也？'有司对曰：'郑人所献楚囚也，'"这一典故，意思是自己和当时戴南冠（楚国人帽子）的钟仪处于相同的境遇。客思，客中的愁思（思读去声）。深，深刻，这里当多字讲。这两句以蝉吟起兴，引发出自己象楚囚一样，被羁系在狱中的感慨。

　　颔联"那堪玄鬓影，来对白头吟"，既说蝉吟，又兴感慨。玄，黑色。玄鬓，指蝉翼。白头，指诗人自己。

此时作者虽只四十来岁，但由于生活的磨练，可能也已白头。诗句的意思是，自己在长期羁系生活中，身心感到十分憔悴，已经受不住（不堪）蝉声的凄恻长鸣，于是，在一片感慨不安的情绪中，诗人迸发出了"露重飞难进，风多响易沉"的千古名句。

由于指秋日多露，"露重"本是实指，但这里的露，却有隐喻奸佞小人之意。所以虽是实指，又有寓托。意思是，蝉或许要飞进来对我长鸣，以共同倾吐胸中积愤，但由于"露重"，所以总是"飞难进"，隐喻是由于朝中多奸佞小人，所以象自己这样的正直之士，很难在朝中立足；下句的"风"和上句的"露"一样，也是隐喻在皇帝左右包围幸进，阻塞贤路的官僚，"响"，指蝉的鸣声，同时又寄托诗人自己的政见或是在狱中要求昭雪的一片忠诚，但既是"风多"，蝉的鸣声易被淹没（"易沉"和上句一样，寄托着自己对于朝中包围幸进，阻塞贤路者的愤恨。）所以，不管上句的"露重飞难进"也好，下句的"风多响易沉"也好，妙处都在于既指实事，又有寄托，语意双关，发人深省。

尾联仍和前三联一样，既说蝉，又说自己。"无人信高洁"，因为古人认为蝉是风餐露宿，常以高洁来赞美，故此句仍是说蝉，也隐说自己，意思是你虽如此高洁，但有谁能相信呢？下一句直接落到作者自己。"谁为表予心"，这里的"表"字，本是表达，引申为昭雪，是诗人从蝉的高洁不为人知，因而想到自己的沉冤无法昭雪的叹息。

# 牧人驱犊返　猎马带禽归

## ——王绩《野望》浅析

东皋薄暮望，徙倚欲何依。
树树皆春色，山山唯落晖。
牧人驱犊返，猎马带禽归。
相顾无相识，长歌怀采薇。

　　王绩（五八五—六四四），字无功，隋末唐初时人，因长期隐居东皋（在今山西省河津县），故又自号东皋子。他曾做过隋朝秘书省正字、六合县丞等小官，入唐以后，一度为太乐丞，位亦不显。此诗为其隐居东皋时所作。

　　王绩处于初唐时代，这时，格律诗正在形成时期，所以尽管诗中有的句子对仗很工稳，但就整个诗的气势来看，仍含有浓郁的古风味道。

　　首联"东皋薄暮望，徙倚欲何依？"直接说明作者登山远望、彷徨无主的心情。薄，迫近。薄暮即是黄昏时候。作者在写了薄暮登东皋而遥望之后，不再继续写景，却抒发出"徙倚欲何依"的感慨，看来似乎有些突然，其实，这个"欲何依"的思想贯穿全诗，正是其主题所在。全诗格调比较低沉，颔联的上句刚刚提到"树树皆春色"，似乎有些开朗，但接着却说："山山唯落晖"，虽是写景，暗中却反映了诗人对其身世的落寞之感。

　　腹联"牧人驱犊返，猎马带禽归"，最为精辟，写景状物有独到之处。这两句诗的语法结构却很奇特，峭拔，干净，利落。在短短五字中，各用了两处名词——牧人与犊、猎马与禽；又各自用了两个动词——驱与返、带与归。上句说：牧人正驱赶着牛犊返家。下句说：猎人已将野禽拴在马背归去。如果将句子分开来讲，"牧人驱犊"与"猎马带禽"均能成立，其语法关系则只能是牧人和猎马是主语，驱和带是谓语，而犊和禽则成了宾语。现在由于二句之末各又用了一个动词"返"和"归"，于是句法为之一变，上句中"返"成了谓语，驱犊却成了"返"的状态状语，意思是：牧人是赶着牛犊返去；下句中"归"成了谓语，带禽却成了"归"的状态状语，意思猎马是带着猎获的野禽归去。这样凝炼的诗句，是十分难得的。

尾联"相顾无相识，长歌怀采薇"，解者自来有不同意思。有人以为"怀采薇"是作者景仰殷朝灭亡时，伯夷叔齐隐居首阳山，采薇为食的故事，用以比拟自己隐居的清高。其实，这是望文生义，并不确切。《诗经·召南·草虫》末章说："陟彼南山，言采其薇。未见君子，我心伤悲。"作者即是为此而发。他隐居东皋，毕竟与牧人、猎者还不相熟悉，感到"相顾无相识"，不禁想起了自己相好的朋友来。长歌而"怀采薇"，正隐喻了他此时此刻的心情，不必将其与伯夷叔齐的故事勉强拉到一起。

# 五更疏欲断　一树碧无情

###### ——李商隐《蝉》浅析

本以高难饱，徒劳恨费声。

五更疏欲断，一树碧无情。

薄宦梗犹泛，故园芜已平。

烦君最相警，我亦举家清。

　　李商隐（八一三—八五八），字义山，号玉溪生，晚唐时怀州河内（今河南省沁阳县）人。他虽是进士出身，但一生很不得意，只先后托庇在令孤楚等大官门下做过幕僚。他的诗很受人称赞，唐代有人以为他是学杜甫最有成就的一位诗人。这首《蝉》是他最受后人推重的一首五言律诗。

　　起联是因果句，应该连起来理解。两句皆以蝉为主语，但省去了。诗人先是假设为了不得温饱而鸣。随即在诗中告诉蝉说，你这样"鸣"也没有用处。"本以高难饱"，意思是，本来你是由于生性孤高，所以才难得一饱；"徒劳恨费声"，紧接上句，意思是，既然由于生性孤高而难得一饱，所以尽管因"恨"而"费声"去鸣，也终于徒劳，不会得到别人理睬的。

　　颔联"五更疏欲断，一树碧无情"，不仅对仗工整，音节铿锵，构思也十分奇特。这两句是对于蝉鸣的既概括而又具体的艺术描述，一直被人誉为咏蝉诗的名作。夏日蝉鸣，总是彻夜不辍，句中提到"五更"，暗示已是鸣了一个整夜。夏夜多风，风声所至，蝉声因而显得时远时近。远而细时曰疏，疏而甚时便是"欲断"。诗人既已假设蝉鸣是为了"高难饱"，所以，又引出了一句："一树碧无情"。

"一树碧无情"，是诗人对蝉所栖之树的谴责。意思是蝉为饥寒煎迫，日夜悲鸣，以求援助，而其所借以托庇的高树，却只顾自己繁枝绿叶，而不予以温饱之援。"碧无情"三字，看似无理，而实际却是非常有力。

腹联"薄宦梗犹泛，故园芜已平"，诗人在此干脆抛开隐晦的寄托而直出胸臆。梗犹泛，系借用《战国策·齐策》中桃梗与土偶对话的寓言：桃梗对土偶说，一旦下雨，你便会瓦解了。土偶反唇相讥：我来源于土，遇雨则仍回到土中，但你却只能在水中飘泊而无所归宿了。这是由于诗人在以蝉寄情之后，想到了自己的薄宦生涯，正如桃梗一样，不知如何结局。特别是由于自己连年在外，田园已经荒芜，归宿就更难逆料了。

尾联"烦君最相警，我亦举家清"，意思是由于蝉的"高难饱"和树的"碧无情"这一事实，给自己"举家清"的处境如何结局，特别敲响了警钟，所以表示对蝉十分感激。全诗格调低沉，乃由于作者所处时代使然，我们不必苛责，但从艺术角度看，是很值得我们研习的。

# 海内存知已　天涯若比邻

### ——王勃《送杜少府之任蜀州》赏析

城阙辅三秦，风烟望五津。

与君离别意，同是宦游人。

海内存知已，天涯若比邻。

无为在歧路，儿女共沾巾。

王勃（六五〇—六七六），字子安，唐初四杰之一，年少而富有才华，是著名的骈体文《滕王阁序》的作者。他的诗作流传下来的不多，这首诗是他的名作，其中有的句子至今还普遍为人传诵和引用。作此诗时，王勃正在长安任小官。杜少府名不可考，大约是王勃的好友，在他奉派出任蜀州（今四川省崇庆县）县尉，（县尉通称少府，是县令以下的小官）时，王勃为他送行而作此诗。

首联不直说离别，只从三秦，五津两个有特定意义的地名轻轻着笔，而离别之情自见，一开始便高人一着。"三秦"，即今陕西关中一带地方，因项羽在灭秦后将原秦地分封给秦降将章邯等三人为雍、塞、翟三国国王而得名。城阙，指作为当时中央政权象征的长安，故"城阙辅三秦"是倒装句，本义是三秦之地辅卫着唐王朝的政权。五津，指四川岷江的五个渡口，这里用以代表杜少府的宦游之处。"风烟望五津"，意思是从长安望不到遥远的蜀州，所看到的只是一片茫茫无际的风烟。诗人用这两个地名，巧妙而含蓄地引出了离别这一主题。

颔联"与君离别意，同是宦游人"，上句刚刚道出了

"惜别"的主题，下句便紧接着把作者自己的感慨和送别联系起来。诗句含义很深：既然"同是宦游人"，所以自己的境遇并不比杜少府更好；因为"同是宦游人"，又深刻地表明了自己对杜少府远游西蜀的辛苦十分理解和同情。

腹联"海内存知己，天涯若比邻"，是作者在通过前两联对杜少府表达了惜别之情以后，进一步对他进行安慰的话。由于这两句诗道着了古今多少好友分别时的殷切诚挚之情，所以至今还能激起强烈的共鸣。诗句的意思说：只要我们的友谊始终不渝，哪怕远在天涯海角，也会和近在咫尺一样，从长存的友谊中得到安慰。诗是艺术的语言，既要有高度的概括性，又要有高度的艺术性，这两句诗正是这样，所以它就能永远存在下去，而成为千古名句。

诗的尾联总结全诗，既把奔放的感情轻轻刹住，而又馀情不尽耐人玩味。"无为在歧路，儿女共沾巾"，应该连起来读。"无为"，确切理解是"莫要这样"。所以全句的意思应是告诉对方，也兼提醒自己：不要象一般人一样，在临别时作儿女之态而"共沾巾"！何以能不这样，则是由于"海内存知己，天涯若比邻"的缘故，全诗波澜起伏，前后呼应，一气呵成，毫无雕琢痕迹。

# 诗论诗话（二）

27 篇

# 论李贺诗歌的进步性和艺术风格

## 一、唐代杰出的青年诗人

李贺，字长吉，福昌昌谷（在今河南宜阳县境内）人，生于公元七九〇年，死于八一六年。从七岁起，他就开始作诗，受到韩愈、皇甫湜等人的赏识，因而有名于时，是唐代中期一位杰出的青年诗人。现存李贺诗歌四卷和外集一卷，共收其诗歌作品二百四十馀首。

李贺的一生是十分坎坷的。由于他的父亲李晋肃官职卑微，且又早死，所以他幼年时家境十分清寒。李贺本人因为父名中的"晋"字和进士的"进"字同音，必须避"父讳"，一直没能参加作为当地唯一进身之阶的进士考试，一生中只做了三年礼部奉礼郎那样的小官，就在颠连困苦中，于二十七岁那年早死了。

李贺的诗歌具备了非常独特的艺术风格。他继承了我国从屈原以来的积极浪漫主义的传统而又富于写实主义的精神，作品中构思新颖，想象丰富，遣词瑰丽，立意峭拔，在我国古代诗词中是很不多见的。毛主席在《与陈毅同志谈诗》的一封信中曾说："李贺的诗歌很值得一读。"毛主席本人就特别赏识李贺诗歌中"天若有情天亦老""黑云压城城欲摧""雄鸡一声天下白"等名句，并多次引用过。

李贺治学、作诗都很踏实。一方面，他"下笔务为劲拔，不屑作经人道过语。"另一方面，却又字字句句有来历，并不杜撰生造。所以他母亲说："是儿必欲呕出心肝乃止"。有人说　"其源实出自《离骚》，趋步于汉魏古乐府。"这是可以征信的①。

在文学史上，历来对于李贺的诗歌，评论很不一致。岁数比李贺大得多的韩愈、皇甫湜曾因为看到了李贺在七岁时所作的诗以至"大惊"而"以所乘马命（李贺）联镳而还所居，亲为束发。"②为忘年之交。在史书上也有过李贺"手笔敏疾，尤长于歌篇，其文思体势，如崇岩峭壁，千仞崛起，当时文士从而效之，无能仿佛者"③的评语。除了推誉性的评语外对于李贺作一般性评语的也有。如说："太白仙才，李贺鬼才"④，说"太白以意为主，而失于少文，（李）贺以词为主，而失于少理"⑤。理学家朱熹更说得奇怪。他说："李贺较怪得些子，不如太白自在。"他也毕竟还说一句公道话："贺诗巧"。⑥宋代诗人陆游对李贺亦有评语。他说："贺词如百家锦衲，五色眩曜，光夺眼目，使人不敢熟视。"似是褒之，然而他继则说："求其补用，无有也"⑦，则是很欠公允　。至于贬他的人，有的说李贺是"以其哀激之思，变为晦涩之词"，甚至说："李长吉如武帝食露盘，无补多欲"⑧。也有人认为"李长吉语奇而入险怪"⑨。更有因李贺诗中"喜用鬼字、泣字、死字、血字"便认为他"如此之类，幽冷溪刻，法当夭之"的⑩。只有清代姚文燮说得比较客观。他认为李贺生处"外则藩镇悖逆，戎寇交讧，内则八关十六子之徒，肆志流毒，为祸不测"，而所谓"英武之君"，却又"惑于神仙"，不能励精图治，所以李贺只有"寓今托古，比物征事，无一不为世道人心虑。"因而他对李贺诗歌下了比较正确的评语。他说：李贺诗歌"其命辞、命意、命题，皆深刺当时之弊，切中当时之隐。"①无论历来对李贺的评语如何，我们今天认为李贺的诗歌，不管就其创作风格、表现艺术，或从他作品的进步性方面来看，在唐代诗歌中都占有极其重要的地位。例如他的《吕将军歌》《贵主征行乐》就对于当时藩镇割据、民不聊生以及唐宪宗等统治者重用宦官的倒行逆施，作了生动、形象的有力抨击，其《苦昼短》《官街鼓》以及《神弦》《梦天》诸篇，对于当时帝王将相的荒唐迷信作了尽情嘲笑和讽刺；其《秦王饮酒》《荣华乐》《牡丹种曲》，则又针对贵族们的享乐腐朽生活，施以无情的鞭挞；而其《宫娃歌》《老夫采玉歌》《感讽》五首之一等，则在很大程度上是站在人民立场的。在这些诗歌中，李贺对于贵族社会的享乐腐化，官吏的为非作恶，人民的酸辛疾苦，作了尽情的揭露和控诉。这些都是我们这位青年诗人在十二个世纪以前所留给我们的宝贵财富，值得我们今天很好地咀嚼，消化和继承发扬的。

## 二、李贺诗歌的进步性

李贺出身于没落贵族，为其阶级本性和所处的时代所局限，其作品当然存在着一定的缺陷，甚至还有其糟粕部分。因而我们要在一千多年以后，以今日之眼光，要求他的作品所具有更多的进步性是不可能的、不实际的。应该承认，在李贺的作品中，也还存在着很大一部分是贵族阶级的"帮闲文学"性质的东西。但是我们当然不能以瑕掩瑜，就此否定一切。事实上由于李贺长期得不到唐王朝

的赏识重用，和他自己的坎坷颠连，接触下层社会的机会
较多，所以在他的一部分作品中就很自然地表现了当地被
压迫人民的疾苦，为被压迫被剥削者发出了不平之鸣。同
时，又由于他不满意于朝政的许多措施，往往借古讽今，
切中时弊。这就使得李贺不仅在艺术造诣上，而且在政治
意义上留下了不少进步的诗篇，成为我国宝贵的具有现
实主义色彩的古典诗词遗产的一部分。过去，研究李贺的
人，总是从他的"怪"和"鬼才"方面来着眼，而忽略了
他作品中的进步性和现实主义的成份，这是很不够的。

　　李贺现存的二百四十馀首诗歌中，具有进步意义的不
少。以下略举几首，分别析出，以供研究。

　　在讽刺朝政，特别是在唐宪宗因重用宦官监军统军，
而与藩镇多次作战失败以后所造成的王室积弱、藩镇专
横，人民流离痛苦的这个社会现实上，李贺写下了《吕将
军歌》《贵主征行乐》等优秀诗篇。这些诗篇中，虽然杂
有浪漫主义的成份，但更多的则富有现实主义的色彩。在
这些作品中，宦官们的种种丑态，其实不过是作者用以讽
刺朝政腐败这个主题的具体的题材；宦官虽然也是讽刺、
鞭挞的对象，但却并不是作者写诗的主体所在。这是我们
必须深刻地了解的。

　　《吕将军歌》是以元和四年（公元八〇九年）成德
节度使王承宗叛唐，唐宪宗李纯不顾舆论反对，任用宦官
吐突承璀作统帅，因而屡战屡败的事实为背景的。作者假
托了一位"吕将军"在"北方（指成德，在今河北省境
内，当时为王承宗所据）逆气污云天"的时候，虽然自
己激于爱国之情，想要请缨杀敌，为民除害，甚至在感

到"剑龙夜叫"而起来"振袖拂剑"，意图一用，但却始终被投闲置散，眼望着皇帝所在的"玉阙朱城"而报国无门。与此相反，朝廷却任用了一个"傅粉女郎"（宦官）来做统帅，去领兵打仗。这位"傅粉女郎"带着帅印（楒楒银龟）立于火旗（大旗）之下，说是骑马，却毫无大将威仪，只不过摇摇晃晃地骑在马上儿戏而已。当两军阵前敌人（恒山铁骑）出阵挑战（请金枪）的时候，并不曾见着朝廷将士的凛凛威风，只不过遥遥地嗅着了这位统帅的花箭（箭杆上漆着花的箭——宦官们的玩具）所发出的一阵阵的清香而已。这就是诗人笔下所描写的唐宪宗重用宦官领兵与敌人对阵时的情景。随后，诗人又以有用的战马没有草吃，没有水饮，而官厩中却饲养着没有用处的劣马（蹇蹄）来与人事方面的颠倒相对衬。最后，用"园苍低迷盖张地，九州人事皆如此"来结束全诗，更是悲怆慷慨，令人发指。有人认为李贺写诗不敢直斥唐宪宗的荒唐，而采用了比较隐晦的比喻，是其不足之处，其实，这是难怪的。白居易的长恨歌也用"汉王重色思倾国"作首句，为什么没有人指责他没有直斥李隆基的名字呢？

李贺的《感讽五首》之三和《贵主征行乐》也写的同一主题，并且是同样地形象、深刻。《感讽五首》之三一开始的"妇人携汉卒，箭服囊巾帼。不惭金印重，踉跄腰鞬力"四句，可说是既淋漓尽致而又概括地描述了宦官统军的种种丑态。随后，又毫无保留地揭露了这群妖丑们把"恂恂乡门老"，驱上前线去"昨夜试锋镝"的残暴行为。最后，描述了宦官们兴高采烈地"走马遣书勋"，干脆干起冒功领赏的无耻勾当。作者以"谁能分粉黑"的慨叹结尾，可说是愤慨之至！千载以后的今天，我们读诗至此，犹不能不为之掩卷太息，足见作者笔下艺术感染力之深了。

《贵主征行乐》也同样是用描述宦官们以征战为儿戏（行乐）的史实，来讽刺朝政腐败的主题。"奚骑黄铜连锁甲，黑旗香杆金画叶"是描绘出征行列的华艳奢靡，不切实际。"中军留醉河阳城"指的是元和五年（公元八一〇年）河阳节度使乌重胤留醉出征的吐突承璀一事。"娇嘶紫燕（好马）踏花行"，"春营骑将红如玉""走马捎鞭上空绿"却是描述这支以出征为儿戏的宦官率领的不男不女地在出征途中所作所为的诸种丑态。这群阴阳怪气的宦官，簇拥着花花绿绿的的旌旗，骑着骏马，踏着花儿，胡乱地进行了一番"征战"的表演之后，却一群群地于角声咿咿之中，躲在女垣（即女墙、城上的矮墙）之下，瓜分着皇帝所给予的赏赐。而这时的"主帅"，则还"牙帐未开"，醉卧梦乡。这样的军队，是什么样的军队呢？作者在这首诗里，十分典型地、概括地和生动地告诉了读者，鲜明又形象地点明了主题。

李贺对于皇室和贵族们荒淫无耻的腐朽生活，感到了无比的愤怒，而对于因受压迫而从属于贵族们的奴仆和平民，则寄予了无比的同情。李贺的诗歌在这方面也很突出。如《秦王饮酒》《屏风曲》《宫娃歌》即是其例。

《秦王饮酒》是以秦王饮酒这个题材来借古讽今的。这里所谓"秦王"，与其说是秦王，无宁说是唐天子。这样的手法，正是作者的"寓今托古，比物征事"的所在。诗中说："秦王骑虎游二极，剑光照空天自碧。羲和敲日玻璃声，劫灰飞尽古今平。"是以浪漫主义的表现手法，来歌颂秦王统一中国的功绩的。"龙头泻酒邀酒星，金槽琵琶夜枨枨。洞庭雨脚来吹笙，酒酣喝月使倒行。"是描写秦王宴饮时的奢侈富丽的场面。"银云栉栉瑶殿明，花楼玉凤声娇狞，海绡红文香浅清。"描写宫女侍宴的辛劳。最后以"黄娥跌舞千年觥，仙人烛树蜡烟轻，青琴醉眼泪泓泓"三句，描写宫女们在天已大亮，烛火烟轻的时候，还在侍宴，这时她们抱着青琴，累得醉眼朦胧，泓泓泪下。这才犹如画龙点睛，道着了主题。

《屏风曲》也是采用同一手法。诗人通过对豪门贵族中一对新婚夫妇奢侈生活的描写，从反面表现了人民的疾苦，使二者成为鲜明的对比，和杜甫的"朱门酒肉臭，路有冻死骨"异曲同工。这首诗通篇八句："蝶栖石竹银交关，水凝鸭绿琉璃钱。团回六曲抱膏兰，将鬟镜上掷金蝉。沉香火暖茱萸烟，酒觥绾带新承欢。"这六句是描写一对新婚夫妇的骄奢佚乐的生活。而最后"月风吹露屏外寒，城上乌啼楚女眠"两句才是主题。让人读后对于这对新婚夫妇的奢侈生活，不禁投以极其愤怒的眼光，而对于这位在"月风吹露"和"城上乌啼"的凄惨环境中度过无可奈何寒夜的贫女（楚女），则寄与无限的同情。所以，这里对于新婚夫妇的奢侈生活着墨愈多，越是描写得淋漓尽致，对于贫女的困苦生活，也就更加衬托得明白清楚。这正是李贺表现手法高人一等的地方。

《宫娃歌》是描述皇室宫女的悲惨生活的。富丽堂皇的皇宫，是封建帝王的天堂，同时又是宫女们的地狱。但历来诗人们对于宫女的痛苦的描写却不多见。传下来的无数宫词，除了描绘帝王生活的奢侈逸乐外，很少替宫女们说话的。李贺的这首《宫娃歌》的前面八句，大胆地也可以说是如实地刻画了宫女们的悲惨生活。诗末的"梦入家门上沙渚，天河落处长洲路。"以"梦"的方式，表达了宫女们思想家乡的善良愿望，而结语的"愿君光明如太阳，放妾骑鱼撇波去"就更为明确地提出了解放宫女的要求，表达了宫女们的痛苦和渴望解放的呼声。《宫娃歌》可以说是一篇对于封建专制的宫廷制度的有力的控诉书。

在控诉人民疾苦方面，李贺也有过极其杰出的作品。这里以《感讽五首》之一和《老夫采玉歌》为例。

《感讽五首》之一的前面两句："合浦无明珠，龙洲无木奴"，直截了当地说明：即使是出明珠的合浦（今广西僮族自治区合浦县），也已经没有明珠；即使是盛产柑桔（木奴）的龙洲（即龙阳洲，今湖南汉寿县），也早没了柑桔。寥寥两句，就已形象而又概括地说明了民间已经被搜刮得民穷财尽。"是知造化力，不给使君须。"是说主宰自然的"造化力"，已经供应不了"使君"们的苛求。然而正当"越妇未织作，吴蚕正蠕蠕"的时候，"狞色虬须"的县官却骑马而来，指着木板上的"数行书"，传达了使君（泛指高一级的官吏）已经发怒，非缴足一定数额的捐税不可的命令。于是"越妇"赶紧向县官拜诉："桑芽今尚小"。要求缓期到"会待春日宴，丝车方掷掉"，再来缴纳。正当这位越妇乞求县官的时候，小姑则趁机去替县官做饭去了。当然，在这样的贫苦人家，并没有好的东西款待县官，有的不过黄粱粗饭而已。更严重的是，当这位县官因为既捞不到油水，又得不到一餐好的饭食，便大发雷霆，一脚将黄粱粗饭踏翻而去的时候，第二批需索的官吏（簿吏）又复破门而来。对于这位簿吏的登堂需索，诗人在这里未加叙述。但是，"此时无声胜有声"，其情其景，读者自可想象得之，使人读后如看一场影剧或一篇小说，末了，还为作品中的主人公担心不已。这样的艺术水平，和杜甫的名篇《石壕吏》应该同样为我国古典诗歌中的瑰宝，同样是现实主义的好诗。但是，《石壕吏》自来享有盛名，而这首诗却少人提及。大约也是受到"怪拔""鬼才"之类的评论的影响罢！所以，特地在这里表而出之，以供研究。

　　《老夫采玉歌》共十二句。诗的主题是描写采玉工人的悲惨生活，控诉贵族豪强对采玉工人的剥削压榨，是典型的现实主义作品。诗的前面两句，是说采玉老人年复一年地被迫在蓝溪（在今陕西蓝田县，产玉）水中采取一种名叫"冰碧"的玉石，用以琢磨成"步瑶"（贵妇人头上的装饰品）。他们这样辛勤的劳动，不过是为了满足富贵豪强人家"好色"（指玉石的颜色）的要求。以下十句都是描写采玉工人的悲惨生活的。大意是不只采玉的老人为了采玉而忍受着饥寒，就连水中的龙也忍受不了采玉的打扰而发愁（"老夫饥寒龙为愁"）。蓝溪的水由于经常有人采玉而被搅得混浊不堪，也失去了从前清白的颜色了（"蓝溪水气无清白"）。采玉老人饥了，只有爬到山岗上采野果（榛子）来裹腹，他们眼中流着象杜鹃口中的血一样的眼泪（"夜雨冈头食榛子，杜鹃口血老夫泪"）。蓝溪之水不知吞食了多少采玉工人的宝贵生命。他们身虽死了，但这个仇恨是一千年也忘不了的（"蓝溪之水厌生人，身死千年恨溪水"）。"斜山柏风雨如啸，泉脚挂绳青袅袅。"是描写采玉工人在风雨如啸的时候，还不能不在溪岸的石磴上挂着绳子，把身子缒入溪水中采玉的辛苦悲惨的生活。最后两句："村寒白屋念娇婴，古台石磴悬肠草"，是说他们在这死生莫卜的采玉生活中，望着古台石磴上的断肠草，不觉转念到自己住在茅屋（白屋）中的婴儿，顿然感以无比的悲酸和愤怒。这首诗形象地描述了采玉工的痛苦和憎恨，特别是"徒好色"的一个"徒"字，和"龙为愁"的"愁"字，具有画龙点睛的作用，既表达了作者的艺术意向，又渲染了主题气氛，是很成功的笔法。

当然，李贺二百多首诗歌中，具有进步意义的并不止这几首。如他的"几回天上葬神仙"，"彭祖巫咸几回死"等诗句，就大胆地表现了朴素的唯物观点，具有一定的进步意义。这里不再一一加以叙述了。

## 三、浪漫主义的艺术风格

李贺是中国古代诗人中一个极为有成就的浪漫主义大师。他在诗歌中表现的浪漫主义的艺术风格，在其他诗人的作品中是并不多见的。似乎可以说，李白浪漫主义的表现手法是豪放，而李贺的浪漫主义表现手法则是纤巧。至于想象力之丰富，二者可说是势均力敌。所不同的是李贺早死，留下来的作品不如李白丰富罢了。

李贺浪漫主义的作品，就他所现存的诗歌来说是较多的。而且，我们读了李贺的全部诗作，还可以得出这样一种印象：浪漫主义的表现方法，几乎贯穿着他的全部作品。即使在现实主义色彩比较浓郁的诗篇中，也存在着浪漫主义的艺术风格。我们且以《金铜仙人辞汉歌》和《李凭箜篌引》为例。

金铜仙人辞汉歌并序

魏明帝青龙元年八月，诏宫官牵车西取汉孝武捧露盘仙人，欲立置前殿。宫官既拆盘，仙人临载，乃潸然泪下。唐诸王孙李长吉遂作《金铜仙人辞汉歌》。

> 茂陵刘郎秋风客，夜间马嘶晓无迹。
> 画栏桂树悬秋香，三十六宫土花碧。
> 魏官牵车指千里，东关酸风射眸子。
> 空将汉月出宫门，忆君清泪如铅水。
> 衰兰送客咸阳道，天若有情天亦老。
> 携盘独出月荒凉，渭城已远波声小。

这首诗通篇感情充沛，艺术感染力十分强烈。在古典诗歌中可以说是上乘。但除了魏明帝拆迁汉武帝的仙人捧露盘这一点事实以外，其馀的情节完全是作者凭借他自己独特而丰富的想象和激越的感情交织出来的。它虽没多少事实根据，但使人读了之后，又仿佛觉得这全是事实；根本不近情理，而使人在读了之后，又觉得这仿佛全部合乎情理。使人读之，如历其境，如见其事。这正是李贺浪漫主义艺术手法的高妙所在。

作者一开始就把汉武帝刘彻叫作"茂陵刘郎秋风客"，显示出了作者倜傥不羁、傲视今古的豪放气概。无怪乎像王琦之类的批评家要发出"以古之帝王而亵称之曰刘郎,又曰秋风客,亦是长吉欠理处。"⑫了。但是,在千年以后,我们读到这首诗,就不禁要拍案叫好。"刘郎"是叫得的,"秋风客"也并不过分。当然,在古代帝王将相之中,被后世称之为郎的并不多见,而且,这样的称谓,毋宁还含有贬低的意思,被人称做"三郎"的李隆基就是一例。何况这一句还是与下一句"夜闻马嘶晓无迹"相照应的。作者在这里凭自己大胆的想象,用"夜闻马嘶"比喻刘彻在世的声威勋业,以"晓无迹"形容汉室的衰亡,既十分形象,又富有感情的寄托,一开始就深刻地揭露出本诗的主题,激发起读者对于刘彻及其汉室江山之衰亡寄予的深刻同情。这两句起得十分有力。接句"画栏桂树悬秋香,三十六宫土花碧",富有艺术的夸张;原有的三十六宫虽已破残,宫里的桂树却依然存在,并且还"悬"着秋香。而在断垣颓壁之上,则长满了土花(青苔),呈现着一片碧绿之色。这样,就自然在读者的心目中展现出了一派国破家亡,凋残寥落的景象。作者用这四句诗简单而又形象地交代了本诗主题所要描述的时间和地点,然后才在下面进入主题。"魏官牵车指千里,东关酸风射眸子。空将汉月出宫门,忆君清泪如铅水。"这四句虽是全诗的主要结构,但真正的事实依据只有"魏官牵车指千里"一句,其他全是作者浪漫主义的想象。"东关酸风射眸子"的"射"字是很有分量的。在拆迁的途中,感到关东的风之"酸"而且又是那样地"射"眸子的,自然是这个"金铜仙人",因为他是不愿意离开故国长安而东迁到魏国的许都的。作者在此虽然没说出"金铜仙人"的悲切感情，而其实却是在诉说"金铜仙人"的悲切感情。
还必须注意，作者虽然给人暗示出了"金铜仙人"的悲切
感情，而其实却又包括了连读者在内的所有同情汉室衰亡
的人的悲切感情。"金铜仙人"虽然依恋故国，不愿离
去，但终于还是要被迫离去。而在他虽然舍不得故国的江
山景物，却又非离去不可的无可奈何的时候，面对国破家
亡，景物全非的情景，所能够带得走的，只有天上的明
月。"独携汉月出宫门"，这位金铜仙人就自然要"忆君
泪下如铅水"了。

　　"衰兰送客咸阳道，天若有情天亦老"，应该说是
这首诗的主题，但这个主题却是浪漫主义的，因为事实上
并无其事，作者运用了丰富的想象力，凭空采用了衰兰送
客和天若有情这样的浪漫主义的艺术表现出凝铸和激化主
题的感情。这里，对于"衰兰"和"天"却赋予人格，是
很特别的。衰兰送客的提法在古诗歌中出现过，而"天若
有情天亦老"则是作者的独创，成为古今的名句。天而有
情，当然是假的，天因有情而老则更假，这是常识。但问
题是，诗歌的作用不同于科学，不在于给人以某种常识；
反之，却在于如实地、或夸张地描绘一种意境的或感情的
真实，即使这种描绘是违反科学或超乎常识的，也没有关
系，只要它能真实地或夸张地表达人们在特定情景下的感
情就行。所以有时，这种夸张甚至越是违反常识，越是
离开事实，就越是能给人以美的感觉。"天若有情"已经
违反常识了，而"天"会因其"有情"而受到"情"的折
磨、苦恼，也会象人一样地"老"起来，当然这就更加悖
乎常识。但人们千百年来却一直认为这是一个好的诗句，

这是由于作者想凭借丰富的想象，以违反常识的事理，来从反面衬托之中，夸张地表现了一个感情的极限。而这个感情的极限，虽是人们在千百年的生活经验中存在着并清楚地感觉着，而却又无法表达出来的一种极限。

以下我们再谈谈《李凭箜篌引》

> 吴丝蜀桐张高秋，空山凝云颓不流。
> 江娥啼竹素女怨，李凭中国弹箜篌。
> 昆山玉碎凤凰叫，芙蓉泣露香兰笑。
> 十二门前融冷光，二十三丝动紫皇。
> 女娲炼石补天处，石破天惊逗秋雨。
> 梦入神山教神妪，老鱼跳波瘦蛟舞。
> 吴质不眠倚桂树，露脚斜飞湿寒兔。

无疑地，这一首诗完全是浪漫主义的。作者在这首诗中，以其过人的想象力，把箜篌演奏者李凭的技艺描述得令人无限神往。我们试以白居易的《琵琶行》来作对比。《琵琶行》对于琵琶的各种声音，可以说形容得惟肖惟妙，恰到好处。但所有的形容，无论是"大珠小珠落玉盘"也好，"间关莺语花底滑"也好，"幽咽流泉水下滩"也好，或是如嘈嘈的"急雨"也好，如"切切"的私语也好，总而言之，一切的形容和描述却在人们的经验以内，使人读到如历其境，如闻其声，真切可信。李贺对于箜篌声音的形容则不然，他超出人们的视觉和听觉的经验之外，完全凭自己的丰富的想象，大量地运用了历史的或神话的故事和人物，并重新给予艺术的安排，使之为他的特定的艺术表现手法服务。使人们在读到诗句之后，随着作者的丰富的想象力之引人入胜，不自觉地通过自己的形象思维而体味到每个人各自感受不同的艺术真实和享受，从而完成了作者所表现的真、善、美的艺术境界。这就是李贺浪漫主义艺术手法的特点。

作者一开始先不说出李凭在弹箜篌，而只告诉读者：由于有吴丝蜀桐在高秋时节弹奏，以致空山的凝云虽岌岌欲颓，但却被丝竹之声所遏止；传说中的江娥，被丝竹之声所感动，抱住了斑竹在悲啼；素女触起了忧思而为之愁苦——这都是由于李凭在中国（中原）弹箜篌的缘故。这是李凭弹箜篌的第一阶段。特别箜篌的音调突然一变，低沉的气氛变为欢乐，于是连昆仑山上的玉石也受到乐声轻快的影响而碎裂；凤凰因为乐声的悦耳而发出共鸣，当箜篌重新奏到悲切的时候，芙蓉的露珠不禁下滴，有如人的哭泣；忽而乐声又转向欢乐，玉兰花也为之开放，露出笑容。乐声一会儿高亢起来，不仅使十二门前的冷光为之融和，以至于上达天宫，感动了紫皇，甚至还冲破了当年女娲炼石补天之处，把秋雨也逗引了下来。不特此也，李凭音律之妙，还引得会弹箜篌的神山老妪也为之心折，江湖中的老鱼因高兴而跃于波上。瘦蛟因听乐到欢乐之处而不自觉地舞于水中。而且，李凭的箜篌音律之妙，就连月中的吴质也不甘放弃听箜篌的机会而宁愿倚桂不眠。直至露脚斜飞，秋月高挂，而人间天上禽兽鬼神却还在冒着秋寒，同享此音乐之美。李贺对于李凭演奏箜篌的技艺的美妙，真可以说形容得淋漓尽致了。

李贺的诗歌还有一个特点，就是善于活用动词。李贺运用动词，往往不是直截了当地运用写实的手法，而较多地注重意境，凭借想象，或者运用形象思维。所以基本上仍是浪漫主义的。这样地运用动词，在别的古典作家也有，但大量地采用这种手法的，则除李贺之外，并不多见。例如李贺《雁门太守行》中的名句"黑云压城城欲催"就是如此。在人们的经验中，黑云是不会压城的。所谓黑云压城的情况在实际上并不存在。然而从意境上看，或从直觉上看，则黑云压城的现象又似乎是说得过去的。这是我们读到这句诗时的一般感觉。如果我们再实际看到当一座山城或半山城，被漫天的黑云劈天盖地而来，但却又没有把全城罩住，而只是笼盖了这个城的一半或大半时，你就会发现李贺这个"黑云压城"的压字的妙处。有人试图把压字改为"入"字，不行。因为黑云"入"城在任何时候都只有小部分，而大部分还在天空，你用一个"入"字却没有描状出来；而且一"入"之下，就没有了"城欲催"的气势。也有人想把它改作"浸"城，也不行。因为黑云不是慢慢地"浸"的，而是一涌而来。只有"压"字好。压字不仅使人仿佛感到了黑云的重量，同时还刻画出了黑云滚滚而来的动态感。这个"压"字的妙处，还在于它不仅说明了近城处的云似乎在"压"城，而且把云层的厚度也刻画出来了。因为既然是"压"，则黑云越厚，当然就压力越大，而下文的"城欲催"就更显得有来历，有气势，所以比用任何别的动词都更真切，更形象。又如《杨生青花紫石砚歌》的"踏天磨刀割紫云"也是如此。作者以紫云来形容紫石砚，已经构思出奇了，却又凭空用了一个"割"字，把读者引向紫石砚仿佛是从空中的紫云上割下来的幻觉。这还不足，为了把"割"字形容得更真切，作者又凭空想象出一个"踏天磨刀"，把读者进一步引向浪漫主义的想象之中，仿佛觉得这方紫砚是一个能干的巧匠在刚刚踏天磨刀之后，从紫云上割下来的。虽不真实，但却比真实还美。

李贺诗歌运用动词，除了用浪漫主义的手法以外，在写实方面，也自有其独到之处。他的写实，往往和浪漫主义结合在一起的，而且，往往虽在写实，却着重的是传神，用传神来写实。例如前面说的《吕将军歌》的"楄楻银龟摇白马"就是既写实，又传神，用传神来写实的例子。宦官领兵"出征"，看似"骑"在马上，而实际却是"坐"在马上。将士们骑马劲在足上、腿上，所以骑来稳重、英俊、威风；而宦官骑马，却没有这个锻炼，他们腿上足上没劲，看似"骑"在马上，而实际是"坐"在鞍上。加以马的生性，虽然"立定"下来，实际却并不安静，尤其两军阵前，更是如此。所以这位宦官给人的印象就不是"骑"在白马上，而充其量只不过是"坐"在白马上，摇摇晃晃而已。既然是摇晃，则他带在身边的银龟（银质的印信和装印信的龟纽）就必然会楄楻作响。这个"摇"字是写实，又是传神，是用传神来写实，是这句诗的"眼"。其构思之精巧，是难与伦比的。

毛泽东同志说："无产阶级对于过去时代的文学艺术作品，也必须首先检查它们对待人民的态度如何，在历史上有无进步意义，而分别采取不同的态度。"⑫我们在对李贺的诗歌作了一番"检查"之后，应该得出这样一个结论：李贺并不是一般人所认为的只是"怪"，只是"鬼才”，他的作品在很大程度上记载了当时历史的真实，反映了上层贵族社会的浮华奢侈生活，反映了被压迫人民的生活疾苦，是有其积极意义的。姚文燮说："昌谷，余亦谓之诗史也"⑬这种看法并不过分。在艺术风格上，李贺继承了《离骚》以来的积极浪漫主义的优秀传统，充分发挥了瑰丽奇伟的想象能力，留给了我们无数充满着浪漫主义的绚烂无比的诗篇；而在艺术表现手法方面，又给我们留下不少值得学习的东西。所有这些，都应该加以肯定。当然，李贺毕竟是一千年以前的封建社会的诗人，不可能不受到时代所给予他的局限，因而在作品中也有一些糟粕，甚或是消极的东西。由于非本文所论列的范围，就不再一一加以叙述了。

一九八一年十二月一日兰州

【注】

① 王琦：《李长吉歌诗汇解序》。② 《太平广记》。③《旧唐书》。④ 《文献通考》。⑤ 《岁寒堂诗话》。⑥ 《朱子语录》。⑦ 赵宦光：《弹雅》。⑧ 臞翁：《诗评》。⑨ 周紫芝：《古今诸家乐府序》。⑩ 王思任：《昌谷诗解序》。⑪ 姚文燮：《昌谷集注·序》。⑫ 毛泽东：《在延安文艺座谈会上的讲话》。⑬ 姚文燮：《昌谷集注·凡例》。

# 为什么"月下沉吟久不归"

## ——略谈"变"与"不变"问题

月亮的圆缺，本来是一种自然现象。但自有历史以来，人们总爱把它和生活中的悲欢离合联系在一起，于是就有了各种各样的与月亮有关的神话和传说。不独我国有之，外国也很普遍。真可以说得上是地无分中外，人无分老幼了。

而今，金风送爽，凉意宜人，天上的月亮，又到了盈盈欲满的时候。一年一度的中秋佳节，眼看即将来到人间。我们面对着可爱的中秋朗月，总禁不住要怀念起至今还由于一水之隔，而远离亲朋故旧的台湾同胞来。难道我们就永远象宋代大诗人苏东坡所说的"人有悲欢离合，月有阴晴圆缺"而听之任之，长期感叹着"此事古难全"么？为什么我们就不能来一个扭天行事，来一个"人月双圆"呢？

诗人李白曾经有过这样的诗句："举头望明月，低头思故乡"。杜甫也说过："露从今夜白，月是故乡明"。而今，故乡的月亮，正以它"分外明"的清辉，等待着它的游子归来。但为什么游子们却至今还总是"月下沉吟久不归"呢？

当然，"久不归"的游子们，其所以要在"月下沉吟"，是有其顾虑 。顾虑之一便是所谓怕大陆的政策多变。

其实，这个顾虑是不必要的。平心而论，自从清算了极左路线以来，祖国的政策，总是朝着安定团结、富强康乐的方向发展，并无所谓"多变"之处。如果要说它多变，也是正如中国的一句老话："万变不离其宗。"这个变，总是"一以旧仁为鹄的"的。仁是什么？仁就是爱国，仁就是祖国的统一，仁就是祖国和人民的富强康乐。中国共产党的十一届三中全会之后，政策是在逐步变化。例如从极左的农业政策到联产计酬责任制，使农民由贫困状况到今天像河南刘庄那样家家有楼房，户户有电视机，医疗和上学都是公费，平均每人年收入在二千元以上的生活，这是变，而且是不小的变；由于我国工业政策的逐步调整和发展，工业产值稳步上升，出口贸易逐年增涨，这是变，也是一个不小的变；在国防科技方面，我国已经叩开了太空奥秘的大门，远些时候的"一箭射三星"且不说它，就以最近一次的以科学研究为目的的人造卫星成功地射入太空，进入轨道，并按预定计划返回地面来说吧！这当然也是变。但这些变，又有什么不好呢？

在对于台湾回归祖国的问题上，祖国政府的政策，是一贯如此，并非多变。而且，从这一贯不变的立场出发，一次一次地向台湾同胞发出了诚挚的号召和期待。应该说，这是前进，不是多变。这表明了祖国政府和人民对于台湾问题的一贯立场和希望，这一切如果说是变，那就是向着同一个方向的变。这个变，是台湾和大陆十亿人心更加靠近的变，是上不负于列祖列宗，下无愧于子孙后代的变。这样的变，又有什么不好呢？

记得台湾当局曾经说过这样的话："以不变应万变。"这个不变，我们也很赞成。"台湾是中国的神圣领土"，这是不变之一，我们赞成。"台湾问题是中国的内政问题。"这是不变之二，我们当然也赞成。那末，台湾问题不容许任何外人来巧言令色，插手插足，总该也是天经地义，不容置疑的吧！这何妨也列入"不变"的原则之中呢？这样一来，就只剩下一个问题，那就是在台的衮衮诸公将在什么时候改变其"月下沉吟久不归"的海外生涯而采取"一夜飞渡镜湖月"的毅然行动以回到自己的祖国了。

记得抗日战争时期，国民党元老于右任先生曾一度因和蒋介石意见不合，愤而离开陪都重庆。当时于先生曾填了一首《浣溪沙》词。其中有这样几句：

依旧小楼迷燕子，
可怜春雨冻桐花，
王孙芳草又天涯。

于右任先生出走不久，在团结一致，共同抗日的大义下，又毅然回到重庆，从事了抗日救国工作。现在，时移世易，快四十年过去了。难道我们还要"依旧小楼迷燕子"么？为什么一定要等待着"可怜春雨冻桐花"呢？

月下沉吟久不归，终究不是办法。祖国正殷切地期待着芳草王孙，天涯知返。人月双圆，金瓯无缺的美好前景已在向我们招手。台湾当局和乡亲们，何妨让我们一起三复斯言呢？

# 唐诗以动词结尾

诗固不必多用动词，然必以动词而意境始活；诗不能不用动词，纵无，亦必假他词以动用，如王荆公"春风又绿江南岸"是也。至若每句均用动词，且复以动词置诸句末者，则尤为奇妙。贺知章《回乡偶书》云："少小离家老大回，乡音无改鬓毛衰。儿童相见不相识，笑问客从何处来。"李白《望天门山》云："天门中断楚江开，碧水东流至此回。两岸青山相对出，孤帆一片日边来。"韦应物之《滁州西涧》云："独怜幽草涧边生，上有黄鹂深树鸣。春潮带雨晚来急，野渡无人舟自横。"均深得此妙。贺诗之"回""衰""识""来"，李诗之"开""回""出""来"韦诗之"生""鸣""急""横"等字，除"衰""急"系他词动用外，其本身皆动词也，究系作者有意为之。抑或用字偶合，殊难臆断。第若望文生义，则句末用动词者，其佳妙处不可没。良以动词结尾，则匪特化静境为动态，从而赋全句以生动之形象，故远非将动词嵌句中者可比也。夫天门中断，楚江横亘其间，此固千万年以来之自然现象，而一旦将"开"字置于句尾，读之便使人有崭新感觉，一若楚江之开，乃在目前者然，两岸青山相对，本极平常，而诗人将一"出"字置诸句尾，便若两山乃此时此地而始出，清新峭拔，气象万千，非亲历其境不能道也。幽草生于涧边，舟自横于野渡，本系静态，而作者将一"生"字"横"字置于句尾，顿见化静为动，生趣盎然。贺诗意在刻画久客还乡的感情，其暗用鬓毛之衰、儿童之不相识及笑问客从何处来以说明之已妙，复将动词全置句尾，使人读之备受感染则尤妙。予读唐诗，此种句法尚未多见，志之以就正于识者。

# 大漠盘雕秋纵马

历代诗人多有以边塞风情为主题之诗章，即所谓边塞诗也。迩来边塞诗之研究，已渐引起注意。中国唐代文学学会于1984年8月开第二次学术讨论会于兰州，并以边塞诗为主要议题，亦可喜之观象。会中，河南师范大学华钟彦教授有《边声》诗云："射虎将军漫不平，封侯那抵控弦情。雄谈边塞唐音壮，高咏清商古调宏。大漠盘雕秋纵马，长空鸣雁夜排兵。玉门千里荒鸡少，竦听封狼叩齿声"。西北师范学院副教授马骥程亦有句云："志士每多登陇首，诗人端喜听边声。"均有新意。华诗"封狼叩齿"盖指苏联之陈兵百万于我边境。其大漠长空一联尤佳，窃谓虽侧诸唐音无逊色也。华善咏时事，其《感遇诗》咏郭维彬（事见1980年9月9日《光明日报》）云："消除豺虎已三年，才把维彬缧绁宽。想必司刑酒肠热，不曾领会铁窗寒。"盖为郭之冤案，在"四人帮"颠覆三年之后始得昭雪而发为慨叹者。夫司刑酒热，置他人之冤抑若无事者，固不止郭案为然，此党中央所以对于落实政策三令五申者也。华老之咏，亦有心人矣！

# 雷峰塔诗话

杭州雷峰塔倾颓已久，近乃有重建之议，闻之莫不忻然。惟有关斯塔掌故，稚于年者或不知之。忆近代诗人王病山先生有《闻西湖雷峰塔圮感赋》诗云："九百年来保土雄，中闺檀施蠹穿窿。环区妇孺呼名久，幻作飞埃夕照中。""万千残甓敌牟尼，一窍中函贝叶齐。倘幸六丁无力取，佛心今与散浮提。"词雅而工，尤非谙于史实者莫解。塔为公元975年五代时吴越王钱俶追荐其爱妃黄氏所建，故亦名黄妃塔。识此，则前诗大半可解。环区妇孺呼名久，乃谓附近妇孺咸知其为黄妃塔，而不以雷峰名之也。建塔时所用砖甓之纵端正中部位留有圆形小孔，当时人们多有以经卷、佛像附以己名纳入其中以祈佛佑，后之好事者遂每以高价购其砖甓，所谓"万千残甓敌牟尼"是也；藏经见于孔中，所谓"一窍中函贝叶齐"是也。至因甓藏佛像经卷而渐致倾颓之祸。夫岂当日善男信女始料所及也哉？诗之末二句云云，盖谓虽有六丁甲士，亦当无力揭甓而取经，于是我佛有心，倾其塔而散之，以饱其贪欲。讽之至深，哀之至切也。千年古塔，竟以无知者之日事窃夺而致倾圮，我与诗人有同慨焉！

# 杨增新题镇边楼诗

云南蒙自人杨增新，清光绪己丑（1889年）进士出身，辛亥革命前夕，任新疆阿克苏道，旋擢升臬司。辛亥事起，攫得民国督军之职。旋又易帜附袁（世凯），迫害杨缵绪等同盟会志士。杨增新为人阴狠残暴，而有文采。入民国后，中原多事，无暇顾及西陲。因得遂行其欲，独霸新疆者十七年。杨每于镇边楼宴会中诛杀异己，使人悚悚不可终席。杨虽枭雄，而无问鼎中原之志。尝于督署自书一联云："共和实草昧初开，羞称五霸七雄，纷争莫问中原事；边庭有桃源胜境，狃率南回北准，浑疆长为太古民。"以明其志。惟于新疆则视为己之禁脔，从不让人染指。其题镇边楼诗云；"居夷已惯不知愁，北准南回一望收；却怪当年班定远，生还只为一身谋！"踌躇满志之态，跃然纸上。诗中北准谓居北疆准喀尔盆地之蒙古族，南回谓居南疆伊犁一带之维吾尔族也。其尤妄者乃以班超之"但愿生入玉门关"为疵，以所谓"居夷已惯不知愁"自鸣其称雄西域之得计！然其倒行逆施之结果，终于1928年7月7日为同盟会员樊耀南诛之予宴席之上，诚所谓即以其人之道，还治其人之身也。余予1984年9月，因出席西北五省文史资料工作会议至乌鲁木齐，欲寻定边楼旧址而未果，有诗步杨原韵云："西来凭吊镇边楼，阅尽沧桑历尽愁。地下独夫应有语，当年孟浪谑班侯。"

诗固不佳，然可为班定远一鸣不平，兼以为独夫之戒。

# 诗附骥尾

　　人有趋附豪贵而飞黄腾达者，谓之附骥尾。不意诗文传世。竟亦如之。浙人赵龙文，一九三五年任杭州市警察局长。值诗人郁达夫偕王映霞寓杭。赵与时相过从，并曾书己诗于扇以贻达夫。郁倚韵和云："昨日东周今日秦，池鱼那复辨庚辛！门前几点冬青树。便算桃源洞里春。"此诗传诵已久，实郁氏名作也。赵龙文原诗云："佳酿名姝不帝秦，信陵心事总酸辛！闲情万种安排尽，不上蓬莱上富春。"赵诗于郁，备极崇誉，揆之其人，固当之无愧者。诗以信陵拟达夫，身世容有不侔，而襟怀则足相拮抗也。赵为胡宗南嫡系人物。离浙江后，以胡故，得任甘肃省民政厅长。解放前夕，赵任胡宗南绥署秘书长，并随其逃离大陆，死于台湾。友人周艾文君编辑《郁达夫诗词钞》(浙江人民出版社1980年出版)时，以郁诗原标题及作者自注关系，不便将赵诗删削。爱屋及乌，赵诗遂传。是亦不以人废文之一例，直世良规，此之谓矣！因志之。

# 蒋淑敏诗

　　桐城蒋淑敏，女诗人也。蒋习中医。亦工诗词。早年肄业于秋瑾烈士所创哲民女校。一九〇七年，徐锡麟事件发生，秋瑾遇难，学校停办，蒋亦辍学，自后专志习医，并以为业焉。一九八〇年，自甘肃省中医学院退休。其一九一二年《自枞阳搭夜行船赴安庆过莱子湖遇风浪》七律云："柳色依依翠盖擎，轻舟趁放晚风晴。山馀岚气浓如滴，水带琴声夜自鸣。浪急乍惊魂欲断，帆飞直与月同行。江涛到耳难成寐，欲见天明总未明。"作者是时年方十六，其才思隽逸，盖可想见。结句隐慨辛亥革命，寄寓深远，不愧为秋瑾及门弟子也。其解放前有《平居记事》七律云："乍冷轻寒十月天，平居七字受熬煎。薪添湿叶频垂泪，胆怯敲门怕索钱。日暖啼鸦防客至，鸡鸣灯尽枕书眠。幽人诗思愁人笔，惟祝新年胜旧年。"诗中所记是琐事，亦是实事，足为旧中国知识分子生活之写照。平居七字云云，俗所谓油盐柴米酱醋茶是也。蒋氏她如状景诗之。"满轮明月能穿户，半榻凉风不隔墙。""细雨滋花红欲滴，轻云褪月淡浮烟。""云卷夕阳归岫去，水含明月逐波来。"咏七夕之"二分明月添愁思，一载离肠谱恨歌。"悼烈士之"丹心溅血埋黄土，细雨含风冷画桥"均佳。蒋已八十六岁高龄。闻尚在为人治病云。

# 联句难

　　自古联句难，而联句能一气呵成，不离主题者尤难。《龙门阵》一九八三年第五期载《诗伶肖遐亭》一文，叙及曾华臣、肖遐亭、戢朴斋、谭兹轩四人所联《明妃出塞》七律诗一首，读之不禁使人为之击节。诗云："明妃出塞马萧萧，愿借琵琶写汉朝。一曲离鸾边月冷，六宫啼鸟禁烟消。蛾眉竟被黄金误，鸳梦难归紫塞遥。惆怅玉门关外路，空馀青草朔风飘。"此诗虽系联句，而气连句贯，如出一人。四公殆非常人所及。全诗八句。其用事工、对仗工、造句工固无论矣。即以平仄而论，无一字不叶律，尤为难得。其"一曲离鸾边月冷，六宫啼鸟禁烟消"一联，上句写昭君之哀怨。下句状昭君之遐思，工极、丽极、怨极。使昭君有知，当为更谱琵琶，谢诸公知己也。惟箫箫应是萧萧，当是误植。玉门则应为雁门。昭君出塞，非适西北，青冢犹在。可覆按也。

# 科技界多诗人

　　科技、医药、工程各界，能诗者甚多，第以非其专业，故多不显耳！武山裴慎，业中医，名于陇上，诗亦工。其游敦煌月牙泉有句云："不愁日晒七星草，且喜风鸣五色沙。"遣怀诗云："所悔身因识字累，可怜家为买书贫""回头莫叹年华老，举足当随时代新。"均佳。天水甄载明君，习兽医，解放后曾任西北军区后勤部马政处长。有诗句云："船上风来座亦润，花间人去影留妍。""志气莫随流俗转，文章当与岁华新。"句皆工稳。甄于抗日战争从事救亡运动，两次被捕入狱，一九五七年又罹右派厄，故有句云："两遭禁锢憎罗密，一发狂言获罪新。""缠绵一榻经寒暑，坎坷十年忘晦暝。"直抒胸臆，至为难得。灌县机械厂高级工程师胡文尧君一九八一年游青城山有句云："惭愧光阴忙里过，廿年住灌未曾游。"其十年浩劫中寄友人诗有云："江城长忆白司马，同咽琵琶大小弦。"此数君者，固不常作诗。而偶事吟哦，便得佳句，中华诗国，岂虚语哉！

# 山如瘦马吞残雪

　　天水冯国瑞仲翔，早年肄业清华园国学研究所，梁任公及门弟子也。解放前后历任西北师范学院及兰州大学教授，性爱考古，尝游麦积山，首对石窟施以考证，揭之报刊，麦积山以是知名，今为国家重点保护文物。一九四三年暮春，仲翔游重庆，将归天水，偕刘子健访王新令夫妇于歌乐山下，相谈甚欢。时新令方任监察委员，因对国民党政府不满，正从事民盟地下活动，故座间每及时事，且多愤嫉之言。仲翔有诗记其事："归程啼鴂万山皆，更喜猩红点碧崖。环翠松多云若倦，横塘水满镜初揩。颇闻世论关奇计，未遣流年负壮怀。欲语临歧无限意，平生越石是吾侪。"诗中"云欲倦"谓新令，镜初揩指新令夫人。吾侪谓冯与子健也。一九六二年春，仲翔与余并供职于甘肃省政协，一日忽谓余曰："西北多童山，秃濯嶙峋，殊难名状，曩记有诗句云：山如瘦马吞残雪，人似寒鸦乱夕阳。乃绝妙好词也。"询其所自，则无以对。盖忘之矣。余怀之二十年，遍询诸方家，亦不知其作者。乃知天地之大，人文之盛，殆非吾人力之所能遍识者。仲翔一九六三年于甘肃省文史馆员任内逝世，新令作古尤早于冯。子健现执教重庆师范学院，年前尚有函询及二人。

# 改诗难

作诗难。改诗尤难，王力先生在答《团结报》记者访问时，尝力诉为人改诗之苦。此中滋味，非身历者不知也。大率诗之为诗，无论言情言志，贵在立意之后，一气呵成。古人"吟成一个字，捻断数茎须"者，盖指作者个人于字句之斟酌、雕琢而言，非谓诗必改之而后工也。然亦有改一字而意境顿活，有如画龙点睛者。王安石"春风又绿江南岸"之句，以数易而得"绿"字，固已为人所乐道，乃近见一事，颇有与荆公改诗相类者。友人裴慎之有句云："无核葡萄如玛瑙，多浆瓜果似金球"，孙艺秋先生为其各易一字云："无核葡萄欺玛瑙，多浆瓜果坠金球。"见者无不叹服，王静安《人间词话》论宋祁《玉楼春》词云："红杏枝头春意闹，着一'闹'字而境界全出"，余于此亦云：着一"欺"字"坠"字而境界全出，不亦宜乎！

# 不可浪改古人诗句

人有仅凭一己之臆度，或片面之考据而浪改古人诗句，久之，相率效尤，一发而不可制者。使古人有知，不当大声疾呼，求为昭雪耶？杜牧"白云深处有人家"，王之涣"黄河远上白云间"即此类也。杜诗："远上寒山石径斜，白云深处有人家。停车坐爱枫林晚，霜叶红于二月花。"诗中既云"远上"，必非"近处"；既说明所远上者为"寒山"，则宜乎枫叶流丹，白云笼罩，诗人为此迷人之幽境而流连停车。自是极为自然之事，所谓"白云深处"，其意远，其景真，其词丽。固天成之佳句也，安用为之易"深"而"生"也哉　王之涣"黄河远上白云间，一片孤城万仞山，羌笛何须怨杨柳，春风不度玉门关。"论者以为凉州（今武威）古无黄河。于是撷摘片言，创为"黄沙直上"之说，一时学者不察，多有附和之者。殊不知《凉州词》不一定咏凉州，犹《竹枝词》之非必咏竹枝也，若王之涣当日在凉州以外之任何城市，远眺黄河，有是感觉，发而为诗，吾人定执此论以责其非咏凉州。抑亦过矣。矧黄河发源于青海，明以前犹无此说，何况唐人？至所谓"黄沙直上"云云或系当日传抄之误，初不必据为定论，且究其词。不过状一旋头风耳！自意境之幽远，胸襟之开廓，与夫情韵之协调而言，奚足以与"黄河远上白云间"相提并论？点金成铁，其此之谓乎？

# 《木兰词》"扑朔"新解

脍炙人口之《木兰辞》，其末句云："雄兔足扑朔。雌兔眼迷离，两兔傍地走，安能辨我是雄雌"其中"扑朔""迷离"，千百年来，已成固定词汇。注者或以为系"叠词"或以为系"前后足动作不齐的动作"，"足毛蓬松之状"，率皆不得要领。数十年来，心窃疑之。十年浩劫中，余被遣返四川原籍，儿辈购兔育之，俟其繁殖而售其雄，以补家用。惟售时无术以判其雄雌，深以为苦。后得乡人指点，乃大便利。盖雄兔起步时，后足必先扑地而后举起，成"扑——朔"之声，执此以求，百试不爽。乃知《木兰词》之所谓《雄兔足扑朔》者非他，状其声耳！顿悟舍此义外，历来注者云云，殆皆不甚确切。特志之以就榷于贤者。

# "香稻啄馀鹦鹉粒，碧梧栖老凤凰枝"非倒装句

　　杜诗"香稻啄馀鹦鹉粒，碧梧栖老凤凰枝"，解者多以为系倒装句，谓其实应为"鹦鹉啄馀香稻粒，凤凰栖老碧梧枝"。其说殊觉牵强。大抵诗用倒装句，多为协调平仄，而此句则倒装与否，俱协于律，其非为调平仄甚明。若谓倒装之后，于义易晓，则此句一经倒装，反趋晦涩，故其说亦悖。然则。杜老何为而弄此玄虚耶？

　　余于十年浩劫中，在四川乡居，时秋收在即，稻田结实累累，远近麻雀，成群啄食，为祸甚烈。故当麻雀啄食之时，率多食一弃十，驯至稻田被啄之后，穗上既已空空，穗下又纷然杂陈，皆稻粒也。睹之可惜，拾之不能。徒兴嗟叹而已。时适生产队长过之，谓曰："麻雀谷子太多，再不设法，早熟者无馀粒矣！"余闻其言，顿悟杜诗所谓"鹦鹉粒"者，与"麻雀谷子"殆相类似，其意乃仅指被鹦鹉啄食而弃地之香稻，若颠倒为"鹦鹉啄馀香稻粒"，则凡未被鹦鹉啄食之千百万亩香稻，岂非皆在"啄馀"之内，与诗之原意固大相径庭，抑宁有诗意可言？其非杜老之本意甚明。而所谓"凤凰枝"者，实即凤凰长期所栖之枝，非泛指以外之碧梧枝也。乃知杜老用词，均千锤百炼，后人不知而臆解之，故往往而谬也。

# 沈尹默口语入诗

作诗遣词贵雅，然必有分寸，过之则近涩；贵熟，亦宜有节度，过之则近俗，令人不耐矣。二者相较，后者尤难。鲁迅"运交华盖欲何求，未敢翻身已碰头"田汉"炮声如吼枪如沸，前线今宵又总攻"，皆运用当代口语，熟而不俗，自是上乘。若吴稚晖"登高拉野矢，天地一毛坑"，则究属笑谑，决非诗句。当代学人、名书法家沈尹默氏不以诗传，而深谙其道。诗作亦清新可诵。其运用口语入诗，尤为难得。一九四九年陈毅元帅率军解放上海，秋毫无犯，市井不惊。沈有诗云："秋毫无犯取名城，大炮昂然未许鸣。晓起居民始惊动，红军街宿到天明。""秋毫无犯"，口语也，缀以"取名城"则词雅而意深："大炮昂然"口语也，缀以"未许鸣"则解放军保护名城之襟怀昭然展示于读者之前，不仅非俗，转是佳句。他如"居民""惊动""红军""街宿"亦皆口语，信手拈来，雅俗共赏，此其所以为好诗也。

# 诗篇结句贵在含蓄

诗篇好坏，往往取决于结句，此理甚易明了。但何以如此，则论者各殊。沈义父以为"结句须要放开，含有馀不尽之意，以景结情最好。"（《乐府指迷》）洪迈以为杜甫《缚鸡行》结句"注目寒江倚山阁"一语，其妙"非思议所及"（《容斋随笔》）而未能畅言其理。实则无论以情结景，或以景结情，或以情结情，以景结景，均无不可。要以自然而含蓄蕴藉为佳。若结句一涉生涩、枯拙，或雕琢、堆砌，甚者一语道尽，必致了无情趣。质言之，所结者诗之篇章，非诗意可结也！若诗意可结，定非诗意，故无论以情结、以景结，均须如沈德潜所谓"放开一步"，或"宕出远神"（《说诗晬语》），乃为上品。祖詠"终南阴岭秀，积雪浮云端。林表明霁色，城中增暮寒。"以景结景而馀意不尽；孟浩然"春眠不觉晓，处处闻啼鸟。夜来风雨声，花落知多少！"以情结景，意境自佳；杜甫《咏蜀相》以抒发感叹之"长使英雄泪满襟"作结固佳，而其《咏佳人》以"日暮倚修竹"写实作结，亦未为不佳也。李白《听蜀僧浚弹琴》以"不觉碧山暮，秋云暗几重"侧写作结，固是上品，而其《访戴天山道士不遇》径以"无人知所去，愁倚两三松"明白点题作结，未为不佳也。李白《金乡送韦八之西京》"望君不见君，连山起烟雾"以景结情固佳，而《金陵酒肆留别》"请君试问东流水，别意与之谁短长"，以情结情亦自是千古名句。他如李义山《夜雨寄北》"却话巴山夜雨时"以未来之设想作结；杜牧《江南春日绝句》之"多少楼台烟雨中"，以想象之景作结，亦无不妙绝。杜牧《过华清宫绝句一》，其结句"无人知是荔枝来"似虚而实，其二结句"舞破中原始下来"，似实而虚，均无不可，纵是以观，应知诗之结句并无定格，要以含蓄有致为佳，所谓情结、景结、远结、近结、虚结、实结皆无不可也。

# 吴梅村与白香山

白香山诗以情胜，树帜中唐，卓然大家。而世之论者，或以清人吴梅村诗才过之。当代小说家姚雪垠氏是其说，并举吴之《圆圆曲》与白之《长恨歌》为例证。余意不然。吴擅诗，于清代诚大家矣，第若以方诸香山，且谓能出其右，则过。白香山《长恨歌》通篇以情胜，以白描传神，一气呵成，了无雕琢痕迹，而《圆圆曲》不仅砌堆词藻，且又叙事芜杂，脉络不清；《长恨歌》整篇叙事，而无议论，《圆圆曲》自"鼎湖当日弃人间"至"哭罢君亲再相见"，凡七韵八句，似论非论，似事非事；其章末自"尝闻倾国与倾城"至"汉水东南日夜流"凡九韵十八句，则几乎全是议论，虽云感慨系之，终嫌说教气味太重；又"尝闻"云云，径以作者口吻大发议论，斧凿之痕毕露，《长恨歌》中有此等笔墨耶？《长恨歌》通篇只小玉双成用典，而《圆圆曲》则用典太多、太涩，如以"鼎湖"喻崇祯自缢煤山，其为不伦，前人固已言之矣，而"尝闻倾国与倾城，翻使周郎受重名"云云，尤悖于义。周郎顾曲，不过说明公瑾之晓音律，曲误而顾，是雅事，非艳事也。唐人李端之"欲得周郎顾，时时误拂弦"，亦未尝脱离顾曲而节外生枝。梅村一则曰："尝闻倾国与倾城"，再则曰："翻使周郎受重名"不知倾国倾城，何与于东吴乐工，又复与周郎何干也！至其"全家白骨成灰土，一代红妆照汗青"云云，则尤难索解。李隆基马嵬之行，误在于己，与杨妃何与？故香山在《长恨歌》中隐斥玄宗，而寄同情于玉环；梅村《圆圆曲》定欲以三桂"全家白骨成灰土"罪之圆圆，使凄恻身世之红妆女子，更蒙莫须有之罪谴于地下，诗人心肠，不当如是也！然，梅村自是一代大家，曲中诚不乏佳句，如"蛾眉马上传呼进，云鬟不整惊魂定。蜡炬迎来在战场，啼妆满面残红印"，若"馆娃初起鸳鸯宿，越女如花看不足"，若"香径苔生鸟自啼，屧廊人去苔空绿"等句，虽侧诸香山诗中，当无逊色，固不可以厚诬古人也。

# "卷我屋上三重茅"非杜甫富裕之证

杜工部《茅屋为秋风所破歌》有句云："八月秋高风怒号，卷我屋上三重茅。茅飞渡江洒江郊，高者挂罥长林梢，下者飘转沉塘坳。南村群童欺我老无力，忍能对面为盗贼。公然抱茅入竹去，唇焦口燥呼不得。归来倚杖自叹息，"郭沫若氏谓屋上有三重茅，足证杜老富有，又谴其与村童争茅草而致"唇焦口燥"为小题大作。此论非为厚诬古人，抑亦不谙事理！十年浩劫中，余被遣返四川乡后，建茅屋数椽，以贫，屋上覆茅甚薄。秋雨连绵，新茅辄腐，次岁即须重盖，盖复不厚，腐亦随之。每新盖时，则其底层都已粉碎。故而覆盖年年，屋漏如故。川中气候潮湿，且又多雨使然也。余以一九七九年蒙落实政策重返兰州，计凡十易春秋，屋上茅已十重，岂余是时处境，乃优于杜老当日耶？返兰前一年之秋，会大风，屋之西南再为风所卷，半间屋顶，随风而起，散茅满地。其较新者，经攒而积之，以备重用。当风起时，亦有吹挂树梢，高不可得；亦有沉于塘坳，求之无术；亦有为顽童持去，呼而不应者。似此情景，非亲历者无以知之，杜老所吟，殆实录也。

# 郁达夫改诗胜原作

郁达夫先生在新加坡时，曾为了娜先生改诗。其诗其事，颇堪一记。了娜先生有《杂感》二首，其一云："挈妻挈子下巴东，雨雨风风又是空；数卷残书随我老，柔情侠骨两消融。"其二云："未必蓬山路便通，残山剩水寄萍踪；人间何处无知己，白骨青山一例同。"其"未必"云云，系借达夫句，"白骨"一词，达夫以为不吉，易为"到处"。非特去其"不吉"。其句亦增色不少。又了娜有《孤独》五言绝句："从此伤心去，天涯一叶舟；茫茫烟水下，四海断肠流。"达夫建议"下"易为"阔"，意境顿为开豁。了娜何人，殊难考证。刘大杰先生谓为南洋一教育家，各不详。郁改诗可风，了娜诗亦当传。

# 史诗须有新解

咏史诗须有新意，否则人云亦云，徒炒陈饭，读之味同嚼蜡耳。然史之为史，尽人而知，欲翻新意。下笔殊难。西北民族学院教授王沂暖先生示其《咏武则天》诗云："贞观政治更新猷，巾帼英雄第一流。史笔缘何欠平等，女皇朝代不称周！"意甚新颖。武氏享国自公元六八四年至七〇四年，历年二一，为时匪短，而史家狃于正统观念，仍附于唐而曰武后；王莽篡汉自公元九年始，二三年亡，以言时限，仅过武氏之半，而乃书曰"新莽"，诗人之不平，不亦宜乎？又其《杨妃墓》诗云，"旧事凭谁说短长，讵云丽质管兴亡？未能比翼成长恨，不怨明皇怨寿王！"亦佳。李隆基夺媳之事，尽人而知。诗人以杨妃之未能比翼成长恨，咎之失妇被废之寿王，看似无理，实乃有意制造"冤案"，以反衬明皇之薄德无能，其构思之奇，诚令人欲为之浮一大白矣！

# 名人诗不一定可读

"言之无文，行而不远"，其理固尽人皆知，而名与实又必相副，乃能及于后世。若夫赖人捉刀，或掠人之美者，则其文传，其人未必传。此千百年以来，人但知《讨曹操檄》之作者为陈琳，而无与于袁本初；人但知《讨武曌檄》之作者为骆宾王，其著作权绝非徐敬业所可得而攘之者也。至若诗文之欲以人传者，则其事尤为可笑。李世民袭齐梁浮艳之馀风，宫闱生活之旖旎，诗非不佳，而知之者少，爱新觉罗·弘历题咏遍山川，二百年来终无诗人之目，此中消息，至足玩味。惜积年以来，此风滋甚。虽然，若本不知诗而为诗，则其唐突，犹可原也；乃有名流学者，亦相效尤，而其诗至伧不可读，则尤足骇异。近见报载某法籍华人殚二十年之精力，将《红楼梦》巨著译为法文，其志嘉，其功不可没。乃读其于译著出版之日自题诗云："胸怀壮志走他邦，迻译瑰宝不认狂。卅年一觉红楼梦，平生夙愿今日偿。"意则佳矣，其如诗陋何：

"胸怀壮志走他邦"，实似窦尔敦唱词，视宋江题浔阳楼犹有逊色。"迻译瑰宝不认狂"，其不合律固无论矣，而"认狂"云云，其义亦殊含混不可解。末句"平生夙愿今日偿"，直是散文句耳！夫夙愿应即平生之愿，二者并见句中。在散文中亦非利落，而况要求洗炼之诗句乎？《红楼梦》中言诗多精辟之论，其所收诗词，亦多佳作，今睹译者自作如此，纵令侧诸"海棠诗社"卷中，袭人晴雯亦当啧啧，遑论黛玉、湘云！不卜其译文中如何处理原作诗词，不能不令人抱杞忧耳。

## 绝句重点多在后半

古称"文无定法"，"文成而法立"，实则诗亦如之。此无它，盖其可以言法者仅句法、语法而已。至其立意、遣词、体裁诸端，则必视题而定，若离乎题，则无法可言；诗必有情有志，若无情志，则纵有法如绳网，亦当无处下笔也。尝读唐人绝句，觉其重点多在后半，因其前起兴，句率平平，必以峭拔奇警之句续其后，而全诗乃能异军特起，蔚为壮观。李白之"举头望明月，低头思故乡"与"两岸猿声啼不住，轻舟已过万重山"；杜甫之"江流石不转，遗恨失吞吴"与"此曲只应天上有，人间能得几回闻"；李商隐之"夕阳无限好，只是近黄昏"与"何当共剪西窗烛，却话巴山夜雨时"；杜牧之"一骑红尘妃子笑，无人知是荔枝来"与"商女不知亡国恨，隔江犹唱后庭花"固然；而王之涣之"羌笛何须怨杨柳，春风不度玉门关"，王维之"遥知兄弟登高处，遍插茱萸少一人"又何非如此！大抵诗人每多一时灵感到来，猝然得句，虽鸣天籁，惟尚不得为诗，故多配以起兴，俾成全局，而其脍炙人口者则每仍为得之灵感之句，实情理之自然也。此理得之者多，而道破者盖少。今人溥杰《题曹子建墓》云："萁豆由来匪我思，舞文弄墨亦堪嗤；阋墙遮莫曹家事，差近人情七步诗。"周采泉《题张蓬舟先生薛涛诗笺》云："校书风度四筵惊，玉比晶莹竹比清；宰相何如才女贵，几人知道武元衡。"台湾同胞陈洒寒《苍沪上五弟家书》云："家书万里绕来迟，兄弟情长诉远思；二字平安聊慰藉，最难裁复是归期。"其起句均平平，而结尾或论事、或言情、或衡理，要皆有其独到之处，故不失为好诗。余有《过洛阳怀旧》云："鱼跃龙门事有无？朱明千古粲东都；洛阳才子他乡老，未必新儒逊旧儒。"以前述各诗之奇警处而论，固不必逊于古人。世固不乏厚古薄今论者，其以鄙论为何如哉？

## 切忌改诗不如原作

　　文以人传，固事之常有，乃有改他人之诗文。虽不如原作，而不识者慑于改者名望，便尔喧腾，颠倒黑白，亦一奇事也。抗日中，剧作家于伶三十七岁初度，贺者多文艺界人士，群以于氏剧作之名，连缀成诗云："长夜行人三十七，如花溅泪几吞声；至今春雨江南日，英烈传奇说大明。"郭沫若氏见之，以为其调低沉，改之曰："大明英烈见传奇，长夜行人路不迷；春雨江南卅七度，如花溅泪发新枝。"有人以为郭氏名家，所改必胜原作，迄今小报犹以为言。余意过矣！按：《花溅泪》《杏花春雨江南》《长夜行》《大明英烈传》均系于氏创作剧名，原诗句句切题，诗意奇隽，佳作也。其格调低沉，实乃对时代之控诉，何必易为政治口号而后快哉！"长夜行人三十七"剧名之外，复切于氏三十七初度，当日重庆之"雾"，固不特就自然环境为然，所有进步人士，实皆长夜行人，于氏更不例外。原作之意甚佳，何必定易为"路不迷"哉？"如花溅泪几吞声"，既曰"溅泪"，自必"吞声"，如"少陵野老吞声哭"，恰足为时代之写照。"发新枝"云云，勉强续貂，直是以口号入诗矣！"至今春雨江南日，英烈传奇说大明。"立意尤佳。当时半壁河山，沦于日寇，抚今追昔。故对南明英烈之往迹，再再而说之，实乃爱国主义之具体表现，亦振奋人心之一兴奋剂也。且二句相属，意双关而深远，所谓缠绵悱恻，诗之正道也，经改为"大明英烈见传奇"，一变哀怨慨叹之声，为平铺直叙之词，了无奇趣，点金成铁矣。闻当时联句者均系前辈名流，惜不能一一记其名讳耳！

# 当代之离骚　诗家之楷模

## ——关于绀弩诗体的重新评价

### （一）

多年来，我一直有个意图。想把"五四"以来的诗人作一个较为客观的评价，从而找出一两位足以远绍"诗""骚"，楷模当代，并能为传统诗改革创新开拓先河的人，但却对于聂绀弩先生的诗作没有研究。其原因，一是先入为主地以为聂乃是杂文大家，并接触了一些诸如"聂诗乃是'异端'诗的高峰"，"是现代的'变风变雅'"①，聂诗乃"新创的杂文体诗"②，并因"时人多有仿作，遂成绀弩体"③等议论，草率地也以为聂诗乃非正宗，接近"打油"，有时语虽中的，亦不过略如杂文，起到一些鞭挞丑恶，振聋发聩的作用，终非诗之正宗，不足以当"正始之音"。最近忽然感到此乃偏见，应对聂诗作一番全面、系统的研究，在通读全部聂诗之后，方觉前此耳食，大有失误。其实，聂翁乃"五四"以来成就最大的一位传统诗人。聂诗题材之广泛，功力之深厚，含蕴之幽邃，状景状物之生动，形象思维之活泼，以及炼词之精到和改革所迈步子之大，不仅当代无人可以企及，即黄公度、梁任公亦当瞠乎其后，乃我国划时代的一代诗宗，诗家楷模。

八十年代以来，对于聂诗之评论，可分两类。其一是认为聂诗乃异端、变体，或竟视为打油；一般读者、评论家大都只及于其个别诗句的称赞，如其"男儿脸刻黄金印，一笑身轻白虎堂""文章信口雌黄易，思想锥心坦白难"之类；但也有人对聂诗有比较深刻的认识，并且评价很高。前者较为普遍。姑置不论；后者则为少见，而论多中肯。我较同意后者。

## （二）

以下，谈谈我对聂诗的一些看法。聂翁的诗，功底深厚，感情真实、充沛。具有温柔敦厚、哀而不伤的传统风格。特别值得提出的是他在继承传统的基础上有过大量的改革，用程千帆先生的话说，是富有极大的离经叛道的创造精神，屏弃了多少年来诗人们陈陈相因的陋习，可以上追诗骚，下启后世。是当代一位杰出的诗人。以下分别言之：

聂翁自谓曾手抄杜少陵、黄山谷专集④。故其诗作兼有唐宋之长。当代词宗夏承焘先生、陈寅恪先生都有过宗唐而兼习宋人之例。近读陈贻焮诗，亦皆类此。故聂翁之诗既具唐音，又饶宋味。明代有人标榜诗必盛唐，文必秦汉，其实乃系偏见，而聂翁不及于此。聂诗大部分为典雅之作，并非打油，这一点必须明确。其诗往往点到伤心之处，却能以含蓄、蕴藉、幽默之笔出之，绝无破口大骂之弊。正如程千帆先生所言，必使人三读而三次感觉不同，甚至百读不厌。如其《题金石录后序》云：

几处娜嬛尽劫灰，归来堂上未归来。
但携鼎鼐逃胡虏，敢怨邦家少将才。
三十卷书垂宇宙，八千里路走蒿莱。
烹茶赌记情犹作，帘卷西风万事哀。

此诗乃为题李清照所作《金石录后序》而作，《金石录》为李的丈夫赵明诚所作，李作序时已极伤感，聂翁此诗又包含了李本身的遭遇和痛苦，伤感更深一层。故其取材涉及宋室南迁，军事败退，李氏夫妇劫后馀生，以及参于其"烹茶赌记"及闺房之乐等内容，而最后以易安名句作结，伤之至也！但却哀而不伤，含蓄蕴藉。尤其"敢怨邦家少将才""帘卷西风万事哀"等句，虽极哀怨。而含蓄蕴藉，绝对不同漫骂，乃是诗之正宗。古人集中，已不多睹，今人之作，则仅见耳。

聂诗极富形象思维。其悲壮处，往往以形象出之，而不作假大空的豪言壮语。如其《过刘后向日葵地》云：

曾见黄花插满头，孤高傲岸逞风流。
田横五百人何在，曼倩三千牍似留。
赤日中天朝恳挚，秋风落叶意清道。
齐桓不喜葵花子，肯会诸侯到尔丘。

诗以言志，但表现的手法各自不同。有人徒托空言，有人则代以感情的表述。像聂翁这样，抓住一个普通而并不起眼的事物以含蓄地表达情、志的作品确不多见。被刘去葵花头的垄亩，一望无际的无头秃杆，对其境象，人们往往忽视。能如聂翁那样运用形象思维写成绝妙诗句的实所仅见。诗的首联回忆未被收获(即刈去葵花头)时的形象：满头黄花，孤高傲岸。颔联上句把葵花秃杆比喻成田横正义凛然的五百壮士，下句想起了东方朔上给汉武帝的三千奏牍。思路奇特，但恰到好处。腹联上句表明葵花杆虽在赤日之下。仍然中怀恳挚，挺拔向上，下句说葵花杆在秋风萧瑟之中，犹自傲然耸立，不减清道。结联忽然想到齐桓公的葵丘之会，将齐桓会盟的地名与诗中所咏的葵花地联系起来，以表故土之思，使人并不觉其牵强，相反，益觉其温柔敦厚。

聂翁对于寻常事物，往往使出全副精力，加以描述。绝不轻于下笔，下笔必求与人迥异。如其《冰道》云：

> 冰道银河是也非，魂存瀑死梦依稀。
> 一痕界破千山雪，匹练能裁几件衣。
> 屋建瓴高天半泻，檄因地险虎真飞。
> 此间尽是降龙木，可战天门百八回。

此诗写在北大荒伐木所经过的道路为冰所覆盖的情景。亦庄亦谐，亦虚亦实，将浪漫主义与现实主义的手法融于一炉，十分奇绝。首联写原来的道路变成了冰道，却又很象银河；原来有水下淌，形似瀑布，今已死亡，但却以冰道形式保存下来，所以是"魂存瀑死"。冰道虽在天地之间。只有"一痕"，但却界破了千山之雪；冰道又似匹练，幻想其能裁出多少衣服，供人享用。冰道由上而下，有如高屋建瓴，从天而泻。人在冰道上只能用雪橇滑行，又因地险，恍同飞虎。这里一切譬喻。皆极形象确切。末联点到冰道乃运木之道的正题，却以家喻户晓的《杨家将》故事加以形象描述，为许多"降龙木"不得运出而在"大战天门"中一显身手而惋惜。从构思到用词用典，皆是十分审慎、凝炼，从而含蓄地隐喻到国家对人才的闲置与浪费。所咏虽系普通事物，用力却非一般。

聂诗涉及"文革"者甚多。对于"文革"中"四人帮"的罪恶，人皆痛恨，但发而为诗者，往往偏重发泄，甚或流为叱骂。我认为，我们对四人帮的罪恶，并无原谅之意，但写入诗中，总以温柔敦厚为好。聂老于此，亦留有值得学习的榜样，如其《挑水》：

> 这头高便那头低，片木能平桶面漪。
> 一担乾坤肩上下，双悬日月臂东西。
> 汲前古镜人留影，行后征鸿爪印泥。
> 任重途修坡又陡，鹧鸪偏向井边啼。

此诗纯用白描，活脱脱一个"改造"中的知识分子形象跃然纸上。其中如"这头高便那头低，片木能平桶面漪"，"汲前古镜人留影。行后征鸿爪印泥"，均极生动。末句不说艰于行步，只说"鹧鸪偏向井边啼"，暗喻"行不得也"，既写艰苦入木三分，却又涵而不露，令人激发共鸣，扼腕叹息。试问几人在相同遭遇之中，能够写出如此佳句！

聂翁集中，写哀怨而不失温柔敦厚之作甚多，试再举《赠织工小裴》和《悠然(张友鸾)六十之三》为例。前者诗云：

武斗文争事已非，又挑蟑蚁斗蛛蚩。
晨风猎猎铅丝网，暮雨潇潇铁板扉。
二十岁人天不管，两三里路梦难归。
班房不是红梅阁，哪有莺声唱放裴。

诗中"蟑蚁斗蛛蚩"，把四人帮之武斗写来又是轻松、又是可恶；"铁板扉"写小裴的铁窗生涯，虽有"晨风猎猎"和"暮雨潇潇"，仍觉凄怆一片。末联告诉小裴，这是坐"班房"，不可能像戏曲《红梅阁》那样有人来救你，呼吁"放裴"。其中"二十岁人天不管，两三里路梦难归"着重写小裴正在"天不管"这年龄而罹惨祸，虽离家仅"两三里路"而却不能归家。全诗不言哀怨，而自哀怨之至。后者诗云：

廿年相识少登攀，谈在金陵雨后山。
明时耻作闲公仆，古典应须老稗官。
本钦史笔追司马，况爱新民为友鸢。
大错邀君朝北阙，半生无冤忽南冠。

此诗尾联与另一首《瘦石画苏武牧羊图》之尾联均是画龙点睛之作。"大错邀君朝北阙，半生无冤忽南冠"，言解放初期聂翁赴南京邀张到北京人民文学出版社担任编辑工作，其后被划右派一事。友鸢半生为新闻记者，时谓"无冤王""忽南冠"指其被划为右派而作楚囚。在事实揭明之后。忽以己之"大错"承担责任，伤心之极，却末明言，读后不禁催人泪下。后者诗云：

> 神游忽到贝加湖，湖上轻呼汉使苏。
> 北海今朝飞雪矣，先生当日有裘乎。
> 一身胡汉资何力，万古人羊仅此图。
> 十九年长天地小，问谁曾写五单于。

此诗乃为尹瘦石所绘《苏武牧羊图》而作，各联俱含蓄蕴藉，末联感慨特深。"十九年长天地小"，乃对苏武陷于匈奴十九年漫长岁月之怆怀，而"问谁曾写五单于"，乃言将苏武陷于此等惨遇者皆五单于所为，但五单于之凶残形象何人知晓，所以诗人于同情苏武之后，要"问谁曾写五单于"！其哀怨所在，岂不令人深思。

有人以为聂翁诗近打油，或竟以打油目之，皆误。

关于打油，聂翁自有说法："有时，悲从中来，不知何故，所谓'泪倩封神三眼流'（掘句）者，人或以为滑稽，自视则十分严肃"⑤。"作诗有很大的娱乐性，吸引力亦在此。诗有打油与否之分，我以为只是旧说，截然界线殊难划，且如完全不打油，作诗就是自讨苦吃；而专门打油，又无油可打。以尔我两人而论，我较怕打油，恐全滑也。君诗本涩，打油反好。故你认为不打油者，我反认为标准"⑥。陈声聪先生说得好："聂翁自渭打油，打油亦有雅与俗之辨，前人诗何尝不打油，但觉其亲切有味。只怕无油可打了，此语却是真的"⑦。诗句应有俗与熟之辨，有时熟好，有时俗也好。所以聂翁认为别人打油者，自己却觉得很好。其实，聂诗之突出滑稽处，乃是诗句美的升华，是雅俗相间，亦庄亦谐，使人读后只觉其熟，不见其俗，尤不可目为打油。

（三）

聂翁之诗，诚如施蛰存、陈声聪、程千帆先生说，在改革上大大前进了一步。施老以为"自梁任公言诗改革以来，吾皆以为是失败的经过，唯聂诗呈现出一点新机与旧诗之可革性"，施老进一步指出："聂诗不仅追上梁任公、黄公度的足迹。并且在某些方面，比梁、黄更活、更深厚"⑧，程千帆先生认为"正由于他（聂）能屈刀成镜，点石成金，大胆从事离经叛道的创造，焕发出新异的光彩，才使得一些陈陈相因的作品黯然失色"⑨，这些都是丝毫不带偏见的确当评论，其言值得深思。谈到聂诗对传统诗的改革，时人未能言其详细，兹就所见，略陈鄙见：

其一，聂翁对于传统诗的改革。我同意张友鸾先生的意见。首先在于题材广泛。张友鸾先生认为"聂诗乃是经过苦练，认为没有不可以吟咏的题材，没有不可以用的词。前人严禁以小说故事入诗，他却连《笑林广记》都用上了……读他的诗，可以忘倦，可以破涕。简直出神入化，上追坡公，打油云乎哉"⑩！这里牵涉几个问题，首先聂翁写诗题材广泛，大到国家大事，小到清除厕所，以至刨菜、着鞋，无不入咏成趣，这在文学史上是不多见的。其次，他的词汇上每每打破古人禁区。离经叛道到常人不可企及的地步。诚如张先生所说，像"一家大小圣贤愁""口中淡出鸟来无？""可战天门百八回"之类句子都能用、敢用，实在是大胆而又新鲜！"圣贤愁"出自《笑林广记》，"口中淡出鸟来"出自《水浒传》，而《天门阵》则源于《杨家将》，这在前人甚至今日某些人看来，都是绝对不容许入诗的，然而聂翁用了，我们读来，却是只觉得其好，而不觉其俗。其实，小说不能入诗，只是腐儒之见。古人原无此论。试思自有诗以来，大量经传以外的故事，如《战国策》《孔子家语》《世说新语》以及《搜神纪》上的故事，岂不一直被诗人津津乐道么？至于以后的小说如《红楼梦》《水浒传》以及《封神榜》《杨家将》之类的东西，由于一贯被士林所鄙视，斥其不足以登大雅之堂，因而也就不让入诗，真是"只许州官放火，不许百姓点灯"，何其偏见乃尔！时至今日，小说既已被认为文学的主要载体，其中故事人物且多家喻户晓，难道还要我们遵守这些原就不合理的清规戒律么？所以聂翁此举，真是首创之功不可没也！至诗中使用俗语。尤为聂翁一绝。"班房不是红梅阁，哪有莺声唱放裳"，这里的"班房"和"放裳"，一是俗语，一是戏文，有的人也认为不可入诗，但聂翁随手拈来，妙趣天成。有何不可？这难道不是聂翁对传统诗改革的贡献么？我想，陈声聪先生所说的聂翁用词比梁、黄更活更深厚，也许即在于此。

其二，聂翁对于传统诗的句法也有较大的突破。这个问题十分重要。因为它关系到诗改的一个重大问题。我们知道，七言诗一向遵守上四下三的句式，自古无人突破。这样一来，诗人在造句上就受到了很大限制，好多思想感情和意境便不能入诗了。聂翁突破诗的句式，不止一端。如：

> 倘晋文公来讨饭，赏他一块已丰施。

（《脱坯同林义》）

　　诗句意思是借《左传》僖公二十三年晋公子重耳（后返国为晋文公）出亡时过卫国。乞食于土人，土人与之土块的一段故事，因"晋文公"是三个字的名词，而"讨饭"又恰是两个字，造句很难用上四下三句式，聂翁便在晋文公之上加一个"倘"字，在"讨饭"之前加一个"来"字，"倘晋文公来讨饭"清新明快，诗意盎然，十分隽永。又如：

> 尔去成都兼两杰，为携三十万言书。

（《赠胡风》）

　　这里因胡风所上"三十万言书"是一个五字词汇，不可分割，聂翁乃在"三十万言书"之上加"为携"两字，打破了上四下三之式。读来并无拗口，并觉自然、亲切。富于时代韵味。他如"何因九十人称老，不信沧桑鬓定华""泪倩封神三眼流"等句构成，对传统句式均有突破，此处不再枚举。

　　其三，作诗"莫写古人曾经写过的思想感情"[①]，聂翁说到做到，实为不易。聂翁集中的诗，几乎没有一首和古人、甚至和今人思想感情相同的，可算得是"不落前人窠臼"。今人动辄因袭古人，甚至要求一字一句俱有来历，以此为雅，实乃大谬。若果如此，则今人只能在古人说过的思想感情、甚至名词字句上转圈子，陈陈相因，毫无创新，焉能进步？此其不合理甚明，令人不解的是不仅同光派目为正宗，迄今还有人奉为圭臬。聂翁对于此种清规戒律奋力打破，身体力行，真是值得肯定。

今人多以因袭古人为雅，聂翁则以多用口语、熟语、甚至俗语入诗为务，时人不察。颇有以为惊世骇俗。此事虽不见人公开责难，但骨子里不以为然者实为不少。其实，古人在这方面并不忌讳，唐诗中用口语者即不少，例如"何当""遮莫"之类即是，不过在一些食古不化者看来，仍然归这于雅罢了。聂翁诗如"手提半篓千斤重，口糊全家块把钱""好梦千回犹恨少，相思一寸也该灰""日之夕矣归何处？天有头乎想什么！""口中白字捎三二，头上黄毛辫一双""北海今朝飞雪矣，先生当日有裘乎"等，其中"千斤重""块把钱""也该灰""想什么""辫一双""捎三二""飞雪矣""有裘乎"，皆是俗话，我们读来，但觉接近生活、接近时代，并无"涩"与"隔"之弊。

聂老用俗语入诗，已如上述，以下谈谈他所说的不写与古人雷同的思想感情这一问题。聂老诗思奇特，不同流俗，可说是诗人之诗。例如"从今不买简简菜，免忆朝歌老比干""我自问天天亦醉，自将天意拟人情""澄清天下吾曹事，污秽成坑便肯饶""昔时朋友今时帝，你占朝廷我占山""堂吉诃德真神勇，竟敢操戈斗巨人""老头能有年轻脚，天下应无不种田""长身尺蠖量天堑，短线神针补地球""生事逼人何咄咄，牢骚发我但偷偷""草草杯盘重配备，翩翩裙屐早稀疏"等等，集中俯拾即是，其思想感情，真挚感人，又皆能落到实处。无不如陈声聪先生所说："或深惋、或高亢、或沉至，语皆自生活体验中来"。其中虽然也用古人故事，乃至小说中故事。使人不觉其生涩。例如"从今不买简简菜，免忆朝歌老比干"之句，即引用《封神榜》中比干故事，令人每至三复之后，便为感染，不禁泫然。

## （四）

聂翁诗现存五百馀首，多为七言律诗。大约与他早年学诗时曾手抄《杜少陵集》和《黄山谷集》有一定的关系。此外，也许还有律诗较能抒发更多的思想感情和展露才华有关。在其所作律诗中，颇有超越古人的气势。考其原因，似乎可以从两句李白诗上找到痕迹，这就是"古人不见今时月，今月曾经照古人"。

"古人不见今时月"，首先是题材上古人不及今人，即古人不见今时事物；同时，古人还因为不知道后来的语言变化，所以比起今人来说，语言也相对贫乏。今人如刻意学古、仿古、泥古，实在是个倒退。今人只有运用诗语体裁，描述今代的思想感情，描述今代的事物，才会有出路，这是正理。从这点出发，施蛰存先生认为聂诗"比梁任公、黄公度更活、更深刻"是对的。常见有人才华很高，却笔下陈腐，在用词上陈陈相因，在思想上局于一隅，写诗多年，并无长进，令人十分惋惜；相反地就觉得聂翁走的道路弥足珍贵了。王林书先生说："聂绀弩最后成了当代格律诗坛上首屈一指的诗人"⑫。这话并不过份。

也许有人要问，当代诗人之中，如陈寅恪、夏承焘诸位大家，就不如聂绀弩了么？其实，由于诗人的境遇不同，生活道路不同，所产生的作品自会各异。李白、杜甫同时代的诗人中，在学识超过李、杜的人并非没有，但有的人当上了官，有的人当了学者，甚或遁入了空门，其在诗作方面的成就自然就会不如李、杜，甚或还不如年轻人李贺，这并不足怪。譬如夏承焘先生，在经历了人生沧桑和抗战流离之后，就曾写出过"撄人忧患矜啼笑，阅世风霜逼老成"那样的千古名句。只是后来由于做了学问，从事教学及致力著述，又没有聂翁那样的生活际遇，所以，写诗不同聂翁，亦是事理之常，无足瞋怪。

最后，尚须说明一点。何满子先生说："我同意胡乔木对聂诗的评价：'也许过去、现在、将来的诗史上是独一无二的'这话很对。"接着他说："聂绀弩这种诗的方向，可能还应该是中国的新诗，至少是新诗中的格律诗的方向。理由是它便利于与源远流长的、影响至深的传统诗歌接轨"⑬。这却有待商榷。新诗多年以来。片面移植西方传统，置我国数千年的诗歌传统于不顾，所以，毛泽东说它"迄无成就"。目前，传统诗歌通过不断改革的自我完善，已在改革方面迈出了较大的步子，聂翁的诗就是一例。至于"接轨"与否，如何接法，却是有待于群众的实践，任何人左右不得的。舒芜先生对于聂诗，只欣赏"他是以大杂文家毕生的功夫来做旧体诗，所以才能达到那样的高度"，并断定"聂诗是旧体诗之内的破旧体作者，其独见赏于众，也可以反应出这是最后的旧体诗了"⑭，这却未必。还有一位自称是"五十年前就向他（指聂翁）请教怎样写作的人"，至今"还是不满足于他只写旧体诗"，而"宁愿看到旧体诗只是他的副产品"，并以为"如果他用新诗、散文、小说这些新文学体裁来写，该会是何等样的精神景观！"这位先生甚至提到："我相信，写旧体诗并不能给他多大的创造愉悦"⑮。这就更为武断，甚至有些"替古人担忧"了。且不说聂翁自己在与高旅先生的信中就曾说过。"作诗（当然是散宜生体的旧体诗）有很大的娱乐性，吸引力亦在此"⑯。试想，一个人如果写作不能给他以"愉悦"的话，他会在无人征求、督促之下去创作这样为数众多的格律诗么？这位先生的话，就未免有些自作主张，无的放矢了。还是施蛰存先生的话说得好：聂诗"体虽旧，诗却很新"，聂诗的好处正是"通诗之正变"，因而也正如陈声聪先生所说：聂诗是"独创一格"，是"为现代诗学开了生面"。至此，我们或许可以大胆地以胡乔木先生的话来作结语：聂诗"它的特色也许是过去、现在、将来诗史上独一无二的。"⑰

二〇〇一年二月于

甘肃省诗词学会

【注】

① 舒芜：《答陈肩》一九八九年四月二十八日《人民日报》。

② 顾学颉：《杂谈聂绀弩诗》一九九三年《随笔》第四期。

③ 毛大风：《百年诗坛纪事》。

④ 高旅：《散宜生诗序》。

⑤ 聂绀弩：《散宜生诗自序》。

⑥ 高旅：《聂绀弩诗集序》。

⑦ 陈声聪：《荷堂诗话·散宜生诗》。

⑧ 施蛰存：《管城三寸尚能雄》。

⑨ 程千帆：《读倾盖集所见》。

⑩ 张友鸾：《聂绀弩诗赠周婆》。

⑪ 陈凤兮：《泪倩封神三眼流》。

⑫ 王林书：《当代旧体诗论》。

⑬ 何满子：《聂绀弩收回了的意见》。

⑭ 舒芜：《答陈肩》。

⑮ 彭燕郊：《千古文章未尽才——聂绀弩的旧体诗》。

⑯ 聂绀弩：《散宜生诗自序》。

⑰ 胡乔木：《散宜生诗序》。

# 论"自由词"

　　诗歌作为一种文艺载体，也同其他事物一样，会因时势、条件的变化而变化，此乃不易之真理。但变化须有一定的过程，不会一蹴而就，有时甚至可能还会经过些曲折，而后才逐渐趋于成熟，得到公认。我国传统诗歌，自其诞生以来，已有二、三千年，其间递嬗变迁之迹，昭然可寻。即自清末黄遵宪、梁启超，民国时期胡适、吴芳吉以来，改革之声，仍是不绝于耳。其间先驱诸贤，更是不断努力，且均各有所成，迄今已近一个世纪。二〇〇一年三月，中华诗词学会及时地在其《二十一世纪初期中华诗词发展纲要》上明确指出：在本世纪初，实行新旧声韵并行的双轨方针。可说是一项总结性的指导意见，也是在改革问题上迈出的关键性的一步，我们完全赞成。这里还想就此一问题，说一些个人意见，以就正于贤者。

## 一、半个多世纪以来，改革的实践
### 告诉我们：用普通话作诗，最好的形式是
### "自由词"

　　为什么这样说？答案是：

　　1. 普通话里没有入声，它已被阴平、阳平和去声所代替。而传统的诗、词、曲则又都是严格地按照原有平上去入四声进行过相叠、相间的音律上的处理，并在长时期实践中不断改进而流传下来，且合于音乐的组合规律，但却

不适合于现行的普通话的四声发音，因而原有的格律对于普通话并不适用，不能随便移植。例如："气吞云梦泽，波撼岳阳城"，其中"泽"字如按普通话不读入声，全诗便觉淡然失味；又如："即从巴峡穿巫峡，便下襄阳向洛阳"，"峡"字按普通话读成平声，也总觉别扭。我曾多次试用普通话写律诗。往往因为力难胜任，中途搁笔。于是再回想起先贤们改革中所经过的足迹。顿时才悟出其"原来如此"。

2. 今人写今时的思想感情，写今时的新鲜事物，往往会遇到一些名词、甚至形容词、口语等等都超过三个汉字或三个字以上，例如"拖拉机"、外来语"卡拉OK"和"有中国特色社会主义"之类。也都很难写进格律诗词。

3. 押韵上犯难。我们习惯于用"平水韵"多年，若是忽然在写绝句时把一、七和依、稀同作韵脚，尽管普通话一、七已是阴平，理论上可以，但总觉得犯难，不够惬意。同样，如在写律诗时，把和、合、阁、禾等字一律作为阳平押韵，也觉犯难。而且，凡遇上原来读入声现在读平声的字用在格律诗的句中，也难处理。但如改弦易辙，写自由词，就没这些顾虑了。

说到自由词，改革者们是颇经过一番周折的，"五四"时胡适先生把它叫"白话诗"，稍后的吴芳吉先生，则把它叫"自由词"，八十年代丁芒先生把他叫"自由曲"，王国钦先生把它叫"度词"。黄润苏教授和许多诗友，正在上海倡导"新声诗体"，成都的一些诗人则主张写吴芳吉先生的"自由词"。今年元月，霍松林教授给我来信，也提出应叫"自由词"。我很同意这个提法。

为了追寻"五四"以来在此问题上的轨迹，举几段例句如下：

### 例一　鸽子

胡适

云淡天高，好一片晚秋天气。有一群鸽子，在空中游戏。看他们三三两两，回环来往，夷犹如意。忽地里，翻身映日，白羽衬青天，鲜明无比[①]。

### 例二　护国岩词

吴芳吉

护国岩，护国军，伊人当日此长征。五月血战大功成，一朝永诀痛东瀛。伊人不幸斯岩幸，长享护国名[②]。

### 例三　涨价风

丁芒

声呖呖巧莺调簧，喜孜孜心花怒放。格登登把那通天梯上。今日卖一元，明日就成双。这火箭的速度，梦也赶不上[③]。

## 例四 奥旗含笑选北京

霍松林

今夜华人不寐，家家注目荧屏。群雄申奥争逐鹿，神州问鼎敢交锋。聚焦莫斯科，投票判输赢，万籁息声。萨马兰奇忽宣布，春雷震四瀛。喜煞炎黄儿女，个个扬眉吐气，江海涌激情。跳狮子，玩龙灯。锣鼓惊霹雳，歌舞起旋风。烟花焰火照天地，狂欢到五更④。

由于篇幅所限，王国钦先生的"度词"和黄润苏教授等提倡的"新声诗体"，就不再举例了。总体来说，它们似乎有以下共同点：

1.篇可长可短，而无定句；2.句无定字，字无定声；3.用普通话押韵；4.押韵多在偶句，且多用平声。

但我以为完全用平声押韵，局限性仍然很大，不如平仄韵通押，更为自由。我曾自制一首当时名为"当代曲子词"的《改革颂》，即用平仄通押，并且每句押韵。不妨录之如下：

改革、开放，乘风新破浪。闭关锁国焕容光，把那百年来的耻辱全扫荡。且看那特区经济似朝阳，二十载热气腾腾新气象。体制有新章，科技迎头上。引进四方资，事业三春旺。眼见的工厂如林变八荒。山吐珍，涛送电，交通畅。又不见生产指标年年涨，十二亿脱却贫穷、跨过双翻、兢兢业业，一径峥嵘入小康！猛回头，今昔判泥霄；莽神州，从兹新变样⑤。

　　读起来似乎也很顺口。所以我建议，写自由词也不妨在奇句也押韵，并且平仄通押。

　　为什么要写自由词，除了上述原因之外，还有重要理由值得一提，这就是自由词无论在立意，遣词用韵和题材以及表现手法上都较自由，可长可短，以整以暇，随意剪裁。而所有这些，都是格律诗、词、甚至连曲（套曲略有不同）在内都不可能做到的。有人曾问过我，前几次中华诗词大赛一等奖多是古风长篇，是不是诗风有所变化？我想，可能即是由于古风篇幅较长，容量大，可以多方面表达主题思想之故。但古风仍有格律、句法限制，用词也还远不如自由词开放。所以我想对于某些重大题材，写自由词或许更为适当。

　　至于名称，我同意即用"自由词"，因为所谓"自度曲"是指有词无曲，而需作者去自度（即谱曲），而现在，它仅是诸多的文艺载体之一，这曲就不必还要再"度"了。所以自度曲，或度词之类的叫法其实不合实际，可以一律不用。

## 二、自由词必须写真实生活，写真实情感，写真实心声；要屏弃陈词滥调，要运用通俗语言，要继承优良传统

上述的几点可以归结成一条，即江泽民总书记所昭示的，写有中国特色社会主义时代的"主旋律"，写"我们这个时代的特色和优势"。这里不再多说。但有一点还必须强调，这就是勿忘当代诗人应有的时代责任感和使命感。要具有屈原、李白、杜甫那样的爱国主义情怀，要有像范仲淹那样先天下之忧而忧，后天下之乐而乐的襟抱。要尽早地把自己从个人的忧思伤感的小圈子中解脱出来，融入到祖国和人民大众中去。至于艺术手法，我曾在讨论聂绀弩先生诗作时提出，现在仍然需要"温柔敦厚"⑥。有人提出意见，认为这是老八股，是封建糟粕，也有人否认是"诗教"。在此，我谨说明几句。温柔敦厚，最早是《礼记•经解》上提出来的。原文说："温柔敦厚，诗教也"。据古人为此作的《疏》说："温，谓颜色温润；柔，谓性情柔和。诗（指《诗经》）依违讽谏，不指切事情，故云温柔敦厚是诗教也"。很明显，这里所谓温柔敦厚。并不排斥"讽""谏"，不过是"不指切事情"，也就是说得婉转一些，隐蔽一些，含蓄一些，间接一些。目的仍是讽谏。所以丝毫没有屈从，逆来顺受，甚或"扭曲灵魂"的意思。我想，这与鲁迅"辱骂和恐吓决不是战斗"的原意也并无不合。至于历代统治阶级如何利用"温柔敦厚"，那是另一回事，我们不能把曾被统治者利用过的东西甚至利用过的某些词汇都一律加以反对。因为这样的话，又将陷入另一种偏激。

说到词汇，"五四"时期也曾走过偏激道路。例如胡适就曾说过：

"今之学者，胸中记得几个文学的套语，便称诗人。其所为诗文，处处是陈词滥调。蹉跎、身世、寥落、飘零、虫沙、寒窗、斜阳、芳草、春闺、愁魂、旧梦、鹃啼、雁字、玉楼、锦字、残更之类、累累不绝，最可憎厌⑦"。

这里，胡适一共例举了十六条所谓陈词滥调，认为"最可憎厌"。但时间过去大半个世纪，人们却并未因胡适"最可憎厌"而随之憎厌。相反，至今仍在使用这些词汇，工农大众也无例外。谁不说"芳草""斜阳"？又有谁不懂得"残更""旧梦"？至于"蹉跎""身世"之类，在当今语言文字中出现频率之高，恐怕比之当年，并不逊色。所以很显然，胡适当年这一"憎厌"，乃是偏见。但却恰好反过来说明了一个问题：即我们今日不仅应在诗歌中要大量使用通俗语言，也必须大量继承优秀传统，其中自然也包括传统语汇。我们固然不能像国粹主义者那样敝帚自珍，遇事动不动自夸"古已有之"，但也大可不必打倒一切，"逢古必反"。

事物不可极端。目前有一种现象还须指出：我们继承优良传统，必须先求了解，吃透，用好，不能不求甚解，囫囵吞枣。记得在香港回归之夕，某电视台播送新闻时曾说："夜香港上空，一片灯火阑珊"；前几年我国交响乐团到奥地利皇家音乐厅演奏，很博好评。在我们一位随团记者播回国内的报道中，曾提到"我国交响乐团的演奏，馀音绕梁，美轮美奂"，很显然，前者是把"阑珊"当成了辉煌或灿烂的同义词，而后者则是把传统词汇中形容建筑物的形容词错误地往声乐上套。这样的错误应该通过学习得到遏止，这样的错误与我们所说的继承传统毫无共同之处。

### 三、传统诗、词、曲仍须循格律，不可浪言改革

传统诗词何以长时期打而不倒，是一个耐人寻味的问题。闻一多先生"勒马回缰作旧诗"也未告诉人们底细。关于这点，胡适倒是说到了一些。他在"五四"过后不久就曾提出过"律诗似难而实易"的看法，他说："我初学做诗。不敢做律诗，因为我不曾学过对对子，觉得那是很难的事。戊申（1908）以后，我偶然试做一两首五言律诗来送朋友，觉得并不很难。后来我也常常做五、七言律诗了。做惯律诗之后，我才明白这种体裁是似难而实易的把戏。……大概律诗的体裁和步韵的方法所以不能废除，正因为这都是最方便的戏法⑱。"

我想可能是因为有格律，所以更方便。比如：只要懂得平仄，记得韵脚的规矩，遇到触景生情，便能吟成绝句；再如懂得对仗，加入典故之类（当然，我们不提倡用典）作律诗也并不困难，恐怕这也是像闻一多、沈尹默、朱自清等原来写新诗的诗人，后来都乐于"带着镣铐跳舞"的原因所在。当然，胡适认为写格律诗是"把戏"，是"戏法"，则是明显带有偏见的，我们恰恰相反，认为这是艺术或艺术手法。

由此，我们有理由认为，格律诗或词曲，是中华文化的瑰宝，是几千年来民族文化所凝炼而成的宝贵遗产，它

们都各自带有文化传统以及无数次递嬗变迁的痕迹。它们虽然并不完全适合于表现今日的社会事物和人们的思想情感，但还是值得珍爱，值得学习的。至今不少的人仍然愿意运用这一形式作为文艺载体以表现其思想感情，自然无可厚非。因为我们认为，任何思想意识，包括表达这种思想意识的工具——例如文艺载体。总是在时代的进步中逐渐形成，而决不可以通过任何行政命令或一篇什么决议可以废除或中止的。明白此理，则可知诗词创作上的双轨并行，就当然应成为今日之所必需了。

最后必须说明：在具体问题上，我想还必要陈述以下两点。其一，传统诗词就是传统诗词，我们要尊重历史，不必要再在原有的形式乃至格律上搞改革。事实证明，相当长时期以来，所有在原有格律上搞这样或那样改革的都行而不通。我们只能要么老老实实写传统格律诗词，要么干脆另创新体。写"自由词"或另创他体，二者不相干扰，双轨运行。其二，要切实记取"五四"新文化运动中"打倒一切"，史无前例中"横扫一切"的教训，不要搞什么"破旧立新"，也不需要"矫枉过正"。我们大可以先"立其新"，即可以先创作"自由词"或其他新的诗歌体裁，而绝对不可以一定要同时"破其旧"——即唱什么反对、废除传统格律诗词的老调。要坚决执行中华诗词学会《纲要》所提出的双轨运行方针，以供广大读者的选择。我在八年以前曾说过："旧瓶可装新酒，亦可另铸新瓶。格律诗词与新体诗歌可以并行不悖，两无所妨"，这里所谓旧瓶，便是格律诗词，我们仍然可以用来装时代的新酒；这个新瓶，便是"自由词"或其他诗歌新体，我们可以用它任意发挥，另创辉煌。我想，这些话至今还是适用。

【注】

① 胡适：《鸽子》（见《尝试集》二）。

② 吴芳吉：四川江津县人（一八九六——一九三二）二十世纪二十年代。就读于清华大学，曾任长沙明德中学国文教员，西安西北大学教授等，创"自由词"体。有《婉容词》等作品，为世所重。《护国岩词》主要歌颂护国军领袖蔡锷。护国岩在四川泸州市境内。见《白屋诗选》，四川人民出版社出版。

③ 丁芒：《丁芒诗词选》。

④ 霍松林：《论诗词的创新——关于创作"自由词"的浅见》见二〇〇二年《甘肃诗词》第一期。

⑤ 袁第锐：《建立新诗歌体——当代曲子词刍议》。见（《甘肃诗词》一九九五年第三期）。

⑥ 袁第锐：《当代之离骚、诗家之楷模——对聂绀弩诗的再认识》，见《全国第十四届中华诗词研讨会论文集》、广州《诗词》二〇〇一年五月第九期。

⑦ 胡适：《文学改良刍议》（见《胡适文存》）。

⑧ 胡适：《四十自述》（见《胡适文存》）。

⑨ 袁第锐：《略论中华诗词的改革与创新》（《中华诗词》一九九四年第一期）。

# 为"诗教"与"温柔敦厚"进一解

## 一、诗教即古代素质教育

频年以来，素质教育已逐渐被提上教育工作日程，国家教育当局为素质教育制定了一系列的相应措施。一度过热的重理工轻文史的现象，特别是随之而泛起的一切向庸俗功利主义看齐的现象正在得到纠正，这是一个十分可喜的现象。这里，打算就我国传统的诗教与素质教育问题作一探讨，以就正于贤者。

应该首先明确。我们今天所提到的诗教问题，在古代早已得到重视。而且，其重视的程度，并不逊于今日。因为古人早已把诗教提高到今之所谓素质教育的高度来对待了。

孔子是把诗教当作素质教育来对待的第一人。他认为诗教可以移风易俗，改变和增进人的素质，可以使人温柔敦厚。《礼记·经解第二十六》记载："孔子曰：入其国，其教可知也。其为人也，温柔敦厚，诗教也。""其为人也，温柔敦厚而不愚，则深于诗者也。"意思是说，当你进入到一个国度时，你首先会感到的是那里的人所受的教育程度。如果他们都表现得温柔敦厚，那就是诗教所致。如果是"温柔敦厚而不愚"，那就更加说明是诗教推行得比较好。这里，后人在注解时，特别是在为"注"而作"疏"时，因为没弄清句读，把本该归入上句的却归入了下句，对原文有所误导。《礼记》原文两处都是因果句，无论"其为人也，温柔敦厚，诗教也"，或"其为人也，温柔敦厚而不愚，则深于诗者也。"其后句都是前句的补充，是说明诗教对于教育人的功用。温柔敦厚指的是人，而不是指诗教。《疏》还加上一句："故曰：温柔敦厚，是诗教也"是没有根据的。

司马迁对于诗教与素质教育，在其介绍孔子时，也持相同的看法。他说："古者，诗三千馀篇，及至孔子，去其重（复），即可施于礼仪。"这与《论语》所说："孔子曰：'诗三百，一言以蔽之，曰：思无邪。'"完全吻合，即诗三百篇，皆"无邪"，是完全可"施于礼乐"的，他们都得到同一个结论：诗教可以提高人的素质，是素质教育的手段之一。

## 二、孔子的诗教主张

孔子之重视诗教，是有原因的，因为春秋以前，史料残缺，但民间以诗歌形式保存下来的史料却不少。而且，除史料之外，诗歌中还在有的篇章如《鹤鸣》等篇中，保存了丰富的哲理，也还有不少民间民俗记载。可以说，当时的诗歌特别是经过汇总整理后的《诗经》，简直就是一部百科全书。但自平王东迁以后，因为"王者之迹熄而诗亡。诗亡，而后《春秋》作。"所以，孔子之作《春秋》，乃是续史，即是说《春秋》之所以要"作"，很大程度上是与"诗亡"有关。《诗经》同时肩负了保存史料，彰明哲理，记载民俗民风的责任，说它是一部可以作为素质教育的百科全书，应是当之无愧的。无怪乎孔子要认为"不学诗，无以言"，"不学礼，无以立。"他教育学生要"兴于诗，立于礼，成于乐。"从而把诗教提到了空前的高度。

据《论语》记载："陈亢问于伯鱼：子（孔子）亦有异闻乎？对曰：未也。尝独立，鲤（孔鲤字伯鱼）趋而过之。曰：学诗乎？对曰：未也。曰（孔子）：不学诗无以言。于是伯鱼退而学诗。"这里，孔子和他的儿子的一段对话，无例外地以"不学诗无以言"相诫勉。有一次孔子和子贡在一起，子贡说："贫而无谄，富而无骄，何如？"孔子说："可也，未若贫而乐，富而好礼者也。"这里，孔子先从学礼启发子贡。然后，子贡接着说："诗云：如切如磋，如琢如磨，其斯之谓欤？"孔子以为子贡为人颖悟，大为高兴说："赐也（子贡名赐），始可以言诗已矣！告诸往而知来者。"还有一次，孔子和子夏相问答，也谈到这个问题。子夏问曰："巧笑倩兮，美目盼兮，素以为绚兮，何谓也？"孔子曰："绘事后素。"子夏又问："后礼乎？"孔遂加赞许说："起予者商（子夏名商）也。始可与言诗教已矣。告诸往而知来者。"两次问答都归结到"始可与言诗"，而且均以"言"为先决条件。值得注意的是，孔子对孔鲤说："不学诗无以言"，孔鲤于是"退而学诗"；而子贡在对答中说："如切如磋，如琢如磨，其斯之谓欤？"孔子即认为他已从诗中悟出了锲而不舍孜孜为学的精神，认为他善于从诗中学习，因而也加赞扬。更重要的是，子夏又从"绘事后素"中悟出了做人如作画，问题不在于巧笑倩兮，美目盼兮，和素以为绚兮，因为这些都是技巧，是次要的，主要问题乃在于"素"，即绘画的底色或纨素，这是基础，应在首位，没有这个基础是不行的。譬之于人，则首要在于素质。素质好，才可以"立于礼"而"成于乐"，才可以算得上"士"，算得上人才。孔子认为子夏从"绘事后素"中已悟出素质教育即诗教的重要性了，所以也才"始可以言诗已矣"。

孔子对于诗教的作用，既提到了做人做事的高度；还深沉而感慨地对学生说："小子何莫学夫诗？可以兴，可以观，可以群，可以怨"。而且，进一步认为：学好了诗，可以"迩之事父，远之事君"。

诗经或"诗教"在古代教育或教育以外诸如政治、外交领域中的重要性，还可以从先秦诸子及有关文献中得到证明。《论语》《孟子》中大量引用《诗经》且不必说，即以《左传》《国语》而言，据统计，其中引用《诗经》诗句、诗章的即达250条之多，其他如《荀子》，《国策》等书，也大体相似。又据其他典籍记载，春秋之时，倘遇祭祀、会盟之类的大典，诵诗更成为必不可少的礼仪节目。此类史实，俯拾即得，勿庸多言。这些，俱足为孔子"不学诗，无以言"的注脚。这样，"诗教"之成为古代素质教育之一重要组成部分，也就成为无可争议之事了。

## 三、温柔敦厚指人的素质，而非诗教

如前所述，温柔敦厚是指的素质表现，而非诗教本身，温柔敦厚一词，《辞源》释为"温和宽厚"。而《礼记·经解》的《疏》对此作了一些并不恰当的解释。如说："温，谓颜色温润，柔，谓性情柔和"，就值得考虑。因为温字，从日从皿，所以是暖和的意思。虽是水旁，但原仍是指皿中水，加上日光，故而暖和，所以温字本身只是暖和，与水没有直接关系。所谓"冬温而夏清"。所谓"言念君子，温其如玉。""色思温"和"望之俨然，即之也温，听其言也厉"之类，均是如此，不能望文生义，以为既然"温其如玉"而玉本身是润的（因其含结晶水之故），于是温润连在一起，做为一般意义上解释，认为温者"颜色温和"。实际这里的"温"乃形容人的容颜温和、和平，而与"润"是无干的。"温柔敦厚"是指一个人能够在与人或社会交际中表现温和（不严厉）、宽容（不狭隘）、诚笃（不虚伪）、厚重（不轻浮）的气质。这个气质，乃是其情操、品行、性格、风度、修养的总和。而孔子认为，这样的素质，只有在良好的诗教中才可得到。所以，他说："入其国，其教可知也。其为人也，温柔敦厚，诗教也"。很明显，温柔敦厚，乃诗教之直接效果，而非诗教本身。千百年来，把温柔敦厚当作诗教，乃是误导。

那么，我们应该如何对待"温柔敦厚"这个为大家熟悉和认可的，原本是指人的素质表现而却被误导为诗教本身的词汇，是否就一无是处呢？

我们的答复是：否，温柔敦厚作为诗的风格，作为诗的创作艺术、创作手法来看，不仅是可以的，甚至是必要的，以下就此问题提出一些建议，以供参考。

就诗的创作来说，要求以精练的语言，高度的概括，托于比兴，拟于形象，不直切指陈，以微言见讽喻。这个总的要求是与温柔敦厚之旨相吻合的。例如《诗经》便是如此。《诗经》对于当时的"朝野大事"，乃至民间风俗，均有涉及。大体上是当颂则颂，当刺则刺。在颂刺之间，基本是虽只"依违讽谏，不指切事情"，但却起到了很好的社会效应。如《玄鸟》之刺秦穆公以三良殉葬；如《新台》《南山》《株林》之刺卫、齐、陈三国国君之荒淫乱政；《七月》《伐檀》《硕鼠》之写农民哀怨和刺当道者之极度剥削；《柏舟》《大车》之歌颂女性道德等等，无不借助于比、兴手法。虽未直指其事，但却讽谏得当，艺术效果与社会效果，均极良好，不失为温柔敦厚诗风的典范。因此，我认为，当今虽然不一定把"温柔敦厚"当做诗教，但它仍然是我们必不可少的一种诗风和诗词创作艺术，只可提倡，不宜反对。

## 四、当代呼唤温柔敦厚的诗风

诗词是一种文学，是文学的诸多载体之一，它必须服从于文艺的根本道理："源于生活，而高于生活"，它不可能是真实而具体的实录，不能要求对于所颂或所刺的人与事，来一个直接指陈。因为即使直接指陈，反而有了局限，不能触及与之相同或相似的事物，这就是大多文艺创作所以不写真人真事，而必须进行典型化的处理，进行必要的艺术加工的原因所在。诗词方面这样的例子很多。例如唐人陆龟蒙因要讽刺政府赋敛太过的主题，只用两句"蓬莱有路教人到，也应年年税紫芝"，意义深刻而普遍，读后使人发生共鸣。又如唐明皇夺媳为妃，白居易写《长恨歌》不敢直说，用了"杨家有女初长成，养在深闺人未识"的诗句"为尊者讳"，总不如李商隐的"宴罢归来宫漏永，薛王沉醉寿王醒"来得深沉、含蓄而又尖厉。寿王是谁？乃杨玉环的真正丈夫，所以他要长夜难眠。一个"醒"字多么轻便，又是何等沉重！今人有写古人之事的，往往谩骂不能绝，如说："刘邦本是凡人种，硬说他妈睡了龙"，因子及母，近乎辱骂，终觉令人遗憾。一次笔者和著名诗人刘征先生闲聊到"温柔敦厚"这一话题，刘征先生说："像'一骑红尘妃子笑，无人知是荔枝来'这样的诗句也是温柔敦厚，你写文章时不妨也举此例。"我想，刘先生的话是对的。一骑红尘所驮的是杨贵妃爱吃的荔枝，她见到自然要笑，但这个笑的后面，不知跑死了多少驿马！不知浪费了多少人民血汗！虽未直说，却已分明可见，这就是温柔敦厚的艺术品位及其力量之所在。

　　诗贵含蓄，不尚直露，其理亦然。同样可以《诗经》为例：如写美人之美，几句"手如柔荑，肤如凝脂，领如蝤蛴，齿如瓠犀，螓首蛾眉"全用比拟。曹子建写洛神之美，所用"翩若惊鸿，婉若游龙，荣耀秋菊，华茂春松"，也很形象，而且逼真，这十分好。至如今日某些作家笔下，诸如"丰乳肥臀"之类，相比之下，未免庸俗，令人生厌。写男女之情，曹雪芹在《红楼梦》，就处理得很当。《诗经》则更加含蓄，一句"有女怀春，吉士诱之"，甚至更进一步，写到"有美一人，宛如清扬，邂逅相遇，与子偕臧（藏也）"，也并不过分，其实，"与子偕臧"之后，哪怕像卓文君那样当垆卖酒，仍是人生正道，何必非要加上些不堪入目或不堪入耳的描写呢？

《诗经》的讽喻，有的也是相当尖锐的，但也并非谩骂，而是缓缓说理，以情服人，以情与理来增加其艺术的感染力。例如"不稼不穑，胡取禾三百廛兮！不狩不猎，胡瞻尔庭有悬狟兮"，对于剥削阶级的诛伐，也就很够了，若是指名道姓，反而使其有所局限。唐人吕温在大旱期间，见到有某显宦之家正在移植带花芍药，写了一首诗，后两句说："四月带花移芍药，不知忧国是何人"。罗隐在长安看到皇帝给弄猴人赐紫绯（一种当时的高级官服），写道："何如学取孙供奉，一笑君王便着绯"。李商隐到马嵬坡，感于明皇贵妃之事，不禁责骂李隆基两句："如何四纪为天子，不及卢家有莫愁"，也很得体。若说是骂，骂得含蓄、深刻，读后留有馀韵，故非谩骂，而谩骂是绝对不能入诗的。记得罗隐有一首诗讽刺唐僖宗因黄巢之乱而幸蜀，骂了玄宗、僖宗，也还骂了一些不谙事理而以为安史之乱是由于宠幸杨玉环所引起的一批无聊文人。他说："马嵬山色翠依依，又见銮舆幸蜀归。泉下阿蛮应有语，这回休更怨杨妃！"这首诗，也替杨妃出了一口气，因为国家兴亡，"终是圣明天子事"呀！也给古往今来一些"总把兴亡罪女流"的诗人词客提一个"醒"，以后可别再这么信口雌黄，胡言乱语了！

诗词离不开比兴，比兴的本身就不是直陈其事，而自有其温柔敦厚的旨趣。古往今来，诗人词家大体都懂得这个道理。被毛泽东尊为"后圣"的鲁迅先生是这样，同样，被人尊为"当代屈原"的聂绀弩先生也是这样。关于聂绀弩先生的诗。我曾为文作过论述，这里不再提及。鲁迅先生和聂绀弩先生都是著名杂文家，也都是著名诗人。但他们的诗却不同于杂文。杂文如匕首，如剑戟，贵在犀利，贵在直陈其事，贵在切中要害；而诗却不同，它贵含蓄，贵比兴，贵形象，贵韵味隽永，贵引发读者长期的感情上的共鸣。二者是有区别的。所谓杂文诗者，就形象确乎相似，究其实质则实不相同。鲁迅的"何期泪洒江南雨，又为斯民哭健儿"，只说一个健儿就够了，不必指出哭杨杏佛或柔石。这样读者便可以联想到国民党所屠杀的诸多革命烈士。同样，他的："城头变幻大王旗"中的"大王"，也不必指明是孙传芳、孙宗昌，也可以包括蒋介石。这样，因不直写，其社会效应要比直斥其名广泛得多。再如鲁迅写"一·二八"之役后，一个全家被毁的少女的不幸遭遇说："华灯初上敞豪门，娇女严装侍玉尊。忽忆情亲焦土下，佯看罗袜掩啼痕。"全诗以形象描写手法，写少女悲惨遭遇，一句"佯看罗袜掩啼痕"，悲矣！惨矣！怨深矣！恨极矣！所鞭挞者广矣！甚矣！又何必直指其人，直陈其事以自取局囿乎？反之，如换成某些自封为了不起的杂文派诗人来写，二十八字中，必要加入一个"日寇"，加入一个"大亨"，甚至还要用上一堆"无耻"呀，"良心"呀之类的词汇在内，以示其"犀利"，以发其"愤慨"。但如果这样，就可能是杂文而不是诗，甚至在杂文中。恐也是一篇算不得上乘的作品！

　　记得在1987年中华诗词学会成立大会上，著名杂文家兼诗人李汝伦曾在会上朗读过自己的一首诗，其中有两句："率土之滨皆王土，普天之下一毛诗"，是针对"文革"以前的诗坛状况而言的。因为他讽谏得体，语义含蓄，道出了人们的心声，也符合当时的实际，但却绝非杂文，也非谩骂，而是好诗，是温柔敦厚的好诗，所以人们在近二十年后，仍能口诵。我以为这样的诗值得肯定，这样的诗风，值得提倡。

## 浅议陈独秀的诗论和诗

陈独秀为"五四"新文化运动主帅之一，曾以《文学革命》一文对中国几千年封建文学作无情之批判，后世影响颇大。然而仔细研究，乃知先生当日所斥，乃封建文化之糟粕，其对于数千年传统诗词之艺术形式，并未否定。故自青年以迄晚年，不断创作诗词，并严守格律。此与胡适当年完全否定诗词，以诗词格律为枷锁，甚至视律诗为文字游戏，而自己却又一生从未间断过写格律诗词者大异其趣。陈独秀在其《文学革命论》中，所一再反对者，乃所谓"文以载道"之封建教条、诗词中之"无病呻吟"。他曾怒斥"自昌黎以迄曾国藩，所谓载道之文，不过抄袭孔孟以来浮浅空泛之门面话而已"。相反，却在同一文中，对于诗词之"美感与伎俩（即今之所谓艺术手法）"却大加赞赏。此点则今日研究诗词者之不可不知者也。可惜陈独秀对于诗词，并无专论，欲知其真正态度，只可于其诗中求得。如其《寄沈尹默绝句之四》云：

论诗气韵推天宝，无那心情属晚唐。

百艺穷通偕世变，非因才力薄苏黄。

　　此诗之首句"论诗气韵推天宝"，其义有二，一为作者赞赏诗的"气韵"，二是以天宝（唐玄宗年号742—756）为盛唐气韵之代表。第二句"无那心情属晚唐"，乃谓：如论诗的气韵，虽然首推盛唐，但自己所遭时世，却非盛唐。若论心情只可列入晚唐。故句中突出"无那"二字，无那即无奈，乃作者心情之自道也。第三句"百艺穷通偕世变"，则系言百艺（当然也包括文艺）之变化（即穷通）皆应随同"世"的变化而变化，此点与作者文中之主张一致。末句"非因才力薄苏黄"则较为费解。细探其旨，应是作者以为苏（轼）黄（庭坚）二家虽执宋代文坛之牛耳，却对于晚唐、五代以来诗文之绮靡风格，未曾加以纠正或改革，反而将诗词文学进一步推向"文以载道"（至少是未明确提出反对）和注重故实、格律繁琐、了无生气之境地，故作者以为苏黄二家在此一方面当"薄"，而可谴责，但却不关二家的"才力"。当然，苏黄二家的才力，在陈独秀看来，并无可"薄"之处。此一观点，应该说：仍与作者在《文学革命论》中所持可以追求诗的美感与伎俩而反对"言之无物"与反对"无病呻吟"的态度相吻合。

　　陈独秀之诗，功底深厚，自是上乘。虽所存不多，但亦可见一斑。其早期多为与朋友酬答之作，但略无俗套，有时触及时事。则反封建，倡民主之主张仍溢于言表。论其诗风，大致与南社诸人相近。其《本事诗》则近曼殊，而"目断积成一钵泪，魂销赢得十篇诗。相逢不及相思好，万境妍于未到时"等篇，于绮丽之外，兼寓哲理，可与李义山相埒，较之曼殊诸作之以言情为主者似觉更上一层。至如"才子佳人共一魂"等句，则奇隽直逼长吉，尤为难得。《金粉泪》诸章，实际亦是本事诗，慷慨处不下放翁。如："放弃燕云战马豪[①]。胡儿醉梦倚天高。此身犹未成衰骨，梦里寒霜夜渡辽""要人玩耍新生活，贪吏难招死国魂。家国兴亡都不管，满城争看放风筝"等皆为绝唱。前诗写作者身在囹圄，对于国事之忧伤以及无由参加抗战之悲恸。后诗斥蒋介石之所谓"新生活运动"与行政院副院长褚民谊之日以"放风筝"为戏而置国事于不顾。至今虽已时过境迁，读之犹不能不令人为之感动。

独秀先生长期系狱之后，虽获自由，但既不向国民党投降而作高官，又见拒于延安而无由继续革命。蛰居江津，悒悒以殁，身世可悲。惟自出狱以后，诗风趋于沉郁，境界为之一变。举绝句二首为例：

嫩秧被地如茵绿，落日衔山似火红。
闲倚柴门贪晚眺，不知辛苦乱离中。

（《赠胡子穆先生》）

连朝江上风吹雨，几水城东一夜秋。
烽火故人千里外，敢将诗句写闲愁。

（《寄杨朋升成都》）

前诗一二句写景，句工整而对仗亦佳。第三句渐次由景入情，份量极重。末句深沉、感慨，以情作结。诗中不言"不知身在乱离中"而言"不知辛苦乱离中"者，乃表明作者其时面对美景，却无从欣赏。"辛苦"二字，举凡家愁国恨以及政治诸端，一一包括在内。言"不知"者乃表明其无可如何，知之无益，故托辞以"不知"耳。虽是"不知"，但却"贪"看，正是悲恸至极之表现。诗中"不知"与"贪晚眺"乃是主旨。后诗手法相同。其一二句仍是写景，第三句由景入情，引出结句之感慨。结句虽写感慨，却用曲笔。只轻轻以"敢将"，"闲愁"二字道出胸中积愤。闲愁乃诗句习用词汇，虽曰"闲"，而实是"非闲"，而且其"愁"乃十分沉重。如《西厢记》所谓"闲愁万种"即是。此诗之所谓"闲愁"，乃承上句之"烽火故人千里外"而来，此一"闲愁"，乃是痛心于国势之衰微，日寇之肆虐，与夫国民政府之昏庸误国等等。故虽曰"闲愁"，实则不闲，而且悲恸之极。句首言"敢将"者，亦当自反面索解。所谓"敢将"，实是"不敢将"，或更深一层而含"纵然写出来也无用"之意。故此句之标点应是感叹号，而非句号。吾人试思：诗人明明有大愁，重愁，却不敢说，或不忍说，而只托言"闲愁"；虽有"闲愁"，却又不敢写，或不忍写，或因写出来无用而不愿写，其忧伤，其悲恸，其抑郁之心情，宁不令人一读三叹乎？

一代才人，凄凉身后。笔者于2001年在合肥参观安徽名人博物馆时，尚未见先生一席之地，因有绝句云：

> 文坛政薮两无缘，铁骨铮铮一世贤。
> 并世未忘陈独秀，两擎大纛换新天。

事隔数年，未知先生得入"名人"之席否！

2004 年 9 月 20 日于恬园书屋

【注】

① 据《陈独秀诗存》为"豪"，疑误应为"嚎"。即战马犹思战斗，因其主人放弃燕云而悲嚎，与杜诗"哀鸣思战斗"义同。

# 改革岂期成绝唱 先贤遗迹漫追寻

## ——论吴芳吉和他的"自由词"

江津吴芳吉先生（1896—1932），英才天纵，创作甚丰，是现代诗歌新体"自由词"的奠基者。他短暂的36年中，曾在西北大学、东北大学、成都大学（四川大学前身）、四川大学和重庆大学担任教职。其间一度任湖南明德中学国文教员和江津中学校长。在长沙时与友人创办过有名的《湘君》杂志，与同时期著名学者、名流刘永济、何鲁、辛树帜、吴宓、柳诒徵、向楚、张澜、缪越、郭沫若、杨伯恺等有过交往。作为诗歌改革的先行者，我以为其重要性应不让更早的黄遵宪、梁启超专美于前。而若就大力提倡诗歌并躬自进行创作实践而言，则似乎其成就更为大些。本文拟就此问题，进行一些探讨。

## 一、吴芳吉的现实主义精神

吴芳吉于1910年考入清华留美预备学校（清华大学前身），1912年因替同学、同乡何鲁等遭受外籍教师侮辱奋起抗争而被迫离校，就任嘉州（今四川乐山市）中学英文教师，自此踏入教育界，未返清华。自1915年起，他陆续创作了大量反映社会现实的诗篇。斯时民国初建，南北对峙，军阀混战，民不聊生。全国如此，四川尤甚。诗人此时创作，虽然亦有如《夔州访古》《白帝城谒汉昭烈帝庙》一类炉火纯青的传统之作，但大量则是笔锋凌厉，嬉笑怒骂、直斥时政的现实主义诗篇。值得注意的是，诗人自从事创作之日起，似乎即有挣脱古人传统而另辟新径的倾向。他在早期作品如《儿莫啼行》《曹锟烧丰都行》中，其句法、章法大体虽是古风、但已明确地显示出了"自由词"的端倪，至《婉容词》的出现而规模大备。

吴芳吉早期作品，不仅具有现实主义的特色，同时又有浓郁的爱国主义和民主主义思想，其激越的程度，直与投身民主革命的革命家如出一辙。如其《儿莫啼行》

儿莫啼 / 儿啼伤娘心 /
啼多颜色减 / 气凉夜已深 /
忆昨洪宪初 / 兵马来骎骎 /
驱男作俘虏 / 驱女作浮萍 /
父老俱为鬼 / 痛哭走风尘 /
愿为太平犬 / 勿作乱世人 /①

等句，与杜甫《三吏》《三别》匪无二致。而其以下
诗句，则更超出讽刺哀怨范畴，化为檄文、匕首、直刺反
动军阀心脏：如

曹锟烧丰都／难为女儿及笄初／何处阿娘去／荒田闻鹧鸪
／阿爷死流弹／未葬血模糊／阿哥随贼子／伏枥到边隅／②

（《曹锟烧丰都行》）

他杀尔夫／他杀尔夫／茶陵谭公子／衡阳赵把都／尔夫既
死／哭胡为乎／谁教生乱世／民命狗与猪／③

（《北门行》）

陈宣谁／旧督师／督师谁／掳人妻／掳人妻／浣花溪／浣
花溪畔两口儿／夫出籴米妇乳儿／忽闻门外人高叫／妇出
看门儿在抱／一兵抢儿付东流／一兵捉妇掀上轿④

（《笼山曲》）

　　比起胡适的：
大哥吃粮到奉天／二哥吃粮到洛阳／一朝兄弟忽对阵／各
人打死大路旁／堂下有儿女／堂上有爹娘／厨中两妯娌／
辛苦作羹汤／羹汤熟了捧上堂／不知兄弟二人打死大路旁⑤

（《尝试集·兄弟》）

　　则似乎不仅显得更加锋利、激越，而文采亦有过之。

今日我们读来，仍为感动不已。试思诗中直斥其名的军阀，如曹锟、赵恒惕之流，当时正是兵权在握杀人如麻的屠夫，诗人敢凭一腔热血，不顾安危、为民鼓呼，何止表现了现实主义精神，论其勇气、襟怀和气魄，简直是了不起的民主斗士。

## 二、卓越的诗歌改革先行者

吴芳吉对于传统诗词的贡献、在于其在诗歌体裁改革方面的巨大成就——自由词的创造。他的此类作品，大体从1919年元旦期间创作的以歌颂蔡锷将军护国运动的《护国岩词》开始，至以揭露传统婚姻观念与现代西方婚姻观念矛盾为主题的《婉容词》而臻于完备。尽管吴宓曾以"夹杂俚语，毫无格律"（见《吴芳吉年谱》）之语给予了否定，但由于其自由词"在形式上是一种旧体诗的改良，句法上活用了诗词曲的句式，长短不葺，随其自然，具有声韵铿锵的音乐旋律美；而语言上又融入了大量现代口语词汇，通俗易解"[6]，故至今留传。并不失为今日诗词改革运动的重要研究课题和创作实践方向之一。吴芳吉自由词有以下几个特点值得重视：

1.以具体的人、事为题材，以诗歌的形式加以吟咏。其所谓"词"，乃表明它不仅完全不同于传统中的律，绝和古风，也宣告了与沿用已久的以按谱填词的"词"和依词谱

曲的"曲"相脱离，而自成为一种新的诗歌体裁。

2.自由词打破了原有诗词中的五言、七言句法和押韵模式。它既可以在偶句上押韵，如

> 我语他／无限意／他答我／无限字／在欧洲
> 进了两个大学／在美洲得了二重博士／

（《婉容词》第三节）

也可以基本上每句押韵，如

> 喔喔鸡声叫／哐哐狗儿咬／铛铛壁钟三点渐
> 催晓／如何周身冰冷，尚在著罗绮／这簪儿齐抛
> ／这书扎焚掉／这妈妈给我的荷包／系在身腰／
> 再对镜儿瞧一瞧／可怜的婉容啊，你消瘦多了／

（《婉容词》第 14 节）

还可以平仄声互押。如

> 他又说／我们从前是梦境／我何尝识你的
> 面，你何尝知我的心／但凭一个老媒人／说合共
> 衾枕／这都是野蛮滥具文／你我人格为扫尽／不
> 如此，黑暗永沉沉／光明何日醒／

（《婉容词》第 7 节）

3.在其自由词中，兼用雅俗词汇，也就是说，它吸收了传统词、典之长，以共铸于一炉，故能雅俗共赏，脍炙人口。吴宓当时所批评的在此，而其所以具备其特有的生命力，并在八十多年后又重新被人们所重视的也在于此。

《婉容词》中的另一节，而具有此一优点：

> 自从他去国／几经了乱兵劫／不敢冶容华恐怕伤妇德／不敢出门闾，恐怕污清白／不敢劳怨说辛酸／恐怕亏残大体成琐屑／牵住小姑手，围住阿婆膝／一心里生既同衾死同穴／哪知江浦送行地，竟成望夫石／江船一夜语，竟成断肠诀／离婚复离婚，一回书到一煎迫／

总起来说，吴芳吉的自由词，其所以自发表以来，长期在人们印象中经久不衰，其魅力或竟称之为艺术感染力实非泛泛。尤其当传统诗词改革运动甚嚣尘上之际，我们亟宜予以重新审视，研究、和肯定。


### 三、吴芳吉"自由词"的现实意义

关于诗词改革，自黄遵宪，梁启超开其端以来，历时已久。这里不妨断自1981年中华诗词学会成立以来的大概情况，略加归纳，所有以下几种主张：

1.沿用传统的绝句、律诗、古风的格律形式不变。

2.沿用传统的格律，但采用普通话押韵，即所谓今声今韵。

3.依照传统写格律诗词，在传统诗词中不用新声韵，而以新声韵改写自由词。

我赞成最后一种主张。这是因为：

第一，沈约发明平上去入四声以前，诗歌并无格律，从《诗经》《楚辞》以至汉魏六朝皆是如此。沈约而后，格律渐渐形成，至唐而大备，故被称为"近体"。所谓格律，乃是以平上去入四声为基础，而从其协调，配合之中，发现在音节与音节间，有其抑扬顿挫的关系存在，这个关系可进一步上升为音乐旋律，并将此旋律用平、上、去、入四声作为符号加以固定，而逐渐形成了以后的诗词格律。例如绝句的"平平仄仄仄平平／仄仄平平仄仄平／仄仄平平平仄仄／平平仄仄仄平平，就是一组不折不扣音乐旋律，也当然是一首诗的旋律。这个旋律上的四声是不可以代替的，例如入声，绝不可以作平声处理的，一千多年，从未变更。

第二，我们当然还应承认，语言是第一性的，由于语言的变化而引起了例如音乐旋律，诗词格律都是第二性的。但同时也要认识这二者之间，有的可以在其变化以后，依然融合，有的则不然。这个依据平上去入四声而形成的诗词格律是否还适合于今之没有了入声的阴平、阳平、上声，去声的普通话的四声呢？答案是否。即不适合。这是因为原有的入声已转化为阴平和去声，打乱了原来平上去入的四声结构，打乱了原有旋律的组合和和谐。所以，以今之阴平、阳平、上、去四声套入原来平上去入四声的格律即诗的旋律中并不适合，这样的作法，问题很大。例如孟浩然的"气吞云梦泽，波撼岳阳城"⑦，杜甫的"露从今夜白，月是故乡明"⑧，"文章憎命达，魑魅喜人过"⑨，"即从巴峡穿巫峡，便下襄阳向洛阳"⑩等句，因泽读入声ㄓㄜ，白读入声ㄅㄞ，达读入声ㄉㄚ，峡读入声ㄒㄧㄚ，故而诵之顺口，若按普通话将泽读为阳平zé，白读为阳平bái，达读为阳平dá，峡读为阳平xiá，则违背了原有偶句押韵的格律不说，读来也觉拗口，不伦不类，恐非适宜。

第三，既然如此，我们当然不应要求以今日盛行的普通话去服从原有的诗词格律，那样做便无异于开倒车；也不要把普通话的阴平、阳平、上、去四声，和原有平上去入四声的诗词格律硬行套用，尤其不要把新四声用于韵脚，那样做便如削足适履，迹近荒唐。

因此，我以为最好的办法是新旧四声，各行其是，双轨并行[⑪]。即愿意按平上去入四声及其相应的格律写诗词的一仍其旧，不必强求其改弦易辙。也不要求以新四声套旧格律写所谓不伦不类的格律诗词。新加坡诗人林锐彬有一句话说得很对："别让汽车攀铁轨"[⑫]。但还应看到：普通话既已成为今日我国乃至全世界华人世界的共同语言，自然而然地应该有与其相适应的诗歌体裁。多年来的诗词改革浪潮由此而生。对此，我至今还是坚持在拙文《论自由词》[⑬]中所提出的要么另创适于普通话四声的新诗词格律，要么写不要格律的自由词。说到写自由词，就不能不追溯到八十多年前诗歌改革先行者吴芳吉先生的诸多范例，篇章，吴芳吉先生"自由词"的重要贡献，吴芳吉先生"自由词"的现实意义，于此可见。

谨以俚句，结束本文。

独行踽踽灿词林，一曲裁成最好音。
改革岂期成绝唱，先贤遗迹漫追寻。

2006 年 3 月于恬园书屋

【注】

① 本文所引吴芳吉先生诗句，均见四川人民出版社《白屋吴生诗选》1982年本。

② 曹锟，北洋军阀头目，所部七师师长张敬尧于1916年攻陷四川丰都县城，并烧杀之。

③ 谭公子，即谭延闿，湖南茶陵县人。赵把都，即赵恒惕，湖南衡阳县人，均湘军首领，二人于1922年大战于长沙。

④ 陈宦，袁世凯干将，民国初年，盘据四川，任督军。

⑤ 奉天，今沈阳，为当时奉军首领张作霖总部所在地，其时，直系军阀吴佩孚盘据洛阳，以为其总部，直奉两系军阀曾两次发动大战。

⑥ 引自《白屋吴生诗选前言》。

⑦ 引自孟浩然《望洞庭湖赠张丞相》。

⑧ 引自杜甫《月夜忆舍弟》。

⑨ 引自杜甫《天末怀李白》。

⑩ 引自杜甫《闻官军收河南河北》。

⑪ 袁第锐：《略论诗词的改革与创新》《中华诗词》1994年第1期。

⑫ 林锐彬：《别让汽车攀铁轨》《中华诗词》2006年第1期。

⑬ 袁第锐：《论自由词》，广州《诗词》2002年第6期。

# 序言汇集

43 篇

# 《甘肃十三教授诗词选》序

中国是一个诗的国度。甘肃文化渊源远博，历代诗人辈出，古有秦嘉、赵壹、李梦阳、吴松崖诸先贤肇端于前，近则王权、任其昌、李铭汉、吴可读诸前辈继乎其后，泱泱诗坛，盖已蔚为大观。民国以还，李景预、任承允、刘尔忻、田骏丰、李克明、汪剑平、冯仲翔、韩定山诸先生又复龙潜虎啸，不愧前贤，诗坛之盛，更上层楼。党的十一届三中全会以来，拨乱反正，文艺再兴，言志言情，诗词并举。尤以1981年在肖华、杨植霖、辛安亭诸领导倡导、支持之下，兰州诗词学会（1987年改甘肃诗词学会）率先成立，全国景从，吾甘诗风之盛，由是而步入一崭新之阶段。比者，继《陇上吟》诗词选集之后，又有《十三教授诗词选》之刊行，是则非特为甘肃吟坛之一异彩，实亦为我中华诗国之一盛事。

《十三教授诗词选》所选诗词，于诗则古风律绝，各体悉备；于词则长调小令，并皆入选。既有对旧社会之暴露与鞭挞，复有对新社会之歌颂和讽喻；既有对山川名胜的咏叹，亦有对个人感情之抒发。作者无不本兴、观、群、怨之旨，言慷慨、婉转之情，发乎其中，而止于义，其词其人，盖皆可传。

集中有感人腑肺的自励之词，如："尚乏文章鸣盛世，岂因衰老惜馀生"（郑文）。有慷慨激昂的新边塞诗，如："喜见草原成锦错，拂云堆里看阴山"（路志霄）。有对四化建设的歌颂，如："大楼广厦连云起，遮断东山月上迟"（王干一）。有绝妙的风景描述，如：

"汀草随春绿，山岚堕梦青"（黄席群）；"晴拥千山翠，风传十里香"（马骙程）；"万顷稻田飞白鹭，一鞭残照浴山城"（王秉钧）。有抒情的妙句，如："天涯莫道无芳草，一树琼花出陇东"（刘天怡）。有婉言讽喻的，如："我向市门求妙药，不知何处觅医神"（彭铎）；"无情最是秦淮水，只泛胭脂不泛钱"（匡扶）等等，读之令人目不暇接，心旷神怡。又集中王沂暖先生擅长倚声填词，郭晋稀先生古风格调高雅，张淑民先生诗风古朴，林家英先生出语自然，都值得读者借鉴。

祝愿以此书为契机，进一步推动我省诗词活动之深入、广泛开展！

祝愿以此书为土壤，在广大的黄土高坡上培育出更多、更杰出的诗人！

1990 年 10 月

## 《凉州皇台》序

西接昆仑，东迎华岳。南阻祁连，北临大漠。践五凉之旧土，触目怆怀；溯丝路之新程，赏心奋志。蒙尘奔马，思踏燕而凌九霄；蠹地残碑，欲陈情而传大夏。听梵音于海藏，承仙露于天梯。瀚海云深，目笼鸠摩之塔；危楼风细，声闻大吕之钟。身世飘零，情莫伤乎弘化；兴亡倏忽，哀莫大于西凉。呜呼！霸业隳于一旦，李暠皓无儿；芳名着于千秋，夫人有志。引神泉而作佳酿，盛世良图；饮醇醪而托哀思，骚人雅致。爰缀韵以为诗，期抛砖而引玉。诗曰：

> 王翰清词万古雄，五凉人去剩悲风。
> 凭君莫问前朝事，都付皇台一醉中。
> 义烈千秋尚有台，可怜家国已成灰。
> 夫人逝去犹南面，化作河西第一醅。

## 《玉壶集》序

我国自先民以迄近代，诗风丕盛，蔚为大观。西北为中华文化发祥地之一。周秦以来，诗歌作者，代不乏人。其作品之所流传，自《诗经·丘矣》以降，亦已汗牛充栋，令人目不暇接。比自中共十一届三中全会以来，在肖华、杨植霖等老同志之关怀、倡导下，省诗词学会既肇建于前，各地诗社组织亦相继成立于后。于是风雅颂骚之作，遍于陇上；诗词刊物，亦复随之诞生。各类诗词选集，如《陇上吟》《烛光吟》《十三教授诗词选》《水龙吟》等，亦相继出版。乃者，全国"李杜杯诗词大赛"，甘肃作者又复名列前茅，荣获大奖。甘肃之诗词活动，于焉推向高潮。其尤足喜者，厥为中青年作者之崛起，俾甘肃诗词界能形成一梯形队伍，后继有人，将见斯文之盛，与日俱新矣。

顷者，民盟甘肃省委宣传部部长许寄佛同志辑其盟员诗作共数百首，都为一册，名《玉壶集》。将以付梓，嘱为之序。噫！此非甘肃诗词界之又一盛事乎？其于甘肃诗词活动之发展，与夫对甘肃诗词作者继起人才之培养，其功将不在小。因为披览一过，觉其风、雅、颂、骚，各体皆备，精词力作，所在多有。如费孝通先生之古风，质朴自然。上逼古人；吴鸿宾先生之五绝，雄奇劲拔，饶有唐音。他如王秉钧先生之抒情，彭铎先生之状物，张淑民先生之咏怀，甄载明先生之写景，均臻上乘。至于王克江先生《咏圆明园》之哀怨，李鼎文先生《游五泉》之幽邃，李宗石先生《赞对话》之明快，赵浚先生《浣溪沙》之飘逸，孙其芳先生绝句之富于韵味，何晓峰先生倚声之情趣盎然，黄汉卿先生《游炳灵寺》之清新有致，黄锡京先生《金城叙旧》之感情真挚，等等，在在均足以振人精神，长人志气，怡人性情；兴观群怨，悉备此卷。至于集中新体诸作，佳什尤多，读者当自得之，兹不赘言。

抑有进者，余于斯卷，尤爱彭铎先生之短调：《临江仙·塑料黄瓜盆供》一阕。其词云：

　　　　弱蔓柔须钩带好，何人巧夺天工！枝间吐蕊叶间茸。缀珠轻滴露，垂实细摇风。　　记得儿时亲手种，短篱欹架玲珑。客窗相对且从容。待他春日暖。添个采花蜂。

词之上阕，全写塑料盆供，句句白描，而生趣盎然，细腻传神，至为不易。下阕转写黄瓜生态，与上阕之词锋意境，迥不雷同，是其高明之处。末句"待他春日暖，添个采花蜂"，照应上阕，仍说塑料盆供，而寓意深远；对改革开放寄予深情厚望，却能不直不露，迂回道出，洵为词之上乘，颇足为吾人学习。集中类此之作甚多，未能一一枚举。幸读者留意及之。是为序。

一九九五年元月

## 陇剧《枫浴池》序

盖闻势有必至，理有固然；至盛者衰，物极必反。变莫大于沧桑，悲每兴于帝苑。纣荒淫而鹿台焚，秦政苛而阿房斩。至如梁冀：位极人臣，擅权乖舛。予取予求，踌躇志满。贪墨其行，声色沉湎。夫倡妇随，罔知惭腼。夺民田则十室九空；逞妖姿而啼装巧盼。既宏构其虹囷，更经营乎菟苑。穷奢极侈，赌驯兽之输赢；敲骨剥肤，致细民之悲怨。其尤甚者，征歌选舞，贻惨祸于"自卖"之人；美奂美轮，逞奢欲于枫池之建。人言罔恤，执相士以堵崩堤；李代桃僵，肆荒滛而索瑶草。不期盈盈淑女，缔鸳盟于雨竹之轩；灿灿飞霞，赋同仇于简生之室。救霞护草，若义之侠风永存，除霸诛梁，邬氏之满门堪式。于是三园俱废，万姓昭苏；巨慝既诛，阴霾遂霁。呜呼！人心泛泛，庸知青史昭昭；必也优孟依稀，方可传之奕世。是剧也，荦荦不变其宗，事何伤乎演义。美丑之相毕呈，取法资其栩栩。史乘之鉴长存，作者匠心谁匹！斯是赘言，期留激励。

1995 年

# 《蕉窗诗稿》序

诗以言情，犹文以载道，自三百篇以下，逮乎楚骚唐韵，大体皆然。故余尝谓：有文人之诗，有学人之诗，有诗人之诗。前二者率以载道言事为主，窃以为逊三百篇之遗风矣。故所心喜而朝夕讽之诵之者，唯诗人之诗而已。

夫诗人之诗者，发乎其情，言乎其衷，讽乎其事，慨乎其辞者也。此则非惟感时咏事为然，即徜徉乎山水，悠游乎田园者亦当如是。此刘勰所谓"登山则情满于山，观海则意溢于海"是也。若乎寻章摘句，獭祭雕虫，虽灾及枣梨，汗牛充栋，亦乌得语于诗之林哉！

辛未之春，余始识欧阳若修君于桂林。时君方执教广西师范大学中文系。余因与桂林诗会之便，得偕广西大学中文系教授吴子厚君，广西师大中文系教授陈飞之君往访，并扰郇厨。席间畅论诗词，君以所作《阳朔月亮山》相示，有句云："明镜高悬只半边"，余以为其咏月亮山也，生动而形象，敦厚而含蓄，为之击节者再。自后切磋诗艺，鱼雁频传。今春得君书，并寄诗稿，嘱为之序。余喜其为诗人之诗也，故乐为赘言。

诗贵含蓄而忌直露，贵飘逸而忌执着，欧阳君深谙其旨。故其《望夫云题赞》云：

洱海朝朝泪，苍山暮暮心。
回峰怀万古，情结望夫云。

《无题》云：

> 异代偏同命，参商总背驰。
>
> 乾坤曷倒转，风雨问归期。

　　二诗情深意结，唐李贺之遗风也。其"情结望夫云"与"乾坤曷倒转"之句，尤酷似之，非性情中人不能讽喻者，乐府之正宗，无讽喻奚足言诗！欧阳君集中此类作品，所在多有。如：

> 守成创业两艰难，鏖战凶顽闯险关。
>
> 记取平陈杨广事。头颅空好镜中看。

　　　　　　　　　　　　（《九十年代初度寄怀》之二）

　　诗以杨广讽喻某些玩火自焚之辈，讵不谓然！又如：

> 未罢硝烟胜负分，运筹千里老臣心。
>
> 棋成"万岁"犹惶汗，为慑天威只许赢。

　　　　　　　　　　　　（《南京行·胜棋楼》）

　　此诗对于朱元璋与功臣徐达对奕并谕言"只许赢"，而徐达又不能抗命，故虽赢棋却将棋阵布成"万岁"二字以博朱元璋之欢心而免祸一事，讽之良深，令人读后，无限感慨。

诗人对于名胜古迹，亦能自讽喻之旨，发为诗词，尤属难能可贵。如：

> 空留亘古钩弦月，明镜高悬只半边。
> 搔首问天天不语，长怀公道在人间。

（《月亮山》）

阳朔月亮山乃一胜景，与桂林月牙山相对应，历代题咏者多从形象着笔，作者独能以意为诗，形象而兼讽喻，诚生花之妙笔也。

欧阳君尤擅倚声，其咏桂林龙隐岩云：

> 兴云布雨荒其业，藏头露尾岩中歇。睡眼正惺忪，分明一懒龙。　　缘何尊九五？却把苍生误。顶礼又焚香，送君入葬场。

（《菩萨蛮·桂林龙隐岩》）

对于此种"兴云布雨荒其业"之"分明一懒龙"，自应"顶礼又焚香，送君入葬场"。咏风景而寓讽喻，构思十分巧妙。

诗人擅长抒情。如：

> 东去大江浪接天，一桥横亘白云间。
> 白云从此长相系，黄鹤应教世外还。

（《车过武汉长江大桥》之二）

相违十八载，望断月牙楼。
日月终须改，江河岂废流。

（《元宵登桂林月牙楼》）

乳泉喷万古，源自地心处。
留得一泓清，济时化作雨。

（《桂平西山行》之二）

莲坛兀坐岂成仙，堪笑莲坛坐莽原。
了却尘缘终未了，何如匡济在人间。

（《石林·莲花峰》）

盖均抒情之上乘也。有人以为诗人是"一团感情"，此言非无是处。欧阳君对其早逝之夫人，情深义切，感念尤殷，发而为诗，有令人不忍卒读之处。如：

莲开并蒂忆当年，顾盼无言胜有言。
除却围炉馀底事，推窗惟见雪封天。

悼亡诗人人会作，但要言之而切，却非易事。"顾盼无言胜有言"，刻画闺房之乐，以衬思念之殷，则非尽人而能者也。又如：

一头扎进水中央，天底春秋梦正长。

忘却人间寒暑事，风清月白自徜徉。

（《阳朔鸭尾山》）

地辟滇池悬日月，天撑石柱阅春秋。

（《大观楼》）

诗写鸭尾山之倒影，一则曰："一头扎进水中央"，
再则曰："忘却人间寒暑事"，构思之奇，令人佩服。
《大观楼》状物之奇，亦极有致。

诗人而无田园兴致，决非诗人。欧阳君田园兴致极
浓。如：

烟雨一蓑翁，沉壁潜龙，渔鱼逐浪戏从容。
画里春秋消受得，乐在其中。　　雾重日初红。
南北西东，天涯何处有征鸿？钓罢归来千斛酒，
笑傲春风。

（《浪淘沙·题友人漓江渔画幅》）

有人以为此词有东坡之致，信然。尤其"画里春秋"
之句，窃谓可侧诸东坡集中而无逊色也。

君于教育事业，从事四十馀载。烈士暮年，壮心不
已，发而为诗，随处可见。如：

会当凌绝顶，揽月又长征。

（《登青城山》）

翰墨含英事采风，苍山洱海画图中。
龙钟笑我何须道，依旧青春火样红。

（《采风偶成》）

集中好诗好句，不胜枚举。为此赘言，道其万一而已。梁任公论为学云："如人饮水，寒暖自知"。至望读者细为品味，勿轻易放过其一章一句也。

（编者按：《蕉窗诗稿》于1995年9月由广东人民出版社出版）

## 《任震英诗词选》序

余与国家工程设计大师、城市规划一代宗师任震英先生虽识荆已久，初未意其于擘画经略之馀，尚耽于吟事也。比者，先生以频年所作诗词见示，读之饶有兴味。先生自谓"每到一个地方，看了山山水水名胜古迹之后，常是信笔写上几句"顺口溜"，非诗非词，不登大雅之堂。"实则，古人有云"诗言志"，志者何？明其情、志其感、达其意而已。执是以求，则先生之作，又何多让哉！虽然，先生集中固亦不乏佳什，如：

客情带病还伤酒，热泪迎风半湿衣。

《普陀归来》

疏勒甘泉饮，楼兰匹马还。

《西域行》

等句，其工整含蓄，直欲上追古人。又如其倚声之作：

碧波三万六千顷，茫茫白雾群山暝。烟雨莽苍苍，太湖千万樯。　极目三万里，浪逐心潮起。昂首誓青天，此心红复坚。

《菩萨蛮·雨中游梅园》

谓非本色当行之作乎，吾且为之击节矣！先生以耄耋之年，犹酣吟咏，且复佳句迭出，斐然成章，窃以为性情之作，固不可以格律为苛求也。乃促其付梓，以公诸同好。谨弁数言，以志读后之感。是为序。

一九九五年十二月

# 《落红斋绝句》序

　　韶关大学副教授、大丰王林书君，以所著《落红斋绝句》见示，读之不觉深受感染。王君诗风，远师义山，而近法曼殊，秀丽清新，不逊前贤，其温柔敦厚尤酷似焉。间有讽喻之作，亦莫不含蓄深蕴，得风人之旨。集皆绝句，时或诵之，沁人肺腑，爱不忍释。昔曼殊大师以诗名世，所传皆绝句，王君身世坎坷，逾于曼殊，其间灵犀一点，殆可迹而寻之者耶？

　　王君绝句，多为由景及情，即兴抒发，语少而义精。往往波涛诡谲，奇情迭起，虽寥寥数语，读之乃如千军万马，驰骋纵横，令人击节，非工其事者，固不能到也。如：

　　　　记得当年北上时，重山孤影道逶迤。

　　　　而今又上江东路，碧水明珠一棹飞。

　　　　　　　　　　　　《重渡长江感怀》之二

　　　　难掀一纸似千钧，寒颤双肩指不中。

　　　　薜荔不知人事改，风呼犹作昔时声。

　　　　　　　　　　　　　　《题毕业文凭》

　　二诗均王君罹"右派"厄获平反后之作。前者记重赴南京，寻求工作，起承两句从回忆中将当年"发配"情况轻轻提起，而以后两句描述重渡时之喜悦豪情，不假概念而径以形象出之，委婉有致；后诗记母校补发当年扣发之毕业文凭一事，首句谓虽领得文凭而不忍掀阅，承句记当时气候之寒而兼喻心情，三四两句谓风呼薜荔犹似被斗之时，其心情之沉重何啻千钧，然而婉曲温柔，哀而不怨，非绝句之上乘而何！

王诗擅抒情，其抒发之作，往往以景起兴，而寓意深远，读之至为感人。如：

> 十年风雨暗神州，爱上江南第一楼。
> 最是令人心旷处，同来未白几多头。
>
> 《姑苏行·北塔》

> 细雨叮咛叹逝波，虹桥静看碧云过。
> 怪他一样眉梢月，如此逗人入梦多。
>
> 《和晚步诗·小径》

> 邻里难为反目仇，故因春也冷如秋。
> 夜来小雨能成雪，朝夕催人染白头。
>
> 《故乡行》之三

　　一诗"同来未白几多头"甚妙，来自几多，而实已白了不少；二诗"如此逗人入梦多"，言月色之逗人入梦，实乃人之自行入梦，而移情于月；三诗"夜来小雨能成雪，朝夕催人染白头"，堪为名句。小雨成雪，岂能催人白头！今言如此，情也，非理也！而人明知其非，却能接受，盖如王国维所谓诗人之境界，不可以常理喻也。王君虽身世坎坷，而生活情趣特浓，远非乍逢逆境，便致悲观失望之流可比。其此种思想，初见于所作校园诗中。如：

　　　　哨笛声声履步忙，日光浴洗满庭芳。
　　　　罗裙箭袖飘飘举，浅草如茵拥雁行。

　　　　　　　　　　　　《校园杂咏·上操》

　　　　掌声一片饮离茶，多少深情锁舌牙。
　　　　记得报名初识面，红云羞染碧桃花。

　　　　　　　　　　　　《校园杂咏》

　　二诗记校园生活，情趣盎然，所谓"诗中有画"是也。又如：

　　　　忽听窗外水鸣泉，儿女欢腾笑语传。
　　　　旭日临窗人有影，今番不是梦魂牵。

　　　　　　　　　　　　《赋新装自来水通水》

万古高风佳节立，梅花香送百年寒。

一鞭遥指书山路，衣带从今不厌宽。

《欢庆教师节建立》之一

二诗所表现皆为改革开放以后之自我透视与欢呼，前者之"旭日临窗人有影，今番不是梦魂牵"喻欢悦之情，仍然不假概念叙说，而以形象表之；后者以"衣带从今不厌宽"表明自身感受，师法前人而解脱其窠臼，藉以表明当代知识分子之心声，弥足珍贵。

王君劫中生活，难以言状，而平反之后，家国之忧思与夫对改革开放前景之希望，既殷且切，诗中表现尤多。如：

鹤归都道滩涂好，廿载谁知万里心。

家不要侬侬不去，落霞飞过又重临。

《鹤归》

天涯凝目看新星，一现彩图喜泪零。

杳杳神京今咫尺，春光同驻万家屏。

《欢呼同步卫星上天》

浪高百尺客心惊，芦白蓼红梦久萦。

极目愿为东逝水，但求涌进不求平。

《重渡长江感怀》之二

　　一诗寓对祖国之眷恋，假于物而喻之；二诗欢呼同步卫星上天，"春光同驻万家屏"之句可以不朽；三诗"但求涌进不求平"表明志士心情，直可与离骚并美矣。

　　王君擅长写实，余尤喜其描述地震与劳动之诗句：

　　　　行人窃窃说蓝光，共幸微惊未断肠。
　　　　我正思深眠不得，笔端摇落两三行。

《地震》

　　　　龙沟决战血奔腾，一夜戎装解未曾。
　　　　倚枕假眠时跃起，北风常似晓钟声。

《开龙沟》

　　二诗均写普通细事，而能于平淡中见其情，不事雕琢，亲切感人。

　　王君诗用典极少。昔义山多以白描传神，曼殊亦然。王君于此，独能神似，用典用事，不留痕迹。如：

　　　　柳丝挽断别扬州，痴梦痴情逐水流。
　　　　知否江郎憔悴甚，依然彩笔枕中留。

《题集句诗》

　　　　屈子行吟百代酸，楚骚声里振诗坛。
　　　　汨罗新发相思竹，尽付东风作管翰。

《汨罗四首》之二

王君为人，富正义感，常以世道人心为念。其作诗一如所为评论，含蓄蕴藉而不以直露为事。如：

> 父老闻归回避尽，儿童怒目立苍苔。
> 道旁桃李浓犹昔，人自秋风深处来。

《故乡行》之四

> 菜青藕白似家园，一掬猩红百绪牵。
> 闻道工资行看涨，荔枝身价早添钱。

《荔枝咏》

前诗写罹"右派"厄时世俗之白眼，而以白描传神，三四句表明虽在春天，而自己却似自秋风深处而来，凄楚情怀可见；后诗咏商人非法哄抬物价，借斥荔枝小贩以讽世，哀而不怨，均得风人之旨。

王君诗大率如此，仅出所见，以为先容。

# 兰州石佛沟诗词选序

　　阿干古域大河之阳。钟灵毓秀，佛地仙乡。一脉遥承，地接马衔之麓；三千海拔，水分七道之梁。人文远肇于马家，史绩待探乎吐谷。林林总总，生成百药之园；郁郁葱葱，的是众香之国；丹枫媲美于朝霞，麝香隐约乎芳泽。峰巅佛落，临悚魄之悬崖；井底星沉，谐闲趣于幽壑。宜饮绿以留佳，可消夏而避暑。期揽胜于秋高，赏千林之缟素。且也公园新辟，著盛世之良规；胜景重新，宏先人之旧绪。亭台错落，可怡目以观涛；幽境无边，曷嘤鸣而求友。会当乎丙子丁丑之交，踵乎兰亭金谷之酐。留香醉墨，或点染乎丹青；弄月吟风，资文章之锦绣。同仁等不揣谫陋，聊作砖石之投；所冀因瑕得瑜，伫盼生花之笔。谨留诗碣，以俟高贤；更设锦屏，待瞻钜制。

# 《中华吟薮》序

中华诗运，历数千载，代相递嬗，久而不衰者，殆如毛泽东所谓：以其最能反映中华民族与中国人民之特性与风尚，并能兴观群怨、哀而不伤、温柔敦厚，"一万年也打不倒"之故。是以纵览古今，或诗或骚，或辞或赋，以至词曲联语，莫不系乎斯旨，用能永存焉。

洎夫近代，欧风东渐，国势衰微，有识之士，或变法以图强，或革命而改制，群情奋起，发为新声。凡此政治经济之变化，又莫不影响及于文学。然而，不图于龚自珍、黄遵宪诸人以诗词为武器，大声疾呼，召唤国魂之后，突于"五四"运动之中，视传统为桎梏，以诗词为妖孽而横加指斥。自是传统诗词虽有流传，而不绝如缕矣。建国之后间有诗词问世，大抵唯显者能，而民众无与焉！"四五"以还，传统渐苏。天安门之呼吁与挞伐既肇其端，而以中华诗词学会为首之各地诗社又风起云涌，承之于后。驯至今日，诗词作者非仅遍及九州，且夫寰宇之内，凡有华人之处，必有诗词。以言载体，则诗刊林立，不下千百；至于作品，累巨万矣。泱泱诗国，于兹复见。人或以当今诗运之昌，拟于盛唐，余谓尚非笃论。良以今日之世，承百代之流，而值国运民情，山川人物空前丕变之秋，宜乎其有旷世之才，情连宇宙，识通古今，所作诗词，或豪放，或婉约，或谲奇，或俊逸，承前启后，警世励俗，光辉灿烂，与世并存。凡此均非古人所有。况夫改革开放而后，国民经济之突飞猛进，国家地位之空前提高，则秦汉已非其匹，勿论盛唐！故今日国运之昌，诗人之众，与夫诗词作品之浩瀚，实皆时代使然。若言成就，殆亦如赵翼所谓"江山代有才人出，各领风骚数百年"，谓为空前，岂过誉哉！

惟是当今诗词之创作既多。则其作品之精粗高下与夫流派之所趋也，必异。若无有识之士，从而去粗取精，剔伪留真，汰芜就纯，淘俗存雅，使中华正始之音，传之后世，永盛勿替，岂不有负时代而愧对乎子孙也哉！所幸自诗运之复兴，选家亦随而辈出，纷将所选，梓留后世，其裨益中华诗教，功盖不可没也。顷者，辽宁于海洲先生与其女公子于雪棠女士继其历年所编诸集之后，更选当代诗、词、曲、辞赋、对联、诗钟精品，都若干卷，分期出版，而总名曰：《中华诗薮》。是编涵盖所及，遍于韵文领域，诚旷世之文学工程也。余既是其旨，复嘉其事，故不惜饶舌，以为之勖。

夫刘勰之所谓"同声相应，异音相从"者，乃对音韵声律之高度概括，亘古而不易之真理也。吾华文字系单音单字，相缀成文，相连成语。故其发音要求，必以长、短、高、低、轻、重、清、浊相配合，而形成一定之规律。此规律不独表现为韵文之必循四声：如诗之必依平仄，词之于平仄以外，尚有必用他声之处；曲于平仄之外，犹严上去之别，乃至日常语言词汇之组合，亦必顺应平仄声之自然。如四言之平仄间举，二言之多用双声、叠韵，始谐于口是也。他如人名地名，亦往往循此规律，以求谐顺。譬如人名，三平三仄均拗于口，间用则谐，人多习而不察耳！矧者，此一异声相求之规律，非独韵文有之，即散文亦莫不如是。尝见有为骈体文者，因不识音律之故，多无韵致，实非所宜，至于散文，亦有潜在之音律。则非尽人而知。清代桐城派古文家所持"神理气味，格律声色"者，即蕴此理。第以方（苞）姚（鼐）诸人，故神其辞，因而其理未申，见讥于世耳。执此以观，则海洲先生斯编之作。容诗、词、曲、辞赋、楹联，诗钟于一器，统名《诗薮》，讵谓不然？

所谓"同声相应"，乃言韵脚。大抵有语言即有韵味，有歌谣即有韵脚，古今中外，莫不为然。以言吾华，则《卿云歌》之"灿"与"旦""缦"已叶韵矣，而数千年来，《诗经》《离骚》之属，又继之于后，相沿成习，永兴弗替，岂无故哉！抑有进者，南宋迄今所通行之《平水韵》，乃宋人对前代用韵之总结，绝非臆造。其所采列，或远绍于《诗》《骚》，或上承于秦汉，而与当时之口语，相同相近，积以成篇。此所以曹孟德《短歌行》能明平水韵庚、侵之别，与夫唐诗例能符合平水韵分部之要求也。惟是南宋以来，垂八百年，语音变化，与日俱增，此为社会之自然现象，勿庸讳言，至于今日，"普通话"与不同之方言并存，其中间有保存古音，入声亦或渐消失，莘莘学子，能明其究竟者盖已寥寥。而"普通话"虽亦明令推行，第审其实，亦正在形成与逐步规范之中。若必强执一端以求作者，其困难当可逆料。故本书编者虽以为"古人用古韵，今人用今韵，当是理之当然"，而所选作品，则于用韵方面，广收并蓄，兼及《平水韵》，《词韵》乃至《诗韵新编》，实不失为当前权宜之举，余甚是之。至于他日，如何能在诗韵方面"定于一尊"，从而举世翕从，则尚有待于语言文字之进一步发展与规范，更有赖于

专家学者之研究、厘定，俾其能如宋人之总结前人实践而成
《平水韵》者然，则诗坛幸甚，余固企而待之矣。是为序。

一九九八年元月于甘肃省诗词学会

## 《紫塞清吟集》序

门人阮莲芬女士，江西兴国人，1950年生。毕业于北
京体育学院。长期从事体育训练工作，而生性颖悟，酷好
诗词。八十年代初，余方主持兰州诗词学会工作，女士尝
携所作，请为之师。余喜其好学，或为评点，艺遂日进。
后虽工作较忙，甚或领队外出参加比赛，而诗词学习未尝
或辍也。

女士善为倚声，先习小令，渐而至于中、长调。词多
婉曲，斐然可观。次绝句，亦谙律诗，所咏皆性情之作，
落笔辄佳，殆天分也。二十年间，吟诵不倦，所作数百
首，散见于国内外诸诗刊、报纸，后起之佼佼者也。顷辑
其作，将以付梓，故乐缀片语，以为先容。

女士绝句多妙趣，兹举一例：

童心稚趣女儿娇，两朵绒花辫上摇。
小坐盆盂书倒举，咿呀学念外婆桥。

寥寥二十八字，刻画女儿嬉戏学语之态，形象动人，
憨容可掬，几不欲让唐人"小娃撑小艇，偷采白莲回。不
解藏踪迹，浮萍一道开"之专美于前矣。

词尚婉约，言情为上，此意论者类能言之，女士于此，颇有独到之处。其小令写夜闻鼾声云：

> 春雷乍裂长空，气阿雄！荡魄惊魂，云际走群龙。雨不断，梨花乱，又朦胧。却是伊人鼾睡兴方浓。

此词纯用白描，写"伊人"浓睡鼾声，跃然纸上，堪与易安居士媲美。九十年代初期，学会诗友数人，小聚于兰州齐天乐酒家，言笑甚欢，余笑谓曰："店名齐天乐，亦是词牌名，曷不于宴后各填一词以纪其盛！"众笑诺之，初未介意。明日女士来，以所填新词交卷，而他人皆无也。女士词云：

> 霓灯华阁高朋聚，盈盈玉杯香泉。一曲欢歌，千巡祝酒，激起豪情多少。歌声渐香，话海阔天空，紫烟缭绕。尚有微醺，任抛俗念息烦恼！　　休怀金谷旧事，喜今朝盛会，肝胆相照。岁月沧桑，红尘代谢，情与青天难老。佳兴未了，更妙句同摘，几番吟啸。玉液清醇，酿新词独好。

词意清新，情韵皆佳，一时压倒同道矣。女士少为律诗，而所成辄佳。如其《兰山公园远眺》云：

> 峻峭兰山雾里浮，登高远眺豁吟眸。
> 斜阳影外层楼美，烟柳丛中一水幽。

车马如龙行有序，街衢似锦望无头。
游人竞把歌喉放，十月金城好个秋。

　　此诗意境佳，对仗亦工稳，其中车马如龙、街衢似锦词皆太熟，然而缀以行有序，望无头，则不仅不觉其熟而转增其美；又如全诗以"十月金城好个秋"作结，看似平淡，却因作者巧将"好个秋"之俗语嵌入句中，便成佳句，是知其诗心确有独到之处也。

　　是为序。

一九九八年四月

## 《半湖诗词》序

　　广西王亦耕先生，解放前习戏剧于南京，一九四六年参加反美学生运动，被侦缉，后入游击队。解放后供职于党政部门，遂为"老运动员"。至十一届三中全会后获得平反，而鬓已斑矣！先生离休后酷爱诗词，所成多为性情之作，每为诗词界所传诵。与余虽未谋面，而彼此心仪已久。今秋，得先生函，并附所作诗词一束，嘱为之序。顾余俗务甚繁，苦无馀晷。稍事披阅，便为所动，爱不忍释矣。先生自号半糊涂人，倚声《风入松》有句云："半糊涂恰似微醺。白眼看他善舞，认明鬼怪妖禽。"故虽罹"文革"之难，独能嬉笑怒骂，泰然处之。

　　兴观群怨，兼备之矣。先生对时下积弊，如冒功浮夸之类，疾之如仇。如：

空调地毯沙发床，一宿房钱十担粮。

（《高级宾馆》）

喜报村村已脱贫，县官从此步青云。
可怜老少边山寨，尚有千家未饱温。

（《假报喜》）

惜夫！彼冒功浮夸之人，并不读诗，先生斯作，徒呼奈何！先生颇富生活情趣，每自盎然自得。尤于改革开放以后之农村变化，被之吟咏，情致天然。如：

白墙红瓦绿窗纱，苍道平宽好驶车。
夜夜灯光如白昼，冰箱彩电入农家。
嫁娶丰收喜事多，农民爱跳迪斯科。
爷爷看得心花放，伴舞强拉老太婆。

（《农村竹枝词》）

读之，觉有刘禹锡之遗风，农家乐事，俨然在目矣。先生工律诗，余尤喜其"一世糊涂忙里过，十年动乱死中还"之句。其古风亦佳。如咏王洛宾先生乐府，辅叙得体，感慨系之，极堪一诵。先生自号糊涂，实则清醒。余有句云："十分清醒是糊涂。"庶几近之！先生《七十自寿》云："座上常多敲句客，囊中愧少买书钱。"读后有同感焉！先生笃于友于，其《回乡见诸弟妹》绝句云："相见难禁老泪横，归来犹似梦中魂。儿时破被同床卧，今日重逢各有孙！"天伦之乐与戚，相与俱来，读者不觉为之感染，泪涔涔而欲堕矣！顷者，先生来书，谓有心脏之疾，甚望吉人天相，速占勿药，虽"好吟诗"之"吊针"（先生《吊针》诗云："吊针静卧好吟诗"）亦并却之，则诗人幸甚！诗界幸甚！

## 《啸海楼诗词集》序

成纪胡喜成君，清才好学，擅为诗词。三陇一秀士也。君于诗词各体皆长，古风尤佳。年来多历名山大川，遍访耆学名流，益有所进。所作每刊全国各大诗词刊物，于青年作者中颇富盛名。顷者，君自辑其所作，都为十集，分批问世，浼序于余，因嘉其才志，欣然诺之。

君以出身农村，长逢离乱，自学诗词，卓然有成，故作中辄多坎坷不平之气。试以集中三诗为例：

> 何堪彩云散，忍对梦难寻。
> 犹忆名山约，春秋寄此心。

（《读词》之一）

> 终抱青云志，愁听绿绮琴。
> 宵深还欲语，把卷一沾襟。

（《读词》之二）

一岩飞世外，仙境自深幽。
神静青峰立，心清碧水流。
花香迷庙宇，钟磬暗丹邱。
欲问前程去，云天汗漫游。

（《天水仙人岩》）

三诗俱佳，然牢愁自见。窃以为以君之年，则"青云志"固当"终抱"，而"绿绮琴"之"愁听"则未可，"前程"固所当"问"，而"云天"之"汗漫"游，或非其时也。君有词云：

燕雁南迁，秦云北度，微笑还吐芬芳。陇山秋夜，钟秀傲清霜。梦觉东篱万里，相思意、人去琴亡。桃花泪，依依五柳，无处诉凄凉。　荒唐！谁唤我，轻离三径，重到官场。以酒换贞操，醉倒胡床。屈子餐英正气，传千古，舍我谁彰！沉吟久，还珍晚节，静坐自焚香。

（《满庭芳·菊语》）

为词清丽，应予肯定。惟下阕云："屈子餐英正气，传千古，舍我谁彰！"又云："还珍晚节，静坐自焚香。"虽云咏菊，实为寓意。夫灵均正气，千古益彰，"舍我"云云，应难索解。而"还珍晚节"，亦非青年所宜有者。作者风华正茂，于此等处，曷留意之！

胡君以1955年生，计其年华，甫逾不惑。窃以为元宜蓄其志气，广其学识，增益所能，骋驰于广阔天地之中，以家国之思为思，以黎庶之怀为怀，以期展其经纶，进为世用，而牢愁抑郁，殊非所宜。钱钟书云：我非狂者，实乃狷耳！在钱固为自谦，然而狂实不可以恃。吾于胡君有厚望焉！

是为序。

1999年元月于甘肃诗词学会

## 《海天吟草》序

邱相国先生，中年诗人之健者，与余初识于1996年重庆诗会。会毕，复同泛舟于三峡之中，一舱共处，交乃益深。会后，承以大作《雪鸿》《云帆》二集相赠，集中多佳什。顷者，又以新近结集之《海天吟草》原稿见示，言将付梓，嘱为之序，欣然诺之。

先生诗词，多有创见，非墨守前人矩矱，不敢越雷池一步者可比。余于其倚声之作，尤为激赏。如：

思关恋关，长游梦圆，客来车去声喧。看长鬐短鬃。
山连水连，交皮换绢，卡伦又灭烽烟。有国旗上悬。

（《醉太平·霍尔果斯口岸》）

通湖新路，临湖水榭，探湖远客。荷风沁心爽，解游人烦热。　　百万投资新建设，小规模，也为良策。辽西起新景，比江南风色。

（《忆少年·姜屯赏莲》）

前者写霍尔果斯口岸之今昔变化，不假雕琢，朴实自然。上阕之"客来车去声喧，看长髯短鬓"，情趣盎然，琅琅上口，可谓神来之笔。下阕之"山连水连，交皮换绢，卡伦又灭烽烟。有国旗上悬。"活生生一幅改革开放后之新口岸形象，跃然纸上，令人神往。后者写姜屯赏莲，白描传神，引人人胜。尤其后者之"百万投资初建设，小规模，也为良策。辽西起新景，比江南风色。"寥寥数句，抒情、写景、歌颂之情，俱来笔下，读后如临其境，心旷神怡。先生白描手法，同样体现于诗中。如：

长驱万里探阳关，十道沙梁一片滩。
小姐临风说历史，妇人牵马指残垣。
大军挥戟移西土，巨贾驾云越雪山。
纵使王维重染墨，亦应难作渭城篇。

（《漫步阳关》）

历来写阳关者，多落悲怆追怀窠臼，千篇一律，了无新意。先生此作，尽从现时景象及游客之情趣入手，落笔与他人异趣。其尤妙者，虽写翻案文章而了无痕迹。"纵使王维重染墨，亦应难作渭城篇"，此案翻得何等自然，何等有力！先生写景，除白描外，若抒感慨，亦必别出心裁，大异前人。如：

> 风雨一钟楼，宏音送九州。六百年，报点无休。四角重檐谁设计，如翚下，似翔鸥。　吉岁笑投眸，凶年光暗收。顶有灵，同喜同忧。日月星辰集宝镜，通天意，助人谋。

（《唐多令·西安钟楼》）

> 登得上清宫，须识鸳鸯井，凉热清浊暗道通，怎样分忠佞！　彭祖越千峰，世事知无定。利禄功名莫强求，长醉终须醒。

（《卜算子·青城山上清宫》）

前者之"四角重檐谁设计？如翚下，似翔鸥"与"日月星辰集宝镜，通天意，助人谋"；后者之"凉热清浊暗道通，怎样分忠佞！"与"利禄功名莫强求，长醉终须醒"，写实之中，寄喻世情，一语双关，含蕴深邃。

又如其五、七言绝句：

> 新楼拔地起，旧站手攀檐。
> 一瞥知穷富，同城不共天。

（《漫步宜昌》之二）

置身鹅岭看山城，天上人间辨未清。

两水光辉争耀目，哪江昏暗哪江明。

（《重庆两江楼夜望》）

二诗手法相同，皆于写实中兼讽喻，应为传世佳作。此外，先生诗词，尚有感情真挚，爱憎分明，秉笔直出而不加隐讳之特点，此乃诗人必具之气质也。集中此类作品亦多，其《从烟台向威海途中》有句云："凝眸思甲午，国耻使人惊"；其《南歌子·龙王宫》有句云："像乃凡人塑，烟由昧者燃。"皆直言爱憎，不加隐曲，余酷爱之。集中佳作尚多，兹不赘言，希读者自味得之。

一九九九年四月于兰州

## 《王海帆诗集》序

癸酉之春，陇西王柏年君以其先祖、陇上著名学人王海帆先生（1888—1944）所遗诗作六集见示，并云将付剞劂，嘱为之序。顾余来甘也晚，未及拜识，海帆先生已归道山，每以为憾。窃意讽读其诗，或堪补过。不期洛诵之馀，辄至拍案而起，惊绝而呼，以为陇上近代诗人虽多，而其才其识，海帆先生有未遑多让者矣！

海帆先生饱历沧桑，谙于事理，故其为诗也，匪特情词并茂，尤复富于哲理。于现当代陇上诗中，盖佼佼者也。如其《邯郸道中》云：

春花五万梦长安，难得枕头一假观。
为问青青杨柳树，几人醒眼过邯郸！

全诗情趣盎然，尤富哲理，而出语诙谐，则其馀事。三四两句极为警策，盖亘古不移之真理也。其《重抵都门》之五云：

石家粗婢不痴顽，早识王敦是巨奸。
此客必然能作贼，不烦梦里索江山。

诗借石崇家婢断定王敦必然作贼，及隋炀帝梦陈后主索取江山之传说，以斥袁世凯欺人孤儿寡妇之篡国行径，含蓄而又犀利，史诗之楷模也。海帆先生尚论古人，皆持正义，绝不宽假。其《白门杂咏》十一首，于感慨之中，兼寓挞伐，弥足敬佩。如《其八》之斥曾国藩云：

死争龙脽功成日，生缚名王夜半时。
百万骨枯荣一姓，只赢小阁好须眉。

殆可作曾国藩之定论矣！先生之诗，寄托深远，文采风流，盖其馀事。又如其《彰德道中》云：

漳河东去水声凉，惆怅曹家故址荒。
萁豆泣残才子泪，野花分得美人香。
马头霸业馀乐府，鸦背归心入夕阳。
今日中原风景异。炉边且唤苦茶尝。

其中"萁豆泣残才子泪，野花分得美人香。"二句，咏曹氏父子之事，堪称绝妙。其它如"十庙城空明草木，九州云拥汉山河。"（《庚午重九与邓德舆等游五泉山》）"孤灯凉短梦，万柳战秋风。"（《秋感》）"冷月悬空垒，荒云锁大堤。"（《战后途中》）"千山隐隐云遮目。万木萧萧叶打头"（《同陈铁生登镇远楼话时事》）等句，既慷慨激昂，又沉郁深蕴，读之令人或扼腕叹息，或跃然奋起，兴观群怨，兼而有之。咏其诗而想其人，抚其作而慨其世，未尝不使人兴'景行行止'之思也。昔贤云：十室之邑，必有忠信；又云：礼失而求诸野。矧晋有董狐，唐有诗圣，正义在天，存夫其人。吾读海帆先生之诗而益信焉。

一九九九年四月二十日

于甘肃省诗词学会

## 《颖庐吟稿》序

太和尚荣光先生，余夙钦已久，而未谋面。己卯秋，忽奉来书，并以所著《颖庐吟稿》见示，嘱为弁言。时余杂务猬集，诺之而未暇披读，即应邀作三楚之游。归而展卷，深为所感，至于击节赞赏者再。

先生之诗，多写性情，而奇峭峻拔，构思独特。奇者何？构思奇，遣词奇与布局奇是也。先生自谓"诗中总少风云气，且向匡庐索取来"，此殆其奇气之所自乎？古人论诗，尝谓：必缘情而发，必因事而作，不作无病呻吟。其理极是。自来以诗状物，多平铺直叙，既无高度之概括，亦无形象之描述，其能渗以哲理，发人深思者更属寥寥。作者则不然。如其《登长城》云：

　　出谷风摇云外树，盘空路绕雾中山。

　　奇诗也。奇处在于风摇乃云外之树，路绕乃雾中之山。若简化为"出谷风摇树，盘空路绕山"，亦是工句，然非奇也。又如，《成昆道中》云：

　　桥梁高并山梁起，铁道多凭隧道通。

　　夫成昆铁路之险，亲历者均有所感受。为诗文者若自正面言之，即成平淡。此诗另辟蹊径，实堪赞赏。试思桥梁既并山梁而起，铁道乃因隧道而通，则不言艰险而艰险自见矣。其妙在于屏除概念，专用形象，所以为奇也。

　　诗吟古人，亦难亦易。易者多有故实，可随手摭拾以充篇幅；难者在于必有新的见地，以贻读者。否则人云亦云，复何意义？作者咏古人诗则多有新意，出人意表。如：

　　千秋俎豆今犹是，风雨龙楼几易人。

　　　　　　　　　　（《谒北京文丞相祠》）

　　长城万里堆尸骨，更有何人问死生！

　　　　　　　　　　（《题泰山五大夫松》）

咏古诗之上乘也。咏文天祥而若局限于文山本人，则虽好不奇。作者独以"千秋俎豆"之"今犹是"与"风雨龙楼"之"几易人"相对比，则奇峭立见。五大夫松以曾为始皇庇荫。被封为五大夫，咏者多自本事发为议论，自涉平平。作者独能揭出"长城万里堆尸骨"与之对比，遂不能不令人面对五大夫松之美谈，起对始皇贪残酷虐之憎恶，宁非奇绝。

国步艰难，民生多故。志能之士，每发而为诗歌。然无独到之处，亦不见奇。作者则不然。如：

> 毕竟今人迈古贤，古琴台畔彩灯旋。
> 管他座上知音否，一曲轻歌值万钱。

（《琴台》）

> 惭于薄暮称名士，不遇明时已劫灰。

（《望回雁峰》）

余读此诗，至于拍案叫绝。夫伯牙子期之事，尽人皆知，而琴台之畔设卡拉OK，唱流行歌曲以悦游人，万钱之赏，事本寻常。然而其与琴台本事与琴台遗风，实风马牛不相及，应为大煞风景之事；此情此景，知之者多。咏者寥寥。作者独能发为浩歌，为之长叹，是其可贵之处。回雁峰为静态之自然景观，作者以拟人手法，托以寄寓，增其含蕴，兼及抒情，则为难能。诗始曰："惭于薄暮称名士"，再则曰："不遇明时已劫灰"，哀而不怨，得风人之旨矣。

作者讽喻、闲情诸作，亦具奇气。如其咏物云：

鼎足昂头立玉堂，堂前日日换新装。
此生能入衣冠队，哪计他人比饭囊。

（《衣架》）

一缕寒香透碧丛，几番回首笑秋风。
华妆也被西方化，半染鹅黄半染红。

（《咏菊·金背大红》）

前者以物喻人，尽嬉笑怒骂之能事；后者讥某些模拟
西方文化服饰辈之浅薄，托物以见奇。皆佳作也。又如其
抒情之作：

哪有闲情追范蠡，犹馀瘦骨笑华歆。

（《到家吟》）

年已拜烦常欲避，节徒添乱不如无。

（《戊寅迎春曲》）

而今痛定谁思痛，靡靡街头尽郑声。

（《吊聂耳墓》）

社鼠纵横秦镜暗，梁园歌舞郑声侵。

（《读郭崇毅反贪上书》）

异代同悲彭老总，此情谁共贾长沙。

（《过汨罗吊屈原》）

大凡事物之所常陈，事理之所习见者，人每忽视，而鲜能托之于诗词。脱有能者，辄成佳句。上述诸作，或抒闲情，或讥时事，或伤往昔，率皆不落窠臼，令人击节。

患难馀生，必多感慨，诗人亦然。要在达以观变，变以守常耳。作者劫后馀生，泰然处之，令人佩服。其见之于诗者，如：

荣枯千古寻常事，自有新芽补旧伤。

（《春草之一》）

剑外初荣工部宅，江边又绿谪仙坟。

（《春草之四》）

号角动黎明，军车列队行。
不因除四害，那得赴长征。

（《送子参军》）

新芽以补旧伤，达观之至也。工部宅之"初荣"，谪仙坟之"又绿"，人皆见之，而出此手法以被于吟咏者，作者此诗最为杰出。使子美谪仙复生，料当作如是观也。我之命运。大体亦然，送子参军之事，亦尝有之，然无此佳句以状心情。"不因除四害"，则黑五类耳，焉得与参军之荣？句奇，而自平常事中得之，此其所以不同流俗也。

先生晚年，寄情山水，其闲情逸致，有足多者。如：

老去闲情天不管，白头婆伴白头翁。

（《整装吟》）

未必风流尽年少，春波不弃老鸳鸯。

（《偕老伴游东湖》）

纵使填膺多块垒，何须出世比高低。
溯三万载兴为海，再九千年许化泥。

（《题乐山大佛赠老伴》）

忆余游乐山大佛有句云："四化双翻多少事，如君闲坐应无聊！"虽亦心裁别出，仍觉俗气太盛。转不若此一对"老去闲情天不管"之白头翁与白头婆能闲情自得也。

集中佳处，不胜枚举，读者再四讽吟，当自得之。不赘。

一九九九年十月于甘肃省诗词学会

# 《回舟后集》序

当代著名诗词家成都孔凡章翁高足、啸云楼主刘梦芙先生，于翁仙逝周年祭日，辑其佚作遗文，并各方挽辞，都为一集。既竣，嘱为弁言。受命良久，百感骈集，竟艰于辞。忽忆南粤张采庵先生有云：翁诗乃"诗之正宗"①。四明周退密先生亦谓：翁于"诸体皆工，纯乎唐音。"②窃意是皆笃论。未可更易也。

夫中华诗词，自诗骚而后，璀璨逾二千年。迨乎叔世，嬗及同光，浸假而呈衰飒之兆。非后世才力之所不逮，盖时势使然耳。洎乎南社诸君子，或嵚崎磊落，发为激越之音；或规避现实，遁作绮丽之语，要皆未足以承大绪。至于"五四"，"打倒"一切，瓦釜雷鸣；正始之音，不绝如缕。是后有志之士。或忧于国事，振臂高呼，大音铿锵，如元戎诸唱；或愤于所际，讥笑怒骂，援杂文以入诗，若散宜生辈。物有所自，事有所因，固其宜也。第以泱泱诗国，源远流长，若以万事万物，被诸吟咏，殊不可执一以求。是以兴观群怨，必因题材以异趣；温柔敦厚，宜各随体而并赅。至于博学鸿词，风流典雅，含蓄蕴藉，"法古而不泥古，推陈复能出新"③者，济济多士，宜其有之，然不恒睹，若凡翁《回舟》四编，所仅见也。

凡翁长余九龄，国之隽才，乡之耆宿，倾慕既久，酬唱有年，所憾缘悭，仅得再晤。不意京门握别，噩耗遽传。呜呼伤哉！自兹而后，"茫茫天壤，微斯人，吾谁与论诗乎！"④天下斯文，皆有同慨也。

是为序。

【注】

① ② 见《回舟三集·周序》。

③ 见《回舟三集·刘序》。

④ 同注①。

# 《旌阳山人绝句三百首》序

一九九九年十一月，得修水匡金华君手书并附诗作一束，书中云："如先生认为竖子可教的话，切盼椽笔一挥，为之作序，如因俚句难入法眼，当请直告，让我再苦心经营几载之后再说。……此乃真心话，非套语也。"

余讶其语诚，遂于杂务纷繁之中，略一披读，深为君诗之真挚、锋利所折服，不禁操觚为之弁言，他务则搁置不顾矣。

金君之诗，其真挚锋利之处，不亚当世推崇之南熊（熊鉴）、北聂（绀弩），后起之秀也。试略申言之：

夫诗之用，兴观群怨而已，君诗则兼而有之。余释兴观群怨，或有与众不同之处；简而言之，兴者催人奋起，观者发人深省，群者唤起共鸣，怨者不平之鸣是也。集中如"众木犹青尔渐黄，西风未起自残妆。为图盛蕊来年秀，不惜初秋叶落狂。"（《初秋咏桃》），兴也；"一夜狂风梅蕊落，千年老树泣香空。唐王却敌凭娇女，宦海争雄仗玉骢。"（《观电视片梅开二度》），观也。"有志今丧志，无官去买官。平民如屈子，大海早填完。"（《戊寅端午新论之三》），群也；"约缔金陵港送夷，百年羞愧使人悲。贫穷自是常挨打，强盛当无颂港诗。"

（《香港回归反思》）怨也。君讽喻诗，亦多可读。如："青蚨岂可遭轻视，没孔方兄莫浪吟。"（《校清样感赋》），"求神不问苍生事，只卜升官在哪年。"（《游鸡鸣古寺》），"心知伯乐当今假，宁让南山绿耳归。"（《有感于〈让贤〉》），皆情真意切，讽刺入骨，不让老手。君状景咏物之作，如"钟山江畔立，牯岭浪中横。两水分清浊，一山共鸟鸣。"（《钟山观浪》），"善舞能歌木偶奇，活蹦浪跳令人迷。纵使花样翻新出，也是由人线引提。"（《看木偶戏有感》），前诗状景，引人入胜，后诗咏物，讽喻随之，皆上乘也。如能更加锤炼，则年华正富，来者可追，有厚望焉。是为序。

## 《平襄梁氏父子诗词选》序

　　梁军先生，本名明志，军其笔名也。以毕生从事新闻工作，常以笔名行焉：先生原籍陕西富平，曾祖辈移居甘肃通渭县鸡川乡金城村；晚年言其居曰"愤悱斋"，因称愤悱斋主；亦号襄夫，以通渭为西汉所置平襄故也。

　　先生1927年端午出生，幼而贫困，弱冠失怙辍学。为谋生故，偃蹇世途，求知益急，常以"人一己百"自勉。甫二十，入张治中先生所创兰州《和平日报》任记者。时著名诗家湘人易君左先生为报社社长，异其才，善视之，授以郁达夫诸人诗作。先生幼秉家教，已有根底，自兹诗艺日进，更与孙浮生、李殷木诸诗家游，诗文名噪一时。适余司当时之甘肃省政府新闻发布工作，因得结识先生。日月居诸，回首前尘，倏忽五十馀年矣！

解放后，先生继续从事新闻工作，先后任职于《新经济报》《新民主报》《兰州工人报》及《甘肃日报》。1950年曾入北京新闻学校研究班深造，受教于叶圣陶、老舍、范长江、陈翰伯诸名宿，诗文益进。先生为文，尝以"宁在直中取，不向曲中求"自律；为诗则主张"笔下出鬼，无兴无诗。"其文见诸报端，人多善之；诗则清新而主性灵，为识者所俊赏。1987年，余奉杨植霖老之命，在原兰州诗词学会基础上组建甘肃省诗词学会，请命于植老，聘先生为学会学术顾问，至于今日。学会凡有集会、采风，先生辄能命驾，并有佳作，侪辈咸敬重之。

夫诗必言志、缘情、因事而作，古今一理。先生"无兴无诗"之旨甚是，故绝无无病呻吟之作。每有吟哦，或使人读后心旷神怡，为之击节；或深为感染，心向往之；所谓诗人之诗是也。以绝句为例，其风流清丽或如义山，而超逸驰骋又直追长吉——

兰山白塔两奇峰，九曲三台境不重。
秀处归来雄处看，这边无乃大家容？

（《南游归来赞金城》）

两水萦回爽气蒸，三峰竞秀暗香凝。
神仙也爱秦州美，故送南崖一盏灯。

（《秋游天水仙人崖》）

握手灵均漫举瓯，豪情和酒话风流。

停樽暗笑祁连顶，两样冰霜一样头。

（《再游凉州》）

塞上斜阳分外骄，泉湖已改旧风骚。

香池不管沧桑事，碧水犹飘汉武醪。

（《泉湖抒情》）

例一之"秀处归来雄处看，这边无乃大家容"，品评山水，构思奇特，出人意表；例二之"神仙也爱秦州美，故送南崖一盏灯"，形象而富于浪漫，直可上追长吉；例三之"停樽暗笑祁连顶，两样冰霜一样头"，物我一体，意境两浑，直抒胸臆，哀而不怨，廿载含冤，如泣如诉，悉在其中；例四之"香池不管沧桑事，碧水犹飘汉武醪"，意境含蓄，融古今感慨于一诗，风格独具，意境开阔，绝句之上乘也。先生他体称是，不赘。

诗文之外，不弃翰墨，故先生书法，亦所擅长，作品先后为《中国书画报》《施耐庵纪念馆》等收藏。然而求之者多，所惜晚年为健康所累，极少应酬。

先生尊翁士彦前辈，名立德，字子俊，别署梓俊、子均。1947年逝世。生前操守，为乡里所重，严于家教，贫困不移其志。其诗文多佚，仅存诗八首，故书法家沈年润先生就其存诗题签，曰《南坪草堂诗拾遗》。兹与《梁军诗词选》合并镌为《平襄梁氏父子诗词选》。后者部分诗词，由北京、上海、杭州、广州、香港、新疆、甘肃之著名书法家分别书写成幅，影印载入卷中。是则读斯集者既得以赏其诗词，复可怡情翰墨，生面别开，蔚为双璧，殊难得也。

忝在交末，谨为先容，是序。

一九九九年十二月一日撰于甘肃省诗词学会

## 《墨云居》序

诗词之道，亦易亦难。"洞庭波送一僧来"，寻常句也，看似易为，而其天籁之音，沧桑之感，乃至袅袅秋风，汤汤碧水，逗人情韵，绝世丰神，无不呼之欲出，非寄禅上人无此手笔，此其难者也。所谓诗有别才者，其在此乎！故诗非纯由学养可逮者也。

墨云居主人幽石，始识之无，即告失学，尔后奔走谋生，为农为工，忍饥馑，历困厄，及乎而立之年，生计粗遂。始发愤向学，以唐诗为日课，读诵揣摩，深觉契合根性，乃大欢喜，浸为艺痴。自是黄河岸边，寻寻觅觅，检视奇石者，幽石也；书家砚前，指点得失，收藏作品者，幽石也；山僧塌上，坦陈心悟，听从揭示者，幽石也；退而弄锤持锯，隆隆然于木末石屑中磨砺自性，雕佛琢兽者，亦幽石也！一像之成，累经旬日，偶有所得，舞之蹈之。发而为诗，率皆情胜于辞。适知命之年，始问学于余。感其至诚，辄多所启发焉！

幽石之为诗词也，多奋形象之翼，师比兴之法。务使境界呈现，物我同怀。是故语虽未尽雅驯，而意多有所胜。或显豁、或诡异，或如话家常，或如参妙谛。人有谓其"意远""通禅"，盖知言也。惜以囿于学植，一章之成，必苦心孤诣，九转回肠。或求一字之安，往就多人。甚者吟哦推敲，足不出户，如老僧面壁，蒙童受业然。其安贫乐道，耽于诗艺有如此者！庚辰之春，欲辑成册，浼余为序。余重其坚毅，爱其诗词，特为撰弁言，以为先容。

是为序。

庚辰春分日于恬园

## 《拾穗集》序

沈阳航空学院教授，湘阴汤梓顺先生，性情中人，而遽于诗道；有所际、辄发为诗词。率皆含蓄蕴藉，读者多之。九十年代初、与余初识于温州诗词大赛评委席间，所论多相契合。订交以还，虽鱼雁互通，而睽违垂五载矣。顷承遥寄所作《拾穗集》，嘱为之序。展读之馀，不胜忻怍，乐为赘言。

夫吾华诗远、诗骚而后，逾二千年。远者勿论，洎乎"五四"，过激之辞，不绝于耳。甚或视诗词为毒草，必欲刈之而后快者。然而以其源远流长，温柔而敦厚，盖与吾民族性以俱来，与汉文字相契适、曾几何时，当日擎讨伐之大纛者如闻一多先生，亦自不免于"勒马回缰作旧诗"，而"五四健将如俞平伯，沈尹默诸公。亦皆遁为旧体诗"矣[①]。善乎！钱仲联先生之言曰："盖旧诗词元气不死，火薪弥炽，犹人之一生，刘宾客所谓'为霞尚满天②'也！"矧者，民国以来，同光既邈，南杜不存，而民族诗坛，中兴继唱。然多流传于民间③，孟子云："礼失而求诸野"，二十世纪初期，中华诗运，大体可作如是观也：鼎革之后，或振臂高呼，大音镗鞳。如元戎诸唱④。或悯其所过。讥笑怒骂，引杂文以入诗⑤。物有所自，事有所因、固其宜也。然而诗运大兴，跃然而继绝者，端在改革开放之后。溯京华首倡⑥、恍若春雷，自兹而后，各地诗社，风起云涌，正始之音，于焉重睹。梓顺先生斯集、其荦卓者也。

先生诗词，各体皆擅。绝句清新隽永，逸韵铿锵；律诗苍凉沉郁，发人深省。其爱国忧时之思，每至溢于言表。而遣词用典，则又恰到好处、悉尽所宜，深得风人之旨。前者如

> 廿番花信五更风，弦断焦桐曲未终。
> 昨夜小楼春雨急，南枝零落北枝红。

（《赠莫及老友之一》）

> 残灯无焰夜凄凄，别梦依依去路迷。
> 斜月半窗人不寐。杜鹃啼血板桥西。

（《前题之二》）

其含蓄蕴藉，不减小杜。后者如

一鞭残照早凉天，裴迪蓝舆到辋川。
绕树昏鸦多似叶，横空塞雁杳如烟。
山呈卧佛难成寐，地覆穹庐好坐禅。
岁月骎骎人老矣，吟魂遥寄夕阳边。

（《岁末杂咏之三》）

河出神龟鲁获麟，尧天舜日尚蒙尘。
梁鸿去国心存汉，渔父还家耻问秦。
柳絮铺成三寸雪，荼蘼开老六分春。
年来壁上观棋局。谁是中流击楫人？

（《前题之四》）

读后但觉炉火纯青，馀音绕梁，如对义山。其倚声诸作，或忧心如焚，唾壶击缺；或缠绵悱恻，哀感顽艳，皆能掷地作金石声。前者如：

九曲黄河舞巨虬，狂涛拍岸撼中州。披襟岸帻又登楼。　　天外黑风吹海立，千年往事注心头。河清无日使人愁，

（《浣溪沙》）

为辞慷慨激昂，直逼稼轩。又如：

　　寒食当年记旧游，桃花水涨放归舟。渔歌声
起晚风柔。　　无可奈何劳燕去，鱼沉雁杳思悠
悠。有啼鹃处有乡愁。

（《浣溪沙》）

读之恍同玉田也。才力之溥，至于如是！

集中于王十朋事迹之考证，陆放翁蒙诬之昭雪，无不
嫉恶如仇，匠心独运。虽乃馀事，具见襟怀，尝三复之，
弥增佩服。惟于《论恬园诗体》一文，对鄙作推誉过当、
多次请删而未获允、实深汗颜。谨此附言，读者幸垂誉
焉！

是为序。

时庚辰清明后一日

【注】
① 见钱仲联《二十世纪名家诗词选序》。
② 见钱仲联《二十世纪名家诗词选序》。
③ 抗日战争中，陪都重庆有诗词刊物《民族诗坛》《中兴
鼓吹》发行。
④ 指毛泽东、朱德、陈毅诗词。
⑤ 见聂绀弩《散宜生诗》，熊鉴《路边吟草》。
⑥ 1987年5月，中华诗词学会在北京成立。

# 《杨允文诗文集》序

武山杨允文兄，性情中人，与余自1950年相识迄今，盖五十年矣。初交泛泛，仅记姓名而已。迨1958年春，余奉命赴河西"劳动改造"，未几，乃相遇于张掖之老寺庙农场，始悉兄亦奉命充作"右派"，来此共同"改造"者。旧雨相逢，虽非其地，然而朝夕相随，劳动相伴，语言相慰藉，亦有足乐者。1960年西北局兰州会议后，劳动改造任务草草"完成"，又相与同返省城，听候分配。余于1961年初被派至省政协工作，兄则继续待命于中共甘肃省委组织部招待所。环境既变，心地骤迁，每以过从为乐。1962年元月，余因有室无家，深以为苦，兄慨然将原租用之小沟头住室相授，余乃得定居焉！1967年11月，余被造反派"勒令"回原籍，余居兄所凡阅时八年。然而自兹音间断矣！十一届三中全会以后，余得落实政策，重返兰州，兄亦自天祝林场落实政策回兰，再度相逢，交亦弥笃。1981年，余奉萧华、杨植霖二老命，组建兰州诗词学会（后改为甘肃省诗词学会），数度就商于兄，蒙乐为之助，相与勠力以赴，遂告蒇事。旋以青年学子，多有向往诗词学习者，学会谋设讲习班以善其事，又谋于兄，并请其出任讲习班主任。兄慨然诺之，相与擘划奔走，不遗余力。其后，余请命于王秉祥会长，欲以副秘书长职务相畀，兄曰："尽力可，名则不受。"因终不就，而热心诗词活动则一如既往。1990年春，兄谋在省退科协基础上组建陇风诗书画社，欲黄罗斌同志（时任省顾委主任）为名誉会长，以资号召。余膺兄命陈于黄老，黄老固热心人也，慨然诺之，并于成立之日，欣然莅会。此时诗书画社同仁咸以社长之任，非兄莫属。兄又固辞，力荐画家黄正任之，而己则屈居副职。其所行所志，大率类此。

甘肃省诗词学会改建之初，经费拮据，谋创办刊物而未果。乃从兄议，与诗书画社共创《陇风》诗书画刊，编务会一度由兄负责，又以谦让故，甘居副职。其后二刊分流，兄对《甘肃诗词》仍极关注。计自兰州诗词学会至今，兄于学会，曾先后任理事、常务理事、副主编、顾问各职，溯本追源，功不可没也。兄于离休之后，仍一如既往，积极参加历次诗词活动，尤于诗词创作，未尝稍懈，侪辈咸敬重之！宜其浩帙连篇，卓然有成矣！

兄诗朴质而重性情，略无雕琢痕迹。忆其与余同在岔路河背煤时有句云："力气难支刀把小，精神不振盒烟空"。刀把，即刀把子，张掖民间对馒头之俗称也。时兄尚为瘾君子，故有盒空之叹。诗句通俗易晓，妇孺皆懂，散宜生之流亚也。兄与夫人康锦兰女士结缡以来，感情甚笃，其《赠内子》有句云："右厄乐随贫与贱，文灾共历耻和羞"。锦兰人品，人共服之，贫贱不移，老而弥笃，兄诗所云，尽纪实也。

兄诗善状景，每咏一题，辄能从最佳处切入，妙句迭见。即令歌颂时代，亦必以形象出之，而无标语口号之嫌。如：

昔日荒滩今绿洲，葡萄基地紫光流。
香风十里游人醉，农户千家住画楼。

（《武威采风十二首 一》）

春风吹绿万山巅，柳比高楼百里川。
四月桃花看不尽，黄河新泛旅游船。

（《兰州春日》）

诗贵创新，故上乘者莫不以意境见长。兄诗多此类作品。如：

七星古井是天泉，洁质清醇香且甜。
为问何来灵秀水，传闻北斗此中眠。

（《赞石佛沟公园绝句之四》）

国色天香美艳浓，紫斑出类最称雄。
劝君莫向洛阳去，花事兰州亦上峰。

（《参观和平牡丹园绝句之一》）

前诗以北斗入于古井，衬托出泉水之灵秀；后诗以"莫向洛阳去"，反衬金城牡丹之胜，意境均能胜人一筹，洵佳什也。兄晚年好出游，游必有佳作。或讽世，如：

不争春色不贪荣，不用栽培自长成。
大肚能容沧海水，虚心原为一身轻。

（《题画·咏葫芦》）

天下一家英武君，暴行曾听论纷纷。

千年之后有知已，翻案频频说大勋。

（《览秦陵》）

前诗虽咏葫芦，而隐喻讽世；后诗对于始皇之残暴与勋业，同时拈出，公允之论也。兄为人耿介，对于权贵，曾不稍假辞色，所行多有是称者。此种性格往往流露于诗中。如：

日薄西山气象昏，惊闻失业有王孙。

异邦毕竟少开化，未解夤缘走后门。

（《报载里根儿子失业有感》）

文才涵八斗，鹤寿近期颐。

诤谏有铁骨，贬谪无谀辞。

三军帅可夺，一士志难移。

正气留风范，千秋仰大师。

（《挽梁漱溟大师》）

前诗所言感慨，有识者类能道之，而出之以诗者，兄作乃仅见耳。后诗对于梁漱溟先生之推崇，极有见地，词对皆工，堪学习也。先生擅长楹联。余特爱其题青海湖联云：

浪里雪堆三块石；

海心叠翠一孤山。


此联词烁意佳，对仗优美，非泛泛也。顷因兄诗文集行将付梓，嘱为弁言，忝在交末，敢不应命，爰抒所怀，以为嚆引，集中佳作甚多，未遑多赘，幸读者三复之。

是序。


于甘肃省诗词学会
时在庚辰冬日

# 《诗韵文声》序

　　会宁刘玉珩先生，早年在本邑党政部门从事秘书工作，晚岁主编《会宁县志》。长期以来，喜欢文艺，于传统诗词致力尤勤。此外，亦复致力于古今史实之钩沉。著述所及，涉及诗、词、散文、历史诸多领域，其有裨于陇上文史者盖非浅鲜。顷者，先生自行删订诗文集一部，共分上下两卷，上卷辑录所作诗词，下卷专录文史，名曰《诗韵文声》，将以付梓，嘱为之序，欣然诺之。

　　诗贵写实，尤须题材广泛，否则空洞无物，决非好诗。玉珩先生所为诗词，题材巨细不遗，尤重眼前事物，此实难能而可贵者。如其《塑棚种菜》云：

> 明棚薄似纱，如雪满山涯。
> 青韭梢垂露，红椒体染霞。
> 稠枝悬紫实，长蔓坠黄瓜。
> 碧玉飞车载，盛篮入万家。

　　句句写实，使人读之，如入大棚中然。又如其《山乡织毯厂》云：

> 织女弄金梭，山乡乞巧多。
> 质精缘手细，图彩赖针磨。
> 地积千般景，壁悬五色罗。
> 辛勤铺锦绣，付与万家歌。

　　读之活泼自然，佳趣天成，令人神往。先生七言亦佳。如《观渔女雕像》云：

> 飒爽英姿秀体裁，水滨雕像立琼台。
> 翠眉柳绽随风叶，粉面桃开带露腮。
> 狂浪拍堤心不惧，飓风逐岸影难埋。
> 凝思欲动纤纤手，捕蟹追鱼撒网来。

此诗全赖白描，而无概念堆砌，艺术境界非同一般。先生韵文，除诗之外，亦擅填词。如其《沁园春·游刘家峡水库》云：

> 翠岱浮光，峭壁生岚，高坝入云。锁黄河飞浪，水光闪闪；白云齐岸，波影粼粼。鱼跃深渊，鸥翔浅水，高峡平湖景色新。彩舟荡，赏炳灵佛窟，古寺寻春。　　横空铁塔嶙峋。织银线条条巨臂伸。看闸宣飞瀑，涛喷白玉；机旋生电，缆送虹暾。厂绽光华，城妍珠颗，越岭穿天三省明。山河丽，奋工农双翼，搏击征程。

这是一阕上乘词作。其遣词造意，均极得体。布局上前阕写刘家峡之自然风光，后阕专写电站，井然有序，不涉混乱。遣词方面，无论写自然风光或描述电站，均能瑰丽动人，不落窠臼。

诗人当以广阔之胸襟，纵观世间万象，然后更以独有之眼光，置之笔下，使之既能如实反映客观，复能以主观之分析、观察，及感情以融入其中，形成其特有之艺术魅力，方能感染读者，使所谓兴、观、群、怨之艺术功能，得以体现。此理类能言之，而能融入作品则殊不易也。玉珩先生作品之中，臻于斯境者不胜枚举。如其《叨叨令·广告》云：

> 一开遥控荧屏早，重重广告华辞妙。"皇台""孔府"人醉了！"三株""肾宝"，回春好！贪酒也么哥！多病也么哥！商潮常靠名星俏！！

曲中对于现实生活中，某些广告作风之揭露、鞭挞，可谓淋漓尽致，入木三分。所用语言，明白晓畅，极易明了，故其艺术价值，亦自高人一等也。下卷乃为文章，其中文史25篇，史鉴25篇，每篇均有可取。文史部分，或为考证，或为游记；或记人物，或叙史实，余每读之，兴趣盎然。如其记清代西太后那拉氏与兰州之渊源及建文帝与"红崖天书"之纠葛等文，发人之所未发，史料价值极大，弥足珍贵。史鉴部分，如《羊祜荐贤的启示》《严刑治污吏》诸篇，尤富现实意义，令人百读不厌。嗟乎！惜彼当箴者之不一定读斯文，而读斯文者又往往仅止于掩卷太息而徒唤奈何也！

集中无论诗文，佳作均多，幸读者自得之，不赘。

是为序。

二〇〇一年五月于甘肃省诗词学会

# 《怡心斋吟稿》序

　　甘州高欣荣先生，诗人也。1949年参加革命，虽历任党、政、文教工作，而笔耕不辍。晚年从事修志工作之馀，复致力传统诗词之钻研、创作。曾与焦多福等先生创建甘肃张掖地区诗词学会，现为甘肃省诗词学会会员。所作诗词，明白晓畅。虽故实不多，然而即景抒怀，大多能尽其意，发为时代心声，不失为当代之佳作。辛巳之夏，即将结集出版，嘱为之序，欣然诺之。

　　先生诗词凡数百首，大都发表于《甘肃诗词》《华夏吟友》《张掖日报》等报刊，《近五十年寰球汉诗精选》等专集曾予收录。其传略亦被《中华诗人大辞典》等辞书采用。现经先生自为精选，辑为《怡心斋吟稿》，共分《盛世颂》《祖国颂》《张掖颂》《即事抒怀》等卷。兹就其荦荦大端与艺术特色，略为介绍，以作先容。

　　先生生逢盛世，对于党之伟大正确，以及其所领导之建国、建设、改革开放之种种事业，极为欣慰佩服，而此种心情，又往往发为诗词，言人心之所同，故能引起共鸣，翕然钦服。如其《望海潮·庆祝中国共产党诞生八十周年》云：

　　　　锤镰高举，拯民豪杰，星星之火燎原。风雨历程，披荆斩棘，南征北战攻坚。伏虎夺雄关。喜天翻地覆，推倒三山。万众欢腾，五星旗展舞翩跹。　　运筹治国辛艰，引春潮滚滚，百卉争妍。华夏振兴，金瓯合璧，遨游宇宙飞船，伟业

史无前。庆诞辰八十，舜日尧天。更幸开来继往，
新纪谱华篇。

此词流畅自然，文采飞扬，不落言诠，结句尤为得
体。对于祖国壮丽河山，作者于游览之馀，每被之以诗
词，如其《泰山》七律云：

> 五岳独尊欣向往，崇山峻岭入苍穹。
> 琼楼玉阁辉煌殿，铁塔铜亭璀璨宫。
> 翠柏轻沾飞瀑雨，悬崖挺立迓人松。
> 玉皇峰顶神奇景，品味唐诗咏岱宗。

此诗格律谨严，对仗亦工稳，描写泰山实景，颇能
符合实际，其"琼楼玉阁"、"铁塔铜亭"一联尤佳。诗
人隶籍张掖，对于故乡，不胜眷恋赞美之情，亦多融入诗
作。如其《金张掖牌楼观感》云：

> 琼楼屹立金张掖，璀璨光华耀走廊。
> 玉嶂皑皑甘露降，银河汩汩米鱼香。
> 琳琅满目繁荣市，栉比高楼锦绣装。
> 古郡腾飞逢盛世，春潮涌动共争航。

张掖乃塞外江南，鱼米之乡，玉嶂皑皑，银河汩汩，
高楼林立，市场繁荣，——融入诗中，良可贵也。诗人对
于新中国之未来，尤以无比激情，加以歌颂，并寄予殷切
之期望与祝愿。如其《缅怀小平同志》之四云：

继往开来新世纪，春潮科技百花开。

金瓯永固山河壮，三步鸿图写未来。

此诗缅怀小平，仅以"继往开来"与"三步鸿图"，轻轻道出，但觉笔力遒健，有雷霆万钧之力，跃然纸上，实属难得。

诗人乃性情中人，故其诗作，对于亲情亦多抒发。上对尊长，下怀儿女，无不入情入理，决无矫情之作。其《思念母亲》云：

皓首劳心育子孙，慈颜贤惠受人尊。

八旬直上重霄九，似海深情永世存。

思亲怀子，人之常情，直抒胸臆，具见真忱。又其《七十抒情》之三云：

亲人遥远寄花篮，瓣瓣馨香一线牵。

此日思亲情更切，耳机声内祝平安。

诗人古稀大寿，其公子远居外地，不及返乡祝拜，而以花篮遥祝，且复以长途电话表其孺慕之情，读之弥觉亲切。"耳机声内祝平安"之句，惟于欣荣先生诗中见之，颇见务实、创新，故特表而出之也。集中佳句甚多，未及一一枚举，仅举数端以见一般。

是为序。

二〇〇一年五月于甘肃省诗词学会

# 《中国旅游博览·诗词楹联卷》序

　　海宁文化艺术公司、北京博闻图书编著中心殚力编纂《中国旅游文化博览·诗词楹联卷》巨编既竟，总其成者戴嵩青先生远道飞函，嘱余为序，固辞不获，因勉缀片语以应。

　　夫旅游文化，相沿已久。旅游诗文，代有鸿篇。第就此一词汇而言，实乃成于现代。而尤盛于今日。然而大抵皆就旅游以言旅游，上者以为可以徜徉山川，怡情逸性；次则不过猎奇览胜，但饱眼福；下者仅重经济开发，视为致富之手段而已。于其文化之内涵，以及与民生、学术、环保等等之关系。或竟茫然。有识之士，必窃忧之。

　　然则，旅游之利若何？余谓：其利也，以时间论，可涵古今；以空间论，可亲环宇；自学术言，可明地利；就历史言，可证人文；自经济言，可诱商机。而对个人言，则其利尤伙。具体言之，可以怡情性、畅襟怀、近自然、探幽奇、悟人生、豁哲理，不一而足。至于骚人墨客之流，落拓俊逸之士，则或因之发而为文，咏而为诗，鸣于当世，传之久远。是则，其利之溥，讵可忽乎！

　　夫山海舆地之图，必以亲履实践为其基础，此理尽人而知，然则《山海经》《禹贡》已开旅游之先河，固不待徐霞客之游记而始作俑矣。若谓李太白之"飞流直下三千尺，疑是银河落九天"为状自然之景观，则苏子瞻之"不识庐山真面目，只缘身在此山中"当为对人生感悟之抒发；鹳雀楼名本不张，自王之涣品题而遂显；醉翁亭虽已颓圮，而欧记永存，亭亦不朽；夜光杯夙日无名，以王翰凉州一曲而流传千古；酿酒之所众矣，独杏花村以杜牧清明之诗而享盛名；晨钟暮鼓，司空见惯，唯寒山寺因张继诗而流传清誉；大观楼建筑平平，实非杰构。资髯翁长联以雄视千古。此情此理，本易明了，而世人多忽略之。忆一九八二年余与中国唐代文学学会成立大会于西安，曾有句云："两汉词章悬日月，三唐文物重山川"，某教授颇不谓然，曰："山川以文物而重，何本末之倒置乎？"余曰："先生休矣！夫天下名山，其峻其秀逾于骊山者不知凡几，而骊山独擅其名者，其源固不仅远溯骊姬。而亦近出乎秦陵；天下之温泉多矣，而华清池独重于世，岂非以白乐天长恨一曲而启人以"温泉水滑洗凝脂"之感觉乎？兴平山川，本无足道，而马嵬坡下游人如织，以寄杨妃之思；此山区区一丘，既无泰岳之尊，又乏峨嵋之秀，而游人络绎不绝，盖亦缘于对唐宗之景慕耳！故山川往往因文物楹联诗词而见重，文物亦每借旅游副业之开发而享名，此其理固无待辩解而自明者也。"某教授无以应。

矧者，昔年征战之地，今兹已笼祥和。而所谓蛮荒绝域，或已建成闹市。抚临关塞。忻百族之骈居；再造人文，感岁时之更迭。刘勰所谓："登山则情满于山，临海则意溢于水"者，洎乎今世，盖已非少数文人学士为然；凡属斯文，莫不以旅游所及而抒发其情，志其所感，或著而为文章，或吟而成诗词，亦有缀为楹联者，天下盖不知凡几矣。抑有进者，方今交通之便，信息之捷，昔时费长房缩地之术，已成现实；越洋过境，旦夕可达。是故域外之吟，已不必出于彼邦，国人之旅其境者，亦往往鸿爪留痕，奚囊满贮。而昔日《山海经》之海外奇谈，唐三藏之西域游记，亦皆不得不瞠乎其后也。从知今日旅行者之行踪，与其记趣、志感、抒情之诗词楹联，实已远跨环宇，而迥非华夏禹甸所能局囿者矣。

海宁文化公司、博闻图书编著中心诸君子有鉴于此，乃锐志而为《旅游文化博览》丛书，并将其诗词楹联之卷，先期问世。漪欤休哉，是诚盛举也！是编凡收旅游诗词万馀首（副），可谓洋洋大观。虽其所选未必尽精，然大抵皆具有一定之功力，记一地一时之盛事，可读性强；而卷中上乘之作，窃以为可以上逼古人，或竟过之。唐人句云："古人不见今时月"。盖昔之所有，今或无之，故今人每奉为绝响，视为神圣，以为无可攀及。殊不知今之所有，亦古之所无。是以今人必胜古人，今作可超古作，乃事物发展之所固然。若必如某些人之厚古薄今，唯古是尚，唯古是崇，则历史必将凝结，社会必将退化，尚何以言进步乎？然则，是编之作，其影响及于我国之旅游文化乃至诗词、楹联本身者，岂浅鲜也哉！如是我观，谨为弁言。

是序。

# 《王海帆文集》序

　　壬午之秋，陇西王柏年君，以所编其先祖王海帆先生文集四卷见示，嘱为之序。海帆先生，陇上名宿，夙所敬佩。三年前柏年君所编《王海帆诗集》出版时，余尝于序言中推为近代陇上诗人之佼佼者。客岁，定西教育学院院长崔振邦教授主编《陇中诗选》一书，亦浼余为序，审其漏选海帆先生诗作，嘱为补入，俾成全璧。书出，颇获好评，余亦心安。兹读先生文集，又不禁为之倾倒，益知贤者之无不能也。先生为文典雅而流畅，其精湛处，直逼古人，盖非长期出入经史百家者莫办也。试申论之。

　　先生论文，妙趣横生，佳章叠出。即以《范蠡论》而论，其识其见，与夫逻辑之严谨，文笔之犀利，窃以为方之古人，未遑多让。此文以"甚哉！诈术之不可尚"为主题，以范蠡助越灭吴及与勾践相处之事为经纬而为申论，使读者不得不为之折服，为其引导，而信从其说。全文五百馀字，所论周详，所言成理，所辩成辞。读之令人目迷意动，神往心驰。窃以为纵使郦生复出，贾谊重生，殆亦将无过乎此者。文以楬橥主题始：

　　　　甚哉！诈术之不可尚也。以术遇愚，则术胜；以术遇诚，则术败；以术遇术，则不至相争相害不止。

　　对于"（权）术"之憎恶态度，以及好用术者之结局，作鲜明之论断，与我国传统文化推崇"诚信"之宗旨极为符合，继又揭出"坚忍"与"残忍"之区别，意在倡"坚忍"而斥"残忍"。文曰：

> 自来坚忍与残忍。迹相似，而实不同。坚忍者，忍于己；残忍者。忍于人。忍于己者，或有不忍于人；而忍于人者，则无之而不忍也。惟其无之而不忍，故其视己也重，而视人也轻。此曹孟德宁我负人，毋人负我，所以为天下忍人之言也。

在区别坚忍与残忍之后，乃次触主题，并着重指出勾践之残忍：

> 若勾践，尤其富于忍者，忍于粪之尝，忍于室之囚，忍于十年之生聚，十年之教训。以忍治兵，何坚不摧；以忍谋国，何求不遂！

最后，乃批评范蠡与勾践之间以术相结合，而后又不得不以术之相互残害之必然性：

> 蠡知非雄猜深阻之人，不能行吾术，而不忍能行吾术者，必不容他人之更有其术。

于是，进一步得出范蠡为避勾践之残害，必会悄然远引，以避其害：

以盗之术授人，而祝其不我盗，且私幸曰：
是必不疑我为盗。虽至愚者不出此。而谓如蠡之
明，其昧此乎？

因而引范蠡在以"术"助勾践复国之后，必然不能和
平相处，而只有束手就戮或悄然出逃之结论：

吾故曰：两术相遇，不至相争相害不止也。
帆翁此文，可作后世论文之典范，亦可作训世之
圭臬也。

翁于国计民生，尤为关切。集中不乏痛斥时弊，为民
请命之作，辞藻骈俪，乃其馀事也。如其呈请惩治乡霸之
《呈军事委员会蒋委员长》文，对于李钟泮父子为恶之状
及其愤慨之情，溢于言表；其《电请中央转令水利委员会
电》，对于黄河水利，了如指掌，言之中肯，惜夫当道愦
愦，竟不果行。徒令此绝妙之陈，泥牛入海也；所尤令人
痛心而疾首者，乃于1930年（民国19年）《呼赈通电》。
如云：

目下甘谷、武山、秦安、西和、西固、礼、
徽一带。风伯作祟，垂穗之麦，数日全枯；陇西、
临洮、定西，冰雹成灾．待割之禾，片刻殆尽；
皋兰、榆中、靖远、会宁，夏既亢旱，秋复严霜；
永登、永靖、陇西、定西及皋兰西乡，环县以北，
鼢鼠为害，田禾如割，五色鼠群，向未经见；漳县、

武山、甘谷、礼县、临洮、武都等县，匪杀无辜，动辄百千。

文中所叙，乃1930年左右甘肃当日之实际情景，考诸史实，其时甘肃大旱，饿殍盈野，是为天灾；国民军入驻甘肃，横征暴敛，达于极点。又因马仲英揭竿而起，蹂躏甘民，皆为人祸。翁文首即揭出：

天降丧乱，苦我甘民，越丙寅以迄于今，师旅饥馑，相继而至，疠疫水火，无凶不臻。以隶桀天纣日之民，久罹罗钳吉网之政，头会箕敛，索款则盈万盈千；折臂捉人，征兵则比邑比户。厉风所干，灾祲频仍；民不聊生，萑苻四起。

翁文对于此一情景，大胆直书曰："凡此惨酷。遐迩共知。固云天灾，亦由人祸。"其中所谓"师旅"，所谓"头会箕敛"乃指国民军之暴敛；所谓"征兵"，乃指国民军之扩军。此时正为国民军驻甘肃时期，文中未敢直言，然其历史事实，固不容泯。翁之此文，虽非史乘，而所载详实，是补史乘之不足，或竟以史目之，亦未为过也。

集中他文，往往以史迁论孟之笔法，或书市井细事，或抒情而状物，莫不炉火纯青，读之如对古人。如其《义犬传》，书义犬之为主鸣冤复仇，其状栩栩如生，其事如泣如诉。其感人之处，非特在于其事之本身，而尤在于先生细腻生动之描述也。读集中《书长髯者》一文，恍对唐人传奇，而所叙乃为近数十年前事，不禁使人掩卷遐思。至如所记董福祥、黄得贵、李长清、陈圭璋等事迹，以所述多系亲历，宜可征信，可补史阙。故其所裨于学术研究者，则其价值又远在文章瑰丽之外矣。

集中最感人者，莫如《祭亡室张夫人文》。其情皆人间至情，其文乃人间之至文也。人谓读李密《陈情表》而不下泪者非孝子，读韩愈《祭十二郎文》而不堕泪者不识友于，余则谓读先生此文而不为之感动者，亦必麻木不仁，罔识乎伉俪之情者也。试读：

今春定计归来，卿亦寄声相促，以不见许于居停，怅然而止。嗣后匪祸日亟，路亦中塞，翘首西望，心如火燃者，日必数次。知卿情亦不异。其或因望念之绝，有伤于心而增疾耶？诚如此，则卿之疾，由我而增，即卿之死，由我而致。我实负卿，望卿之能恕我也。一别三载，遂隔人天。此恨绵绵，曷其有极！自闻卿耗，魂与俱飞。

读之，则翁当日思归，一阻于居停，再梗于匪患，而终成永诀之情状，如在目前，宁不为之动容？及至"自闻卿耗，魂与俱飞"之句，又乌能不为之惨怛神伤也哉！

文中所叙细事，亦均感人至深。如：

（卿）对我饮食起居，关心至切。举碗必双手持进，故十年如一日，未或易。

　　逾年，即接卿来任（按：指翁任化平县令任所），以领略世俗所谓官场之味者。但以卿之勤俭，初未尝少异在家时操作，即我之衣裳，皆一一出卿手。平居不御丝绸，即置一衣，旋叠置箱箧、曾为卿购一紫玉牙签，佩逾月即卸去。……又尝遗绉料为卿制棉袄，卿反为我制焉！

　　所叙絮细，益见真情。夫人之风范宛在，数十年前之社会现状宛在也。

　　集中他文，并皆可读，幸读者留意及之。昔刘知几曰："六经皆史。"余谓先生之文亦如之，可作文章读，亦可作史料读也。

　　是为序。

二○○二年十一月一日
于甘肃省诗词学会

# 《川上堂诗稿》序

　　西和为仇池国故地，山环水抱，人杰地灵，夙多才隽之士。昔者勿论，鼎革以来，则赵氏烈夫、逮夫昆仲，继承父志，潜心诗赋，亦其著者也。逮夫春秋鼎盛，现执教于西北师大，文章学术，领袖群伦，前途正未可量。烈夫以赤子之心，雅好文史。中年以前遭遇坎坷，生活困顿。既赢于体，复伤夫神。虽改革开放以来，建吟旌乎仇池，飞鸾笺于陇上，徜徉山水，晚景堪嘉，然以二竖为灾，积劳仙逝，伤哉！二君皆余挚友。顷因逮夫先生辑乃兄生前诗词，将以付梓，嘱为弁言，忝在交末，其何敢辞！

　　烈夫固性情中人。四处奔波，一生鲠直，怀真愫，重友情，朋辈咸称颂之。所为诗文，多性情率真之作，绝句尤佳。其状景必酷肖之，从不泛泛而论。如：

　　　　霜淋雾锁月朦胧，信步崎岖顶晓风。
　　　　话别不知人远近，一声回首问相逢。

　　　　　　　　　　　　　　　　（《离家二首》）

　　　　沙碛征尘铁道穿，乡情旧友两情牵。
　　　　昔人戎马铁蹄破，此日飞轮一瞬间。

　　　　　　　　　　　　　　　　（《赴安西途中》）

前诗"霜淋雾锁"一词甚佳。霜淋状其动态，殆与昔人"六月飞霜"之意相吻合。或以为霜乃静物，何得谓"淋"？然则六月飞霜之"飞"亦误乎？不知雾着地而为霜，实乃自然现象，人多以静视之，乃自忽略其动态耳，故烈夫此词，实乃佳处也。后诗以今日飞轮一瞬即达，反衬昔人之远路跋涉，亦是妙笔。

烈夫诗中有写平常之事，而能饶有兴味。以见生活之情趣者。如：

> 断絮鹅毛不禁风，逍遥浪荡各西东。
> 孙儿不辨雪和絮，笑谓爷爷又立冬。

（《柳絮》）

> 雨日桥沉正愣怔，谁家幼女恁聪明。
> 脱鞋仍让爷先过，只恨当时未问名。

（《雨日值水涨桥沉感遇幼女让老》）

前诗三、四两句颇为传神。孙儿不辨飞絮与飞雪，但识其相似，遂以絮为雪，故有"又立冬"之谓，天真之态可掬。后诗写过桥之时，适遇水涨，桥半沉，其未湿处，仅容一人。有幼女见作者欲过，遂礼让之，而己乃脱去胶鞋，淌水而行，其情可感。作者急于过桥，未遑问及姓名，事后思之，其人已远，故而有"恨"。此一恨，既见幼女之诚而有礼，亦见作者之童心犹在，事是好事，诗亦好诗也。

烈夫为人正直，故于世情，每多愤嫉。诗中时有及之。如：

岁岁端阳庙会欢，熏熏烟火势冲天。
一心只问发财路，竟把真钱换纸钱。

（《端阳诗社二十馀人同登朝阳观》）

鲜艳桃花泪血稠，迹留名剧显春秋。
文章满腹男儿辈，不及青楼一女流。

（《咏李香君》）

前诗斥求神拜佛者虽虔诚，却只问财路，其愚已不可及；尤甚者，乃以真钱换取假钱以供神，此种现象，虽系常见，实堪嫉首。诗人此心，余有同感焉！后诗推崇李香君之爱国情怀，而对侯朝宗之流予以鞭挞，诗人之好恶，不亦昭然可见乎？

烈夫律诗、词作亦有佳品。律诗如：

常羊福地葬形天，万古长流十九泉。
杨氏僭王三百载，杜公遗韵一千年。
清明前后神鱼见，白露时期雁阵寒。
百顷水肥瓜稻富，崖称伏羲锦屏妍。

（《登仇池即兴》）

词句、对仗俱佳，余甚喜之。词作如：

白塔苍颜未改，黄河巨浪奔忙。江山不老换新装，人与旧时两样。　　塬水高攀坦荡，山花竞艳争芳。风光无限任徜徉，记取春光骀荡。

(《西江月·登白塔山》)

词写登白塔山远眺，一览金城风光，既写景，又寓情，兼有今昔对比，可谓上乘。集中佳句，不胜枚举。如：

此去莫愁相识少，阳关今日故人多。

(《金城送友人赴边疆》)

律承传统立新意，诗顺潮流创异篇。

(《参加庐山诗词研究会咏白鹿书院》)

索桥横镇双江水，卓笔倒写九天云。

(《忆初至文州》)

寒风不减三秋壮，冷雨多添一段香。

(《东篱艳菊万华楼》)

六出运筹劳汉相，三分失鼎耻刘禅。

(《祁山谒武侯祠》)

# 《铁堂诗草释注》序

　　壬午冬，民盟定西主委、定西教育学院李成业教授见访，出所辑注《铁堂诗草释注》，并浼为之序。据悉作者许珌（一六一四——一六六七），字天玉，号铁堂、又号天海山人，福建侯官（今闽侯）人。明崇祯时乡试中式，以诗名。少时，见许于夏允彝先生，周亮工尝推誉之，以为"其奇藻天发，鹏迁海怒，神标挺持，波澜濒漾，又手击钵，千人自废。"其见重若此。入清与周亮工、王士祯、陈维崧、邓汉仪诸先生过从甚密，互为唱和，一时推为人望。康熙四年（一六六五）授巩昌府安定县（今定西县）知县。莅任之后，清廉自持，公俸所得，多以济贫、助学，略无馀蓄。康熙六年（一六六七）值大旱，民不聊生，铁堂为民请命，乞免岁赋。清廷不许，并迁怒之，遂遭革职。终以一介廉吏，贫病交加，客死陇上。邑人感其德而怜其遇，为之卜葬于邑东山之下。负土成丘，置田立祠以为之祀。呜呼！民之好恶。天之好恶也。以视清廷愦愦，相去何啻天壤哉！

　　铁堂殁后，圹之不卜，何有于生前之著作乎？迨乾隆丙午前后，陇上学人临洮吴镇（松崖）先生，不忍于一代廉吏而兼诗人之著作横罹厄运，几于泯灭，乃广为搜求，集其遗作，编为《铁堂诗草》上下两卷，并于乾隆甲戌夏日，由兰山书院印行，俾此金石之声，得以流传，其功诚不可没也。然而，当日梓行不多，瞬历三百馀年，此一珍本。已濒绝迹。幸而天佑斯文，李君继起，于多方访寻原版之馀，更为厘订、注释，以存绝学。其间，因余之介，更得西北师大汉语言文学系教授、博导、尹占华先生为之补漏、校订，共襄盛举，是则新版之出，更愈母本矣。噫！异代传薪，斯文不废，使才人之作，永存勿替者，前有吴镇，后有成业，可并传矣。

铁堂之诗，典雅酣畅，风流蕴藉，直逼古人，余读之每为击节。清王士桢（渔洋）谓其"沉雄孤峭"，以为"百馀年来未见此手"，殆非溢美之辞。其《谒杨公椒山祠三首》，固为千秋绝唱，而《秋柳和贻上四首》，尤为妙绝。吴松崖先生或谓其"远胜渔洋"、或谓其"不减原唱"，均是笃评。余尤赏其"烟含驼荡宫中影，风弄灵和殿上痕""帝渚久无扳锦缆，娟楼空自问金箱""一自青郊摇雊佩，遂令红泪湿吴绵"诸联，用典贴切，绝无堆砌罗列，牵强附会之嫌。在当日酬唱诸家之中。无疑乃是上品，其于清代诗人中之名位可觇之矣。

顾铁堂诗之所以臻于上乘。历经时代之考验而不衰者，正如本书编者成业先生所谓，乃在于其对待诗歌态度之严谨所致。对此。铁堂亦尝自谓："余颇磊落自喜，不肯一语寄人篱下，不肯一字拾人唾馀"。嗟乎！"不肯一语寄人篱下，不肯一字拾人唾余"，铁堂斯语，诚创作之圭臬，以视今之某些专家学者之流，或竟以剽窃而成书，拾唾馀以自诩者，宁不愧诸！

孟子曰："读其书而不知其人可乎？是以论其世也"，吾读铁堂诗，反观其人，乃存疑焉！铁堂世为明吏，其父进士出身，官至明提学副使，铁堂又系明末举人。其出任于清而为县令，乃康熙四年，距明室覆亡不远。其感情深系明室，乃极为正常者。故其《卞坟高》一诗，对于扬州死节之妇女钱淑贤备极褒扬，哀恸无已，至于九解，读之使人泪下，堪为"扬州十日""嘉定三屠"之悲惨写照与控诉。尤以铁堂在赴安定任途中，凭空杜撰文山在孟津与之相遇，自言为定西城隍并于同期赴任及以后"阴阳互通"之故事，实为铁堂欲借文山抗元兴宋之事迹，以期发动群众，待机举事之蛛丝马迹，而所谓借神道以惩妇女当街泼水，乃其烟幕，欲以掩其真实之用心耳。其时，清室虽已底定中原，边境实未全靖，铁堂是时心存明室，持此潜志，宜为可信。惜哉！铁堂就任之时，已过五旬，身老力衰，难酬壮志，又且明室覆亡，大势已去，无可作为。若谓清廷或觇其异，乃借端革职，听其沦落以死亦未可知。是则铁堂之遇可悲，铁堂之志可嘉，应不逊于诗文之足传也。

铁堂沦落安定期间，一度移居临洮，生活潦倒，曾有"坚白反见诬，廉吏不可为"及"直道故难容，三黜士亦师"之叹。然而垂暮之年，势难重振，日以卖字、设帐为生，复因无嗣，照顾乏人，仅娶一村妇为执薪炊，故王士祯《送黄无庵金事归甘肃兼寄许天玉》诗中，曾有"许生潦倒作秦赘"之句。铁堂客死之后，虽因邑人之思，得以集土成丘，伐木为祠，蒸尝不绝，然而一代才人而兼廉吏，结局如斯。亦云悲矣！

成业先生于斯集葳事后，曾亲赴闽侯访其故里，兼觅嗣人，则以无果而终。比至福州，则诸诗词名家，无有不知侯官许氏者。盖铁堂父豸、弟友均有诗名，而铁堂尤藉藉焉！八闽诗人，闻成业斯举，莫不额手相庆，以为在兹而后，可窥全豹矣。世事悠悠，而天理昭昭，铁堂虽为官不显，而其诗作必将重光，亦足慰英灵于地下也。余于铁堂之诗，固极佩服，而于成业此举，尤为感动。斯文既竟，因成一联，以彰盛举。联曰："勋业侪吴镇，词章显铁堂。"窃意起铁堂松崖二公于地下，当是吾言！

## 《画眉深浅》序

余与东遨、燕婷伉俪相识已久，服其人品，钦其才华，频年以来，或挹春风，或通鱼雁，遂缔忘年之交。壬午夏初，余游赤壁，僻居龙泉山庄，东遨专程见访，殷殷以为集作序是嘱。比还兰州，承寄示清样，并以长途电话相促。展卷读之，丽句佳章，纷至叠出。读之或为高吟，或为浮白，或为击节，或为恚愤，垂老心情，深为感染。窃以为东遨诗词，其慷慨激昂，或如坡仙；而燕婷倚声之清丽俊逸，则直逼漱玉矣。乃走笔序之。

余论诗倡三不作之说。无新意境不作，无新句不作，等而下之，则无新词汇亦不作是也。昔王国维先生持境界之说，余极赞同。东遨之作，最重意境。无论言情说理，必新意迭出。故虽妙语联珠，隽词如注，亦莫不独出心裁，引人入胜而不落言诠。使非妙手，焉能致之，燕婷秀中慧外，朴实无华，所为倚声，大率得之天籁，不事雕琢。宜其积年以来，为词林所重也。

东遨才华横溢，而际遇坎坷。以风华正茂之年，罹莫须有之冤狱，虽获昭雪，而逝者如斯，能无憾乎，此种心情，诗句之中，历历可见。如曰："峰甘冷落和云隐，水爱清明抱月流。"（《闲居二首之一》）、"事处平心求善易，人逢顺境悟非难！"（《岁暮用孔凡章老丙子迎春曲原韵》）、"老去不弹冯氏铗，兴来思着祖生鞭"（《原韵奉酬万迁八十自律》之三）等句，虽云旷达，终蕴牢愁。然而贤者毕竟能自解脱，终致步入"伏枥犹存千里志。拥书长驻十分春"（《中元荷堂小住》）、"空行但得无拘碍，伯乐何须有认同"（《题南仁刚墨马图》）之境界，情思转趋积极，已自与前不同。渐次，乃复进入"排云思嚼月，踏浪欲吞河"（《独马》），与夫"一壶就口吞星月。万卷随心嚼汉唐"（《澳门会后偕李汝伦返羊城》）之豪迈境界。顾所谓豪迈者，又必源于心境之旷达，而心境之旷达，则又非有对于世事之观察与思维莫办。否则直同哗众取宠耳，奚足以言豪迈哉！余尝读夏承焘先生"撄人忧患矜啼笑，阅世风霜逼老成"之句，为之一读三叹。此其旨盖在于因忧患而致"矜"，阅风霜而见"逼"，旷达之来，非有自乎？余读东遨"但开只眼观时变。休锁双眉叹道穷"（《夏日初晤黄坤尧席间痛饮》）、"人逢寂寞偏宜乐，事到艰难正可为"（《旅沪招友人饮》）、"炎凉识遍难成恨，离合看多不说愁"（《秋柳四章次徐长鸿韵》）、"人间恶梦多重演，天有阳谋合远离"（《依韵答李寿冈》）、"好日闲中抛弃易，痴人梦里醒来难"（《读潘慎老七十自寿诗》）诸句，不禁掩卷太息。嗟呼！风云不住，世路多艰，悟彻其理，固亦势所必然，然而春华秋实，各有其时。衰兰送客，古道含悲；贾傅南迁，风华难再，吾为东遨惜，亦转为东遨庆也。

东遨诗善讽喻，多出人意表，言人之所未曾言。如其"虹因雨现终难久，峰被云遮不失高"（《闲居二首之二》）、"何愁月淡分辉薄，只恐墙高出杏难"（《境遇》）、"鸥鹭常亲我，鱼龙每妒人"（《感事呈陶纳》）、"潮狂不禁鱼吞饵，月淡何妨鸟息枝"（《谢林从龙见赠》）、"红极一时枫叶落，冷盈三径菊花肥"（《秋日醉归书所见》）、"把卷半窥民主路，凭窗尽得自由天"（《监居寄内》）诸作，无不讽喻得体，不失风人之旨。然而对于元奸大慝，昏庸误国，以及社会诸丑恶现象，东遨则必词严义正，鸣鼓而攻，从未姑息。然其语率含蓄有分寸，绝不流于谩骂。如"三分国土肥司马，两代君王误卧龙"（《读三国志》）、"铜山搬尽终何益，不若民间众口碑"（《铜像热》）、"可怜人尽为鱼鳖，犹听传媒说远谋"（《抗洪杂咏》）、"隔座送春常恨少，背人收礼不嫌多"（《世象打油之二》）、"昨夜海鲜楼下过，有人挥泪说饥寒"（《杂感》）、"警俗雷从云外听，图强梦向日边温"（《世纪放歌》）等句，既揭其恶，刺其隐，扬其正，而又含蓄蕴藉，不失温柔敦厚。

东遨写景状物，多细腻有致，造意遣词，必求新颖。如："峰飞云外峭，日坠水中寒"。（《与林从龙联咏》）"树古留云久，峰高得月多"。（《礼佛云门途次苏仙岭》）、"驱雀因防扰，燃炉欲却寒"（《迎燕》）、"梦绕梅窗影，寒生竹径烟"（《元夜》）、"月落林中小，雷行掌上轻"（《客中喜晤季欣乡弟》）、"秋鹭白从云际隐，岭梅红向雨中肥"（《脱厄后赋呈诸师友》）等句，对仗工，造意佳，遣词美，均为上乘。

东遨倚声之作复隽永，尤以意境胜。如其《贺新郎·自嘲》云：

> 日与松为友。伴长风，我歌松舞，松诗我酒。云去云来无心管，只对青山稽首。都道是有为有守。毕竟守为俱不易，问严滩，钓叟归来否？鱼未得，竿先朽。　　杜陵枉作吟边叟。算而今，也应窥破，浪潮新旧。多少英雄驱虎豹，多少英雄驱狗。浑未省，乾坤能袖。且效带湖盟鸥客，向南坡，种桑三亩。馀者事，亦何有。

此词意境超脱。层次井然，不落俗套。上阕由景着笔。情景交融，而以"都道是有为有守"为一转。再以"毕竟守为俱不易"，归结到"鱼未得，竿先朽"更为一转。对于沽名钓誉之流，当头一喝。下阕自"也应窥破，浪潮新旧"，至"多少英雄驱虎豹""多少英雄驱狗"为一转。对于所渭"英雄"，加以揭露、鞭挞。最后，以"浑未识，乾坤能袖"再作一转，若举千钧之力，对于世之善于运用"袖里乾坤"以及好为阴谋或"阳谋"者流，只此轻轻一击，便觉直中要害，入木三分。

燕婷本习物理，而自幼酷爱诗词，自经周采泉先生点拨，而词艺日精。其词尚自然、淡雅，抒情写景，率以真情实景为主。白描传神，不事雕琢，词风直逼漱玉，或迳以当代清照目之，信有据也。是集所选，皆其精品。尤以《一剪梅》（数遍青枝未展颜）及《浣溪纱》（尘镜重开理晚妆）等历经多人点评诸作最为脍炙人口。忆后者发表时，余曾为短文以赏析之，刊《甘肃诗词》，其后又为

《东坡赤壁诗词》等刊转载，以其描述约会前之少女心情，朴实自然，感染力强，深为读者所喜爱故也。集中小令如"芳草重寻绿意闲，渐行渐远是春山，雨丝如梦水弯弯。三月花情经已懒，一春诗债怎生还，斜阳默默到阑干"（《浣溪纱》），与"十日窗前废读书，纱窗帘外月模糊，轻烟绕帐药当垆。病枕闲来浑不惯，浮生忙去总成虚，一灯如豆岁将除。"（《浣溪纱·病中吟》），情怀酷似易安。又如其《念奴娇·暮春遥寄用稼轩韵》云：

> 山楼凝伫，怅东风又到、落花时节。满地残香粘蝶影，叶底黄鹂声怯。陌上纤尘，酒边清泪，何事常离别？银笺小幅，讳将愁字轻说。　　阻雨阻梦纱窗，何曾阻碍、一帘钩月。料得明朝香径里，旧恨新愁重叠。梦已无多，思量除却，梦里花能折。只今谁问：近来多少华发！

此一长调，亦属上乘。上阕写景，又寓情于景。下阕着重抒情，曲折有致。首句从纱窗"阻"梦着笔，然后多层次转折，引人入胜。"阻雨阻梦纱窗"，却又"何曾阻碍、一帘钩月"是一转；"料得明朝香径里，旧恨新愁重叠"是再转；"梦已无多，思量除却，梦里花能折"是三转。最后，乃以"只今谁问，近来多少华发"是四转。论其谋篇，不让古人，今亦少见也。

东邈谓余："不求美誉，但乞批评"。美哉言乎！吾以是知东邈之匪特娴于词藻，益钦其气度之恢弘与人品之足式矣！孔子云："士，先器识而后文艺。"吾于东邈见之。曩者，东邈罹难，燕婷憔悴忧思，至于成疾。余闻而飞函相慰，告以东遨乃洁身自好之士，虽蒙冤狱，必将昭雪，幸无自苦！后果如所言。事后燕婷致书云："当昔之时，微先生言，婷将殆矣！"自后伉俪之情愈笃，斯集之成，可为证也。东遨人品既嘉，为学摘文，自堪称是。所冀于才华之外，更求沉郁。日新又新，庶抵大成。孔子云："学而不思则罔，思而不学则殆"。燕婷丽质清才，不同流俗，更望"思"而"学"之，增益其所不能，俾当代易安，名副其实，则幸甚矣。

# 《盛世欢歌》诗集序

牟本理同志由北京寄来诗稿一束，谓徇友好之请，将以梓行，嘱为之序。情词恳切，欣然诺之。本理同志兰州市人，毕业于西北师范大学中文系，长期从事党政工作。由于学习期间，深受老一辈教授、诗人彭铎、郑文、郭晋稀诸先生之熏陶、浸润，对于传统诗词深为爱好。以故工作之馀，凡所见所闻之山川形胜、风土人情、每多发为诗词，斐然成章，亦或刊于报刊，并获好评。一九九七年香港回归之时，本理同志适在中共甘肃省委常委、统战部部长任内。为表达欢庆之情，并鼓励人民爱国斗争意志计，亲自策划、主持由统战部与甘肃省诗词学会共同举办之"甘肃省庆祝香港回归祖国诗词大赛"活动。竣事之后，又亲自主持编纂《明珠颂》一书，由甘肃人民出版社出版，新华书店发行。此次活动中，余忝为组委会和评委会成员，与本理同志接触较多，深为其平易近人，虚心务实之工作作风所感动。本理同志调任国家民委工作之后，对于甘肃诗词学会工作仍十分关心，虽然久不见面，而在学会同仁们心目中，仍觉本理同志虽远在北京，却似与我们就在一起。謦欬之声，如有所闻。

　　本理同志的这本诗集，或为游记，或为感慨，或为歌颂，俱为发自心声，十分得体。如其状景之作：

　　　　四月红螺好探幽，青葱银杏伴泉流。
　　　　白烟袅袅钟鸣处，疑是桃源胜地游。

　　　　　　　　　　　　（《春游红螺》）

　　　　春风巧扮玉兰妆，花绽香飘韵味长。
　　　　莫道芳魂无觅处，香山四月好飞觞。

　　　　　　　　　　　　（《香山玉兰》）

　　　　二郎山上多云雾，万树幽香留我驻。
　　　　大渡桥横古变今，蜀途天堑无寻处。

　　　　　　　　　　　　（《大渡河今昔》）

　　　　日沉长岛掩馀晖，大海云浮带露飞。
　　　　天赐珍珠三十二，一齐都向水中归。

　　　　　　　　　　　　（《长岛》）

　　红螺，寺名，在怀柔县西部。作者游其地时，触目乃是银杏泉流，白烟袅袅。入于诗中，呼之欲出。香山玉兰向来有名，经过春风巧扮之后，花蕊飘香，绿叶成荫，沁人心魄，此常见之景色也。作者却不以此为足，偏又牵出"莫道芳魂无觅处"之句，而出之以悬念。待到悬念之后，乃复回到现实，享其韵味。一句"香山四月好飞觞，"顿觉宕荡有致。《二郎山》诗，妙在三四两句。首句言山多云雾，次句言万树幽香，起承得体。第三句忽从天外一转，最为有力。所谓"古变今"者，重点乃在怀古。然而"古"并不远，作者心中实系于当年红军之飞渡也。末句言昔之天堑，今变通途，故"无寻处"三字，不唯怀古，亦是颂今。长岛诗亦然。"天赐珍珠三十二，一齐都向水中归"，妙句天成，巧喻自然，引人入胜。作者现从事国家民族事务工作，对于民族地区之风物、风情十分留意，吟咏之中，常有及之，皆能抓住特点，概括入诗。使读其诗者，心领神会，妙趣横生。如：

> 草原朦胧挂皓月，蒙汉一家情正切。
> 牧罢归来飘奶香，载歌载舞迎佳客。

　　　　　　　　　　（《草原新歌》）

> 热带雨林滋广树，一虹矫矫空中渡。
> 茫茫林海雨生花，万户农田欢处处。

　　　　　　　　　　（《斑纳热带雨林》）

仙境人间塞外来，葡萄沟里百花开。
恍疑身在蓬莱岛，玉液新添绿酒杯。

（《吐鲁番葡萄沟》）


绿遍山川万里鲜，春风和煦草原欢。
牧童牛背歌新曲，燕剪如梭喜鹊旋。

（《春到甘南》）


　　《草原新歌》系作者在内蒙所作。蒙汉一家，载歌载舞，佳客临门，奶茶飘香，状当时情景如画。《热带雨林》一首尤佳。"一虹矫矫空中渡"，"茫茫林海雨生花"，形容热带雨林明白清晰，如在目前。葡萄沟乃人间仙境，凡身到其地者无不有此感觉。作者"恍疑身在蓬莱岛"之誉，殆不为过。甘南为藏族聚居之区，海拔虽高，而风景佳丽。"牧童牛背歌新曲，燕剪如梭喜鹊旋"，乃是实景，非夸大也。

　　作者陇人，工作虽在京华，心则常系故里，此固人情之所常也。诗作之中，亦尝及之。如：


同谷幽幽花正红，清明时节雨濛濛。
草堂诗圣仍如在，没入群山夕照中。

（《杜甫草堂》）


　　杜甫客秦州三月，完成其著名之《秦州杂诗》，当时所筑草堂今日犹存。秦州人士，日夕游历其中，缅怀瞻仰。本理同志于九十年代，任中共陇南地委书记，曾履其地，发而为诗。情景交融，感慨至深。"草堂诗圣仍如在，没入群山夕照中。"亦虚亦实，意境幽远。千百年来，诗圣之迹虽陈，而诗人之心则如长住秦州之山山水水，长存于秦州人民之心目中。作者此诗激发读者幽情，令人读后无限沉思。又如：

> 茫茫戈壁响驼铃，西出阳关访古城。
> 夜望祁连如白玉，一弯冷月引诗魂。

（《月牙泉》）

> 水急黄河白浪惊，刘家峡里缚长鲸。
> 谁移碧海高原住，民富国强古逊今。

（《刘家峡》）

从月牙泉想到祁连白雪，又从一弯冷月想到古今诗魂，构思奇特。诗魂者何，月牙泉之清冷，戈壁之浩瀚无垠，驼铃之悠悠情思是也。古今多少往事，尽在其中；古今诗人之感慨低回，亦自尽在其中矣。《刘家峡》诗，妙在三、四两句。"谁移碧海高原住"，如天外飞来，问得好，问得有理。只此轻轻一句，便将解放后陇上英雄人民移山填海之志气与实践一笔带过，其势千钧！并由此而烘托出下面一句："民富国强古逊今"。融浪漫主义与现实主义手法于一诗，明是歌颂，却是不落俗套，含蓄有致。

作者亦长于古风、填词和新诗。古风如《海南颂》，新诗如有关抗击非典的篇章均佳。限于篇幅，仅举《西江月》词为例：

　　电波喜讯飞临，万民热血沸腾。神州赤县满豪情。申奥成功欢庆。　　寒冬众志成城，酷暑无碍长征。中华儿女好扬旌。看取艺精人奋。

　　　　　　　（《西江月·首都申奥成功感赋》）

　　此词工稳，情辞贴切。所惜作者因工作繁忙，集中所作多信手拈来，无暇推敲，衡诸格律，或有不符。夫诗以言情、言志，达而能雅，乃为上乘；至于格律云云，若能遵守，其于达雅之外，必然韵味大增，转使艺术效果，更上层楼，岂非胜事。区区之意，尚希注意及之。

　　是序。

# 《光第诗选》序

　　陇西何光第先生，博学多艺，诗书皆擅。二○○二年冬，出频年所作以示，读后深为所感。

　　何君之诗，固皆隽秀，而五言特佳，此诚难能可贵者。五言诗中，绝句尤为不易，非有深刻之意境，并善为遣词者不为功。何君独工此道，其天资盖鲜可企及。如：

> 日暮归心急，烟霏落万家。
> 云随山径暗，雨带夕阳斜。

《归心》

　　此诗清新隽永之处，酷似王维。又如：

> 婀娜紫槿树，盘屈邻古柏。
> 寻问不知年，古干苔痕碧。

　　其古朴深远，直逼柳州。何君五言律诗亦佳，如《秋雨后过高楼山访农户有感》云：

> 世事增百感，高楼又往还。
> 云平崖壁险，树茂夕阳殷。
> 丛柏迎秋雨，山村带远烟。
> 喜闻责任制，父老尽开颜。

全诗既写风景，又抒胸臆；既寄感喟，又兼达世情，实为上乘之作。其豪放亦是令人钦服。又如：

> 鹰嘴峣岩高，松风响绿涛。
> 奇姿何所似，华岳敢称豪！

《广金胜地》

> 路绕铁门千百旋，飞流扑面不知寒。
> 蜡台鹰隼窥斜照，风洞龙鳞湿晚烟。
> 独石天开留一线，翠峰云护喜双妍。
> 莫轻此地无丘壑，旖旎风光指顾间。

《云屏八景》

前诗如异军特起，独具奇气。后者乃写两当云屏八景，构思奇巧，遣词工丽。何君从事地方工作有年，对于建设事业，极为关心。如：

> 满山诗韵满楼春，创业还须百战身。
> 待到两江围绿海，英雄先颂陇南人。

《武都县立亭桔颂》

诗中两江，盖指白龙江与白水江。果如诗人预期，则三陇之地，桔亭也者，非得天独厚而何哉！不特诗人歌之颂之，凡历其地，读其诗者，固亦当应声而和，歌之颂之矣。

集中佳句甚多，如"隗城寒水连三县，玉垒惊涛汇两江"（十家企业联谊会）、"烟随风渐远，鸟过雾犹沉"（观康县梅园沟滑道放木》）"有志穷千仞，无由退一竿"（夜宿华山西峰晨观日出）、"栈道通幽境，寒潭报早秋"（重访成县西狭）、"谷斜多曲径，境雅淡晴烟"（访武山水帘洞）、"清风吹鬓影，细雨载诗还"（夜过剑门关）、"莫言此地溪山隘，十卷丹青万倾波"（贺仇池书画院成立）、"天马神驰关国运，腾飞事业仗雄才"（南城楼）等等，不胜枚举，读者当自得之。

虽然，何君天资备矣，才力称也，而其尚须努力者，殆在尚友古人，转益多师，俾可恢宏其志气，施展其经纶，无论诗赋文章，立言立德，定可百尺竿头，更进一步。作者对此，认识亦自优于他人。故其寻求上进之心，已蕴于诗作之中。如其《参加中央党校函授大学考试》一诗，即可视为明志之作。诗云：

矢志求学心未灰，无才自恨路难开。
莘莘学子真堪美，阆苑沉沉我再来。

其志其行，有足多者，余于何君，有厚望焉。于其诗集付梓之际，特为弁言，以为喤引云。

于甘肃省诗词学会

二〇〇二年冬日

# 《洮翁斋》序

洪庭瑞先生，早年参加革命，历任党政领导职务。因其兢兢业业，恪尽职守，上下恒交誉之。1994年，自合作民族高等师专党委书记职务离休，卜居甘肃省第二干休所，与余为邻。以其为人正直，诚恳，不慕虚荣，讲求务实，深敬重之，遂为契友。先生尝自名所居曰："洮翁斋"，盖因其工作，多在甘南，且又酷好书法之故也。顷者，出其历年所作诗词、楹联、及有趣闻与研究心得，都为一册，将以付梓，请余为序。余钦其人，交往以来所言每相契合，时或切磋诗文，以为固恂恂然君子也，因诺之。

先生喜吟咏，偶为诗词，虽或未谐格律，然而抒发心声，亦自可诵，乃荐为甘肃省诗词学会会员，作品每刊《甘肃诗词》。如其《西南行》云：

> 终日奔忙苦断肠，忽闻喜讯访南方。
> 解放思想机难遇，彷徨之后不彷徨。

此诗描写其于改革开放初期，蒙组织上派遣，到南方参观访问，实为"取经"，以一老同志之心情，热情奔放，向往改革，心潮澎湃，直述胸臆，极为可贵。又如《梦乡》云：

> 离乡背井五十载，遥望家乡峰锁峰。
> 人到暮年每怀旧，相逢长在梦魂中。

夫人到暮年，莫不怀旧，思乡之情，遂亦油然而生，此固人之常情。作者"相逢长在梦魂中"，一语道破，读此诗者，能无感动乎？

先生擅书法，喜习二王，成绩斐然。多次参加省、全国展览，均获好评或奖。其豪迈处，则又远非二王所能藩囿也。习书之馀，先生对于我国书法源流，更为潜心研究，心有所得，必著为文，久之成帙，既供己之所用，亦有益于他人，甚为宝贵。书法之外，先生对于我国楹联之学，亦颇留意。凡历名山大川，旅游胜地，每遇佳联，必为抄录。兴之所至，亦尝自撰楹联，付之翰墨，俾留鸿爪，时人见者，每交口赞之。

以上种种，积为斯集，得以付梓，既娱于心，亦益于世。读其书者，非徒得窥先生毕生奋斗之生活与工作之历程，且亦因而于诗词、书法、楹联之道，可以同时涉猎，获无穷之乐趣。是则此书之付梓也，不亦大可贵乎？

是序。

癸未正月

# 《诗词曲格律学》序

诗词之有格律，人尽知之，而将诗词格律作为一门系统的学问来对待，据我所知，则是自王力先生的《汉语诗律学》开始的。自此以后，坊间也陆续有这一类的书籍出现，但一般说来，多是"述而不作"，甚或有的简直就是王作的缩编。还有一些谈格律的书籍，除了"述"之外，也加入了一些自己的见解，但往往由于作者掌握这方面的知识和资料不足，甚或连对古典诗词曲的阅读和欣赏的水平也很不高明，却要强作解人，不懂装懂，错误百出，谬种流传，很是令人扼腕！尹占华先生的这本《诗词曲格律学》则不然，由于作者长期执教于西北师大中文系，具有丰富的教学和进行科学研究的经验，不仅掌握了大量而且翔实的资料，且是写作诗词曲的好手，具有创作的实践，故其所论所述，均甚得当，实为继王力先生之后的又一力作。

首先，作者对于诗词曲格律所持的态度是正确的。作者认为诗词曲应当存在格律，他同意朱光潜先生"艺术的原则是寓变化于整齐"和"战胜技术困难是艺术创造的乐事"这一观点，从而提出"诗歌就是要讲形式的，如果不讲形式，完全自由了，不受任何限制，诗歌就不成其为诗歌了"的看法，这个看法无疑是十分正确的。其实，这也是老一辈诗人如闻一多、朱光潜、郭沫若等人在早年提倡并创作了大量的自由体新诗之后，却又自觉或不自觉地回到格律，甚或试探着在新诗领域中创建格律，或干脆"带着镣铐跳舞"，而去"勒马回缰作旧诗"的秘密所在；也正是毛泽东同志批评某种诗体几十年来"迄无成就"的原因所在。还有，我们试从近年以来，传统的诗词曲重新繁荣，和与之俱来的一片改革之声中所出现的这样或那样的新的诗歌体裁，以及有些人径直把早年诗坛上出现过的吴芳吉自由词之类重新推出，然而终究是倡之者众而应之者寡，从收效依然不大来看，其原因恐怕也正是在于此。

　　本书作者同时又指出："格律是人制定的，既可以制定格律，当然也可以打破它"，这的确是一个问题的两个方面，是符合事物的发展规律的。我们纵观千百年来中国诗歌的发展史，其实也就是它自身格律的发展史。诗词曲从无到有、从涓涓细流到成为汹涌澎湃的江河，也就是其格律从无到有、从不完善到完善的过程。但当它们发展到一定的阶段之后，必然又会给人们以一种不满足之感，于是在时代的召唤之下，一种新的诗歌形式又再孕育和产生出来，中国的诗歌形式发展史是完全可以证明这一点的。在诗歌领域是如此，在文艺的其它领域也是如此。因为既然诗歌本身在发展，与之相伴而产生的有关格律也必然相应地要发展，所以对于诗歌来说，格律永远是必须的，但也永远是变化的。而且，还必须指出：就其产生来说，格律只能是后人的归纳和演绎，是在创作的实践中逐渐产生形成的，而绝不是什么人的创造。因而我们对于格律的研究，目的也是透过对于格律的了解和考察，以便更好地学习前人作品的思想和艺术成就，并从而掌握格律中存在的某些抽象的和相对稳定的东西，作为我们今天进行诗歌创作的借鉴，也可以从各种诗歌形式的形成以及发展演变过程中，探索出一定的规律，以便作为我们今日把诗歌创作推向前进的动力。例如：我们了解了古代音韵的发展过程之后，一方面不至于像某些人那样至今仍然坚定地抱住一部平水韵不放，把它当作永恒的不可改变的东西；另一方面也不至于从这一极端走向另一极端，鼓吹诗歌可以无韵，而把散文也当作诗歌，甚至把大白话当作好诗来大加颂扬了。

　　总起来说，作者在这本书中关于诗词曲格律的叙述是客观而公正的，对于诗词曲的体式、声韵、对仗的产生、发展和演进的过程的论述。也是符合中国古代诗歌形式发展的实际的。这里不仅有翔实的资料作为证据，而且有细致地归纳和比较、总结，而且在许多领域还提出了自己的看法，这些看法有许多是作者独到的。限于篇幅，这些新颖的见解在这里就不一一列举了。总之，相信这部书在整个诗学领域中一定能发挥它的积极作用，对于无论旧体诗还是新体诗的创作来说，也一定能起到促进的作用。希望尹君继续努力，为中国诗学的研究和建设做出更大的成就。

# 《远征集》序

　　巩昌李政荣君，长期执教于陇西师范学校，既已娴乎诗艺，复热心于诗教。积年以来，协助张育方、汪海峰诸先生，于陇西诗词学会会务以及开展诗教诸端，与有力焉！曩者，余讲学于陇西，与君初识，恂恂然君子也。心窃仪之。今春，承枉驾来兰相顾，并以所作《远征集》诗词相示，嘱为之序，因诺之。

　　君诗，盖发乎其情，言乎其志者也。佳章好句，每腾纸上。信乎！巩昌人文之盛于昔而必将昌于今也。请就君诗，概略言之。

　　作者之诗，擅于状景。如

　　　　不作金梁不补天，道旁崖畔伴云烟。
　　　　蛙鸣声里新眠足，摇曳春情满碧颠。

　　　　　　　　　　　　　（《过高台山见杏花作》）

　　　　流云万里过山阿，昂首长吟起渭波。
　　　　夕照君山虹乍现，雾开秦岭镜新磨。

　　　　　　　　　　　　　　（《灞陵桥揽胜》）

　　　　杏急桃忙梨又迫，满枝残泪怅东风。
　　　　啼莺不解花心事，却啄残红烟雨中。

　　　　　　　　　　　　　（《仁寿山公园即景》）

见杏花开放而联想及于杏花之"新眠"，又因杏花之"新眠"而及于蛙鸣，状时可谓贴切。又因杏花之开放而忽忆及其新眠之"足"，真可谓浮想联翩，诗意盎然。一"足"字乃传神之笔。盖仅一"足"字，顿使春光如画，如在目前也。写灞桥风光，既云"夕照"，当然便得"雾开"。于是"虹乍现"与"镜新磨"便自油然而现。风光如画，令人向往。作者之游仁寿山，心境与常人迥不相同。曰"急"曰"迫"。言春色之匆匆，极可传神。其尤甚者，作者不着笔于桃花之绚丽，乃寄情于风雨中之落花。其写落花也，又不自落花之本身着笔。而自啼莺之啄残花入手。嗟乎！落花心事，何人省得？诗人之心，造物之心也。读此诗者，宁无感慨！作者咏物之诗，亦具特色。如：

芳心坚似铁，何惧夜悠长。

（《咏太阳花》）

簇簇鹅黄明灿灿，铮铮铁骨响丁丁。

（《咏迎春花》）

星河十万从头越，化作飞尘亦足豪。

（《流星》）

芳心无悔痴情甚，雪里相思雪后飞。

（《春雪三章》之二）

　　三生石上三生愿，不慕神仙下紫台。

　　　　　　　　　　　　　（《题仙人球花》）

　　酒困途遥唯欲睡，暂留人境沐东风。

　　　　　　　　　　（《金城观灯四绝句》之三）

　　盖皆符古人诗以明志之旨。太阳花之不惧夜之悠长。人或能道，而迎春花之铮铮铁骨，则罕有知之，遑论吟咏？此诗人慧眼之所以独具也。流星人皆见之，咏者多以壮观为言，诗人独自"星河十万从头越"与"化作飞尘亦足豪"着眼，则其寄托，自深一层，迥非寻常可及者也。咏春雪而及"芳心无悔"。更因"芳心无悔"而拼作"雪里相思雪后飞"，意奇，句奇。夫春雪者片时而融。故相思亦必随之而化，所贵者在于"无悔"耳！诗意在朦胧清晰之间，使义山复出，当为推许也。仙人球开花，譬如稳坐三生石上，自然而悠闲，自不羡乎神仙，又何囿于紫台乎？句奇，构思亦妙。诗人之咏八仙过海花灯形象，亦有出人意表之处："酒困途遥唯欲睡"，活脱脱刻画出八仙在春灯之上因旋转不休而产生出一副无奈心情。虽系子虚，而读者自可于中驰骋遐想。此种意境，乃艺术魅力之所在，作者之能，自可嘉许，读其诗者，尤盼颖悟，庶几诗道之可更臻上乘也。

　　诗成于句，无好句即无好诗。作者琢句，每隽永有味，如：

运走孔方无觅处，时来鸡犬可升天。

（《钱蠹》）

盈儿墨渍浸诗兴，累架闲书杂酒香。

（《卜居》）

层林酣醉斜阳重，峻岭逶迤驿路长。

（《长城怀占》之二）

聚散匆匆雨，幽思淡淡烟。

（《赠别》）

泛舟月夜寻遗迹，明灭流萤西复东。

（《月夜观古堡》）

皆工整而意境深远，非邃于诗道不能道也。作者倚声较少，然亦多可诵。如《渔家傲·哭小平》之"天柱崩摧春树黯，歌吹阵阵连霄汉，霰雪逐风云漫漫。声声唤，灵车过处肝肠断"；《点绛唇》之"从头数，相思几许，化作连天雨"；《沁园春·陇师标准化建设达标志庆》之"书画诗文，吹拉弹唱，不畏艰难竞弄潮。休停步，为黉门再造，任重途遥"均是倚声正道。他如古风，并有可观，幸读者自得之。

　　最后，所欲赘者，君风华正茂，尤宜更上层楼，攀其顶峰，切勿一涉藩篱而意存满足，庶几升堂入室，探其玄奥，三陇幸甚，诗坛幸甚。

　　是序。

癸未暮春于恬园

# 《靖远放歌》序

　　甲申之夏，应靖远县人民政府之邀，偕省诗词学会同仁前往采风。时方溽暑，每挥汗而行。然而同游诸君，徜徉于山水之间，神游乎古今之际。且行且语，或吟或唱，游兴盎然！

　　靖远砺山带河，古称要塞，汉设祖厉，即治于斯。惜以代远年湮，治址所在，竟不可考。然而若古渡口曹魏偷渡之传说，三角西夏城堡之遗址等等，固在在俱足以说明史迹之变迁，今后之履其地者发思古之幽情也。以是吾等身历其间，无论就乌兰山之绵延挺秀，法泉寺之肃穆多姿，古渡头之追思凭吊，平堡城之寻幽探古，怅触既多，吟咏每发。况乎当今励精图治，建设方殷，若新城区之规模初具，乌金峡水利之长远擘划等等，皆在日新月异之中。吾知古郡腾飞，指日可待矣！是则同仁等之忻然而咏者，又岂可局限于寻幽揽胜乎？职是之故，靖远县领导同志谋以余等此行所咏为契机，盖以邑才俊之士诸作，都为一册，收入诗词共四百余首，命曰：《靖远放歌》，将以梓行。是则斯集之成，匪特可以纪今日之胜，抑且更可为远景之颂矣。因为弁言，述其大略云。

甲申七月

# 《槐英轩诗稿》序

癸未秋日，靖远高财庭君见访，出频年所作诗词一卷，都数百首，云将付梓，嘱余为序。君英年挺秀，才华横溢，身虽从政，而为学不辍，诗词亦卓然可观。盖有志之士也。余嘉其志，因诺之。

君诗多颂世、言志之作，杂以酬赠、纪游，佳章丽句每见。如：

> 旱塬秀峰铁木山，我来借酒事登攀。
> 凭高但见千寻碧，夏雨春风翠一湾。

（《铁木山》）

> 倏忽韶华四十秋，庸庸碌碌欲何求。
> 薄冰履险悬心胆，腆面为民作马牛。
> 宠辱不惊种浅草，俯仰无愧骋骅骝。
> 欲攀鼓浪屠龙事，再踏征程争上游。

（《四十初度》）

前诗写景，饶有新意，三四两句尤佳，天份之作也，后诗言志，赤胆忠心，与雄心壮志跃然纸上，令人佩服。

君固生于盛世，故其诗词绝无所谓"强说愁"之章句，其拳拳颂世之心，乃其宜也，此类作品，所在多有。如：

党帜映乌兰，气象万千，工业兴县启宏篇。建设小康新社会，鹏比蓝天。　　代表敞心田，畅论翻番。功成全赖核心坚。经济腾飞民协力，突向前沿。

（《浪淘沙·靖远县第十二次党代会》）

浩荡东风，柳郁花明，无限春光。喜艺人欢聚，激扬文字；英华荟萃，描绘康庄。经济循环，文明进步，靖远复兴起远航。抓机遇，奋如缘巨笔，共谱华章。　　巨龙腾跃东方，挟万里雷霆震八方。看春潮滚滚，乌兰起舞；梨花艳艳，祖厉飞黄。百舸争流，千帆竞渡，吐哺归心万马骧。群英会，要文旌高举，再铸辉煌。

（《沁园春·靖远县文联扩大会议》）

颂为诗体之一，自古而然。与颠倒是非之谀词不可同日而语，要在得当与否耳。若君之词，乃恰如其份，可谓得其当者。其中"春潮滚滚，乌兰起舞；梨花艳艳，祖厉飞黄。柳郁花明""文旌高举"诸句，皆有别致，尤堪激赏。君酬赠之作，亦多佳构，如：

泥腿进镇修楼阁，白手起家勤奋搏。践言守信质量骄，黎庶欢颜民雀跃。　　蓝图精绘云中鹤，铁臂推摇虹彩落。画栋宏轩矗世间，耸翠乌兰灯闪烁。

（《玉楼春·赠守明君》）

报国从戎幸有缘，金戈铁马勇当先。
为营步步闻鸡舞，漫卷红旗奏凯旋。

（《欢送新兵入伍》）

均佳。前阕以白描手法，写新人新事不落窠臼，尤为得法。

靖远人文鼎盛，风景尤佳。君所作靖远八咏。亦多可颂。如云：

靖远好，山水氙峥嵘。锁钥陇秦文化县，军民鱼水楷模城。黎庶享清平。

（《江南好·靖远八咏之一》）

靖远好，书画广流芳。云锦慎微诗墨润。后
学更争强。

（《忆江南·靖远八咏之二》）

词中提及禹老、慎微诸先生，皆靖远之前辈。尤其慎
微先生，余之旧友也。读后，于钦仰之馀，又复不禁怃然
矣。

君诗其它佳句如：

案边砚石竟成玉，胸际池塘可种莲。

（《赠李希玉老师》）

信知代有才人出，依旧春风伴我行，

（《谢职县府办任上》）

万里彩棚连碧野，一轮红日照平川。

（《乌兰春晓》）

十分天意怜幽草，一片丹心共夕阳。

（《暖房》）

门植三华桂，庭栽五色槐。

（《赠建平君》）

　　凡此，皆瑰丽工稳，含畜蕴藉，读后令人击节。所欲寄语者，以君之富于春秋，尚希服膺古人"功夫在在诗外"，与夫多读、多思，尚友古人，察及当代，取长补短，更上层楼。至于格律方面，尤希留意，俾能得心应手，动而合辙，务求升堂入室，进而创意革新，必将成为诗坛健者。有厚望焉，是为序。

2003 年 10 月

## 《郝洪涛诗选》序

　　九十年代中，因老教育家兼书法家、原西北师大副校长马竞先（雪祁）翁之介，识其高足郝洪涛先生，自后每有过从。先生早年毕业于师大中文系，长期从事党政工作，历任康县县长、陇南地委副书记、甘南州委书记、省公安厅长等职。所至谦恭下士，体察民情，悉著政声。之后，转任省人民政府秘书长。本世纪初，复膺省高级法院院长重任。于翊襄省政，公正执法方面，均有好评。先生酷爱诗词，自工作以来所至辄有吟咏。作品多为抒发感情、描述风景以及言志之作。偶为报刊腾载，人或誉之，则必自谦抑，以为未臻善境也。甲申新正，先生告余曰：已将二十年来所作诗词，选编成帙，浼为校订，并作序言，诺之。次日，乃遣介来，赍其诗稿，更嘱如前。读后，意趣盎然，心窃好之。因缀片言。以为读者先容。

　　先生于绝句、律诗、古风均擅。而见于集中者，则以绝句为多。所咏者多为状景、写意、述怀之作，情性使然也。律诗亦佳。其尤者往往上逼古人。古风唯存少许，倚声则仅《沁园春》一阕，然而铿锵之声，令人击节。试略述之。

君绝句清新明快，有苏学士之风。如：

处处悬崖响碧泉，山行一路雨连绵。
停车欲赏云飞处，缥缈虚无一瞬间。

（《雨中过月照》）

到处山花似雪堆，迎春绮丽傍岩隈。
稚童最爱溪边水，总为忘情短笛吹。

（《武成道中》）

登上峨眉之极巅，茫茫云海涌身前。
大千世界混无迹，天地相间只一帘。

（《金顶吟》）

漓江两岸多奇峰，百里幽篁画境中。
时见农居三两座，水牛冉冉绿茵浓。

（《漓江泛舟》）

藏女身着花衣裳，端午上山采花忙。
一路对歌唱不尽，夜围篝火跳锅庄。

（《博峪采花节》）

以上五诗，其一写雨中乘车过月照。"处处悬崖响碧泉"，绝非臆造或夸大，乃实景如斯也。为其有此实境，故诗人欲"停车"以赏。然而云飞之处，似仙似梦，亦幻亦真，朦胧而不可捕捉，故乃终觉其只在"缥缈虚无"之"一瞬间"而已。信口吟来，自然贴切而不着痕迹。其二写车过武成途中所见。此诗之三、四两句云："稚童最爱溪边水，总为忘情短笛吹。"状田园风光，深得诗家三昧。盖乎飞车过境，所见甚多，逐一描述，则近繁琐，故必挈其要领，抽其主象以入于诗，乃能概括其馀，予人以深刻之印象也。其三写峨眉山金顶之所见。此诗三、四两句亦特佳，人登金顶之后，但见云海茫茫，大千世界仿佛一时消失，令人无限遐思。此景人人能道，而末句"天地相间只一帘"，则非有高度之灵性与概括能力与夫形象思维莫办也。其四写漓江泛舟。凡有漓江泛舟之经历者，皆能略言其乐，余十年前尝亲历之。时贤咏此景诗多。独如作者"时见农居三两座，水牛冉冉绿茵浓"之句者极为少见。盖乎人旅胜景，多涉猎奇。若见特殊风物，往往不惜笔墨，连篇累牍以歌颂之，而于胜景中之寻常事物，则多视之漠然，其实胜景之中，率多赖乎寻常事物为之点缀，试思若无寻常事物，则胜景亦奚所自哉？此乃平凡与伟大相辅相成之理也。若舍乎此，奚足言胜！而此诗作者，独能于漓江两岸之奇峰、幽篁以外，留心于岸边"时见"之"农居三两座"，又于"农居三两座"之后，抉出"水牛冉冉"以为"绿茵"之衬托，于是胜景全貌乃能和盘托出，其高明之处，正在于此。反之，若句句不离明山秀水，则其意境或反短浅，甚至难免千篇一律，人云亦云之嫌矣。其五写藏地之采花节，全系白描，源于真实，故能使读者恍如身临其境，一唱三复，悱恻缠绵，其深得刘禹锡竹枝词之真谛者也！先生律诗亦多佳作。如：

> 高峡平湖落此中，欢歌饮酒兴偏浓。
> 入云山色来双岸，接地波光没远空。
> 古寺炳灵看石窟，奇峰姊妹插天穹。
> 归来一路沐霖雨，恍如身在水晶宫。

（《游炳灵寺》）

> 绿茵邀我上贵清，野桥石磴费攀登。
> 飞湍素练来天外，流瀑清音入地棂。
> 断涧仙崖云海沸，古宫禅院梵钟轻。
> 人间胜境闻中土，三陇唯兹最有名。

（《兴游贵清山》）

上录二律，格律谨严，对仗亦工，诚属不易。前诗颔联"入云山色来双岸，接地波光没远空"与腹联"古寺炳灵看石窟，奇峰姊妹插天穹"修整凝练，虽老手不易到也。后诗写贵清山尤佳。"飞湍素练来天外，流瀑清音入地棂"一联，可谓绝妙。贵清山在甘肃漳县境内。余尝数游，亦有吟咏，然自审状景之作，固远不如先生"流瀑清音入地棂"之空灵、超脱也。

先生倚声之作，仅选一阕，兹录如下：

陨落明星，泪堕汪洋，万水鸣咽。忆白色起义，太行浴血；大战淮海，解放西南。拨乱反正，改革开放，星火南巡已燎原。昭日月，仰英名万古，勋业齐天。　　毕生坎坷无言。纵苦难当头不易弦。念三起三落，不挠不屈；实事求是，志节弥坚。雄才大略，行为果断，乾坤复位挽狂澜。堪慰藉，有精神长在，后继多贤。

（《沁园春·悼小平》）

此词感情真实，章法井然，洵称上乘。前阕写小平勋业，后阕寄托哀思，遣词造句皆工。虽个别字句稍去原谱，然而不可以词害意。昔贤多有，固无碍也。

先生工作于甘肃法院，虽云曾有从事公安经历，毕竟事涉律典，尤须谨慎。固其履新伊始，《法官抒怀》一律云：

国家治理赖权衡，一涉荒疏便失明。
欲断是非须晓律，要持廉洁到终生。
忘餐废寝纷争止，夜寐夙兴正义寻。
雨打风吹都不动，常将法典掌中擎。

此诗无论气势、立意、遣词均佳，不失法官本色。甚愿先生以此为座右铭，从而履之践之，无使坠越，为民造福，则幸甚矣。集中佳作尚多，不及枚举，幸读者自得之。

是序。

八二叟袁第锐时为甲申正月

# 《靖海赞》序

世有以一时之誉，反贻终身之毁，亦有以一时之毁，而终成永世之誉者。良以当时情势，或因昧于所察，或缘蔽于所知，驯至所谓其理者，反不易求得耳。吾观夫延平郡王与施琅将军之事而益信焉！

方施琅之见信于延平以共图匡明室于既倒也，其志其行，并堪钦尚；及其因杀犯法亲兵而开罪延平，又复因所谓北斗七星之梦诬而见疑于延平，延平不察，同室操戈，将军之严亲死难，将军亦仅得以乘间脱逃，走入清营，自后事清，以致建不世之勋，然而毁誉之争，由此始矣。

天下之理，愈折愈明。施琅毁誉。亦当作如是观。夫施琅率清军，克郑克塽以底定台湾，事在公元1683年，其时固已远非明世，而顺治去位，玄烨亲政亦且二十有二年，距崇祯殉国，则已近40年矣。方此之时。郑氏仍据海上，奉明正朔，试问正朔奚存？故论其实际，乃为割据，妨于统一，固不能等同于延平郡之时之势也。长期以来，论者称郑氏而薄施琅，特专从满汉意义上着眼耳，故余以为，非确论也。

矧者，施琅伐台之前，已积功至水师提督，其非因有伐台之功而跻显位，其理甚明。当是之时，玄烨乘平定三藩之馀威，锐志以求统一，乃事理之常。施琅洞观局势，首议伐台，继膺重命，资其勇智，降克塽，复旧畿，实为尔后数百年间中华之大统一奠定基础，则其功当在永世，称之颂之，不亦宜乎！故晓其义者，当识郑成功复台抗清，是时明室衰微，尚未殒坠，成功受其封爵，奉其正朔，于理当，于情是，宜为民族英雄；而施琅伐台于明室既亡，清方定鼎，且复郑经父子昏暗；势既不振，犹复割据，坠殒之兆既已臻矣，施琅秉命乘时伐之，以成统一之局，奠后世不可分裂之基，于理亦当，于情亦是，此其功烈宜与郑氏并称者也。其理无他，郑施二公，所行或异。所趋则同，论史者不当作如是观乎？

　　方今之世，台湾命运，迄处孤悬。盖因始肇于蒋氏王朝之窜踞，继误于宵小辈之叛逆，以至骨肉同胞，隔海兴叹，血浓于水，相聚无从，实为极大憾事。所幸中枢领导。在在声明，以统一为国策，长期不渝。从知台海同胞，团圆之日，当不在远也。石狮施性山先生，于甲申三月，远道驰函，并以其所编《一统颂》及其姐妹篇《靖海赞》清样见寄，嘱为之序。余与先生，虽未谋面，而心仪已久。展观所编，无论诗文，均属上乘，以史喻今，瞻怀统一，拳拳之心，溢于字里行间矣。因缀数语，以为弁言。既竟，更依丘逢甲先贤原韵摘俚句以申鄙悃：

神州自古好河山，底事伤心泪欲潸。
今古不期同一慨，忍看阿扁裂台湾！

郑施两度复河山，历劫沧桑泪又潸。
陆海同胞齐勠力，会看有日复台湾。

甲申春日于恬园书屋

# 《观云楼诗词选》序

　　丘海洲先生，与余相识于十年前之一诗会。藉悉为人豪爽而富才气，诗词均佳，倚声尤擅。初时，以为乃豪门子弟，所遇殆一帆风顺，甚少留意。既而深交。始悉其为"吃过糠，下过乡"之"老三届"也。至于学诗过程，则意外得知乃悉尝过"懵懵然觉其若琼浆美馔"而"逐一抄录之"，渐至不能自已，遂为"诗词所惑"之艰苦过程，用是知其今之造诣，非易事也，心窃佩之。今春，因于他处诗刊中重读先生之作，想念之情，油然而生，遂书"海上生明月，洲际有清音"一联寄之。联嵌先生名，亦指其常有海外之行也。入夏，蒙寄《观云楼诗词选》稿本，云将付梓，嘱为之序，欣然诺之。

　　读先生词，每欲浮白，钦其才气，爱其句工也。如其《念奴娇·嘉峪关》一阕，情思悠悠，佳句叠出，实不让于古人：

　　　　重楼高据，试凭栏、一览断垣绵堞。百二秦
　　关西到此，长叹飞鸿难越。川色犹秋，黄云蔽日，
　　山接祁连雪。浩茫戈壁，望中荒漠横绝。　　遥
　　想烽火当年，将军铁马，战鼓冲天阙。不教匈奴
　　侵寸土，壮志几多豪杰！往事千年，无分两界，
　　英杰凭谁说？看吾华夏，九天同上拴月。

　　此词工整、精炼，层次井然，非泛泛者可造其境。杂于稼轩集中，可谓形神皆似。其上阕起句之"重楼高据，

试凭栏、一览断垣绵堞"，凭空提起。据"重楼"而"一览"，长城迤逦，万里奔来。然而代远年湮，毕竟无复当年神采，谓之"断垣绵堞"，极为允当。盖雄关虽经修葺，勃发英姿，而远处绵绵，断垣难掩。作者旋以"百二秦关西到此，长叹飞鸿难越"一句，将前句"断垣绵堞"之幽幽情绪，凭空一振，便觉豪情宕荡，势若千钧。盖所谓借怀古之笔，抒当代之情，诚为妙句。其尤难得者，作者由于观察入微，遂能状景如画。吾人试读"川色犹秋，黄云蔽日，山接祁连雪"之句，可以得之。嘉峪关之周围，虽多戈壁、泽地，然亦有良田禾稼，又且地属平川，世人题咏，每多忽之。故作者始云"川色犹秋"，状其地势；再以"黄云蔽日"，托出秋禾。最后一句"山接祁连雪"，遂由近及远，而地势、农田、山色皆备。以言颜色，则金黄、白色一一点到，如在目前，读后令人神往。下阕尤佳。从想象、缅怀中追古论今，极为得体。作者以一句"战鼓冲天阕"与"不教匈奴侵寸土"，于汉唐以来各种战争，作高度之概括后，急以"往事千年，无分两界"，与"看吾华夏，九天同上捵月"作结，绝非如某些作者之沉迷往昔，以及持另一极端者之满纸颂今，故余谓之得体。夫雄关屹立，千载以还，民族战争已成陈迹。长城内外，百族骈居，丝路重兴，神舟揽月，指日可期。往昔固然可怀，今兹亦当歌颂；"两界"之畛域已除，和睦之民族关系宜修。词中"九天同上捵月"之一"同"字，道出个中缘由，读者允宜三复也。作者状景之艺术手法特强，且复多有新意。如其《满江红·壶口瀑布》云：

　　万里黄河，从天泻、奔腾正急。开阔处，江流忽缓，险骄难觅。三里茫茫河面缩，十寻急急洪流集。倏那间、澎湃吼声鸣，如天拆！　破巨石，崩险壁。凶兽吼，狂飙疾！恰天河漏泻，只争朝夕。浊浪信由泥作体，龙河无奈尘为色。凭谁问，黄水向东流，何年碧？

　　壶口瀑布，余尝亲睹，久欲咏之而未能执笔，以其景势之难状也。今见斯作，乃大佩服，尤以下阕为胜。"破巨石，崩险壁。凶兽吼，狂飙疾"，状洪涛极佳。巨石之剖，险壁之崩，其声其势，未必如是，亦未必不如是，作者殆自李长吉"昆山玉碎凤凰叫"中胎息得来。"恰天河漏泻，只争朝夕"之句尤奇，或云系自毛泽东"一万年太久，只争朝夕"活用而得，但毛词以言社会，而作者却以状景，此前实未之见也。至于"泥作体""尘为色"云云，亦属创新。结句"凭谁问，黄水向东流，何年碧？"问得得体，以其道出几千年人民之心声也。

　　作者词中韵味多佳，不胜枚举，如《齐天乐·谒李清照纪念堂》之下阕云：

　　犹闻笛声数弄，把梅心碎破。游梦惊断。更怕浓愁，眉头又上，独说闲思哀怨。西风莫叹，甚绝代风流，瞬成尘炭。只有春风，万年添缱绻。

　　词意十分凄惋。咏李易安而不失易安风格，可谓上乘，读之令人不禁平添惆怅，非深于此道不能道也。集中他作，引人入胜之处，比比皆是。如：

"一树榕阴枯叶少，几丛竹影嫩枝催。"

（《雨后月夜》）

"林密不闻啼翠鸟，原来绿树隐人家。"

（《娘子寨》）

"遥看岚光藏紫阁，近听鸟语静幽空。"

（《白鹿洞探幽》）

"榕阴遮客爽，茶水山泉酿。村落两三排，歌声扔过来。"

（《菩萨蛮·瑞丽道中》）

"虚心只爱清风，节高岂忧霜暴。"

（《东风第一枝·竹》）

等句均佳。余尤喜其《菩萨蛮》之"歌声扔过来"一句，形象而浪漫，写少数民族风情如画，最为难得。

作者才隽而气复盛，当代有为之才也。故其所为诗词，于继承优良传统之外，多有创新。如其五言：

离家方一月，别意数年长。

百里兼程急，归乡趁夜凉。

（《夜行回乡》）

诗虽咏回乡，而寓意则甚深远。甚望先生于中华诗词之振兴，亦似夜行回乡，兼程而动。集中写景状物，多用眼前意境，绝少堆砌，此其创新之路，皎然可见。如其《嘉峪关至敦煌机上口占》云："云烟遮断处，空姐指敦煌。"又如其《寻苏轼西林题壁无踪记趣》云："山僧未解缘题壁，却道坡翁住隔离"，初读不知其详，比读其注，方知乃山僧无知，酿此笑话，令人忍俊不禁。至于古风如《含鄱口览胜》之气势磅礴，五律如《峨眉山》"猴灵撩过客，寺古隐游仙"之滑稽突梯，等等，无不引人入胜。限于篇幅。兹不赘，幸读者细玩味之。

是为序。

于兰州恬园时年八十有一

# 《纫兰斋诗词》序

　　成州周鹏君，清才也，生于邑，长于邑，为吏于邑。虽半生沉居下僚，恝然而无所怨，惟兢兢以勤奋廉洁自勉，公馀则事吟哦耳。一九九八年秋，君来兰枉顾，视之。貌恂恂也。读其诗词，觉其功力才识均有足多，可以上追古人，下启蒙士。始信陇南山水之钟灵毓秀而人才辈出也。乃急介入甘肃诗词学会，旋又荐为中华诗词学会会员。自兹，《甘肃诗词》每刊君作，读者赞羡之声不绝。九十年代末期，《甘肃诗词》辟有《新秀撷英》专栏，而君与其选。或遇陇南诗友，余辄以识成州二秀否为询。二秀者，君与陈君廷栋也。

　　君习诗，自古风始，盖得其径者。故本集即以《登泰山》古风冠焉，此诗大气磅礴，遣词古朴，意蕴深远，佳作也。次为律诗。往往情景交融，抒怀枨感，集于一诗，又复遣词瑰丽，引人入胜。至于对仗工整，则馀事也。如

　　　十年伫愿一朝还，苏子祠前泪欲潸。
　　　气节如筠标两格，文章似岳领千山。
　　　遥思仗剑出巫峡，每忆携锄戍海南。
　　　自古英才天好妒，徒教鸡犬庆弹冠。

　　　　　　　——（《眉山三苏祠》之二）

　　起承转合，章法井然。颔腹两联言史、喻情，词切、意深，末联以世情结，隐然为天下士吐心声。温柔敦厚，正始之音也。忆君与余书，尝以其诗或恐落入"杂文化"

为虑。余以为美刺皆正声，即此一诗可以为证也。

君倚声之作亦佳。如其《沁园春·秋意》云：

云澹辽天，鹤唳长空，雁阵高秋。正东篱有约，黄花绿酒；南山无碍，碧树红流。磊落情怀，纵横意气，慷慨平生少郁愁。浮名事。笑笼中鹦鹉，釜底蜉蝣。　　漫言狂态当收。有剑气如虹胸际留。借秦时明月，循踪访古；汉家天马，追老寻周。酹酒遥天，长风助我，高挂云帆济五洲。微茫意，但登高瞩远，万事堪勾。

此词格调高雅，令人击节。余特激赏其下阕：因其"有剑气如虹胸际留"故而对"漫言狂态当收"乃不为意。且也，尚欲"借秦时明月，循踪访古；倩汉家天马，追老寻周"，俾此七尺之躯，在"酹酒遥天"之后。得因"长风助我"，而"高挂云帆济五洲"气概何等豪迈！可惜"此微茫"之意，终不能遂，亦只得"登高临远"而"万事堪勾"，付诸一叹耳！词意豪迈苍凉，述怀之佳作也，故余深许之，料读者亦人同此心也。

君集初命曰《慕兰斋诗词》，征之于余，余以为兰者清香，昔人多以以喻君子，徒慕焉足？曷依屈子纫芝兰以为佩乎！君以为然否？然则，顾名而思义。此集所载，可谓皆兰乎！惟读者鉴诸！

是序。

乙酉三伏

# 《吟梅轩诗稿》序

陇西何光第先生，与余忘年交有日矣。乙酉冬，承专程枉顾，相与论诗。并出其近作一束见示，谓将付梓，嘱为弁言。诺之。

先生陇西望族，少颖悟，而酣诗词，兼及书法。从政数十年无间断。本世纪初，自省府迁职人大，写作益勤。诗艺益精。观其近期所作，殆已越藩篱而登堂奥矣。

先生早期诗词，狂放不羁，于格律每有扦格，此集则多谨严。老杜云："晚节渐于诗律细"，先生近之矣。凡人涉世愈深，则感慨愈多，而表现于诗则往往入于沉郁。验之古人，无不为然，此诗家必由之路。先生近作，亦多如是。如：

> 清波犹幸境偏幽，岁月如梭草木愁。
> 自笑书生情性狷，十年劳止说归休。

（《癸未清明感怀三首》）

此诗三、四两句感慨系之，沉郁而蕴藉，不失温柔敦厚之旨，弥足珍贵。先生近作多律诗，抒情写景，翻然有致。如：

> 金风初度古雄关，假日登临意态闲。
> 雨露连天秋气爽，涛声入耳市声喧。
> 溪流自引寒泉水，茂树新遮塞外山。
> 远眺层楼兴感慨，烟云浩渺岁时迁。

（《偕玉贞与李龙、廷栋登五泉山》）

　　此诗写近景而复寄托远思，不局囿于眼前事物，遣词造意，又极自然，堪称佳构。虽然，通观全集，则余尤爱其五言律诗。如

夜来凉雨至，默久事微吟。
故土三春梦，长风万里心。
沧桑思旧辙，云路念新程。
相忆情何极，平居待好音。

（《夏夜吟》）

碧峭数登临，每惭句未成。
崖危僧陟石，林密鸟窥人。
竹影风摇翠，松梢雾染青。
别时回首望，细雨共泉鸣。

（《陇南纪行十五首·重登鸡峰山并序》）

　　前诗之"故土""长风"与"沧桑""云路"两联，对仗工稳，意蕴深沉，一若斫轮老手；后诗之"崖危""林密"与"竹影""松梢"两联，静中有动，情景交融，物中有我，我中有物，遣词造句，直逼古人。世之论者，以为老杜诗风，自"秦州杂诗"为之一变，诗艺亦更臻至境。余读光第诗，有同感焉！

集中可诵之句甚多，如七言之：

梅花绽蕊寒犹厉，柳叶才黄雪未消。

（《金城迎春曲六首》）

已识坚冰难作水，空怀禅榻好分茶。

（《途误》）

千年积雪寒边塞，万里云涛暗陇头。

（《嘉峪关怀古》）

千秋丝路辉煌早，一片宏图再造难。

（《陪同许嘉璐副委员长视察诗草并序·张掖聆听许委员长讲话有感》）

朔风已渡黄河水，健足还登白塔山。

（《立冬日登白塔山》）

啼鸟惊残羌管梦，驼铃响彻渭城秋。

（《重登嘉峪关怀故里》）

千年松柏凌云健，一树梅花傲雪明。

（《甲申立春日感怀四首·之二》）

岭上寒梅消腊雪，岸边杨柳舞春风。

（《迎春四首·之三》）

应惜十年人别久，莫愁万里路行难。

（《三过阳关》）

小巷穿行僧隙少，空庭坐啸喜朋多。

（《六十述怀四首并序·之二》）

新知际会边城易，旧雨重逢古塞难。

（《冬夜有忆过阳关古董滩》）

少壮风云多意气，衰羸悲慨惜韶年。

（《读世杰学长〈苦乐斋诗抄〉》）

曾经搁管消长夜，几度衔杯入梦乡。

（《忆陇南十题·忆同谷裴公湖》）

对仗、意境俱臻上乘。至于五言警策之句，尤为所在多有，姑少举之，以见一斑。如：

沉浮一口气，人鬼两重看。

（《随感三题·感别》）

山色浮烟霭，河声起浪波。

（《闲坐》）

林深含翠色，烟淡隐扁舟。

（《江浙纪行十二首·重游杭州西湖》）

湍急听如雨，云轻看似烟。

（《滨河北路漫步过金城关有感》）

浪腾真绝地，湖静欲浮天。

（《望黄河源抒怀》）

日长俗虑淡，夜短梦偏留。

（《静思》）

谈经惭后学，吊古仰先贤。

（《与醒初、金生、广贤相聚于五泉山麓》）

千秋倾怒涛，万里润苍颜。

（《雨中观黄河水涨》）

荷塘屋畔静，竹影院边稠。

（《湖南纪行二十一首并序·瞻仰韶山毛泽东故居》）

酣然尝旨酒，慷慨赋新章。

（《重阳前一日李龙于玉壶春宴请廷栋、守贤、桂兰诸学友作小诗记之》）

诗情来去时，山色有无间。

（《秋日望南山》）

人在秋风里，霜明古道旁。

（《故乡归来感怀三首·之一》）

掩镜惭双鬓，凭栏上古楼。

（《与醒初闲话二首·之二》）

名利随云淡，青春逐梦浮。

（《还乡二首·之一》）

　　　　白塔岚初上，黄河浪正腾。

　　　　　　　　（《春梦二首·之一》）

　　　　有雨鱼吞饵，无风叶蘸泥。

　　　　　　　　（《假日观池边垂钓》）

　　　　年丰人有喜，雨足草无愁。

　　　　　　　　（《甲申立冬日过渭河桥有怀》）

　　　　弃官厪世乱，避地借长才。

　　　　（《忆陇南十题·三忆同谷杜少陵祠》）

　　以上所举，句多彻悟、隽永。至若"名利随云淡，青春逐梦浮""有雨鱼吞饵，无风叶蘸泥"之类，以其意在言外，发人深省，直可作座右铭看也。

　　先生为人忠直耿信，久涉政途，而弗渝其守，今之君子也。今年夏日，余有句赠曰：

　　　　自古人文荟陇西，何郎才智最清奇。
　　　　宦游剩得铮铮骨，几卷诗书好自持。

　　所言皆实，非为溢美。书之，以结吾文。
　　是为序。

　　　　　　　　二〇〇五年十二月于恬园书屋

# 《待庵词》序

尝与人话天下士，金以颖于少者未必有成，而有成者未必皆颖于少。良以古今硕彦，多缘笃学，而出之所谓天才者盖鲜。至若晏元献辈之颖于少而终致有成者，尤为凤毛麟角焉！重庆萧雨涵君，少而颖悟，复承家学，弱冠问诗于余，视其所作，文采斐然，心窃异之。自后君学弥笃，作弥勤。过从之际，浸知已积倚声至数百阕，所发表于海内著名诗词报刊者，士誉多之，殆颖于少而终致有成者欤！

君倚声艺术在白石、纳兰之间，而隽语每出，往往绝妙。时或匡余不逮，是诚出于蓝而胜于蓝者也！《礼记》有云："善歌者使人继其声。"余固非善歌者，然亦乐见乎正始之音之继起有人。然则，他日陇上吟坛之层楼更上，属望其在君辈乎！

是为序。

丙戌新正

# 《闲云轩诗词选》

阶州自古文风鼎盛，而阴平实为翘楚。良以其地接壤川甘，自昔为交通要冲。茂才硕学，咸荟其间，以故因缘时会，往往得风气之先也。改革开放以来，国势蒸腾，民生富裕，传统文化，遽尔复兴，诗词歌赋，唱彻云霄。阴平诗人，未甘落后，自上世纪之八十年代，即已跃然崛起，率先结社。十馀年间，成绩斐然，驰誉华夏。凡此种种，端赖众贤，而刘君遇勋之功不可没也。

刘君之诗，清新朴质，而富文采。恬淡俊逸，而缘性情。家国之思，民生之念，莫不缠绵悱恻，感慨系之。如其《踏莎行》：

> 虽死犹生，深情永注。千山万水承甘露。几多冤案曝阳光，黄泉屈鬼还清素。　　正本清源，中兴拓路，新潮打桨迷津渡。问公何故早归天，人民十亿思朝暮。

词乃为缅怀胡耀邦同志而作。"千山万水承甘露"，对于耀邦同志之泽及华夏，评之极当。而"几多冤案曝阳光，黄泉屈鬼还清素"二句，既可为其"千山万水承甘露"之注脚，更可为耀邦同志功绩之总的概括。提纲挈领，一以贯之，章法井然，歌颂之典范也。又如其《徐洪刚奋勇斗车匪》七律：

料是冰崖梅已开，洪刚斗匪报春回。

一从肉眼钻钱眼，忍见人胎换鬼胎。

大盗不惭夸致富，平民常悸怕遭灾。

公心萌动能惊蛰，顿觉新风拂面来。

诗以歌颂与批判相结合，深契激恶扬善，亦箴亦美之宗旨。徐洪刚之勇斗车匪。正义凛然当歌，而"一从肉眼钻钱眼。忍见人胎换鬼胎"则当刺，诗人措置得当，美刺皆宜。其尤堪注意者，则在于诗人自徐洪刚勇斗车匪之嘉行中看到"报春回"，并因徐君之"报春回"而联想到华夏文明之已逢"惊蛰"。巨龙觉醒，大地春回，指日可期！诗人因而为之欢欣鼓舞。不亦宜乎！

诗人忧世忧民之心，无时或已，对于频年之天灾人祸，备极关怀，尤于因自然生态之破坏导致天灾每降，极为痛心。如其《山洪》七律云：

风卷雷惊暴雨倾，洪涛泻瀑万沟鸣。

流泥挟石滔天浪，沮水成渊漫地瀛。

一望青禾沉浩淼，千家宅院落潢坑。

侵蹂生态人迟悔，恼恨龙王与世争。

此诗颔联"流泥挟石""沮水成渊"，与腹联之"一望青禾""千家宅院"，对于洪水为害之状，以朴实而洗炼之语言，作生动逼真之描述，读之令人悸然心动，为之掩面太息。结联以"侵蹂生态"之"迟悔"，以为世之警惕，诚有心人也。诗人对于祖国统一大业，备极关怀，此于其《满江红·斥台独分子炮制公投法》中表现至为强烈：

> 旧调重弹，人心恶，台独猖獗。陈水扁，摇唇鼓舌，祸心若揭。"两国"危言曾耸听，"公投"闹剧踵前辙。我人民，严阵靖风波，反分裂。　溯青史，从头阅；闻世界，公评说。念堂堂裔胄，炎黄骨血，两岸民心思一统。五洲诤言铮如铁。警顽枭，倘敢裂神疆，必戕灭。

词斥陈水扁为顽枭，明分裂之必遭戕灭，词严义正，掷地铿锵。深孚众志。

然而作者诗词之佳，固不仅在于抒怀明志。其描述风景，尤具细腻、深入之特点，读之令人神往。如写九寨沟风景诸作：

> 株株奇树景盆盆，水面滩头自屈伸。
> 百态千姿皆有趣，不拘一格待风云。
>
> （《盆景滩》）

> 涧溪搁浅自成滩，激溅银花竞卷澜。
> 逐水流珠蹦谷底，穿林光彩耀松山。
>
> （《珍珠滩》）

茫茫一面镜。形影自嵯峨。

坦荡连天野，深幽隐树柯。

松风摇翠岭，碧水送秋波。

谁掬西湖水，盈盈注此多。

（《镜海》之二）

又其《高娄山晨雾》云：

黄灯瞄野岭，缥缈复朦胧。

雾锁重山面，松摇两耳风。

眼迷尘世路，神往太虚空。

蓦听车鸣笛，天开望远鸿。

等等佳篇，俱堪不朽。九寨之美。人尽知之，咏之者亦众，丽佳者寥寥。盖所谓画魑魅易，画犬马难也。盆景滩珍珠滩之难于入诗，其故即在于此。"水面滩头自屈伸"妙在将造化之神奇布设，一语道破。夫滩如盆景之遍布水面、滩头，此景已不易描，而复以"自屈伸"状其高低错落，则非匠心独具不为功也。珍珠滩缘何而成，作者曰："涧溪搁浅"。吁！何其妙之至也！此"涧溪搁浅"四字，神似，形似，趣味盎然。诗人词家，几人能到！诗人写镜海，首联自天外飞来。"一面镜"而曰"茫茫"，用以明其广大；其形影而曰"嵯峨"，则说明"镜"之所在，与及镜面之所呈现也。寥寥十字，将镜海之状，昭然若绘于读者面前。末联突发其想，将镜海水与西湖巧妙联系而问曰"谁掬"？此问实无答案，亦不需答案，乃与首联之"茫茫""嵯峨"，同一意境，使人读之，亦随作者，坠入遐想。感人魅力，遂亦无穷。诗人之咏高娄山诗，吾独赏其对朦胧心态之描述。雾中行车，须以"黄灯"瞄之，即使如此，仍不免于"眼迷尘世路，神往太虚空"，坠人缥缈朦胧之境。终乃因"蓦听车鸣笛"而眼前一亮，于是"远望飞鸿"。此情此境。如在画图，窃以为使摩诘复生，亦当为之击节也。

诗人毕生从事教育，哲嗣有从政而身膺重任者。先生为诗以勉之曰：

应料前程路更艰，为公二字重于山。
一肩使命担沉任，两袖廉风耐劲寒。
功就宜凭民众富，国强始有自家安。
焦公惇志繁森道，赢得人人赞好官。

嗟乎！民富而后功成，国强方得家安，此意人人得而言之，然能付诸实践者盖鲜，吾知先生哲嗣，必能如其所诫，唯焦公之志是遵，唯繁森之道是循，以无负于乃翁之望矣。先生晚景自娱，殊堪慰藉。其《忆秦娥·暮年惜时》有句云："年华将尽情初彻，春蚕到老丝方结。丝方结，青灯明夜，晓星追月"。夫"年华将尽情初彻"，暮年感喟，人有同之，而"春蚕到老丝方结"之境界，则未必人人能至也。又先生《蝶恋花·惜春》有句云："山际浓云当解意，此来应是晴天气。"词句借天气以喻时势，寄美好于来兹，诗人之心，仁人之志也。读斯句者，能无共鸣乎！

是序。

八十三叟袁第锐于恬园书屋，时二〇〇六年五一节前一日。

# 《历代陇西诗歌选评》序

　　上世纪之九十年代，余游金陵，与友人于中央商场售古乐器处遇一制埙人，其器精美，音亦纯正。异之，因与交谈。自云：陇西人，李姓。询以何时来南京？曰：生于金陵，祖辈起未尝履甘，言陇西者不忘郡望也。闻之愕然。乃省李青莲之云陇西布衣、李长吉归葬昌谷之所自矣。比还，以陇西诗词学会创建及陇西师范诗词之校奖牌之授与等故，多次往返于兰州、陇西间。自是对陇西之人文历史，特加注意，所与交游之陇西俊彦益众。次者，陇西诗人何光第先生枉顾，并持石锡铭先生所编《历代陇西诗歌选评》原稿一函，凡二十有六卷，嘱为之序。读之，煌煌浩浩，萃集古今，爱莫能释，因诺之。

　　纵观全编，自汉至现当代，凡籍隶陇西之诗歌作家，搜集甚全。于明之金銮、民国之王海帆、当代之罗锦堂、现代之何光第四家，俱录二卷。馀如王予望、及祁氏昆仲，亦均各为卷。非为详今略古，良以古人多有存帙流传，而今人佳作正宜播誉也。故其体例，余极赞同，惟是有宋及辽金时代之陇西作者尚付缺如，假以时日，倘有发现，俾为全璧，则幸甚矣。

　　是编篇幅浩繁，读之不易。余意或当于明清以前诸作，重在探寻诗艺之启迪与鉴赏；民国以后，则宜窥其对社会现实之态度与描述艺术．从而学习之也。其中如王海帆氏之沉郁凝炼与恺悌心怀，罗锦堂氏之爱国情思与精湛艺术，宜三致意。尤于曲学陵替，几成绝响之际。对罗氏曲艺诸佳作，更宜留心研习，庶几得嗣传于永久也。

余来陇上六十年华，侧身诗词界亦二十馀龄，尝思陇上人文之盛，与夫诗人之众，比于他省，可与拮抗，甚或过之。倘能纂为全陇诗词流传后世，宁非猗欤盛事？所惜鄙见应者虽多，而以种种原因迄未实现。今睹斯编，则知其端已肇，然则他日之集大成，或可预期，余且拭目翘首以待矣。

丙戌秋兰州恬园书屋